Ocho novelas ejemplares
Miguel de Cervantes

José Montero Reguera es profesor de Literatura Española en la Universidad de Vigo, en España. A él se deben más de cincuenta trabajos de tema cervantino y de otros autores del Siglo de Oro. Ha sido editor y redactor en prestigiosas revistas especializadas, como *Anales Cervantinos*, *Edad de Oro* y *Hesperia*. En 1995 obtuvo el premio Fernández Abril de la Real Academia Española de la Lengua por el libro *El Quijote y la lírica contemporánea*. Entre sus últimas publicaciones destaca su colaboración en la edición de *El Quijote* auspiciada por el Instituto Cervantes.

Ocho novelas ejemplares

Ocho novelas ejemplares

Miguel de Cervantes

Edición de José Montero Reguera

VINTAGE ESPAÑOL
Una división de Penguin Random House LLC
Nueva York

PRIMERA EDICIÓN VINTAGE ESPAÑOL, SEPTIEMBRE 2015

Copyright de la introducción, edición y actividades
© 2002 de José Montero Reguera

Copyright © 2002 por J.M. Ollero y Ramos, S.L.

Todos los derechos reservados. Publicado en coedición con Penguin
Random House Grupo Editorial, S.A., Barcelona, en los Estados Unidos
de América por Vintage Español, una división de Penguin Random House
LLC, Nueva York, y distribuido en Canadá por Random House of Canada,
una división de Penguin Random House Ltd., Toronto. Esta edición
fue originalmente publicada en español como *Ocho novelas ejemplares* en
Barcelona, España, por Penguin Random House Grupo Editorial, 2012.
Copyright de la presente edición para todo el mundo © 2012
Penguin Random House Grupo Editorial, S.A.

Vintage es una marca registrada y Vintage Español y su colofón son marcas
de Penguin Random House LLC.

Información de catalogación de publicaciones disponible en la Biblioteca
del Congreso de los Estados Unidos.

Vintage Español ISBN en tapa blanda: 978-1-101-91074-0

Para venta exclusiva en EE.UU., Canadá, Puerto Rico y Filipinas.

www.vintageespanol.com

Impreso en los Estados Unidos de América
10 9 8 7 6 5 4 3 2 1

ÍNDICE

I. INTRODUCCIÓN

II. *Ocho novelas ejemplares*

III. ACTIVIDADES EN TORNO A *Ocho novelas ejemplares* (*Apoyos para la lectura*)

Ocho novelas ejemplares

I. Introducción

1. Perfiles de la época

La vida de Miguel de Cervantes Saavedra (1547-1616) se extiende a lo largo de los reinados de los primeros Hausburgo: Carlos I (1517-1556), Felipe II (1556-1598) y Felipe III (1598-1621). Cervantes conocerá el final del reinado del Emperador ("el rayo de la guerra", como le califica nuestro escritor), los vaivenes del de Felipe II, y alcanzará, en plena madurez intelectual y creativa, a buena parte del gobierno de Felipe III.

Nace el autor del *Quijote* el mismo año en que fallece uno de los grandes enemigos de Carlos V, Francisco I de Francia, y el año en que se produce la última gran batalla del emperador: la victoria en los campos de Mühlberg ante el príncipe elector Juan Federico de Sajonia. Ticiano ha retratado en magnífico y conocido cuadro (hoy en el Museo del Prado) la imagen de Carlos V a caballo, lanza en ristre, solo, vencedor en Mühlberg.

Es el reinado de Carlos I de España y V de Alemania un tiempo de apertura hacia Europa y, también, hacia el mundo, tras el descubrimiento en 1492 de América. Es una etapa dinámica, agresiva y cosmopolita, fiel reflejo de la personalidad del propio Emperador, que no residió en el mismo lugar más de dos años seguidos. España se abre al exterior y recibe abundantes influjos ideológicos, políticos y culturales de todo tipo. Los contactos con Europa y la venida a España de gentes de los Países Bajos permiten introducir corrientes religiosas heterodoxas, como el luteranismo y, sobre todo, el erasmismo, muy influyente en la corte de Carlos V (Alfonso y Juan de Valdés), y que Cervantes conocerá probablemente a través de su maestro madrileño Juan López de Hoyos, en cuya biblioteca abundaban los títulos erasmistas.

En el campo cultural, España siente, como el resto de Europa, la fascinación por el mundo clásico, por los ideales humanísticos, el amor por la naturaleza, el interés por el ser humano como eje que vertebra el universo, pero sin desdeñar la tradición anterior propia, he aquí la gran originalidad española, pues "[...] nuestro Renacimiento y nuestro post-Renacimiento Barroco son una conjunción de lo medieval hispánico y de lo renacentista y barroco europeo. España no se vuelve de espaldas a lo medieval al llegar al siglo XVI [...], sino que, sin cerrarse a los influjos del momento, continúa la tradición de la Edad Media" (Dámaso Alonso). En poesía, la corriente italianizante que viene desde tiempo atrás encuentra en Garcilaso de la Vega un artista genial, capaz de extraer del verso endecasílabo las mejores posibilidades. No desaparece sin embargo la poesía tradicional castellana (romances, poesía de cancionero, lírica popular), que será también cultivada por buena parte de los escritores del siglo XVI. En prosa, triunfan los libros de caballerías (*Amadís de Gaula* y toda su larga descendencia...) y, muy a finales del periodo de Carlos V, se publica un libro que, andando el tiempo, será considerado como el germen de la novela moderna: *La vida de Lazarillo de Tormes, y de sus fortunas y adversidades*, publicado en 1554, simultáneamente en Burgos, Medina del Campo, Amberes y Alcalá de Henares.

El reinado de Felipe II coincide con la época más agitada de la vida de Cervantes: viaje a Italia, servicios como soldado en el norte de África y en el Mediterráneo, cautiverio en Argel, reiteradas y nunca satisfechas solicitudes al rey de un puesto acorde con sus merecimientos, comisiones en Andalucía... Su peripecia vital le lleva a estar muy cerca de tres de los acontecimientos más importantes de este periodo: participa activa y heroicamente en la batalla de Lepanto donde la Santa Liga formada por España, el Papa Pío V y Venecia logró reunir una flota que, al mando de don Juan de Austria, derrotó a los otomanos el 7 de octubre de 1571, si bien los resultados últimos de esta batalla no fueron tan decisivos. En segundo lugar, sufre las consecuencias de la anexión de Portugal (1580) —el momento culminante de la hegemonía española en el mundo—. En efecto, la muerte del rey don Sebastián en la batalla de Alcazarquivir propició la incorporación de Portugal a España, pues al haber muerto el heredero, Felipe II, hijo de la reina Isabel de Portugal, hizo valer sus derechos sucesorios. A la vuelta del cautiverio, Cervantes, que llegó a ir a Lisboa para solicitar en la Corte un puesto administrativo de cierto relieve, se percató de cómo el rey andaba más ocupado en los asuntos de Portugal que no en los de Castilla (y por tanto en resolver el cargo que pretendía el escritor); eso origina un sentimiento de rencor (Américo Castro lo denominó "odiosidad") hacia Felipe II que se deja traslucir a través de obras como *La Galatea*, *La Numancia* y *El trato de Argel*. Y, finalmente, se halla entre bastidores de la armada conocida como *La invencible*

(1588), pues un año antes establece su domicilio en Sevilla tras haber sido nombrado comisario de abastos con el fin de proveer de bastimentos a la flota que se estaba preparando para conquistar Inglaterra. Como es sabido, Cervantes compuso dos canciones sobre tal evento.

Felipe II es un monarca que, frente a su padre, permanece habitualmente en el mismo lugar, queriendo gobernar todos sus reinos desde el monasterio de El Escorial; es un monarca que se postula como el abanderado de la contrarreforma católica tras la finalización del Concilio de Trento (1545-1563), de manera que la vida española de la época se encuentra profundamente mediatizada por lo religioso. Todo ello conlleva una cerrazón ideológica que hace perseguir cualquier foco de heterodoxia. Los índices inquisitoriales, cada vez más estrictos desde el de 1559, el decreto del mismo año prohibiendo seguir estudios universitarios fuera de España (a excepción de Bolonia, Roma, Nápoles y Coimbra), y los procesos contra el arzobispo Carranza (1558-1576) y fray Luis de León (1571-1576) son buenos ejemplos de esa presión ideológica y religiosa en la España de la segunda mitad del siglo XVI.

Al tiempo, Garcilaso de la Vega se ha convertido ya en un clásico merecedor de varias ediciones anotadas (El Brocense, 1574 y 1577; Fernando de Herrera, 1580); fray Luis de León y San Juan de la Cruz dan nuevos y magistrales matices a la poesía italianizante incorporando elementos novedosos que los convierten en la cima poética de esta época. Renace el romancero a través de la reformulación artística que desarrollan poetas como el propio Cervantes, Padilla, López Maldonado, Lainez y otros más jóvenes que, andando el tiempo, se convertirán en grandes escritores: Lope de Vega, Francisco de Quevedo, Luis de Góngora. Los sucesivos volúmenes publicados a partir de la *Flor de varios romances nuevos y canciones* (Huesca, 1589) darán cauce impreso a esta poesía. Absolutamente contemporánea es la Comedia Nueva, en la que se sintetizan varias tradiciones teatrales anteriores y se dará forma a una manera de hacer teatro que estará vigente mucho tiempo, con Lope de Vega como principal exponente a partir de 1590; Cervantes ha relatado gráficamente los inicios de esta manera de hacer teatro en el prólogo a su volumen de *Ocho comedias y ocho entremeses nuevos, nunca representados*. Asimismo, se va desarrollando y perfeccionando el lugar de la representación (los corrales de comedias) y todo lo que rodea al teatro (escenografías, compañías de representantes, tramoya, etc.). Los libros de caballerías siguen editándose, pero en formatos más pequeños y con muy pocos títulos nuevos. En realidad, son sustituidos en el gusto de los lectores por la novela pastoril, con abundantes títulos a partir de la década de los sesenta: *La Diana* (1559), de Jorge de Montemayor; *El pastor de Fílida* (1582), de Luis Gálvez de Montalvo; *La Galatea* (1585), de Cervantes, etc.

El reinado de Felipe III es, en buena medida, una etapa continuista en la que se culmina la lucha contra toda heterodoxia con la expulsión de los moriscos (1609) —episodio que aparece reflejado en la segunda parte del *Quijote*—, lo que ocasiona gravísimas repercusiones económicas y demográficas en la Corona de Aragón, sobre todo. Es una época, por otra parte, de cierto sosiego en lo militar, en la que se consiguen algunos tratados de paz (acuerdo con Inglaterra en 1604, tregua de los doce años [1609] en los Países Bajos; concierto con

Francia para los matrimonios del delfín Luis, con la infanta española Ana de Austria, y del heredero de la Corona, Felipe, con Isabel de Borbón); y se inaugura una nueva manera de gobernar el estado a través de los privados, en este caso con el Duque de Lerma.

La república literaria se hallaba, a las alturas de 1600, especialmente inquieta: la confrontación entre la vieja literatura y la nueva se encontraba en uno de sus momentos culminantes. Por un lado, géneros de larga tradición y éxito durante el siglo XVI se resistían a desaparecer ofreciendo todavía algunas obras singulares: la novela pastoril se orientaba por el camino de la erudición (*La Arcadia* de Lope de Vega, 1598) o se volvía, originalmente, a lo divino (*Pastores de Belén*, 1612); la novela de aventuras peregrinas ofrecía también nuevos enfoques y soluciones (*El peregrino en su patria*, 1604; *Los trabajos de Persiles y Sigismunda*, 1617). Géneros nuevos van conquistando progresivamente el mercado editorial, como la novela picaresca, cuyo primer gran hito después del *Lazarillo*, el *Guzmán de Alfarache*, se convierte en un verdadero "best seller"; la poesía se prepara para la gran revolución gongorina (el *Polifemo*, las *Soledades*) y Quevedo y Lope escriben magníficos poemarios… Y en este contexto, dos géneros, no nuevos y bien conocidos, sufren un giro copernicano: la novela corta, conocida y practicada en España a través de las traducciones de los modelos italianos, se transformará por completo en las manos de Cervantes, y el teatro que, en manos de Lope de Vega, da respuesta a las exigencias del público de la época para proclamar, frente a toda la tradición dramática anterior, que:

« […] cuando he de escribir una comedia
encierro los preceptos con seis llaves;
saco a Terencio y Plauto de mi estudio

para que no me den voces, que suele
dar gritos la verdad en libros mudos.
Y escribo por el arte que inventaron
los que el vulgar aplauso pretendieron,
porque, como las paga el vulgo, es justo
hablarle en necio para darle gusto.»

Poesía, teatro, prosa: todos los cauces en que se expresaba la literatura por esas fechas se disponían a cambios profundos y de singular relevancia en la historia literaria española.

2. CRONOLOGÍA

AÑO	AUTOR-OBRA	HECHOS HISTÓRICOS	HECHOS CULTURALES
1547	Miguel de Cervantes Saavedra es bautizado en Alcalá de Henares.	Batalla de Mühlberg.	
1548			Nace Giordano Bruno.
1549		Carlos V separa los Países Bajos del Imperio. Los heredará el Príncipe Felipe.	
1551	Su familia se traslada a Valladolid.		
1554		El príncipe Felipe casa con María Tudor, reina de Inglaterra.	*El Lazarillo de Tormes.*
1555		El Emperador cede la soberanía de los Países Bajos a su hijo Felipe.	

AÑO	AUTOR-OBRA	HECHOS HISTÓRICOS	HECHOS CULTURALES
1556		Carlos V abdica: Felipe recibe los dominios españoles, italianos y americanos. Felipe II es proclamado rey en Valladolid.	
1557			Francisco de Vitoria: *De indis et iure belli*.
1558		Carlos V cede a su hermano Fernando el imperio alemán. El Emperador muere en Yuste. Muere María Tudor.	
1561		Traslado de la corte de Toledo a Madrid.	Nace Luis de Góngora.
1562			Nace Lope de Vega.
1563		Fin del Concilio de Trento, iniciado en 1545.	Juan de Herrera comienza las obras de El Escorial.
1565			Muere Lope de Rueda.
1566	Cervantes se traslada a Madrid.		
1567		El duque de Alba llega a Flandes para sofocar los levantamientos.	
1568	Estudia con López de Hoyos.	Sublevación del príncipe de Orange. Revuelta de moriscos en Granada.	
1569	Viaja a Italia al servicio del cardenal Acquaviva. Primeros versos en la *Historia y Relación* [...] (a la muerte de Isabel de Valois).	Juan de Austria dirige la represión contra los moriscos.	Alonso de Ercilla: *La Araucana*. Nace Guillén de Castro.
1570	Se alista en el ejército.	Felipe II casa, por cuarta vez, con Ana de Austria.	

AÑO	AUTOR-OBRA	HECHOS HISTÓRICOS	HECHOS CULTURALES
1571	Es herido en el pecho y un brazo en la batalla de Lepanto.	Victoria de la Santa Liga, al mando de J. de Austria, contra el imperio turco en la bahía de Lepanto. Expulsión de los moriscos.	
1572	Continúa su vida militar en Nápoles.		Fray Luis de León es encarcelado.
1575	De regreso a España es hecho prisionero, junto a su hermano Rodrigo, y conducido a Argel.		Se funda la Academia de Matemáticas.
1576	Cervantes intenta escapar.	Juan de Austria, gobernador de los Países Bajos.	Muere Tiziano.
1577	Nuevo intento de fuga.		Nace Rubens.
1578	Tercera tentativa de fuga.	Muere Juan de Austria. Nace el futuro Felipe III. Batalla de Alcazarquivir, desaparece D. Sebastião, rey de Portugal, amigo del poeta español Francisco de Aldana.	
1579	Carta a Antonio Veneciano, que incluye un poema en octavas.	Prisión de Antonio Pérez y la princesa de Éboli.	Se construye en Madrid el primer teatro permanente.
1580	Cuarto intento de fuga. Finalmente es rescatado por los frailes Trinitarios, y abonan por él 500 escudos.	Felipe II, rey de Portugal.	Montaigne: *Ensayos*. Nace Francisco de Quevedo.
1583	Empiezan a representarse algunas de sus comedias.	Expedición a la isla Terceira, en la que interviene Lope de Vega.	Fray Luis de León: *De los nombres de Cristo* y *La perfecta casada*. Sta. Teresa de Jesús: *Camino de perfección*.
1584	Nace Isabel, de su relación con Ana Franca de Rojas. En diciembre se casa con Catalina de Salazar.		Concluyen las obras de El Escorial.

AÑO	AUTOR-OBRA	HECHOS HISTÓRICOS	HECHOS CULTURALES
1585	Aparece *La Galatea*.	Juicio de Antonio Pérez.	
1586			El Greco: *El entierro del Conde de Orgaz*.
1587	Comisario Real de Abastos: deberá recaudar fondos para la *Armada Invencible*. Se traslada a Sevilla.	Nace el futuro Conde-Duque de Olivares.	
1588		Desastre de *La Invencible*.	Muere Fray Luis de Granada. Santa Teresa de Jesús: *Las Moradas* y *Libro de la vida*.
1591			Mueren Fray Luis de León y San Juan de la Cruz.
1595	Recaudador de impuestos.		
1596	Soneto satírico al saqueo de Cádiz por los ingleses.		Nace René Descartes.
1597	Sufre prisión en su etapa andaluza.		
1598	Soneto al túmulo de Felipe II.	Muere Felipe II.	Lope de Vega: *La Arcadia*.
1599		Felipe III casa con Margarita de Austria. El duque de Lerma, privado del rey.	Mateo Alemán: *Guzmán de Alfarache*.
1600		Orden de traslado de la Corte de Valladolid.	Nace Calderón de la Barca. Shakespeare: *Hamlet*. El Greco: *La Anunciación*, *San José con el Niño*. Muere, en auto de fe, Giordano Bruno.

AÑO	AUTOR-OBRA	HECHOS HISTÓRICOS	HECHOS CULTURALES
1603	Se traslada a Valladolid.		
1604		Tratado de paz con Inglaterra.	Segunda parte de *Guzmán de Alfarache.* El Greco: *La Sagrada Familia.*
1605	Primera parte del *Quijote.* Problemas con la Justicia, por un homicidio ocurrido a la puerta de su casa; breve estancia en prisión.	Nace el futuro Felipe IV.	Gregorio Fernández: *Cristo de El Pardo.* Fco. López de Úbeda: *La pícara Justina.*
1606	Se establece de nuevo en Madrid	La Corte vuelve a Madrid.	Nace Rembrandt.
1609	Ingresa en la congregación de Esclavos del Santísimo Sacramento del Olivar.	Decreto de expulsión de los moriscos.	Kepler: *Tratado de astronomía.* Lope de Vega: *Arte nuevo de hacer comedias.*
1611	Reediciones de *La Galatea* y la primera parte del *Quijote.*	Muere la reina Margarita de Austria.	Covarrubias: *Tesoro de la lengua castellana o española.*
1613	Publica las *Novelas Ejemplares.*	Comienza la Guerra de los Treinta Años.	Luis de Góngora: *Soledades.* Lope de Vega: *La dama boba.*
1614	*Viaje del Parnaso.*	El príncipe Felipe casa con Isabel de Borbón.	Muere El Greco. Beatificación de Sta. Teresa.
1615	Segunda parte del *Quijote. Ocho comedias y ocho entremeses nuevos...*		Harvey descubre la circulación de la sangre. Tirso de Molina: *D. Gil de las calzas verdes.*
1616	Muere en Madrid el 22 de abril.		Muere William Shakespeare.
1617	Aparece póstumamente *Los trabajos de Persiles y Sigismunda.*		

3. Vida y obra de Miguel de Cervantes

A pesar de que se puede hablar en el caso cervantino de toda una tradición de biografías sobre nuestro autor, desde la ya muy lejana de Gregorio Mayans, en el siglo XVIII, hasta la más cercana a nosotros de Jean Canavaggio, lo cierto es que todavía hoy la figura y personalidad de Miguel de Cervantes quedan un poco obscurecidas debido a la falta de documentos que iluminen, como en el caso de Lope o de Quevedo, momentos importantes del quehacer de nuestro escritor. En este sentido hay periodos amplios de la vida de Cervantes que hoy desconocemos o de los que quedan muy pocos datos para poder conocerlos con precisión.

Así, por ejemplo, el único retrato de Cervantes que nos ha llegado, dejando aparte supercherías y falsificaciones, es el que el propio autor incluye en el prólogo de las *Novelas ejemplares*:

«Este que veis aquí, de rostro aguileño, de cabello castaño, frente lisa y desembarazada, de alegres ojos y nariz corva, aunque bien proporcionada; las barbas de plata, que no ha veinte años que fueron de oro, los bigotes grandes, la boca pequeña, los dientes ni menudos ni crecidos, porque no tiene sino seis, y ésos mal acondicionados y peor puestos, porque no tienen correspondencia los unos con los otros; el cuerpo entre dos extremos, ni grande ni pequeño, la color viva, antes blanca que morena, algo cargado de espaldas, y no muy ligero de pies.»

Retrato sí, pero literario y, además, de una persona ya anciana, pasados los sesenta y cinco años, en el que se destaca la parte biográfica más heroica ("Fue soldado muchos años, y cinco y medio cautivo, donde aprendió a tener paciencia en las adversidades. Perdió en la batalla naval de Lepanto la mano izquierda de un arcabuzazo, herida que, aunque parece fea, él la tiene por hermosa, por haberla cobrado en la más memorable y alta ocasión que vieron los pasados siglos, ni esperan ver los venideros, militando debajo de las vencedoras banderas del hijo del rayo de la guerra, Carlo Quinto, de felice memoria"); pero que deja fuera otras facetas de su peripecia vital.

Nace Miguel de Cervantes en Alcalá de Henares en el mes de septiembre de 1547, probablemente el día 29, festividad de San Miguel. En Alcalá residiría durante su infancia y primera juventud, aunque no se descarta una posible estancia en Andalucía, lugar en el que su familia paterna tenía ascendencia. En 1566 se encuentra en Madrid donde seguirá las enseñanzas de López de Hoyos en el Estudio de la Villa. Allí se inicia en la literatura con unos versos dedicados a la recién fallecida reina Isabel de Valois.

En 1569, por razones todavía no del todo claras, Cervantes marcha a Italia, donde residirá algunos años, decisivos para el futuro escritor: lecturas, conocimiento de la cultura italiana, etc. Como soldado participará en la batalla de Lepanto (1571), donde sufrirá graves heridas, y en varias acciones en el norte de África. Es hecho prisionero en Argel, donde permanecerá cautivo cinco años (1575-1580).

A su vuelta, gracias a la intermediación de la Orden Trinitaria, no consigue, aunque los solicita, ningún trabajo acorde con los méritos que él considera haber contraído a lo largo de sus años al sevicio del Rey de España. Esto le lleva, por un lado, a evolucionar ideológicamente hacia un escepticismo (también desengaño) de la cosas de España que tendrá su ejemplo más logrado en el soneto al túmulo sevillano a Felipe II ("[…] miró al soslayo, fuese, y no hubo nada");

y, por otro, a solicitar un oficio en Indias, que tampoco consigue. Sólo logra trabajos como reacaudador de impuestos y abastecedor de la flota que le llevan a recorrer Andalucía entre 1587 y 1601. En esta época sufre de nuevo prisión y empiezan a gestarse las grandes creaciones cervantinas (el *Quijote* y las *Novelas ejemplares*), cuando ya están lejanas sus primeras tentativas literarias: *La Numancia* (h. 1583), *El trato de Argel* (h. 1583), *La Galatea* (1585).

Sus últimos años, a caballo entre Valladolid (1603-1606) y Madrid (1606-1616), siguiendo a la Corte, revelan, por un lado, una complicada situación personal (cárcel en Valladolid, problemas económicos, etc.) y, por otro, una febril actividad literaria que le lleva a publicar antes de morir, el 22 de abril de 1616, dos novelas largas (primera y segunda parte del *Quijote*), una colección de novelas cortas (las *Novelas ejemplares*), un largo poema en tercetos (el *Viaje del Parnaso*), y un tomo con ocho comedias y ocho entremeses "nuevos, nunca representados". Póstumamente aparecerá un libro de aventuras peregrinas: *Los trabajos de Persiles y Sigismunda* (1617).

Cervantes se apega al canon tradicional de la novela pastoril en *La Galatea*, que sigue el camino trazado por *La Diana*, de Jorge de Montemayor, donde una historia principal sirve de hilo conductor a otras que se suceden y entrelazan. En este caso, la historia de los amores de Galatea desempeña tal función y en ella confluyen las restantes. *La Galatea* supera a la obra de Montemayor pues elabora una estructura más compleja en la que las historias se entrelazan de tal manera que superan la estructura lineal de su modelo, y añaden elementos procedentes de la novela bizantina también empleados por el autor en las *Novelas ejemplares* y en el *Per-*

siles: reconocimientos, equívocos, raptos, peregrinaciones, aventuras sorprendentes, etc. Tales elementos, junto con otros muchos, anticipan técnicas novelescas que Cervantes volverá a utilizar de manera magistral en el *Quijote*. Por todo ello, se ha definido a *La Galatea* como el "Primer laboratorio del arte de narrar cervantino" (Celina Sabor de Cortázar).

Con el *Persiles*, Cervantes intenta demostrar su pericia en el prestigioso género de la novela de aventuras peregrinas y, por tanto, equipararse a un escritor clásico. A ello dedicó gran esfuerzo (el *Persiles* es, en palabras de E. C. Riley, la obra a la que dedicó "más indagaciones y lecturas"), sólo truncado por la muerte, que le sorprendió cuando tadavía no había dado su visto bueno final. Se trata de una obra muy significativa dentro de la evolución del género en España, por cuanto que Cervantes entendió muy bien los problemas que traía consigo la hispanización y nacionalización de la novela bizantina realizadas por Lope de Vega (*El peregrino en su patria*, 1604), para lo cual lleva a cabo una síntesis capaz de mantener al mismo tiempo lo genérico de la tradición griega y las aportaciones españolizadoras de Lope, todo ello con el fin de "competir con Heliodoro", el modelo de este tipo de narraciones.

El teatro cervantino presenta dos épocas bien definidas: los textos representados con éxito en la década de los ochenta del siglo XVI y los impresos, pero nunca representados, que se publican en 1615. De aquellos, en su mayoría perdidos, se conserva una magistral tragedia (*La Numancia*) y un texto que inaugura el subgénero de la comedia de cautivos en España (*El trato de Argel*). El teatro de la segunda época, incorporado en su totalidad al volumen mencionado de *Ocho comedias y ocho entremeses nuevos, nunca representados* (1615), ofrece una meditada y sugerente reflexión, en la práctica, de la comedia nueva de Lope de Vega, que encuentra en *La entretenida*, *El Rufián dichoso* y *Pedro de Urdemalas* sus exponentes mejores. Por su parte, los entremeses cervantinos constituyen un hito de primer orden en la evolución de esta expresión dramática con títulos todavía hoy representados y unánimemente valorados (*El retablo de las maravillas*, *La cueva de Salamanca*, etc.).

Y entre esas creaciones, con luz propia, se yerguen las dos partes del *Quijote* (1605 y 1615). Esta obra, que con el tiempo ha llegado a ser considerada como la primera novela moderna o, al menos, como su germen (detrás está la idea de Ortega y Gasset de que "toda novela lleva dentro, como una íntima filigrana, el *Quijote*, de la misma manera que todo poema épico lleva, como el fruto el hueso, la *Ilíada*"), no deja de ser, en primer término, una parodia de los libros de caballerías con el objetivo explícito de "poner en aborrecimiento de los hombres las fingidas y disparatadas historias de los libros de caballerías" (*Q.*, II, 74). Igual propósito había guiado la primera parte: "[...] llevad la mira puesta a derribar la máquina mal fundada destos caballerescos libros, aborrecidos de tantos y alabados de muchos más" (*Q.*, I, pról.). Esta inicial parodia del mundo caballeresco da paso a una de las creaciones artísticas más deslumbrantes de la literatura occidental, en la que se ha querido ver el inicio de la novela moderna. Con ella, Cervantes anticipa elementos, técnicas, recursos, que luego repetirán hasta la saciedad novelistas más cercanos a nosotros: desde Galdós hasta Flaubert, pasando por Sterne, Faulkner, Proust, Camus, Kafka... Hasta tal punto que E. C. Riley ha podido afirmar que "toda prosa de ficción es una variación del *Quijote*". Cervantes, a caballo entre los siglos XVI y XVII, recoge en el *Quijote* toda la producción literaria anterior: en él puede encontrarse desde la novela pastoril a la sentimental, pasando por la novela psicológica, la novela de aventuras peregrinas, la novela morisca, romances viejos, versos clásicos, epístolas en prosa, literatura popular desgranada en sentencias, cuentos, refranes... Toda esta literatura, leída ávida e inteligentemente por Cervantes, pasa el tamiz de este genial escritor a lo largo de las páginas del *Quijote*, de manera que en ellas da forma a un nuevo género, que no es ni prosa épica, ni *novella* al estilo italiano, ni libro de aventuras peregrinas, ni libro de caballerías... Es, sin duda, otra cosa, desde luego algo muy cercano a lo que conocemos como novela, la NOVELA con mayúsculas, abriendo el camino que luego siguieron los escritores ingleses y americanos del XVIII y, ya en el XIX, por los españoles y franceses. Lo cierto es que por esas fechas de hacia 1600 Cervantes estaba creando un género nuevo, una nueva manera de hacer literatura. Nada más exacto que decir que hay un antes y un después de Cervantes en la historia de la literatura universal; en su *Quijote* encontramos el embrión de la novela moderna.

Con estas obras Cervantes consigue un importante prestigio y reconocimiento en la república literaria de la época y, también, un puesto de primer orden en la historia de la literatura española y universal.

He aquí, finalmente, su propia autobiografía literaria:

«Yo corté con mi ingenio aquel vestido
con que al mundo la hermosa *Galatea*
salió para librarse del olvido.

Soy por quien *La Confusa*, nada fea,
pareció en los teatros admirable,
si esto a su fama es justo se le crea.

Yo, con estilo en parte razonable,

he compuesto *Comedias* que en su tiempo
tuvieron de lo grave y de lo afable.

Yo he dado en *Don Quijote* pasatiempo
al pecho melancólico y mohíno,
en cualquiera sazón, en todo tiempo.

Yo he abierto en mis *Novelas* un camino
por do la lengua castellana puede
mostrar con propiedad un desatino.

Yo soy aquel que en la invención excede
a muchos; y al que falta en esta parte,
es fuerza que su fama falta quede.

Desde mis tiernos años amé el arte
dulce de la agradable poesía
y en ella procuré, siempre, agradarte.

Nunca voló la pluma humilde mía
por la región satírica: bajeza
que a infames premios y desgracias guía.

Yo el soneto compuse que así empieza,
por honra principal de mis escritos:
"Voto a Dios que me espanta esta grandeza".

Yo he compuesto romances infinitos,
y el de *Los celos* es aquel que estimo,
entre otros que los tengo por malditos.

Por esto me congojo y me lastimo
de verme solo en pie, sin que se aplique
árbol que me conceda algún arrimo.

Yo estoy, cual decir suelen, puesto a pique
para dar a la estampa al gran *Persiles*,
con que mi nombre y obras multiplique.

Yo, en pensamientos castos y sotiles,
dispuestos en sonetos de a docena,

he honrado tres sujetos fregoniles.

También, al par de Filis, mi Silena
resonó por las selvas, que escucharon
más de una y otra alegre cantilena,

y en dulces varias rimas se llevaron
mis esperanzas los ligeros vientos,
que en ellos y en la arena se sembraron. [...]»

(*Viaje del Parnaso*, IV, vv. 13-57)

4. *Novelas ejemplares*

4.1. LA NOVELA CORTA EN ESPAÑA

A partir de la segunda década del siglo XVII el mercado editorial español se inunda de colecciones de novelas cortas, generalmente enmarcadas, que constituyeron un éxito de primer orden. Dentro de la ficción en prosa del Siglo de Oro estas novelas cortas vinieron a sustituir en el gusto popular a los relatos pastoriles y bizantinos tan abundantes en la segunda mitad del siglo XVI y primeros años del XVII (*Los siete libros de la Diana*, de Jorge de Montemayor, 1559; *Los trabajos de Persiles y Sigismunda*, de Miguel de Cervantes, 1617, entre otros títulos).

Precisamente las *Novelas ejemplares* (1613) abrieron el camino a este género, que hasta entonces sólo se había cultivado en España a través de traducciones de sus modelos, esto es, los libros italianos de relatos cortos: el *Decamerón*, traducido bajo el título de *Las cien novellas de Juan Bocacio* no menos de cinco veces a lo largo del siglo XVI; las *Piaccevoli noti* de Caravaggio traducidas con el título de *Honesto y agradable entretenimiento de damas y galanes*; las *Novelle* de Mateo Bandello, conocidas en España con el nombre de *Historias trágicas ejemplares, sacadas del Bandello veronés* (Salamanca, 1589 y reimpresiones en Madrid, 1596 y Valladolid, 1603), etc.

Con muy pocas excepciones (el *Patrañuelo,* de Timoneda; algunos cuentos incorporados en *El Scholástico* de Cristóbal de Villalón y algunas novelas intercaladas en el *Guzmán de Alfarache...*), las colecciones de novela corta se publican a partir de 1620: *Cigarrales de Toledo,* de Tirso de Molina (1624, pero privilegio de impresión y aprobaciones de 1621); *Novelas a Marcia Leonarda,* de Lope (1621-1624); *Sucesos y prodigios de amor,* de Juan Pérez de Montalbán (1624); *Tardes entretenidas,* de Alonso del Castillo Solórzano (1625), etc.

A esas alturas de siglo (1620, 1630...) nadie pone reparos ya a este género, pero los inicios no fueron tan fáciles y las críticas arreciaron: por un lado era un género nuevo, esto es, sin preceptiva y, por otro, llevaba consigo un barniz de inmoralidad que le venía de sus precedentes italianos, lo cual motivó los ataques de censores y moralistas, como el siguiente, que define así las novelas cortas:

> «Libros llenos de lascivia y torpeza, y que, aunque inventados por medio de hombres viciosos, más bien parece que salieron de los senos del infierno.»
>
> (Fray Joseph de Jesús María, *Primera parte de las excelencias de la virtud de la castidad* [...] Alcalá de Henares, Viuda de Juan Gracián, 1601)

Esto es probablemente lo que explica la insistencia de Cervantes en repetir (en el título y en otros lugares) que sus novelas son ejemplares, cuando en realidad, desde el punto de vista moral, dejan mucho que desear.

Cervantes abrió el camino para el triunfo de este género y a su zaga siguieron los demás escritores. El cambio de fortuna de la novela corta en España se puede ejemplificar muy bien con la actitud de Lope frente a ella, pues, si bien en 1621 se atreve a publicar una novela (*Las fortunas de Diana*) en el volumen misceláneo *La Filomena, con otras diversas rimas, prosas y versos de Lope de Vega Carpio* (Madrid, en casa de la viuda de Alonso Martín, 1621), y dice tener preparadas varias más, unos años antes, en 1602 se expresaba en términos muy duros y contrarios:

> «Ni es bien escribir por términos tan inauditos que a nadie pareciesen inteligibles; pues si acaso las cosas son oscuras, los que no han estudiado maldicen el libro, porque quisieran que todo estuviera lleno de cuentos y novelas, cosa indigna de hombres de letras; pues no es justo que sus libros anden entre mecánicos e ignorantes, que cuando no es para enseñar, no se ha de escribir para los que no pudieron aprender.»
>
> (Dedicatoria a don Juan de Arguijo en las *Rimas* [Sevilla, 1602/1604])

4.2. Cervantes ante la novela corta

Cuando en 1612 Cervantes entrega a la imprenta un volumen de doce novelas cortas bajo el título general de *Novelas ejemplares*, no era éste el trabajo experimental e ingenuo de un recién llegado a la literatura, sino que es el fruto de lo que el autor venía trabajando desde bastante tiempo atrás, y seguirá cultivando aún después.

En este sentido, las *Novelas ejemplares* son un trabajo experimental, por novedoso, en el contexto literario de la época, en la medida en que nadie por esas fechas estaba haciendo algo parecido; pero no improvisado, antes al contrario: en buena medida es consecuencia de la reflexión que Cervantes viene llevando a cabo, casi desde el principio de su producción literaria, sobre el género de la novela corta, probablemente leído y asimilado en Italia durante su larga estancia en ese país y, después, a través de otras muchas lecturas.

En efecto, ya en *La Galatea* (1585) encontramos este tipo de narraciones. El libro se apega al canon tradicional de la novela pastoril, en el camino trazado por la *Diana* de Montemayor, donde una historia principal sirve de hilo conductor a otras que se suceden y entrelazan. En este caso, la historia de los amores de Galatea desempeña tal función y en ella confluyen las restantes: la trágica narración en las riberas del Betis; la historia de los dos amigos, Timbrio y Silerio, enamorados de Nísida; la historia de los hermanos gemelos (Teolinda y Leonarda, por un lado, Artidoro y Galercio, por otro); la narración de Rosaura y Grisaldo, etc. Algunas de estas narraciones pueden ser consideradas novelas cortas al estilo italiano, como la ya mencionada novela de los dos amigos, Timbrio y Silerio, ambos enamorados de Nísida: los dos sacrifican sus propias preferencias por el otro y al fin logran resolver el caso mediante la intervención de una hermana de aquella, Blanca, que pasa a ser el amor de Silerio, mientras que Nísida se une a Timbrio. El argumento procede de la novela octava de la jornada décima del *Decamerón* de Boccaccio. El italiano la sitúa en la Grecia de la antigüedad; los protagonistas son Tito y Gisippo, por una parte, y Sofronia y su hermana Fulvia, por otra. En cambio Cervantes sitúa los hechos en Jérez y Nápoles y en su época; los protagonistas son audaces y valerosos, hay abordajes, cautivos... La narración se muestra más objetiva en el original de Boccaccio, mientras que Timbrio y Silerio la cuentan de forma mucho más personal en sus casos y se utiliza el ambiente pastoril para la resolución final y feliz de la trama.

Asimismo, como se sabe, la primera noticia que se tiene de *Rinconete y Cortadillo*, la tercera de las *Novelas ejemplares*, la proporciona una maleta encontrada por Don Quijote de la Mancha en el capítulo veintitrés de la primera parte de sus aventuras, con "cuatro camisas de delgada holanda", "otras cosas de lienzo", "un pañizuelo" con un "buen montoncillo de escudos" y un libro de memoria "ricamente guarnecido" en el que se han escrito algunos versos (entre ellos el soneto "O le falta al Amor conocimiento...") y cartas, todos ellos de "quejas, lamentos, desconfianzas, sabores y sinsabores, favores y desdenes". Esta maleta, olvidada durante unos cuantos capítulos, reaparece al final del trigésimo segundo, donde se completa la relación de las cosas que contenía: unos papeles "en tan buena letra escritos" y en forma de "ocho pliegos escritos de mano", al principio de los cuales se había escrito un título: *Novela del Curioso impertinente*. Y para entretener el tiempo, los compañeros de aventura de Don Quijote —Cardenio, Sancho, Dorotea, el ventero, el cura— deciden leerla. Pero el contenido de la maleta no queda ahí: Cervantes, maestro a la hora de seleccionar la información que proporciona al lector, decide esperar unos cuantos capítulos más —se termina la *Novela del Curioso impertinente*, sucede la aventura de los cueros de vino, Don Quijote pronuncia el discurso de las armas y las letras, se relata la historia del cautivo, la de Doña Clara y Don Luis...— y sólo en el cuarenta y siete completa el contenido de la maleta, con un evidente guiño al lector:

«El ventero se llegó al cura y le dio unos papeles, diciéndole que los había hallado en un aforro de la maleta donde halló la *Novela del Curioso impertinente*, y que pues su dueño no había vuelto más por allí, que se los llevase todos, que pues él no sabía leer, no los quería. El cura se lo agradeció y, abriéndolos luego, vio que al principio de lo escrito decía: *Novela de Rinconete y Cortadillo*, por donde entendió ser alguna novela y coligió que, pues la del *Curioso impertinente* había sido buena, que también lo sería aquella, pues podría ser fuesen todas de un mesmo autor; y, así, la guardó, con prosupuesto de leerla cuando tuviese comodidad.»

Con comodidad también la pudo leer por esas fechas (hacia 1606, quizá antes) otro hombre de religión, el Cardenal Arzobispo de Sevilla Don Fernando Niño de Guevara, a través de la miscelánea que le compiló Francisco Porras de la Cámara y que incluía también *La tía fingida* (novela muchas veces atribuida a Cervantes) y el *Celoso extremeño*.

Estas versiones, con singulares e importantes variaciones con respecto a los textos de 1613, permanecieron incógnitas en la Biblioteca Colombina hasta que Isidoro Bosarte, secretario de la Real Academia de Bellas Artes de San Fernando, las encontró allí en 1788 y dio noticia de ellas al publicarlas de seguido en el *Gabinete de Lectura Española*. Gracias a Bosarte se pueden utilizar hoy, pues el manuscrito compilado por Porras de la Cámara desapareció de manera definitiva en 1823.

Guiño cervantino al lector al anunciar otras obras suyas, sí; pero también, muestra palpable del gusto de Cervantes por el género de la narración corta, que, como se ha visto antes, comienza con las novelas intercaladas en la *Galatea*, se mantiene sin duda a lo largo de esos años que permanece alejado, al menos de cara al público, de la literatura, y reaparece también a través de las novelas intercaladas de los dos *Quijotes*.

Así, en el primer *Quijote* se inserta una serie de historias y episodios marginales completamente ajenos a la trama central, algunos de los cuales pueden ser considerados plenamente como novelas cortas: la historia de Grisóstomo y la pastora Marcela (caps. 9 y ss.), la novela de *El curioso impertinente* (caps. 30-35), la historia del capitán cautivo (caps. 39-41), la de los amores cruzados entre Dorotea, Luscinda, Cardenio y don Fernando; la historia de los amores del mozo de mulas con doña Clara, la hija de oidor y sobrina del capitán cautivo (cap. 43); y la de Leandra y Vicente de la Rosa (cap. 51), que leemos a través del relato del cabrero Eugenio.

En la segunda parte, ahora ya sí plenamente imbricadas en la acción principal de las aventuras de Don Quijote y Sancho, se encuentran las siguientes: las bodas de Camacho el Rico (caps. 19-21), los aldeanos que rebuznan (caps. 25-27), el relato de doña Rodríguez (caps. 48, 52, 56, 66), la historia de la hija de Diego de la Llana y el hermano de esta (cap. 49), la de Claudia Jerónima (cap. 60), y la de Ana Félix, la hija del morisco Ricote (caps. 54, 63 y 65).

Incluso en el *Persiles*, la obra póstuma, todavía aparece algún elemento de novela corta, no tanto desde la práctica sino, algo que Cervantes ya había hecho en otras ocasiones (*v.g.* en los capítulos vigésimo segundo y cuadragésimo séptimo de la primera parte del *Quijote* y en el tercero y cuadragésimo cuarto de la segunda), desde la reflexión teórica sobre cómo deben ser las novelas. Así, es posible encontrar afirmaciones tan interesantes como la siguiente, muy útil, además, para entender el arte cervantino de las *Novelas ejem-*

plares: "La salsa de los cuentos es la propiedad del lenguaje en cualquiera cosa que se diga" (*Persiles*, lib. III, cap. 7).

Sin duda, el género de la novela corta debió de gustar especialmente a Cervantes; de ahí la práctica constante a lo largo de toda su carrera literaria, desde el principio hasta sus últimos trabajos; de ahí el elevado número de narraciones de ese tipo que escribió, la variedad de ellas y la bondad de muchas. Todo ello lleva a poder afirmar que Cervantes, con palabras de Agustín González de Amezúa, es el "creador de la novela corta española".

4.3. Cervantes ante las *Novelas ejemplares*

Pocas cosas señala Cervantes sobre sus *Novelas ejempla-res*. El prólogo que las antecede es profundamente ambiguo en lo que se refiere a la ejemplaridad de la novelas, como también en lo que tiene que ver con su estructura ("[…] de estas novelas que te ofrezco, en ningún modo podrás hacer pepitoria, porque no tienen pies, ni cabeza, ni entrañas, ni cosa que les pareza […]"). Es inequívoca, en cambio, la rotundidad con que expresa su orgullo de iniciador del géne-ro en España ("[…] yo soy el primero que ha novelado en lengua castellana […]") y, asimismo el objetivo final que persigue con estas doce novelas, que no es otro que el del entretenimiento; no es un texto pensado para enseñar, para formar (aun deleitando, con el precepto horaciano por detrás), sino para entretener, para ocupar el tiempo de ocio, esas "horas […] de recreación, donde el afligido espíritu des-canse", lo cual supone una concepción radicalmente nueva y moderna de la literatura de ficción.

En otro lugar, el *Viaje del Parnaso*, el autor ofrece un interesante juicio sobre su propósito al escribir el volumen de 1613: "Yo he abierto en mis *Novelas* un camino / por do la lengua castellana puede / mostrar con propiedad un desatino" (*VP*, IV, vv. 25-27). Este texto puede entenderse mejor con estos otros versos también del mismo poema:

«Palpable vi ... Mas no sé si lo escriba,
que a las cosas que tienen de imposibles
siempre mi pluma se ha mostrado esquiva;
las que tienen vislumbre de posibles,
de dulces, de suaves y de ciertas,
explican mis borrones apacibles.
Nunca a disparidad abre las puertas
mi corto ingenio, y hállalas contino
de par en par la consonancia abiertas.
¿Cómo pueda agradar un desatino,
si no es que de propósito se hace,
mostrándole el donaire su camino?
Que entonces la mentira satisface
cuando verdad parece y está escrita
con gracia que al discreto y simple aplace.»

(*VP*, VI, 49-63)

Mostrar con propiedad un desatino. He aquí la clave del arte cervantino de la novela corta: ofrecer un disparate, algo aparentemente equivocado o desconcertado, pero que pueda pasar por verdadero, esto es, verosímil: no se trata de ofrecer hechos reales, sino verosímiles, o lo que es lo mismo, acciones que, no habiendo sucedido, den la impresión de que sí pudieran haber sucedido. Ese disparate se plantea conscientemente y lo importante es introducir toda una serie de elementos ("mostrándole el donaire su camino") que permitan convertir el disparate en algo verosímil, pues así "[...]la mentira satisface / cuando verdad parece". Para ello es necesario hacerlo con propiedad, "con gracia", esto es, como dice un personaje del *Persiles*, "La salsa de los cuentos es la propiedad del lenguaje en cualquiera cosa que se diga" (lib. III, cap. 7).

En efecto, por un lado, las doce novelas ejemplares no son sino doce desatinos: una gitana que enamora a un caballero de la corte al que convence para abandonar familia y amigos y convertirse en gitano; una fregona que es ilustre y que no friega en el mesón; un licenciado que se cree de vidrio; dos perros que hablan; una española que, además, es inglesa en un momento en que las dos naciones eran enemigas irreconciliables; una pareja de pícaros que ni siquiera pueden robar porque se dan cuenta que la libertad para manejar los naipes y "cortar bolsas" que Madrid, Toledo, las ventas y el camino les proporcionaban no existe en Sevilla; más áun, quedan asombrados de la existencia de una especie de mafia que impone sus normas y condiciones: "Yo pensé –dijo Cortado–, que el hurtar era oficio libre, horro de pecho y alcabala; y que si se paga, es por junto, dando por fiadores a la garganta y a las espaldas". Es necesario pasar por la aduana de Monipodio, "padre", "maestro" y "amparo" de los ladrones de Sevilla. etc. Y en todas y cada una de ellas, Cervantes despliega un arsenal de recursos para conseguir hacer creer al lector que esos desatinos podrían haber sucedido.

Y, por otro, son un prodigio en el uso y variedad de los registros lingüísticos: lenguaje de germanía, recursos propios de los diálogos humanísticos, lenguaje cortesano, estudiantil, comediesco... Una de las novelas puede servir de ejemplo: *Rinconete y Cortadillo*. En ella, el primer encuentro de Rincón y Cortado se manifiesta a través del uso hipócrita de los tratamientos ("–¿De qué tierra es vuesa merced, señor gentilhombre, y para adónde bueno camina? [...] Mi tierra, señor caballero —respondió el preguntado—, no la sé, ni para dónde camino, tampoco". Su contacto con la cofradía de Monipodio se dificulta precisamente por el lenguaje:

—Díganme, señores galanes: ¿voacedes son de mala entrada, o no?

—No entendemos esa razón, señor galán —respondió Rincón.

—¿Que no entrevan, señores murcios? —respondió el otro.

—Ni somos de Teba ni de Murcia —dijo Cortado—. Si otra cosa quiere, dígala; si no, váyase con Dios.

—¿No lo entienden? —dijo el mozo—. Pues yo se lo daré a entender, y a beber, con una cuchara de plata; quiero decir, señores, si son vuesas mercedes ladrones.

El lenguaje se convierte también en recurso de comicidad a través, por ejemplo, de las abundantes prevaricaciones lingüísticas que cometen los personajes, o cuando le oímos sentenciar a Monipodio: "Digo que sola esa razón me convence, me obliga, me persuade y me fuerza a que desde luego asentéis por cofrades mayores y que se os sobrelleve el año de noviciado"; pero también es una forma de protección de los delicuentes, pues manejando habitualmente palabras como *cuatrero*, *ansia*, *rosnos* y *primer desconcierto*, y tantas otras, solo ellos se entienden, de ahí las dificultades iniciales de los nuevos cofrades Rincón y Cortado. Y adquiere finalmente una importancia sustancial, pues en el seno de una sociedad que les constriñe, que les ahoga, Rincón y Cortado encuentran en el lenguaje una manera de situarse por encima de los demás: lo que les distingue es su capacidad para dominar el lenguaje y utilizarlo apropiadamente, cosa que no pueden hacer los demás. Por eso Monipodio, que no sabe leer, le da a leer a Rinconete un librillo de memoria (con el célebre memorial), y, por eso también, el narrador concluye: "Era Rinconete, aunque muchacho, de muy buen entendimiento, y tenía un buen natural; y, como había andado con su padre en el ejercicio de las bulas, sabía algo de buen lenguaje, y dábale gran risa pensar en los vocablos que había oído a Monipodio y a los demás de su compañía y bendita comunidad". Por eso, en fin, la novela se acaba convirtiendo —las palabras son de Antonio Rey Hazas— "en una reflexión metanovelesca sobre el poder del lenguaje, pues muestra la superioridad de quienes lo dominan sobre los que lo manejan con impericia".

Variedad de registros lingüísticos, sí, pero también genéricos. Si, en una ocasión, Menéndez Pelayo afirmó del *Quijote* que "de cualquier modo que se le considere, es un mundo poético completo, encierra episódicamente, y subordinados al grupo inmortal que le sirve de centro, todos los tipos de la anterior producción novelesca, de suerte que con él solo podría adivinarse y restaurarse toda la literatura de imaginación anterior a él, porque Cervantes se la asimiló e incorporó toda en su obra", algo similar se podría decir de las *Novelas ejemplares*, donde es posible encontrar, sabiamente mezclados e incorporados, buena parte de los géneros que la ficción literaria de la época ofrecía a un escritor.

En este sentido, *La gitanilla* es una singular mistura de elementos teatrales, pastoriles, caballerescos y cortesanos, todo ello desarrollado en ambiente gitanesco. *El amante liberal* incorpora elementos de novela bizantina y de los relatos de cautivos. *Rinconete y Cortadillo* es un relato a caballo entre la picaresca —sutilmente interpretada— y el teatro (un entremés de figuras). *La española inglesa* es una novela bizantina. *El licenciado Vidriera* puede considerarse como una contranovela picaresca a la que se añaden elementos de relato folclórico, de las fábulas milesias y de la literatura de la locura. *La fuerza de la sangre* mezcla elementos de *novelle* italiana y comedia. *El celoso extremeño* constituye una novela muy compleja en la que se fusionan la tradición del chiste y la facecia, por un lado, pero, también, rasgos de *novelle* y de teatro. *La ilustre fregona* reúne elementos de novela picaresa —muy idealizada— y bizantina. *Las dos doncellas* incorpora aspectos de *novelle* italiana, caballerescos y de las cuestiones de amor. *La señora Cornelia*, de difícil adscripción genérica, puede situarse en la tradición de la *novelle* italiana. En *El casamiento engañoso* Cervantes noveliza una facecia de tradición italiana. Finalmente, el *Coloquio de los perros* es una magistral combinación de novela picaresca, fábulas milesias y relatos lucianescos.

Con todos estos ingredientes Cervantes consigue crear una de las obras más audaces, novedosas y modernas de la prosa de ficción aurisecular.

5. Opiniones sobre la obra

Un enemigo de Cervantes ante las NE

«Como casi es comedia toda la historia de don Quijote de la Mancha, no puede ni debe ir sin prólogo; y así sale al principio desta segunda parte de sus hazañas éste, menos cacareado y agresor de sus letores que el que a su primera parte puso Miguel de Cervantes Saavedra, y más humilde que el que segundó en sus *Novelas*, más satíricas que ejemplares, si bien no poco ingeniosas [...]

Y pues Miguel de Cervantes es ya de viejo como el castillo de San Cervantes y, por los años, tan mal contentadizo, que todo y todos le enfadan, y por ello está tan falto de amigos que, cuando quisiera adornar sus libros con sonetos campanudos, había de ahijarlos, como él dice, al preste Juan de las Indias o al emperador de Trapisonda, por no hallar título quizás en España que no se ofendiera de que tomara su nombre en la boca, con permitir tantos vayan los suyos en los principios de los libros del autor de quien murmura, y ¡plegue a Dios aun deje, ahora que se ha acogido a la iglesia y sagrado!; conténtese con su *Galatea* y comedias en prosa, que eso son las más de sus novelas: no nos canse.»

(Alonso Fernández de Avellaneda, *El ingenioso hidalgo don Quijote de la Mancha, que contiene su tercera salida y es la quinta parte de sus aventuras*, Tarragona, 1614, prólogo, ed. de Luis Gómez Canseco, Madrid, Biblioteca Nueva, 2000, pp. 195 y 197-9)

Cervantes como modelo de la novela corta en España

«[...] y aunque en España también se intenta, por no dejar de intentarlo todo, también hay libros de novelas, de ellas traducidas de italianos y de ellas propias, en que no faltó gracia y estilo a Miguel de Cervantes.»

(Lope de Vega, *La Filomena* [...] ("Las fortunas de Diana"), Barcelona, Sebastián de Cormellas, 1621, f. 58v.-59, ed. de Francisco Rico, Madrid, Alianza Editorial, 1968, p. 28)

Cervantes convertido en modelo de la novela corta española

«Pareceme, señores, que después que murió nuestro español Boccaccio, quiero decir Miguel de Cervantes, ejecutor acérrimo de la expulsión de andantes aventuras...»

(Tirso de Molina, *Cigarrales de Toledo*, 1621, ed. de Luis Vázquez Fernández, Madrid, Castalia, 1996, p. 236)

Sobre la ejemplaridad de las NE

«Desviemos, en consecuencia, los problemas de la ejemplaridad de estas novelitas al campo neutro de la eutrapelia. Con tal maniobra relucen con más luz aún aquellas palabras "yo soy el primero que ha novelado en lengua castellana", que el propio Cervantes se encarga de recuadrar en forma categórica y rotunda: "Me doy a entender, *y es así*". Esta taxativa afirmación de originalidad y prioridad no es ni más ni menos que una nueva declaración de la libertad del artista. Él no tiene modelos literarios, ni los ha querido buscar, inmenso himno de liberación artística que Cervantes comenzó a modular con do de pecho en el *Quijote* de 1605. Suponer que después de 1605 podría imitar a otros artistas sería suponer un retraso intelectual equivalente a la anulación homicida del artista liberado [...] En este nuevo terreno creo que podemos, y debemos, replantear el problema de la ejemplaridad de estas novelas. Son ejemplares, evidentemente, porque pueden servir de ejemplo y modelo a las nuevas generaciones artísticas españolas [...] Lope tuvo que reconocer la ejemplaridad de las novelas cervantinas, por más a regañadientes que lo hiciese, en el sentido de que el único modelo a seguir en España, el único que puede recordar y citar [al comienzo de las *Novelas a Marcia Leonarda*], es Miguel de Cervantes y sus *Novelas ejemplares*. Para escribir novelas cortas había que modelarse en las de Cervantes, que en este sentido eran ejemplares. Detrás de Cervantes, en España, no había nada. Y esto lo sabía muy bien el manco sano, como lo demuestra cada línea del prólogo que él puso a sus novelitas.»

(Juan Bautista Avalle-Arce, prólogo a su edición de las *Novelas ejemplares*, Madrid, Castalia, 1987, 3ª ed., vol. I, pp. 16-18)

El marco (implícito) de las NE

"Un lector se daría cuenta de las vinculaciones temáticas o argumentales, otro fijaría su atención en las relaciones constructivas, éste vería cómo se reiteran determinados procedimientos técnicos o estilísticos, ése detendría su atención en diversos elementos de la poética común, aquel captaría el carácter medular del *Coloquio*, el de más acá anotaría la ironía que preside buena parte de estos relatos, el de más allá se interesaría por la actitud crítica o por la nivelación literaria de lo social, el último, en fin, establecería nexos variados de afinidad y diversidad que aúnan las más dispares novelas... Pero, de esta o de otra manera, en cualquier caso, mezclando o separando criterios, observaría relaciones íntimas entre las novelas: de uno u otro tipo, con mayor o menor finura; pero los vería.

Porque ahí radica la extraordinaria intuición cervantina, ahí su impar concepción novelesca y su portentosa maestría técnica y expresiva: en el hecho de haber sido capaz de concebir y realizar un marco implícito, y, en consecuencia, nuevo, diferente por completo a los de sus contemporáneos, radicalmente innovador, actual, que lleva derecho a la novela moderna, hacia nuestros días, en la medida en que los doce relatos configuran un todo coherente, uniforme y cohesionado, al mismo tiempo que mantienen independiente la peculiaridad de cada uno de ellos. Cervantes, además, y es lo más sorprendente, sabía muy bien lo que estaba haciendo. Por eso advierte previamente a sus lectores: "si bien lo miras [...], así de todas juntas como de cada una de por sí". Sólo él podía haber hecho una cosa así; sólo él lo hizo. No es de extrañar que sus coetáneos, Tirso a la cabeza, no le entendieran bien. Habían de pasar muchos años para poder comprender tan magno, audaz e innovador avance de la teoría y de la práctica novelescas.»

(Antonio Rey Hazas, "*Novelas ejemplares*",
Anthony Close et alii, *Cervantes*, Alcalá de Henares,
Centro de Estudios Cervantinos, 1995, p. 209)

Literatura y realidad en las NE

«La narrativa cervantina –representada por "libros" como el *Quijote*, pero también por "novelas" como *La gitanilla*– lleva a la ficción un debate epistemológico de alta repercusión en el pensamiento de la época: el que afronta el problema de la naturaleza de la realidad y el de las relaciones de la literatura con la realidad. Para un hombre del Renacimiento, al filo ya del Barroco, la realidad es poliédrica, perspectivista e interpretable, y los viejos géneros trazados por la perspectiva clasicista no resultaban ya aptos para dar cuenta de ella. Frente al "las cosas son" de la literatura precedente, Cervantes pone en pie la literatura de "las cosas parecen". Toda narración de un hecho –histórico o ficticio– no podrá ser otra cosa que la elección de una lectura –entre otras muchas posibles– para tal hecho, porque cualquier suceso admite tantas lecturas como espectadores. Lo que equivale a afirmar que, desde el punto de vista del discurso, no existen hechos, sino interpretaciones; y las varias interpretaciones de un mismo hecho –sin dejar de reflejar el hecho– podrán incluso contradecirse. En última instancia, la narrativa de Cervantes está novelizando el problema de la incapacidad de cualquier discurso para dar cuenta, exacta e imparcial, de una realidad viva, a la vez que pone en evidencia el carácter problemático de la realidad.»

(Javier Blasco, "Estudio preliminar" a Miguel de Cervantes, *Novelas ejemplares*, ed. de Jorge García López, Barcelona, Crítica, 2001, p. xxxix)

6. Bibliografía esencial

Ediciones

En ediciones de obras completas

–Schevill, R. y Bonilla, A., Madrid, Impr. B. Rodríguez-Gráficas Reunidas, 1914-41. *NE:* Gráficas Reunidas, I-1922, II-1923, III-1925.

–Sevilla, F. y Rey, A., Alcalá de Henares, Centro de Estudios Cervantinos, 1993-1995, 3 vols. *NE:* vol. II.

–Sevilla, F. y Rey, A., Madrid, Alianza Editorial, 1996-1999. *NE* en vols.: 6 [*La gitanilla. El amante liberal*], 7 [*Rinconete y Cortadillo*], 8 [*La española inglesa. El licenciado Vidriera. La fuerza de la sangre*], 9 [*El celoso extremeño*], 10 [*La ilustre fregona. Las dos doncellas. La señora Cornelia*] y 11 [*El casamiento engañoso. El coloquio de los perros*].

–VALBUENA PRAT, A., México, Aguilar, 1995, 1ª reimpresión, 2 vols. *NE:* vol. II.

–YNDURÁIN, D., Madrid, Turner, 1993, 4 vols. *NE*: vol. III.

Ediciones sueltas

–Ed. facsímil, Madrid, RAE, 1981.

–AVALLE-ARCE, J. B., Madrid, Castalia, 1989, 3 vols.

–BAQUERO GOYANES, M., Madrid, Edit. Nacional, 1976, 2 vols.

–GARCÍA LÓPEZ, Javier, Barcelona, Crítica, 2001.

–GARCÍA LORENZO, L., Madrid, Espasa-Calpe, 1983, 2 vols.

–LUTTIKHUIZEN, F., Barcelona, Planeta, 1994.

–RIUS, L., México, UNAM, 1978, 1ª reimpr., 2 vols.

–RODRÍGUEZ-LUIS, J., Madrid, Taurus, 1985, 2 vols.

–RODRÍGUEZ MARÍN, F., Madrid, Espasa-Calpe, 1965, 2 vols.

–SEVILLA, F. y REY, A., Madrid, Espasa-Calpe, 1991, 2 vols.

–SIEBER, H., Madrid, Cátedra, 1980, 2 vols.

Estudios

–*Anales Cervantinos*, revista publicada por el Instituto de Filología Miguel de Cervantes del C.S.I.C. desde 1951.

–AVALLE-ARCE, Juan Bautista, "Cervantes y el *Quijote*", Francisco Rico, *Historia y Crítica de la Literatura Española. Siglos de Oro: Renacimiento*, Barcelona, Crítica, 1980, pp. 591-619.

————, "Cervantes y el *Quijote*", Francisco Rico, *Historia y Crítica de la Literatura Española. Siglos de Oro. Primer Suplemento*, Barcelona, Crítica, 1991, pp. 292-302 y 337-338.

—AVALLE-ARCE, Juan Bautista y RILEY, E. C., eds., *Suma cervantina*, Londres, Tamesis Books, 1973.

—BLECUA, Alberto, "Las *Novelas ejemplares*", *Anthropos*, 98-99 (1989), pp. 73-6.

—BUSTOS TOVAR, Jesús (ed.), *Lenguaje, ideología y organización textual en las "Novelas ejemplares"*, Madrid, Universidad Complutense, 1983.

—CANAVAGGIO, Jean, *Cervantes. En busca del perfil perdido*, Madrid, Espasa-Calpe, 1992, 2ª, ed. aumentada y corregida.

—CASALDUERO, Joaquín, *Sentido y forma de las "Novelas ejemplares"* [1943], Madrid, Gredos, 1962.

—*Cervantes*, revista semestral publicada por la Cervantes Society of America desde 1981.

—DRAKE, Dana B., *Cervantes' Novelas ejemplares, A Selective Annotated Bibliography*, Nueva York, Garland, 1981, 2ª ed.

—EL SAFFAR, Ruth S., *Novel to Romance, A Study of Cervantes' "Novelas ejemplares"*, Baltimore, John Hopkins Univ., 1974.

—FORCIONE, Alban K., *Cervantes and the Humanist Vision. A Study of Four Exemplary Novels*, Princeton, Princeton University Press, 1982.

—GONZÁLEZ DE AMEZÚA, Agustín, *Cervantes creador de la novela corta española* [1956], Madrid, C.S.I.C., 1982, reimpresión, 2 vols.

–ICAZA, F. A., *Las "Novelas ejemplares"*, Madrid, 1928.

–NERLICH, Michael y SPADACCINI, Nicholas (eds.), *Cervantes' Exemplary Novels and the Adventure of Writing*, Minneapolis, The Prisma Institute, 1989.

–PABST, Walter, *La novela corta en la teoría y en la creación literaria. Notas para el estudio de su antinomia en las literaturas románicas*, Madrid, Gredos, 1972.

–REY HAZAS, Antonio, *"Novelas ejemplares"*, CLOSE, A. et alii, Cervantes, Alcalá de Henares, Centro de Estudios Cervantinios, 1995, pp. 173-209.

–RILEY, E. C., *Teoría de la novela en Cervantes* (1966), Madrid, Taurus, 1989, 3ª reimpresión.

–RODRÍGUEZ LUIS, Julio, *Novedad y ejemplo en las novelas de Cervantes*, Madrid, José Porrúa Turanzas, 1980-1984, 2 vols.

–ZIMIC, Stanislav, *Las "Novelas ejemplares" de Miguel de Cervantes*, Madrid, Siglo XXI, 1994.

7. LA EDICIÓN

Las *Novelas ejemplares* se publicaron en Madrid, en la imprenta de Juan de la Cuesta durante el otoño de 1613. Sin llegar a constituir un "best seller", lo cierto es que ha sido una obra reeditada en numerosísimas ocasiones, desde los días cervantinos hasta hoy mismo. El texto que reproduzco a continuación pretende, de acuerdo con los criterios de esta colección, ofrecer una lectura fiable del texto de 1613, sin variantes, convenientemente modernizado de acuerdo con las normas actuales de puntuación y acentuación, pero respetando aquellos elementos característicos del español de principios del siglo XVII (vacilaciones, formas verbales, usos lingüísticos peculiares, etc.), para lo cual he tenido en cuenta la fecunda tradición editorial de las *Novelas* (véase el apartado *Ediciones* de la *Bibliografía*). La anotación es esencial y básica, con el propósito de aclarar palabras, frases y expresiones que pudieran plantear problemas al lector.

Quiero dejar constancia de la colaboración de Álvaro Cimas Hernando para llevar a cabo este trabajo.

II. *Ocho novelas ejemplares*

PRÓLOGO AL LECTOR

Quisiera yo, si fuera posible, lector amantísimo, escusarme de escribir este prólogo, porque no me fue tan bien con el que puse en mi *Don Quijote*, que quedase con gana de segundar con éste. Desto tiene la culpa algún amigo, de los muchos que en el discurso de mi vida he granjeado, antes con mi condición que con mi ingenio; el cual amigo bien pudiera, como es uso y costumbre, grabarme y esculpirme en la primera hoja deste libro, pues le diera mi retrato el famoso don Juan de Jáurigui, [1] y con esto quedara mi ambición satisfecha, y el deseo de algunos que querrían saber qué rostro y talle tiene quien se atreve a salir con tantas invenciones en la plaza del mundo, a los ojos de las gentes, poniendo debajo del retrato: "Éste que veis aquí, de rostro aguileño, de cabello castaño, frente lisa y desembarazada, de alegres ojos y de nariz corva, aunque bien proporcionada; las barbas de plata, que no ha veinte años que fueron de oro, los bigotes grandes, la boca pequeña, los dientes ni menudos ni crecidos, porque no tiene sino seis, y ésos mal acondicionados y peor puestos, porque no tienen correspondencia los unos con los otros; el cuerpo entre dos estremos, ni grande ni pequeño, la

---

[1] *don Juan de Jáurigui*: Juan de Jáuregui y Aguilar (1583-1641). Pintor y poeta sevillano que participó activamente en las disputas literarias de la época.

color viva, antes blanca que morena; algo cargado de espaldas, y no muy ligero de pies; éste digo que es el rostro del autor de *La Galatea* y de *Don Quijote de la Mancha,* y del que hizo el *Viaje del Parnaso,* a imitación del de César Caporal Perusino, [2] y otras obras que andan por ahí descarriadas y, quizá, sin el nombre de su dueño, llámase comúnmente Miguel de Cervantes Saavedra. Fue soldado muchos años, y cinco y medio cautivo, donde aprendió a tener paciencia en las adversidades. Perdió en la batalla naval de Lepanto [3] la mano izquierda de un arcabuzazo, herida que, aunque parece fea, él la tiene por hermosa, por haberla cobrado en la más memorable y alta ocasión que vieron los pasados siglos, ni esperan ver los venideros, militando debajo de las vencedoras banderas del hijo del rayo de la guerra, Carlo Quinto, de felice memoria".Y cuando a la deste amigo, de quien me quejo, no ocurrieran otras cosas de las dichas que decir de mí, yo me levantara a mí mismo dos docenas de testimonios, y se los dijera en secreto, con que estendiera mi nombre y acreditara mi ingenio. Porque pensar que dicen puntualmente la verdad los tales elogios es disparate, por no tener punto preciso ni determinado las alabanzas ni los vituperios.

En fin, pues ya esta ocasión se pasó, y yo he quedado en blanco y sin figura, será forzoso valerme por mi pico, que, aunque tartamudo, no lo será para decir verdades, que, dichas por señas, suelen ser entendidas. Y así, te digo otra vez, lector amable, que destas novelas que te ofrezco, en ningún modo podrás hacer pepitoria, [4] porque no tienen pies, ni cabeza, ni entrañas, ni cosa que les parezca; quiero decir que los requiebros amorosos que en algunas hallarás, son tan

---

[2] *César Caporal Perusino*: Cervantes escribe el *Viaje del Parnaso* inspirándose en el *Viaggio di Parnaso* (1582) de Cesare Caporali de Perugia.

[3] *Lepanto*: la actual Naupacto, en el golfo de Corinto, en Grecia. Frente a esta ciudad tuvo lugar en 1571 la célebre batalla naval contra los turcos en la que resultó herido Cervantes.

[4] *hacer pepitoria*: en sentido figurado, "analizar, juzgar" (*pepitoria*= guiso elaborado con despojos de ave).

honestos, y tan medidos con la razón y discurso cristiano, que no podrán mover a mal pensamiento al descuidado o cuidadoso que las leyere.

Heles dado nombre de ejemplares y, si bien lo miras, no hay ninguna de quien no se pueda sacar algún ejemplo provechoso; y si no fuera por no alargar este sujeto, quizá te mostrara el sabroso y honesto fruto que se podría sacar, así de todas juntas como de cada una de por sí. Mi intento ha sido poner en la plaza de nuestra república una mesa de trucos,[5] donde cada uno pueda llegar a entretenerse, sin daño de barras;[6] digo, sin daño del alma ni del cuerpo, porque los ejercicios honestos y agradables antes aprovechan que dañan.

Sí, que no siempre se está en los templos, no siempre se ocupan los oratorios, no siempre se asiste a los negocios, por calificados que sean. Horas hay de recreación, donde el afligido espíritu descanse. Para este efeto se plantan las alamedas, se buscan las fuentes, se allanan las cuestas y se cultivan con curiosidad los jardines. Una cosa me atreveré a decirte: que si por algún modo alcanzara que la lección destas novelas pudiera inducir a quien las leyera a algún mal deseo o pensamiento, antes me cortara la mano con que las escribí que sacarlas en público. Mi edad no está ya para burlarse con la otra vida, que al cincuenta y cinco de los años gano por nueve más y por la mano.

A esto se aplicó mi ingenio, por aquí me lleva mi inclinación, y más que me doy a entender, y es así, que yo soy el primero que he novelado[7] en lengua castellana, que las muchas novelas que en ella andan impresas todas son traducidas de lenguas estranjeras, y éstas son mías propias, no imitadas ni hurta-

---

[5] *trucos*: juego parecido al billar, importado de Italia, que se jugaba con bolas y mazos.

[6] *sin daño de barras*: lance de este mismo juego (= sin hacer daño a nadie).

[7] *el primero que he novelado*: con el término *novela* se designaba en el Siglo de Oro a lo que hoy llamamos "novela corta". Sobre la afirmación cervantina, véase el prólogo de esta edición.

das: mi ingenio las engendró, y las parió mi pluma, y van creciendo en los brazos de la estampa. Tras ellas, si la vida no me deja, te ofrezco los *Trabajos de Persiles,* libro que se atreve a competir con Heliodoro,[8] si ya por atrevido no sale con las manos en la cabeza; y primero verás, y con brevedad dilatadas, las hazañas de don Quijote y donaires de Sancho Panza, y luego las *Semanas del jardín*[9] Mucho prometo con fuerzas tan pocas como las mías, pero ¿quién pondrá rienda a los deseos? Sólo esto quiero que consideres: que, pues yo he tenido osadía de dirigir estas novelas al gran Conde de Lemos,[10] algún misterio tienen escondido que las levanta.

No más, sino que Dios te guarde y a mí me dé paciencia para llevar bien el mal que han de decir de mí más de cuatro sotiles y almidonados.[11] *Vale.*[12]

---

[8] *Heliodoro:* Heliodoro de Émesa (ss. III-IV d.C.). Autor de la obra *Etiópicas* o *Teágenes y Cariclea,* modelo de los libros de aventuras peregrinas, género al que pertenence el *Persiles.*

[9] *Semanas del jardín:* obra perdida y, probablemente, inacabada de Cervantes.

[10] *Conde de Lemos:* D. Pedro Fernández de Castro. Personaje de gran influencia en la política española del momento que desarrolló, además, una importante labor de mecenazgo. A él dedica Cervantes la segunda parte del *Quijote,* el tomo de *Ocho comedias* […], y el *Persiles.*

[11] *sotiles y almidonados:* criticones sin mucho fundamento. *Almidonados* puede equivaler a nuestro coloquial "estirados"; acaso también "acicalados", "afeminados".

[12] *Vale:* consérvate bueno. Expresión latina de despedida.

Parece que los gitanos y gitanas solamente nacieron en el mundo para ser ladrones: nacen de padres ladrones, críanse con ladrones, estudian para ladrones y, finalmente, salen con ser ladrones corrientes y molientes a todo ruedo; y la gana del hurtar y el hurtar son en ellos como acidentes inseparables, que no se quitan sino con la muerte.

Una, pues, desta nación, gitana vieja, que podía ser jubilada en la ciencia de Caco,[13] crió una muchacha en nombre de nieta suya, a quien puso nombre Preciosa, y a quien enseñó todas sus gitanerías y modos de embelecos[14] y trazas de hurtar. Salió la tal Preciosa la más única bailadora que se hallaba en todo el gitanismo, y la más hermosa y discreta que pudiera hallarse, no entre los gitanos, sino entre cuantas hermosas y discretas pudiera pregonar la fama. Ni los soles, ni los aires, ni todas las inclemencias del cielo, a quien más que otras gentes están sujetos los gitanos, pudieron deslustrar su rostro ni curtir las manos; y lo que es más, que la crianza tosca en que se criaba no descubría en ella sino ser nacida de mayores prendas que de gitana, porque era en estremo

---

[13] *Caco*: en la mitología romana es hijo de Vulcano. Es famoso por haberle robado a Hércules algunas de las vacas que éste había robado, previamente, a Geriones. Por antonomasia, *caco* ha pasado a significar "ladrón".

[14] *embelecos*: embustes, engaños.

cortés y bien razonada. Y, con todo esto, era algo desenvuelta, pero no de modo que descubriese algún género de deshonestidad; antes, con ser aguda, era tan honesta, que en su presencia no osaba alguna gitana, vieja ni moza, cantar cantares lascivos ni decir palabras no buenas. Y, finalmente, la abuela conoció el tesoro que en la nieta tenía; y así, determinó el águila vieja sacar a volar su aguilucho y enseñarle a vivir por sus uñas.

Salió Preciosa rica de villancicos, de coplas, seguidillas y zarabandas, [15] y de otros versos, especialmente de romances, que los cantaba con especial donaire. Porque su taimada abuela echó de ver que tales juguetes y gracias, en los pocos años y en la mucha hermosura de su nieta, habían de ser felicísimos atractivos e incentivos para acrecentar su caudal; y así, se los procuró y buscó por todas las vías que pudo, y no faltó poeta que se los diese: que también hay poetas que se acomodan con gitanos, y les venden sus obras, como los hay para ciegos, que les fingen milagros y van a la parte de la ganancia. De todo hay en el mundo, y esto de la hambre tal vez hace arrojar los ingenios a cosas que no están en el mapa.

Crióse Preciosa en diversas partes de Castilla y, a los quince años de su edad, su abuela putativa la volvió a la Corte y a su antiguo rancho, [16] que es adonde ordinariamente le tienen los gitanos, en los campos de Santa Bárbara, [17] pensando en la Corte vender su mercadería, donde todo se compra y todo se vende. Y la primera entrada que hizo Preciosa en Madrid fue un día de Santa Ana, [18] patrona y abogada de la villa, con una danza en que iban ocho gitanas, cuatro ancianas y cuatro muchachas,

---

[15] *zarabandas*: en el Siglo de Oro, danza popular española muy censurada por los moralistas.

[16] *rancho*: chabola, campamento.

[17] *campos de Santa Bárbara*: junto a la puerta de Santa Bárbara, al final de la calle de Hortaleza, en la zona norte de Madrid.

[18] *día de Santa Ana*: el 26 de julio; Sta. Ana es patrona de Madrid y, al parecer, había en esta ciudad una imagen de la que se declaraban especialmente devotos los gitanos.

y un gitano, gran bailarín, que las guiaba. Y, aunque todas iban limpias y bien aderezadas, el aseo de Preciosa era tal, que poco a poco fue enamorando los ojos de cuantos la miraban. De entre el son del tamborín y castañetas y fuga del baile salió un rumor que encarecía la belleza y donaire de la gitanilla, y corrían los muchachos a verla y los hombres a mirarla. Pero cuando la oyeron cantar, por ser la danza cantada, ¡allí fue ello! Allí sí que cobró aliento la fama de la gitanilla, y de común consentimiento de los diputados de la fiesta, desde luego le señalaron el premio y joya de la mejor danza; y cuando llegaron a hacerla en la iglesia de Santa María, [19] delante de la imagen de Santa Ana, después de haber bailado todas, tomó Preciosa unas sonajas, [20] al son de las cuales, dando en redondo largas y ligerísimas vueltas, cantó el romance siguiente:

> Árbol preciosísimo
> que tardó en dar fruto
> años que pudieron
> cubrirle de luto,
> y hacer los deseos
> del consorte puros,
> contra su esperanza
> no muy bien seguros;
> de cuyo tardarse
> nació aquel disgusto
> que lanzó del templo
> al varón más justo;
> santa tierra estéril,
> que al cabo [21] produjo
> toda la abundancia
> que sustenta el mundo;

[19] *iglesia de Santa María*: hoy catedral de la Almudena.
[20] *sonajas*: arco de madera donde se sostienen, como en una pandereta, pares de chapitas que chocan entre sí.
[21] *al cabo*: por fin.

casa de moneda,
do se forjó el cuño
que dio a Dios la forma
que como hombre tuvo;
madre de una hija
en quien quiso y pudo
mostrar Dios grandezas
sobre humano curso.
Por vos y por ella
sois, Ana, el refugio
do van por remedio
nuestros infortunios.
En cierta manera,
tenéis, no lo dudo,
sobre el nieto imperio
piadoso y justo.
A ser comunera
del alcázar sumo,
fueran mil parientes
con vos de consuno.
¡Qué hija, y qué nieto,
y qué yerno! Al punto,
a ser causa justa,
cantárades triunfos.
Pero vos, humilde,
fuistes el estudio
donde vuestra hija
hizo humildes cursos;
y agora a su lado,
a Dios el más junto,
gozáis de la alteza
que apenas barrunto.

El cantar de Preciosa fue para admirar a cuantos la escuchaban. Unos decían: "¡Dios te bendiga la muchacha!". Otros:

"¡Lástima es que esta mozuela sea gitana! En verdad, en verdad, que merecía ser hija de un gran señor". Otros había más groseros, que decían: "¡Dejen crecer a la rapaza, que ella hará de las suyas! ¡A fe que se va añudando en ella gentil red barredera para pescar corazones!" Otro, más humano, más basto y más modorro,[21 bis] viéndola andar tan ligera en el baile, le dijo: "¡A ello, hija, a ello! ¡Andad, amores, y pisad el polvito[22] atán menudito!" Y ella respondió, sin dejar el baile: "¡Y pisarélo yo atán menudó!"

Acabáronse las vísperas y la fiesta de Santa Ana, y quedó Preciosa algo cansada, pero tan celebrada de hermosa, de aguda y de discreta y de bailadora, que a corrillos se hablaba della en toda la Corte. De allí a quince días, volvió a Madrid con otras tres muchachas, con sonajas y con un baile nuevo, todas apercebidas de romances y de cantarcillos alegres, pero todos honestos; que no consentía Preciosa que las que fuesen en su compañía cantasen cantares descompuestos, ni ella los cantó jamás, y muchos miraron en ello y la tuvieron en mucho.

Nunca se apartaba della la gitana vieja, hecha su Argos,[23] temerosa no se la despabilasen y traspusiesen;[24] llamábala nieta, y ella la tenía por abuela. Pusiéronse a bailar a la sombra en la calle de Toledo, y de los que las venían siguiendo se hizo luego un gran corro; y, en tanto que bailaban, la vieja pedía limosna a los circunstantes, y llovían en ella ochavos y cuartos[25] como piedras a tablado; que también la hermosura tiene fuerza de despertar la caridad dormida.

[21 bis] *modorro*: inadvertido, ignorante.

[22] *polvito*: el modorro y Preciosa dialogan empleando los versos de una canción popular. *Polvito* debe ser tomado en su sentido literal.

[23] *Argos*: Argo; en la mitología griega es un héroe oriundo de la Argólide, en el Peloponeso, dotado de cuatro o de muchos ojos, según versiones, a quien Hera, esposa de Zeus, encargó la vigilancia de la ternera Ío, amante de su marido. Argo, que podía dormir con la mitad de sus ojos abiertos, se convirtió en el paradigma de vigilante implacable.

[24] *despabilasen y traspusiesen*: robasen.

[25] *ochavos y cuartos*: monedas de cobre de poco valor. Calderilla.

Acabado el baile, dijo Preciosa:

—Si me dan cuatro cuartos, les cantaré un romance yo sola, lindísimo en estremo, que trata de cuando la Reina nuestra señora Margarita[26] salió a misa de parida en Valladolid y fue a San Llorente;[27] dígoles que es famoso, y compuesto por un poeta de los del número, como capitán del batallón.

Apenas hubo dicho esto, cuando casi todos los que en la rueda estaban dijeron a voces:

—¡Cántale, Preciosa, y ves aquí mis cuatro cuartos!

Y así granizaron sobre ella cuartos, que la vieja no se daba manos a cogerlos. Hecho, pues, su agosto y su vendimia, repicó Preciosa sus sonajas y, al tono correntío[28] y loquesco,[29] cantó el siguiente romance:

> Salió a misa de parida
> la mayor reina de Europa,
> en el valor y en el nombre
> rica y admirable joya.
> Como los ojos se lleva,
> se lleva las almas todas
> de cuantos miran y admiran
> su devoción y su pompa.
> Y, para mostrar que es parte
> del cielo en la tierra toda,
> a un lado lleva el sol de Austria,
> al otro, la tierna Aurora.
> A sus espaldas le sigue
> un lucero que a deshora
> salió, la noche del día
> que el cielo y la tierra lloran.

---

[26] *señora Margarita*: Margarita de Austria, esposa de Felipe III.

[27] *San Llorente*: iglesia de San Lorenzo, en Valladolid, donde fue bautizado en 1605 Felipe IV.

[28] *correntío*: ligero, suelto.

[29] *loquesco*: alocado, de poco juicio.

Y si en el cielo hay estrellas
que lucientes carros forman,
en otros carros su cielo
vivas estrellas adornan.
Aquí el anciano Saturno
la barba pule y remoza,
y, aunque es tardo, va ligero;
que el placer cura la gota.
El dios parlero va en lenguas
lisonjeras y amorosas,
y Cupido en cifras varias,
que rubíes y perlas bordan.
Allí va el furioso Marte
en la persona curiosa
de más de un gallardo joven,
que de su sombra se asombra.
Junto a la casa del sol
va Júpiter; que no hay cosa
difícil a la privanza
fundada en prudentes obras.
Va la Luna en las mejillas
de una y otra humana diosa;
Venus casta, en la belleza
de las que este cielo forman.
Pequeñuelos Ganimedes
cruzan, van, vuelven y tornan
por el cinto tachonado
de esta esfera milagrosa.
Y, para que todo admire
y todo asombre, no hay cosa
que de liberal no pase
hasta el estremo de pródiga.
Milán con sus ricas telas
allí va en vista curiosa;
las Indias con sus diamantes,

y Arabia con sus aromas.
Con los mal intencionados
va la envidia mordedora,
y la bondad en los pechos
de la lealtad española.
La alegría universal,
huyendo de la congoja,
calles y plazas discurre,
descompuesta y casi loca.
A mil mudas bendiciones
abre el silencio la boca,
y repiten los muchachos
lo que los hombres entonan.
Cuál dice: "Fecunda vid,
crece, sube, abraza y toca
el olmo felice tuyo
que mil siglos te haga sombra
para gloria de ti misma,
para bien de España y honra,
para arrimo de la Iglesia,
para asombro de Mahoma".
Otra lengua clama y dice:
"Vivas, ¡oh blanca paloma!,
que nos has de dar por crías
águilas de dos coronas,
para ahuyentar de los aires
las de rapiña furiosas;
para cubrir con sus alas
a las virtudes medrosas".
Otra, más discreta y grave,
más aguda y más curiosa
dice, vertiendo alegría
por los ojos y la boca:
"Esta perla que nos diste,
nácar de Austria, única y sola,

¡qué de máquinas que rompe!,
¡qué de designios que corta!,
¡qué de esperanzas que infunde!,
¡qué de deseos mal logra!,
¡qué de temores aumenta!,
¡qué de preñados aborta!"
En esto, se llegó al templo
del Fénix santo que en Roma
fue abrasado, y quedó vivo
en la fama y en la gloria.
A la imagen de la vida,
a la del cielo Señora,
a la que por ser humilde
las estrellas pisa agora,
a la madre y Virgen junto,
a la hija y a la esposa
de Dios, hincada de hinojos,
Margarita así razona:
"Lo que me has dado te doy,
mano siempre dadivosa;
que a do falta el favor tuyo,
siempre la miseria sobra.
Las primicias de mis frutos
te ofrezco, Virgen hermosa:
tales cuales son las mira,
recibe, ampara y mejora.
A su padre te encomiendo,
que, humano Atlante, [30] se encorva
al peso de tantos reinos
y de climas tan remotas.

---

[30] *Atlante*: en la mitología griega es uno de los Gigantes, anteriores a la generación de los Olímpicos, a quien Zeus condenó a sostener sobre sus hombros la bóveda celeste.

Sé que el corazón del Rey
en las manos de Dios mora,
y sé que puedes con Dios
cuanto quieres piadosa".
Acabada esta oración,
otra semejante entonan
himnos y voces que muestran
que está en el suelo la gloria.
Acabados los oficios
con reales ceremonias,
volvió a su punto este cielo
y esfera maravillosa.

Apenas acabó Preciosa su romance, cuando del ilustre auditorio y grave senado que la oía, de muchas se formó una voz sola que dijo:

—¡Torna a cantar, Preciosica, que no faltarán cuartos como tierra!

Más de docientas personas estaban mirando el baile y escuchando el canto de las gitanas, y en la fuga dél acertó a pasar por allí uno de los tinientes de la villa, [31] y, viendo tanta gente junta, preguntó qué era; y fuele respondido que estaban escuchando a la gitanilla hermosa, que cantaba. Llegóse el tiniente, que era curioso, y escuchó un rato, y, por no ir contra su gravedad, no escuchó el romance hasta la fin; y, habiéndole parecido por todo estremo bien la gitanilla, mandó a un paje suyo dijese a la gitana vieja que al anochecer fuese a su casa con las gitanillas, que quería que las oyese doña Clara, su mujer. Hízolo así el paje, y la vieja dijo que sí iría.

Acabaron el baile y el canto, y mudaron lugar; y en esto llegó un paje muy bien aderezado a Preciosa, y, dándole un papel doblado, le dijo:

---

[31] *tiniente de la villa*: teniente era una suerte de cargo por delegación; aquí representa al alcalde.

—Preciosica, canta el romance que aquí va, porque es muy bueno, y yo te daré otros de cuando en cuando, con que cobres fama de la mejor romancera del mundo.

—Eso aprenderé yo de muy buena gana —respondió Preciosa—; y mire, señor, que no me deje de dar los romances que dice, con tal condición que sean honestos; y si quisiere que se los pague, concertémonos por docenas, y docena cantada y docena pagada; porque pensar que le tengo de pagar adelantado es pensar lo imposible.

—Para papel, siquiera, que me dé la señora Preciosica —dijo el paje—, estaré contento; y más, que el romance que no saliere bueno y honesto, no ha de entrar en cuenta.

—A la mía quede el escogerlos —respondió Preciosa.

Y con esto, se fueron la calle adelante, y desde una reja llamaron unos caballeros a las gitanas. Asomóse Preciosa a la reja, que era baja, y vio en una sala muy bien aderezada y muy fresca muchos caballeros que, unos paseándose y otros jugando a diversos juegos, se entretenían.

—¿Quiérenme dar barato,[32] ceñores? —dijo Preciosa, que, como gitana, hablaba ceceoso, y esto es artificio en ellas, que no naturaleza.

A la voz de Preciosa y a su rostro, dejaron los que jugaban el juego y el paseo los paseantes; y los unos y los otros acudieron a la reja por verla, que ya tenían noticia della, y dijeron:

—Entren, entren las gitanillas, que aquí les daremos barato.

—Caro sería ello —respondió Preciosa— si nos pellizcacen.

—No, a fe de caballeros —respondió uno—; bien puedes entrar, niña, segura, que nadie te tocará a la vira de tu zapato; no, por el hábito[33] que traigo en el pecho.

Y púsose la mano sobre uno de Calatrava.[34]

---

[32] *barato*: propina que se daba en el juego de cartas a los mirones y aduladores. También, cosa de poco valor; aquí, tiene el doble sentido.

[33] *hábito*: insignia de una orden militar. Era indicio cierto de nobleza.

[34] *Calatrava*: una de las órdenes militares de entonces.

—Si tú quieres entrar, Preciosa —dijo una de las tres gitanillas que iban con ella—, entra en hora buena; que yo no pienso entrar adonde hay tantos hombres.

—Mira, Cristina —respondió Preciosa—: de lo que te has de guardar es de un hombre solo y a solas, y no de tantos juntos; porque antes el ser muchos quita el miedo y el recelo de ser ofendidas. Advierte, Cristinica, y está cierta de una cosa: que la mujer que se determina a ser honrada, entre un ejército de soldados lo puede ser. Verdad es que es bueno huir de las ocasiones, pero han de ser de las secretas y no de las públicas.

—Entremos, Preciosa —dijo Cristina—, que tú sabes más que un sabio.

Animólas la gitana vieja, y entraron; y apenas hubo entrado Preciosa, cuando el caballero del hábito vio el papel que traía en el seno, y llegándose a ella se le tomó, y dijo Preciosa:

—¡Y no me le tome, señor, que es un romance que me acaban de dar ahora, que aún no le he leído!

—Y ¿sabes tú leer, hija? —dijo uno.

—Y escribir —respondió la vieja—; que a mi nieta hela criado yo como si fuera hija de un letrado.

Abrió el caballero el papel y vio que venía dentro dél un escudo de oro, y dijo:

—En verdad, Preciosa, que trae esta carta el porte [35] dentro; toma este escudo que en el romance viene.

—¡Basta! —dijo Preciosa—, que me ha tratado de pobre el poeta, pues cierto que es más milagro darme a mí un poeta un escudo que yo recebirle; si con esta añadidura han de venir sus romances, traslade todo el *Romancero general* [36] y envíemelos uno a uno, que yo les tentaré el pulso, y si vinieren duros, seré yo blanda en recebillos.

---

[35] *porte*: precio del envío.

[36] *Romancero general*: editado en 1600, es la más extensa recopilación de romances de la época.

Admirados quedaron los que oían a la gitanica, así de su discreción como del donaire con que hablaba.

—Lea, señor —dijo ella—, y lea alto; veremos si es tan discreto ese poeta como es liberal.

Y el caballero leyó así:

> Gitanica, que de hermosa
> te pueden dar parabienes
> por lo que de piedra tienes,
> te llama el mundo Preciosa.
>
> Desta verdad me asegura
> esto, como en ti verás;
> que no se apartan jamás
> la esquiveza y la hermosura.
>
> Si como en valor subido
> vas creciendo en arrogancia,
> no le arriendo la ganancia
> a la edad en que has nacido;
>
> que un basilisco[37] se cría
> en ti, que mata mirando,
> y un imperio que, aunque blando,
> nos parezca tiranía.
>
> Entre pobres y aduares,[38]
> ¿cómo nació tal belleza?
> O ¿cómo crió tal pieza
> el humilde Manzanares?
>
> Por esto será famoso
> al par del Tajo dorado,
> y por Preciosa preciado
> más que el Ganges caudaloso.
>
> Dices la buenaventura,
> y dasla mala contino,[39]

---

[37] *basilisco*: criatura mitológica capaz de matar con la mirada.

[38] *aduares*: campamentos gitanos.

[39] *contino:* continuamente.

que no van por un camino
tu intención y tu hermosura.

Porque en el peligro fuerte
de mirarte o contemplarte
tu intención va a desculparte,
y tu hermosura a dar muerte.

Dicen que son hechiceras
todas las de tu nación,
pero tus hechizos son
de más fuerzas y más veras;

pues por llevar los despojos
de todos cuantos te ven,
haces, ¡oh niña!, que estén
tus hechizos en tus ojos.

En sus fuerzas te adelantas,
pues bailando nos admiras,
y nos matas si nos miras,
y nos encantas si cantas.

De cien mil modos hechizas:
hables, calles, cantes, mires;
o te acerques, o retires,
el fuego de amor atizas.

Sobre el más esento pecho
tienes mando y señorío,
de lo que es testigo el mío,
de tu imperio satisfecho.

Preciosa joya de amor,
esto humildemente escribe
el que por ti muere y vive,
pobre, aunque humilde amador.

—En "pobre" acaba el último verso —dijo a esta sazón Preciosa—: ¡mala señal! Nunca los enamorados han de decir que son pobres, porque a los principios, a mi parecer, la pobreza es muy enemiga del amor.

—¿Quién te enseña eso, rapaza? —dijo uno.

—¿Quién me lo ha de enseñar? —respondió Preciosa—. ¿No tengo yo mi alma en mi cuerpo? ¿No tengo ya quince años? Y no soy manca, ni renca,[40] ni estropeada del entendimiento. Los ingenios de las gitanas van por otro norte que los de las demás gentes: siempre se adelantan a sus años; no hay gitano necio, ni gitana lerda; que, como el sustentar su vida consiste en ser agudos, astutos y embusteros, despabilan el ingenio a cada paso, y no dejan que críe moho en ninguna manera. ¿Ven estas muchachas, mis compañeras, que están callando y parecen bobas? Pues éntrenles el dedo en la boca y tiéntenlas las cordales, y verán lo que verán. No hay muchacha de doce que no sepa lo que de veinte y cinco, porque tienen por maestros y preceptores al diablo y al uso, que les enseña en una hora lo que habían de aprender en un año.

Con esto que la gitanilla decía tenía suspensos a los oyentes, y los que jugaban le dieron barato, y aun los que no jugaban. Cogió la hucha de la vieja treinta reales, y más rica y más alegre que una Pascua de Flores, antecogió[41] sus corderas y fuese en casa del señor teniente, quedando que otro día volvería con su manada a dar contento a aquellos tan liberales señores.

Ya tenía aviso la señora doña Clara, mujer del señor teniente, cómo habían de ir a su casa las gitanillas, y estábalas esperando como el agua de mayo ella y sus doncellas y dueñas, con las de otra señora vecina suya, que todas se juntaron para ver a Preciosa. Y apenas hubieron entrado las gitanas, cuando entre las demás resplandeció Preciosa como la luz de una antorcha entre otras luces menores. Y así, corrieron todas a ella: unas la abrazaban, otras la miraban, éstas la bendecían, aquéllas la alababan. Doña Clara decía:

—¡Éste sí que se puede decir cabello de oro! ¡Éstos sí que son ojos de esmeraldas!

---

[40] *renca*: coja.
[41] *antecogió*: recogió.

La señora su vecina la desmenuzaba toda, y hacía pepitoria de todos sus miembros y coyunturas. Y, llegando a alabar un pequeño hoyo que Preciosa tenía en la barba, dijo:

—¡Ay, qué hoyo! En este hoyo han de tropezar cuantos ojos le miraren.

Oyó esto un escudero de brazo de la señora doña Clara, que allí estaba, de luenga barba y largos años, y dijo:

—¿Ése llama vuesa merced hoyo, señora mía? Pues yo sé poco de hoyos, o ése no es hoyo, sino sepultura de deseos vivos. ¡Por Dios, tan linda es la gitanilla que hecha de plata o de alcorza[42] no podría ser mejor! ¿Sabes decir la buenaventura, niña?

—De tres o cuatro maneras –respondió Preciosa.

—¿Y eso más? –dijo doña Clara–. Por vida del tiniente, mi señor, que me la has de decir, niña de oro, y niña de plata, y niña de perlas, y niña de carbuncos, y niña del cielo, que es lo más que puedo decir.

—Denle, denle la palma de la mano a la niña, y con qué haga la cruz –dijo la vieja–, y verán qué de cosas les dice; que sabe más que un doctor de melecina.[43]

Echó mano a la faldriquera[44] la señora tenienta, y halló que no tenía blanca. Pidió un cuarto a sus criadas, y ninguna le tuvo, ni la señora vecina tampoco. Lo cual visto por Preciosa, dijo:

—Todas las cruces, en cuanto cruces, son buenas; pero las de plata o de oro son mejores; y el señalar la cruz en la palma de la mano con moneda de cobre, sepan vuesas mercedes que menoscaba la buenaventura, a lo menos la mía; y así, tengo afición a hacer la cruz primera con algún escudo de oro, o con algún real de a ocho, o, por lo menos, de a cuatro, que soy como

---

[42] *alcorza*: costra de azúcar refinado. Metafóricamente, se dice de algo delicado.

[43] *melecina*: vulgarismo por medicina.

[44] *faldriquera*: bolsa que llevaban las mujeres atada, por debajo de la falda o del delantal.

los sacristanes: que cuando hay buena ofrenda, se regocijan.

—Donaire tienes, niña, por tu vida —dijo la señora vecina.

Y, volviéndose al escudero, le dijo:

—Vos, señor Contreras, ¿tendréis a mano algún real de a cuatro? [45] Dádmele, que, en viniendo el doctor, mi marido, os le volveré.

—Sí tengo —respondió Contreras—, pero téngole empeñado en veinte y dos maravedís [46] que cené anoche. Dénmelos, que yo iré por él en volandas. [47]

—No tenemos entre todas un cuarto —dijo doña Clara—, ¿y pedís veinte y dos maravedís? Andad, Contreras, que siempre fuistes impertinente.

Una doncella de las presentes, viendo la esterilidad de la casa, dijo a Preciosa:

—Niña, ¿hará algo al caso que se haga la cruz con un dedal de plata?

—Antes —respondió Preciosa—, se hacen las cruces mejores del mundo con dedales de plata, como sean muchos.

—Uno tengo yo —replicó la doncella—; si éste basta, hele aquí, con condición que también se me ha de decir a mí la buenaventura.

—¿Por un dedal tantas buenasventuras? —dijo la gitana vieja—. Nieta, acaba presto, que se hace noche.

Tomó Preciosa el dedal y la mano de la señora tenienta, y dijo:

> Hermosita, hermosita,
> la de las manos de plata,
> más te quiere tu marido
> que el Rey de las Alpujarras.
> Eres paloma sin hiel,

---

[45] *real de a cuatro*: moneda de cuatro reales de plata. Un real son treinta y cuatro maravedís.

[46] *maravedí*: no sólo era una moneda de uso en tiempo de Cervantes, sino también unidad de cuenta.

[47] *en volandas*: a toda prisa, volando.

pero a veces eres brava
como leona de Orán,
o como tigre de Ocaña. [48]
Pero en un tras, en un tris,
el enojo se te pasa,
y quedas como alfiñique, [49]
o como cordera mansa.
Riñes mucho y comes poco:
algo celosita andas;
que es juguetón el tiniente,
y quiere arrimar la vara.
Cuando doncella, te quiso
uno de una buena cara;
que mal hayan los terceros, [50]
que los gustos desbaratan.
Si a dicha tú fueras monja,
hoy tu convento mandaras,
porque tienes de abadesa
más de cuatrocientas rayas.
No te lo quiero decir,
pero poco importa, vaya:
enviudarás, y otra vez,
y otras dos, serás casada.
No llores, señora mía;
que no siempre las gitanas
decimos el *Evangelio;*
no llores, señora, acaba.
Como te mueras primero

---

[48] *tigre de Ocaña*: deformación por Tigre de Hircania; Hircania es una región del norte de Irán, a orillas del mar Caspio. Cervantes repite esta etimología popular en más de una ocasión.

[49] *alfiñique*: era un tipo de dulce. La expresión se aplica a lo suave y blando.

[50] *terceros*: los que tercian; los intermediarios.

que el señor tiniente, basta
para remediar el daño
de la viudez que amenaza.
Has de heredar, y muy presto,
hacienda en mucha abundancia;
tendrás un hijo canónigo,
la iglesia no se señala;
de Toledo no es posible.
Una hija rubia y blanca
tendrás, que si es religiosa,
también vendrá a ser perlada. [51]
Si tu esposo no se muere
dentro de cuatro semanas,
verásle corregidor [52]
de Burgos o Salamanca.
Un lunar tienes, ¡qué lindo!
¡Ay Jesús, qué luna clara!
¡Qué sol, que allá en los antípodas
escuros valles aclara!
Más de dos ciegos por verle
dieran más de cuatro blancas.
¡Agora sí es la risica!
¡Ay, que bien haya esa gracia!
Guárdate de las caídas,
principalmente de espaldas,
que suelen ser peligrosas
en las principales damas.
Cosas hay más que decirte;
si para el viernes me aguardas,
las oirás, que son de gusto,
y algunas hay de desgracias.

---

[51] *perlada*: prelada.
[52] *corregidor*: funcionario que, en su territorio, ejercía la jurisdicción real.

Acabó su buenaventura Preciosa, y con ella encendió el deseo de todas las circunstantes en querer saber la suya; y así se lo rogaron todas, pero ella las remitió para el viernes venidero, prometiéndole que tendrían reales de plata para hacer las cruces.

En esto vino el señor tiniente, a quien contaron maravillas de la gitanilla; él las hizo bailar un poco, y confirmó por verdaderas y bien dadas las alabanzas que a Preciosa habían dado; y, poniendo la mano en la faldriquera, hizo señal de querer darle algo, y, habiéndola espulgado,[53] y sacudido, y rascado muchas veces, al cabo sacó la mano vacía y dijo:

—¡Por Dios, que no tengo blanca! Dadle vos, doña Clara, un real a Preciosica, que yo os le daré después.

—¡Bueno es eso, señor, por cierto! ¡Sí, ahí está el real de manifiesto! No hemos tenido entre todas nosotras un cuarto para hacer la señal de la cruz, ¿y quiere que tengamos un real?

—Pues dadle alguna valoncica[54] vuestra, o alguna cosita; que otro día nos volverá a ver Preciosa, y la regalaremos mejor.

A lo cual dijo doña Clara:

—Pues, porque otra vez venga, no quiero dar nada ahora a Preciosa.

—Antes, si no me dan nada –dijo Preciosa–, nunca más volveré acá. Mas sí volveré, a servir a tan principales señores, pero traeré tragado que no me han de dar nada, y ahorraréme la fatiga del esperallo. Coheche[55] vuesa merced, señor tiniente; coheche y tendrá dineros, y no haga usos nuevos, que morirá de hambre. Mire, señora: por ahí he oído decir (y, aunque moza, entiendo que no son buenos dichos) que de los oficios se ha de sacar dineros para pagar las condenaciones de las residencias y para pretender otros cargos.

---

[53] *espulgado*: limpio de pulgas o piojos. En sentido figurado, examinado cuidadosamente.

[54] *valoncica*: adorno de encajes para el cuello que colgaba hasta el pecho y parte alta de la espalda.

[55] *Coheche*: acepte sobornos.

—Así lo dicen y lo hacen los desalmados –replicó el teniente–, pero el juez que da buena residencia no tendrá que pagar condenación alguna, y el haber usado bien su oficio será el valedor para que le den otro.

—Habla vuesa merced muy a lo santo, señor teniente –respondió Preciosa–; ándese a eso y cortarémosle de los harapos para reliquias.

—Mucho sabes, Preciosa –dijo el tiniente–. Calla, que yo daré traza que sus Majestades te vean, porque eres pieza de reyes.

—Querránme para truhana –respondió Preciosa–, y yo no lo sabré ser, y todo irá perdido. Si me quisiesen para discreta, aún llevarme hían,[56] pero en algunos palacios más medran los truhanes que los discretos. Yo me hallo bien con ser gitana y pobre, y corra la suerte por donde el cielo quisiere.

—Ea, niña –dijo la gitana vieja–, no hables más, que has hablado mucho, y sabes más de lo que yo te he enseñado. No te asotiles[57] tanto, que te despuntarás; habla de aquello que tus años permiten, y no te metas en altanerías, que no hay ninguna que no amenace caída.

—¡El diablo tienen estas gitanas en el cuerpo! –dijo a esta sazón el tiniente.

Despidiéronse las gitanas, y, al irse, dijo la doncella del dedal:

—Preciosa, dime la buenaventura, o vuélveme mi dedal, que no me queda con qué hacer labor.

—Señora doncella –respondió Preciosa–, haga cuenta que se la he dicho y provéase de otro dedal, o no haga vainillas[58] hasta el viernes, que yo volveré y le diré más venturas y aventuras que las que tiene un libro de caballerías.

Fuéronse y juntáronse con las muchas labradoras que a la hora de las avemarías[59] suelen salir de Madrid para volverse a

---

[56] *llevarme hían*: forma antigua del condicional me llevarían.
[57] *No te asotiles*: no seas tan sutil.
[58] *vainillas*: cierto tipo de labor; vainica.
[59] *a la hora de las avemarías*: al atardecer.

sus aldeas; y entre otras vuelven muchas, con quien siempre se acompañaban las gitanas, y volvían seguras; porque la gitana vieja vivía en continuo temor no le salteasen a su Preciosa.

Sucedió, pues, que la mañana de un día que volvían a Madrid a coger la garrama[60] con las demás gitanillas, en un valle pequeño que está obra de quinientos pasos antes que se llegue a la villa, vieron un mancebo gallardo y ricamente aderezado de camino.[61] La espada y daga que traía eran, como decirse suele, una ascua de oro; sombrero con rico cintillo[62] y con plumas de diversas colores adornado. Repararon las gitanas en viéndole, y pusiéronsele a mirar muy de espacio, admiradas de que a tales horas un tan hermoso mancebo estuviese en tal lugar, a pie y solo.

Él se llegó a ellas, y, hablando con la gitana mayor, le dijo:

—Por vida vuestra, amiga, que me hagáis placer que vos y Preciosa me oyáis aquí aparte dos palabras, que serán de vuestro provecho.

—Como no nos desviemos mucho, ni nos tardemos mucho, sea en buen hora —respondió la vieja.

Y, llamando a Preciosa, se desviaron de las otras obra de veinte pasos; y así, en pie, como estaban, el mancebo les dijo:

—Yo vengo de manera rendido a la discreción y belleza de Preciosa, que después de haberme hecho mucha fuerza para escusar llegar a este punto, al cabo he quedado más rendido y más imposibilitado de escusallo. Yo, señoras mías, que siempre os he de dar este nombre, si el cielo mi pretensión favorece, soy caballero, como lo puede mostrar este hábito —y, apartando el herreruelo,[63] descubrió en el pecho uno de los más calificados que hay en España—; soy hijo de Fulano —que por buenos respectos aquí no se declara su nombre—; estoy debajo de su tute-

---

[60] *garrama*: hurto, robo; pero también, impuesto. Obsérvese el gracioso doble sentido.

[61] *de camino*: con indumentaria de viaje.

[62] *cintillo*: cinta de adorno alrededor del sombrero.

[63] *herreruelo*: capa corta y sin capilla o capucha.

la y amparo, soy hijo único, y el que espera un razonable mayorazgo. [64] Mi padre está aquí en la Corte pretendiendo un cargo, y ya está consultado, [65] y tiene casi ciertas esperanzas de salir con él. Y, con ser de la calidad y nobleza que os he referido, y de la que casi se os debe ya de ir trasluciendo, con todo eso, quisiera ser un gran señor para levantar a mi grandeza la humildad de Preciosa, haciéndola mi igual y mi señora. Yo no la pretendo para burlalla, ni en las veras del amor que la tengo puede caber género de burla alguna; sólo quiero servirla del modo que ella más gustare: su voluntad es la mía. Para con ella es de cera mi alma, donde podrá imprimir lo que quisiere; y para conservarlo y guardarlo no será como impreso en cera, sino como esculpido en mármoles, cuya dureza se opone a la duración de los tiempos. Si creéis esta verdad, no admitirá ningún desmayo mi esperanza; pero si no me creéis, siempre me tendrá temeroso vuestra duda. Mi nombre es éste –y díjosele–; el de mi padre ya os le he dicho. La casa donde vive es en tal calle, y tiene tales y tales señas; vecinos tiene de quien podréis informaros, y aun de los que no son vecinos también, que no es tan escura la calidad y el nombre de mi padre y el mío, que no le sepan en los patios de palacio, y aun en toda la Corte. Cien escudos traigo aquí en oro para daros en arra [66] y señal de lo que pienso daros, porque no ha de negar la hacienda el que da el alma.

En tanto que el caballero esto decía, le estaba mirando Preciosa atentamente, y sin duda que no le debieron de parecer mal ni sus razones ni su talle; y, volviéndose a la vieja, le dijo:

—Perdóneme, abuela, de que me tomo licencia para responder a este tan enamorado señor.

---

[64] *mayorazgo*: institución que tenía por objeto perpetuar en una familia la posesión de ciertos bienes; a tal efecto se designaba como heredero al primogénito que, no obstante, veía limitada su disposición sobre dichos bienes.

[65] *consultado*: ya propuesto, pero en espera de resolución.

[66] *arra*: cantidad que entregaba el esposo en las ceremonias previas a la boda, como garantía del cumplimiento de sus obligaciones.

—Responde lo que quisieres, nieta —respondió la vieja—, que yo sé que tienes discreción para todo.

Y Preciosa dijo:

—Yo, señor caballero, aunque soy gitana pobre y humildemente nacida, tengo un cierto espiritillo fantástico acá dentro, que a grandes cosas me lleva. A mí ni me mueven promesas, ni me desmoronan dádivas, ni me inclinan sumisiones, ni me espantan finezas enamoradas; y, aunque de quince años, que, según la cuenta de mi abuela, para este San Miguel [67] los haré, soy ya vieja en los pensamientos y alcanzo más de aquello que mi edad promete, más por mi buen natural que por la esperiencia. Pero, con lo uno o con lo otro, sé que las pasiones amorosas en los recién enamorados son como ímpetus indiscretos que hacen salir a la voluntad de sus quicios; la cual, atropellando inconvenientes, desatinadamente se arroja tras su deseo, y, pensando dar con la gloria de sus ojos, da con el infierno de sus pesadumbres. Si alcanza lo que desea, mengua el deseo con la posesión de la cosa deseada, y quizá, abriéndose entonces los ojos del entendimiento, se ve ser bien que se aborrezca lo que antes se adoraba. Este temor engendra en mí un recato tal, que ningunas palabras creo y de muchas obras dudo. Una sola joya tengo, que la estimo en más que a la vida, que es la de mi entereza y virginidad, y no la tengo de vender a precio de promesas ni dádivas, porque, en fin, será vendida, y si puede ser comprada, será de muy poca estima; ni me la han de llevar trazas ni embelecos: antes pienso irme con ella a la sepultura, y quizá al cielo, que ponerla en peligro que quimeras y fantasías soñadas la embistan o manoseen. Flor es la de la virginidad que, a ser posible, aun con la imaginación no había de dejar ofenderse. Cortada la rosa del rosal, ¡con qué brevedad y facilidad se marchita! Éste la toca, aquél la huele, el otro la deshoja, y, finalmente, entre las manos rústicas se deshace. Si

---

[67] *San Miguel*: el 29 de septiembre.

vos, señor, por sola esta prenda venís, no la habéis de llevar sino atada con las ligaduras y lazos del matrimonio; que si la virginidad se ha de inclinar, ha de ser a este santo yugo, que entonces no sería perderla, sino emplearla en ferias que felices ganancias prometen. Si quisiéredes ser mi esposo, yo lo seré vuestra, pero han de preceder muchas condiciones y averiguaciones primero. Primero tengo de saber si sois el que decís; luego, hallando esta verdad, habéis de dejar la casa de vuestros padres y la habéis de trocar con nuestros ranchos; y, tomando el traje de gitano, habéis de cursar dos años en nuestras escuelas, en el cual tiempo me satisfaré yo de vuestra condición, y vos de la mía; al cabo del cual, si vos os contentáredes de mí, y yo de vos, me entregaré por vuestra esposa; pero hasta entonces tengo de ser vuestra hermana en el trato, y vuestra humilde en serviros. Y habéis de considerar que en el tiempo deste noviciado podría ser que cobrásedes la vista, que ahora debéis de tener perdida, o, por lo menos, turbada, y viésedes que os convenía huir de lo que ahora seguís con tanto ahínco. Y, cobrando la libertad perdida, con un buen arrepentimiento se perdona cualquier culpa. Si con estas condiciones queréis entrar a ser soldado de nuestra milicia, en vuestra mano está, pues, faltando alguna dellas, no habéis de tocar un dedo de la mía.

Pasmóse el mozo a las razones de Preciosa, y púsose como embelesado, mirando al suelo, dando muestras que consideraba lo que responder debía. Viendo lo cual Preciosa, tornó a decirle:

—No es este caso de tan poco momento, que en los que aquí nos ofrece el tiempo pueda ni deba resolverse. Volveos, señor, a la villa, y considerad de espacio lo que viéredes que más os convenga, y en este mismo lugar me podéis hablar todas las fiestas que quisiéredes, al ir o venir de Madrid.

A lo cual respondió el gentilhombre:

—Cuando el cielo me dispuso para quererte, Preciosa mía, determiné de hacer por ti cuanto tu voluntad acertase a pedirme, aunque nunca cupo en mi pensamiento que me habías de pedir lo que me pides; pero, pues es tu gusto que el mío al tuyo se ajuste y acomode, cuéntame por gitano desde luego, y haz de mí todas las esperiencias que más quisieres; que siempre me has de hallar el mismo que ahora te signifíco. Mira cuándo quieres que mude el traje, que yo querría que fuese luego; que, con ocasión de ir a Flandes,[68] engañaré a mis padres y sacaré dineros para gastar algunos días, y serán hasta ocho los que podré tardar en acomodar mi partida. A los que fueren conmigo yo los sabré engañar de modo que salga con mi determinación. Lo que te pido es, si es que ya puedo tener atrevimiento de pedirte y suplicarte algo, que, si no es hoy, donde te puedes informar de mi calidad y de la de mis padres, que no vayas más a Madrid; porque no querría que algunas de las demasiadas ocasiones que allí pueden ofrecerse me salteáse la buena ventura que tanto me cuesta.

—Eso no, señor galán —respondió Preciosa—: sepa que conmigo ha de andar siempre la libertad desenfadada, sin que la ahogue ni turbe la pesadumbre de los celos; y entienda que no la tomaré tan demasiada, que no se eche de ver desde bien lejos que llega mi honestidad a mi desenvoltura; y en el primero cargo en que quiero estaros es en el de la confianza que habéis de hacer de mí. Y mirad que los amantes que entran pidiendo celos, o son simples o confiados.

—Satanás tienes en tu pecho, muchacha —dijo a esta sazón la gitana vieja—: ¡mira que dices cosas que no las diría un colegial de Salamanca![69] Tú sabes de amor, tú sabes de celos, tú de confianzas: ¿cómo es esto?, que me tienes loca, y te estoy escuchando como a una persona espiritada, que habla latín sin saberlo.

---

[68] *Flandes*: los Países Bajos. Las guerras de Flandes son un conflicto permanente para España desde Carlos V hasta la paz de Utrecht, en 1713. Su coste social y económico fue enorme, y su presencia en la literatura y en la vida de la época en general, constante.

[69] *colegial de Salamanca*: estudiante de Salamanca, en uno de sus colegios mayores.

—Calle, abuela –respondió Preciosa–, y sepa que todas las cosas que me oye son nonada, [70] y son de burlas, para las muchas que de más veras me quedan en el pecho.

Todo cuanto Preciosa decía y toda la discreción que mostraba era añadir leña al fuego que ardía en el pecho del enamorado caballero. Finalmente, quedaron en que de allí a ocho días se verían en aquel mismo lugar, donde él vendría a dar cuenta del término en que sus negocios estaban, y ellas habrían tenido tiempo de informarse de la verdad que les había dicho. Sacó el mozo una bolsilla de brocado, [71] donde dijo que iban cien escudos de oro, y dióselos a la vieja; pero no quería Preciosa que los tomase en ninguna manera, a quien la gitana dijo:

—Calla, niña, que la mejor señal que este señor ha dado de estar rendido es haber entregado las armas en señal de rendimiento; y el dar, en cualquiera ocasión que sea, siempre fue indicio de generoso pecho. Y acuérdate de aquel refrán que dice: "Al cielo rogando, y con el mazo dando". Y más, que no quiero yo que por mí pierdan las gitanas el nombre que por luengos siglos tienen adquerido de codiciosas y aprovechadas. ¿Cien escudos quieres tú que deseche, Preciosa, y de oro en oro, que pueden andar cosidos en el alforza [72] de una saya que no valga dos reales, y tenerlos allí como quien tiene un juro [73] sobre las yerbas de Estremadura? Y si alguno de nuestros hijos, nietos o parientes cayere, por alguna desgracia, en manos de la justicia, ¿habrá favor tan bueno que llegue a la oreja del juez y del escribano como destos escudos, si llegan a sus bolsas? Tres veces por tres delitos diferentes me he visto casi puesta en el asno para ser azotada, y de la una me libró

---

[70] *nonada*: cosa de insignificante valor.

[71] *bolsilla de brocado*: bolsa pequeña hecha de seda bordada con hilo de oro y plata.

[72] *alforza*: pliegue que se hace en una prenda, como adorno o para acortarla.

[73] *juro*: derecho perpetuo de propiedad o, tal vez, de arrendamiento. Los pastos de Extremadura eran célebres por su calidad.

un jarro de plata, y de la otra una sarta de perlas, y de la otra cuarenta reales de a ocho que había trocado por cuartos, dando veinte reales más por el cambio. Mira, niña, que andamos en oficio muy peligroso y lleno de tropiezos y de ocasiones forzosas, y no hay defensas que más presto nos amparen y socorran como las armas invencibles del gran Filipo:[74] no hay pasar adelante de su *Plus ultra*[75]. Por un doblón de dos caras[76] se nos muestra alegre la triste del procurador y de todos los ministros de la muerte, que son arpías de nosotras, las pobres gitanas, y más precian pelarnos y desollarnos a nosotras que a un salteador de caminos; jamás, por más rotas y desastradas que nos vean, nos tienen por pobres; que dicen que somos como los jubones de los gabachos de Belmonte:[77] rotos y grasientos, y llenos de doblones.

—Por vida suya, abuela, que no diga más; que lleva término de alegar tantas leyes, en favor de quedarse con el dinero, que agote las de los emperadores: quédese con ellos, y buen provecho le hagan, y plega a Dios que los entierre en sepultura donde jamás tornen a ver la claridad del sol, ni haya necesidad que la vean. A estas nuestras compañeras será forzoso darles algo, que ha mucho que nos esperan, y ya deben de estar enfadadas.

—Así verán ellas –replicó la vieja– moneda déstas, como ven al Turco agora. Este buen señor verá si le ha quedado algu-

---

[74] *gran Filipo*: era una moneda de real de a ocho, acuñada en el reinado de Felipe II, que llevaba en su anverso la efigie de este rey; de ahí su nombre.

[75] *Plus ultra*: esta misma moneda llevaba en su reverso esta inscripción latina ("más allá"), por lo que también era conocida de este modo.

[76] *dos caras*: esta era una moneda de dos ducados, de tiempos de Isabel y Fernando en cuyo anverso aparecían, frente a frente, los bustos de ambos personajes.

[77] *gabachos de Belmonte*: igual que hoy, *gabacho* designaba despectivamente a los franceses. No era infrecuente en la época que franceses trabajaran en España en oficios bajos. Por celo ahorrador, o por eludir impuestos bajo apariencia de miseria, los caldereros franceses de Belmonte vestían como pordioseros.

na moneda de plata, o cuartos, y los repartirá entre ellas, que con poco quedarán contentas.

—Sí traigo —dijo el galán.

Y sacó de la faldriquera tres reales de a ocho, que repartió entre las tres gitanillas, con que quedaron más alegres y más satisfechas que suele quedar un autor de comedias[78] cuando, en competencia de otro, le suelen retular[79] por la esquinas: "¡Víctor, Víctor!".[80]

En resolución, concertaron, como se ha dicho, la venida de allí a ocho días, y que se había de llamar, cuando fuese gitano, Andrés Caballero; porque también había gitanos entre ellos deste apellido.

No tuvo atrevimiento Andrés (que así le llamaremos de aquí adelante) de abrazar a Preciosa; antes, enviándole con la vista el alma, sin ella, si así decirse puede, las dejó y se entró en Madrid; y ellas, contentísimas, hicieron lo mismo. Preciosa, algo aficionada, más con benevolencia que con amor, de la gallarda disposición de Andrés, ya deseaba informarse si era el que había dicho. Entró en Madrid, y, a pocas calles andadas, encontró con el paje poeta de las coplas y el escudo; y cuando él la vio, se llegó a ella, diciendo:

—Vengas en buen hora, Preciosa: ¿leíste por ventura las coplas que te di el otro día?

A lo que Preciosa respondió:

—Primero que le responda palabra, me ha de decir una verdad, por vida de lo que más quiere.

---

[78] *autor de comedias*: el *autor* era lo que hoy llamaríamos "productor". También tenía a su cargo la dirección de la compañía y era, con frecuencia, el primer actor.

[79] *retular*: rotular.

[80] *¡Víctor, Víctor!*: antiguamente se premiaba con esta inscripción en las paredes de una facultad al ganador de una cátedra. Es costumbre que perdura en la universidad de Salamanca en honor de quienes alcanzan el título de Doctor. En el Siglo de Oro se usó, también, para ponderar las excelencias de los cómicos.

—Conjuro es ése –respondió el paje– que, aunque el decirla me costase la vida, no la negaré en ninguna manera.

—Pues la verdad que quiero que me diga –dijo Preciosa– es si por ventura es poeta.

—A serlo –replicó el paje–, forzosamente había de ser por ventura. Pero has de saber, Preciosa, que ese nombre de poeta muy pocos le merecen; y así, yo no lo soy, sino un aficionado a la poesía. Y para lo que he menester, no voy a pedir ni a buscar versos ajenos: los que te di son míos, y éstos que te doy agora también; mas no por esto soy poeta, ni Dios lo quiera.

—¿Tan malo es ser poeta? –replicó Preciosa.

—No es malo –dijo el paje–, pero el ser poeta a solas no lo tengo por muy bueno. Hase de usar de la poesía como de una joya preciosísima, cuyo dueño no la trae cada día, ni la muestra a todas gentes, ni a cada paso, sino cuando convenga y sea razón que la muestre. La poesía es una bellísima doncella, casta, honesta, discreta, aguda, retirada, y que se contiene en los límites de la discreción más alta. Es amiga de la soledad, las fuentes la entretienen, los prados la consuelan, los árboles la desenojan, las flores la alegran, y, finalmente, deleita y enseña a cuantos con ella comunican.

—Con todo eso –respondió Preciosa–, he oído decir que es pobrísima y que tiene algo de mendiga.

—Antes es al revés –dijo el paje–, porque no hay poeta que no sea rico, pues todos viven contentos con su estado: filosofía que la alcanzan pocos. Pero, ¿qué te ha movido, Preciosa, a hacer esta pregunta?

—Hame movido –respondió Preciosa– porque, como yo tengo a todos o los más poetas por pobres, causóme maravilla aquel escudo de oro que me distes entre vuestros versos envuelto; mas agora que sé que no sois poeta, sino aficionado de la poesía, podría ser que fuésedes rico, aunque lo dudo, a causa que por aquella parte que os toca de hacer coplas se ha de desaguar cuanta hacienda tuviéredes; que no hay poeta, según dicen, que sepa conservar la hacienda que tiene ni granjear la que no tiene.

—Pues yo no soy désos —replicó el paje—: versos hago, y no soy rico ni pobre; y sin sentirlo ni descontarlo, como hacen los ginoveses sus convites, bien puedo dar un escudo, y dos, a quien yo quisiere. Tomad, preciosa perla, este segundo papel y este escudo segundo que va en él, sin que os pongáis a pensar si soy poeta o no; sólo quiero que penséis y creáis que quien os da esto quisiera tener para daros las riquezas de Midas. [81]

Y en esto le dio un papel; y, tentándole Preciosa, halló que dentro venía el escudo, y dijo:

—Este papel ha de vivir muchos años, porque trae dos almas consigo: una, la del escudo, y otra, la de los versos, que siempre vienen llenos de *almas* y *corazones*. Pero sepa el señor paje que no quiero tantas almas conmigo, y si no saca la una, no haya miedo que reciba la otra; por poeta le quiero, y no por dadivoso, y desta manera tendremos amistad que dure; pues más aína puede faltar un escudo, por fuerte que sea, que la hechura de un romance.

—Pues así es —replicó el paje— que quieres, Preciosa, que yo sea pobre por fuerza, no deseches el alma que en ese papel te envío, y vuélveme el escudo; que, como le toques con la mano, le tendré por reliquia mientras la vida me durare.

Sacó Preciosa el escudo del papel, y quedóse con el papel, y no le quiso leer en la calle. El paje se despidió y se fue contentísimo, creyendo que ya Preciosa quedaba rendida, pues con tanta afabilidad le había hablado.

Y, como ella llevaba puesta la mira en buscar la casa del padre de Andrés, sin querer detenerse a bailar en ninguna parte, en poco espacio se puso en la calle do estaba, que ella muy bien sabía; y, habiendo andado hasta la mitad, alzó los ojos a unos

---

[81] *Midas*: en la mitología clásica, legendario rey de Frigia a quien, en pago de cierto servicio, el dios Dioniso le ofreció cumplir el deseo que Midas mismo formulase. Eligió que todo cuanto tocara se transformara en oro. Como lógica consecuencia de su avaricia, el rey padeció hambre y sed tan terribles que hubo de suplicar al dios que revocara la concesión del don.

balcones de hierro dorados, que le habían dado por señas, y vio en ella a un caballero de hasta edad de cincuenta años, con un hábito de cruz colorada[82] en los pechos, de venerable gravedad y presencia; el cual, apenas también hubo visto la gitanilla, cuando dijo:

—Subid, niñas, que aquí os darán limosna.

A esta voz acudieron al balcón otros tres caballeros, y entre ellos vino el enamorado Andrés, que, cuando vio a Preciosa, perdió la color y estuvo a punto de perder los sentidos: tanto fue el sobresalto que recibió con su vista. Subieron las gitanillas todas, sino la grande, que se quedó abajo para informarse de los criados de las verdades de Andrés.

Al entrar las gitanillas en la sala, estaba diciendo el caballero anciano a los demás:

—Ésta debe de ser, sin duda, la gitanilla hermosa que dicen que anda por Madrid.

—Ella es –replicó Andrés–, y sin duda es la más hermosa criatura que se ha visto.

—Así lo dicen –dijo Preciosa, que lo oyó todo en entrando–, pero en verdad que se deben de engañar en la mitad del justo precio. Bonita, bien creo que lo soy; pero tan hermosa como dicen, ni por pienso.

—¡Por vida de don Juanico, mi hijo, –dijo el anciano–, que aún sois más hermosa de lo que dicen, linda gitana!

—Y ¿quién es don Juanico, su hijo? –preguntó Preciosa.

—Ese galán que está a vuestro lado –respondió el caballero.

—En verdad que pensé –dijo Preciosa– que juraba vuestra merced por algún niño de dos años: ¡mirad qué don Juanico, y qué brinco! A mi verdad, que pudiera ya estar casado, y que, según tiene unas rayas en la frente, no pasarán tres años sin que lo esté, y muy a su gusto, si es que desde aquí allá no se le pierde o se le trueca.

---

[82] *cruz colorada*: coloradas eran la cruces de las órdenes de Santiago y de Calatrava.

—¡Basta! —dijo uno de los presentes—; ¿qué sabe la gitanilla de rayas?

En esto, las tres gitanillas que iban con Preciosa, todas tres se arrimaron a un rincón de la sala, y, cosiéndose las bocas unas con otras, se juntaron por no ser oídas. Dijo la Cristina:

—Muchachas, éste es el caballero que nos dio esta mañana los tres reales de a ocho.

—Así es la verdad —respondieron ellas—, pero no se lo mentemos, ni le digamos nada, si él no nos lo mienta; ¿qué sabemos si quiere encubrirse?

En tanto que esto entre las tres pasaba, respondió Preciosa a lo de las rayas:

—Lo que veo con los ojos, con el dedo lo adivino. Yo sé del señor don Juanico, sin rayas, que es algo enamoradizo, impetuoso y acelerado, y gran prometedor de cosas que parecen imposibles; y plega a Dios que no sea mentirosito, que sería lo peor de todo. Un viaje ha de hacer agora muy lejos de aquí, y uno piensa el bayo[83] y otro el que le ensilla; el hombre pone y Dios dispone; quizá pensará que va a Óñez y dará en Gamboa.[84]

A esto respondió don Juan:

—En verdad, gitanica, que has acertado en muchas cosas de mi condición, pero en lo de ser mentiroso vas muy fuera de la verdad, porque me precio de decirla en todo acontecimiento. En lo del viaje largo has acertado, pues, sin duda, siendo Dios servido, dentro de cuatro o cinco días me partiré a Flandes, aunque tú me amenazas que he de torcer el camino, y no querría que en él me sucediese algún desmán que lo estorbase.

—Calle, señorito —respondió Preciosa—, y encomiéndese a Dios, que todo se hará bien; y sepa que yo no sé nada de lo que

---

[83] *bayo*: caballo de color blanco amarillento.

[84] *Óñez y... Gamboa*: dos familias de Vizcaya, cuya rivalidad fue tan intensa y duradera que llegó a convertirse en proverbial. Preciosa ha enlazado tres refranes de significado parecido y, por lo demás, muy evidente.

digo, y no es maravilla que, como hablo mucho y a bulto, acierte en alguna cosa, y yo querría acertar en persuadirte a que no te partieses, sino que sosegases el pecho y te estuvieses con tus padres, para darles buena vejez; porque no estoy bien con estas idas y venidas a Flandes, principalmente los mozos de tan tierna edad como la tuya. Déjate crecer un poco, para que puedas llevar los trabajos de la guerra; cuanto más, que harta guerra tienes en tu casa: hartos combates amorosos te sobresaltan el pecho. Sosiega, sosiega, alborotadito, y mira lo que haces primero que te cases, y danos una limosnita por Dios y por quien tú eres; que en verdad que creo que eres bien nacido. Y si a esto se junta el ser verdadero, yo cantaré la gala al vencimiento de haber acertado en cuanto te he dicho.

—Otra vez te he dicho, niña —respondió el don Juan que había de ser Andrés Caballero—, que en todo aciertas, sino en el temor que tienes que no debo de ser muy verdadero; que en esto te engañas, sin alguna duda. La palabra que yo doy en el campo, la cumpliré en la ciudad y adonde quiera, sin serme pedida, pues no se puede preciar de caballero quien toca en el vicio de mentiroso. Mi padre te dará limosna por Dios y por mí; que en verdad que esta mañana di cuanto tenía a unas damas, que a ser tan lisonjeras como hermosas, especialmente una dellas, no me arriendo la ganancia.

Oyendo esto Cristina con el recato de la otra vez, dijo a las demás gitanas:

—¡Ay, niñas, que me maten si no lo dice por los tres reales de a ocho que nos dio esta mañana!

—No es así —respondió una de las dos—, porque dijo que eran damas, y nosotras no lo somos; y, siendo él tan verdadero como dice, no había de mentir en esto.

—No es mentira de tanta consideración —respondió Cristina— la que se dice sin perjuicio de nadie, y en provecho y crédito del que la dice. Pero, con todo esto, veo que no nos dan nada, ni nos mandan bailar.

Subió en esto la gitana vieja, y dijo;

—Nieta, acaba, que es tarde y hay mucho que hacer y más que decir.

—Y ¿qué hay, abuela? —preguntó Preciosa—. ¿Hay hijo o hija?

—Hijo, y muy lindo —respondió la vieja—. Ven, Preciosa, y oirás verdaderas maravillas.

—¡Plega a Dios que no muera de sobreparto! —dijo Preciosa.

—Todo se mirará muy bien —replicó la vieja—; cuanto más, que hasta aquí todo ha sido parto derecho, y el infante es como un oro.

—¿Ha parido alguna señora? —preguntó el padre de Andrés Caballero.

—Sí, señor —respondió la gitana—, pero ha sido el parto tan secreto, que no le sabe sino Preciosa y yo, y otra persona; y así, no podemos decir quién es.

—Ni aquí lo queremos saber —dijo uno de los presentes—, pero desdichada de aquella que en vuestras lenguas deposita su secreto, y en vuestra ayuda pone su honra.

—No todas somos malas —respondió Preciosa—: quizá hay alguna entre nosotras que se precia de secreta y de verdadera, tanto cuanto el hombre más estirado que hay en esta sala; y vámonos, abuela, que aquí nos tienen en poco; pues en verdad que no somos ladronas ni rogamos a nadie.

—No os enojéis, Preciosa —dijo el padre—; que, a lo menos de vos, imagino que no se puede presumir cosa mala, que vuestro buen rostro os acredita y sale por fiador de vuestras buenas obras. Por vida de Preciosita, que bailéis un poco con vuestras compañeras; que aquí tengo un doblón de oro de a dos caras, que ninguna es como la vuestra, aunque son de dos reyes.

Apenas hubo oído esto la vieja, cuando dijo:

—Ea, niñas, haldas en cinta,[85] y dad contento a estos señores.

Tomó las sonajas Preciosa, y dieron sus vueltas, hicieron y

---

[85] *haldas en cinta*: "recogeos las faldas" para bailar.

deshicieron todos sus lazos con tanto donaire y desenvoltura, que tras los pies se llevaban los ojos de cuantos las miraban, especialmente los de Andrés, que así se iban entre los pies de Preciosa, como si allí tuvieran el centro de su gloria. Pero turbósela la suerte de manera que se la volvió en infierno; y fue el caso que en la fuga del baile se le cayó a Preciosa el papel que le había dado el paje, y, apenas hubo caído, cuando le alzó el que no tenía buen concepto de las gitanas, y, abriéndole al punto, dijo:

—¡Bueno, sonetico tenemos! Cese el baile, y escúchenle; que, según el primer verso, en verdad que no es nada necio.

Pesóle a Preciosa, por no saber lo que en él venía, y rogó que no le leyesen, y que se le volviesen; y todo el ahínco que en esto ponía eran espuelas que apremiaban el deseo de Andrés para oírle. Finalmente, el caballero le leyó en alta voz, y era éste:

> Cuando Preciosa el panderete toca
> y hiere el dulce son los aires vanos,
> perlas son que derrama con las manos,
> flores son que despide de la boca.
>
> Suspensa el alma, y la cordura loca,
> queda a los dulces actos sobrehumanos,
> que, de limpios, de honestos y de sanos,
> su fama al cielo levantado toca.
>
> Colgadas del menor de sus cabellos
> mil almas lleva, y a sus plantas tiene
> amor rendidas una y otra flecha.
>
> Ciega y alumbra con sus soles bellos,
> su imperio amor por ellas le mantiene,
> y aún más grandezas de su ser sospecha.

—¡Por Dios —dijo el que leyó el soneto—, que tiene donaire el poeta que le escribió!

—No es poeta, señor, sino un paje muy galán y muy hombre de bien —dijo Preciosa.

(Mirad lo que habéis dicho, Preciosa, y lo que vais a decir; que ésas no son alabanzas del paje, sino lanzas que traspasan el corazón de Andrés, que las escucha. ¿Queréislo ver, niña? Pues volved los ojos y veréisle desmayado encima de la silla, con un trasudor de muerte; no penséis, doncella, que os ama tan de burlas Andrés que no le hieran y sobresalten el menor de vuestros descuidos. Llegaos a él en hora buena, y decilde algunas palabras al oído, que vayan derechas al corazón y le vuelvan de su desmayo. ¡No, sino andaos a traer sonetos cada día en vuestra alabanza, y veréis cuál os le ponen!).

Todo esto pasó así como se ha dicho: que Andrés, en oyendo el soneto, mil celosas imaginaciones le sobresaltaron. No se desmayó, pero perdió la color de manera que, viéndole su padre, le dijo:

—¿Qué tienes, don Juan, que parece que te vas a desmayar, según se te ha mudado el color?

—Espérense —dijo a esta sazón Preciosa—: déjenmele decir unas ciertas palabras al oído, y verán como no se desmaya.

Y llegándose a él, le dijo, casi sin mover los labios:

—¡Gentil ánimo para gitano! ¿Cómo podréis, Andrés, sufrir el tormento de toca, pues no podéis llevar el de un papel?

Y, haciéndole media docena de cruces sobre el corazón, se apartó dél; y entonces Andrés respiró un poco, y dio a entender que las palabras de Preciosa le habían aprovechado.

Finalmente, el doblón de dos caras se le dieron a Preciosa, y ella dijo a sus compañeras que le trocaría y repartiría con ellas hidalgamente. El padre de Andrés le dijo que le dejase por escrito las palabras que había dicho a don Juan, que las quería saber en todo caso. Ella dijo que las diría de muy buena gana, y que entendiesen que, aunque parecían cosa de burla, tenían gracia especial para preservar el mal del corazón y los váguidos[86] de cabeza, y que las palabras eran:

---

[86] *váguido*: vahído, desvanecimiento.

Cabecita, cabecita,
tente en ti, no te resbales,
y apareja dos puntales
de la paciencia bendita.
Solicita
la bonita
confiancita;
no te inclines
a pensamientos ruines;
verás cosas
que toquen en milagrosas,
Dios delante
y San Cristóbal gigante. [87]

Con la mitad destas palabras que le digan, y con seis cruces que le hagan sobre el corazón a la persona que tuviere váguidos de cabeza –dijo Preciosa–, quedará como una manzana.

Cuando la gitana vieja oyó el ensalmo y el embuste, quedó pasmada; y más lo quedó Andrés, que vio que todo era invención de su agudo ingenio. Quedáronse con el soneto, porque no quiso pedirle Preciosa, por no dar otro tártago a Andrés; que ya sabía ella, sin ser enseñada, lo que era dar sustos y martelos, [88] y sobresaltos celosos a los rendidos amantes.

Despidiéronse las gitanas, y al irse, dijo Preciosa a don Juan:

—Mire, señor, cualquiera día desta semana es próspero para partidas, y ninguno es aciago; apresure el irse lo más presto que pudiere, que le aguarda una vida ancha, libre y muy gustosa, si quiere acomodarse a ella.

—No es tan libre la del soldado, a mi parecer –respondió don Juan–, que no tenga más de sujeción que de libertad; pero, con todo esto, haré como viere.

---

[87] *Dios delante y San Cristóbal gigante*: "con ayuda de Dios".
[88] *martelos*: penas y aflicciones que nacen de los celos.

—Más veréis de lo que pensáis —respondió Preciosa—, y Dios os lleve y traiga con bien, como vuestra buena presencia merece.

Con estas últimas palabras quedó contento Andrés, y las gitanas se fueron contentísimas.

Trocaron el doblón, repartiéronle entre todas igualmente, aunque la vieja guardiana llevaba siempre parte y media de lo que se juntaba, así por la mayoridad, como por ser ella el aguja por quien se guiaban en el maremagno [89] de sus bailes, donaires, y aun de sus embustes.

Llegóse, en fin, el día que Andrés Caballero se apareció una mañana en el primer lugar de su aparecimiento, sobre una mula de alquiler, sin criado alguno. Halló en él a Preciosa y a su abuela, de las cuales conocido, le recibieron con mucho gusto. Él les dijo que le guiasen al rancho antes que entrase el día y con él se descubriesen las señas que llevaba, si acaso le buscasen. Ellas, que, como advertidas, vinieron solas, dieron la vuelta, y de allí a poco rato llegaron a sus barracas.

Entró Andrés en la una, que era la mayor del rancho, y luego acudieron a verle diez o doce gitanos, todos mozos y todos gallardos y bien hechos, a quien ya la vieja había dado cuenta del nuevo compañero que les había de venir, sin tener necesidad de encomendarles el secreto; que, como ya se ha dicho, ellos le guardan con sagacidad y puntualidad nunca vista. Echaron luego ojo a la mula, y dijo uno dellos:

—Ésta se podrá vender el jueves en Toledo.

—Eso no —dijo Andrés—, porque no hay mula de alquiler que no sea conocida de todos los mozos de mulas que trajinan por España.

—Par Dios, señor Andrés —dijo uno de los gitanos—, que, aunque la mula tuviera más señales que las que han de preceder al día tremendo, aquí la transformáramos de manera que no la conociera la madre que la parió ni el dueño que la ha criado.

---

[89] *maremagno*: abundancia, pero, también, confusión.

—Con todo eso –respondió Andrés–, por esta vez se ha de seguir y tomar el parecer mío. A esta mula se ha de dar muerte, y ha de ser enterrada donde aun los huesos no parezcan.

—¡Pecado grande! –dijo otro gitano–: ¿a una inocente se ha de quitar la vida? No diga tal el buen Andrés, sino haga una cosa: mírela bien agora, de manera que se le queden estampadas todas sus señales en la memoria, y déjenmela llevar a mí; y si de aquí a dos horas la conociere, que me lardeen [90] como a un negro fugitivo.

—En ninguna manera consentiré –dijo Andrés– que la mula no muera, aunque más me aseguren su transformación. Yo temo ser descubierto si a ella no la cubre la tierra. Y, si se hace por el provecho que de venderla puede seguirse, no vengo tan desnudo a esta cofradía, que no pueda pagar de entrada más de lo que valen cuatro mulas.

—Pues así lo quiere el señor Andrés Caballero –dijo otro gitano–, muera la sin culpa; y Dios sabe si me pesa, así por su mocedad, pues aún no ha cerrado, cosa no usada entre mulas de alquiler, como porque debe ser andariega, pues no tiene costras en las ijadas, [91] ni llagas de la espuela.

Dilatóse su muerte hasta la noche, y en lo que quedaba de aquel día se hicieron las ceremonias de la entrada de Andrés a ser gitano, que fueron: desembarazaron luego un rancho de los mejores del aduar, y adornáronle de ramos y juncia; [92] y, sentándose Andrés sobre un medio alcornoque, pusiéronle en las manos un martillo y unas tenazas, y, al son de dos guitarras que dos gitanos tañían, le hicieron dar dos cabriolas; luego le desnudaron un brazo, y con una cinta de seda nueva y un garrote le dieron dos vueltas blandamente.

A todo se halló presente Preciosa y otras muchas gitanas, viejas y mozas; que las unas con maravilla, otras con amor, le

---

[90] *lardeen*: echen grasa hirviendo.

[91] *ijadas*: partes laterales del abdomen, entre las costillas y las caderas.

[92] *juncia*: planta medicinal y aromática.

miraban; tal era la gallarda disposición de Andrés, que hasta los gitanos le quedaron aficionadísimos.

Hechas, pues, las referidas ceremonias, un gitano viejo tomó por la mano a Preciosa, y, puesto delante de Andrés, dijo:

—Esta muchacha, que es la flor y la nata de toda la hermosura de las gitanas que sabemos que viven en España, te la entregamos, ya por esposa o ya por amiga, que en esto puedes hacer lo que fuere más de tu gusto, porque la libre y ancha vida nuestra no está sujeta a melindres ni a muchas ceremonias. Mírala bien, y mira si te agrada, o si ves en ella alguna cosa que te descontente; y si la ves, escoge entre las doncellas que aquí están la que más te contentare; que la que escogieres te daremos; pero has de saber que una vez escogida, no la has de dejar por otra, ni te has de empachar ni entremeter, ni con las casadas ni con las doncellas. Nosotros guardamos inviolablemente la ley de la amistad: ninguno solicita la prenda del otro; libres vivimos de la amarga pestilencia de los celos. Entre nosotros, aunque hay muchos incestos, no hay ningún adulterio; y, cuando le hay en la mujer propia, o alguna bellaquería en la amiga, no vamos a la justicia a pedir castigo: nosotros somos los jueces y los verdugos de nuestras esposas o amigas; con la misma facilidad las matamos, y las enterramos por las montañas y desiertos, como si fueran animales nocivos; no hay pariente que las vengue, ni padres que nos pidan su muerte. Con este temor y miedo ellas procuran ser castas, y nosotros, como ya he dicho, vivimos seguros. Pocas cosas tenemos que no sean comunes a todos, excepto la mujer o la amiga, que queremos que cada una sea del que le cupo en suerte. Entre nosotros así hace divorcio la vejez como la muerte; el que quisiere puede dejar la mujer vieja, como él sea mozo, y escoger otra que corresponda al gusto de sus años. Con estas y con otras leyes y estatutos nos conservamos y vivimos alegres; somos señores de los campos, de los sembrados, de las selvas, de los montes, de las fuentes y de los ríos. Los montes nos ofrecen leña de balde; los árboles, frutas; las viñas, uvas; las huertas, hortaliza; las fuentes, agua;

los ríos, peces, y los vedados, caza; sombra, las peñas; aire fresco, las quiebras; y casas, las cuevas. Para nosotros las inclemencias del cielo son oreos,[93] refrigerio las nieves, baños la lluvia, músicas los truenos y hachas los relámpagos. Para nosotros son los duros terreros colchones de blandas plumas: el cuero curtido de nuestros cuerpos nos sirve de arnés[94] impenetrable que nos defiende; a nuestra ligereza no la impiden grillos,[95] ni la detienen barrancos, ni la contrastan paredes; a nuestro ánimo no le tuercen cordeles,[96] ni le menoscaban garruchas,[97] ni le ahogan tocas,[98] ni le doman potros.[99] Del sí al no no hacemos diferencia cuando nos conviene: siempre nos preciamos más de mártires que de confesores. Para nosotros se crían las bestias de carga en los campos, y se cortan las faldriqueras en las ciudades. No hay águila, ni ninguna otra ave de rapiña, que más presto se abalance a la presa que se le ofrece, que nosotros nos abalanzamos a las ocasiones que algún interés nos señalen; y, finalmente, tenemos muchas habilidades que felice fin nos prometen; porque en la cárcel cantamos, en el potro callamos, de día trabajamos y de noche hurtamos; o, por mejor decir, avisamos que nadie viva descuidado de mirar dónde pone su hacienda. No nos fatiga el temor de perder la honra, ni nos desvela la ambición de acrecentarla; ni sustentamos bandos, ni madrugamos a dar memoriales,[100] ni acompañar magnates, ni a solicitar favores. Por dorados techos y suntuosos palacios estimamos estas barracas y movibles ranchos; por cuadros y países de Flan-

---

[93] *oreo*: soplo de aire que refresca.

[94] *arnés*: armadura.

[95] *grillos*: grilletes.

[96] *cordeles*: los del potro de tortura.

[97] *garruchas:* la garrucha era una tortura que consistía en colgar a alguien por los brazos y lastrarle los pies.

[98] *tocas*: otro refinado tormento que consistía en tapar la boca al reo con un paño (*toca*) y verter sobre él agua, lo que le impedía la respiración.

[99] *potro*: juego de palabras basado en el doble sentido de *potro* ("caballo joven" y "banco de tortura").

[100] *dar memoriales*: presentar solicitudes.

des, los que nos da la naturaleza en esos levantados riscos y nevadas peñas, tendidos prados y espesos bosques que a cada paso a los ojos se nos muestran. Somos astrólogos rústicos, porque, como casi siempre dormimos al cielo descubierto, a todas horas sabemos las que son del día y las que son de la noche; vemos cómo arrincona y barre la aurora las estrellas del cielo, y cómo ella sale con su compañera el alba, alegrando el aire, enfriando el agua y humedeciendo la tierra; y luego, tras ellas, el sol, *dorando cumbres*, como dijo el otro poeta, y *rizando montes*: ni tememos quedar helados por su ausencia cuando nos hiere a soslayo [101] con sus rayos, ni quedar abrasados cuando con ellos particularmente nos toca; un mismo rostro hacemos al sol que al yelo, a la esterilidad que a la abundancia. En conclusión, somos gente que vivimos por nuestra industria [102] y pico, y sin entremeternos con el antiguo refrán: "Iglesia, o mar, o casa real"; tenemos lo que queremos; pues nos contentamos con lo que tenemos. Todo esto os he dicho, generoso mancebo, porque no ignoréis la vida a que habéis venido y el trato que habéis de profesar, el cual os he pintado aquí en borrón; que otras muchas e infinitas cosas iréis descubriendo en él con el tiempo, no menos dignas de consideración que las que habéis oído.

Calló, en diciendo esto el elocuente y viejo gitano, y el novicio dijo que se holgaba mucho de haber sabido tan loables estatutos, y que él pensaba hacer profesión en aquella orden tan puesta en razón y en políticos fundamentos; y que sólo le pesaba no haber venido más presto en conocimiento de tan alegre vida, y que desde aquel punto renunciaba la profesión de caballero y la vanagloria de su ilustre linaje, y lo ponía todo debajo del yugo, o, por mejor decir, debajo de las leyes con que ellos vivían, pues con tan alta recompensa le satisfacían el deseo de servirlos, entregándole a la divina Preciosa, por quien él dejaría coronas e imperios, y sólo los desearía para servirla.

---

[101] *a soslayo*: oblicuamente.
[102] *industria*: ingenio, astucia.

A lo cual respondió Preciosa:

—Puesto que [103] estos señores legisladores han hallado por sus leyes que soy tuya, y que por tuya te me han entregado, yo he hallado por la ley de mi voluntad, que es la más fuerte de todas, que no quiero serlo si no es con las condiciones que antes que aquí vinieses entre los dos concertamos. Dos años has de vivir en nuestra compañía primero que de la mía goces, porque tú no te arrepientas por ligero, ni yo quede engañada por presurosa. Condiciones rompen leyes; las que te he puesto sabes: si las quisieres guardar, podrá ser que sea tuya y tú seas mío; y donde no, aún no es muerta la mula, tus vestidos están enteros, y de tus dineros no te falta un ardite; [104] la ausencia que has hecho no ha sido aún de un día; que de lo que dél falta te puedes servir y dar lugar que consideres lo que más te conviene. Estos señores bien pueden entregarte mi cuerpo; pero no mi alma, que es libre y nació libre, y ha de ser libre en tanto que yo quisiere. Si te quedas, te estimaré en mucho; si te vuelves, no te tendré en menos; porque, a mi parecer, los ímpetus amorosos corren a rienda suelta, hasta que encuentran con la razón o con el desengaño; y no querría yo que fueses tú para conmigo como es el cazador, que, en alcanzado la liebre que sigue, la coge y la deja por correr tras otra que le huye. Ojos hay engañados que a la primera vista tan bien les parece el oropel [105] como el oro, pero a poco rato bien conocen la diferencia que hay de lo fino a lo falso. Esta mi hermosura que tú dices que tengo, que la estimas sobre el sol y la encareces sobre el oro, ¿qué sé yo si de cerca te parecerá sombra, y tocada, cairás en que es de alquimia? Dos años te doy de tiempo para que tantees y ponderes lo que será bien que escojas o será justo que deseches; que la prenda que una vez comprada nadie se puede deshacer della, sino con la

---

[103] *Puesto que*: aunque.

[104] *ardite*: moneda de poco valor; cosa insignificante.

[105] *oropel*: latón trabajado de cierto modo, que imita al oro.

muerte, bien es que haya tiempo, y mucho, para miralla y remiralla, y ver en ella las faltas o las virtudes que tiene; que yo no me rijo por la bárbara e insolente licencia que estos mis parientes se han tomado de dejar las mujeres, o castigarlas, cuando se les antoja; y, como yo no pienso hacer cosa que llame al castigo, no quiero tomar compañía que por su gusto me deseche.

—Tienes razón, ¡oh Preciosa! —dijo a este punto Andrés—; y así, si quieres que asegure tus temores y menoscabe tus sospechas, jurándote que no saldré un punto de las órdenes que me pusieres, mira qué juramento quieres que haga, o qué otra seguridad puedo darte, que a todo me hallarás dispuesto.

—Los juramentos y promesas que hace el cautivo porque le den libertad, pocas veces se cumplen con ella —dijo Preciosa—; y así son, según pienso, los del amante: que, por conseguir su deseo, prometerá las alas de Mercurio y los rayos de Júpiter,[106] como me prometió a mí un cierto poeta, y juraba por la laguna Estigia.[107] No quiero juramentos, señor Andrés, ni quiero promesas; sólo quiero remitirlo todo a la esperiencia deste noviciado, y a mí se me quedará el cargo de guardarme, cuando vos le tuviéredes de ofenderme.

—Sea ansí —respondió Andrés—. Sola una cosa pido a estos señores y compañeros míos, y es que no me fuercen a que hurte ninguna cosa por tiempo de un mes siquiera; porque me parece que no he de acertar a ser ladrón si antes no preceden muchas liciones.[108]

—Calla, hijo —dijo el gitano viejo—, que aquí te industriaremos de manera que salgas un águila en el oficio; y cuando le

---

[106] *alas de Mercurio y rayos de Júpiter*: en la mitología clásica, son los atributos más característicos de estos dioses.

[107] *laguna Estigia*: las aguas del Éstige (río del infierno y no laguna, según la tradición más extendida) servían, según la mitología clásica, para que los dioses formularan el juramento más solemne. El incumplimiento de este juramento implicaba un terrible y humillante castigo para el dios perjuro.

[108] *liciones*: lecciones.

sepas, has de gustar dél de modo que te comas las manos tras él. ¡Ya es cosa de burla salir vacío por la mañana y volver cargado a la noche al rancho!

—De azotes he visto yo volver a algunos désos vacíos —dijo Andrés.

—No se toman truchas, etcétera [109] —replicó el viejo—: todas las cosas desta vida están sujetas a diversos peligros, y las acciones del ladrón al de las galeras, azotes y horca; pero no porque corra un navío tormenta, o se anega, han de dejar los otros de navegar. ¡Bueno sería que porque la guerra come los hombres y los caballos, dejase de haber soldados! Cuanto más, que el que es azotado por justicia, entre nosotros, es tener un hábito en las espaldas, que le parece mejor que si le trujese en los pechos, y de los buenos. El toque está en no acabar acoceando el aire en la flor de nuestra juventud y a los primeros delitos; que el mosqueo [110] de las espaldas, ni el apalear el agua en las galeras, no lo estimamos en un cacao. Hijo Andrés, reposad ahora en el nido debajo de nuestras alas, que a su tiempo os sacaremos a volar, y en parte donde no volváis sin presa; y lo dicho dicho: que os habéis de lamer los dedos tras cada hurto.

—Pues, para recompensar —dijo Andrés— lo que yo podía hurtar en este tiempo que se me da de venia, quiero repartir docientos escudos de oro entre todos los del rancho.

Apenas hubo dicho esto, cuando arremetieron a él muchos gitanos; y, levantándole en los brazos y sobre los hombros, le cantaban el "¡Víctor, Víctor!", y el "¡grande Andrés!", añadiendo: "¡Y viva, viva Preciosa, amada prenda suya!" Las gitanas hicieron lo mismo con Preciosa, no sin envidia de Cristina y de otras gitanillas que se hallaron presentes; que la envidia tan bien se aloja en los aduares de los bárbaros y en las chozas de pastores, como en palacios de príncipes, y esto de ver medrar al veci-

---

[109] *No se toman truchas, etcétera*: "No se toman truchas a bragas enjutas", era el dicho completo. Dejado en suspenso equivale al actual "El que quiera peces...".

[110] *mosqueo*: azotes en la espalda.

no que me parece que no tiene más méritos que yo, fatiga.

Hecho esto, comieron lautamente;[111] repartióse el dinero prometido con equidad y justicia; renováronse las alabanzas de Andrés, subieron al cielo la hermosura de Preciosa. Llegó la noche, acocotaron[112] la mula y enterráronla de modo que quedó seguro Andrés de ser por ella descubierto; y también enterraron con ella sus alhajas,[113] como fueron silla y freno y cinchas,[114] a uso de los indios, que sepultan con ellos sus más ricas preseas.[115]

De todo lo que había visto y oído y de los ingenios de los gitanos quedó admirado Andrés, y con propósito de seguir y conseguir su empresa, sin entremeterse nada en sus costumbres; o, a lo menos, escusarlo por todas las vías que pudiese, pensando esentarse de la jurisdición de obedecellos en las cosas injustas que le mandasen, a costa de su dinero.

Otro día les rogó Andrés que mudasen de sitio y se alejasen de Madrid, porque temía ser conocido si allí estaba. Ellos dijeron que ya tenían determinado irse a los montes de Toledo, y desde allí correr y garramar[116] toda la tierra circunvecina. Levantaron, pues, el rancho y diéronle a Andrés una pollina[117] en que fuese, pero él no la quiso, sino irse a pie, sirviendo de lacayo a Preciosa, que sobre otra iba: ella contentísima de ver cómo triunfaba de su gallardo escudero, y él ni más ni menos, de ver junto a sí a la que había hecho señora de su albedrío.

¡Oh poderosa fuerza deste que llaman dulce dios de la amargura (título que le ha dado la ociosidad y el descuido nuestro), y con qué veras nos avasallas, y cuán sin respecto nos tra-

---

[111] *lautamente*: espléndidamente.

[112] *acocotaron*: acogotar, matar de un golpe en el cogote.

[113] *alhajas*: en sentido etimológico, son las cosas necesarias para un buen uso y servicio.

[114] *silla y freno y cinchas*: aditamentos propios de las caballerías.

[115] *preseas*: objetos de valor.

[116] *garramar*: hacer la garrama ("hurto" e "impuesto").

[117] *pollina*: borrica joven.

tas! Caballero es Andrés, y mozo de muy buen entendimiento, criado casi toda su vida en la Corte y con el regalo de sus ricos padres; y desde ayer acá ha hecho tal mudanza, que engañó a sus criados y a sus amigos, defraudó las esperanzas que sus padres en él tenían; dejó el camino de Flandes, donde había de ejercitar el valor de su persona y acrecentar la honra de su linaje, y se vino a postrarse a los pies de una muchacha, y a ser su lacayo; que, puesto que hermosísima, en fin, era gitana: privilegio de la hermosura, que trae al redopelo y por la melena[118] a sus pies a la voluntad más esenta.[119]

De allí a cuatro días llegaron a una aldea dos leguas de Toledo, donde asentaron su aduar, dando primero algunas prendas de plata al alcalde del pueblo, en fianzas de que en él ni en todo su término no hurtarían ninguna cosa. Hecho esto, todas las gitanas viejas, y algunas mozas, y los gitanos, se esparcieron por todos los lugares, o, a lo menos, apartados por cuatro o cinco leguas de aquel donde habían asentado su real.[120] Fue con ellos Andrés a tomar la primera lición de ladrón; pero, aunque le dieron muchas en aquella salida, ninguna se le asentó; antes, correspondiendo a su buena sangre, con cada hurto que sus maestros hacían se le arrancaba a él el alma; y tal vez hubo que pagó de su dinero los hurtos que sus compañeros había hecho, conmovido de las lágrimas de sus dueños; de lo cual los gitanos se desesperaban, diciéndole que era contravenir a sus estatutos y ordenanzas, que prohibían la entrada a la caridad en sus pechos, la cual, en teniéndola, habían de dejar de ser ladrones, cosa que no les estaba bien en ninguna manera.

Viendo, pues, esto Andrés, dijo que él quería hurtar por sí solo, sin ir en compañía de nadie; porque para huir del peligro tenía ligereza, y para cometelle no le faltaba el ánimo; así que, el premio o el castigo de lo que hurtase quería que fuese suyo.

---

[118] *al redopelo y por la melena*: a contrapelo. Por la fuerza y con humillación.
[119] *esenta*: libre.
[120] *real*: campamento.

Procuraron los gitanos disuadirle deste propósito, diciéndole que le podrían suceder ocasiones donde fuese necesaria la compañía, así para acometer como para defenderse, y que una persona sola no podía hacer grandes presas. Pero, por más que dijeron, Andrés quiso ser ladrón solo y señero, con intención de apartarse de la cuadrilla y comprar por su dinero alguna cosa que pudiese decir que la había hurtado, y deste modo cargar lo que menos pudiese sobre su conciencia.

Usando, pues, desta industria, en menos de un mes trujo más provecho a la compañía que trujeron cuatro de los más estirados ladrones della; de que no poco se holgaba Preciosa, viendo a su tierno amante tan lindo y tan despejado ladrón. Pero, con todo eso, estaba temerosa de alguna desgracia; que no quisiera ella verle en afrenta por todo el tesoro de Venecia, obligada a tenerle aquella buena voluntad de los muchos servicios y regalos que su Andrés le hacía.

Poco más de un mes se estuvieron en los términos de Toledo, donde hicieron su agosto, aunque era por el mes de setiembre, y desde allí se entraron en Estremadura, por ser tierra rica y caliente. Pasaba Andrés con Preciosa honestos, discretos y enamorados coloquios, y ella poco a poco se iba enamorando de la discreción y buen trato de su amante; y él, del mismo modo, si pudiera crecer su amor, fuera creciendo: tal era la honestidad, discreción y belleza de su Preciosa. A doquiera que llegaban, él se llevaba el precio y las apuestas de corredor y de saltar más que ninguno; jugaba a los bolos y a la pelota estremadamente; tiraba la barra con mucha fuerza y singular destreza. Finalmente, en poco tiempo voló su fama por toda Estremadura, y no había lugar donde no se hablase de la gallarda disposición del gitano Andrés Caballero y de sus gracias y habilidades; y al par desta fama corría la de la hermosura de la gitanilla, y no había villa, lugar ni aldea donde no los llamasen para regocijar las fiestas votivas [121] suyas, o para otros particulares

---

[121] *fiestas votivas*: fiestas locales.

regocijos. Desta manera, iba el aduar rico, próspero y contento, y los amantes gozosos con sólo mirarse.

Sucedió, pues, que, teniendo el aduar entre unas encinas, algo apartado del camino real, [122] oyeron una noche, casi a la mitad della, ladrar sus perros con mucho ahínco y más de lo que acostumbraban; salieron algunos gitanos, y con ellos Andrés, a ver a quién ladraban, y vieron que se defendía dellos un hombre vestido de blanco, a quien tenían dos perros asido de una pierna; llegaron y quitáronle, y uno de los gitanos le dijo:

—¿Quién diablos os trujo por aquí, hombre, a tales horas y tan fuera de camino? ¿Venís a hurtar por ventura? Porque en verdad que habéis llegado a buen puerto.

—No vengo a hurtar —respondió el mordido—, ni sé si vengo o no fuera de camino, aunque bien veo que vengo descaminado. Pero decidme, señores, ¿está por aquí alguna venta o lugar donde pueda recogerme esta noche y curarme de las heridas que vuestros perros me han hecho?

—No hay lugar ni venta donde podamos encaminaros —respondió Andrés—; mas, para curar vuestras heridas y alojaros esta noche, no os faltará comodidad en nuestros ranchos. Veníos con nosotros, que, aunque somos gitanos, no lo parecemos en la caridad.

—Dios la use con vosotros —respondió el hombre—; y llevadme donde quisiéredes, que el dolor desta pierna me fatiga mucho.

Llegóse a él Andrés y otro gitano caritativo (que aun entre los demonios hay unos peores que otros, y entre muchos malos hombres suele haber algún bueno), y entre los dos le llevaron.

Hacía la noche clara con la luna, de manera que pudieron ver que el hombre era mozo de gentil rostro y talle; venía vestido todo de lienzo blanco, y atravesada por las espaldas y

---

[122] *camino real*: camino principal, el que unía dos poblaciones importantes.

ceñida a los pechos una como camisa o talega de lienzo. Llegaron a la barraca o toldo de Andrés, y con presteza encendieron lumbre y luz, y acudió luego la abuela de Preciosa a curar el herido, de quien ya le habían dado cuenta. Tomó algunos pelos de los perros, friólos en aceite, y, lavando primero con vino dos mordeduras que tenía en la pierna izquierda, le puso los pelos con el aceite en ellas y encima un poco de romero verde mascado; lióselo muy bien con paños limpios y santiguóle las heridas y díjole:

En tanto que curaban al herido, estaba Preciosa delante, y estúvole mirando ahincadamente, y lo mismo hacía él a ella, de modo que Andrés echó de ver en la atención con que el mozo la miraba; pero echólo a que la mucha hermosura de Preciosa se llevaba tras sí los ojos. En resolución, después de curado el mozo, le dejaron solo sobre un lecho hecho de heno seco, y por entonces no quisieron preguntarle nada de su camino ni de otra cosa.

Apenas se apartaron dél, cuando Preciosa llamó a Andrés aparte y le dijo:

—¿Acuérdaste, Andrés, de un papel que se me cayó en tu casa cuando bailaba con mis compañeras, que, según creo, te dio un mal rato?

—Sí acuerdo —respondió Andrés—, y era un soneto en tu alabanza, y no malo.

—Pues has de saber, Andrés —replicó Preciosa—, que el que hizo aquel soneto es ese mozo mordido que dejamos en la choza; y en ninguna manera me engaño, porque me habló en Madrid dos o tres veces, y aun me dio un romance muy bueno. Allí andaba, a mi parecer, como paje; mas no de los ordinarios, sino de los favorecidos de algún príncipe; y en verdad te digo, Andrés, que el mozo es discreto, y bien razonado, y sobremanera honesto, y no sé qué pueda imaginar desta su venida y en tal traje.

—¿Qué puedes imaginar, Preciosa? —respondió Andrés—. Ninguna otra cosa sino que la misma fuerza que a mí me ha hecho gitano le ha hecho a él parecer molinero y venir a buscarte. ¡Ah, Preciosa, Preciosa, y cómo se va descubriendo que te quieres preciar de tener más de un rendido! Y si esto es así, acábame a mí primero y luego matarás a este otro, y no quieras sacrificarnos juntos en las aras de tu engaño, por no decir de tu belleza.

—¡Válame Dios —respondió Preciosa—, Andrés, y cuán delicado andas, y cuán de un sotil[123] cabello tienes colgadas tus esperanzas y mi crédito, pues con tanta facilidad te ha penetrado el alma la dura espada de los celos! Dime, Andrés: si en esto hubiera artificio o engaño alguno, ¿no supiera yo callar y encubrir quién era este mozo? ¿Soy tan necia, por ventura, que te había de dar ocasión de poner en duda mi bondad y buen término? Calla, Andrés, por tu vida, y mañana procura sacar del pecho deste tu asombro adónde va, o a lo que viene. Podría ser que estuviese engañada tu sospecha, como yo no lo estoy de que sea el que he dicho. Y, para más satisfación tuya, pues ya he llegado a términos de satisfacerte, de cualquiera manera y con cualquiera intención que ese mozo venga, despídele luego y haz que se vaya, pues todos los de nuestra parcialidad te obedecen, y no habrá ninguno que contra tu voluntad le quiera dar acogida en su rancho; y, cuando esto así no suceda, yo te doy mi palabra de no salir del mío, ni dejarme ver de sus ojos, ni de todos aquellos que tú quisieres que no me vean. Mira, Andrés, no me pesa a mí de verte celoso, pero pesarme ha mucho si te veo indiscreto.

—Como no me veas loco, Preciosa —respondió Andrés—, cualquiera otra demonstración será poca o ninguna para dar a entender adónde llega y cuánto fatiga la amarga y dura presunción de los celos. Pero, con todo eso, yo haré lo que me mandas, y sabré, si es que es posible, qué es lo que este señor paje poeta quiere, dónde va, o qué es lo que busca; que podría ser que por algún hilo que sin cuidado muestre, sacase yo todo el ovillo con que temo viene a enredarme.

---

[123] *sotil*: sutil.

—Nunca los celos, a lo que imagino —dijo Preciosa—, dejan el entendimiento libre para que pueda juzgar las cosas como ellas son. Siempre miran los celosos con antojos de allende, [124] que hacen las cosas pequeñas, grandes; los enanos, gigantes, y las sospechas, verdades. Por vida tuya y por la mía, Andrés, que procedas en esto, y en todo lo que tocare a nuestros conciertos, cuerda y discretamente; que si así lo hicieres, sé que me has de conceder la palma de honesta y recatada, y de verdadera en todo estremo.

Con esto se despidió de Andrés, y él se quedó esperando el día para tomar la confesión al herido, llena de turbación el alma y de mil contrarias imaginaciones. No podía creer sino que aquel paje había venido allí atraído de la hermosura de Preciosa; porque piensa el ladrón que todos son de su condición. Por otra parte, la satisfacción que Preciosa le había dado le parecía ser de tanta fuerza, que le obligaba a vivir seguro y a dejar en las manos de su bondad toda su ventura.

Llegóse el día, visitó al mordido; preguntóle cómo se llamaba y adónde iba, y cómo caminaba tan tarde y tan fuera de camino; aunque primero le preguntó cómo estaba, y si se sentía sin dolor de las mordeduras. A lo cual respondió el mozo que se hallaba mejor y sin dolor alguno, y de manera que podía ponerse en camino. A lo de decir su nombre y adónde iba, no dijo otra cosa sino que se llamaba Alonso Hurtado, y que iba a Nuestra Señora de la Peña de Francia [125] a un cierto negocio, y que por llegar con brevedad caminaba de noche, y que la pasada había perdido el camino, y acaso había dado con aquel aduar, donde los perros que le guardaban le habían puesto del modo que había visto.

No le pareció a Andrés legítima esta declaración, sino muy bastarda, y de nuevo volvieron a hacerle cosquillas en el alma sus sospechas; y así, le dijo:

---

[124] *antojos de allende*: catalejo, o, simplemente, lentes de aumento.
[125] *Peña de Francia*: al sur de la provincia de Salamanca.

—Hermano, si yo fuera juez y vos hubiérades caído debajo de mi jurisdición por algún delito, el cual pidiera que se os hicieran las preguntas que yo os he hecho, la respuesta que me habéis dado obligara a que os apretara los cordeles. [126] Yo no quiero saber quién sois, cómo os llamáis o adónde vais; pero adviértoos que, si os conviene mentir en este vuestro viaje, mintáis con más apariencia de verdad. Decís que vais a la Peña de Francia, y dejáisla a la mano derecha, más atrás deste lugar donde estamos bien treinta leguas; camináis de noche por llegar presto, y vais fuera de camino por entre bosques y encinares que no tienen sendas apenas, cuanto más caminos. Amigo, levantaos y aprended a mentir, y andad en hora buena. Pero, por este buen aviso que os doy, ¿no me diréis una verdad? (que sí diréis, pues tan mal sabéis mentir). Decidme: ¿sois por ventura uno que yo he visto muchas veces en la Corte, entre paje y caballero, que tenía fama de ser gran poeta; uno que hizo un romance y un soneto a una gitanilla que los días pasados andaba en Madrid, que era tenida por singular en la belleza? Decídmelo, que yo os prometo por la fe de caballero gitano de guardaros el secreto que vos viéredes que os conviene. Mirad que negarme la verdad, de que no sois el que yo digo, no llevaría camino, porque este rostro que yo veo aquí es el que vi en Madrid. Sin duda alguna que la gran fama de vuestro entendimiento me hizo muchas veces que os mirase como a hombre raro e insigne, y así se me quedó en la memoria vuestra figura, que os he venido a conocer por ella, aun puesto en el diferente traje en que estáis agora del en que yo os vi entonces. No os turbéis; animaos, y no penséis que habéis llegado a un pueblo de ladrones, sino a un asilo que os sabrá guardar y defender de todo el mundo. Mirad, yo imagino una cosa, y si es ansí como la imagino, vos habéis topado con vuestra buena suerte en haber encontrado conmigo. Lo que imagino es que, enamorado de Preciosa, aquella hermosa gitanica a quien hicisteis los

---

[126] *apretara los cordeles*: los cordeles del potro de tortura.

versos, habéis venido a buscarla, por lo que yo no os tendré en menos, sino en mucho más; que, aunque gitano, la esperiencia me ha mostrado adónde se estiende la poderosa fuerza de amor, y las transformaciones que hace hacer a los que coge debajo de su jurisdición y mando. Si esto es así, como creo que sin duda lo es, aquí está la gitanica.

—Sí, aquí está, que yo la vi anoche —dijo el mordido; razón con que Andrés quedó como difunto, pareciéndole que había salido al cabo con la confirmación de sus sospechas—. Anoche la vi —tornó a referir el mozo—, pero no me atreví a decirle quién era, porque no me convenía.

—Desa manera —dijo Andrés—, vos sois el poeta que yo he dicho.

—Sí soy —replicó el mancebo—; que no lo puedo ni lo quiero negar. Quizá podía ser que donde he pensado perderme hubiese venido a ganarme, si es que hay fidelidad en las selvas y buen acogimiento en los montes.

—Hayle, sin duda —respondió Andrés—, y entre nosotros, los gitanos, el mayor secreto del mundo. Con esta confianza podéis, señor, descubrirme vuestro pecho, que hallaréis en el mío lo que veréis, sin doblez alguno. La gitanilla es parienta mía, y está sujeta a lo que quisiere hacer della; si la quisiéredes por esposa, yo y todos sus parientes gustaremos dello; y si por amiga, no usaremos de ningún melindre, con tal que tengáis dineros, porque la codicia por jamás sale de nuestros ranchos.

—Dineros traigo —respondió el mozo—: en estas mangas de camisa que traigo ceñida por el cuerpo vienen cuatrocientos escudos de oro.

Éste fue otro susto mortal que recibió Andrés, viendo que el traer tanto dinero no era sino para conquistar o comprar su prenda; y, con lengua ya turbada, dijo:

—Buena cantidad es ésa; no hay sino descubriros, y manos a labor, que la muchacha, que no es nada boba, verá cuán bien le está ser vuestra.

—¡Ay amigo! —dijo a esta sazón el mozo—, quiero que

sepáis que la fuerza que me ha hecho mudar de traje no es la de amor, que vos decís, ni de desear a Preciosa, que hermosas tiene Madrid que pueden y saben robar los corazones y rendir las almas tan bien y mejor que las más hermosas gitanas, puesto que confieso que la hermosura de vuestra parienta a todas las que yo he visto se aventaja. Quien me tiene en este traje, a pie y mordido de perros, no es amor, sino desgracia mía.

Con estas razones que el mozo iba diciendo, iba Andrés cobrando los espíritus perdidos, pareciéndole que se encaminaban a otro paradero del que él se imaginaba; y deseoso de salir de aquella confusión, volvió a reforzarle la seguridad con que podía descubrirse; y así, él prosiguió diciendo:

—Yo estaba en Madrid en casa de un título,[127] a quien servía no como a señor, sino como a pariente. Éste tenía un hijo, único heredero suyo, el cual, así por el parentesco como por ser ambos de una edad y de una condición misma, me trataba con familiaridad y amistad grande. Sucedió que este caballero se enamoró de una doncella principal, a quien él escogiera de bonísima gana para su esposa, si no tuviera la voluntad sujeta, como buen hijo, a la de sus padres, que aspiraban a casarle más altamente; pero, con todo eso, la servía a hurto de todos los ojos que pudieran, con las lenguas, sacar a la plaza sus deseos; solos los míos eran testigos de sus intentos. Y una noche, que debía de haber escogido la desgracia para el caso que ahora os diré, pasando los dos por la puerta y calle desta señora, vimos arrimados a ella dos hombres, al parecer, de buen talle. Quiso reconocerlos mi pariente, y apenas se encaminó hacia ellos, cuando echaron con mucha ligereza mano a las espadas y a dos broqueles,[128] y se vinieron a nosotros, que hicimos lo mismo, y con iguales armas nos acometimos. Duró poco la pendencia, porque no duró mucho la vida de los dos contrarios, que, de dos estocadas que guiaron los celos de mi pariente y la defensa que yo le hacía, las perdieron, caso estraño y pocas veces visto.

---

[127] *título*: noble.
[128] *broqueles*: escudos.

Triunfando, pues, de lo que no quisiéramos, volvimos a casa, y, secretamente, tomando todos los dineros que podimos, nos fuimos a San Jerónimo, [129] esperando el día, que descubriese lo sucedido y las presunciones que se tenían de los matadores. Supimos que de nosotros no había indicio alguno, y aconsejáronnos los prudentes religiosos que nos volviésemos a casa, y que no diésemos ni despertásemos con nuestra ausencia alguna sospecha contra nosotros. Y, ya que estábamos determinados de seguir su parecer, nos avisaron que los señores alcaldes de corte [130] habían preso en su casa a los padres de la doncella y a la misma doncella, y que entre otros criados a quien tomaron la confesión, una criada de la señora dijo cómo mi pariente paseaba a su señora de noche y de día; y que con este indicio habían acudido a buscarnos, y, no hallándonos, sino muchas señales de nuestra fuga, se confirmó en toda la Corte ser nosotros los matadores de aquellos dos caballeros, que lo eran, y muy principales. Finalmente, con parecer del conde mi pariente, y del de los religiosos, después de quince días que estuvimos escondidos en el monasterio, mi camarada, en hábito de fraile, con otro fraile se fue la vuelta de [131] Aragón, con intención de pasarse a Italia, y desde allí a Flandes, hasta ver en qué paraba el caso. Yo quise dividir y apartar nuestra fortuna, y que no corriese nuestra suerte por una misma derrota; [132] seguí otro camino diferente del suyo, y, en hábito de mozo de fraile, a pie, salí con un religioso, que me dejó en Talavera; desde allí aquí he venido solo y fuera de camino, hasta que anoche llegué a este encinal, donde me ha sucedido lo que habéis visto. Y

---

[129] *San Jerónimo*: la justicia civil no tenía jurisdicción sobre los lugares dependientes de autoridades religiosas. Era práctica común refugiarse en iglesias los delincuentes hasta que pudieran encontrar una salida a su comprometida situación. San Jerónimo era un convento, hoy desaparecido, que estaba en Madrid, en la calle o carrera que lleva su nombre.

[130] *alcaldes de corte*: funcionarios con cometidos policiales y, sobre todo, judiciales, que desempeñaban su labor en el lugar de residencia del Rey.

[131] *la vuelta de*: hacia.

[132] *derrota*: ruta.

si pregunté por el camino de la Peña de Francia, fue por responder algo a lo que se me preguntaba; que en verdad que no sé dónde cae la Peña de Francia, puesto que sé que está más arriba de Salamanca.

—Así es verdad —respondió Andrés—, y ya la dejáis a mano derecha, casi veinte leguas de aquí; porque veáis cuán derecho camino llevábades si allá fuérades.

—El que yo pensaba llevar —replicó el mozo— no es sino a Sevilla; que allí tengo un caballero ginovés, grande amigo del conde mi pariente, que suele enviar a Génova gran cantidad de plata, y llevo disignio que me acomode con los que la suelen llevar, como uno dellos; y con esta estratagema seguramente podré pasar hasta Cartagena, y de allí a Italia, porque han de venir dos galeras muy presto a embarcar esta plata. Ésta es, buen amigo, mi historia: mirad si puedo decir que nace más de desgracia pura que de amores aguados. Pero si estos señores gitanos quisiesen llevarme en su compañía hasta Sevilla, si es que van allá, yo se lo pagaría muy bien; que me doy a entender que en su compañía iría más seguro, y no con el temor que llevo.

—Sí llevarán —respondió Andrés—; y si no fuéredes en nuestro aduar, porque hasta ahora no sé si va al Andalucía, iréis en otro que creo que habemos de topar dentro de dos días, y con darles algo de lo que lleváis, facilitaréis con ellos otros imposibles mayores.

Dejóle Andrés, y vino a dar cuenta a los demás gitanos de lo que el mozo le había contado y de lo que pretendía, con el ofrecimiento que hacía de la buena paga y recompensa. Todos fueron de parecer que se quedase en el aduar. Sólo Preciosa tuvo el contrario, y la abuela dijo que ella no podía ir a Sevilla, ni a sus contornos, a causa que los años pasados había hecho una burla en Sevilla a un gorrero [133] llamado Triguillos, muy conocido en ella, al cual le había hecho meter en una tinaja de agua hasta el cue-

---

[133] *gorrero*: el que fabrica o vende gorros.

llo, desnudo en carnes, y en la cabeza puesta una corona de ciprés, esperando el filo de la media noche para salir de la tinaja a cavar y sacar un gran tesoro que ella le había hecho creer que estaba en cierta parte de su casa. Dijo que, como oyó el buen gorrero tocar a maitines, [134] por no perder la coyuntura, [135] se dio tanta priesa [136] a salir de la tinaja que dio con ella y con él en el suelo, y con el golpe y con los cascos se magulló las carnes, derramóse el agua y él quedó nadando en ella, y dando voces que se anegaba. Acudieron su mujer y sus vecinos con luces, y halláronle haciendo efectos de nadador, soplando y arrastrando la barriga por el suelo, y meneando brazos y piernas con mucha priesa, y diciendo a grandes voces: "¡Socorro, señores, que me ahogo!"; tal le tenía el miedo, que verdaderamente pensó que se ahogaba. Abrazáronse con él, sacáronle de aquel peligro, volvió en sí, contó la burla de la gitana, y, con todo eso, cavó en la parte señalada más de un estado [137] en hondo, a pesar de todos cuantos le decían que era embuste mío; y si no se lo estorbara un vecino suyo, que tocaba ya en los cimientos de su casa, él diera con entrambas [138] en el suelo, si le dejaran cavar todo cuanto él quisiera. Súpose este cuento por toda la ciudad, y hasta los muchachos le señalaban con el dedo y contaban su credulidad y mi embuste.

Esto contó la gitana vieja, y esto dio por escusa para no ir a Sevilla. Los gitanos, que ya sabían de Andrés Caballero que el mozo traía dineros en cantidad, con facilidad le acogieron en su compañía y se ofrecieron de guardarle y encubrirle todo el tiempo que él quisiese, y determinaron de torcer el camino a mano izquierda y entrarse en la Mancha y en el reino de Murcia.

---

[134] *maitines*: primera de la horas canónicas.

[135] *coyuntura*: ocasión.

[136] *priesa*: prisa.

[137] *estado*: medida de longitud, variable según las zonas, que tenía la equivalencia de siete pies; algo más de dos metros.

[138] *entrambas*: ambas casas.

Llamaron al mozo y diéronle cuenta de lo que pensaban hacer por él; él se lo agradeció y dio cien escudos de oro para que los repartiesen entre todos. Con esta dádiva quedaron más blandos que unas martas; sólo a Preciosa no contentó mucho la quedada de don Sancho, que así dijo el mozo que se llamaba; pero los gitanos se le mudaron en el de Clemente, y así le llamaron desde allí adelante. También quedó un poco torcido Andrés, y no bien satisfecho de haberse quedado Clemente, por parecerle que con poco fundamento había dejado sus primeros designios. Mas Clemente, como si le leyera la intención, entre otras cosas le dijo que se holgaba de ir al reino de Murcia, por estar cerca de Cartagena, adonde si viniesen galeras, como él pensaba que habían de venir, pudiese con facilidad pasar a Italia. Finalmente, por traelle más ante los ojos y mirar sus acciones y escudriñar sus pensamientos, quiso Andrés que fuese Clemente su camarada, y Clemente tuvo esta amistad por gran favor que se le hacía. Andaban siempre juntos, gastaban largo, llovían escudos, corrían, saltaban, bailaban y tiraban la barra mejor que ninguno de los gitanos, y eran de las gitanas más que medianamente queridos, y de los gitanos en todo estremo respectados.

Dejaron, pues, a Estremadura y entráronse en la Mancha, y poco a poco fueron caminando al reino de Murcia. En todas las aldeas y lugares que pasaban había desafíos de pelota, de esgrima, de correr, de saltar, de tirar la barra [139] y de otros ejercicios de fuerza, maña y ligereza, y de todos salían vencedores Andrés y Clemente, como de solo Andrés queda dicho. Y en todo este tiempo, que fueron más de mes y medio, nunca tuvo Clemente ocasión, ni él la procuró, de hablar a Preciosa, hasta que un día, estando juntos Andrés y ella, llegó él a la conversación, porque le llamaron, y Preciosa le dijo:

—Desde la vez primera que llegaste a nuestro aduar te conocí, Clemente, y se me vinieron a la memoria los versos que

---

[139] *tirar la barra*: juego popular consistente en lanzar una barra lo más lejos posible.

en Madrid me diste; pero no quise decir nada, por no saber con qué intención venías a nuestras estancias; y, cuando supe tu desgracia, me pesó en el alma, y se aseguró mi pecho, que estaba sobresaltado, pensando que como había don Joanes en el mundo, y que se mudaban en Andreses, así podía haber don Sanchos que se mudasen en otros nombres. Háblote desta manera porque Andrés me ha dicho que te ha dado cuenta de quién es y de la intención con que se ha vuelto gitano —y así era la verdad; que Andrés le había hecho sabidor de toda su historia, por poder comunicar con él sus pensamientos—. Y no pienses que te fue de poco provecho el conocerte, pues por mi respecto y por lo que yo de ti dije, se facilitó el acogerte y admitirte en nuestra compañía, donde plega a Dios te suceda todo el bien que acertares a desearte. Este buen deseo quiero que me pagues en que no afees a Andrés la bajeza de su intento, ni le pintes cuán mal le está perserverar en este estado; que, puesto que yo imagino que debajo de los candados de mi voluntad está la suya, todavía me pesaría de verle dar muestras, por mínimas que fuesen, de algún arrepentimiento.

A esto respondió Clemente:

—No pienses, Preciosa única, que don Juan con ligereza de ánimo me descubrió quién era: primero le conocí yo, y primero me descubrieron sus ojos sus intentos; primero le dije yo quién era, y primero le adiviné la prisión de su voluntad que tú señalas; y él, dándome el crédito que era razón que me diese, fió de mi secreto el suyo, y él es buen testigo si alabé su determinación y escogido empleo; que no soy, ¡oh Preciosa!, de tan corto ingenio que no alcance hasta dónde se estienden las fuerzas de la hermosura; y la tuya, por pasar de los límites de los mayores estremos de belleza, es disculpa bastante de mayores yerros, si es que deben llamarse yerros los que se hacen con tan forzosas causas. Agradézcote, señora, lo que en mi crédito dijiste, y yo pienso pagártelo en desear que estos enredos amorosos salgan a fines felices, y que tú goces de tu Andrés, y Andrés de su Preciosa, en conformidad y gusto de sus padres, porque de tan hermosa junta [140] veamos en el mundo los más bellos renuevos [141] que pueda formar la bien intencionada naturaleza. Esto desearé yo, Preciosa, y esto le diré siempre a tu Andrés, y no cosa alguna que le divierta [142] de sus bien colocados pensamientos.

Con tales afectos dijo las razones pasadas Clemente, que estuvo en duda Andrés si las había dicho como enamorado o como comedido; que la infernal enfermedad celosa es tan delicada, y de tal manera, que en los átomos del sol se pega, y de los que tocan a la cosa amada se fatiga el amante y se desespera. Pero, con todo esto, no tuvo celos confirmados, más fiado de la bondad de Preciosa que de la ventura suya, que siempre los enamorados se tienen por infelices en tanto que no alcanzan lo que desean. En fin, Andrés y Clemente eran camaradas y grandes amigos, asegurándolo todo la buena intención de Clemente y el recato y prudencia de Preciosa, que jamás dio ocasión a que Andrés tuviese della celos.

Tenía Clemente sus puntas [143] de poeta, como lo mostró en los versos que dio a Preciosa, y Andrés se picaba [144] un poco, y entrambos eran aficionados a la música. Sucedió, pues, que, estando el aduar alojado en un valle cuatro leguas de Murcia, una noche, por entretenerse, sentados los dos, Andrés al pie de un alcornoque, Clemente al de una encina, cada uno con una guitarra, convidados del silencio de la noche, comenzando Andrés y respondiendo Clemente, cantaron estos versos:

ANDRÉS

Mira, Clemente, el estrellado velo
con que esta noche fría
compite con el día,

---

[140] *junta*: unión, enlace.
[141] *renuevos*: retoños, hijos.
[142] *divierta*: distraiga.
[143] *puntas*: tenía cierta aptitud.
[144] *picaba*: Andrés también se jactaba de ello.

de luces bellas adornando el cielo;
y en esta semejanza,
si tanto tu divino ingenio alcanza,
aquel rostro figura
donde asiste el estremo de hermosura.

CLEMENTE

Donde asiste el estremo de hermosura,
y adonde la Preciosa
honestidad hermosa
con todo estremo de bondad se apura,
en un sujeto cabe,
que no hay humano ingenio que le alabe,
si no toca en divino,
en alto, en raro, en grave y peregrino.

ANDRÉS

En alto, en raro, en grave y peregrino
estilo nunca usado,
al cielo levantado,
por dulce al mundo y sin igual camino,
tu nombre, ¡oh gitanilla!,
causando asombro, espanto y maravilla,
la fama yo quisiera
que le llevara hasta la octava esfera. [145]

CLEMENTE

Que le llevara hasta la octava esfera
fuera decente y justo,
dando a los cielos gusto,
cuando el son de su nombre allá se oyera,

_____

[145] *octava esfera*: según la astronomía de Ptolomeo, el cielo se dividía en esferas. La octava, correspondía a las estrellas fijas. La expresión quiere decir "a lo más alto".

y en la tierra causara,
por donde el dulce nombre resonara,
música en los oídos,
paz en las almas, gloria en los sentidos.

ANDRÉS

Paz en las almas, gloria en los sentidos
se siente cuando canta
la sirena que encanta
y adormece a los más apercebidos;
y tal es mi Preciosa,
que es lo menos que tiene ser hermosa,
dulce regalo mío,
corona del donaire, honor del brío.

CLEMENTE

Corona del donaire, honor del brío
eres, bella gitana,
frescor de la mañana,
céfiro blando en el ardiente estío,
rayo con que Amor ciego
convierte el pecho más de nieve en fuego;
fuerza que ansí la hace,
que blandamente mata y satisface.

Señales iban dando de no acabar tan presto el libre y el cautivo, si no sonara a sus espaldas la voz de Preciosa, que las suyas había escuchado. Suspendiólos el oírla, y, sin moverse, prestándola maravillosa atención, la escucharon. Ella (o no sé si de improviso, o si en algún tiempo los versos que cantaba le compusieron), con estremada gracia, como si para responderles fueran hechos, cantó los siguientes:

En esta empresa amorosa
donde el amor entretengo,
por mayor ventura tengo

ser honesta que hermosa.

La que es más humilde planta,
si la subida endereza,
por gracia o naturaleza
a los cielos se levanta.

En este mi bajo cobre,
siendo honestidad su esmalte, [146]
no hay buen deseo que falte
ni riqueza que no sobre.

No me causa alguna pena
no quererme o no estimarme,
que yo pienso fabricarme
mi suerte y ventura buena.

Haga yo lo que en mí es,
que a ser buena me encamine,
y haga el cielo y determine
lo que quisiere después.

Quiero ver si la belleza
tiene tal prerrogativa,
que me encumbre tan arriba,
que aspire a mayor alteza.

Si las almas son iguales,
podrá la de un labrador
igualarse por valor
con las que son imperiales.

De la mía lo que siento
me sube al grado mayor,
porque majestad y amor
no tienen un mismo asiento.

Aquí dio fin Preciosa a su canto, y Andrés y Clemente se levantaron a recebilla. Pasaron entre los tres discretas razones, y Preciosa descubrió en las suyas su discreción, su honestidad y su

---

[146] *esmalte*: la parte exterior. El esmalte era lo que recubría a las monedas de cobre, las de más bajo valor.

agudeza, de tal manera que en Clemente halló disculpa la intención de Andrés, que aún hasta entonces no la había hallado, juzgando más a mocedad que a cordura su arrojada determinación.

Aquella mañana se levantó el aduar y se fueron a alojar en un lugar de la jurisdición de Murcia, tres leguas de la ciudad, donde le sucedió a Andrés una desgracia que le puso en punto de perder la vida. Y fue que, después de haber dado en aquel lugar algunos vasos y prendas de plata en fianzas, como tenían de costumbre, Preciosa y su abuela y Cristina, con otras dos gitanillas y los dos, Clemente y Andrés, se alojaron en un mesón de una viuda rica, la cual tenía una hija de edad de diez y siete o diez y ocho años, algo más desenvuelta que hermosa; y, por más señas, se llamaba Juana Carducha. Ésta, habiendo visto bailar a las gitanas y gitanos, la tomó el diablo, y se enamoró de Andrés tan fuertemente que propuso de decírselo y tomarle por marido, si él quisiese, aunque a todos sus parientes les pesase; y así, buscó coyuntura para decírselo, y hallóla en un corral donde Andrés había entrado a requerir dos pollinos. Llegóse a él, y con priesa, por no ser vista, le dijo:

—Andrés —que ya sabía su nombre—, yo soy doncella y rica; que mi madre no tiene otro hijo sino a mí, y este mesón es suyo; y amén desto tiene muchos majuelos [147] y otros dos pares de casas. Hasme parecido bien: si me quieres por esposa, a ti está; respóndeme presto, y si eres discreto, quédate y verás qué vida nos damos.

Admirado quedó Andrés de la resolución de la Carducha, y con la presteza que ella pedía le respondió:

—Señora doncella, yo estoy apalabrado para casarme, y los gitanos no nos casamos sino con gitanas; guárdela Dios por la merced que me quería hacer, de quien yo no soy digno.

No estuvo en dos dedos de caerse muerta la Carducha con la aceda [148] respuesta de Andrés, a quien replicara si no viera

---

[147] *majuelos*: viñas, cepas nuevas.
[148] *aceda*: agria.

que entraban en el corral otras gitanas. Salióse corrida y asendereada, [149] y de buena gana se vengara si pudiera. Andrés, como discreto, determinó de poner tierra en medio y desviarse de aquella ocasión que el diablo le ofrecía; que bien leyó en los ojos de la Carducha que sin los lazos matrimoniales se le entregara a toda su voluntad, y no quiso verse pie a pie y solo en aquella estacada; y así, pidió a todos los gitanos que aquella noche se partiesen de aquel lugar. Ellos, que siempre le obedecían, lo pusieron luego por obra, y, cobrando sus fianzas aquella tarde, se fueron.

La Carducha, que vio que en irse Andrés se le iba la mitad de su alma; y que no le quedaba tiempo para solicitar el cumplimiento de sus deseos, ordenó de hacer quedar a Andrés por fuerza, ya que de grado no podía. Y así, con la industria, sagacidad y secreto que su mal intento le enseñó, puso entre las alhajas de Andrés, que ella conoció por suyas, unos ricos corales y dos patenas [150] de plata, con otros brincos [151] suyos; y, apenas habían salido del mesón, cuando dio voces, diciendo que aquellos gitanos le llevaban robadas sus joyas, a cuyas voces acudió la justicia y toda la gente del pueblo.

Los gitanos hicieron alto, y todos juraban que ninguna cosa llevaban hurtada, y que ellos harían patentes [152] todos los sacos y repuestos [153] de su aduar. Desto se congojó mucho la gitana vieja, temiendo que en aquel escrutinio no se manifestasen los dijes [154] de la Preciosa y los vestidos de Andrés, que ella con gran cuidado y recato guardaba; pero la buena de la Carducha lo remedió con mucha brevedad todo, porque al segun-

---

[149] *asendereada*: afligida.

[150] *patenas*: especie de medallón que las mujeres, especialmente las de origen rústico, llevaban colgado del cuello y que contenía algún motivo religioso.

[151] *brincos*: pequeñas joyas que cuelgan de la toca.

[152] *harían patentes*: mostrarían.

[153] *repuestos*: en sentido amplio, equipaje.

[154] *dijes*: las joyas que tenía Preciosa cuando fue robada.

do envoltorio que miraron dijo que preguntasen cuál era el de aquel gitano gran bailador, que ella le había visto entrar en su aposento dos veces, y que podría ser que aquél las llevase. Entendió Andrés que por él lo decía y, riéndose, dijo:

—Señora doncella, ésta es mi recámara[155] y éste es mi pollino; si vos halláredes en ella ni en él lo que os falta, yo os lo pagaré con las setenas,[156] fuera de sujetarme al castigo que la ley da a los ladrones.

Acudieron luego los ministros de la justicia a desvalijar el pollino, y a pocas vueltas dieron con el hurto, de que quedó tan espantado Andrés y tan absorto, que no pareció sino estatua, sin voz, de piedra dura.

—¿No sospeché yo bien? —dijo a esta sazón la Carducha—. ¡Mirad con qué buena cara se encubre un ladrón tan grande!

El alcalde, que estaba presente, comenzó a decir mil injurias a Andrés y a todos los gitanos, llamándolos de públicos ladrones y salteadores de caminos. A todo callaba Andrés, suspenso e imaginativo, y no acababa de caer en la traición de la Carducha. En esto se llegó a él un soldado bizarro, sobrino del alcalde, diciendo:

—¿No veis cuál se ha quedado el gitanico podrido de hurtar? Apostaré yo que hace melindres y que niega el hurto, con habérsele cogido en las manos; que bien haya quien no os echa en galeras a todos. ¡Mirad si estuviera mejor este bellaco en ellas, sirviendo a su Majestad, que no andarse bailando de lugar en lugar y hurtando de venta en monte! A fe de soldado, que estoy por darle una bofetada que le derribe a mis pies.

Y, diciendo esto, sin más ni más, alzó la mano y le dio un bofetón tal, que le hizo volver de su embelesamiento, y le hizo acordar que no era Andrés Caballero, sino don Juan, y caballero; y, arremetiendo al soldado con mucha presteza y más cólera, le arrancó su misma espada de la vaina y se la envainó en el cuerpo, dando con él muerto en tierra.

---

[155] *recámara*: equipaje.
[156] *setenas*: siete veces su valor.

Aquí fue el gritar del pueblo, aquí el amohinarse [157] el tío alcalde, aquí el desmayarse Preciosa y el turbarse Andrés de verla desmayada; aquí el acudir todos a las armas y dar tras el homicida. Creció la confusión, creció la grita, [158] y, por acudir Andrés al desmayo de Preciosa, dejó de acudir a su defensa; y quiso la suerte que Clemente no se hallase al desastrado suceso, que con los bagajes había ya salido del pueblo. Finalmente, tantos cargaron sobre Andrés, que le prendieron y le aherrojaron [159] con dos muy gruesas cadenas. Bien quisiera el alcalde ahorcarle luego, si estuviera en su mano, pero hubo de remitirle a Murcia, por ser de su jurisdición. No le llevaron hasta otro día, y en el que allí estuvo, pasó Andrés muchos martirios y vituperios que el indignado alcalde y sus ministros y todos los del lugar le hicieron. Prendió el alcalde todos los más gitanos y gitanas que pudo, porque los más huyeron, y entre ellos Clemente, que temió ser cogido y descubierto.

Finalmente, con la sumaria del caso [160] y con una gran cáfila [161] de gitanos, entraron el alcalde y sus ministros con otra mucha gente armada en Murcia, entre los cuales iba Preciosa, y el pobre Andrés, ceñido de cadenas, sobre un macho y con esposas y pie de amigo. [162] Salió toda Murcia a ver los presos, que ya se tenía noticia de la muerte del soldado. Pero la hermosura de Preciosa aquel día fue tanta, que ninguno la miraba que no la bendecía, y llegó la nueva de su belleza a los oídos de la señora corregidora, que por curiosidad de verla hizo que el corregidor, su marido, mandase que aquella gitanica no entrase en la cárcel, y todos los demás sí. Y a Andrés le pusieron en un estrecho calabozo, cuya escuridad, y la falta de la luz de Precio-

---

[157] *amohinarse*: hacer un gesto de disgusto o de tristeza.
[158] *grita*: griterío.
[159] *aherrojaron*: ataron con cadenas o con grilletes.
[160] *sumaria del caso*: informe preliminar o resumen.
[161] *cáfila*: grupo de gente libre que va de un lugar a otro.
[162] *pie de amigo*: artilugio que inmovilizaba al reo, atándole las manos a la cintura, y que le impedía, además, que agachara la cabeza.

sa, le trataron de manera que bien pensó no salir de allí sino para la sepultura. Llevaron a Preciosa con su abuela a que la corregidora la viese, y, así como la vio, dijo:

—Con razón la alaban de hermosa.

Y, llegándola a sí, la abrazó tiernamente, y no se hartaba de mirarla, y preguntó a su abuela que qué edad tendría aquella niña.

—Quince años —respondió la gitana—, dos meses más a menos.

—Esos tuviera agora la desdichada de mi Costanza. ¡Ay, amigas, que esta niña me ha renovado mi desventura! —dijo la corregidora.

Tomó en esto Preciosa las manos de la corregidora, y, besándoselas muchas veces, se las bañaba con lágrimas y le decía:

—Señora mía, el gitano que está preso no tiene culpa, porque fue provocado: llamáronle ladrón, y no lo es; diéronle un bofetón en su rostro, que es tal que en él se descubre la bondad de su ánimo. Por Dios y por quien vos sois, señora, que le hagáis guardar su justicia, y que el señor corregidor no se dé priesa a ejecutar en él el castigo con que las leyes le amenazan; y si algún agrado os ha dado mi hermosura, entretenedla con entretener el preso, porque en el fin de su vida está el de la mía. Él ha de ser mi esposo, y justos y honestos impedimentos han estorbado que aun hasta ahora no nos habemos dado las manos. Si dineros fueren menester para alcanzar perdón de la parte,[163] todo nuestro aduar se venderá en pública almoneda,[164] y se dará aún más de lo que pidieren. Señora mía, si sabéis qué es amor, y algún tiempo le tuvistes, y ahora le tenéis a vuestro esposo, doleos de mí, que amo tierna y honestamente al mío.

En todo el tiempo que esto decía, nunca la dejó las manos, ni apartó los ojos de mirarla atentísimamente, derramando amargas y piadosas lágrimas en mucha abundancia.

---

[163] *de la parte*: de la parte contraria en este proceso.

[164] *almoneda*: subasta.

Asimismo, la corregidora la tenía a ella asida de las suyas, mirándola ni más ni menos, con no menor ahínco y con no más pocas lágrimas. Estando en esto, entró el corregidor, y, hallando a su mujer y a Preciosa tan llorosas y tan encadenadas, quedó suspenso, así de su llanto como de la hermosura. Preguntó la causa de aquel sentimiento, y la respuesta que dio Preciosa fue soltar las manos de la corregidora y asirse de los pies del corregidor, diciéndole:

—¡Señor, misericordia, misericordia! ¡Si mi esposo muere, yo soy muerta! Él no tiene culpa; pero si la tiene, déseme a mí la pena, y si esto no puede ser, a lo menos entreténgase el pleito en tanto que se procuran y buscan los medios posibles para su remedio; que podrá ser que al que no pecó de malicia le enviase el cielo la salud de gracia.

Con nueva suspensión quedó el corregidor de oír las discretas razones de la gitanilla, y que ya, si no fuera por no dar indicios de flaqueza, le acompañara en sus lágrimas.

En tanto que esto pasaba, estaba la gitana vieja considerando grandes, muchas y diversas cosas; y, al cabo de toda esta suspensión y imaginación, dijo:

—Espérenme vuesas mercedes, señores míos, un poco, que yo haré que estos llantos se conviertan en risa, aunque a mí me cueste la vida.

Y así, con ligero paso, se salió de donde estaba, dejando a los presentes confusos con lo que dicho había. En tanto, pues, que ella volvía, nunca dejó Preciosa las lágrimas ni los ruegos de que se entretuviese la causa de su esposo, con intención de avisar a su padre que viniese a entender en ella. Volvió la gitana con un pequeño cofre debajo del brazo, y dijo al corregidor que con su mujer y ella se entrasen en un aposento, que tenía grandes cosas que decirles en secreto. El corregidor, creyendo que algunos hurtos de los gitanos quería descubrirle, por tenerle propicio en el pleito del preso, al momento se retiró con ella y con su mujer en su recámara, adonde la gitana, hincándose de rodillas ante los dos, les dijo:

—Si las buenas nuevas [165] que os quiero dar, señores, no merecieren alcanzar en albricias [166] el perdón de un gran pecado mío, aquí estoy para recebir el castigo que quisiéredes darme; pero antes que le confiese quiero que me digáis, señores, primero, si conocéis estas joyas.

Y, descubriendo un cofrecico donde venían las de Preciosa, se le puso en las manos al corregidor, y, en abriéndole, vio aquellos dijes pueriles; pero no cayó en lo que podían significar. Mirólos también la corregidora, pero tampoco dio en la cuenta; sólo dijo:

—Estos son adornos de alguna pequeña criatura.

—Así es la verdad —dijo la gitana—; y de qué criatura sean lo dice ese escrito que está en ese papel doblado.

Abrióle con priesa el corregidor y leyó que decía:

"Llamábase la niña doña Constanza de Azevedo y de Meneses; su madre, doña Guiomar de Meneses, y su padre, don Fernando de Azevedo, caballero del hábito de Calatrava. Desparecíla día de la Ascensión del Señor, a las ocho de la mañana, del año de mil y quinientos y noventa y cinco. Traía la niña puestos estos brincos que en este cofre están guardados."

Apenas hubo oído la corregidora las razones del papel, cuando reconoció los brincos, se los puso a la boca, y, dándoles infinitos besos, se cayó desmayada. Acudió el corregidor a ella, antes que a preguntar a la gitana por su hija, y, habiendo vuelto en sí, dijo:

—Mujer buena, antes ángel que gitana, ¿adónde está el dueño, digo la criatura cuyos eran estos dijes?

—¿Adónde, señora? —respondió la gitana—. En vuestra casa la tenéis: aquella gitanica que os sacó las lágrimas de los ojos es su dueño, y es sin duda alguna vuestra hija; que yo la

[165] *nuevas*: noticias.
[166] *albricias*: recompensa que el destinatario de una buena noticia otorgaba al encargado de comunicársela.

hurté en Madrid de vuestra casa el día y hora que ese papel dice.

Oyendo esto la turbada señora, soltó los chapines, [167] y desalada [168] y corriendo salió a la sala adonde había dejado a Preciosa, y hallóla rodeada de sus doncellas y criadas, todavía llorando. Arremetió a ella, y, sin decirle nada, con gran priesa le desabrochó el pecho y miró si tenía debajo de la teta izquierda una señal pequeña, a modo de lunar blanco, con que había nacido, y hallóle ya grande, que con el tiempo se había dilatado. Luego, con la misma celeridad, la descalzó, y descubrió un pie de nieve y de marfil, hecho a torno, y vio en él lo que buscaba, que era que los dos dedos últimos del pie derecho se trababan el uno con el otro por medio con un poquito de carne, la cual, cuando niña, nunca se la habían querido cortar por no darle pesadumbre. El pecho, los dedos, los brincos, el día señalado del hurto, la confesión de la gitana y el sobresalto y alegría que habían recebido sus padres cuando la vieron, con toda verdad confirmaron en el alma de la corregidora ser Preciosa su hija. Y así, cogiéndola en sus brazos, se volvió con ella adonde el corregidor y la gitana estaban.

Iba Preciosa confusa, que no sabía a qué efeto se habían hecho con ella aquellas diligencias; y más, viéndose llevar en brazos de la corregidora, y que le daba de un beso hasta ciento. Llegó, en fin, con la preciosa carga doña Guiomar a la presencia de su marido, y, trasladándola de sus brazos a los del corregidor, le dijo:

—Recebid, señor, a vuestra hija Costanza, que ésta es sin duda; no lo dudéis, señor, en ningún modo, que la señal de los dedos juntos y la del pecho he visto; y más, que a mí me lo está diciendo el alma desde el instante que mis ojos la vieron.

---

[167] *soltó los chapines*: los chapines eran un tipo de calzado femenino con el que era muy difícil andar con rapidez. La expresión equivale a "echó a correr".

[168] *desalada*: ansiosa.

—No lo dudo —respondió el corregidor, teniendo en sus brazos a Preciosa—, que los mismos efetos han pasado por la mía que por la vuestra; y más, que tantas puntualidades juntas, ¿cómo podían suceder, si no fuera por milagro?

Toda la gente de casa andaba absorta, preguntando unos a otros qué sería aquello, y todos daban bien lejos del blanco; que, ¿quién había de imaginar que la gitanilla era hija de sus señores? El corregidor dijo a su mujer y a su hija, y a la gitana vieja, que aquel caso estuviese secreto hasta que él le descubriese; y asimismo dijo a la vieja que él la perdonaba el agravio que le había hecho en hurtarle el alma, pues la recompensa de habérsela vuelto mayores albricias recebía; y que sólo le pesaba de que, sabiendo ella la calidad de Preciosa, la hubiese desposado con un gitano, y más con un ladrón y homicida.

—¡Ay! —dijo a esto Preciosa—, señor mío, que ni es gitano ni ladrón, puesto que es matador; pero fuelo del que le quitó la honra, y no pudo hacer menos de mostrar quién era y matarle.

—¿Cómo que no es gitano, hija mía? —dijo doña Guiomar.

Entonces la gitana vieja contó brevemente la historia de Andrés Caballero, y que era hijo de don Francisco de Cárcamo, caballero del hábito de Santiago, [169] y que se llamaba don Juan de Cárcamo; asimismo del mismo hábito, cuyos vestidos ella tenía, cuando los mudó en los de gitano. Contó también el concierto que entre Preciosa y don Juan estaba hecho, de aguardar dos años de aprobación para desposarse o no. Puso en su punto la honestidad de entrambos y la agradable condición de don Juan.

Tanto se admiraron desto como del hallazgo de su hija, y mandó el corregidor a la gitana que fuese por los vestidos de don Juan. Ella lo hizo ansí, y volvió con otro gitano, que los trujo.

En tanto que ella iba y volvía, hicieron sus padres a Pre-

---

[169] *hábito de Santiago*: el que llevaban los que pertenecían a esa orden militar.

ciosa cien mil preguntas, a quien respondió con tanta discreción y gracia que, aunque no la hubieran reconocido por hija, los enamorara. Preguntáronla si tenía alguna afición a don Juan. Respondió que no más de aquella que le obligaba a ser agradecida a quien se había querido humillar a ser gitano por ella; pero que ya no se estendería a más el agradecimiento de aquello que sus señores padres quisiesen.

—Calla, hija Preciosa —dijo su padre—, que este nombre de Preciosa quiero que se te quede, en memoria de tu pérdida y de tu hallazgo; que yo, como tu padre, tomo a cargo el ponerte en estado que no desdiga de quién eres.

Suspiró oyendo esto Preciosa, y su madre, como era discreta, entendió que suspiraba de enamorada de don Juan, y dijo a su marido:

—Señor, siendo tan principal don Juan de Cárcamo como lo es, y queriendo tanto a nuestra hija, no nos estaría mal dársela por esposa.

Y él respondió:

—Aun hoy la habemos hallado, ¿y ya queréis que la perdamos? Gocémosla algún tiempo; que, en casándola, no será nuestra, sino de su marido.

—Razón tenéis, señor —respondió ella—, pero dad orden de sacar a don Juan, que debe de estar en algún calabozo.

—Sí estará —dijo Preciosa—; que a un ladrón, matador y, sobre todo, gitano, no le habrán dado mejor estancia.

—Yo quiero ir a verle, como que le voy a tomar la confesión —respondió el corregidor—, y de nuevo os encargo, señora, que nadie sepa esta historia hasta que yo lo quiera.

Y, abrazando a Preciosa, fue luego a la cárcel y entró en el calabozo donde don Juan estaba, y no quiso que nadie entrase con él. Hallóle con entrambos pies en un cepo[170] y con las esposas a las manos, y que aún no le habían quitado el piedeamigo.

---

[170] *cepo*: instrumento formado por dos maderos con un hueco entre ellos apropiado para inmovilizar en él la cabeza o las extremidades de un reo.

Era la estancia escura, pero hizo que por arriba abriesen una lumbrera, por donde entraba luz, aunque muy escasa; y, así como le vio, le dijo:

—¿Cómo está la buena pieza? ¡Que así tuviera yo atraillados [171] cuantos gitanos hay en España, para acabar con ellos en un día, como Nerón quisiera con Roma, sin dar más de un golpe! Sabed, ladrón puntoso, [172] que yo soy el corregidor desta ciudad, y vengo a saber, de mí a vos, si es verdad que es vuestra esposa una gitanilla que viene con vosotros.

Oyendo esto Andrés, imaginó que el corregidor se debía de haber enamorado de Preciosa; que los celos son de cuerpos sutiles [173] y se entran por otros cuerpos sin romperlos, apartarlos ni dividirlos; pero, con todo esto, respondió:

—Si ella ha dicho que yo soy su esposo, es mucha verdad; y si ha dicho que no lo soy, también ha dicho verdad, porque no es posible que Preciosa diga mentira.

—¿Tan verdadera es? —respondió el corregidor—. No es poco serlo, para ser gitana. Ahora bien, mancebo, ella ha dicho que es vuestra esposa, pero que nunca os ha dado la mano. Ha sabido que, según es vuestra culpa, habéis de morir por ella; y hame pedido que antes de vuestra muerte la despose con vos, porque se quiere honrar con quedar viuda de un tan gran ladrón como vos.

—Pues hágalo vuesa merced, señor corregidor, como ella lo suplica; que, como yo me despose con ella, iré contento a la otra vida, como parta désta con nombre de ser suyo.

—¡Mucho la debéis de querer! —dijo el corregidor.

—Tanto —respondió el preso—, que, a poderlo decir, no fuera nada. En efecto, señor corregidor, mi causa se concluya: yo

---

[171] *atraillados*: atados con traílla, es decir, con cuerda.

[172] *puntoso*: susceptible, puntilloso.

[173] *sutiles*: la sutileza era, en fisiología, una capacidad de ciertos fluidos que los capacitaba para penetrar en otros cuerpos. Se atribuía, en teología, la misma cualidad a los bienaventurados.

maté al que me quiso quitar la honra; yo adoro a esa gitana, moriré contento si muero en su gracia, y sé que no nos ha de faltar la de Dios, pues entrambos habremos guardado honestamente y con puntualidad lo que nos prometimos.

—Pues esta noche enviaré por vos –dijo el corregidor–, y en mi casa os desposaréis con Preciosica, y mañana a mediodía estaréis en la horca, con lo que yo habré cumplido con lo que pide la justicia y con el deseo de entrambos.

Agradecióselo Andrés, y el corregidor volvió a su casa y dio cuenta a su mujer de lo que con don Juan había pasado; y de otras cosas que pensaba hacer.

En el tiempo que él faltó dio cuenta Preciosa a su madre de todo el discurso [174] de su vida, y de cómo siempre había creído ser gitana y ser nieta de aquella vieja; pero que siempre se había estimado en mucho más de lo que de ser gitana se esperaba. Preguntóle su madre que le dijese la verdad: si quería bien a don Juan de Cárcamo. Ella, con vergüenza y con los ojos en el suelo, le dijo que por haberse considerado gitana, y que mejoraba su suerte con casarse con un caballero de hábito y tan principal como don Juan de Cárcamo, y por haber visto por experiencia su buena condición y honesto trato, alguna vez le había mirado con ojos aficionados; pero que, en resolución, ya había dicho que no tenía otra voluntad de aquella que ellos quisiesen.

Llegóse la noche, y, siendo casi las diez, sacaron a Andrés de la cárcel, sin las esposas y el piedeamigo, pero no sin una gran cadena que desde los pies todo el cuerpo le ceñía. Llegó dese modo, sin ser visto de nadie, sino de los que le traían, en casa del corregidor, y con silencio y recato le entraron en un aposento, donde le dejaron solo. De allí a un rato entró un clérigo y le dijo que se confesase, porque había de morir otro día. A lo cual respondió Andrés:

—De muy buena gana me confesaré, pero ¿cómo no me

---

[174] *discurso*: transcurso.

desposan primero? Y si me han de desposar, por cierto que es muy malo el tálamo [175] que me espera.

Doña Guiomar, que todo esto sabía, dijo a su marido que eran demasiados los sustos que a don Juan daba; que los moderase, porque podría ser perdiese la vida con ellos. Parecióle buen consejo al corregidor, y así entró a llamar al que le confesaba, y díjole que primero habían de desposar al gitano con Preciosa, la gitana, y que después se confesaría, y que se encomendase a Dios de todo corazón, que muchas veces suele llover sus misericordias en el tiempo que están más secas las esperanzas.

En efeto, Andrés salió a una sala donde estaban solamente doña Guiomar, el corregidor, Preciosa y otros dos criados de casa. Pero, cuando Preciosa vio a don Juan ceñido y aherrojado con tan gran cadena, descolorido el rostro y los ojos con muestra de haber llorado, se le cubrió el corazón y se arrimó al brazo de su madre, que junto a ella estaba, la cual, abrazándola consigo, le dijo:

—Vuelve en ti, niña, que todo lo que ves ha de redundar en tu gusto y provecho.

Ella, que estaba ignorante de aquello, no sabía cómo consolarse, y la gitana vieja estaba turbada, y los circunstantes, colgados [176] del fin de aquel caso.

El corregidor dijo:

—Señor tiniente cura, [177] este gitano y esta gitana son los que vuesa merced ha de desposar.

—Eso no podré yo hacer si no preceden primero las circunstancias que para tal caso se requieren. ¿Dónde se han hecho las amonestaciones? ¿Adónde está la licencia de mi superior, para que con ellas se haga el desposorio?

—Inadvertencia ha sido mía —respondió el corregidor—, pero yo haré que el vicario la dé.

---

[175] *tálamo*: lecho nupcial.

[176] *colgados*: deseosos de conocer el final.

[177] *tiniente cura*: teniente cura; sacerdote auxiliar.

—Pues hasta que la vea —respondió el tiniente cura—, estos señores perdonen.

Y, sin replicar más palabra, porque no sucediese algún escándalo, se salió de casa y los dejó a todos confusos.

—El padre ha hecho muy bien —dijo a esta sazón el corregidor—, y podría ser fuese providencia del cielo ésta, para que el suplicio de Andrés se dilate; porque, en efeto, él se ha de desposar con Preciosa y han de preceder primero las amonestaciones, donde se dará tiempo al tiempo, que suele dar dulce salida a muchas amargas dificultades; y, con todo esto, quería saber de Andrés, si la suerte encaminase sus sucesos de manera que sin estos sustos y sobresaltos se hallase esposo de Preciosa, si se tendría por dichoso, ya siendo Andrés Caballero, o ya don Juan de Cárcamo.

Así como oyó Andrés nombrarse por su nombre, dijo:

—Pues Preciosa no ha querido contenerse en los límites del silencio y ha descubierto quién soy, aunque esa buena dicha me hallara hecho monarca del mundo, la tuviera en tanto que pusiera término a mis deseos, sin osar desear otro bien sino el del cielo.

—Pues, por ese buen ánimo que habéis mostrado, señor don Juan de Cárcamo, a su tiempo haré que Preciosa sea vuestra legítima consorte, y agora os la doy y entrego en esperanza por la más rica joya de mi casa, y de mi vida, y de mi alma; y estimadla en lo que decís, porque en ella os doy a doña Costanza de Meneses, mi única hija, la cual, si os iguala en el amor, no os desdice nada en el linaje.

Atónito quedó Andrés viendo el amor que le mostraban, y en breves razones doña Guiomar contó la pérdida de su hija y su hallazgo, con las certísimas señas que la gitana vieja había dado de su hurto; con que acabó don Juan de quedar atónito y suspenso, pero alegre sobre todo encarecimiento. Abrazó a sus suegros, llamólos padres y señores suyos, besó las manos a Preciosa, que con lágrimas le pedía las suyas.

Rompióse el secreto, salió la nueva del caso con la salida de los criados que habían estado presentes; el cual sabido por el alcalde, tío del muerto, vio tomados los caminos de su venganza, pues no había de tener lugar el rigor de la justicia para ejecutarla en el yerno del corregidor.

Vistióse don Juan los vestidos de camino que allí había traído la gitana; volviéronse las prisiones y cadenas de hierro en libertad y cadenas de oro; la tristeza de los gitanos presos, en alegría, pues otro día los dieron en fiado. Recibió el tío del muerto la promesa de dos mil ducados, que le hicieron porque bajase de la querella y perdonase a don Juan, el cual, no olvidándose de su camarada Clemente, le hizo buscar; pero no le hallaron ni supieron dél, hasta que desde allí a cuatro días tuvo nuevas ciertas que se había embarcado en una de dos galeras de Génova que estaban en el puerto de Cartagena, y ya se habían partido.

Dijo el corregidor a don Juan que tenía por nueva cierta que su padre, don Francisco de Cárcamo, estaba proveído [178] por corregidor de aquella ciudad, y que sería bien esperalle, para que con su beneplácito y consentimiento se hiciesen las bodas. Don Juan dijo que no saldría de lo que él ordenase, pero que, ante todas cosas, se había de desposar con Preciosa. Concedió licencia el arzobispo para que con sola una amonestación se hiciese. Hizo fiestas la ciudad, por ser muy bienquisto [179] el corregidor, con luminarias, [180] toros y cañas [181] el día del desposorio; quedóse la gitana vieja en casa, que no se quiso apartar de su nieta Preciosa.

Llegaron las nuevas a la Corte del caso y casamiento de la gitanilla; supo don Francisco de Cárcamo ser su hijo el gitano y ser la Preciosa la gitanilla que él había visto, cuya hermosura disculpó con él la liviandad de su hijo, que ya le tenía por perdido, por saber que no había ido a Flandes; y más, porque vio cuán bien le estaba el casarse con hija de tan gran caballero y tan rico como era don Fernando de Azevedo. Dio priesa a su

---

[178] *proveído*: había sido nombrado, pero aún no había tomado posesión.

[179] *bienquisto*: querido.

[180] *luminarias*: luces que se ponían por las calles en señal de fiesta.

[181] *cañas*: el juego de cañas era una especie de simulacro de combates entre caballeros.

partida, por llegar presto a ver a sus hijos, y dentro de veinte días ya estaba en Murcia, con cuya llegada se renovaron los gustos, se hicieron las bodas, se contaron las vidas, y los poetas de la ciudad, que hay algunos, y muy buenos, tomaron a cargo celebrar el estraño caso, juntamente con la sin igual belleza de la gitanilla. Y de tal manera escribió el famoso licenciado Pozo,[182] que en sus versos durará la fama de la Preciosa mientras los siglos duraren.

Olvidábaseme de decir cómo la enamorada mesonera descubrió a la justicia no ser verdad lo del hurto de Andrés el gitano, y confesó su amor y su culpa, a quien no respondió pena alguna, porque en la alegría del hallazgo de los desposados se enterró la venganza y resucitó la clemencia.

[182] *licenciado Pozo*: es, muy probablemente, un personaje real de la época, pero las identificaciones propuestas son varias y poco satisfactorias.

—¡Oh lamentables ruinas de la desdichada Nicosia, [183] apenas enjutas de la sangre de vuestros valerosos y mal afortunados defensores! Si como carecéis de sentido, le tuviérades ahora, en esta soledad donde estamos, pudiéramos lamentar juntas nuestras desgracias, y quizá el haber hallado compañía en ellas aliviara nuestro tormento. Esta esperanza os puede haber quedado, mal derribados torreones, que otra vez, aunque no para tan justa defensa como la en que os derribaron, os podéis ver levantados. Mas yo, desdichado, ¿qué bien podré esperar en la miserable estrecheza en que me hallo, aunque vuelva al estado en que estaba antes deste en que me veo? Tal es mi desdicha, que en la libertad fui sin ventura, y en el cautiverio ni la tengo ni la espero.

Estas razones decía un cautivo cristiano, mirando desde un recuesto [184] las murallas derribadas de la ya perdida Nicosia; y así hablaba con ellas, y hacía comparación de sus miserias a las suyas, como si ellas fueran capaces de entenderle: propia condición de afligidos, que, llevados de sus imaginaciones, hacen y dicen cosas ajenas de toda razón y buen discurso.

En esto, salió de un pabellón o tienda, de cuatro que estaban en aquella campaña puestas, un turco, mancebo de muy buena disposición y gallardía, y, llegándose al cristiano, le dijo:

---

[183] *Nicosia*: capital de Chipre. Fue conquistada por los turcos en septiembre de 1571.

[184] *recuesto*: cuesta.

—Apostaría yo, Ricardo amigo, que te traen por estos lugares tus continuos pensamientos.

—Sí traen —respondió Ricardo (que éste era el nombre del cautivo)—; mas, ¿qué aprovecha, si en ninguna parte a do voy hallo tregua ni descanso en ellos, antes me los han acrecentado estas ruinas que desde aquí se descubren?

—Por las de Nicosia dirás —dijo el turco.

—Pues ¿por cuáles quieres que lo diga —repitió Ricardo—, si no hay otras que a los ojos por aquí se ofrezcan?

—Bien tendrás que llorar —replicó el turco—, si en esas contemplaciones entras, porque los que vieron habrá dos años a esta nombrada y rica isla de Chipre en su tranquilidad y sosiego, gozando sus moradores en ella de todo aquello que la felicidad humana puede conceder a los hombres, y ahora los ve o contempla, o desterrados della o en ella cautivos y miserables, ¿cómo podrá dejar de no dolerse de su calamidad y desventura? Pero dejemos estas cosas, pues no llevan remedio, y vengamos a las tuyas, que quiero ver si le tienen; y así, te ruego, por lo que debes a la buena voluntad que te he mostrado, y por lo que te obliga el ser entrambos[185] de una misma patria y habernos criado en nuestra niñez juntos, que me digas qué es la causa que te trae tan demasiadamente triste; que, puesto caso que sola la del cautiverio es bastante para entristecer el corazón más alegre del mundo, todavía imagino que de más atrás traen la corriente tus desgracias. Porque los generosos ánimos, como el tuyo, no suelen rendirse a las comunes desdichas tanto que den muestras de extraordinarios sentimientos; y háceme creer esto el saber yo que no eres tan pobre que te falte para dar cuanto pidieren por tu rescate, ni estás en las torres del mar Negro,[186] como cautivo de consideración, que tarde o nunca alcanza la deseada libertad. Así que,

---

[185] *entrambos*: los dos.

[186] *torres del mar Negro*: una cárcel de Constantinopla conocida como de las Siete Torres.

no habiéndote quitado la mala suerte las esperanzas de verte libre, y, con todo esto, verte rendido a dar miserables muestras de tu desventura, no es mucho que imagine que tu pena procede de otra causa que de la libertad que perdiste; la cual causa te suplico me digas, ofreciéndote cuanto puedo y valgo; quizá para que yo te sirva ha traído la fortuna este rodeo de haberme hecho vestir deste hábito que aborrezco. Ya sabes, Ricardo, que es mi amo el cadí [187] desta ciudad, que es lo mismo que ser su obispo. Sabes también lo mucho que vale y lo mucho que con él puedo. Juntamente con esto, no ignoras el deseo encendido que tengo de no morir en este estado que parece que profeso, pues, cuando más no pueda, tengo de confesar y publicar a voces la fe de Jesucristo, de quien me apartó mi poca edad y menos entendimiento, puesto que sé que tal confesión me ha de costar la vida; que, a trueco de no perder la del alma, daré por bien empleado perder la del cuerpo. De todo lo dicho quiero que infieras y que consideres que te puede ser de algún provecho mi amistad, y que, para saber qué remedios o alivios puede tener tu desdicha, es menester que me la cuentes, como ha menester el médico la relación del enfermo, asegurándote que la depositaré en lo más escondido del silencio.

A todas estas razones estuvo callando Ricardo; y, viéndose obligado dellas y de la necesidad, le respondió con éstas:

—Si así como has acertado, ¡oh amigo Mahamut! —que así se llamaba el turco—, en lo que de mi desdicha imaginas, acertaras en su remedio, tuviera por bien perdida mi libertad, y no trocara mi desgracia con la mayor ventura que imaginarse pudiera; mas yo sé que ella es tal, que todo el mundo podrá saber bien la causa de donde procede, mas no habrá en él persona que se atreva, no sólo a hallarle remedio, pero ni aun alivio. Y, para que quedes satisfecho desta verdad, te la contaré en las menos razones que pudiere. Pero, antes que entre en el con-

---

[187] *cadí*: juez entre los turcos.

fuso laberinto de mis males, quiero que me digas qué es la causa que Hazán Bajá, mi amo, ha hecho plantar en esta campaña estas tiendas y pabellones antes de entrar en Nicosia, donde viene proveído por virrey, o por bajá, como los turcos llaman a los virreyes.

—Yo te satisfaré brevemente —respondió Mahamut—; y así, has de saber que es costumbre entre los turcos que los que van por virreyes de alguna provincia no entran en la ciudad donde su antecesor habita hasta que él salga della y deje hacer libremente al que viene la residencia; y, en tanto que el bajá nuevo la hace, el antiguo se está en la campaña esperando lo que resulta de sus cargos, los cuales se le hacen sin que él pueda intervenir a valerse de sobornos ni amistades, si ya primero no lo ha hecho. Hecha, pues, la residencia, se la dan al que deja el cargo en un pergamino cerrado y sellado, y con ella se presenta a la Puerta del Gran Señor, que es como decir en la Corte, ante el Gran Consejo del Turco; la cual vista por el visirbajá, y por los otros cuatro bajaes menores, como si dijésemos ante el presidente del Real Consejo y oidores, o le premian o le castigan, según la relación de la residencia; puesto que si viene culpado, con dineros rescata y escusa el castigo; si no viene culpado y no le premian, como sucede de ordinario, con dádivas y presentes alcanza el cargo que más se le antoja, porque no se dan allí los cargos y oficios por merecimientos, sino por dineros: todo se vende y todo se compra. Los proveedores de los cargos roban los proveídos en ellos y los desuellan; deste oficio comprado sale la sustancia para comprar otro que más ganancia promete. Todo va como digo, todo este imperio es violento, señal que prometía no ser durable; pero, a lo que yo creo, y así debe de ser verdad, le tienen sobre sus hombros nuestros pecados; quiero decir los de aquellos que descaradamente y a rienda suelta ofenden a Dios, como yo hago: ¡Él se acuerde de mí por quien Él es! Por la causa que he dicho, pues, tu amo, Hazán Bajá, ha estado en esta campaña cuatro días, y si el de Nicosia no ha salido, como debía, ha sido por haber estado muy malo; pero ya está mejor y saldrá hoy o mañana, sin duda alguna, y se ha de alojar en unas tiendas que están detrás deste recuesto, que tú no has visto, y tu amo entrará luego en la ciudad. Y esto es lo que hay que saber de lo que me preguntaste.

—Escucha, pues —dijo Ricardo—; mas no sé si podré cumplir lo que antes dije, que en breves razones te contaría mi desventura, por ser ella tan larga y desmedida, que no se puede medir con razón alguna; con todo esto, haré lo que pudiere y lo que el tiempo diere lugar. Y así, te pregunto primero si conoces en nuestro lugar de Trápana [188] una doncella a quien la fama daba nombre de la más hermosa mujer que había en toda Sicilia. Una doncella, digo, por quien decían todas las curiosas lenguas, y afirmaban los más raros entendimientos, que era la de más perfecta hermosura que tuvo la edad pasada, tiene la presente y espera tener la que está por venir; una por quien los poetas cantaban que tenía los cabellos de oro, y que eran sus ojos dos resplandecientes soles, y sus mejillas purpúreas rosas, sus dientes perlas, sus labios rubíes, su garganta alabastro; y que sus partes con el todo, y el todo con sus partes, hacían una maravillosa y concertada armonía, esparciendo naturaleza sobre todo una suavidad de colores tan natural y perfecta, que jamás pudo la envidia hallar cosa en que ponerle tacha. Que ¿es posible, Mahamut, que ya no me has dicho quién es y cómo se llama? Sin duda creo, o que no me oyes, o que, cuando en Trápana estabas, carecías de sentido.

—En verdad, Ricardo —respondió Mahamut—, que si la que has pintado con tantos estremos de hermosura no es Leonisa, la hija de Rodolfo Florencio, no sé quién sea; que ésta sola tenía la fama que dices.

—Ésa es, ¡oh Mahamut! —respondió Ricardo—; ésa es, amigo, la causa principal de todo mi bien y de toda mi desventura; ésa es, que no la perdida libertad, por quien mis ojos han derramado, derraman y derramarán lágrimas sin cuento, y la

---

[188] *Trápana*: puerto comercial al noroeste de Sicilia.

por quien mis sospiros encienden el aire cerca y lejos, y la por quien mis razones cansan al cielo que las escucha y a los oídos que las oyen; ésa es por quien tú me has juzgado por loco o, por lo menos, por de poco valor y menos ánimo; esta Leonisa, para mí leona y mansa cordera para otro, es la que me tiene en este miserable estado. Porque has de saber que desde mis tiernos años, o a lo menos desde que tuve uso de razón, no sólo la amé, mas la adoré y serví con tanta solicitud como si no tuviera en la tierra ni en el cielo otra deidad a quien sirviese ni adorase. Sabían sus deudos y sus padres mis deseos, y jamás dieron muestra de que les pesase, considerando que iban encaminados a fin honesto y virtuoso; y así, muchas veces sé yo que se lo dijeron a Leonisa, para disponerle la voluntad a que por su esposo me recibiese. Mas ella, que tenía puestos los ojos en Cornelio, el hijo de Ascanio Rótulo, que tú bien conoces: mancebo galán, atildado, [189] de blandas manos y rizos cabellos, de voz meliflua y de amorosas palabras, y, finalmente, todo hecho de ámbar y de alfeñique, [190] guarnecido de telas y adornado de brocados, no quiso ponerlos en mi rostro, no tan delicado como el de Cornelio, ni quiso agradecer siquiera mis muchos y continuos servicios, pagando mi voluntad con desdeñarme y aborrecerme; y a tanto llegó el estremo de amarla, que tomara por partido dichoso que me acabara [191] a pura fuerza de desdenes y desagradecimientos, con que no diera descubiertos, aunque honestos, favores a Cornelio. ¡Mira, pues, si llegándose a la angustia del desdén y aborrecimiento, la mayor y más cruel rabia de los celos, cuál estaría mi alma de dos tan mortales pestes combatida! Disimulaban los padres de Leonisa los favores que a Cornelio hacía, creyendo, como estaba en razón que creyesen, que atraído el mozo de su incomparable y bellísima hermosura, la escogería por su esposa, y en ello granjearían yerno más rico que conmi-

---

[189] *atildado*: acicalado
[190] *ámbar y alfeñique*: perfume y delicadeza.
[191] *acabara*: matara.

go; y bien pudiera ser, si así fuera, pero no le alcanzaran, sin arrogancia sea dicho, de mejor condición que la mía, ni de más altos pensamientos, ni de más conocido valor que el mío. Sucedió, pues, que, en el discurso de mi pretensión, alcancé a saber que un día del mes pasado de mayo, que éste de hoy hace un año, tres días y cinco horas, Leonisa y sus padres, y Cornelio y los suyos, se iban a solazar con toda su parentela y criados al jardín de Ascanio, que está cercano a la marina, [192] en el camino de las salinas.

—Bien lo sé —dijo Mahamut—; pasa adelante, Ricardo, que más de cuatro días tuve en él, cuando Dios quiso, más de cuatro buenos ratos.

—Súpelo —replicó Ricardo—, y, al mismo instante que lo supe, me ocupó el alma una furia, una rabia y un infierno de celos, con tanta vehemencia y rigor, que me sacó de mis sentidos, como lo verás por lo que luego hice, que fue irme al jardín donde me dijeron que estaban, y hallé a la más de la gente solazándose, y debajo de un nogal sentados a Cornelio y a Leonisa, aunque desviados un poco. Cuál ellos quedaron de mi vista, no lo sé; de mí sé decir que quedé tal con la suya, que perdí la de mis ojos, y me quedé como estatua sin voz ni movimiento alguno. Pero no tardó mucho en despertar el enojo a la cólera, y la cólera a la sangre del corazón, y la sangre a la ira, y la ira a las manos y a la lengua. Puesto que las manos se ataron con el respecto, a mi parecer, debido al hermoso rostro que tenía delante, pero la lengua rompió el silencio con estas razones: "Contenta estarás, ¡oh enemiga mortal de mi descanso!, en tener con tanto sosiego delante de tus ojos la causa que hará que los míos vivan en perpetuo y doloroso llanto. Llégate, llégate, cruel, un poco más, y enrede tu yedra a ese inútil tronco que te busca; peina o ensortija aquellos cabellos de ese tu nuevo Ganimedes, [193] que

---

[192] *marina*: terreno lindante con el mar.
[193] *Ganimedes*: personaje de la mitología, copero de los dioses, de gran belleza.

tibiamente te solicita. Acaba ya de entregarte a los banderizos años dese mozo en quien contemplas, porque, perdiendo yo la esperanza de alcanzarte, acabe con ella la vida que aborrezco. ¿Piensas, por ventura, soberbia y mal considerada doncella, que contigo sola se han de romper y faltar las leyes y fueros que en semejantes casos en el mundo se usan? ¿Piensas, quiero decir, que este mozo, altivo por su riqueza, arrogante por su gallardía, inexperto por su edad poca, confiado por su linaje, ha de querer, ni poder, ni saber guardar firmeza en sus amores, ni estimar lo inestimable, ni conocer lo que conocen los maduros y experimentados años? No lo pienses, si lo piensas, porque no tiene otra cosa buena el mundo, sino hacer sus acciones siempre de una misma manera, porque no se engañe nadie sino por su propia ignorancia. En los pocos años está la inconstancia mucha; en los ricos, la soberbia; la vanidad, en los arrogantes, y en los hermosos, el desdén; y en los que todo esto tienen, la necedad, que es madre de todo mal suceso. Y tú, ¡oh mozo!, que tan a tu salvo piensas llevar el premio, más debido a mis buenos deseos que a los ociosos tuyos, ¿por qué no te levantas de ese estrado de flores donde yaces y vienes a sacarme el alma, que tanto la tuya aborrece? Y no porque me ofendas en lo que haces, sino porque no sabes estimar el bien que la ventura te concede; y véese claro que le tienes en poco, en que no quieres moverte a defendelle por no ponerte a riesgo de descomponer la afeitada compostura de tu galán vestido. Si esa tu reposada condición tuviera Aquiles, bien seguro estuviera Ulises de no salir con su empresa, aunque más le mostrara resplandecientes armas y acerados alfanjes. [194] Vete, vete, y recréate entre las doncellas de tu madre, y allí ten cuidado de tus cabellos y de tus manos, más despiertas a devanar blando sirgo [195] que a empuñar la dura espada'.

»A todas estas razones jamás se levantó Cornelio del lugar donde le hallé sentado, antes se estuvo quedo, mirándome

---

[194] *alfanjes*: espadas turcas.
[195] *sirgo*: tela delicada.

como embelesado, sin moverse; y a las levantadas voces con que le dije lo que has oído, se fue llegando la gente que por la huerta andaba, y se pusieron a escuchar otros más improperios que a Cornelio dije; el cual, tomando ánimo con la gente que acudió, porque todos o los más eran sus parientes, criados o allegados, dio muestras de levantarse; mas, antes que se pusiese en pie, puse mano a mi espada y acometíle, no sólo a él, sino a todos cuantos allí estaban. Pero, apenas vio Leonisa relucir mi espada, cuando le tomó un recio desmayo, cosa que me puso en mayor coraje y mayor despecho. Y no te sabré decir si los muchos que me acometieron atendían no más de a defenderse, como quien se defiende de un loco furioso, o si fue mi buena suerte y diligencia, o el cielo, que para mayores males quería guardarme; porque, en efeto, herí siete o ocho de los que hallé más a mano. A Cornelio le valió su buena diligencia, pues fue tanta la que puso en los pies huyendo, que se escapó de mis manos.

»Estando en este tan manifiesto peligro, cercado de mis enemigos, que ya como ofendidos procuraban vengarse, me socorrió la ventura con un remedio que fuera mejor haber dejado allí la vida, que no, restaurándola por tan no pensado camino, venir a perderla cada hora mil y mil veces. Y fue que de improviso dieron en el jardín mucha cantidad de turcos de dos galeotas [196] de cosarios de Biserta, [197] que en una cala, que allí cerca estaba, habían desembarcado, sin ser sentidos de las centinelas de las torres de la marina, ni descubiertos de los corredores o atajadores de la costa. [198] Cuando mis contrarios los vieron, dejándome solo, con presta celeridad se pusieron en cobro: [199] de cuantos en el jardín estaban, no pudieron los turcos cautivar más de a tres personas y a Leonisa, que aún se estaba desmaya-

---

[196] *galeotas*: galeras pequeñas.
[197] *Biserta*: puerto al norte de Túnez.
[198] *atajadores de la costa*: las tropas encargadas de vigilar la costa.
[199] *cobro*: lugar seguro.

da. A mí me cogieron con cuatro disformes heridas, vengadas antes por mi mano con cuatro turcos, que de otras cuatro dejé sin vida tendidos en el suelo. Este asalto hicieron los turcos con su acostumbrada diligencia, y, no muy contentos del suceso, se fueron a embarcar, y luego se hicieron a la mar, y a vela y remo en breve espacio se pusieron en la Fabiana. [200] Hicieron reseña[201] por ver qué gente les faltaba; y, viendo que los muertos eran cuatro soldados de aquellos que ellos llaman leventes, [202] y de los mejores y más estimados que traían, quisieron tomar en mí la venganza; y así, mandó el arráez[203] de la capitana bajar la entena[204] para ahorcarme.

»Todo esto estaba mirando Leonisa, que ya había vuelto en sí; y, viéndose en poder de los cosarios, derramaba abundancia de hermosas lágrimas, y, torciendo sus manos delicadas, sin hablar palabra, estaba atenta a ver si entendía lo que los turcos decían. Mas uno de los cristianos del remo le dijo en italiano como el arráez mandaba ahorcar a aquel cristiano, señalándome a mí, porque había muerto en su defensa cuatro de los mejores soldados de las galeotas. Lo cual oído y entendido por Leonisa (la vez primera que se mostró para mí piadosa), dijo al cautivo que dijese a los turcos que no me ahorcasen, porque perderían un gran rescate, y que les rogaba volviesen a Trápana, que luego me rescatarían. Ésta, digo, fue la primera y aun será la última caridad que usó conmigo Leonisa, y todo para mayor mal mío. Oyendo, pues, los turcos lo que el cautivo les decía, le creyeron, y mudóles el interés la cólera. Otro día por la mañana, alzando bandera de paz, volvieron a Trápana; aquella noche la pasé con el dolor que imaginarse puede, no tanto por el que mis heridas me causaban, cuanto por imaginar el peligro en que la cruel enemiga mía entre aquellos bárbaros estaba.

---

[200] *Fabiana*: la isla Favignana, cerca de Sicilia.

[201] *reseña*: recuento.

[202] *leventes*: marineros preparados para escaramuzas de corsarios.

[203] *arráez*: patrón, capitán.

[204] *entena*: el palo horizontal que sostiene la vela.

»Llegados, pues, como digo, a la ciudad, entró en el puerto la una galeota y la otra se quedó fuera; coronóse luego todo el puerto y la ribera toda de cristianos, y el lindo de Cornelio desde lejos estaba mirando lo que en la galeota pasaba. Acudió luego un mayordomo mío a tratar de mi rescate, al cual dije que en ninguna manera tratase de mi libertad, sino de la de Leonisa, y que diese por ella todo cuanto valía mi hacienda; y más, le ordené que volviese a tierra y dijese a sus padres de Leonisa que le dejasen a él tratar de la libertad de su hija, y que no se pusiesen en trabajo por ella. Hecho esto, el arráez principal, que era un renegado griego llamado Yzuf, pidió por Leonisa seis mil escudos, y por mí cuatro mil, añadiendo que no daría el uno sin el otro. Pidió esta gran suma, según después supe, porque estaba enamorado de Leonisa, y no quisiera él rescatalla, sino darle al arráez de la otra galeota, con quien había de partir las presas que se hiciesen por mitad, a mí, en precio de cuatro mil escudos y mil en dinero, que hacían cinco mil, y quedarse con Leonisa por otros cinco mil. Y ésta fue la causa por que nos apreció a los dos en diez mil escudos. Los padres de Leonisa no ofrecieron de su parte nada, atenidos a la promesa que de mi parte mi mayordomo les había hecho, ni Cornelio movió los labios en su provecho; y así, después de muchas demandas y respuestas, concluyó mi mayordomo en dar por Leonisa cinco mil y por mí tres mil escudos.

»Aceptó Yzuf este partido, forzado de las persuasiones de su compañero y de lo que todos sus soldados le decían; mas, como mi mayordomo no tenía junta tanta cantidad de dineros, pidió tres días de término para juntarlos, con intención de malbaratar mi hacienda hasta cumplir el rescate. Holgóse desto Yzuf, pensando hallar en este tiempo ocasión para que el concierto no pasase adelante; y, volviéndose a la isla de la Fabiana, dijo que llegado el término de los tres días volvería por el dinero. Pero la ingrata fortuna, no cansada de maltratarme, ordenó que estando desde lo más alto de la isla puesta a la guarda una centinela de los turcos, bien dentro a la mar descubrió seis velas latinas, [205] y entendió, como fue verdad, que debían ser, o la escuadra de Malta, [206] o algunas de las de Sicilia. Bajó corriendo a dar la nueva, y en un pensamiento se embarcaron los turcos, que estaban en tierra, cuál guisando de comer, cuál lavando su ropa; y, zarpando con no vista presteza, dieron al agua los remos y al viento las velas, y, puestas las proas en Berbería, en menos de dos horas perdieron de vista las galeras; y así, cubiertos con la isla y con la noche, que venía cerca, se aseguraron [207] del miedo que habían cobrado.

»A tu buena consideración dejo, ¡oh Mahamut amigo!, que considere cuál iría mi ánimo en aquel viaje, tan contrario del que yo esperaba; y más cuando otro día, habiendo llegado las dos galeotas a la isla de la Pantanalea, [208] por la parte del mediodía, los turcos saltaron en tierra a hacer leña y carne, como ellos dicen; y más, cuando vi que los arráeces saltaron en tierra y se pusieron a hacer las partes de todas las presas que habían hecho. Cada acción déstas fue para mí una dilatada muerte. Viniendo, pues, a la partición mía y de Leonisa, Yzuf dio a Fetala, que así se llamaba el arráez de la otra galeota, seis cristianos, los cuatro para el remo, y dos muchachos hermosísimos, de nación corsos, y a mí con ellos, por quedarse con Leonisa, de lo cual se contentó Fetala. Y, aunque estuve presente a todo esto, nunca pude entender lo que decían, aunque sabía lo que hacían, ni entendiera por entonces el modo de la partición si Fetala no se llegara a mí y me dijera en italiano: "Cristiano, ya eres mío; en dos mil escudos de oro te me han dado; si quisieres libertad, has de dar cuatro mil, si no, acá morir". Pregunté si era también suya la cristiana; díjome que no, sino que Yzuf se quedaba con

---

[205] *velas latinas*: velas con forma de triángulo.

[206] *Malta*: isla cedida en 1530 por Carlos V a los Caballeros de San Juan de Jerusalén tras haber sido expulsados de la de Rodas en 1523. La escuadra es la formada por esos caballeros.

[207] *se aseguraron*: se calmaron.

[208] *Pantanalea*: la isla de Pantelleria, entre Túnez y Sicilia.

ella, con intención de volverla mora y casarse con ella. Y así era la verdad, porque me lo dijo uno de los cautivos del remo, que entendía bien el turquesco, y se lo había oído tratar a Yzuf y a Fetala. Díjele a mi amo que hiciese de modo como se quedase con la cristiana, y que le daría por su rescate solo diez mil escudos de oro en oro. Respondióme no ser posible, pero que haría que Yzuf supiese la gran suma que él ofrecía por la cristiana; quizá, llevado del interese, mudaría de intención y la rescataría. Hízolo así, y mandó que todos los de su galeota se embarcasen luego, porque se quería ir a Trípol de Berbería, [209] de donde él era. Yzuf, asimismo, determinó irse a Biserta; y así, se embarcaron con la misma priesa que suelen cuando descubren o galeras de quien temer, o bajeles [210] a quien robar. Movióles a darse priesa, [211] por parecerles que el tiempo mudaba con muestras de borrasca.

»Estaba Leonisa en tierra, pero no en parte que yo la pudiese ver, si no fue que al tiempo del embarcarnos llegamos juntos a la marina. Llevábala de la mano su nuevo amo y su más nuevo amante, y al entrar por la escala que estaba puesta desde tierra a la galeota, volvió los ojos a mirarme, y los míos, que no se quitaban della, la miraron con tan tierno sentimiento y dolor que, sin saber cómo, se me puso una nube ante ellos que me quitó la vista, y sin ella y sin sentido alguno di conmigo en el suelo. Lo mismo, me dijeron después, que había sucedido a Leonisa, porque la vieron caer de la escala a la mar, y que Yzuf se había echado tras della y la sacó en brazos. Esto me contaron dentro de la galeota de mi amo, donde me habían puesto sin que yo lo sintiese; mas, cuando volví de mi desmayo y me vi solo en la galeota, y que la otra, tomando otra derrota, [212] se apartaba de nosotros, llevándose consigo la mitad de mi alma, o, por mejor

---

[209] *Trípol de Berbería*: Trípoli.
[210] *bajeles*: barcos comerciales.
[211] *priesa*: prisa.
[212] *derrota*: rumbo.

decir, toda ella, cubrióseme el corazón de nuevo, y de nuevo maldije mi ventura y llamé a la muerte a voces; y eran tales los sentimientos que hacía, que mi amo, enfadado de oírme, con un grueso palo me amenazó que, si no callaba, me maltrataría. Reprimí las lágrimas, recogí los suspiros, creyendo que con la fuerza que les hacía reventarían por parte que abriesen puerta al alma, que tanto deseaba desamparar este miserable cuerpo; mas la suerte, aún no contenta de haberme puesto en tan encogido estrecho,[213] ordenó de acabar con todo, quitándome las esperanzas de todo mi remedio; y fue que en un instante se declaró la borrasca que ya se temía, y el viento que de la parte de mediodía[214] soplaba y nos embestía por la proa, comenzó a reforzar con tanto brío, que fue forzoso volverle la popa y dejar correr el bajel por donde el viento quería llevarle.

»Llevaba designio el arraéz de despuntar[215] la isla y tomar abrigo en ella por la banda del norte, mas sucedióle al revés su pensamiento, porque el viento cargó con tanta furia que, todo lo que habíamos navegado en dos días, en poco más de catorce horas nos vimos a seis millas o siete de la propia isla de donde habíamos partido, y sin remedio alguno íbamos a embestir en ella, y no en alguna playa, sino en unas muy levantadas peñas que a la vista se nos ofrecían, amenazando de inevitable muerte a nuestras vidas. Vimos a nuestro lado la galeota de nuestra conserva,[216] donde estaba Leonisa, y a todos sus turcos y cautivos remeros haciendo fuerza con los remos para entretenerse y no dar en las peñas. Lo mismo hicieron los de la nuestra, con más ventaja y esfuerzo, a lo que pareció, que los de la otra, los cuales, cansados del trabajo y vencidos del tesón del viento y de la tormenta, soltando los remos, se abandonaron y se dejaron ir a vista de nuestros ojos a embestir en las peñas, donde dio la

---

[213] *estrecho*: peligro.
[214] *mediodía*: sur.
[215] *despuntar*: doblar un cabo.
[216] *conserva*: protección.

galeota tan grande golpe que toda se hizo pedazos. Comenzaba a cerrar la noche, y fue tamaña la grita de los que se perdían y el sobresalto de los que en nuestro bajel temían perderse, que ninguna cosa de las que nuestro arráez mandaba se entendía ni se hacía; sólo se atendía a no dejar los remos de las manos, tomando por remedio volver la proa al viento y echar las dos áncoras[217] a la mar, para entretener con esto algún tiempo la muerte, que por cierta tenían. Y, aunque el miedo de morir era general en todos, en mí era muy al contrario, porque con la esperanza engañosa de ver en el otro mundo a la que había tan poco que déste se había partido, cada punto que la galeota tardaba en anegarse o en embestir en las peñas, era para mí un siglo de más penosa muerte. Las levantadas olas, que por encima del bajel y de mi cabeza pasaban, me hacían estar atento a ver si en ellas venía el cuerpo de la desdichada Leonisa.

»No quiero detenerme ahora, ¡oh Mahamut!, en contarte por menudo[218] los sobresaltos, los temores, las ansias, los pensamientos que en aquella luenga y amarga noche tuve y pasé, por no ir contra lo que primero propuse de contarte brevemente mi desventura. Basta decirte que fueron tantos y tales que, si la muerte viniera en aquel tiempo, tuviera bien poco que hacer en quitarme la vida.

»Vino el día con muestras de mayor tormenta que la pasada, y hallamos que el bajel había virado un gran trecho, habiéndose desviado de las peñas un buen trecho, y llegádose a una punta de la isla; y, viéndose tan a pique[219] de doblarla, turcos y cristianos, con nueva esperanza y fuerzas nuevas, al cabo de seis horas doblamos la punta, y hallamos más blando el mar y más sosegado, de modo que más fácilmente nos aprovechamos de los remos, y, abrigados con la isla, tuvieron lugar los turcos de saltar en tierra para ir a ver si había quedado alguna reliquia de la

---

[217] *áncoras*: anclas.
[218] *por menudo*: con detalle, pormenorizadamente.
[219] *tan a pique*: tan a punto.

galeota que la noche antes dio en las peñas; mas aún no quiso el cielo concederme el alivio que esperaba tener de ver en mis brazos el cuerpo de Leonisa; que, aunque muerto y despedazado, holgara de verle, por romper aquel imposible que mi estrella me puso de juntarme con él, como mis buenos deseos merecían; y así, rogué a un renegado que quería desembarcarse que le buscase y viese si la mar lo había arrojado a la orilla. Pero, como ya he dicho, todo esto me negó el cielo, pues al mismo instante tornó a embravecerse el viento, de manera que el amparo de la isla no fue de algún provecho. Viendo esto Fetala, no quiso contrastar contra la fortuna, que tanto le perseguía, y así, mandó poner el trinquete al árbol y hacer un poco de vela;[220] volvió la proa a la mar y la popa al viento; y, tomando él mismo el cargo del timón, se dejó correr[221] por el ancho mar, seguro que ningún impedimento le estorbaría su camino. Iban los remos igualados en la crujía[222] y toda la gente sentada por los bancos y ballesteras,[223] sin que en toda la galeota se descubriese otra persona que la del cómitre,[224] que por más seguridad suya se hizo atar fuertemente al estanterol.[225] Volaba el bajel con tanta ligereza que, en tres días y tres noches, pasando a la vista de Trápana, de Melazo y de Palermo, embocó por el faro de Micina, con maravilloso espanto de los que iban dentro y de aquellos que desde la tierra los miraban.

»En fin, por no ser tan prolijo en contar la tormenta como ella lo fue en su porfía, digo que cansados, hambrientos y fatigados con tan largo rodeo, como fue bojar casi toda la isla de

---

[220] *poner el trinquete al árbol y hacer un poco de vela*: navegar sin la ayuda de los remos, después de haber puesto la vela del trinquete en su mástil.

[221] *correr*: llevar, empujado por el viento.

[222] *crujía*: espacio a ambos lados del barco entre los bancos de los remeros; los remos se habían levantado para navegar a vela solamente.

[223] *ballesteras*: hueco en el armazón del buque por donde se disparaban las ballestas.

[224] *cómitre*: oficial encargado de dirigir las maniobras de los remeros.

[225] *estanterol*: el puesto donde se situaba el capitán de la nave.

Sicilia, llegamos a Trípol de Berbería, adonde a mi amo (antes de haber hecho con sus levantes la cuenta del despojo, y dádoles lo que les tocaba, y su quinto al rey, como es costumbre) le dio un dolor de costado tal, que dentro de tres días dio con él en el infierno. Púsose luego el rey de Trípol en toda su hacienda, y el alcaide de los muertos que allí tiene el Gran Turco,[226] que, como sabes, es heredero de los que no le dejan en su muerte; estos dos tomaron toda la hacienda de Fetala, mi amo, y yo cupe a éste, que entonces era virrey de Trípol; y de allí a quince días le vino la patente[227] de virrey de Chipre, con el cual he venido hasta aquí sin intento de rescatarme, porque él me ha dicho muchas veces que me rescate, pues soy hombre principal, como se lo dijeron los soldados de Fetala, jamás he acudido a ello, antes le he dicho que le engañaron los que le dijeron grandezas de mi posibilidad. Y si quieres, Mahamut, que te diga todo mi pensamiento, has de saber que no quiero volver a parte donde por alguna vía pueda tener cosa que me consuele, y quiero que, juntándose a la vida del cautiverio, los pensamientos y memorias que jamás me dejan de la muerte de Leonisa vengan a ser parte para que yo no la tenga jamás de gusto alguno. Y si es verdad que los continuos dolores forzosamente se han de acabar o acabar a quien los padece, los míos no podrán dejar de hacello, porque pienso darles rienda de manera que, a pocos días, den alcance a la miserable vida que tan contra mi voluntad sostengo.

»Éste es, ¡oh Mahamut hermano!, el triste suceso mío; ésta es la causa de mis suspiros y de mis lágrimas; mira tú ahora y considera si es bastante para sacarlos de lo profundo de mis entrañas y para engendrarlos en la sequedad de mi lastimado pecho. Leonisa murió, y con ella mi esperanza; que, puesto que la que tenía, ella viviendo, se sustentaba de un delgado cabello, todavía, todavía...»

---

[226] *Gran Turco*: el sultán de Constantinopla.
[227] *patente*: título.

Y en este «todavía» se le pegó la lengua al paladar, de manera que no pudo hablar más palabra ni detener las lágrimas, que, como suele decirse, hilo a hilo le corrían por el rostro, en tanta abundancia, que llegaron a humedecer el suelo. Acompañóle en ellas Mahamut; pero, pasándose aquel parasismo,[228] causado de la memoria renovada en el amargo cuento, quiso Mahamut consolar a Ricardo con las mejores razones que supo; mas él se las atajó, diciéndole:

—Lo que has de hacer, amigo, es aconsejarme qué haré yo para caer en desgracia de mi amo, y de todos aquellos con quien yo comunicare; para que, siendo aborrecido dél y dellos, los unos y los otros me maltraten y persigan de suerte que, añadiendo dolor a dolor y pena a pena, alcance con brevedad lo que deseo, que es acabar la vida.

—Ahora he hallado ser verdadero –dijo Mahamut–, lo que suele decirse: que lo que se sabe sentir se sabe decir, puesto que algunas veces el sentimiento enmudece la lengua; pero, comoquiera que ello sea, Ricardo, ora llegue tu dolor a tus palabras, ora ellas se le aventajen, siempre has de hallar en mí un verdadero amigo, o para ayuda o para consejo; que, aunque mis pocos años y el desatino que he hecho en vestirme este hábito están dando voces que de ninguna destas dos cosas que te ofrezco se puede fiar ni esperar alguna, yo procuraré que no salga verdadera esta sospecha, ni pueda tenerse por cierta tal opinión. Y, puesto que tú no quieras ni ser aconsejado ni favorecido, no por eso dejaré de hacer lo que te conviniere, como suele hacerse con el enfermo, que pide lo que no le dan y le dan lo que le conviene. No hay en toda esta ciudad quien pueda ni valga más que el cadí, mi amo, ni aun el tuyo, que viene por visorrey della, ha de poder tanto; y, siendo esto así, como lo es, yo puedo decir que soy el que más puede en la ciudad, pues puedo con mi patrón todo lo que quiero. Digo esto, porque podría ser dar traza con él para que vinieses a ser suyo, y, estando en mi com-

---

[228] *parasismo*: paroxismo; síncope, pérdida del conocimiento.

pañía, el tiempo nos dirá lo que habemos de hacer, a ti para consolarte, si quisieres o pudieres tener consuelo, y a mí para salir désta a mejor vida, o, a lo menos, a parte donde la tenga más segura cuando la deje.

—Yo te agradezco —respondió Ricardo—, Mahamut, la amistad que me ofreces, aunque estoy cierto que, con cuanto hicieres, no has de poder cosa que en mi provecho resulte. Pero dejemos ahora esto y vamos a las tiendas, porque, a lo que veo, sale de la ciudad mucha gente, y sin duda es el antiguo virrey que sale a estarse en la campaña, por dar lugar a mi amo que entre en la ciudad a hacer la residencia.

—Así es —dijo Mahamut—; ven, pues, Ricardo, y verás las ceremonias con que se reciben; que sé que gustarás de verlas.

—Vamos en buena hora —dijo Ricardo—; quizá te habré menester si acaso el guardián de los cautivos de mi amo me ha echado menos, que es un renegado, corso de nación y de no muy piadosas entrañas.

Con esto dejaron la plática, y llegaron a las tiendas a tiempo que llegaba el antiguo bajá, y el nuevo le salía a recebir a la puerta de la tienda.

Venía acompañado Alí Bajá, que así se llamaba el que dejaba el gobierno, de todos los jenízaros[229] que de ordinario están de presidio en Nicosia, después que los turcos la ganaron, que serían hasta quinientos. Venían en dos alas o hileras, los unos con escopetas y los otros con alfanjes desnudos. Llegaron a la puerta del nuevo bajá Hazán, la rodearon todos, y Alí Bajá, inclinando el cuerpo, hizo reverencia a Hazán, y él con menos inclinación le saludó. Luego se entró Alí en el pabellón de Hazán, y los turcos le subieron sobre un poderoso caballo ricamente aderezado, y, trayéndole a la redonda[230] de las tiendas y por todo un buen espacio de la campaña, daban voces y gritos,

---

[229] *jenízaros*: soldados de infantería que constituían la guardia personal del Gran Turco.

[230] *a la redonda*: alrededor.

diciendo en su lengua: "¡Viva, viva Solimán sultán, y Hazán Bajá en su nombre!" Repitieron esto muchas veces, reforzando las voces y los alaridos, y luego le volvieron a la tienda, donde había quedado Alí Bajá, el cual, con el cadí y Hazán, se encerraron en ella por espacio de una hora solos. Dijo Mahamut a Ricardo que se habían encerrado a tratar de lo que convenía hacer en la ciudad cerca de las obras que Alí dejaba comenzadas. De allí a poco tiempo salió el cadí a la puerta de la tienda, y dijo a voces en lengua turquesca, arábiga y griega, que todos los que quisiesen entrar a pedir justicia, o otra cosa contra Alí Bajá, podrían entrar libremente; que allí estaba Hazán Bajá, a quien el Gran Señor enviaba por virrey de Chipre, que les guardaría toda razón y justicia. Con esta licencia, los jenízaros dejaron desocupada la puerta de la tienda y dieron lugar a que entrasen los que quisiesen. Mahamut hizo que entrase con él Ricardo, que, por ser esclavo de Hazán, no se le impidió la entrada.

Entraron a pedir justicia, así griegos cristianos como algunos turcos, y todos de cosas de tan poca importancia, que las más despachó el cadí sin dar traslado a la parte, sin autos, demandas ni respuestas;[231] que todas las causas, si no son las matrimoniales, se despachan en pie y en un punto,[232] más a juicio de buen varón que por ley alguna. Y entre aquellos bárbaros, si lo son en esto, el cadí es el juez competente de todas las causas, que las abrevia en la uña[233] y las sentencia en un soplo, sin que haya apelación de su sentencia para otro tribunal.

En esto entró un chauz, que es como alguacil, y dijo que estaba a la puerta de la tienda un judío que traía a vender una hermosísima cristiana; mandó el cadí que le hiciese entrar,

---

[231] *traslado a la parte... respuestas*: términos jurídicos. *Trasladar a la parte* es informar a una de las partes de las pretensiones de la otra; *auto*, orden del juez; *demanda*, pregunta judicial; *respuestas*, resolución judicial.

[232] *en pie y en un punto*: de inmediato.

[233] *las abrevia en la uña*: las tramita con rapidez.

salió el chauz, y volvió a entrar luego, y con él un venerable judío, que traía de la mano a una mujer vestida en hábito berberisco, tan bien aderezada y compuesta que no lo pudiera estar tan bien la más rica mora de Fez ni de Marruecos, que en aderezarse llevan la ventaja a todas las africanas, aunque entren las de Argel con sus perlas tantas. Venía cubierto el rostro con un tafetán carmesí; por las gargantas de los pies, que se descubrían, parecían dos carcajes (que así se llaman las manillas [234] en arábigo), al parecer de puro oro; y en los brazos, que asimismo por una camisa de cendal [235] delgado se descubrían o traslucían, traía otros carcajes de oro sembrados de muchas perlas; en resolución, en cuanto el traje, ella venía rica y gallardamente aderezada.

Admirados desta primera vista el cadí y los demás bajaes, antes que otra cosa dijesen ni preguntasen, mandaron al judío que hiciese que se quitase el antifaz la cristiana. Hízolo así, y descubrió un rostro que así deslumbró los ojos y alegró los corazones de los circunstantes, como el sol que, por entre cerradas nubes, después de mucha escuridad, se ofrece a los ojos de los que le desean: tal era la belleza de la cautiva cristiana, y tal su brío y su gallardía. Pero en quien con más efeto hizo impresión la maravillosa luz que había descubierto, fue en el lastimado Ricardo, como en aquel que mejor que otro la conocía, pues era su cruel y amada Leonisa, que tantas veces y con tantas lágrimas por él había sido tenida y llorada por muerta.

Quedó a la improvisa vista de la singular belleza de la cristiana traspasado y rendido el corazón de Alí, y en el mismo grado y con la misma herida se halló el de Hazán, sin quedarse esento de la amorosa llaga el del cadí, que, más suspenso que todos, no sabía quitar los ojos de los hermosos de Leonisa. Y, para encarecer las poderosas fuerzas de amor, se ha de saber que en aquel mismo punto nació en los corazones de los tres una, a

---

[234] *manillas*: pulseras.
[235] *cendal*: tela delicada.

su parecer, firme esperanza de alcanzarla y de gozarla; y así, sin querer saber el cómo, ni el dónde, ni el cuándo había venido a poder del judío, le preguntaron el precio que por ella quería.

El codicioso judío respondió que cuatro mil doblas,[236] que vienen a ser dos mil escudos; mas, apenas hubo declarado el precio, cuando Alí Bajá dijo que él los daba por ella, y que fuese luego a contar el dinero a su tienda. Empero Hazán Bajá, que estaba de parecer de no dejarla, aunque aventurase en ello la vida, dijo:

—Yo asimismo doy por ella las cuatro mil doblas que el judío pide, y no las diera ni me pusiera a ser contrario de lo que Alí ha dicho si no me forzara lo que él mismo dirá que es razón que me obligue y fuerce, y es que esta gentil esclava no pertenece para ninguno de nosotros, sino para el Gran Señor solamente; y así, digo que en su nombre la compro: veamos ahora quién será el atrevido que me la quite.

—Yo seré —replicó Alí—, porque para el mismo efeto la compro, y estáme a mí más a cuento hacer al Gran Señor este presente, por la comodidad de llevarla luego a Constantinopla, granjeando con él la voluntad del Gran Señor; que, como hombre que quedo, Hazán, como tú ves, sin cargo alguno, he menester buscar medios de tenelle, de lo que tú estás seguro por tres años, pues hoy comienzas a mandar y a gobernar este riquísimo reino de Chipre. Así que, por estas razones y por haber sido yo el primero que ofrecí el precio por la cautiva, está puesto en razón, ¡oh Hazán!, que me la dejes.

—Tanto más es de agradecerme a mí —respondió Hazán— el procurarla y enviarla al Gran Señor, cuanto lo hago sin moverme a ello interés alguno; y, en lo de la comodidad de llevarla, una galeota armaré con sola mi chusma[237] y mis esclavos que la lleve.

Azoróse con estas razones Alí, y, levantándose en pie, empuñó el alfanje, diciendo:

---

[236] *doblas*: monedas de oro.
[237] *chusma*: galeotes.

—Siendo, ¡oh Hazán!, mis intentos unos, que es presentar y llevar esta cristiana al Gran Señor, y, habiendo sido yo el comprador primero, está puesto en razón y en justicia que me la dejes a mí; y, cuando otra cosa pensares, este alfanje que empuño defenderá mi derecho y castigará tu atrevimiento.

El cadí, que a todo estaba atento, y que no menos que los dos ardía, temeroso de quedar sin la cristiana, imaginó cómo poder atajar el gran fuego que se había encendido, y, juntamente, quedarse con la cautiva, sin dar alguna sospecha de su dañada[238] intención; y así, levantándose en pie, se puso entre los dos, que ya también lo estaban, y dijo:

—Sosiégate, Hazán, y tú, Alí, estáte quedo;[239] que yo estoy aquí, que sabré y podré componer vuestras diferencias de manera que los dos consigáis vuestros intentos, y el Gran Señor, como deseáis, sea servido.

A las palabras del cadí obedecieron luego; y aun si otra cosa más dificultosa les mandara, hicieran lo mismo: tanto es el respecto que tienen a sus canas los de aquella dañada secta. Prosiguió, pues, el cadí, diciendo:

—Tú dices, Alí, que quieres esta cristiana para el Gran Señor, y Hazán dice lo mismo; tú alegas que por ser el primero en ofrecer el precio ha de ser tuya; Hazán te lo contradice; y, aunque él no sabe fundar su razón, yo hallo que tiene la misma que tú tienes, y es la intención, que sin duda debió de nacer a un mismo tiempo que la tuya, en querer comprar la esclava para el mismo efeto; sólo le llevaste tú la ventaja en haberte declarado primero, y esto no ha de ser parte para que de todo en todo quede defraudado su buen deseo; y así, me parece ser bien concertaros en esta forma: que la esclava sea de entrambos; y, pues el uso della ha de quedar a la voluntad del Gran Señor, para quien se compró, a él toca disponer della; y, en tanto, pagarás tú, Hazán, dos mil doblas, y Alí otras dos

---

[238] *dañada*: perversa, malintencionada.
[239] *quedo*: callado.

mil, y quedaráse la cautiva en poder mío para que en nombre de entrambos yo la envíe a Constantinopla, porque no quede sin algún premio, siquiera por haberme hallado presente; y así, me ofrezco de enviarla a mi costa, con la autoridad y decencia que se debe a quien se envía, escribiendo al Gran Señor todo lo que aquí ha pasado y la voluntad que los dos habéis mostrado a su servicio.

No supieron, ni pudieron, ni quisieron contradecirle los dos enamorados turcos; y, aunque vieron que por aquel camino no conseguían su deseo, hubieron de pasar por el parecer del cadí, formando y criando cada uno allá en su ánimo una esperanza que, aunque dudosa, les prometía poder llegar al fin de sus encendidos deseos. Hazán, que se quedaba por virrey en Chipre, pensaba dar tantas dádivas al cadí que, vencido y obligado, le diese la cautiva; Alí imaginó de hacer un hecho que le aseguró salir con lo que deseaba. Y, teniendo por cierto cada cual su designio, vinieron con facilidad en lo que el cadí quiso, y, de consentimiento y voluntad de los dos, se la entregaron luego, y luego pagaron al judío cada uno dos mil doblas. Dijo el judío que no la había de dar con los vestidos que tenía, porque valían otras dos mil doblas; y así era la verdad, a causa que en los cabellos, que parte por las espaldas sueltos traía y parte atados y enlazados por la frente, se parecían algunas hileras de perlas que con estremada gracia se enredaban con ellos. Las manillas[240] de los pies y manos asimismo venían llenas de gruesas perlas. El vestido era una almalafa[241] de raso verde, toda bordada y llena de trencillas de oro. En fin, les pareció a todos que el judío anduvo corto en el precio que pidió por el vestido, y el cadí, por no mostrarse menos liberal que los dos bajaes, dijo que él quería pagarle, porque de aquella manera se presentase al Gran Señor la cristiana. Tuviéronlo por bien los dos competidores, creyendo cada uno que todo había de venir a su poder.

---

[240] *manillas*: pulseras.
[241] *almalafa*: traje musulmán largo.

Falta ahora por decir lo que sintió Ricardo de ver andar en almoneda [242] su alma, y los pensamientos que en aquel punto le vinieron, y los temores que le sobresaltaron, viendo que el haber hallado a su querida prenda era para más perderla; no sabía darse a entender si estaba dormiendo o despierto, no dando crédito a sus mismos ojos de lo que veían, porque le parecía cosa imposible ver tan impensadamente delante dellos a la que pensaba que para siempre los había cerrado. Llegóse en esto a su amigo Mahamut y díjole:

—¿No la conoces, amigo?

—No la conozco —dijo Mahamut.

—Pues has de saber —replicó Ricardo— que es Leonisa.

—¿Qué es lo que dices, Ricardo? —dijo Mahamut.

—Lo que has oído —dijo Ricardo.

—Pues calla y no la descubras —dijo Mahamut—, que la ventura va ordenando que la tengas buena y próspera, porque ella va a poder de mi amo.

—¿Parécete —dijo Ricardo— que será bien ponerme en parte donde pueda ser visto?

—No —dijo Mahamut— porque no la sobresaltes o te sobresaltes, y no vengas a dar indicio de que la conoces ni que la has visto; que podría ser que redundase en perjuicio de mi designio.

—Seguiré tu parecer —respondió Ricardo.

Y ansí, anduvo huyendo de que sus ojos se encontrasen con los de Leonisa, la cual tenía los suyos, en tanto que esto pasaba, clavados en el suelo, derramando algunas lágrimas. Llegóse el cadí a ella, y, asiéndola de la mano, se la entregó a Mahamut, mandándole que la llevase a la ciudad y se la entregase a su señora Halima, y le dijese la tratase como a esclava del Gran Señor. Hízolo así Mahamut y dejó sólo a Ricardo, que con los ojos fue siguiendo a su estrella hasta que se le encubrió con la nube de los muros de Nicosia. Llegóse al judío y preguntóle que adónde había comprado, o en qué modo había venido a su

---

[242] *almoneda*: venta, subasta pública.

poder aquella cautiva cristiana. El judío le respondió que en la isla de la Pantanalea la había comprado a unos turcos que allí habían dado al través; y, queriendo proseguir adelante, lo estorbó el venirle a llamar de parte de los bajaes, que querían preguntarle lo que Ricardo deseaba saber; y con esto se despidió dél.

En el camino que había desde las tiendas a la ciudad, tuvo lugar Mahamut de preguntar a Leonisa, en lengua italiana, que de qué lugar era. La cual le respondió que de la ciudad de Trápana. Preguntóle asimismo Mahamut si conocía en aquella ciudad a un caballero rico y noble que se llamaba Ricardo. Oyendo lo cual Leonisa, dio un gran suspiro y dijo:

—Sí conozco, por mi mal.

—¿Cómo por vuestro mal? –dijo Mahamut.

—Porque él me conoció a mí por el suyo y por mi desventura –respondió Leonisa.

—¿Y, por ventura –preguntó Mahamut–, conocistes también en la misma ciudad a otro caballero de gentil disposición, hijo de padres muy ricos, y él por su persona muy valiente, muy liberal y muy discreto, que se llamaba Cornelio?

—También le conozco –respondió Leonisa–, y podré decir más por mi mal que no a Ricardo. Mas, ¿quién sois vos, señor, que los conocéis y por ellos me preguntáis?

—Soy –dijo Mahamut– natural de Palermo, que por varios accidentes estoy en este traje y vestido, diferente del que yo solía traer, y conózcolos porque no ha muchos días que entrambos estuvieron en mi poder, que a Cornelio le cautivaron unos moros de Trípol de Berbería y le vendieron a un turco que le trujo a esta isla, donde vino con mercancías, porque es mercader de Rodas, el cual fiaba de Cornelio toda su hacienda.

—Bien se la sabrá guardar –dijo Leonisa–, porque sabe guardar muy bien la suya; pero decidme, señor, ¿cómo o con quién vino Ricardo a esta isla?

—Vino –respondió Mahamut– con un cosario que le cautivó estando en un jardín de la marina de Trápana, y con él dijo que habían cautivado a una doncella que nunca me quiso decir su nombre. Estuvo aquí algunos días con su amo, que iba a visitar el sepulcro de Mahoma, que está en la ciudad de Almedina, [243] y al tiempo de la partida cayó Ricardo muy enfermo y indispuesto, que su amo me lo dejó, por ser de mi tierra, para que le curase y tuviese cargo dél hasta su vuelta, o que si por aquí no volviese, se le enviase a Constantinopla, que él me avisaría cuando allá estuviese. Pero el cielo lo ordenó de otra manera, pues el sin ventura de Ricardo, sin tener accidente alguno, en pocos días se acabaron los de su vida, siempre llamando entre sí a una Leonisa, a quien él me había dicho que quería más que a su vida y a su alma; la cual Leonisa me dijo que en una galeota que había dado al través en la isla de la Pantanalea [244] se había ahogado, cuya muerte siempre lloraba y siempre plañía, hasta que le trujo a término de perder la vida, que yo no le sentí enfermedad en el cuerpo, sino muestras de dolor en el alma.

—Decidme, señor, –replicó Leonisa–, ese mozo que decís, en las pláticas que trató con vos, que, como de una patria, debieron ser muchas, ¿nombró alguna vez a esa Leonisa con todo el modo con que a ella y a Ricardo cautivaron?

—Sí nombró –dijo Mahamut–, y me preguntó si había aportado por esta isla una cristiana dese nombre, de tales y tales señas, a la cual holgaría de hallar para rescatarla, si es que su amo se había ya desengañado de que no era tan rica como él pensaba, aunque podía ser que por haberla gozado la tuviese en menos; que, como no pasasen de trecientos o cuatrocientos escudos, él los daría de muy buena gana por ella, porque un tiempo la había tenido alguna afición.

—Bien poca debía de ser –dijo Leonisa–, pues no pasaba de cuatrocientos escudos; más liberal es Ricardo, y más valiente y comedido; Dios perdone a quien fue causa de su muerte,

---

[243] *Almedina*: Medina, la ciudad santa del Islam, en Arabia Saudí.

[244] *Pantanalea*: de nuevo la isla de Pantelleria, entre Túnez y Sicilia, que ya había aparecido antes.

que fui yo, que yo soy la sin ventura que él lloró por muerta; y sabe Dios si holgara de que él fuera vivo para pagarle con el sentimiento, que viera que tenía de su desgracia el que él mostró de la mía. Yo, señor, como ya os he dicho, soy la poco querida de Cornelio y la bien llorada de Ricardo, que, por muy muchos y varios casos, he venido a este miserable estado en que me veo; y, aunque es tan peligroso, siempre, por favor del cielo, he conservado en él la entereza de mi honor, con la cual vivo contenta en mi miseria. Ahora, ni sé donde estoy, ni quién es mi dueño, ni adónde han de dar conmigo mis contrarios hados, por lo cual os ruego, señor, siquiera por la sangre que de cristiano tenéis, me aconsejéis en mis trabajos;[245] que, puesto que el ser muchos me han hecho algo advertida, sobrevienen cada momento tantos y tales, que no sé cómo me he de avenir con ellos.

A lo cual respondió Mahamut que él haría lo que pudiese en servirla, aconsejándola y ayudándola con su ingenio y con sus fuerzas; advirtióla de la diferencia que por su causa habían tenido los dos bajaes, y cómo quedaba en poder del cadí, su amo, para llevarla presentada al Gran Turco Selín[246] a Constantinopla; pero que, antes que esto tuviese efeto, tenía esperanza en el verdadero Dios, en quien él creía, aunque mal cristiano, que lo había de disponer de otra manera, y que la aconsejaba se hubiese bien con Halima, la mujer del cadí, su amo, en cuyo poder había de estar hasta que la enviasen a Constantinopla, advirtiéndola de la condición de Halima; y con ésas le dijo otras cosas de su provecho, hasta que la dejó en su casa y en poder de Halima, a quien dijo el recaudo de su amo.

Recibióla bien la mora por verla tan bien aderezada y tan hermosa. Mahamut se volvió a las tiendas a contar a Ricardo lo que con Leonisa le había pasado; y, hallándole, se lo contó todo

---

[245] *trabajos*: esfuerzos, contrariedades.
[246] *Selín*: probable alusión a Selim II (1524-1574), hijo de Solimán el Magnífico (1494-1566).

punto por punto, y, cuando llegó al del sentimiento que Leonisa había hecho cuando le dijo que era muerto, casi se le vinieron las lágrimas a los ojos. Díjole cómo había fingido el cuento del cautiverio de Cornelio, por ver lo que ella sentía; advirtióle la tibieza y la malicia con que de Cornelio había hablado; todo lo cual fue píctima [247] para el afligido corazón de Ricardo, el cual dijo a Mahamut:

—Acuérdome, amigo Mahamut, de un cuento que me contó mi padre, que ya sabes cuán curioso fue, y oíste cuánta honra le hizo el Emperador Carlos Quinto, a quien siempre sirvió en honrosos cargos de la guerra. Digo que me contó que, cuando el Emperador estuvo sobre Túnez, y la tomó con la fuerza de la Goleta, [248] estando un día en la campaña y en su tienda, le trujeron a presentar una mora por cosa singular en belleza, y que al tiempo que se la presentaron entraban algunos rayos del sol por unas partes de la tienda y daban en los cabellos de la mora, que con los mismos del sol en ser rubios competían: cosa nueva en las moras, que siempre se precian de tenerlos negros. Contaba que en aquella ocasión se hallaron en la tienda, entre otros muchos, dos caballeros españoles: el uno era andaluz y el otro era catalán, ambos muy discretos y ambos poetas; y, habiéndola visto el andaluz, comenzó con admiración a decir unos versos que ellos llaman coplas, con unas consonancias o consonantes dificultosos, y, parando en los cinco versos de la copla, se detuvo sin darle fin ni a la copla ni a la sentencia, por no ofrecérsele tan de improviso los consonantes necesarios para acabarla; mas el otro caballero, que estaba a su lado y había oído los versos, viéndole suspenso, como si le hurtara la media copla de la boca, la prosiguió y acabó con las mismas consonancias. Y esto mismo se me vino a la memoria cuando vi entrar a la hermosísima Leonisa por la tienda del bajá, no

---

[247] *píctima*: alivio.
[248] *Goleta*: alusión a la conquista de la Goleta y Túnez por las tropas de Carlos V en 1535.

solamente escureciendo los rayos del sol si la tocaran, sino a todo el cielo con sus estrellas.

—Paso, no más —dijo Mahamut—; detente, amigo Ricardo, que a cada paso temo que has de pasar tanto la raya en las alabanzas de tu bella Leonisa que, dejando de parecer cristiano, parezcas gentil. Dime, si quieres, esos versos o coplas, o como los llamas, que después hablaremos en otras cosas que sean de más gusto, y aun quizá de más provecho.

—En buen hora —dijo Ricardo—; y vuélvote a advertir que los cinco versos dijo el uno y los otros cinco el otro, todos de improviso; y son éstos:

> Como cuando el sol asoma
> por una montaña baja
> y de súpito nos toma,
> y con su vista nos doma
> nuestra vista y la relaja;
>   como la piedra balaja,[249]
> que no consiente carcoma,
> tal es el tu rostro, Aja,
> dura lanza de Mahoma,
> que las mis entrañas raja.

—Bien me suenan al oído —dijo Mahamut—, y mejor me suena y me parece que estés para decir versos, Ricardo, porque el decirlos o el hacerlos requieren ánimos de ánimos desapasionados.

—También se suelen —respondió Ricardo— llorar endechas,[250] como cantar himnos, y todo es decir versos; pero, dejando esto aparte, dime qué piensas hacer en nuestro negocio, que, puesto que no entendí lo que los bajaes trataron en la tienda, en tanto que tú llevaste a Leonisa, me lo contó un renegado de mi amo, veneciano, que se halló presente y entiende

---

[249] *balaja*: preciosa.
[250] *endechas*: poesía elegíacas.

bien la lengua turquesca; y lo que es menester ante todas cosas es buscar traza cómo Leonisa no vaya a mano del Gran Señor.

—Lo primero que se ha de hacer —respondió Mahamut— es que tú vengas a poder de mi amo; que, esto hecho, después nos aconsejaremos en lo que más nos conviniere.

En esto, vino el guardián de los cautivos cristianos de Hazán, y llevó consigo a Ricardo. El cadí volvió a la ciudad con Hazán, que en breves días hizo la residencia de Alí y se la dio cerrada y sellada, para que se fuese a Constantinopla. Él se fue luego, dejando muy encargado al cadí que con brevedad envia-se la cautiva, escribiendo al Gran Señor de modo que le apro-vechase para sus pretensiones. Prometióselo el cadí con traido-ras entrañas, porque las tenía hechas ceniza por la cautiva. Ido Alí lleno de falsas esperanzas, y quedando Hazán no vacío de ellas, Mahamut hizo de modo que Ricardo vino a poder de su amo. Íbanse los días, y el deseo de ver a Leonisa apretaba tanto a Ricardo, que no alcanzaba un punto de sosiego. Mudóse Ricardo el nombre en el de Mario, porque no llegase el suyo a oídos de Leonisa antes que él la viese; y el verla era muy difi-cultoso, a causa que los moros son en estremo celosos y encu-bren de todos los hombres los rostros de sus mujeres, puesto que en mostrarse ellas a los cristianos no se les hace de mal; quizá debe de ser que, por ser cautivos, no los tienen por hom-bres cabales.

Avino, pues, que un día la señora Halima vio a su esclavo Mario, y tan visto y tan mirado fue, que se le quedó grabado en el corazón y fijo en la memoria; y, quizá poco contenta de los abrazos flojos de su anciano marido, con facilidad dio lugar a un mal deseo, y con la misma dio cuenta dél a Leonisa, a quien ya quería mucho por su agradable condición y proceder discre-to, y tratábala con mucho respecto, por ser prenda del Gran Señor. Díjole cómo el cadí había traído a casa un cautivo cris-tiano, de tan gentil donaire y parecer, que a sus ojos no había visto más lindo hombre en toda su vida, y que decían que era chilibí, que quiere decir caballero, y de la misma tierra de Mahamut, su renegado, y que no sabía cómo darle a entender su voluntad, sin que el cristiano la tuviese en poco por habérsela declarado. Preguntóle Leonisa cómo se llamaba el cautivo, y díjole Halima que se llamaba Mario; a lo cual replicó Leonisa:

—Si él fuera caballero y del lugar que dicen, yo le conociera, más dese nombre Mario no hay ninguno en Trápana; pero haz, señora, que yo le vea y hable, que te diré quién es y lo que dél se puede esperar.

—Así será –dijo Halima–, porque el viernes, cuando esté el cadí haciendo la zalá [251] en la mezquita, le haré entrar acá dentro, donde le podrás hablar a solas; y si te pareciere darle indicios de mi deseo, haráslo por el mejor modo que pudieres.

Esto dijo Halima a Leonisa, y no habían pasado dos horas cuando el cadí llamó a Mahamut y a Mario, y, con no menos eficacia que Halima había descubierto su pecho a Leonisa, descubrió el enamorado viejo el suyo a sus dos esclavos, pidiéndoles consejo en lo que haría para gozar de la cristiana y cumplir con el Gran Señor, cuya ella era, diciéndoles que antes pensaba morir mil veces que entregalla una al Gran Turco. Con tales afectos decía su pasión el religioso moro, que la puso en los corazones de sus dos esclavos, que todo lo contrario de lo que él pensaba pensaban. Quedó puesto entre ellos que Mario, como hombre de su tierra, aunque había dicho que no la conocía, tomase la mano en solicitarla y en declararle la voluntad suya; y, cuando por este modo no se pudiese alcanzar, que usaría el de la fuerza, pues estaba en su poder. Y, esto hecho, con decir que era muerta, se escusarían de enviarla a Constantinopla.

Contentísimo quedó el cadí con el parecer de sus esclavos, y, con la imaginada alegría, ofreció desde luego libertad a Mahamut, mandándole la mitad de su hacienda después de sus días; asimismo prometió a Mario, si alcanzaba lo que quería, libertad y dineros con que volviese a su tierra rico, honrado y

---

[251] *zalá*: oración.

contento. Si él fue liberal en prometer, sus cautivos fueron pródigos ofreciéndole de alcanzar la luna del cielo, cuanto más a Leonisa, como él diese comodidad de hablarla.

—Ésa daré yo a Mario cuanta él quisiere —respondió el cadí—, porque haré que Halima se vaya en casa de sus padres, que son griegos cristianos, por algunos días; y, estando fuera, mandaré al portero que deje entrar a Mario dentro de casa todas las veces que él quisiere, y diré a Leonisa que bien podrá hablar con su paisano cuando le diere gusto.

Desta manera comenzó a volver el viento de la ventura de Ricardo, soplando en su favor, sin saber lo que hacían sus mismos amos.

Tomado, pues, entre los tres este apuntamiento, quien primero le puso en plática [252] fue Halima, bien así como mujer, cuya naturaleza es fácil y arrojadiza para todo aquello que es de su gusto. Aquel mismo día dijo el cadí a Halima que cuando quisiese podría irse a casa de sus padres a holgarse con ellos los días que gustase. Pero, como ella estaba alborozada con las esperanzas que Leonisa le había dado, no sólo no se fuera a casa de sus padres, sino al fingido paraíso de Mahoma no quisiera irse; y así, le respondió que por entonces no tenía tal voluntad, y que cuando ella la tuviese lo diría, mas que había de llevar consigo a la cautiva cristiana.

—Eso no —replicó el cadí—, que no es bien que la prenda del Gran Señor sea vista de nadie; y más, que se le ha de quitar que converse con cristianos, pues sabéis que, en llegando a poder del Gran Señor, la han de encerrar en el serrallo [253] y volverla turca, quiera o no quiera.

—Como ella ande conmigo —replicó Halima—, no importa que esté en casa de mis padres, ni que comunique con ellos, que más comunico yo, y no dejo por eso de ser buena turca; y más, que lo más que pienso estar en su casa serán hasta cuatro

---

[252] *plática*: práctica.
[253] *serrallo*: lugar del palacio destinado para las mujeres.

o cinco días, porque el amor que os tengo no me dará licencia para estar tanto ausente y sin veros.

No la quiso replicar el cadí, por no darle ocasión de engendrar alguna sospecha de su intención.

Llegóse en esto el viernes, y él se fue a la mezquita, de la cual no podía salir en casi cuatro horas; y, apenas le vio Halima apartado de los umbrales de casa, cuando mandó llamar a Mario; mas no le dejaba entrar un cristiano corso que servía de portero en la puerta del patio, si Halima no le diera voces que le dejase; y así, entró confuso y temblando, como si fuera a pelear con un ejército de enemigos.

Estaba Leonisa del mismo modo y traje que cuando entró en la tienda del Bajá, sentada al pie de una escalera grande de mármol que a los corredores subía. Tenía la cabeza inclinada sobre la palma de la mano derecha y el brazo sobre las rodillas, los ojos a la parte contraria de la puerta por donde entró Mario, de manera que, aunque él iba hacia la parte donde ella estaba, ella no le veía. Así como entró Ricardo, paseó toda la casa con los ojos, y no vio en toda ella sino un mudo y sosegado silencio, hasta que paró la vista donde Leonisa estaba. En un instante, al enamorado Ricardo le sobrevinieron tantos pensamientos, que le suspendieron y alegraron, considerándose veinte pasos, a su parecer, o poco más, desviado de su felicidad y contento: considerábase cautivo, y a su gloria en poder ajeno. Estas cosas revolviendo entre sí mismo, se movía poco a poco, y, con temor y sobresalto, alegre y triste, temeroso y esforzado, se iba llegando al centro donde estaba el de su alegría, cuando a deshora volvió el rostro Leonisa, y puso los ojos en los de Mario, que atentamente la miraba. Mas, cuando la vista de los dos se encontraron, con diferentes efetos dieron señal de lo que sus almas habían sentido. Ricardo se paró y no pudo echar pie adelante; Leonisa, que por la relación de Mahamut tenía a Ricardo por muerto, y el verle vivo tan no esperadamente, llena de temor y espanto, sin quitar dél los ojos ni volver las espaldas, volvió atrás cuatro o cinco escalones, y, sacando una pequeña cruz del seno, la besaba muchas veces, y se santiguó infinitas, como si alguna fantasma o otra cosa del otro mundo estuviera mirando.

Volvió Ricardo de su embelesamiento, y conoció, por lo que Leonisa hacía, la verdadera causa de su temor, y así le dijo:

—A mí me pesa, ¡oh hermosa Leonisa!, que no hayan sido verdad las nuevas que de mi muerte te dio Mahamut, porque con ella escusara los temores que ahora tengo de pensar si todavía está en su ser y entereza el rigor que contino has usado conmigo. Sosiégate, señora, y baja, y si te atreves a hacer lo que nunca hiciste, que es llegarte a mí, llega y verás que no soy cuerpo fantástico: Ricardo soy, Leonisa; Ricardo, el de tanta ventura cuanta tú quisieres que tenga.

Púsose Leonisa en esto el dedo en la boca, por lo cual entendió Ricardo que era señal de que callase o hablase más quedo; y, tomando algún poco de ánimo, se fue llegando a ella en distancia que pudo oír estas razones:

—Habla paso, Mario, que así me parece que te llamas ahora, y no trates de otra cosa de la que yo te tratare; y adviérte que podría ser que el habernos oído fuese parte[254] para que nunca nos volviésemos a ver. Halima, nuestra ama, creo que nos escucha, la cual me ha dicho que te adora; hame puesto por intercesora de su deseo. Si a él quisieres corresponder, aprovecharte ha más para el cuerpo que para el alma; y, cuando no quieras, es forzoso que lo finjas, siquiera porque yo te lo ruego y por lo que merecen deseos de mujer declarados.

A esto respondió Ricardo:

—Jamás pensé ni pude imaginar, hermosa Leonisa, que cosa que me pidieras trujera consigo imposible de cumplirla, pero la que me pides me ha desengañado. ¿Es por ventura la voluntad tan ligera que se pueda mover y llevar donde quisieren llevarla, o estarle ha bien al varón honrado y verdadero fingir en cosas de tanto peso? Si a ti te parece que alguna destas

---

[254] *parte*: ocasión

cosas se debe o puede hacer, haz lo que más gustares, pues eres señora de mi voluntad; mas ya sé que también me engañas en esto, pues jamás la has conocido, y así no sabes lo que has de hacer della. Pero, a trueco que no digas que en la primera cosa que me mandaste dejaste de ser obedecida, yo perderé del derecho que debo a ser quien soy, y satisfaré tu deseo y el de Halima fingidamente, como dices, si es que se ha de granjear con esto el bien de verte; y así, finge tú las respuestas a tu gusto, que desde aquí las firma y confirma mi fingida voluntad. Y, en pago desto que por ti hago (que es lo más que a mi parecer podré hacer, aunque de nuevo te dé el alma que tantas veces te he dado), te ruego que brevemente me digas cómo escapaste de las manos de los cosarios y cómo veniste a las del judío que te vendió.

—Más espacio —respondió Leonisa— pide el cuento de mis desgracias, pero, con todo eso, te quiero satisfacer en algo. Sabrás, pues, que, a cabo de un día que nos apartamos, volvió el bajel de Yzuf con un recio viento a la misma isla de la Pantanalea, donde también vimos a vuestra galeota; pero la nuestra, sin poderlo remediar, embistió en las peñas. Viendo, pues, mi amo tan a los ojos su perdición, vació con gran presteza dos barriles que estaban llenos de agua, tapólos muy bien, y atólos con cuerdas el uno con el otro; púsome a mí entre ellos, desnudóse luego, y, tomando otro barril entre los brazos, se ató con un cordel el cuerpo, y con el mismo cordel dio cabo [255] a mis barriles, y con grande ánimo se arrojó a la mar, llevándome tras sí. Yo no tuve ánimo para arrojarme, que otro turco me impelió y me arrojó tras Yzuf, donde caí sin ningún sentido, ni volví en mí hasta que me hallé en tierra en brazos de dos turcos, que vuelta la boca al suelo me tenían, derramando gran cantidad de agua que había bebido. Abrí los ojos, atónita y espantada, y vi a Yzuf junto a mí, hecha la cabeza pedazos; que, según después supe, al llegar a tierra dio con ella en las peñas,

---

[255] *dio cabo*: lanzó una cuerda.

donde acabó la vida. Los turcos asimismo me dijeron que, tirando de la cuerda, me sacaron a tierra casi ahogada; solas ocho personas se escaparon de la desdichada galeota.

»Ocho días estuvimos en la isla, guardándome los turcos el mismo respecto que si fuera su hermana, y aun más. Estábamos escondidos en una cueva, temerosos ellos que no bajasen de una fuerza de cristianos que está en la isla y los cautivasen; sustentáronse con el bizcocho[256] mojado que la mar echó a la orilla, de lo que llevaban en la galeota, lo cual salían a coger de noche. Ordenó la suerte, para mayor mal mío, que la fuerza estuviese sin capitán, que pocos días había que era muerto, y en la fuerza no había sino veinte soldados; esto se supo de un muchacho que los turcos cautivaron, que bajó de la fuerza a coger conchas a la marina. A los ocho días llegó a aquella costa un bajel de moros, que ellos llaman caramuzales;[257] viéronle los turcos, y salieron de donde estaban, y, haciendo señas al bajel, que estaba cerca de tierra, tanto que conoció ser turcos los que los llamaban, ellos contaron sus desgracias, y los moros los recibieron en su bajel, en el cual venía un judío, riquísimo mercader, y toda la mercancía del bajel, o la más, era suya; era de barraganes y alquiceles[258] y de otras cosas que de Berbería se llevaban a Levante.[259] En el mismo bajel los turcos se fueron a Trípol, y en el camino me vendieron al judío, que dio por mí dos mil doblas, precio excesivo, si no le hiciera liberal el amor que el judío me descubrió.

»Dejando, pues, los turcos en Trípol, tornó el bajel a hacer su viaje, y el judío dio en solicitarme descaradamente; yo le hice la cara que merecían sus torpes deseos. Viéndose, pues, desesperado de alcanzarlos, determinó de deshacerse de mí en la prime-

---

[256] *bizcocho*: alimento habitual de los marineros en la época, a base de pan negro cocido.

[257] *caramuzales*: navío musulmán para el comercio, pero también embarcación preparada para la práctica de la piratería.

[258] *barraganes y alquiceles*: tipos de tejidos.

[259] *Levante*: el recorrido del bajel iba desde el norte africano (Berbería) hacia Oriente (Levante).

ra ocasión que se le ofreciese. Y, sabiendo que los dos bajaes, Alí y Hazán, estaban en aquesta isla, donde podía vender su mercaduría [260] tan bien como en Xío,[261] en quien pensaba venderla, se vino aquí con intención de venderme a alguno de los dos bajaes, y por eso me vistió de la manera que ahora me ves, por aficionarles la voluntad a que me comprasen. He sabido que me ha comprado este cadí para llevarme a presentar al Gran Turco, de que no estoy poco temerosa. Aquí he sabido de tu fingida muerte, y séte decir, si lo quieres creer, que me pesó en el alma y que te tuve más envidia que lástima; y no por quererte mal, que ya que soy desamorada, no soy ingrata ni desconocida, sino porque habías acabado con la tragedia de tu vida.

—No dices mal, señora —respondió Ricardo—, si la muerte no me hubiera estorbado el bien de volver a verte; que ahora en más estimo este instante de gloria que gozo en mirarte, que otra ventura, como no fuera la eterna, que en la vida o en la muerte pudiera asegurarme mi deseo. El que tiene mi amo el cadí, a cuyo poder he venido por no menos varios accidentes que los tuyos, es el mismo para contigo que para conmigo lo es el de Halima. Hame puesto a mí por intérprete de sus pensamientos; acepté la empresa, no por darle gusto, sino por el que granjeaba en la comodidad de hablarte, porque veas, Leonisa, el término a que nuestras desgracias nos han traído: a ti a ser medianera de un imposible, que en lo que me pides conoces; a mí a serlo también de la cosa que menos pensé, y de la que daré por no alcanzalla la vida, que ahora estimo en lo que vale la alta ventura de verte.

—No sé qué te diga, Ricardo —replicó Leonisa—, ni qué salida se tome al laberinto donde, como dices, nuestra corta ventura nos tiene puestos. Sólo sé decir que es menester usar en esto lo que de nuestra condición no se puede esperar, que es el fingimiento y engaño; y así, digo que de ti daré a Halima algu-

---

[260] *mercaduría*: mercancías.
[261] *Xío*: la isla de Quíos.

nas razones que antes la entretengan que desesperen. Tú de mí podrás decir al cadí lo que para seguridad de mi honor y de su engaño vieres que más convenga; y, pues yo pongo mi honor en tus manos, bien puedes creer dél que le tengo con la entereza y verdad que podían poner en duda tantos caminos como he andado, y tantos combates como he sufrido. El hablarnos será fácil y a mí será de grandísimo gusto el hacello, con presupuesto que jamás me has de tratar cosa que a tu declarada pretensión pertenezca, que en la hora que tal hicieres, en la misma me despediré de verte, porque no quiero que pienses que es de tan pocos quilates mi valor, que ha de hacer con él la cautividad lo que la libertad no pudo: como el oro tengo de ser, con el favor del cielo, que mientras más se acrisola, queda con más pureza y más limpio. Conténtate con que he dicho que no me dará, como solía, fastidio tu vista, porque te hago saber, Ricardo, que siempre te tuve por desabrido y arrogante, y que presumías de ti algo más de lo que debías. Confieso también que me engañaba, y que podría ser que al hacer ahora la experiencia me pusiese la verdad delante de los ojos el desengaño; y, estando desengañada, fuese, con ser honesta, más humana. Vete con Dios, que temo no nos haya escuchado Halima, la cual entiende algo de la lengua cristiana, a lo menos de aquella mezcla de lenguas [262] que se usa, con que todos nos entendemos.

—Dices muy bien, señora —respondió Ricardo—, y agradézcote infinito el desengaño que me has dado, que le estimo en tanto como la merced que me haces en dejar verte; y, como tú dices, quizá la experiencia te dará a entender cuán llana es mi condición y cuán humilde, especialmente para adorarte; y sin que tú pusieras término ni raya a mi trato, fuera él tan honesto para contigo que no acertaras a desearle mejor. En lo que toca a entretener al cadí, vive descuidada; haz tú lo mismo con Halima, y entiende, señora, que después que te he visto ha

---

[262] *mezcla de lenguas*: la *Lingua franca*, empleada por comerciantes y marineros para entenderse en los puertos del Mediterráneo.

nacido en mí una esperanza tal, que me asegura que presto hemos de alcanzar la libertad deseada. Y, con esto, quédate con Dios, que otra vez te contaré los rodeos por donde la fortuna me trujo a este estado, después que de ti me aparté, o, por mejor decir, me apartaron.

Con esto, se despidieron, y quedó Leonisa contenta y satisfecha del llano proceder de Ricardo, y él contentísimo de haber oído una palabra de la boca de Leonisa sin aspereza.

Estaba Halima cerrada en su aposento, rogando a Mahoma trujese Leonisa buen despacho de lo que le había encomendado. El cadí estaba en la mezquita recompensando con los suyos los deseos de su mujer, teniéndolos solícitos y colgados de la respuesta que esperaba oír de su esclavo, a quien había dejado encargado hablase a Leonisa, pues para poderlo hacer le daría comodidad Mahamut, aunque Halima estuviese en casa. Leonisa acrecentó en Halima el torpe deseo y el amor, dándole muy buenas esperanzas que Mario haría todo lo que pidiese; pero que había de dejar pasar primero dos lunes, antes que concediese con lo que deseaba él mucho más que ella; y este tiempo y término pedía, a causa que hacía una plegaria y oración a Dios para que le diese libertad. Contentóse Halima de la disculpa y de la relación de su querido Ricardo, a quien ella diera libertad antes del término devoto,[263] como él concediera con su deseo; y así, rogó a Leonisa le rogase dispensase con el tiempo y acortase la dilación, que ella le ofrecía cuanto el cadí pidiese por su rescate.

Antes que Ricardo respondiese a su amo, se aconsejó con Mahamut de qué le respondería; y acordaron entre los dos que le desesperasen y le aconsejasen que lo más presto que pudiese la llevase a Constantinopla, y que en el camino, o por grado o por fuerza, alcanzaría su deseo; y que, para el inconveniente que se podía ofrecer de cumplir con el Gran Señor, sería bueno comprar otra esclava, y en el viaje fingir o

---

[263] *término devoto*: plazo establecido.

hacer de modo como Leonisa cayese enferma, y que una noche echarían la cristiana comprada a la mar, diciendo que era Leonisa, la cautiva del Gran Señor, que se había muerto; y que esto se podía hacer y se haría en modo que jamás la verdad fuese descubierta, y él quedase sin culpa con el Gran Señor y con el cumplimiento de su voluntad; y que, para la duración de su gusto, después se daría traza conveniente y más provechosa. Estaba tan ciego el mísero y anciano cadí que, si otros mil disparates le dijeran, como fueran encaminados a cumplir sus esperanzas, todos los creyera; cuanto más, que le pareció que todo lo que le decían llevaba buen camino y prometía próspero suceso; y así era la verdad, si la intención de los dos consejeros no fuera levantarse con el bajel y darle a él la muerte en pago de sus locos pensamientos. Ofreciósele al cadí otra dificultad, a su parecer mayor de las que en aquel caso se le podía ofrecer; y era pensar que su mujer Halima no le había de dejar ir a Constantinopla si no la llevaba consigo; pero presto la facilitó, diciendo que en cambio de la cristiana que habían de comprar para que muriese por Leonisa, serviría Halima, de quien deseaba librarse más que de la muerte.

Con la misma facilidad que él lo pensó, con la misma se lo concedieron Mahamut y Ricardo; y, quedando firmes en esto, aquel mismo día dio cuenta el cadí a Halima del viaje que pensaba hacer a Constantinopla a llevar la cristiana al Gran Señor, de cuya liberalidad esperaba que le hiciese Gran Cadí del Cairo o de Constantinopla. Halima le dijo que le parecía muy bien su determinación, creyendo que se dejaría a Ricardo en casa; mas, cuando el cadí le certificó que le había de llevar consigo y a Mahamut también, tornó a mudar de parecer y a desaconsejarle lo que primero le había aconsejado. En resolución, concluyó que si no la llevaba consigo, no pensaba dejarle ir en ninguna manera. Contentóse el cadí de hacer lo que ella quería, porque pensaba sacudir presto de su cuello aquella para él tan pesada carga.

No se descuidaba en este tiempo Hazán Bajá de solicitar al cadí le entregase la esclava, ofreciéndole montes de oro, y habiéndole dado a Ricardo de balde, cuyo rescate apreciaba en dos mil escudos; facilitábale la entrega con la misma industria que él se había imaginado de hacer muerta la cautiva cuando el Gran Turco enviase por ella. Todas estas dádivas y promesas aprovecharon con el cadí no más de ponerle en la voluntad que abreviase su partida. Y así, solicitado de su deseo y de las importunaciones de Hazán, y aun de las de Halima, que también fabricaba en el aire vanas esperanzas, dentro de veinte días aderezó un bergantín [264] de quince bancos, y le armó de buenas boyas, [265] moros y de algunos cristianos griegos. Embarcó en él toda su riqueza, y Halima no dejó en su casa cosa de momento, y rogó a su marido que la dejase llevar consigo a sus padres, para que viesen a Constantinopla. Era la intención de Halima la misma que la de Mahamut: hacer con él y con Ricardo que en el camino se alzasen con el bergantín; pero no les quiso declarar su pensamiento hasta verse embarcada, y esto con voluntad de irse a tierra de cristianos, y volverse a lo que primero había sido, y casarse con Ricardo, pues era de creer que, llevando tantas riquezas consigo y volviéndose cristiana, no dejaría de tomarla por mujer.

En este tiempo habló otra vez Ricardo con Leonisa y le declaró toda su intención, y ella le dijo la que tenía Halima, que con ella había comunicado; encomendáronse los dos el secreto, y, encomendándose a Dios, esperaban el día de la partida, el cual llegado, salió Hazán acompañándolos hasta la marina con todos sus soldados, y no los dejó hasta que se hicieron a la vela, ni aun quitó los ojos del bergantín hasta perderle de vista; y parece que el aire de los suspiros que el enamorado moro arrojaba impelía con mayor fuerza las velas que le apartaban y llevaban el alma. Mas como aquel a quien el amor había tanto

---

[264] *bergantín*: barco pequeño.
[265] *boyas*: remeros a sueldo.

tiempo que sosegar no le dejaba, pensando en lo que había de hacer para no morir a manos de sus deseos, puso luego por obra lo que con largo discurso y resoluta determinación tenía pensado; y así, en un bajel de diez y siete bancos, que en otro puerto había hecho armar, puso en él cincuenta soldados, todos amigos y conocidos suyos, y a quien él tenía obligados con muchas dádivas y promesas, y dioles orden que saliesen al camino y tomasen el bajel del cadí y sus riquezas, pasando a cuchillo cuantos en él iban, si no fuese a Leonisa la cautiva; que a ella sola quería por despojo aventajado a los muchos haberes que el bergantín llevaba; ordenóles también que le echasen a fondo, de manera que ninguna cosa quedase que pudiese dar indicio de su perdición. La codicia del saco les puso alas en los pies y esfuerzo en el corazón, aunque bien vieron cuán poca defensa habían de hallar en los del bergantín, según iban desarmados y sin sospecha de semejante acontecimiento.

Dos días había ya que el bergantín caminaba, que al cadí se le hicieron dos siglos, porque luego en el primero quisiera poner en efeto su determinación; mas aconsejáronle sus esclavos que convenía primero hacer de suerte que Leonisa cayese mala, para dar color a su muerte, y que esto había de ser con algunos días de enfermedad. Él no quisiera sino decir que había muerto de repente, y acabar presto con todo, y despachar a su mujer y aplacar el fuego que las entrañas poco a poco le iba consumiendo; pero, en efeto, hubo de condecender con el parecer de los dos.

Ya en esto había Halima declarado su intento a Mahamut y a Ricardo, y ellos estaban en ponerlo por obra al pasar de las cruces de Alejandría, [266] o al entrar de los castillos de la Natolia. [267] Pero fue tanta la priesa que el cadí les daba, que se ofrecieron de hacerlo en la primera comodidad que se les ofreciese. Y un día, al cabo de seis que navegaban y que ya le parecía al cadí

[266] *Alejandría*: hoy Kumale, en el estrecho de los Dardanelos.
[267] *Natolia*: Anatolia, la parte asiática de Turquía.

que bastaba el fingimiento de la enfermedad de Leonisa, importunó a sus esclavos que otro día concluyesen con Halima, y la arrojasen al mar amortajada, diciendo ser la cautiva del Gran Señor.

Amaneciendo, pues, el día en que, según la intención de Mahamut y de Ricardo, había de ser el cumplimiento de sus deseos, o del fin de sus días, descubrieron un bajel que a vela y remo les venía dando caza. Temieron fuese de cosarios cristianos, de los cuales, ni los unos ni los otros podían esperar buen suceso; porque, de serlo, se temía ser los moros cautivos, y los cristianos, aunque quedasen con libertad, quedarían desnudos y robados; pero Mahamut y Ricardo con la libertad de Leonisa y de la de entrambos se contentaran; con todo esto que se imaginaban, temían la insolencia de la gente cosaria, pues jamás la que se da a tales ejercicios, de cualquiera ley o nación que sea, deja de tener un ánimo cruel y una condición insolente. Pusiéronse en defensa, sin dejar los remos de las manos y hacer todo cuanto pudiesen; pero pocas horas tardaron que vieron que les iban entrando, de modo que en menos de dos se les pusieron a tiro de cañón. Viendo esto, amainaron, soltaron los remos, tomaron las armas y los esperaron, aunque el cadí dijo que no temiesen, porque el bajel era turquesco, y que no les haría daño alguno. Mandó poner luego una banderita blanca de paz en el peñol[268] de la popa, por que le viesen los que, ya ciegos y codiciosos, venían con gran furia a embestir el mal defendido bergantín. Volvió, en esto, la cabeza Mahamut y vio que de la parte de poniente venía una galeota, a su parecer de veinte bancos, y díjoselo al cadí; y algunos cristianos que iban al remo dijeron que el bajel que se descubría era de cristianos; todo lo cual les dobló la confusión y el miedo, y estaban suspensos sin saber lo que harían, temiendo y esperando el suceso que Dios quisiese darles.

---

[268] *peñol*: parte extrema del mástil.

Paréceme que diera el cadí en aquel punto por hallarse en Nicosia toda la esperanza de su gusto: tanta era la confusión en que se hallaba, aunque le quitó presto della el bajel primero, que sin respecto de las banderas de paz ni de lo que a su religión debían, embistieron con el del cadí con tanta furia, que estuvo poco en echarle a fondo. Luego conoció el cadí los que le acometían, y vio que eran soldados de Nicosia y adivinó lo que podía ser, y diose por perdido y muerto; y si no fuera que los soldados se dieron antes a robar que a matar, ninguno quedara con vida. Mas, cuando ellos andaban más encendidos y más atentos en su robo, dio un turco voces diciendo:

—¡Arma, soldados!, que un bajel de cristianos nos embiste.

Y así era la verdad, porque el bajel que descubrió el bergantín del cadí venía con insignias y banderas cristianescas, el cual llegó con toda furia a embestir el bajel de Hazán; pero, antes que llegase, preguntó uno desde la proa en lengua turquesca que qué bajel era aquél. Respondiéronle que era de Hazán Bajá, virrey de Chipre.

—¿Pues cómo —replicó el turco—, siendo vosotros mosolimanes, [269] embestís y robáis a ese bajel, que nosotros sabemos que va en él el cadí de Nicosia?

A lo cual respondieron que ellos no sabían otra cosa más de que al bajel les había ordenado le tomasen, y que ellos, como sus soldados y obedientes, habían hecho su mandamiento.

Satisfecho de lo que saber quería, el capitán del segundo bajel, que venía a la cristianesca, dejóle embestir al de Hazán, y acudió al del cadí, y a la primera rociada mató más de diez turcos de los que dentro estaban, y luego le entró con grande ánimo y presteza; mas, apenas hubieron puesto los pies dentro, cuando el cadí conoció que el que le embestía no era cristiano, sino Alí Bajá, el enamorado de Leonisa, el cual, con el mismo intento que Hazán, había estado esperando su venida, y, por no

---

[269] *mosolimanes*: musulmanes.

ser conocido, había hecho vestidos a sus soldados como cristianos, para que con esta industria fuese más cubierto su hurto. El cadí, que conoció las intenciones de los amantes y traidores, comenzó a grandes voces a decir su maldad, diciendo:

—¿Qué es esto, traidor Alí Bajá? ¿Cómo, siendo tú mosolimáns, que quiere decir turcos, me salteas como cristiano? Y vosotros, traidores soldados de Hazán, ¿qué demonio os ha movido a acometer tan grande insulto? ¿Cómo, por cumplir el apetito lascivo del que aquí os envía, queréis ir contra vuestro natural señor?

A estas palabras suspendieron todos las armas, y unos a otros se miraron y se conocieron, porque todos habían sido soldados de un mismo capitán y militado debajo de una bandera; y, confundiéndose con las razones del cadí y con su mismo maleficio, ya se les embotaron los filos de los alfanjes y se les desamayaron los ánimos. Sólo Alí cerró los ojos y los oídos a todo, y arremetiendo al cadí, le dio una tal cuchillada en la cabeza que, si no fuera por la defensa que hicieron cien varas de toca [270] con que venía ceñida, sin duda se la partiera por medio; pero, con todo, le derribó entre los bancos del bajel, y al caer dijo el cadí:

—¡Oh cruel renegado, enemigo de mi profeta! ¿Y es posible que no ha de haber quien castigue tu crueldad y tu grande insolencia? ¿Cómo, maldito, has osado poner las manos y las armas en tu cadí, y en un ministro de Mahoma?

Estas palabras añadieron fuerza a fuerza a las primeras, las cuales oídas de los soldados de Hazán, y movidos de temor que los soldados de Alí les habían de quitar la presa, que ya ellos por suya tenían, determinaron de ponerlo todo en aventura; y, comenzando uno y siguiéndole todos, dieron en los soldados de Alí con tanta priesa, rancor y brío, que en poco espacio los pararon tales, que, aunque eran muchos más que ellos, los

---

[270] *cien varas de toca*: expresión probablemente irónica que hace referencia al turbante que se lleva en la cabeza.

redujeron a número pequeño; pero los que quedaron, volviendo sobre sí, vengaron a sus compañeros, no dejando de los de Hazán apenas cuatro con vida, y ésos muy malheridos.

Estábanlos mirando Ricardo y Mahamut, que de cuando en cuando sacaban la cabeza por el escutillón de la cámara de popa, por ver en qué paraba aquella grande herrería que sonaba; y, viendo cómo los turcos estaban casi todos muertos, y los vivos malheridos, y cuán fácilmente se podía dar cabo de todos, llamó a Mahamut y a dos sobrinos de Halima, que ella había hecho embarcar consigo para que ayudasen a levantar el bajel, y con ellos y con su padre, tomando alfanjes de los muertos, saltaron en crujía; y, apellidando [271] "¡libertad, libertad!", y ayudados de las buenas boyas, cristianos griegos, con facilidad y sin recebir herida, los degollaron a todos; y, pasando sobre la galeota de Alí, que sin defensa estaba, la rindieron y ganaron con cuanto en ella venía. De los que en el segundo encuentro murieron, fue de los primeros Alí Bajá, que un turco, en venganza del cadí, le mató a cuchilladas.

Diéronse luego todos, por consejo de Ricardo, a pasar cuantas cosas había de precio en su bajel y en el de Hazán a la galeota de Alí, que era bajel mayor y acomodado para cualquier cargo o viaje, y ser los remeros cristianos, los cuales, contentos con la alcanzada libertad y con muchas cosas que Ricardo repartió entre todos, se ofrecieron de llevarle hasta Trápana, y aun hasta el cabo del mundo si quisiese. Y, con esto, Mahamut y Ricardo, llenos de gozo por el buen suceso, se fueron a la mora Halima y le dijeron que, si quería volverse a Chipre, que con las buenas boyas le armarían su mismo bajel, y le darían la mitad de las riquezas que había embarcado; mas ella, que en tanta calamidad aún no había perdido el cariño y amor que a Ricardo tenía, dijo que quería irse con ellos a tierra de cristianos, de lo cual sus padres se holgaron en estremo.

---

[271] *apellidando*: gritando.

El cadí volvió en su acuerdo,[272] y le curaron como la ocasión les dio lugar, a quien también dijeron que escogiese una de dos: o que se dejase llevar a tierra de cristianos, o volverse en su mismo bajel a Nicosia. Él respondió que, ya que la fortuna le había traído a tales términos, les agradecía la libertad que le daban, y que quería ir a Constantinopla a quejarse al Gran Señor del agravio que de Hazán y de Alí había recebido; mas, cuando supo que Halima le dejaba y se quería volver cristiana, estuvo en poco de perder el juicio. En resolución, le armaron su mismo bajel y le proveyeron de todas las cosas necesarias para su viaje, y aun le dieron algunos cequíes[273] de los que habían sido suyos; y, despidiéndose de todos con determinación de volverse a Nicosia, pidió antes que se hiciese a la vela que Leonisa le abrazase, que aquella merced y favor sería bastante para poner en olvido toda su desventura. Todos suplicaron a Leonisa diese aquel favor a quien tanto la quería, pues en ello no iría contra el decoro de su honestidad. Hizo Leonisa lo que le rogaron, y el cadí le pidió le pusiese las manos sobre la cabeza, porque él llevase esperanzas de sanar de su herida; en todo le contentó Leonisa. Hecho esto y habiendo dado un barreno[274] al bajel de Hazán, favoreciéndoles un levante fresco que parecía que llamaba las velas para entregarse en ellas, se las dieron, y en breves horas perdieron de vista al bajel del cadí, el cual, con lágrimas en los ojos, estaba mirando cómo se llevaban los vientos su hacienda, su gusto, su mujer y su alma.

Con diferentes pensamientos de los del cadí navegaban Ricardo y Mahamut; y así, sin querer tocar en tierra en ninguna parte, pasaron a la vista de Alejandría de golfo lanzado,[275] y, sin amainar velas, y sin tener necesidad de aprovecharse de los

---

[272] *volvió en su acuerdo*: despertó, volvió en sí.

[273] *cequíes*: monedas de oro.

[274] *habiendo dado un barreno*: habiendo hecho un agujero.

[275] *de golfo lanzado*: con mucha velocidad, sin hacer escala.

remos, llegaron a la fuerte isla del Corfú, [276] donde hicieron agua, [277] y luego, sin detenerse, pasaron por los infamados riscos Acroceraunos; [278] y desde lejos, al segundo día, descubrieron a Paquino, [279] promontorio de la fertilísima Tinacria, [280] a vista de la cual y de la insigne isla de Malta volaron, que no con menos ligereza navegaba el dichoso leño.

En resolución, bojando la isla, de allí a cuatro días descubrieron la Lampadosa, [281] y luego la isla donde se perdieron, con cuya vista, Leonisa se estremeció toda, viniéndole a la memoria el peligro en que en ella se había visto. Otro día vieron delante de sí la deseada y amada patria; renovóse la alegría en sus corazones, alborotáronse sus espíritus con el nuevo contento, que es uno de los mayores que en esta vida se puede tener, llegar después de luengo cautiverio salvo y sano a la patria. Y al que a éste se le puede igualar, es el que se recibe de la vitoria alcanzada de los enemigos.

Habíase hallado en la galeota una caja llena de banderetas y flámulas [282] de diversas colores de sedas, con las cuales hizo Ricardo adornar la galeota. Poco después de amanecer sería cuando se hallaron a menos de una legua de la ciudad, y, bogando a cuarteles, [283] y alzando de cuando en cuando alegres voces y gritos, se iban llegando al puerto, en el cual en un instante pareció infinita gente del pueblo; que, habiendo visto cómo aquel bien adornado bajel tan de espacio se llega-

---

[276] *Corfú*: isla griega donde Cervantes se recuperó de las heridas producidas en la batalla de Lepanto.

[277] *hicieron agua*: se aprovisionaron de agua.

[278] *Acroceraunos*: montes griegos.

[279] *Paquino*: hoy Pachino, ciudad y promontorio en las proximidades de Siracusa, al sudoeste de Sicilia.

[280] *Tinacria*: Sicilia.

[281] *Lampadosa*: la isla de Lampedusa, entre Sicilia y Túnez.

[282] *flámulas*: banderas pequeñas con forma de llamas torcidas.

[283] *bogando a cuarteles*: remando sólo una parte de los hombres destinados a tal efecto.

ba a tierra, no quedó gente en toda la ciudad que dejase de salir a la marina.

En este entretanto había Ricardo pedido y suplicado a Leonisa que se adornase y vistiese de la misma manera que cuando entró en la tienda de los bajaes, porque quería hacer una graciosa burla a sus padres. Hízolo así, y, añadiendo galas a galas, perlas a perlas, y belleza a belleza, que suele acrecentarse con el contento, se vistió de modo que de nuevo causó admiración y maravilla. Vistióse asimismo Ricardo a la turquesca, y lo mismo hizo Mahamut y todos los cristianos del remo, que para todos hubo en los vestidos de los turcos muertos. Cuando llegaron al puerto serían las ocho de la mañana, que tan serena y clara se mostraba, que parecía que estaba atenta mirando aquella alegre entrada. Antes de entrar en el puerto, hizo Ricardo disparar las piezas de la galeota, que eran un cañón de crujía[284] y dos falconetes;[285] respondió la ciudad con otras tantas.

Estaba toda la gente confusa, esperando llegase el bizarro[286] bajel; pero, cuando vieron de cerca que era turquesco, porque se divisaban los blancos turbantes de los que moros parecían, temerosos y con sospecha de algún engaño, tomaron las armas y acudieron al puerto todos los que en la ciudad son de milicia, y la gente de a caballo se tendió por toda la marina; de todo lo cual recibieron gran contento los que poco a poco se fueron llegando hasta entrar en el puerto, dando fondo junto a tierra y arrojando en ella la plancha,[287] soltando a una los remos, todos, uno a uno, como en procesión, salieron a tierra, la cual con lágrimas de alegría besaron una y muchas veces, señal clara que dio a entender ser cristianos que con aquel bajel se habían alzado. A la postre de todos salieron el padre y madre de Halima, y sus dos sobri-

---

[284] *cañón de crujía*: cañón en el pasillo central de la galeota.
[285] *falconetes*: cañones de pequeño calibre.
[286] *bizarro*: gallardo, lozano; acaso también adornado.
[287] *plancha*: lámina de metal u otro material más o menos grande para desembarcar.

nos, todos, como está dicho, vestidos a la turquesca; hizo fin y remate la hermosa Leonisa, cubierto el rostro con un tafetán carmesí. Traíanla en medio Ricardo y Mahamut, cuyo espectáculo llevó tras sí los ojos de toda aquella infinita multitud que los miraba.

En llegando a tierra, hicieron como los demás, besándola postrados por el suelo. En esto, llegó a ellos el capitán y gobernador de la ciudad, que bien conoció que eran los principales de todos; mas, apenas hubo llegado, cuando conoció a Ricardo, y corrió con los brazos abiertos y con señales de grandísimo contento a abrazarle. Llegaron con el gobernador Cornelio y su padre, y los de Leonisa con todos sus parientes, y los de Ricardo, que todos eran los más principales de la ciudad. Abrazó Ricardo al gobernador y respondió a todos los parabienes que le daban; trabó de la mano a Cornelio, el cual, como le conoció y se vio asido dél, perdió la color del rostro, y casi comenzó a temblar de miedo, y, teniendo asimismo de la mano a Leonisa, dijo:

—Por cortesía os ruego, señores, que, antes que entremos en la ciudad y en el templo a dar las debidas gracias a Nuestro Señor de las grandes mercedes que en nuestra desgracia nos ha hecho, me escuchéis ciertas razones que deciros quiero.

A lo cual el gobernador respondió que dijese lo que quisiese, que todos le escucharían con gusto y con silencio.

Rodeáronle luego todos los más de los principales; y él, alzando un poco la voz, dijo desta manera:

—Bien se os debe acordar, señores, de la desgracia que algunos meses ha en el jardín de las Salinas me sucedió con la pérdida de Leonisa; también no se os habrá caído de la memoria la diligencia que yo puse en procurar su libertad, pues, olvidándome del mío, ofrecí por su rescate toda mi hacienda, aunque ésta, que al parecer fue liberalidad, no puede ni debe redundar en mi alabanza, pues la daba por el rescate de mi alma. Lo que después acá a los dos ha sucedido requiere para más tiempo otra sazón y coyuntura, y otra lengua no tan turbada como la mía; baste deciros por ahora que, después de varios y estraños acaecimientos, [288] y después de mil perdidas esperanzas de alcanzar remedio de nuestras desdichas, el piadoso cielo, sin ningún merecimiento nuestro, nos ha vuelto a la deseada patria, cuanto llenos de contento, colmados de riquezas; y no nace dellas ni de la libertad alcanzada el sin igual gusto que tengo, sino del que imagino que tiene ésta en paz y en guerra dulce enemiga mía, así por verse libre, como por ver, como ve, el retrato de su alma; todavía me alegro de la general alegría que tienen los que me han sido compañeros en la miseria. Y, aunque las desventuras y tristes acontecimientos suelen mudar las condiciones y aniquilar los ánimos valerosos, no ha sido así con el verdugo de mis buenas esperanzas; porque, con más valor y entereza que buenamente decirse puede, ha pasado el naufragio de sus desdichas y los encuentros de mis ardientes cuanto honestas importunaciones; en lo cual se verifica que mudan el cielo, y no las costumbres, los que en ellas tal vez hicieron asiento. De todo esto que he dicho quiero inferir que yo le ofrecí mi hacienda en rescate, y le di mi alma en mis deseos; di traza en su libertad y aventuré por ella, más que por la mía, la vida; y de todos éstos que, en otro sujeto más agradecido, pudieran ser cargos de algún momento, no quiero yo que lo sean; sólo quiero lo sea éste en que te pongo ahora.

Y diciendo esto, alzó la mano y con honesto comedimiento quitó el antifaz del rostro de Leonisa, que fue como quitarse la nube que tal vez[289] cubre la hermosa claridad del sol, y prosiguió diciendo:

—Ves aquí, ¡oh Cornelio!, te entrego la prenda que tú debes de estimar sobre todas las cosas que son dignas de estimarse; y ves aquí tú, ¡hermosa Leonisa!, te doy al que tú siempre has tenido en la memoria. Ésta sí quiero que se tenga por liberalidad, en cuya comparación dar la hacienda, la vida y la

---

[288] *acaecimientos*: sucesos.
[289] *tal vez*: de vez en cuando.

honra no es nada. Recíbela, ¡oh venturoso mancebo!; recíbela, y si llega tu conocimiento a tanto que llegue a conocer valor tan grande, estímate por el más venturoso de la tierra. Con ella te daré asimismo todo cuanto me tocare de parte en lo que a todos el cielo nos ha dado, que bien creo que pasará de treinta mil escudos. De todo puedes gozar a tu sabor con libertad, quietud y descanso; y plega al cielo que sea por luengos y felices años. Yo, sin ventura, pues quedo sin Leonisa, gusto de quedar pobre, que a quien Leonisa le falta, la vida le sobra.

Y en diciendo esto calló, como si al paladar se le hubiera pegado la lengua; pero, desde allí a un poco, antes que ninguno hablase, dijo:

—¡Válame Dios, y cómo los apretados trabajos turban los entendimientos! Yo, señores, con el deseo que tengo de hacer bien, no he mirado lo que he dicho, porque no es posible que nadie pueda mostrarse liberal de lo ajeno: ¿qué jurisdición tengo yo en Leonisa para darla a otro? O, ¿cómo puedo ofrecer lo que está tan lejos de ser mío? Leonisa es suya, y tan suya que, a faltarle sus padres, que felices años vivan, ningún opósito [290] tuviera a su voluntad; y si se pudieran poner las obligaciones que como discreta debe de pensar que me tiene, desde aquí las borro, las cancelo y doy por ningunas; y así, de lo dicho me desdigo, y no doy a Cornelio nada, pues no puedo; sólo confirmo la manda [291] de mi hacienda hecha a Leonisa, sin querer otra recompensa sino que tenga por verdaderos mis honestos pensamientos, y que crea dellos que nunca se encaminaron ni miraron a otro punto que el que pide su incomparable honestidad, su grande valor e infinita hermosura.

Calló Ricardo, en diciendo esto; a lo cual Leonisa respondió en esta manera:

—Si algún favor, ¡oh Ricardo!, imaginas que yo hice a Cornelio en el tiempo que tú andabas de mí enamorado y celo-

---

[290] *opósito*: oposición.
[291] *la manda*: el ofrecimiento.

so, imagina que fue tan honesto como guiado por la voluntad y orden de mis padres, que, atentos a que le moviesen a ser mi esposo, permitían que se los diese; si quedas desto satisfecho, bien lo estarás de lo que de mí te ha mostrado la experiencia cerca de mi honestidad y recato. Esto digo por darte a entender, Ricardo, que siempre fui mía, sin estar sujeta a otro que a mis padres, a quien ahora humilmente, como es razón, suplico me den licencia y libertad para disponer de la que tu mucha valentía y liberalidad me ha dado.

Sus padres dijeron que se la daban, porque fiaban de su discreción que usaría della de modo que siempre redundase en su honra y en su provecho.

—Pues con esa licencia –prosiguió la discreta Leonisa–, quiero que no se me haga de mal mostrarme desenvuelta, a trueque de no mostrarme desagradecida; y así, ¡oh valiente Ricardo!, mi voluntad, hasta aquí recatada, perpleja y dudosa, se declara en favor tuyo; porque sepan los hombres que no todas las mujeres son ingratas, mostrándome yo siquiera agradecida. Tuya soy, Ricardo, y tuya seré hasta la muerte, si ya otro mejor conocimiento no te mueve a negar la mano que de mi esposo te pido.

Quedó como fuera de sí a estas razones Ricardo, y no supo ni pudo responder con otras a Leonisa, que con hincarse de rodillas ante ella y besarle las manos, que le tomó por fuerza muchas veces, bañándoselas en tiernas y amorosas lágrimas. Derramólas Cornelio de pesar, y de alegría los padres de Leonisa, y de admiración y de contento todos los circunstantes.

Hallóse presente el obispo o arzobispo de la ciudad, y con su bendición y licencia los llevó al templo, y, dispensando en el tiempo, los desposó en el mismo punto. Derramóse la alegría por toda la ciudad, de la cual dieron muestra aquella noche infinitas luminarias, [292] y otros muchos días la dieron muchos juegos y regocijos que hicieron los parientes de Ricardo y de

---

[292] *luminarias*: luces en señal de fiesta y regocijo.

Leonisa. Reconciliáronse con la iglesia Mahamut y Halima, la cual, imposibilitada de cumplir el deseo de verse esposa de Ricardo, se contentó con serlo de Mahamut. A sus padres y a los sobrinos de Halima dio la liberalidad de Ricardo, de las partes que le cupieron del despojo, suficientemente con que viviesen. Todos, en fin, quedaron contentos, libres y satisfechos; y la fama de Ricardo, saliendo de los términos de Sicilia, se estendió por todos los de Italia y de otras muchas partes, debajo del nombre del amante liberal; y aún hasta hoy dura en los muchos hijos que tuvo en Leonisa, que fue ejemplo raro de discreción, honestidad, recato y hermosura.

Novela de Rinconete y Cortadillo

En la venta del Molinillo,[293] que está puesta en los fines de los famosos campos de Alcudia,[294] como vamos de Castilla a la Andalucía, un día de los calurosos del verano, se hallaron en ella acaso dos muchachos de hasta edad de catorce a quince años: el uno ni el otro no pasaban de diez y siete; ambos de buena gracia, pero muy descosidos, rotos y maltratados. Capa, no la tenían; los calzones eran de lienzo y las medias de carne. Bien es verdad que lo enmendaban los zapatos, porque los del uno eran alpargates,[295] tan traídos como llevados, y los del otro picados y sin suelas, de manera que más le servían de cormas[296] que de zapatos. Traía el uno montera verde de cazador, el otro un sombrero sin toquilla,[297] bajo de copa y ancho de falda. A la espalda y ceñida por los pechos, traía el uno una camisa de color de camuza,[298] encerrada[299] y recogida toda en una manga; el otro venía escueto[300] y sin alforjas, puesto que en el seno se le parecía un gran bulto, que, a lo que después pareció, era un cuello

---

[293] *venta del Molinillo*: posada que se hallaba a algo más de veinte kilómetros de Almodóvar del Campo, en la actual provincia de Ciudad Real.

[294] *Alcudia*: valle al sur de la provincia de Ciudad Real, en el camino de Córdoba.

[295] *alpargates*: alpargatas. Era un tipo de calzado que usaban habitualmente los moriscos.

[296] *cormas*: tipo de cepo con que se estorbaba el movimiento de los reos.

[297] *toquilla*: era un adorno de gasa que se ponía alrededor del sombrero.

[298] *camuza*: gamuza; piel de este animal. El color gamuza es amarillo pálido.

[299] *encerrada*: enrollada.

[300] *escueto*: sin adornos.

de los que llaman valones,[301] almidonado con grasa, y tan deshilado de roto, que todo parecía hilachas. Venían en él envueltos y guardados unos naipes de figura ovada,[302] porque de ejercitarlos se les habían gastado las puntas, y porque durasen más se las cercenaron[303] y los dejaron de aquel talle. Estaban los dos quemados del sol, las uñas caireladas[304] y las manos no muy limpias; el uno tenía una media espada, y el otro un cuchillo de cachas[305] amarillas, que los suelen llamar vaqueros.[306]

Saliéronse los dos a sestear[307] en un portal, o cobertizo, que delante de la venta se hace; y, sentándose frontero el uno del otro, el que parecía de más edad dijo al más pequeño:

—¿De qué tierra es vuesa merced, señor gentilhombre, y para adónde bueno camina?

—Mi tierra, señor caballero —respondió el preguntado—, no la sé, ni para dónde camino, tampoco.

—Pues en verdad —dijo el mayor— que no parece vuesa merced del cielo, y que éste no es lugar para hacer su asiento en él; que por fuerza se ha de pasar adelante.

—Así es —respondió el mediano—, pero yo he dicho verdad en lo que he dicho, porque mi tierra no es mía, pues no tengo en ella más de un padre que no me tiene por hijo y una madrastra que me trata como alnado;[308] el camino que llevo es a la ventura, y allí le daría fin donde hallase quien me diese lo necesario para pasar esta miserable vida.

—Y ¿sabe vuesa merced algún oficio? —preguntó el grande.

Y el menor respondió:

---

[301] *valones*: de Flandes. Eran unos cuellos muy historiados.

[302] *ovada*: ovalada.

[303] *cercenaron*: recortaron.

[304] *caireladas*: largas y sucias.

[305] *cachas*: cada una de las dos mitades del mango de un cuchillo o navaja.

[306] *vaqueros*: cuchillos de grandes dimensiones.

[307] *sestear*: reposar a la hora de la siesta.

[308] *alnado*: hijastro.

—No sé otro sino que corro como una liebre, y salto como un gamo y corto de tijera muy delicadamente.

—Todo eso es muy bueno, útil y provechoso –dijo el grande–, porque habrá sacristán que le dé a vuesa merced la ofrenda de Todos Santos, porque para el Jueves Santo le corte florones de papel para el monumento. [309]

—No es mi corte desa manera –respondió el menor–, sino que mi padre, por la misericordia del cielo, es sastre y calcetero, [310] y me enseñó a cortar antiparas, [311] que, como vuesa merced bien sabe, son medias calzas con avampiés, [312] que por su propio nombre se suelen llamar polainas; [313] y córtolas tan bien, que en verdad que me podría examinar de maestro, sino que la corta suerte me tiene arrinconado.

—Todo eso y más acontece por los buenos –respondió el grande–, y siempre he oído decir que las buenas habilidades son las más perdidas, pero aún edad tiene vuesa merced para enmendar su ventura. Mas, si yo no me engaño y el ojo no me miente, otras gracias tiene vuesa merced secretas, y no las quiere manifestar.

—Sí tengo –respondió el pequeño–, pero no son para en público, como vuesa merced ha muy bien apuntado.

A lo cual replicó el grande:

—Pues yo le sé decir que soy uno de los más secretos mozos que en gran parte se puedan hallar; y, para obligar a vuesa merced que descubra su pecho y descanse conmigo, le quiero obligar con descubrirle el mío primero; porque imagino que no sin misterio nos ha juntado aquí la suerte, y pienso que habemos de ser, déste hasta el último día de nuestra vida, ver-

---

[309] *monumento*: altar o túmulo adornado que se instala en las iglesias el día de Jueves Santo.

[310] *calcetero*: fabricante de medias.

[311] *antiparas*: prenda de vestir que cubre la pierna sólo por delante.

[312] *avampiés*: parte de esta prenda que cubre sólo el empeine.

[313] *polainas*: antiparas.

daderos amigos. Yo, señor hidalgo, soy natural de la Fuenfrida,[314] lugar conocido y famoso por los ilustres pasajeros que por él de contino pasan; mi nombre es Pedro del Rincón; mi padre es persona de calidad, porque es ministro de la Santa Cruzada:[315] quiero decir que es bulero, o buldero,[316] como los llama el vulgo. Algunos días le acompañé en el oficio, y le aprendí de manera, que no daría ventaja en echar las bulas al que más presumiese en ello. Pero, habiéndome un día aficionado más al dinero de las bulas que a las mismas bulas, me abracé con un talego[317] y di conmigo y con él en Madrid, donde con las comodidades que allí de ordinario se ofrecen, en pocos días saqué las entrañas al talego y le dejé con más dobleces que pañizuelo de desposado.[318] Vino el que tenía a cargo el dinero tras mí, prendiéronme, tuve poco favor, aunque, viendo aquellos señores mi poca edad, se contentaron con que me arrimasen al aldabilla[319] y me mosqueasen las espaldas[320] por un rato, y con que saliese desterrado por cuatro años de la Corte. Tuve paciencia, encogí los hombros, sufrí la tanda[321] y mosqueo, y salí a cumplir mi destierro, con tanta priesa, que no tuve lugar de buscar cabalgaduras. Tomé de mis alhajas las que pude y las que me pare-

---

[314] *Fuenfrida*: Fuenfría, en la sierra de Guadarrama, a unos quince kilómetros de Segovia.

[315] *ministro de la Santa Cruzada*: de la guerra contra los turcos.

[316] *buldero*: vendedor de bulas. Las bulas eran documentos o reliquias cuya compra eximía de cumplir ayunos y penitencias. El comercio de bulas dio lugar a excesos y abusos a los que el Concilio de Trento intentó poner coto.

[317] *talego*: saco.

[318] *pañizuelo de desposado*: pañuelo todo arrugado por los nervios del novio.

[319] *aldabilla*: era un poste donde se ataba a aquellos que iban a ser azotados.

[320] *mosqueasen las espaldas*: los azotes de mosqueo se daban con un látigo o disciplina, de forma parecida a como los animales usan el rabo para espantar moscas.

[321] *tanda*: los azotes.

cieron más necesarias, y entre ellas saqué estos naipes —y a este tiempo descubrió los que se han dicho, que en el cuello traía—, con los cuales he ganado mi vida por los mesones y ventas que hay desde Madrid aquí, jugando a la veintiuna;[322] y, aunque vuesa merced los ve tan astrosos y maltratados, usan de una maravillosa virtud con quien los entiende, que no alzará que no quede un as debajo. Y si vuesa merced es versado en este juego, verá cuánta ventaja lleva el que sabe que tiene cierto un as a la primera carta, que le puede servir de un punto y de once; que con esta ventaja, siendo la veintiuna envidada,[323] el dinero se queda en casa. Fuera desto, aprendí de un cocinero de un cierto embajador ciertas tretas de quínolas[324] y del parar, a quien también llaman el andaboba;[325] que, así como vuesa merced se puede examinar en el corte de sus antiparas, así puedo yo ser maestro en la ciencia vilhanesca.[326] Con esto voy seguro de no morir de hambre, porque, aunque llegue a un cortijo, hay quien quiera pasar tiempo jugando un rato. Y desto hemos de hacer luego la experiencia los dos: armemos la red, y veamos si cae algún pájaro destos arrieros que aquí hay; quiero decir que jugaremos los dos a la veintiuna, como si fuese de veras; que si alguno quisiere ser tercero, él será el primero que deje la pecunia.

—Sea en buen hora —dijo el otro—, y en merced muy grande tengo la que vuesa merced me ha hecho en darme cuenta de su vida, con que me ha obligado a que yo no le encubra la mía, que, diciéndola más breve, es ésta. Yo nací en el piadoso lugar

---

[322] *veintiuna*: era un juego de naipes en el que ganaba el jugador que alcanzara los veintiún puntos.

[323] *envidada*: apostada. En todo este párrafo, el pícaro viene a explicar las trampas de las que se vale para ganar.

[324] *quínolas*: otro juego de naipes; en este caso, gana el que junta cuatro cartas del mismo palo.

[325] *andaboba*: de nuevo un juego de naipes.

[326] *ciencia vilhanesca*: la ciencia de Vilhán, a quien se atribuye la invención de los juegos de naipes.

puesto entre Salamanca y Medina del Campo; mi padre es sastre, enseñóme su oficio, y de corte de tisera, con mi buen ingenio, salté a cortar bolsas. Enfadóme la vida estrecha del aldea y el desamorado trato de mi madrastra. Dejé mi pueblo, vine a Toledo a ejercitar mi oficio, y en él he hecho maravillas; porque no pende relicario de toca [327] ni hay faldriquera tan escondida que mis dedos no visiten ni mis tiseras no corten, aunque le estén guardando con ojos de Argos. [328] Y, en cuatro meses que estuve en aquella ciudad, nunca fui cogido entre puertas, ni sobresaltado ni corrido de corchetes, [329] ni soplado de ningún cañuto. [330] Bien es verdad que habrá ocho días que una espía doble dio noticia de mi habilidad al Corregidor, el cual, aficionado a mis buenas partes, quisiera verme; mas yo, que, por ser humilde, no quiero tratar con personas tan graves, procuré de no verme con él, y así, salí de la ciudad con tanta priesa, que no tuve lugar de acomodarme de cabalgaduras ni blancas, ni de algún coche de retorno, [331] o por lo menos de un carro.

—Eso se borre —dijo Rincón—; y, pues ya nos conocemos, no hay para qué aquesas grandezas ni altiveces: confesemos llanamente que no teníamos blanca, [332] ni aun zapatos.

—Sea así —respondió Diego Cortado, que así dijo el menor que se llamaba—; y, pues nuestra amistad, como vuesa merced, señor Rincón, ha dicho, ha de ser perpetua, comencémosla con santas y loables ceremonias.

---

[327] *relicario de toca*: era un estuchito o medallón que colgaba de las tocas.

[328] *Argos*: Argo; en la mitología griega es un héroe oriundo de la Argólide, en el Peloponeso, dotado de cuatro o de muchos ojos, según versiones, a quien Hera, esposa de Zeus, encargó la vigilancia de la ternera Ío, amante de su marido. Argo, que podía dormir con la mitad de sus ojos abiertos, se convirtió en el paradigma de vigilante implacable.

[329] *corchetes*: ministros de la justicia encargados de prender a los delincuentes.

[330] *cañuto*: chivato, soplón.

[331] *coche de retorno*: coche de alquiler.

[332] *blanca*: moneda de cobre de muy poco valor.

Y, levantándose, Diego Cortado abrazó a Rincón y Rincón a él tierna y estrechamente, y luego se pusieron los dos a jugar a la veintiuna con los ya referidos naipes, limpios de polvo y de paja, mas no de grasa y malicia; y, a pocas manos, alzaba tan bien por el as Cortado como Rincón, su maestro.

Salió en esto un arriero a refrescarse al portal, y pidió que quería hacer tercio. [333] Acogiéronle de buena gana, y en menos de media hora le ganaron doce reales y veinte y dos maravedís, que fue darle doce lanzadas y veinte y dos mil pesadumbres. Y, creyendo el arriero que por ser muchachos no se lo defenderían, quiso quitalles el dinero; mas ellos, poniendo el uno mano a su media espada y el otro al de las cachas amarillas, le dieron tanto que hacer, que, a no salir sus compañeros, sin duda lo pasara mal.

A esta sazón, pasaron acaso por el camino una tropa de caminantes a caballo, que iban a sestear a la venta del Alcalde, que está media legua más adelante, los cuales, viendo la pendencia [334] del arriero con los dos muchachos, los apaciguaron y les dijeron que si acaso iban a Sevilla, que se viniesen con ellos.

—Allá vamos —dijo Rincón–, y serviremos a vuesas mercedes en todo cuanto nos mandaren.

Y, sin más detenerse, saltaron delante de las mulas y se fueron con ellos, dejando al arriero agraviado y enojado, y a la ventera admirada de la buena crianza de los pícaros, que les había estado oyendo su plática sin que ellos advirtiesen en ello. Y, cuando dijo al arriero que les había oído decir que los naipes que traían eran falsos, se pelaba las barbas, y quisiera ir a la venta tras ellos a cobrar su hacienda, porque decía que era grandísima afrenta, y caso de menos valer, que dos muchachos hubiesen engañado a un hombrazo tan grande como él. Sus compañeros le detuvieron y aconsejaron que no fuese, siquiera por no publicar su inhabilidad y simpleza. En fin, tales

---

[333] *hacer tercio*: participar.
[334] *pendencia*: discusión, riña.

razones le dijeron, que, aunque no le consolaron, le obligaron a quedarse.

En esto, Cortado y Rincón se dieron tan buena maña en servir a los caminantes, que lo más del camino los llevaban a las ancas; y, aunque se les ofrecían algunas ocasiones de tentar las valijas de sus medios amos, no las admitieron, por no perder la ocasión tan buena del viaje de Sevilla, donde ellos tenían grande deseo de verse.

Con todo esto, a la entrada de la ciudad, que fue a la oración y por la puerta de la Aduana, [335] a causa del registro y almojarifazgo [336] que se paga, no se pudo contener Cortado de no cortar la valija o maleta que a las ancas traía un francés de la camarada; y así, con el de sus cachas le dio tan larga y profunda herida, que se parecían patentemente las entrañas, y sutilmente le sacó dos camisas buenas, un reloj de sol y un librillo de memoria, [337] cosas que cuando las vieron no les dieron mucho gusto; y pensaron que, pues el francés llevaba a las ancas aquella maleta, no la había de haber ocupado con tan poco peso como era el que tenían aquellas preseas, y quisieran volver a darle otro tiento; pero no lo hicieron, imaginando que ya lo habrían echado menos y puesto en recaudo lo que quedaba.

Habíanse despedido antes que el salto hiciesen de los que hasta allí los habían sustentado, y otro día [338] vendieron las camisas en el malbaratillo [339] que se hace fuera de la puerta del Arenal, [340] y dellas hicieron veinte reales. Hecho esto, se fueron a ver la ciudad, y admiróles la grandeza y suntuosidad de su mayor iglesia, [341] el gran concurso de gente del río, porque era

---

[335] *puerta de la Aduana*: antes Postigo del Carbón, donde se construyó la aduana en 1587.

[336] *almojarifazgo*: impuesto sobre el valor de las mercancías.

[337] *librillo de memoria*: cuaderno de notas.

[338] *otro día*: al día siguiente.

[339] *malbaratillo*: rastro.

[340] *Arenal*: terreno que existía entre la muralla y el río.

[341] *mayor iglesia*: la Catedral.

en tiempo de cargazón de flota[342] y había en él seis galeras, cuya vista les hizo suspirar, y aun temer el día que sus culpas les habían de traer a morar en ellas de por vida. Echaron de ver los muchos muchachos de la esportilla[343] que por allí andaban; informáronse de uno dellos qué oficio era aquél, y si era de mucho trabajo, y de qué ganancia.

· Un muchacho asturiano, que fue a quien le hicieron la pregunta, respondió que el oficio era descansado y de que no se pagaba alcabala,[344] y que algunos días salía con cinco y con seis reales de ganancia, con que comía y bebía y triunfaba como cuerpo de rey, libre de buscar amo a quien dar fianzas y seguro de comer a la hora que quisiese, pues a todas lo hallaba en el más mínimo bodegón de toda la ciudad.

No les pareció mal a los dos amigos la relación del asturianillo, ni les descontentó el oficio, por parecerles que venía como de molde para poder usar el suyo con cubierta y seguridad, por la comodidad que ofrecía de entrar en todas las casas; y luego determinaron de comprar los instrumentos necesarios para usalle, pues lo podían usar sin examen. Y, preguntándole al asturiano qué habían de comprar, les respondió que sendos costales[345] pequeños, limpios o nuevos, y cada uno tres espuertas[346] de palma, dos grandes y una pequeña, en las cuales se repartía la carne, pescado y fruta, y en el costal, el pan; y él les guió donde lo vendían, y ellos, del dinero de la

---

[342] *cargazón de flota*: dos veces al año, en primavera y verano, se organizaban expediciones para llevar mercancías a las Indias y traer de allí oro y plata. Los galeones iban escoltados por galeras, navíos de vela y remo. Una de las penas más severas que podía sufrir un reo era ser condenado a remar en galeras. Los reincidentes sufrían en ellas cadena perpetua.

[343] *esportilla*: especie de cesta de esparto. Los esportilleros eran chavales de la más humilde condición que se ganaban la vida llevando mercancías o trastos por encargo. Desde muy pronto se les relacionó con el mundo de la picaresca.

[344] *alcabala*: impuesto que gravaba las transacciones comerciales.

[345] *costales*: sacos.

[346] *espuertas*: esportillas, cestas.

galima [347] del francés, lo compraron todo, y dentro de dos horas pudieran estar graduados en el nuevo oficio, según les ensayaban las esportillas y asentaban los costales. Avisóles su adalid de los puestos donde habían de acudir: por las mañanas, a la Carnicería y a la plaza de San Salvador; [348] los días de pescado, a la Pescadería y a la Costanilla; [349] todas las tardes, al río; los jueves, a la Feria.

Toda esta lición tomaron bien de memoria, y otro día bien de mañana se plantaron en la plaza de San Salvador; y, apenas hubieron llegado, cuando los rodearon otros mozos del oficio, que, por lo flamante de los costales y espuertas, vieron ser nuevos en la plaza; hiciéronles mil preguntas, y a todas respondían con discreción y mesura. En esto, llegaron un medio estudiante y un soldado, y, convidados de la limpieza de las espuertas de los dos novatos, el que parecía estudiante llamó a Cortado, y el soldado a Rincón.

—En nombre sea de Dios —dijeron ambos.

—Para bien se comience el oficio —dijo Rincón—, que vuesa merced me estrena, señor mío.

A lo cual respondió el soldado:

—La estrena no será mala, porque estoy de ganancia y soy enamorado, y tengo de hacer hoy banquete a unas amigas de mi señora.

—Pues cargue vuesa merced a su gusto, que ánimo tengo y fuerzas para llevarme toda esta plaza, y aun si fuere menester que ayude a guisarlo, lo haré de muy buena voluntad.

Contentóse el soldado de la buena gracia del mozo, y díjole que si quería servir, que él le sacaría de aquel abatido oficio. A lo cual respondió Rincón que, por ser aquel día el primero que le usaba, no le quería dejar tan presto, hasta ver, a lo menos,

---

[347] *galima*: hurto pequeño y frecuente.

[348] *plaza de San Salvador*: junto a la iglesia del mismo nombre.

[349] *Costanilla*: plaza que debe el nombre a su desnivel. Se localiza cerca de la plaza de San Isidoro. En ella comenzó a celebrarse mercado en el siglo XIV.

lo que tenía de malo y bueno; y, cuando no le contentase, él daba su palabra de servirle a él antes que a un canónigo.

Rióse el soldado, cargóle muy bien, mostróle la casa de su dama, para que la supiese de allí adelante y él no tuviese necesidad, cuando otra vez le enviase, de acompañarle. Rincón prometió fidelidad y buen trato. Diole el soldado tres cuartos, y en un vuelo volvió a la plaza, por no perder coyuntura; porque también desta diligencia les advirtió el asturiano, y de que cuando llevasen pescado menudo (conviene a saber: albures, o sardinas o acedías), bien podían tomar algunas y hacerlas la salva, [350] siquiera para el gasto de aquel día; pero que esto había de ser con toda sagacidad y advertimiento, porque no se perdiese el crédito, que era lo que más importaba en aquel ejercicio.

Por presto que volvió Rincón, ya halló en el mismo puesto a Cortado. Llegóse Cortado a Rincón, y preguntóle que cómo le había ido. Rincón abrió la mano y mostróle los tres cuartos. Cortado entró la suya en el seno y sacó una bolsilla, que mostraba haber sido de ámbar en los pasados tiempos; venía algo hinchada, y dijo:

—Con ésta me pagó su reverencia del estudiante, y con dos cuartos; mas tomadla vos, Rincón, por lo que puede suceder.

Y habiéndosela ya dado secretamente, veis aquí do vuelve el estudiante trasudando y turbado de muerte; y, viendo a Cortado, le dijo si acaso había visto una bolsa de tales y tales señas, que, con quince escudos de oro en oro y con tres reales de a dos y tantos maravedís en cuartos y en ochavos, le faltaba, y que le dijese si la había tomado en el entretanto que con él había andado comprando. A lo cual, con estraño disimulo, sin alterarse ni mudarse en nada, respondió Cortado:

—Lo que yo sabré decir desa bolsa es que no debe de estar perdida, si ya no es que vuesa merced la puso a mal recaudo.

—¡Eso es ello, pecador de mí –respondió el estudiante–: que la debí de poner a mal recaudo, pues me la hurtaron!

---

[350] *hacerlas la salva*: probarlas.

—Lo mismo digo yo —dijo Cortado—; pero para todo hay remedio, si no es para la muerte, y el que vuesa merced podrá tomar es, lo primero y principal, tener paciencia; que de menos nos hizo Dios y un día viene tras otro día, y donde las dan las toman; y podría ser que, con el tiempo, el que llevó la bolsa se viniese a arrepentir y se la volviese a vuesa merced sahumada. [351]

—El sahumerio le perdonaríamos —respondió el estudiante.

Y Cortado prosiguió diciendo:

—Cuanto más, que cartas de descomunión hay, paulinas,[352] y buena diligencia, que es madre de la buena ventura; aunque, a la verdad, no quisiera yo ser el llevador de tal bolsa; porque, si es que vuesa merced tiene alguna orden sacra, parecerme hía[353] a mí que había cometido algún grande incesto, o sacrilegio.

—Y ¡cómo que ha cometido sacrilegio! —dijo a esto el adolorido[354] estudiante—; que, puesto que yo no soy sacerdote, sino sacristán de unas monjas, el dinero de la bolsa era del tercio de una capellanía,[355] que me dio a cobrar un sacerdote amigo mío, y es dinero sagrado y bendito.

—Con su pan se lo coma —dijo Rincón a este punto—; no le arriendo la ganancia; día de juicio hay, donde todo saldrá en la colada, y entonces se verá quién fue Callejas[356] y el atrevido que se atrevió a tomar, hurtar y menoscabar el tercio de la capellanía. Y ¿cuánto renta cada año? Dígame, señor sacristán, por su vida.

—¡Renta la puta que me parió! ¡Y estoy yo agora para decir lo que renta! —respondió el sacristán con algún tanto de dema-

---

[351] *sahumada*: perfumada, en mejor estado que antes.

[352] *paulinas*: cartas de excomunión pontificias.

[353] *parecerme hía*: me parecería.

[354] *adolorido*: dolorido.

[355] *tercio de una capellanía*: el tercio de los ingresos de una capellanía, es decir, de la renta que el fundador de una capilla particular ha dispuesto para misas y pagos de los clérigos que a ella están adscritos.

[356] *entonces se verá quién fue Callejas*: era una frase popular que se usaba con el significado de "al final se verá el valor de cada uno".

siada cólera–. Decidme, hermanos, si sabéis algo; si no, quedad con Dios, que yo la quiero hacer pregonar.

—No me parece mal remedio ese –dijo Cortado–, pero advierta vuesa merced no se le olviden las señas de la bolsa, ni la cantidad puntualmente del dinero que va en ella; que si yerra en un ardite, no parecerá en días del mundo, y esto le doy por hado.

—No hay que temer deso –respondió el sacristán–, que lo tengo más en la memoria que el tocar de las campanas: no me erraré en un átomo.

Sacó, en esto, de la faldriquera un pañuelo randado [357] para limpiarse el sudor, que llovía de su rostro como de alquitara; [358] y, apenas le hubo visto Cortado, cuando le marcó por suyo. Y, habiéndose ido el sacristán, Cortado le siguió y le alcanzó en las Gradas, [359] donde le llamó y le retiró a una parte; y allí le comenzó a decir tantos disparates, al modo de lo que llaman bernardinas, [360] cerca del hurto y hallazgo de su bolsa, dándole buenas esperanzas, sin concluir jamás razón que comenzase, que el pobre sacristán estaba embelesado escuchándole. Y, como no acababa de entender lo que le decía, hacía que le replicase la razón dos y tres veces.

Estábale mirando Cortado a la cara atentamente y no quitaba los ojos de sus ojos. El sacristán le miraba de la misma manera, estando colgado de sus palabras. Este tan grande embelesamiento dio lugar a Cortado que concluyese su obra, y sutilmente le sacó el pañuelo de la faldriquera; y, despidiéndose dél, le dijo que a la tarde procurase de verle en aquel mismo lugar, porque él traía entre ojos que un muchacho de su mismo oficio y de su mismo tamaño, que era algo ladroncillo, le había tomado la bolsa, y que él se obligaba a saberlo, dentro de pocos o de muchos días.

---

[357] *randado*: de encaje.

[358] *alquitara*: alambique.

[359] *Gradas*: las gradas de la Catedral.

[360] *bernardinas*: fanfarronadas; aquí, más bien, razones disparatadas.

Con esto se consoló algo el sacristán, y se despidió de Cortado, el cual se vino donde estaba Rincón, que todo lo había visto un poco apartado dél; y más abajo estaba otro mozo de la esportilla, que vio todo lo que había pasado y cómo Cortado daba el pañuelo a Rincón; y, llegándose a ellos, les dijo:

—Díganme, señores galanes: ¿voacedes [361] son de mala entrada, [362] o no?

—No entendemos esa razón, [363] señor galán –respondió Rincón.

—¿Qué no entrevan, [364] señores murcios? [365] –respondió el otro.

—Ni somos de Teba [366] ni de Murcia –dijo Cortado–. Si otra cosa quiere, dígala; si no, váyase con Dios.

—¿No lo entienden? –dijo el mozo–. Pues yo se lo daré a entender, y a beber, con una cuchara de plata; quiero decir, señores, si son vuesas mercedes ladrones. Mas no sé para qué les pregunto esto, pues sé ya que lo son; mas díganme: ¿cómo no han ido a la aduana del señor Monipodio?

—¿Págase en esta tierra almojarifazgo de ladrones, señor galán? –dijo Rincón.

—Si no se paga –respondió el mozo–, a lo menos regístranse ante el señor Monipodio, que es su padre, su maestro y su amparo; y así, les aconsejo que vengan conmigo a darle la obediencia, o si no, no se atrevan a hurtar sin su señal, [367] que les costará caro.

—Yo pensé –dijo Cortado– que el hurtar era oficio libre, horro de pecho y alcabala; y que si se paga, es por junto,

---

[361] *voacedes*: una de las formas de la evolución de vuestras mercedes a ustedes.

[362] *ser de mala entrada*: ser un matón.

[363] *razón*: expresión, pregunta.

[364] *entrevan*: entienden.

[365] *murcios*: ladrones.

[366] *Teba*: lugar de la provincia de Málaga.

[367] *sin su señal*: sin su permiso.

dando por fiadores a la garganta y a las espaldas. Pero, pues así es, y en cada tierra hay su uso, guardemos nosotros el désta, que, por ser la más principal del mundo, será el más acertado de todo él. Y así, puede vuesa merced guiarnos donde está ese caballero que dice, que ya yo tengo barruntos,[368] según lo que he oído decir, que es muy calificado y generoso, y además hábil en el oficio.

—¡Y cómo que es calificado, hábil y suficiente! —respondió el mozo—. Eslo tanto, que en cuatro años que ha que tiene el cargo de ser nuestro mayor y padre no han padecido sino cuatro en el *finibusterrae*,[369] y obra de treinta envesados[370] y de sesenta y dos en gurapas.[371]

—En verdad, señor —dijo Rincón—, que así entendemos esos nombres como volar.

—Comencemos a andar, que yo los iré declarando por el camino —respondió el mozo—, con otros algunos,[372] que así les conviene saberlos como el pan de la boca.

Y así, les fue diciendo y declarando otros nombres, de los que ellos llaman germanescos[373] o de la germanía, en el discurso de[374] su plática, que no fue corta, porque el camino era largo; en el cual dijo Rincón a su guía:

—¿Es vuesa merced, por ventura, ladrón?

—Sí —respondió él—, para servir a Dios y a las buenas gentes, aunque no de los muy cursados; que todavía estoy en el año del noviciado.

A lo cual respondió Cortado:

—Cosa nueva es para mí que haya ladrones en el mundo para servir a Dios y a la buena gente.

---

[368] *barruntos*: sospechas, indicios.
[369] *finibusterrae*: la horca.
[370] *envesados*: azotados.
[371] *gurapas*: galeras.
[372] *otros algunos*: algunos otros.
[373] *germanescos*: propios del hampa.
[374] *en el discurso de*: a lo largo de.

A lo cual respondió el mozo:

—Señor, yo no me meto en tologías;[375] lo que sé es que cada uno en su oficio puede alabar a Dios, y más con la orden que tiene dada Monipodio a todos sus ahijados.

—Sin duda –dijo Rincón–, debe de ser buena y santa, pues hace que los ladrones sirvan a Dios.

—Es tan santa y buena –replicó el mozo–, que no sé yo si se podrá mejorar en nuestro arte. Él tiene ordenado que de lo que hurtáremos demos alguna cosa o limosna para el aceite de la lámpara de una imagen muy devota que está en esta ciudad, y en verdad que hemos visto grandes cosas por esta buena obra; porque los días pasados dieron tres ansias[376] a un cuatrero que había murciado dos roznos,[377] y con estar flaco y cuartanario,[378] así las sufrió sin cantar[379] como si fueran nada. Y esto atribuimos los del arte a su buena devoción, porque sus fuerzas no eran bastantes para sufrir el primer desconcierto del verdugo. Y porque sé que me han de preguntar algunos vocablos de los que he dicho, quiero curarme en salud y decírselo antes que me lo pregunten. Sepan voacedes que *cuatrero* es ladrón de bestias; *ansia* es el tormento; *rosnos,* los asnos, hablando con perdón; *primer desconcierto* es las primeras vueltas de cordel que da el verdugo. Tenemos más, que rezamos nuestro rosario, repartido en toda la semana, y muchos de nosotros no hurtamos el día del viernes, ni tenemos conversación con mujer que se llame María el día del sábado.

—De perlas me parece todo eso –dijo Cortado–; pero dígame vuesa merced: ¿hácese otra restitución o otra penitencia más de la dicha?

---

[375] *tologías*: teologías. "No me meto en honduras".

[376] *ansias*: confesión en el tormento, especialmente la toca (tormento que consistía en tapar la boca al reo con un paño y verter sobre él agua, lo que le impedía la respiración).

[377] *roznos*: borricos.

[378] *cuartanario*: enfermo de paludismo.

[379] *cantar*: confesar.

—En eso de restituir no hay que hablar —respondió el mozo—, porque es cosa imposible, por las muchas partes en que se divide lo hurtado, llevando cada uno de los ministros y contrayentes la suya; y así, el primer hurtador no puede restituir nada; cuanto más, que no hay quien nos mande hacer esta diligencia, a causa que nunca nos confesamos; y si sacan cartas de excomunión, jamás llegan a nuestra noticia, porque jamás vamos a la iglesia al tiempo que se leen, si no es los días de jubileo, [380] por la ganancia que nos ofrece el concurso de la mucha gente.

—Y ¿con sólo eso que hacen, dicen esos señores —dijo Cortadillo— que su vida es santa y buena?

—Pues ¿qué tiene de malo? —replicó el mozo—. ¿No es peor ser hereje o renegado, o matar a su padre y madre, o ser solomico? [381]

—*Sodomita* querrá decir vuesa merced —respondió Rincón.

—Eso digo —dijo el mozo.

—Todo es malo —replicó Cortado—. Pero, pues nuestra suerte ha querido que entremos en esta cofradía, vuesa merced alargue el paso, que muero por verme con el señor Monipodio, de quien tantas virtudes se cuentan.

—Presto se les cumplirá su deseo —dijo el mozo—, que ya desde aquí se descubre su casa. Vuesas mercedes se queden a la puerta, que yo entraré a ver si está desocupado, porque éstas son las horas cuando él suele dar audiencia.

—En buena sea —dijo Rincón.

Y, adelantándose un poco el mozo, entró en una casa no muy buena, sino de muy mala apariencia, y los dos se quedaron esperando a la puerta. Él salió luego y los llamó, y ellos entraron, y su guía les mandó esperar en un pequeño patio ladrillado que de puro limpio y aljimifrado [382] parecía que vertía carmín de lo

---

[380] *jubileo*: indulgencia plenaria que la iglesia concede a los fieles, bajo determinadas condiciones, en fechas señaladas.

[381] *solomico*: vulgarismo por *sodomita*.

[382] *aljimifrado*: limpio, acicalado.

más fino. Al un lado estaba un banco de tres pies y al otro un cántaro desbocado con un jarrillo encima, no menos falto que el cántaro; a otra parte estaba una estera de enea,[383] y en el medio un tiesto, que en Sevilla llaman maceta, de albahaca.[384]

Miraban los mozos atentamente las alhajas[385] de la casa, en tanto que bajaba el señor Monipodio; y, viendo que tardaba, se atrevió Rincón a entrar en una sala baja, de dos pequeñas que en el patio estaban, y vio en ella dos espadas de esgrima y dos broqueles de corcho, pendientes de cuatro clavos, y una arca grande sin tapa ni cosa que la cubriese, y otras tres esteras de enea tendidas por el suelo. En la pared frontera estaba pegada a la pared una imagen de Nuestra Señora, destas de mala estampa,[386] y más abajo pendía una esportilla de palma, y, encajada en la pared, una almofía[387] blanca, por do coligió Rincón que la esportilla servía de cepo para limosna, y la almofía de tener agua bendita, y así era la verdad.

Estando en esto, entraron en la casa dos mozos de hasta veinte años cada uno, vestidos de estudiantes; y de allí a poco, dos de la esportilla y un ciego; y, sin hablar palabra ninguno, se comenzaron a pasear por el patio. No tardó mucho, cuando entraron dos viejos de bayeta,[388] con antojos[389] que los hacían graves y dignos de ser respetados, con sendos rosarios de sonadoras cuentas en las manos. Tras ellos entró una vieja halduda,[390] y, sin decir nada, se fue a la sala; y, habiendo tomado agua bendita, con grandísima devoción se puso de rodillas ante la imagen, y, a cabo de una buena pieza, habiendo primero besado tres veces el suelo y levantados los brazos y los ojos al cielo otras

---

[383] *enea*: anea; una especie de mimbre o junco.
[384] *albahaca*: planta aromática.
[385] *alhajas*: el ajuar, las cosas de la casa.
[386] *de mala estampa*: mal impresa.
[387] *almofía*: palangana.
[388] *bayeta*: tejido basto y grueso.
[389] *antojos*: gafas.
[390] *halduda*: con grandes faldas.

tantas, se levantó y echó su limosna en la esportilla, y se salió con los demás al patio. En resolución, en poco espacio se juntaron en el patio hasta catorce personas de diferentes trajes y oficios. Llegaron también de los postreros dos bravos y bizarros mozos, de bigotes largos, sombreros de grande falda, cuellos a la valona, medias de color, ligas de gran balumba, [391] espadas de más de marca, [392] sendos pistoletes cada uno en lugar de dagas, y sus broqueles pendientes de la pretina; [393] los cuales, así como entraron, pusieron los ojos de través [394] en Rincón y Cortado, a modo de que los estrañaban y no conocían. Y, llegándose a ellos, les preguntaron si eran de la cofradía. Rincón respondió que sí, y muy servidores de sus mercedes.

Llegóse en esto la sazón y punto en que bajó el señor Monipodio, tan esperado como bien visto de toda aquella virtuosa compañía. Parecía de edad de cuarenta y cinco a cuarenta y seis años, alto de cuerpo, moreno de rostro, cejijunto, barbinegro y muy espeso; los ojos, hundidos. Venía en camisa, y por la abertura de delante descubría un bosque: tanto era el vello que tenía en el pecho. Traía cubierta una capa de bayeta casi hasta los pies, en los cuales traía unos zapatos enchancletados, cubríanle las piernas unos zaragüelles [395] de lienzo, anchos y largos hasta los tobillos. El sombrero era de los de la hampa, campanudo de copa y tendido de falda; atravesábale un tahalí [396] por espalda y pechos a do colgaba una espada ancha y corta, a modo de las del perrillo; [397] las manos eran cortas, pelosas, [398] y

---

[391] *balumba*: bulto grande. Las ligas eran grandes y vistosas.

[392] *marca*: desde 1564, la medida de las espadas estaba regulada. Las de estos mozos superaban el máximo permitido.

[393] *pretina*: cinturón.

[394] *pusieron los ojos de través*: miraron de reojo.

[395] *zaragüelles*: calzones.

[396] *tahalí*: cinturón ancho de cuero.

[397] *perrillo*: el *perrillo* era la marca que llevaban estampada las espadas de uno de los más famosos fabricantes de Toledo, Julián del Rey.

[398] *pelosas*: que tienen pelo.

los dedos gordos, y las uñas hembras [399] y remachadas; [400] las piernas no se le parecían, pero los pies eran descomunales de anchos y juanetudos. En efeto, él representaba el más rústico y disforme [401] bárbaro del mundo. Bajó con él la guía de los dos, y, trabándoles de las manos, los presentó ante Monipodio, diciéndole:

—Éstos son los dos buenos mancebos que a vuesa merced dije, mi sor [402] Monipodio: vuesa merced los desamine y verá como son dignos de entrar en nuestra congregación.

—Eso haré yo de muy buena gana —respondió Monipodio.

Olvidábaseme de decir que, así como Monipodio bajó, al punto, todos los que aguardándole estaban le hicieron una profunda y larga reverencia, excepto los dos bravos, que, a medio magate, [403] como entre ellos se dice, le quitaron los capelos, [404] y luego volvieron a su paseo por una parte del patio y por la otra se paseaba Monipodio, el cual preguntó a los nuevos el ejercicio, la patria y padres.

A lo cual Rincón respondió:

—El ejercicio ya está dicho, pues venimos ante vuesa merced; la patria no me parece de mucha importancia decilla, ni los padres tampoco, pues no se ha de hacer información para recebir algún hábito honroso.

A lo cual respondió Monipodio:

—Vos, hijo mío, estáis en lo cierto, y es cosa muy acertada encubrir eso que decís; porque si la suerte no corriere como debe, no es bien que quede asentado debajo de signo de escribano, ni en el libro de las entradas: "Fulano, hijo de Fulano, vecino de tal parte, tal día le ahorcaron, o le azotaron", o otra cosa semejante, que, por lo menos, suena mal a los buenos

---

[399] *uñas hembras*: anchas y cortas.
[400] *remachadas*: torcidas hacia adentro.
[401] *disforme*: deforme.
[402] *mi sor*: mi señor.
[403] *a medio magate*: sin mucho interés, sin prestar atención.
[404] *capelos*: sombreros.

oídos; y así, torno a decir que es provechoso documento callar la patria, encubrir los padres y mudar los propios nombres; aunque para entre nosotros no ha de haber nada encubierto, y sólo ahora quiero saber los nombres de los dos.

Rincón dijo el suyo y Cortado también.

—Pues, de aquí adelante —respondió Monipodio—, quiero y es mi voluntad que vos, Rincón, os llaméis Rinconete, y vos, Cortado, Cortadillo, que son nombres que asientan como de molde a vuestra edad y a nuestras ordenanzas, debajo de las cuales cae tener necesidad de saber el nombre de los padres de nuestros cofrades, porque tenemos de costumbre de hacer decir cada año ciertas misas por las ánimas de nuestros difuntos y bienhechores, sacando el estupendo[405] para la limosna de quien las dice de alguna parte de lo que se garbea;[406] y estas tales misas, así dichas como pagadas, dicen que aprovechan a las tales ánimas por vía de naufragio, y caen debajo de nuestros bienhechores: el procurador que nos defiende, el guro[407] que nos avisa, el verdugo que nos tiene lástima, el que cuando alguno de nosotros va huyendo por la calle y detrás le van dando voces: "¡Al ladrón, al ladrón! ¡Deténganle, deténganle!", uno se pone en medio y se opone al raudal de los que le siguen, diciendo: "¡Déjenle al cuitado, que harta mala ventura lleva! ¡Allá se lo haya, castíguele su pecado!" Son también bienhechoras nuestras las socorridas,[408] que de su sudor nos socorren, ansí en la trena[409] como en las guras;[410] y también lo son nuestros padres y madres, que nos echan al mundo, y el escribano, que si anda de buena, no hay delito que sea culpa ni culpa a quien se dé mucha pena; y, por todos estos que he dicho, hace nuestra

---

[405] *estupendo*: estipendio.

[406] *garbea*: roba.

[407] *guro*: alguacil.

[408] *socorridas*: prostitutas.

[409] *trena*: cárcel.

[410] *guras*: calabozos.

hermandad cada año su adversario [411] con la mayor popa [412] y solenidad que podemos.

—Por cierto —dijo Rinconete, ya confirmado con este nombre—, que es obra digna del altísimo y profundísimo ingenio que hemos oído decir que vuesa merced, señor Monipodio, tiene. Pero nuestros padres aún gozan de la vida; si en ella les alcanzáremos, daremos luego noticia a esta felicísima y abogada confraternidad, para que por sus almas se les haga ese naufragio o tormenta, o ese adversario que vuesa merced dice, con la solenidad y pompa acostumbrada; si ya no es que se hace mejor con popa y soledad, como también apuntó vuesa merced en sus razones.

—Así se hará, o no quedará de mí pedazo —replicó Monipodio.

Y, llamando a la guía, le dijo:

—Ven acá, Ganchuelo: ¿están puestas las postas? [413]

—Sí —dijo la guía, que Ganchuelo era su nombre—: tres centinelas quedan avizorando, [414] y no hay que temer que nos cojan de sobresalto.

—Volviendo, pues, a nuestro propósito —dijo Monipodio—, querría saber, hijos, lo que sabéis, para daros el oficio y ejercicio conforme a vuestra inclinación y habilidad.

—Yo —respondió Rinconete— sé un poquito de floreo de Vilhán; [415] entiéndeseme el retén; [416] tengo buena vista para el humillo; [417] juego bien de la sola, [418] de las cuatro y de las ocho; [419] no se me va por pies el raspadillo, verrugueta y el

---

[411] *adversario*: deformación de *aniversario*.
[412] *popa*: pompa.
[413] *postas*: centinelas.
[414] *avizorando*: vigilando.
[415] *floreo de Vilhán*: trampas con los naipes.
[416] *retén*: esconder las cartas.
[417] *humillo*: trampa consistente en untar de humo las cartas.
[418] *juego bien de la sola*: sin ayuda de terceros ni de trampas.
[419] *de las cuatro y de las ocho*: otro tipo de trampas.

colmillo; [420] éntrome por la boca de lobo como por mi casa, y atreveríame a hacer un tercio de chanza mejor que un tercio de Nápoles, y a dar un astillazo al más pintado mejor que dos reales prestados.

—Principios son —dijo Monipodio—, pero todas ésas son flores de cantueso viejas, y tan usadas que no hay principiante que no las sepa, y sólo sirven para alguno que sea tan blanco [421] que se deje matar de media noche abajo; pero andará el tiempo y vernos hemos: que, asentando sobre ese fundamento media docena de liciones, yo espero en Dios que habéis de salir oficial famoso, y aun quizá maestro.

—Todo será para servir a vuesa merced y a los señores cofrades —respondió Rinconete.

—Y vos, Cortadillo, ¿qué sabéis? —preguntó Monipodio.

—Yo —respondió Cortadillo— sé la treta que dicen mete dos y saca cinco, [422] y sé dar tiento a una faldriquera con mucha puntualidad y destreza.

—¿Sabéis más? —dijo Monipodio.

—No, por mis grandes pecados —respondió Cortadillo.

—No os aflijáis, hijo —replicó Monipodio—, que a puerto y a escuela habéis llegado donde ni os anegaréis ni dejaréis de salir muy bien aprovechado en todo aquello que más os conviniere. Y en esto del ánimo, ¿cómo os va, hijos?

—¿Cómo nos ha de ir —respondió Rinconete— sino muy bien? Ánimo tenemos para acometer cualquiera empresa de las que tocaren a nuestro arte y ejercicio.

—Está bien —replicó Monipodio—, pero querría yo que también le tuviésedes para sufrir, si fuese menester, media docena de ansias sin desplegar los labios y sin decir esta boca es mía.

—Ya sabemos aquí —dijo Cortadillo—, señor Monipodio,

---

[420] *raspadillo, verrugueta y el colmillo*: formas de marcar las cartas, de manera que fueran identificables al tacto.

[421] *blanco*: inocente.

[422] *mete dos y saca cinco*: roba introduciendo en la bolsa dos dedos.

qué quiere decir ansias, y para todo tenemos ánimo; porque no somos tan ignorantes que no se nos alcance que lo que dice la lengua paga la gorja; [423] y harta merced le hace el cielo al hombre atrevido, por no darle otro título, que le deja en su lengua su vida o su muerte, ¡como si tuviese más letras un *no* que un *sí!*

—¡Alto, no es menester más! –dijo a esta sazón Monipodio–. Digo que sola esa razón me convence, me obliga, me persuade y me fuerza a que desde luego asentéis [424] por cofrades mayores y que se os sobrelleve [425] el año del noviciado.

—Yo soy dese parecer –dijo uno de los bravos.

Y a una voz lo confirmaron todos los presentes, que toda la plática habían estado escuchando, y pidieron a Monipodio que desde luego les concediese y permitiese gozar de las inmunidades de su cofradía, porque su presencia agradable y su buena plática lo merecía todo. Él respondió que, por dalles contento a todos, desde aquel punto se las concedía, y advirtiéndoles que las estimasen en mucho, porque eran no pagar media nata [426] del primer hurto que hiciesen; no hacer oficios menores en todo aquel año, conviene a saber: no llevar recaudo de ningún hermano mayor a la cárcel, ni a la casa, de parte de sus contribuyentes; piar el turco puro; [427] hacer banquete cuando, como y adonde quisieren, sin pedir licencia a su mayoral; entrar a la parte, desde luego, con lo que entrujasen [428] los hermanos mayores, como uno dellos, y otras cosas que ellos tuvieron por merced señaladísima, y los demás, con palabras muy comedidas, las agradecieron mucho.

Estando en esto, entró un muchacho corriendo y desalentado, y dijo:

---

[423] *gorja*: garganta, pescuezo.

[424] *asentéis*: seáis admitidos.

[425] *sobrelleve*: perdone.

[426] *media nata*: media anata, es decir la mitad de las rentas del primer año de un empleo público.

[427] *piar el turco puro*: beber buen vino.

[428] *entrujasen*: robasen.

—El alguacil de los vagabundos [429] viene encaminado a esta casa, pero no trae consigo gurullada. [430]

—Nadie se alborote –dijo Monipodio–, que es amigo y nunca viene por nuestro daño. Sosiéguense, que yo le saldré a hablar.

Todos se sosegaron, que ya estaban algo sobresaltados, y Monipodio salió a la puerta, donde halló al alguacil, con el cual estuvo hablando un rato, y luego volvió a entrar Monipodio y preguntó:

—¿A quién le cupo hoy la plaza de San Salvador?

—A mí –dijo el de la guía.

—Pues ¿cómo –dijo Monipodio– no se me ha manifestado una bolsilla de ámbar que esta mañana en aquel paraje dio al traste con quince escudos de oro y dos reales de a dos y no sé cuántos cuartos?

—Verdad es –dijo la guía– que hoy faltó esa bolsa, pero yo no la he tomado, ni puedo imaginar quién la tomase.

—¡No hay levas [431] conmigo! –replicó Monipodio–. ¡La bolsa ha de parecer, porque la pide el alguacil, que es amigo y nos hace mil placeres al año!

Tornó a jurar el mozo que no sabía della. Comenzóse a encolerizar Monipodio, de manera que parecía que fuego vivo lanzaba por los ojos, diciendo:

—¡Nadie se burle con quebrantar la más mínima cosa de nuestra orden, que le costará la vida! Manifiéstese la cica; [432] y si se encubre por no pagar los derechos, yo le daré enteramente lo que le toca y pondré lo demás de mi casa; porque en todas maneras ha de ir contento el alguacil.

Tornó de nuevo a jurar el mozo y a maldecirse, diciendo que él no había tomado tal bolsa ni vístola de sus ojos; todo lo

---

[429] *vagabundos*: el vagabundeo estaba prohibido y castigado con severísimas penas. En algunas ciudades, había alguaciles específicamente destinados a reprimir tal actividad.

[430] *gurullada*: acompañamiento de otros alguaciles.

[431] *levas*: engaños, trampas.

[432] *cica*: bolsa.

cual fue poner más fuego a la cólera de Monipodio, y dar ocasión a que toda la junta se alborotase, viendo que se rompían sus estatutos y buenas ordenanzas.

Viendo Rinconete, pues, tanta disensión y alboroto, parecióle que sería bien sosegalle y dar contento a su mayor, que reventaba de rabia; y, aconsejándose con su amigo Cortadillo, con parecer de entrambos, sacó la bolsa del sacristán y dijo:

—Cese toda cuestión, mis señores, que ésta es la bolsa, sin faltarle nada de lo que el alguacil manifiesta; que hoy mi camarada Cortadillo le dio alcance, con un pañuelo que al mismo dueño se le quitó por añadidura.

Luego sacó Cortadillo el pañizuelo y lo puso de manifiesto; viendo lo cual, Monipodio dijo:

—Cortadillo el Bueno, que con este título y renombre ha de quedar de aquí adelante, se quede con el pañuelo y a mi cuenta se quede la satisfación deste servicio; y la bolsa se ha de llevar el alguacil, que es de un sacristán pariente suyo, y conviene que se cumpla aquel refrán que dice: "No es mucho que a quien te da la gallina entera, tú des una pierna della". Más disimula este buen alguacil en un día que nosotros le podremos ni solemos dar en ciento.

De común consentimiento aprobaron todos la hidalguía de los dos modernos y la sentencia y parecer de su mayoral, el cual salió a dar la bolsa al alguacil; y Cortadillo se quedó confirmado con el renombre de Bueno, bien como si fuera don Alonso Pérez de Guzmán el Bueno, que arrojó el cuchillo por los muros de Tarifa para degollar a su único hijo. [433]

Al volver, que volvió, Monipodio, entraron con él dos mozas, afeitados [434] los rostros, llenos de color los labios y de albayalde [435]

---

[433] *su único hijo*: referencia al conocido episodio de Guzmán el Bueno, que prefirió ver morir a su hijo, rehén del enemigo, antes que entregar Tarifa, plaza bajo su mando. El hecho ocurrió en 1294.

[434] *afeitados*: maquillados con afeites.

[435] *albayalde*: carbonato básico del plomo, de color blanco, que se empleaba como cosmético. Las mujeres se blanqueaban la piel para disimular la tez oscura propia de campesinas y de mujeres de origen morisco o judío.

los pechos, cubiertas con medios mantos de anascote, [436] llenas de desenfado y desvergüenza: señales claras por donde, en viéndolas Rinconete y Cortadillo, conocieron que eran de la casa llana; y no se engañaron en nada. Y, así como entraron, se fueron con los brazos abiertos, la una a Chiquiznaque y la otra a Maniferro, que éstos eran los nombres de los dos bravos; y el de Maniferro era porque traía una mano de hierro, en lugar de otra que le habían cortado por justicia. Ellos las abrazaron con grande regocijo, y les preguntaron si traían algo con que mojar la canal maestra. [437]

—Pues, ¿había de faltar, diestro mío? –respondió la una, que se llamaba la Gananciosa–. No tardará mucho a venir Silbatillo, tu trainel, [438] con la canasta de colar atestada de lo que Dios ha sido servido.

Y así fue verdad, porque al instante entró un muchacho con una canasta de colar cubierta con una sábana.

Alegráronse todos con la entrada de Silbato, y al momento mandó sacar Monipodio una de las esteras de enea que estaban en el aposento, y tenderla en medio del patio. Y ordenó, asimismo, que todos se sentasen a la redonda; porque, en cortando la cólera, se trataría de lo que más conviniese. A esto, dijo la vieja que había rezado a la imagen:

—Hijo Monipodio, yo no estoy para fiestas, porque tengo un váguido [439] de cabeza, dos días ha, que me trae loca; y más, que antes que sea mediodía tengo de ir a cumplir mis devociones y poner mis candelicas a Nuestra Señora de las Aguas y al Santo Crucifijo de Santo Agustín, que no lo dejaría de hacer si nevase y ventiscase. A lo que he venido es que anoche el Renegado y Centopiés llevaron a mi casa una canasta de colar, algo mayor que la presente, llena de ropa blanca; y en Dios y en ni ánima

---

[436] *anascote*: mantos de lana. En Sevilla, las prostitutas debían llevar estos medios mantos.

[437] *mojar la canal maestra*: mojar la garganta.

[438] *trainel*: criado.

[439] *váguido*: vahído, desvanecimiento.

que venía con su cernada [440] y todo, que los pobretes no debieron de tener lugar de quitalla, y venían sudando la gota tan gorda, que era una compasión verlos entrar ijadeando y corriendo agua de sus rostros, que parecían unos angelicos. Dijéronme que iban en seguimiento de un ganadero que había pesado ciertos carneros en la Carnicería, por ver si le podían dar un tiento en un grandísimo gato [441] de reales que llevaba. No desembanastaron [442] ni contaron la ropa, fiados en la entereza de mi conciencia; y así me cumpla Dios mis buenos deseos y nos libre a todos de poder de justicia, que no he tocado a la canasta, y que se está tan entera como cuando nació.

—Todo se le cree, señora madre —respondió Monipodio—, y estése así la canasta, que yo iré allá, a boca de sorna, [443] y haré cala y cata [444] de lo que tiene, y daré a cada uno lo que le tocare, bien y fielmente, cor   tengo de costumbre.

—Sea como vos lo ordenáredes, hijo —respondió la vieja—; y, porque se me hace tarde, dadme un traguillo, si tenéis, para consolar este estómago, que tan desmayado anda de contino.

—Y ¡qué tal lo beberéis, madre mía! —dijo a esta sazón la Escalanta, que así se llamaba la compañera de la Gananciosa.

Y, descubriendo la canasta, se manifestó una bota a modo de cuero, con hasta dos arrobas de vino, y un corcho [445] que podría caber sosegadamente y sin apremio hasta una azumbre; [446] y, llenándole la Escalanta, se le puso en las manos a la devotísima vieja, la cual, tomándole con ambas manos y habiéndole soplado un poco de espuma, dijo:

---

[440] *cernada*: parte no disuelta de la ceniza que quedaba en el cernadero después de echada la lejía sobre la ropa. El cernadero era un lienzo basto con que se cubría la ropa para colar la lejía.

[441] *gato*: bolso o talego en que se guardaba el dinero.

[442] *desembanastaron*: sacaron.

[443] *a boca de sorna*: al atardecer.

[444] *haré cala y cata*: examinaré.

[445] *corcho*: recipiente de corcho, usado de ordinario como colmena.

[446] *azumbre*: unos dos litros.

—Mucho echaste, hija Escalanta, pero Dios dará fuerzas para todo.

Y, aplicándosele a los labios, de un tirón, sin tomar aliento, lo trasegó del corcho al estómago, y acabó diciendo:

—De Guadalcanal [447] es, y aun tiene un es no es [448] de yeso [449] el señorico. Dios te consuele, hija, que así me has consolado; sino que temo que me ha de hacer mal, porque no me he desayunado.

—No hará, madre –respondió Monipodio–, porque es trasañejo. [450]

—Así lo espero yo en la Virgen –respondió la vieja.

Y añadió:

—Mirad, niñas, si tenéis acaso algún cuarto para comprar las candelicas de mi devoción, porque, con la priesa y gana que tenía de venir a traer las nuevas de la canasta, se me olvidó en casa la escarcela. [451]

—Yo sí tengo, señora Pipota –(que éste era el nombre de la buena vieja) respondió la Gananciosa–; tome, ahí le doy dos cuartos: del uno le ruego que compre una para mí, y se la ponga al señor San Miguel; [452] y si puede comprar dos, ponga la otra al señor San Blas, [453] que son mis abogados. Quisiera que pusiera otra a la señora Santa Lucía, [454] que, por lo de los ojos, también le tengo devoción, pero no tengo trocado; [455] mas otro día habrá donde se cumpla con todos.

---

[447] *Guadalcanal*: localidad de la provincia de Sevilla, famosa por sus vinos blancos.

[448] *un es no es*: "un sí es, no es".

[449] *yeso*: en la fermentación del vino se usaba una pequeña cantidad de este producto.

[450] *trasañejo*: muy viejo, y más específicamente, de al menos tres años.

[451] *escarcela*: era una bolsa larga que se colgaba del cinto.

[452] *San Miguel*: es el santo a quien se encomiendan quienes buscan fuerzas para vencer las tentaciones.

[453] *San Blas*: protege de los males de garganta y, aquí en concreto, del peor de ellos: la horca.

[454] *Santa Lucía*: protectora de la vista.

[455] *no tengo trocado*: no tengo cambio.

—Muy bien harás, hija, y mira no seas miserable; que es de mucha importancia llevar la persona las candelas delante de sí antes que se muera, y no aguardar a que las pongan los herederos o albaceas.

—Bien dice la madre Pipota —dijo la Escalanta.

Y, echando mano a la bolsa, le dio otro cuarto y le encargó que pusiese otras dos candelicas a los santos que a ella le pareciesen que eran de los más aprovechados y agradecidos. Con esto, se fue la Pipota, diciéndoles:

—Holgaos, hijos, ahora que tenéis tiempo; que vendrá la vejez y lloraréis en ella los ratos que perdistes en la mocedad, como yo los lloro; y encomendadme a Dios en vuestras oraciones, que yo voy a hacer lo mismo por mí y por vosotros, porque Él nos libre y conserve en nuestro trato peligroso, sin sobresaltos de justicia.

Y con esto, se fue.

Ida la vieja, se sentaron todos alrededor de la estera, y la Gananciosa tendió la sábana por manteles; y lo primero que sacó de la cesta fue un grande haz de rábanos y hasta dos docenas de naranjas y limones, y luego una cazuela grande llena de tajadas de bacallao frito. Manifestó luego medio queso de Flandes, y una olla de famosas aceitunas, y un plato de camarones, y gran cantidad de cangrejos, con su llamativo [456] de alcaparrones ahogados en pimientos, y tres hogazas blanquísimas de Gandul. [457] Serían los del almuerzo hasta catorce, y ninguno dellos dejó de sacar su cuchillo de cachas amarillas, si no fue Rinconete, que sacó su media espada. A los dos viejos de bayeta y a la guía tocó el escanciar con el corcho de colmena. Mas, apenas habían comenzado a dar asalto a las naranjas, cuando les dio a todos gran sobresalto los golpes que dieron a la puerta. Mandóles Monipodio que se sosegasen, y, entrando en la sala baja y descolgando un broquel, puesto mano a la espada, llegó a la puerta y con voz hueca y espantosa preguntó:

---

[456] *llamativo*: guarnición.

[457] *Gandul*: localidad muy próxima a Sevilla famosa por su pan.

—¿Quién llama?

Respondieron de fuera:

—Yo soy, que no es nadie, señor Monipodio. Tagarete soy, centinela desta mañana, y vengo a decir que viene aquí Juliana la Cariharta, toda desgreñada y llorosa, que parece haberle sucedido algún desastre.

En esto llegó la que decía, sollozando, y, sintiéndola Monipodio, abrió la puerta y mandó a Tagarete que se volviese a su posta y que de allí adelante avisase lo que viese con menos estruendo y ruido. Él dijo que así lo haría. Entró la Cariharta, que era una moza del jaez[458] de las otras y del mismo oficio. Venía descabellada[459] y la cara llena de tolondrones,[460] y, así como entró en el patio, se cayó en el suelo desmayada. Acudieron a socorrerla la Gananciosa y la Escalanta, y, desabrochándola el pecho, la hallaron toda denegrida y como magullada. Echáronle agua en el rostro, y ella volvió en sí, diciendo a voces:

—¡La justicia de Dios y del Rey venga sobre aquel ladrón desuellacaras, sobre aquel cobarde bajamanero,[461] sobre aquel pícaro lendroso,[462] que le he quitado más veces de la horca que tiene pelos en las barbas! ¡Desdichada de mí! ¡Mirad por quién he perdido y gastado mi mocedad y la flor de mis años, sino por un bellaco desalmado, facinoroso[463] e incorregible!

—Sosiégate, Cariharta —dijo a esta sazón Monipodio—, que aquí estoy yo que te haré justicia. Cuéntanos tu agravio, que más estarás tú en contarle que yo en hacerte vengada; dime si has habido algo con tu respecto; que si así es y quieres venganza, no has menester más que boquear.

—¿Qué respecto? —respondió Juliana—. Respectada me vea yo en los infiernos, si más lo fuere de aquel león con las ovejas

---

[458] *jaez*: cualidad, clase.
[459] *descabellada*: despeinada.
[460] *tolondrones*: golpes, chichones.
[461] *bajamanero*: ladrón disimulado y cobarde.
[462] *lendroso*: lleno de liendres, piojoso.
[463] *facinoroso*: facineroso, delincuente, criminal.

y cordero con los hombres. ¿Con aquél había yo de comer más pan a manteles, ni yaçer en uno?[464] Primero me vea yo comida de adivas[465] estas carnes, que me ha parado de la manera que ahora veréis.

Y, alzándose al instante las faldas hasta la rodilla, y aun un poco más, las descubrió llenas de cardenales.

—Desta manera —prosiguió— me ha parado aquel ingrato del Repolido, debiéndome más que a la madre que le parió. Y ¿por qué pensáis que lo ha hecho? ¡Montas,[466] que le di yo ocasión para ello! No, por cierto, no lo hizo más sino porque, estando jugando y perdiendo, me envió a pedir con Cabrillas, su trainel, treinta reales, y no le envié más de veinte y cuatro, que el trabajo y afán con que yo los había ganado ruego yo a los cielos que vaya en descuento de mis pecados. Y, en pago desta cortesía y buena obra, creyendo él que yo le sisaba algo de la cuenta que él allá en su imaginación había hecho de lo que yo podía tener, esta mañana me sacó al campo, detrás de la Güerta del Rey,[467] y allí, entre unos olivares, me desnudó, y con la petrina, sin escusar ni recoger los hierros, que en malos grillos y hierros le vea yo, me dio tantos azotes que me dejó por muerta. De la cual verdadera historia son buenos testigos estos cardenales que miráis.

Aquí tornó a levantar las voces, aquí volvió a pedir justicia, y aquí se la prometió de nuevo Monipodio y todos los bravos que allí estaban. La Gananciosa tomó la mano a consolalla, diciéndole que ella diera de muy buena gana una de las mejores preseas[468] que tenía porque le hubiera pasado otro tanto con su querido.

—Porque quiero —dijo— que sepas, hermana Cariharta, si no lo sabes, que a lo que se quiere bien se castiga; y cuando estos bellacones nos dan, y azotan y acocean, entonces nos adoran; si no, con-

---

[464] *yacer en uno*: acostarse juntos.

[465] *adivas*: chacales.

[466] *Montas*: "¡A fe mía!".

[467] *Güerta del Rey*: Huerta del Rey; jardín sevillano.

[468] *preseas*: joyas.

fiésame una verdad, por tu vida: después que te hubo Repolido castigado y brumado,[469] ¿no te hizo alguna caricia?

—¿Cómo una? —respondió la llorosa—. Cien mil me hizo, y diera él un dedo de la mano porque me fuera con él a su posada; y aun me parece que casi se le saltaron las lágrimas de los ojos después de haberme molido.

—No hay dudar en eso —replicó la Gananciosa—. Y lloraría de pena de ver cuál te había puesto; que en estos tales hombres, y en tales casos, no han cometido la culpa cuando les viene el arrepentimiento; y tú verás, hermana, si no viene a buscarte antes que de aquí nos vamos, y a pedirte perdón de todo lo pasado, rindiéndosete como un cordero.

—En verdad —respondió Monipodio— que no ha de entrar por estas puertas el cobarde envesado,[470] si primero no hace una manifiesta penitencia del cometido delito. ¿Las manos había él de ser osado ponerlas en el rostro de la Cariharta, ni en sus carnes, siendo persona que puede competir en limpieza y ganancia[471] con la misma Gananciosa que está delante, que no lo puedo más encarecer?

—¡Ay! —dijo a esta sazón la Juliana—. No diga vuesa merced, señor Monipodio, mal de aquel maldito, que con cuan malo es, le quiero más que a las telas de mi corazón, y hanme vuelto el alma al cuerpo las razones que en su abono[472] me ha dicho mi amiga la Gananciosa, y en verdad que estoy por ir a buscarle.

—Eso no harás tú por mi consejo —replicó la Gananciosa—, porque se estenderá y ensanchará y hará tretas en ti como en cuerpo muerto. Sosiégate, hermana, que antes de mucho le

---

[469] *brumado*: magullado, molido a palos.

[470] *envesado*: ya ha sido usado en esta novela en el sentido de *azotado*; aquí debe ser interpretado en un sentido más literal: el que muestra el envés, es decir, su otra cara.

[471] *ganancia*: siguiendo a buena parte de los editores, corrijo la forma original *gancia* que aparece en la edición de 1613, probablemente errata por *ganancia* —como habitualmente se corrige— o, quizá, "elegancia". También se ha sugerido una posible prevaricación lingüística de Monipodio.

[472] *abono*: defensa.

verás venir tan arrepentido como he dicho; y si no viniere, escribirémosle un papel en coplas que le amargue.

—Eso sí —dijo la Cariharta—, que tengo mil cosas que escribirle.

—Yo seré el secretario cuando sea menester —dijo Monipodio—; y, aunque no soy nada poeta, todavía, si el hombre se arremanga, se atreverá a hacer dos millares de coplas en daca las pajas,[473] y, cuando no salieren como deben, yo tengo un barbero amigo, gran poeta, que nos hinchirá las medidas [474] a todas horas; y en la de agora acabemos lo que teníamos comenzado del almuerzo, que después todo se andará.

Fue contenta la Juliana de obedecer a su mayor; y así, todos volvieron a su *gaudeamus*,[475] y en poco espacio vieron el fondo de la canasta y las heces del cuero. Los viejos bebieron *sine fine*; los mozos *adunia;* las señoras, los *quiries*.[476] Los viejos pidieron licencia para irse. Diosela luego Monipodio, encargándoles viniesen a dar noticia con toda puntualidad de todo aquello que viesen ser útil y conveniente a la comunidad. Respondieron que ellos se lo tenían bien en cuidado y fuéronse.

Rinconete, que de suyo era curioso, pidiendo primero perdón y licencia, preguntó a Monipodio que de qué servían en la cofradía dos personajes tan canos, tan graves y apersonados. A lo cual respondió Monipodio que aquéllos, en su germanía y manera de hablar, se llamaban avispones,[477] y que servían de andar de día por toda la ciudad avispando en qué casas se podía dar tiento de noche, y en seguir los que sacaban dinero de la Contrata-

---

[473] *daca las pajas*: rápidamente.

[474] *hinchirá las medidas*: exagerará con intención de adular, colmará las expectativas de alguien.

[475] *gaudeamus*: banquete.

[476] *sine fine... ad unia... quiries*: son expresiones de origen litúrgico que en época de Cervantes ya estaban lexicalizadas; su significado respectivo era "sin parar", "en abundancia" y "mucho".

[477] *avispones*: ayudantes de ladrón que hacían el seguimiento de las posibles víctimas.

ción[478] o Casa de la Moneda, para ver dónde lo llevaban, y aun dónde lo ponían; y, en sabiéndolo, tanteaban la groseza[479] del muro de la tal casa y diseñaban el lugar más conveniente para hacer los guzpátaros —que son agujeros— para facilitar la entrada. En resolución, dijo que era la gente de más o de tanto provecho que había en su hermandad, y que de todo aquello que por su industria se hurtaba llevaban el quinto, como Su Majestad de los tesoros; y que, con todo esto, eran hombres de mucha verdad, y muy honrados, y de buena vida y fama, temerosos de Dios y de sus conciencias, que cada día oían misa con estraña devoción.

—Y hay dellos tan comedidos, especialmente estos dos que de aquí se van agora, que se contentan con mucho menos de lo que por nuestros aranceles les toca. Otros dos que hay son palanquines,[480] los cuales, como por momentos mudan casas, saben las entradas y salidas de todas las de la ciudad, y cuáles pueden ser de provecho y cuáles no.

—Todo me parece de perlas —dijo Rinconete—, y querría ser de algún provecho a tan famosa cofradía.

—Siempre favorece el cielo a los buenos deseos —dijo Monipodio.

Estando en esta plática, llamaron a la puerta; salió Monipodio a ver quién era, y, preguntándolo, respondieron:

—Abra voacé, sor Monipodio, que el Repolido soy.

Oyó esta voz Cariharta y, alzando al cielo la suya, dijo:

—No le abra vuesa merced, señor Monipodio; no le abra a ese marinero de Tarpeya,[481] a este tigre de Ocaña.[482]

---

[478] *Contratación*: la Casa de la Contratación estaba donde hoy se ubica el Archivo de Indias. Era el lugar de la venta al por mayor.

[479] *groseza*: grosor.

[480] *palanquines*: los que trabajaban en las mudanzas, pero también ladrones.

[481] *marinero de Tarpeya*: graciosa deformación del romance que comienza: *Mira Nero de Tarpeya / a Roma cómo se ardía...*

[482] *tigre de Ocaña*: deformación por Tigre de Hircania; Hicarnia: región del norte de Irán, a orillas del Caspio. Cervantes repite esta expresión cómica.

No dejó por esto Monipodio de abrir a Repolido; pero, viendo la Cariharta que le abría, se levantó corriendo y se entró en la sala de los broqueles, y, cerrando tras sí la puerta, desde dentro, a grandes voces decía:

—Quítenmele de delante a ese gesto de por demás, [483] a ese verdugo de inocentes, asombrador de palomas duendas. [484]

Maniferro y Chiquiznaque tenían a Repolido, que en todas maneras quería entrar donde la Cariharta estaba; pero, como no le dejaban, decía desde afuera:

—¡No haya más, enojada mía; por tu vida que te sosiegues, ansí te veas casada!

—¿Casada yo, malino? [485] —respondió la Cariharta—, ¡Mirá en qué tecla toca! ¡Ya quisieras tú que lo fuera contigo, y antes lo sería yo con una sotomía de muerte [486] que contigo!

—¡Ea, boba —replicó Repolido—, acabemos ya, que es tarde, y mire no se ensanche por verme hablar tan manso y venir tan rendido! Porque, ¡vive el Dador, si se me sube la cólera al campanario, que sea peor la recaída que la caída! Humíllese, y humillémonos todos, y no demos de comer al diablo.

—Y aun de cenar le daría yo –dijo la Cariharta–, porque te llevase donde nunca más mis ojos te viesen.

—¿No os digo yo? –dijo Repolido–. ¡Por Dios que voy oliendo, señora trinquete, [487] que lo tengo de echar todo a doce, aunque nunca se venda! [488]

A esto dijo Monipodio:

—En mi presencia no ha de haber demasías: [489] la Carihar-

---

[483] *gesto de por demás*: gesto de pocos amigos, malencarado.

[484] *palomas duendas*: prostitutas.

[485] *malino*: maligno.

[486] *sotomía de muerte*: notomía (anatomía) de muerte. Esqueleto.

[487] *trinquete*: era el tipo de cama que, al parecer, más usaban las prostitutas en su oficio.

[488] *lo tengo de echar todo a doce, aunque nunca se venda*: echaré el resto, aunque todos salgamos perdiendo.

[489] *demasías*: amenazas, insolencias, descortesías.

ta saldrá, no por amenazas, sino por amor mío, y todo se hará bien; que las riñas entre los que bien se quieren son causa de mayor gusto cuando se hacen las paces. ¡Ah Juliana! ¡Ah niña! ¡Ah Cariharta mía! Sal acá fuera por mi amor, que yo haré que el Repolido te pida perdón de rodillas.

—Como él eso haga —dijo la Escalanta—, todas seremos en su favor y en rogar a Juliana salga acá fuera.

—Si esto ha de ir por vía de rendimiento que güela a menoscabo de la persona —dijo el Repolido—, no me rendiré a un ejército formado de esguízaros;[490] mas si es por vía de que la Cariharta gusta dello, no digo yo hincarme de rodillas, pero un clavo me hincaré por la frente en su servicio.

Riyéronse desto Chiquiznaque y Maniferro, de lo cual se enojó tanto el Repolido, pensando que hacían burla dél, que dijo con muestras de infinita cólera:

—Cualquiera que se riere o se pensare reír de lo que la Cariharta, o contra mí, o yo contra ella hemos dicho o dijéremos, digo que miente y mentirá todas las veces que se riere, o lo pensare, como ya he dicho.

Miráronse Chiquiznaque y Maniferro de tan mal garbo y talle, que advirtió Monipodio que pararía en un gran mal si no lo remediaba; y así, poniéndose luego en medio dellos, dijo:

—No pase más adelante, caballeros; cesen aquí palabras mayores, y desháganse entre los dientes; y, pues las que se han dicho no llegan a la cintura, nadie las tome por sí.

—Bien seguros estamos —respondió Chiquiznaque— que no se dijeron ni dirán semejantes monitorios[491] por nosotros; que, si se hubiera imaginado que se decían, en manos estaba el pandero que lo supiera bien tañer.

—También tenemos acá pandero, sor[492] Chiquiznaque —replicó el Repolido—, y también, si fuere menester, sabremos

490 *esguízaros*: así llamados los mercenarios suizos, famosos por su bravura.
491 *monitorios*: avisos, consejos, advertencias; o, simplemente, palabras.
492 *sor*: señor.

tocar los cascabeles, y ya he dicho que el que se huelga, [493] miente; y quien otra cosa pensare, sígame, que con un palmo de espada menos hará el hombre que sea lo dicho dicho.

Y, diciendo esto, se iba a salir por la puerta afuera. Estábalo escuchando la Cariharta, y, cuando sintió que se iba enojado, salió diciendo:

—¡Ténganle no se vaya, que hará de las suyas! ¿No ven que va enojado, y es un Judas Macarelo [494] en esto de la valentía? ¡Vuelve acá, valentón del mundo y de mis ojos!

Y, cerrando con él, le asió fuertemente de la capa, y, acudiendo también Monipodio, le detuvieron. Chiquiznaque y Maniferro no sabían si enojarse o si no, y estuviéronse quedos [495] esperando lo que Repolido haría; el cual, viéndose rogar de la Cariharta y de Monipodio, volvió diciendo:

—Nunca los amigos han de dar enojo a los amigos, ni hacer burla de los amigos, y más cuando ven que se enojan los amigos.

—No hay aquí amigo —respondió Maniferro— que quiera enojar ni hacer burla de otro amigo; y, pues todos somos amigos, dense las manos los amigos.

A esto dijo Monipodio:

—Todos voacedes han hablado como buenos amigos, y como tales amigos se den las manos de amigos.

Diéronselas luego, y la Escalanta, quitándose un chapín, [496] comenzó a tañer en él como en un pandero; la Gananciosa tomó una escoba de palma nueva, que allí se halló acaso, y, rascándola, hizo un son que, aunque ronco y áspero, se concertaba con el del chapín. Monipodio rompió un plato y hizo dos tejoletas, [497] que, puestas entre los dedos y repicadas con gran ligereza, llevaba el contrapunto al chapín y a la escoba.

---

[493] *huelga*: se alegra de algo.
[494] *Judas Macarelo*: Judas Macabeo. Un valiente sin parangón.
[495] *quedos*: quietos.
[496] *chapín*: un tipo de chancleta.
[497] *tejoletas*: fragmentos de un objeto de barro.

Espantáronse[498] Rinconete y Cortadillo de la nueva invención de la escoba, porque hasta entonces nunca la habían visto. Conociólo Maniferro y díjoles:

—¿Admíranse de la escoba? Pues bien hacen, pues música más presta y más sin pesadumbre, ni más barata, no se ha inventado en el mundo; y en verdad que oí decir el otro día a un estudiante que ni el Negrofeo,[499] que sacó a la Arauz[500] del infierno; ni el Marión,[501] que subió sobre el delfín y salió del mar como si viniera caballero[502] sobre una mula de alquiler; ni el otro gran músico que hizo una ciudad que tenía cien puertas y otros tantos postigos, nunca inventaron mejor género de música, tan fácil de deprender,[503] tan mañera[504] de tocar, tan sin trastes,[505] clavijas ni cuerdas, y tan sin necesidad de templarse; y aun voto a tal, que dicen que la inventó un galán desta ciudad, que se pica[506] de ser un Héctor[507] en la música.

—Eso creo yo muy bien —respondió Rinconete—, pero escuchemos lo que quieren cantar nuestros músicos, que parece que la Gananciosa ha escupido, señal de que quiere cantar.

---

[498] *Espantáronse*: se admiraron.

[499] *Negrofeo*: deformación de Orfeo, personaje de la mitología clásica, que, con su música, consiguió rescatar de los infiernos a su esposa Eurídice.

[500] *Arauz*: Eurídice.

[501] *Marión*: Arión; músico originario de Lesbos, que salvó su vida en alta mar al escapar de la tripulación amotinada de su barco arrojándose por la borda y confiando su vida a los delfines, animales favoritos de Apolo de quien Arión era especialmente devoto.

[502] *caballero*: a lomos de; cabalgando.

[503] *deprender*: aprender.

[504] *mañera*: fácil.

[505] *trastes*: salientes transversales que dividen el mástil de algunos instrumentos de cuerda.

[506] *se pica*: se jacta, se ufana.

[507] *Héctor*: caudillo troyano, hijo del rey Príamo. En ninguna fuente se menciona ninguna habilidad musical de Héctor.

Y así era la verdad, porque Monipodio le había rogado que cantase algunas seguidillas de las que se usaban; mas la que comenzó primero fue la Escalanta, y con voz sutil[508] y quebradiza cantó lo siguiente:

Por un sevillano, rufo a lo valón,[509]
tengo socarrado todo el corazón.

Siguió la Gananciosa cantando:

Por un morenico de color verde,[510]
¿cuál es la fogosa que no se pierde?

Y luego Monipodio, dándose gran priesa al meneo de sus tejoletas, dijo:

Rifien dos amantes, hácese la paz:
si el enojo es grande, es el gusto más.

No quiso la Cariharta pasar su gusto en silencio, porque, tomando otro chapín, se metió en danza, y acompañó a las demás diciendo:

Detente, enojado, no me azotes más,
que, si bien lo miras, a tus carnes das.

—Cántese a lo llano —dijo a esta sazón Repolido—, y no se toquen estorias[511] pasadas, que no hay para qué: lo pasado sea pasado, y tómese otra vereda,[512] y basta.

Talle llevaban de no acabar tan presto el comenzado cántico, si no sintieran que llamaban a la puerta apriesa;[513] y con

---

[508] *sutil*: tenue, delicada.

[509] *rufo a lo valón*: *rufo* es "rubio", pero, también "proxeneta". *A lo valón* es "a la flamenca".

[510] *de color verde*: posiblemente, "de ojos verdes".

[511] *estorias*: historias.

[512] *vereda*: camino.

[513] *apriesa*: de forma apremiante.

ella salió Monipodio a ver quién era, y la centinela [514] le dijo cómo al cabo de la calle había asomado el alcalde de la justicia,[515] y que delante dél venían el Tordillo y el Cernícalo, corchetes neutrales. Oyéronlo los de dentro, y alborotáronse todos de manera que la Cariharta y la Escalanta se calzaron sus chapines al revés, dejó la escoba la Gananciosa, Monipodio sus tejoletas, y quedó en turbado silencio toda la música, enmudeció Chiquiznaque, pasmóse Repolido y suspendióse Maniferro; y todos, cuál por una y cuál por otra parte, desaparecieron, subiéndose a las azoteas y tejados, para escaparse y pasar por ellos a otra calle. Nunca disparado arcabuz a deshora, ni trueno repentino espantó así a banda de descuidadas palomas, como puso en alboroto y espanto a toda aquella recogida compañía y buena gente la nueva de la venida del alcalde de la justicia. Los dos novicios, Rinconete y Cortadillo, no sabían qué hacerse, y estuviéronse quedos, esperando ver en qué paraba aquella repentina borrasca, que no paró en más de volver la centinela a decir que el alcalde se había pasado de largo, sin dar muestra ni resabio de mala sospecha alguna.

Y, estando diciendo esto a Monipodio, llegó un caballero mozo a la puerta, vestido, como se suele decir, de barrio;[516] Monipodio le entró consigo, y mandó llamar a Chiquiznaque, a Maniferro y al Repolido, y que de los demás no bajase alguno. Como se habían quedado en el patio, Rinconete y Cortadillo pudieron oír toda la plática que pasó Monipodio con el caballero recién venido, el cual dijo a Monipodio que por qué se había hecho tan mal lo que le había encomendado. Monipodio respondió que aún no sabía lo que se había hecho; pero que allí estaba el oficial a cuyo cargo estaba su negocio, y que él daría muy buena cuenta de sí.

---

[514] *centinela*: en el Siglo de Oro era palabra de género femenino.
[515] *alcalde de la justicia*: juez.
[516] *vestido... de barrio*: descuidadamente.

Bajó en esto Chiquiznaque, y preguntóle Monipodio si había cumplido con la obra que se le encomendó de la cuchillada de a catorce.

—¿Cuál? —respondió Chiquiznaque—. ¿Es la de aquel mercader de la Encrucijada?

—Ésa es —dijo el caballero.

—Pues lo que en eso pasa —respondió Chiquiznaque— es que yo le aguardé anoche a la puerta de su casa, y él vino antes de la oración;[517] lleguéme cerca dél, marquéle el rostro[518] con la vista, y vi que le tenía tan pequeño que era imposible de toda imposibilidad caber en él cuchillada de catorce puntos; y, hallándome imposibilitado de poder cumplir lo prometido y de hacer lo que llevaba en mi destruición...

—*Instrucción* querrá vuesa merced decir —dijo el caballero—, que no *destruición*.

—Eso quise decir —respondió Chiquiznaque—. Digo que, viendo que en la estrecheza y poca cantidad de aquel rostro no cabían los puntos propuestos, porque no fuese mi ida en balde, di la cuchillada a un lacayo suyo, que a buen seguro que la pueden poner por mayor de marca.[519]

—Más quisiera —dijo el caballero— que se la hubiera dado al amo una de a siete, que al criado la de a catorce. En efeto, conmigo no se ha cumplido como era razón, pero no importa; poca mella me harán los treinta ducados que dejé en señal. Beso a vuesas mercedes las manos.

Y, diciendo esto, se quitó el sombrero y volvió las espaldas para irse; pero Monipodio le asió de la capa de mezcla[520] que traía puesta, diciéndole:

---

[517] *antes de la oración*: antes de anochecer. El ángelus se reza al mediodía y al caer el sol.

[518] *marquéle el rostro*: le medí, le estudié el rostro.

[519] *mayor de marca*: que excedía de la medida máxima permitida en las espadas; es decir, cabía de sobra en esa cara la herida que se les había encargado.

[520] *capa de mezcla*: de varios tejidos y colores.

—Voacé se detenga y cumpla su palabra, pues nosotros hemos cumplido la nuestra con mucha honra y con mucha ventaja: veinte ducados faltan, y no ha de salir de aquí voacé sin darlos, o prendas que lo valgan.

—Pues, ¿a esto llama vuesa merced cumplimiento de palabra —respondió el caballero—: dar la cuchillada al mozo, habiéndose de dar al amo?

—¡Qué bien está en la cuenta el señor! —dijo Chiquiznaque—. Bien parece que no se acuerda de aquel refrán que dice: "Quien bien quiere a Beltrán, bien quiere a su can".

—¿Pues en qué modo puede venir aquí a propósito ese refrán? —replicó el caballero.

—¿Pues no es lo mismo —prosiguió Chiquiznaque— decir: "Quien mal quiere a Beltrán, mal quiere a su can"? Y así, Beltrán es el mercader, voacé le quiere mal, su lacayo es su can; y dando al can se da a Beltrán, y la deuda queda líquida[521] y trae aparejada ejecución; por eso no hay más sino pagar luego sin apercebimiento de remate.[522]

—Eso juro yo bien —añadió Monipodio—, y de la boca me quitaste, Chiquiznaque amigo, todo cuanto aquí has dicho; y así, voacé, señor galán, no se meta en puntillos[523] con sus servidores y amigos, sino tome mi consejo y pague luego lo trabajado; y si fuere servido que se le dé otra al amo, de la cantidad que pueda llevar su rostro, haga cuenta que ya se la están curando.

—Como eso sea —respondió el galán—, de muy entera voluntad y gana pagaré la una y la otra por entero.

—No dude en esto —dijo Monipodio— más que en ser cristiano; que Chiquiznaque se la dará pintiparada, de manera que parezca que allí se le nació.

---

[521] *líquida*: liquidada.

[522] *apercibimiento de remate*: sin pedir que se termine el encargo, que ya ha sido realizado.

[523] *puntillos*: en sutilezas, en detalles nimios.

—Pues con esa seguridad y promesa –respondió el caballe-ro–, recíbase esta cadena en prendas de los veinte ducados atrasa-dos y de cuarenta que ofrezco por la venidera cuchillada. Pesa mil reales, y podría ser que se quedase rematada, porque traigo entre ojos que serán menester otros catorce puntos antes de mucho.

Quitóse, en esto, una cadena de vueltas menudas del cuello y diósela a Monipodio, que al color[524] y al peso bien vio que no era de alquimia. Monipodio la recibió con mucho contento y corte-sía, porque era en estremo bien criado; la ejecución quedó a cargo de Chiquiznaque, que sólo tomó término de aquella noche. Fuese muy satisfecho el caballero, y luego Monipodio llamó a todos los ausentes y azorados. Bajaron todos, y, poniéndose Monipodio en medio dellos, sacó un libro de memoria que traía en la capilla[525] de la capa y diósela a Rinconete que leyese, porque él no sabía leer. Abrióle Rinconete, y en la primera hoja vio que decía:

Memoria de las cuchilladas
que se han de dar esta semana

La primera, al mercader de la encrucijada: vale cincuenta escu-dos. Están recebidos treinta a buena cuenta. Secutor,[526] Chiquiznaque.

—No creo que hay otra, hijo –dijo Monipodio–; pasá ade-lante y mirá donde dice: *Memoria de palos.*

Volvió la hoja Rinconete, y vio que en otra estaba escrito:

Memoria de palos

Y más abajo decía:

Al bodegonero de la Alfalfa, doce palos de mayor cuantía a escudo cada uno. Están dados a buena cuenta ocho. El término, seis días. Secutor, Maniferro.

—Bien podía borrarse esa partida –dijo Maniferro–, por-que esta noche traeré finiquito della.

---

[524] *al color:* al tacto.
[525] *capilla:* capucha.
[526] *Secutor:* ejecutor.

—¿Hay más, hijo? —dijo Monipodio.

—Sí, otra —respondió Rinconete—, que dice así:

Al sastre corcovado que por mal nombre se llama el Silguero, seis palos de mayor cuantía, a pedimiento de la dama que dejó la gargantilla. Secutor, el Desmochado.

—Maravillado estoy —dijo Monipodio— cómo todavía está esa partida en ser. Sin duda alguna debe de estar mal dispuesto el Desmochado, pues son dos días pasados del término y no ha dado puntada en esta obra.

—Yo le topé ayer —dijo Maniferro—, y me dijo que por haber estado retirado por enfermo el Corcovado no había cumplido con su débito.

—Eso creo yo bien —dijo Monipodio—, porque tengo por tan buen oficial al Desmochado, que, si no fuera por tan justo impedimento, ya él hubiera dado al cabo con mayores empresas. ¿Hay más, mocito?

—No señor —respondió Rinconete.

—Pues pasad adelante —dijo Monipodio—, y mirad donde dice: *Memorial de agravios comunes.*

Pasó adelante Rinconete, y en otra hoja halló escrito:

Memorial de agravios comunes. Conviene a saber: redomazos, [527] *untos de miera,* [528] *clavazón de sambenitos* [529] *y cuernos,* [530] *matracas,* [531] *espantos, alborotos y cuchilladas fingidas, publicación de nibelos,* [532] *etc.*

---

[527] *redomazos*: golpes dados con redoma, que era un tipo de botella en la que se introducía alguna sustancia pringosa o maloliente.

[528] *untos de miera*: es un tipo de aceite maloliente y difícil de quitar, que, al parecer, se aplicaba como remedio para la sarna.

[529] *clavazón de sambenitos*: los sambenitos eran las insignias que portaban, para escarnio público, los penitenciados. Los hombres de Monipodio hacían estas marcas en las casas de los particulares a quienes iban a castigar.

[530] *cuernos*: clavar cuernos en la casa de alguien era llamarlo cornudo.

[531] *matracas*: molestar con ruido persistente.

[532] *nibelos*: libelos.

—¿Qué dice más abajo? –dijo Monipodio.

—Dice –dijo Rinconete–;

Unto de miera en la casa...

—No se lea la casa, que ya yo sé dónde es –respondió Monipodio–, y yo soy el *tuáutem*[533] y esecutor desa niñería, y están dados a buena cuenta cuatro escudos, y el principal es ocho.

—Así es la verdad –dijo Rinconete–, que todo eso está aquí escrito; y aun más abajo dice:

Clavazón de cuernos.

—Tampoco se lea –dijo Monipodio– la casa, ni adónde; que basta que se les haga el agravio, sin que se diga en público; que es gran cargo de conciencia. A lo menos, más querría yo clavar cien cuernos y otros tantos sambenitos, como se me pagase mi trabajo, que decillo sola una vez, aunque fuese a la madre que me parió.

—El esecutor desto es –dijo Rinconete– el Narigueta.

—Ya está eso hecho y pagado –dijo Monipodio–. Mirad si hay más, que si mal no me acuerdo, ha de haber ahí un espanto de veinte escudos; está dada la mitad, y el esecutor es la comunidad toda, y el término es todo el mes en que estamos; y cumpliráse al pie de la letra, sin que falte una tilde, y será una de las mejores cosas que hayan sucedido en esta ciudad de muchos tiempos a esta parte. Dadme el libro, mancebo, que yo sé que no hay más, y sé también que anda muy flaco el oficio; pero tras este tiempo vendrá otro y habrá que hacer más de lo que quisiéremos; que no se mueve la hoja sin la voluntad de Dios, y no hemos de hacer nosotros que se vengue nadie por fuerza; cuanto más, que cada uno en su causa suele ser valiente y no quiere pagar las hechuras de la obra que él se puede hacer por sus manos.

—Así es –dijo a esto el Repolido–. Pero mire vuesa mer-

---

[533] *tuáutem*: persona imprescindible en alguna misión.

ced, señor Monipodio, lo que nos ordena y manda, que se va haciendo tarde y va entrando el calor más que de paso.

—Lo que se ha de hacer —respondió Monipodio— es que todos se vayan a sus puestos, y nadie se mude hasta el domingo, que nos juntaremos en este mismo lugar y se repartirá todo lo que hubiere caído, sin agraviar a nadie. A Rinconete *el Bueno* y a Cortadillo se les da por distrito, hasta el domingo, desde la Torre del Oro, por defuera de la ciudad, hasta el postigo del Alcázar, [534] donde se puede trabajar a sentadillas con sus flores; [535] que yo he visto a otros, de menos habilidad que ellos, salir cada día con más de veinte reales en menudos, [536] amén de la plata, con una baraja sola, y ésa con cuatro naipes menos. Este districto os enseñará Ganchoso; y, aunque os estendáis hasta San Sebastián y San Telmo, [537] importa poco, puesto que es justicia mera mista que nadie se entre en pertenencia de nadie.

Besáronle la mano los dos por la merced que se les hacía, y ofreciéronse a hacer su oficio bien y fielmente, con toda diligencia y recato.

Sacó, en esto, Monipodio un papel doblado de la capilla de la capa, donde estaba la lista de los cofrades, y dijo a Rinconete que pusiese allí su nombre y el de Cortadillo; mas, porque no había tintero, le dio el papel para que lo llevase, y en el primer boticario los escribiese, poniendo: *Rinconete y Cortadillo, cofrades: noviciado, ninguno; Rinconete, floreo; Cortadillo, bajón; y el día, mes y año,* callando padres y patria.

Estando en esto, entró uno de los viejos avispones y dijo:

—Vengo a decir a vucsas mercedes cómo agora, agora, topé en Gradas a Lobillo el de Málaga, y díceme que viene mejora-

---

[534] *Torre del Oro... hasta el postigo del Alcázar:* la parte sur de la ciudad.

[535] *flores:* trampas.

[536] *menudos:* monedas de cobre de poco valor.

[537] *San Sebastián y San Telmo:* iglesias sevillanas sitas, respectivamente, en la Tablada y al lado del río.

do en su arte de tal manera, que con naipe limpio quitará el dinero al mismo Satanás; y que por venir maltratado no viene luego a registrarse y a dar la sólita [538] obediencia; pero que el domingo será aquí sin falta.

—Siempre se me asentó a mí —dijo Monipodio— que este Lobillo había de ser único en su arte, porque tiene las mejores y más acomodadas manos para ello que se pueden desear; que, para ser uno buen oficial en su oficio, tanto ha menester los buenos instrumentos con que le ejercita, como el ingenio con que le aprende.

—También topé —dijo el viejo— en una casa de posadas, en la calle de Tintores, al Judío, en hábito de clérigo, que se ha ido a posar allí por tener noticia que dos peruleros [539] viven en la misma casa, y querría ver si pudiese trabar juego con ellos, aunque fuese de poca cantidad, que de allí podría venir a mucha. Dice también que el domingo no faltará de la junta y dará cuenta de su persona.

—Ese Judío también —dijo Monipodio— es gran sacre y tiene gran conocimiento. Días ha que no le he visto, y no lo hace bien. Pues a fe que si no se enmienda, que yo le deshaga la corona; que no tiene más órdenes el ladrón que las tiene el turco, ni sabe más latín que mi madre. ¿Hay más de nuevo?

—No —dijo el viejo—; a lo menos que yo sepa.

—Pues sea en buen hora —dijo Monipodio—. Voacedes tomen esta miseria —y repartió entre todos hasta cuarenta reales—, y el domingo no falte nadie, que no faltará nada de lo corrido.

Todos le volvieron las gracias. Tornáronse a abrazar Repolido y la Cariharta, la Escalanta con Maniferro y la Gananciosa con Chiquiznaque, concertando que aquella noche, después de haber alzado de obra en la casa, se viesen en la de la Pipota,

---

[538] *sólita*: acostumbrada.

[539] *peruleros*: se aplicó, en principio a los que volvían ricos del Perú; más tarde adoptó el significado de "indiano".

donde también dijo que iría Monipodio, al registro de la canasta de colar, y que luego había de ir a cumplir y borrar la partida de la miera. Abrazó a Rinconete y a Cortadillo, y, echándolos su bendición, los despidió, encargándoles que no tuviesen jamás posada cierta ni de asiento, porque así convenía a la salud de todos. Acompañólos Ganchoso hasta enseñarles sus puestos, acordándoles que no faltasen el domingo, porque, a lo que creía y pensaba, Monipodio había de leer una lición de posición[540] acerca de las cosas concernientes a su arte. Con esto, se fue, dejando a los dos compañeros admirados de lo que habían visto.

Era Rinconete, aunque muchacho, de muy buen entendimiento, y tenía un buen natural; y, como había andado con su padre en el ejercicio de las bulas, sabía algo de buen lenguaje, y dábale gran risa pensar en los vocablos que había oído a Monipodio y a los demás de su compañía y bendita comunidad, y más cuando por decir *per modum suffragii* había dicho *per modo de naufragio;* y que sacaban el *estupendo,* por decir *estipendio,* de lo que se garbeaba; y cuando la Cariharta dijo que era Repolido como un *marinero de Tarpeya* y un tigre de *Ocaña,* por decir *Hircania,* con otras mil impertinencias (especialmente le cayó en gracia cuando dijo que el trabajo que había pasado en ganar los veinte y cuatro reales lo recibiese el cielo en descuento de sus pecados) a éstas y a otras peores semejantes; y, sobre todo, le admiraba la seguridad que tenían y la confianza de irse al cielo con no faltar a sus devociones, estando tan llenos de hurtos, y de homicidios y de ofensas a Dios. Y reíase de la otra buena vieja de la Pipota, que dejaba la canasta de colar hurtada, guardada en su casa y se iba a poner las candelillas de cera a las imágenes, y con ello pensaba irse al cielo calzada y vestida. No menos le suspendía la obediencia y respecto que todos tenían a Monipodio, siendo un hombre bárbaro, rústico y desalmado. Consideraba lo que había leído en su libro de memoria y los

---

[540] *lición de posición*: lección de oposición.

ejercicios en que todos se ocupaban. Finalmente, exageraba cuán descuidada justicia había en aquella tan famosa ciudad de Sevilla, pues casi al descubierto vivía en ella gente tan perniciosa y tan contraria a la misma naturaleza; y propuso en sí de aconsejar a su compañero no durasen mucho en aquella vida tan perdida y tan mala, tan inquieta, y tan libre y disoluta. Pero, con todo esto, llevado de sus pocos años y de su poca esperiencia, pasó con ella adelante algunos meses, en los cuales le sucedieron cosas que piden más luenga escritura; y así, se deja para otra ocasión contar su vida y milagros, con los de su maestro Monipodio, y otros sucesos de aquéllos de la infame academia, que todos serán de grande consideración y que podrán servir de ejemplo y aviso a los que las leyeren.

Entre los despojos que los ingleses llevaron de la ciudad de Cádiz, [541] Clotaldo, un caballero inglés, capitán de una escuadra de navíos, llevó a Londres una niña de edad de siete años, poco más o menos; y esto contra la voluntad y sabiduría del conde de Leste, [542] que con gran diligencia hizo buscar la niña para volvérsela a sus padres, que ante él se quejaron de la falta de su hija, pidiéndole que, pues se contentaba con las haciendas y dejaba libres las personas, no fuesen ellos tan desdichados que, ya que quedaban pobres, quedasen sin su hija, que era la lumbre de sus ojos y la más hermosa criatura que había en toda la ciudad.

Mandó el conde echar bando [543] por toda su armada que, so pena de la vida, volviese la niña cualquiera que la tuviese; mas ningunas penas ni temores fueron bastantes a que Clotaldo la obedeciese, que la tenía escondida en su nave, aficionado, aunque cristianamente, a la incomparable hermosura de Isabel, que así se llamaba la niña. Finalmente, sus padres se quedaron sin ella, tristes y desconsolados, y Clotaldo, alegre sobremodo, llegó a Londres y entregó por riquísimo despojo a su mujer a la hermosa niña.

---

[541] *Cádiz*: Cádiz fue saqueada por los ingleses varias veces a lo largo del siglo XVI. Lo más probable es que la novela se refiera al saqueo de 1587 o al de 1596.

[542] *conde de Leste*: probablemente Leicester, que solía financiar y, a menudo acompañar a F. Drake. Algunos editores, postulando que se trata del saqueo de 1596, han corregido por Essex.

[543] *echar bando*: pregonar.

Quiso la buena suerte que todos los de la casa de Clotaldo eran católicos secretos, aunque en lo público mostraban seguir la opinión de su reina. [544] Tenía Clotaldo un hijo llamado Ricaredo, de edad de doce años, enseñado de sus padres a amar y temer a Dios y a estar muy entero en las verdades de la fe católica. Catalina, la mujer de Clotaldo, noble, cristiana y prudente señora, tomó tanto amor a Isabel que, como si fuera su hija, la criaba, regalaba e industriaba; [545] y la niña era de tan buen natural, que con facilidad aprendía todo cuanto le enseñaban. Con el tiempo y con los regalos, fue olvidando los que sus padres verdaderos le habían hecho; pero no tanto que dejase de acordarse y de suspirar por ellos muchas veces; y, aunque iba aprendiendo la lengua inglesa, no perdía la española, porque Clotaldo tenía cuidado de traerle a casa secretamente españoles que hablasen con ella. Desta manera, sin olvidar la suya, como está dicho, hablaba la lengua inglesa como si hubiera nacido en Londres.

Después de haberle enseñado todas las cosas de labor que puede y debe saber una doncella bien nacida, la enseñaron a leer y escribir más que medianamente; pero en lo que tuvo estremo fue en tañer todos los instrumentos que a una mujer son lícitos, y esto con toda perfección de música, acompañándola con una voz que le dio el cielo, tan estremada que encantaba cuando cantaba.

Todas estas gracias, adqueridas y puestas sobre la natural suya, poco a poco fueron encendiendo el pecho de Ricaredo, a quien ella, como a hijo de su señor, quería y servía. Al principio le salteó amor con un modo de agradarse y complacerse de ver la sin igual belleza de Isabel, y de considerar sus infinitas virtudes y gracias, amándola como si fuera su hermana, sin que sus deseos saliesen de los términos honrados y virtuosos. Pero,

---

[544] *reina*: se trata de Isabel I, hija de Enrique VIII, rey que rompió con la Iglesia católica e instauró el anglicanismo.

[545] *industriaba*: educaba.

como fue creciendo Isabel, que ya cuando Ricaredo ardía tenía doce años, aquella benevolencia primera y aquella complacencia y agrado de mirarla se volvió en ardentísimos deseos de gozarla y de poseerla: no porque aspirase a esto por otros medios que por los de ser su esposo, pues de la incomparable honestidad de Isabela, que así la llamaban ellos, no se podía esperar otra cosa, ni aun él quisiera esperarla, aunque pudiera, porque la noble condición suya, y la estimación en que a Isabela tenía, no consentían que ningún mal pensamiento echase raíces en su alma.

Mil veces determinó manifestar su voluntad a sus padres, y otras tantas no aprobó su determinación, porque él sabía que le tenían dedicado para ser esposo de una muy rica y principal doncella escocesa, asimismo secreta cristiana como ellos. Y estaba claro, según él decía, que no habían de querer dar a una esclava, si este nombre se podía dar a Isabela, lo que ya tenían concertado de dar a una señora. Y así, perplejo y pensativo, sin saber qué camino tomar para venir al fin de su buen deseo, pasaba una vida tal, que le puso a punto de perderla. Pero, pareciéndole ser gran cobardía dejarse morir sin intentar algún género de remedio a su dolencia, se animó y esforzó a declarar su intento a Isabela.

Andaban todos los de casa tristes y alborotados por la enfermedad de Ricaredo, que de todos era querido, y de sus padres con el estremo posible, así por no tener otro, como porque lo merecía su mucha virtud y su gran valor y entendimiento. No le acertaban los médicos la enfermedad, ni él osaba ni quería descubrírsela. En fin, puesto en romper por las dificultades que él se imaginaba, un día que entró Isabela a servirle, viéndola sola, con desmayada voz y lengua turbada le dijo:

—Hermosa Isabela, tu valor, tu mucha virtud y grande hermosura me tienen como me ves; si no quieres que deje la vida en manos de las mayores penas que pueden imaginarse, responda el tuyo a mi buen deseo, que no es otro que el de recebirte por mi esposa a hurto de mis padres, de los cuales temo que, por no conocer lo que yo conozco que mereces, me han de negar el bien que tanto me importa. Si me das la palabra de ser mía, yo te la doy, desde luego, [546] como verdadero y católico cristiano, de ser tuyo; que, puesto que [547] no llegue a gozarte, como no llegaré, hasta que con bendición de la Iglesia y de mis padres sea, aquel imaginar que con seguridad eres mía será bastante a darme salud y a mantenerme alegre y contento hasta que llegue el felice punto que deseo.

En tanto que esto dijo Ricaredo, estuvo escuchándole Isabela, los ojos bajos, mostrando en aquel punto que su honestidad se igualaba a su hermosura, y a su mucha discreción su recato. Y así, viendo que Ricaredo callaba, honesta, hermosa y discreta, le respondió desta suerte:

—Después que quiso el rigor o la clemencia del cielo, que no sé a cuál destos estremos lo atribuya, quitarme a mis padres, señor Ricaredo, y darme a los vuestros, agradecida a las infinitas mercedes que me han hecho, determiné que jamás mi voluntad saliese de la suya; y así, sin ella tendría no por buena, sino por mala fortuna la inestimable merced que queréis hacerme. Si con su sabiduría fuere yo tan venturosa que os merezca, desde aquí os ofrezco la voluntad que ellos me dieren; y, en tanto que esto se dilatare o no fuere, entretengan vuestros deseos saber que los míos serán eternos y limpios en desearos el bien que el cielo puede daros.

Aquí puso silencio Isabela a sus honestas y discretas razones, y allí comenzó la salud de Ricaredo, y comenzaron a revivir las esperanzas de sus padres, que en su enfermedad muertas estaban.

Despidiéronse los dos cortésmente: él, con lágrimas en los ojos; ella, con admiración en el alma de ver tan rendida a su amor la de Ricaredo, el cual, levantado del lecho, al parecer de sus padres por milagro, no quiso tenerles más tiempo ocultos sus pensamiento. Y así, un día se los manifestó a su madre,

---

[546] *desde luego*: desde este momento, de inmediato.
[547] *puesto que*: aunque.

diciéndole en el fin de su plática, que fue larga, que si no le casaban con Isabela, que el negársela y darle la muerte era todo una misma cosa. Con tales razones, con tales encarecimientos subió al cielo las virtudes de Isabela Ricaredo, que le pareció a su madre que Isabela era la engañada en llevar a su hijo por esposo. Dio buenas esperanzas a su hijo de disponer a su padre a que con gusto viniese en lo que ya ella también venía; y así fue; que, diciendo a su marido las mismas razones que a ella había dicho su hijo, con facilidad le movió a querer lo que tanto su hijo deseaba, fabricando escusas que impidiesen el casamiento que casi tenía concertado con la doncella de Escocia.

A esta sazón tenía Isabela catorce y Ricaredo veinte años; y, en esta tan verde y tan florida edad, su mucha discreción y conocida prudencia los hacía ancianos. Cuatro días faltaban para llegarse aquél en el cual sus padres de Ricaredo querían que su hijo inclinase el cuello al yugo santo del matrimonio, teniéndose por prudentes y dichosísimos de haber escogido a su prisionera por su hija, teniendo en más la dote de sus virtudes que la mucha riqueza que con la escocesa se les ofrecía. Las galas estaban ya a punto, los parientes y los amigos convidados, y no faltaba otra cosa sino hacer a la reina sabidora de aquel concierto; porque, sin su voluntad y consentimiento, entre los de ilustre sangre, no se efetúa casamiento alguno; pero no dudaron de la licencia, y así, se detuvieron en pedirla.

Digo, pues, que, estando todo en este estado, cuando faltaban los cuatro días hasta el de la boda, una tarde turbó todo su regocijo un ministro de la reina que dio un recaudo[548] a Clotaldo: que su Majestad mandaba que otro día[549] por la mañana llevasen a su presencia a su prisionera, la española de Cádiz. Respondióle Clotaldo que de muy buena gana haría lo que su Majestad le mandaba. Fuese el ministro, y dejó llenos los pechos de todos de turbación, de sobresalto y miedo.

---

[548] *recaudo*: recado.
[549] *otro día*: al día siguiente.

—¡Ay —decía la señora Catalina—, si sabe la reina que yo he criado a esta niña a la católica, y de aquí viene a inferir que todos los desta casa somos cristianos! Pues si la reina le pregunta qué es lo que ha aprendido en ocho años que ha que es prisionera, ¿qué ha de responder la cuitada[550] que no nos condene, por más discreción que tenga?

Oyendo lo cual Isabela, le dijo:

—No le dé pena alguna, señora mía, ese temor, que yo confío en el cielo que me ha de dar palabras en aquel instante, por su divina misericordia, que no sólo no os condenen, sino que redunden en provecho vuestro.

Temblaba Ricaredo, casi como adivino de algún mal suceso. Clotaldo buscaba modos que pudiesen dar ánimo a su mucho temor, y no los hallaba sino en la mucha confianza que en Dios tenía y en la prudencia de Isabela, a quien encomendó mucho que, por todas las vías que pudiese escusase el condenallos por católicos; que, puesto que estaban prontos[551] con el espíritu a recebir martirio, todavía la carne enferma rehusaba su amarga carrera. Una y muchas veces le aseguró Isabela estuviesen seguros que por su causa no sucedería lo que temían y sospechaban, porque, aunque ella entonces no sabía lo que había de responder a las preguntas que en tal caso le hiciesen, tenía tan viva y cierta esperanza que había de responder de modo que, como otra vez había dicho, sus respuestas les sirviesen de abono.[552]

Discurrieron aquella noche en muchas cosas, especialmente en que si la reina supiera que eran católicos, no les enviara recaudo tan manso, por donde se podía inferir que sólo querría ver a Isabela, cuya sin igual hermosura y habilidades habría llegado a sus oídos, como a todos los de la ciudad. Pero ya en no habérsela presentado se hallaban culpados, de la cual culpa hallaron sería bien disculparse con decir que desde el punto que

---

[550] *cuitada*: la pobre, la desdichada.
[551] *prontos*: dispuestos.
[552] *de abono*: de defensa, de garantía.

entró en su poder la escogieron y señalaron para esposa de su hijo Ricaredo. Pero también en esto se culpaban, por haber hecho el casamiento sin licencia de la reina, aunque esta culpa no les pareció digna de gran castigo.

Con esto se consolaron, y acordaron que Isabela no fuese vestida humildemente, como prisionera, sino como esposa, pues ya lo era de tan principal esposo como su hijo. Resueltos en esto, otro día vistieron a Isabela a la española, con una saya entera de raso verde, acuchillada [553] y forrada en rica tela de oro, tomadas las cuchilladas con unas eses de perlas, y toda ella bordada de riquísimas perlas; collar y cintura de diamantes, y con abanico a modo de las señoras damas españolas; sus mismos cabellos, que eran muchos, rubios y largos, entretejidos y sembrados de diamantes y perlas, le sirvían de tocado. Con este adorno riquísimo y con su gallarda disposición y milagrosa belleza, se mostró aquel día a Londres sobre una hermosa carroza, llevando colgados de su vista las almas y los ojos de cuantos la miraban. Iban con ella Clotaldo y su mujer y Ricaredo en la carroza, y a caballo muchos ilustres parientes suyos. Toda esta honra quiso hacer Clotaldo a su prisionera, por obligar a la reina la tratase como a esposa de su hijo.

Llegados, pues, a palacio, y a una gran sala donde la reina estaba, entró por ella Isabela, dando de sí la más hermosa muestra que pudo caber en una imaginación. Era la sala grande y espaciosa, y a dos pasos se quedó el acompañamiento y se adelantó Isabela; y, como quedó sola, pareció lo mismo que parece la estrella o exhalación [554] que por la región del fuego [555] en serena y sosegada noche suele moverse, o bien ansí como rayo del sol que al salir del día por entre dos montañas se descubre. Todo esto pareció, y aun cometa que pronosticó el incendio de

---

[553] *acuchillada*: con aberturas verticales, de forma que bajo ella se ve otra prenda.

[554] *exhalación*: estrella fugaz.

[555] *región del fuego*: según Ptolomeo, era una de las partes que componían el cielo.

más de un alma de los que allí estaban, a quien Amor abrasó con los rayos de los hermosos soles de Isabela; la cual, llena de humildad y cortesía, se fue a poner de hinojos[556] ante la reina, y, en lengua inglesa, le dijo:

—Dé Vuestra Majestad las manos a esta su sierva, que, desde hoy más, se tendrá por señora, pues ha sido tan venturosa que ha llegado a ver la grandeza vuestra.

Estúvola la reina mirando por un buen espacio, sin hablarle palabra, pareciéndole, como después dijo a su camarera, que tenía delante un cielo estrellado, cuyas estrellas eran las muchas perlas y diamantes que Isabela traía; su bello rostro y sus ojos, el sol y la luna, y toda ella una nueva maravilla de hermosura. Las damas que estaban con la reina quisieran hacerse todas ojos, porque no les quedase cosa por mirar en Isabela. Cuál alababa la viveza de sus ojos, cuál la color del rostro, cuál la gallardía del cuerpo y cuál la dulzura de la habla; y tal hubo que, de pura envidia, dijo:

—Buena es la española, pero no me contenta el traje.

Después que pasó algún tanto la suspensión de la reina, haciendo levantar a Isabela, le dijo:

—Habladme en español, doncella, que yo le entiendo bien y gustaré dello.

Y volviéndose a Clotaldo, dijo:

—Clotaldo, agravio me habéis hecho en tenerme este tesoro tantos años ha encubierto; mas él es tal, que os haya movido a codicia: obligado estáis a restituírmele, porque de derecho es mío.

—Señora —respondió Clotaldo—, mucha verdad es lo que Vuestra Majestad dice: confieso mi culpa, si lo es haber guardado este tesoro a que estuviese en la perfección que convenía para parecer ante los ojos de Vuestra Majestad; y, ahora que lo está, pensaba traerle mejorado, pidiendo licencia a Vuestra Majestad para que Isabela fuese esposa de mi hijo Ricaredo, y daros, alta Majestad, en los dos, todo cuanto puedo daros.

---

[556] *de hinojos*: arrodillada.

—Hasta el nombre me contenta —respondió la reina—; no le faltaba más sino llamarse Isabela la española, para que no me quedase nada de perfección que desear en ella. Pero advertid, Clotaldo, que sé que sin mi licencia la teníades prometida a vuestro hijo.

—Así es verdad, señora —respondió Clotaldo—, pero fue en confianza que los muchos y relevados [557] servicios que yo y mis pasados tenemos hechos a esta corona alcanzarían de Vuestra Majestad otras mercedes más dificultosas que las desta licencia; cuanto más, que aún no está desposado mi hijo.

—Ni lo estará —dijo la reina— con Isabela hasta que por sí mismo lo merezca. Quiero decir que no quiero que para esto le aprovechen vuestros servicios ni de sus pasados: él por sí mismo se ha de disponer a servirme y a merecer por sí esta prenda, que ya la estimo como si fuese mi hija.

Apenas oyó esta última palabra Isabela, cuando se volvió a hincar de rodillas ante la reina, diciéndole en lengua castellana:

—Las desgracias que tales descuentos [558] traen, serenísima señora, antes se han de tener por dichas que por desventuras. Ya Vuestra Majestad me ha dado nombre de hija: sobre tal prenda, ¿qué males podré temer o qué bienes no podré esperar?

Con tanta gracia y donaire decía cuanto decía Isabela, que la reina se le aficionó en estremo y mandó que se quedase en su servicio, y se la entregó a una gran señora, su camarera mayor, para que la enseñase el modo de vivir suyo.

Ricaredo, que se vio quitar la vida en quitarle a Isabela, estuvo a pique de perder el juicio; y así, temblando y con sobresalto, se fue a poner de rodillas ante la reina, a quien dijo:

—Para servir yo a Vuestra Majestad no es menester incitarme con otros premios que con aquellos que mis padres y mis pasados han alcanzado por haber servido a sus reyes; pero, pues Vuestra Majestad gusta que yo la sirva con nuevos deseos y pretensiones,

---

[557] *relevados*: relevantes.
[558] *descuentos*: compensaciones.

querría saber en qué modo y en qué ejercicio podré mostrar que cumplo con la obligación en que Vuestra Majestad me pone.

—Dos navíos –respondió la reina– están para partirse en corso, [559] de los cuales he hecho general al barón de Lansac: [560] del uno dellos os hago a vos capitán, porque la sangre de do venís me asegura que ha de suplir la falta de vuestros años. Y advertid a la merced que os hago, pues os doy ocasión en ella a que, correspondiendo a quien sois, sirviendo a vuestra reina, mostréis el valor de vuestro ingenio y de vuestra persona, y alcancéis el mejor premio que a mi parecer vos mismo podéis acertar a desearos. Yo misma os seré guarda de Isabela, aunque ella da muestras que su honestidad será su más verdadera guarda. Id con Dios, que, pues vais enamorado, como imagino, grandes cosas me prometo de vuestras hazañas. Felice fuera el rey batallador que tuviera en su ejército diez mil soldados amantes que esperaran que el premio de sus vitorias había de ser gozar de sus amadas. Levantaos, Ricaredo, y mirad si tenéis o queréis decir algo a Isabela, porque mañana ha de ser vuestra partida.

Besó las manos Ricaredo a la reina, estimando en mucho la merced que le hacía, y luego se fue a hincar de rodillas ante Isabela; y, queriéndola hablar, no pudo, porque se le puso un nudo en la garganta que le ató la lengua y las lágrimas acudieron a los ojos, y él acudió a disimularlas lo más que le fue posible. Pero, con todo esto, no se pudieron encubrir a los ojos de la reina, pues dijo:

—No os afrentéis, [561] Ricaredo, de llorar, ni os tengáis en menos por haber dado en este trance tan tiernas muestras de vuestro corazón: que una cosa es pelear con los enemigos y otra despedirse de quien bien se quiere. Abrazad, Isabela, a Ricaredo y dadle vuestra bendición, que bien lo merece su sentimiento.

---

[559] *partirse en corso*: navegar como piratas.

[560] *barón de Lansac*: se han propuesto varios personajes reales con que identificar a este Lansac. Lo cierto es que no era infrecuente el uso de nombres conocidos para personajes inventados.

[561] *No os afrentéis*: no sintáis vergüenza.

Isabela, que estaba suspensa y atónita de ver la humildad y dolor de Ricaredo, que como a su esposo le amaba, no entendió lo que la reina le mandaba, antes comenzó a derramar lágrimas, tan sin pensar lo que hacía, y tan sesga [562] y tan sin movimiento alguno, que no parecía sino que lloraba una estatua de alabastro. Estos afectos [563] de los dos amantes, tan tiernos y tan enamorados, hicieron verter lágrimas a muchos de los circunstantes. [564] Y, sin hablar más palabra Ricaredo, y sin le haber hablado alguna a Isabela, haciendo Clotaldo y los que con él venían reverencia a la reina, se salieron de la sala, llenos de compasión, de despecho y de lágrimas.

Quedó Isabela como huérfana que acaba de enterrar sus padres, y con temor que la nueva señora quisiese que mudase las costumbres en que la primera la había criado. En fin, se quedó, y de allí a dos días Ricaredo se hizo a la vela, combatido, entre otros muchos, de dos pensamientos que le tenían fuera de sí: era el uno considerar que le convenía hacer hazañas que le hiciesen merecedor de Isabela; y el otro, que no podía hacer ninguna, si había de responder a su católico intento, que le impedía no desenvainar la espada contra católicos; y si no la desenvainaba, había de ser notado de cristiano o de cobarde, y todo esto redundaba en perjuicio de su vida y en obstáculo de su pretensión.

Pero, en fin, determinó de posponer al gusto de enamorado el que tenía de ser católico, y en su corazón pedía al cielo le deparase ocasiones donde, con ser valiente, cumpliese con ser cristiano, dejando a su reina satisfecha y a Isabela merecida.

Seis días navegaron los dos navíos con próspero viento, siguiendo la derrota [565] de las islas Terceras, [566] paraje donde nunca faltan o naves portuguesas de las Indias orientales o algunas derrotadas [567] de las occidentales. Y, al cabo de los seis días,

---

[562] *sesga*: quieta, inmóvil.
[563] *afectos*: sentimientos.
[564] *circunstantes*: los que estaban alrededor.
[565] *derrota*: rumbo.
[566] *islas Terceras*: las Azores.
[567] *derrotadas*: procedentes.

les dio de costado un recísimo viento, que en el mar océano tiene otro nombre que en el Mediterráneo, donde se llama mediodía, el cual viento fue tan durable y tan recio que, sin dejarles tomar las islas, les fue forzoso correr a España; y, junto a su costa, a la boca del estrecho de Gibraltar, descubrieron tres navíos: uno poderoso y grande, y los dos pequeños. Arribó la nave de Ricaredo a su capitán, para saber de su general si quería embestir a los tres navíos que se descubrían; y, antes que a ella llegase, vio poner sobre la gavia [568] mayor un estandarte negro, y, llegándose más cerca, oyó que tocaban en la nave clarines y trompetas roncas: señales claras o que el general era muerto o alguna otra principal persona de la nave. Con este sobresalto llegaron a poderse hablar, que no lo habían hecho después que salieron del puerto. Dieron voces de la nave capitana, diciendo que el capitán Ricaredo pasase a ella, porque el general la noche antes había muerto de una apoplejía. [569] Todos se entristecieron, si no fue Ricaredo, que le alegró, no por el daño de su general, sino por ver que quedaba él libre para mandar en los dos navíos, que así fue la orden de la reina: que, faltando el general, lo fuese Ricaredo; el cual con presteza se pasó a la capitana, donde halló que unos lloraban por el general muerto y otros se alegraban con el vivo.

Finalmente, los unos y los otros le dieron luego la obediencia y le aclamaron por su general con breves ceremonias, no dando lugar a otra cosa dos de los tres navíos que habían descubierto, los cuales, desviándose del grande, a las dos naves se venían.

Luego conocieron ser galeras, y turquescas, por las medias lunas que en las banderas traían, de que recibió gran gusto Ricaredo, pareciéndole que aquella presa, si el cielo se la concediese, sería de consideración, sin haber ofendido a ningún católico. Las dos galeras turquescas llegaron a reconocer los navíos ingleses, los cuales no traían insignias de Inglaterra, sino de España, por

---

[568] *gavia*: mástil.
[569] *apoplejía*: infarto cerebral.

desmentir[570] a quien llegase a reconocellos, y no los tuviese por navíos de cosarios. Creyeron los turcos ser naves derrotadas de las Indias y que con facilidad las rendirían. Fuéronse entrando poco a poco, y de industria los dejó llegar Ricaredo hasta tenerlos a gusto de su artillería, la cual mandó disparar a tan buen tiempo, que con cinco balas dio en la mitad de una de las galeras, con tanta furia, que la abrió por medio toda. Dio luego a la banda,[571] y comenzó a irse a pique sin poderse remediar. La otra galera, viendo tan mal suceso, con mucha priesa le dio cabo,[572] y le llevó a poner debajo del costado del gran navío; pero Ricaredo, que tenía los suyos prestos y ligeros, y que salían y entraban como si tuvieran remos,[573] mandando cargar de nuevo toda la artillería, los fue siguiendo hasta la nave, lloviendo sobre ellos infinidad de balas. Los de la galera abierta, así como llegaron a la nave, la desampararon, y con priesa y celeridad procuraban acogerse a la nave. Lo cual visto por Ricaredo y que la galera sana se ocupaba con la rendida, cargó sobre ella con sus dos navíos, y, sin dejarla rodear ni valerse de los remos, la puso en estrecho: que los turcos se aprovecharon ansimismo del refugio de acogerse a la nave, no para defenderse en ella, sino por escapar las vidas por entonces. Los cristianos de quien venían armadas las galeras, arrancando las branzas[574] y rompiendo las cadenas, mezclados con los turcos, también se acogieron a la nave; y, como iban subiendo por su costado, con la arcabucería[575] de los navíos los iban tirando como a blanco; a los turcos no más, que a los cristianos mandó Ricaredo que nadie los tirase. Desta

---

[570] *desmentir*: engañar.

[571] *dio luego a la banda*: giró rápidamente sobre un costado.

[572] *dar cabo*: echar una cuerda.

[573] *remos*: los galeones ingleses de la época se movían sólo por la fuerza del viento, incluso en las maniobras; su diseño los hacía más manejables que las galeras españolas y turcas, movidas por viento y remo.

[574] *branzas*: las argollas que sujetaban los remos.

[575] *arcabucería*: arcabuces y armas similares. El arcabuz es un arma parecida al fusil.

manera, casi todos los más turcos fueron muertos, y los que en la nave entraron, por los cristianos que con ellos se mezclaron, aprovechándose de sus mismas armas, fueron hechos pedazos: que la fuerza de los valientes, cuando caen, se pasa a la flaqueza de los que se levantan. Y así, con el calor que les daba a los cristianos pensar que los navíos ingleses eran españoles, hicieron por su libertad maravillas. Finalmente, habiendo muerto casi todos los turcos, algunos españoles se pusieron a borde del navío, y a grandes voces llamaron a los que pensaban ser españoles entrasen a gozar el premio del vencimiento.

Preguntóles Ricaredo en español que qué navío era aquél. Respondiéronle que era una nave que venía de la India de Portugal,[576] cargada de especería,[577] y con tantas perlas y diamantes, que valía más de un millón de oro, y que con tormenta había arribado a aquella parte, toda destruida y sin artillería, por haberla echado a la mar la gente, enferma y casi muerta de sed y de hambre; y que aquellas dos galeras, que eran del cosario Arnaute Mamí,[578] el día antes la habían rendido, sin haberse puesto en defensa; y que, a lo que habían oído decir, por no poder pasar tanta riqueza a sus dos bajeles,[579] la llevaban a jorro[580] para meterla en el río de Larache,[581] que estaba allí cerca.

Ricaredo les respondió que si ellos pensaban que aquellos dos navíos eran españoles, se engañaban; que no eran sino de la señora reina de Inglaterra, cuya nueva dio que pensar y que temer a los que la oyeron, pensando, como era razón que pen-

---

[576] *India de Portugal*: se denominaba así a las posesiones portuguesas en Asia y África oriental.

[577] *especería*: cargamento de especias.

[578] *Arnaute Mamí*: Mamí el Albanés; personaje histórico, bien conocido de Cervantes, puesto que era él quien mandaba la flota berberisca que lo capturó en 1575.

[579] *bajeles*: barcos.

[580] *a jorro*: a remolque.

[581] *Larache*: Larache es una ciudad marroquí de la costa atlántica. Su río es el Lukkus.

sasen, que de un lazo[582] habían caído en otro. Pero Ricaredo les dijo que no temiesen algún daño, y que estuviesen ciertos de su libertad, con tal que no se pusiesen en defensa.

—Ni es posible ponernos en ella –respondieron–, porque, como se ha dicho, este navío no tiene artillería ni nosotros armas; así que, nos es forzoso acudir a la gentileza y liberalidad de vuestro general; pues será justo que quien nos ha librado del insufrible cautiverio de los turcos lleve adelante tan gran merced y beneficio, pues le podrá hacer famoso en todas las partes, que serán infinitas, donde llegare la nueva desta memorable vitoria y de su liberalidad, más de nosotros esperada que temida.

No le parecieron mal a Ricaredo las razones del español; y, llamando a consejo los de su navío, les preguntó cómo haría para enviar todos los cristianos a España sin ponerse a peligro de algún siniestro suceso, si el ser tantos les daba ánimo para levantarse. Pareceres hubo que los hiciese pasar uno a uno a su navío, y, así como fuesen entrando debajo de cubierta, matarle, y desta manera matarlos a todos, y llevar la gran nave a Londres, sin temor ni cuidado alguno.

A esto respondió Ricaredo:

—Pues que Dios nos ha hecho tan gran merced en darnos tanta riqueza, no quiero corresponderle con ánimo cruel y desagradecido, ni es bien que lo que puedo remediar con la industria lo remedie con la espada. Y así, soy de parecer que ningún cristiano católico muera: no porque los quiero bien, sino porque me quiero a mí muy bien, y querría que esta hazaña de hoy ni a mí ni a vosotros, que en ella me habéis sido compañeros, nos diese, mezclado con el nombre de valientes, el renombre de crueles: porque nunca dijo bien la crueldad con la valentía. Lo que se ha de hacer es que toda la artillería de un navío destos se ha de pasar a la gran nave portuguesa, sin dejar en el navío otras armas ni otra cosa más del bastimento,[583] y no

---

[582] *lazo*: trampa.
[583] *bastimento*: las provisiones.

alejando la nave de nuestra gente, la llevaremos a Inglaterra, y los españoles se irán a España.

Nadie osó contradecir lo que Ricaredo había propuesto, y algunos le tuvieron por valiente y magnánimo y de buen entendimiento; otros le juzgaron en sus corazones por más católico que debía. Resuelto, pues, en esto Ricaredo, pasó con cincuenta arcabuceros a la nave portuguesa, todos alerta y con las cuerdas[584] encendidas. Halló en la nave casi trecientas personas, de las que habían escapado de las galeras. Pidió luego el registro de la nave, y respondióle aquel mismo que desde el borde le habló la vez primera, que el registro le había tomado el cosario de los bajeles, que con ellos se había ahogado. Al instante puso el torno[585] en orden, y, acostando su segundo bajel a la gran nave, con maravillosa presteza y con fuerza de fortísimos cabestrantes, pasaron la artillería del pequeño bajel a la mayor nave. Luego, haciendo una breve plática a los cristianos, les mandó pasar al bajel desembarazado, donde hallaron bastimento en abundancia para más de un mes y para más gente; y, así como se iban embarcando, dio a cada uno cuatro escudos de oro españoles, que hizo traer de su navío, para remediar en parte su necesidad cuando llegasen a tierra: que estaba tan cerca, que las altas montañas de Abila y Calpe[586] desde allí se parecían. Todos le dieron infinitas gracias por la merced que les hacía, y el último que se iba a embarcar fue aquel que por los demás había hablado, el cual le dijo:

—Por más ventura tuviera, valeroso caballero, que me llevaras contigo a Inglaterra, que no que me enviaras a España; porque, aunque es mi patria y no habrá sino seis días que della partí, no he de hallar en ella otra cosa que no sea de ocasiones de tristezas y soledades mías. Sabrás, señor, que en la pérdida de

---

[584] *cuerdas*: mechas.

[585] *torno*: cabestrante; aparejo para alzar el ancla.

[586] *Abila y Calpe*: son los picos que se alzan a cada uno de los lados del estrecho de Gibraltar: Djebel Musa en África y Calpe (Gibraltar) en Europa.

Cádiz, que sucedió habrá quince años, perdí una hija que los ingleses debieron de llevar a Inglaterra, y con ella perdí el descanso de mi vejez y la luz de mis ojos; que, después que no la vieron, nunca han visto cosa que de su gusto sea. El grave descontento en que me dejó su pérdida y la de la hacienda, que también me faltó, me pusieron de manera que ni más quise ni más pude ejercitar la mercancía, cuyo trato me había puesto en opinión de ser el más rico mercader de toda la ciudad. Y así era la verdad, pues fuera del crédito, que pasaba de muchos centenares de millares de escudos, valía mi hacienda dentro de las puertas de mi casa más de cincuenta mil ducados; todo lo perdí, y no hubiera perdido nada, como no hubiera perdido a mi hija. Tras esta general desgracia y tan particular mía, acudió la necesidad a fatigarme, hasta tanto que, no pudiéndola resistir, mi mujer y yo, que es aquella triste que allí está sentada, determinamos irnos a las Indias, común refugio de los pobres generosos. Y, habiéndonos embarcado en un navío de aviso[587] seis días ha, a la salida de Cádiz dieron con el navío estos dos bajeles de cosarios, y nos cautivaron, donde se renovó nuestra desgracia y se confirmó nuestra desventura. Y fuera mayor si los cosarios no hubieran tomado aquella nave portuguesa, que los entretuvo hasta haber sucedido lo que él había visto.

Preguntóle Ricaredo cómo se llamaba su hija. Respondióle que Isabel. Con esto acabó de confirmarse Ricaredo en lo que ya había sospechado, que era que el que se lo contaba era el padre de su querida Isabela. Y, sin darle algunas nuevas della, le dijo que de muy buena gana llevaría a él y a su mujer a Londres, donde podría ser hallasen nuevas de la que deseaban. Hízolos pasar luego a su capitana, poniendo marineros y guardas bastantes en la nao portuguesa.

Aquella noche alzaron velas, y se dieron priesa a apartarse de las costas de España, porque el navío de los cautivos libres, entre los cuales también iban hasta veinte turcos, a quien tam-

---

[587] *navío de aviso*: nave ligera que se utilizaba para enviar mensajes.

bién Ricaredo dio libertad, por mostrar que más por su buena condición y generoso ánimo se mostraba liberal, que por forzarle amor que a los católicos tuviese. Rogó a los españoles que en la primera ocasión que se ofreciese diesen entera libertad a los turcos, que ansimismo se le mostraron agradecidos.

El viento, que daba señales de ser próspero y largo, comenzó a calmar un tanto, cuya calma levantó gran tormenta de temor en los ingleses, que culpaban a Ricaredo y a su liberalidad, diciéndole que los libres podían dar aviso en España de aquel suceso, y que si acaso había galeones de armada en el puerto, podían salir en su busca y ponerlos en aprieto y en término de perderse. Bien conocía Ricaredo que tenían razón, pero, venciéndolos a todos con buenas razones, los sosegó; pero más los quietó el viento, que volvió a refrescar de modo que, dándole todas las velas, sin tener necesidad de amainallas ni aun de templallas, dentro de nueve días se hallaron a la vista de Londres; y, cuando en él, vitoriosos, volvieron, habría treinta que dél faltaban.

No quiso Ricaredo entrar en el puerto con muestras de alegría, por la muerte de su general; y así, mezcló las señales alegres con las tristes: unas veces sonaban clarines regocijados; otras, trompetas roncas; unas tocaban los atambores,[588] alegres y sobresaltadas armas, a quien con señas tristes y lamentables respondían los pífaros;[589] de una gavia colgaba, puesta al revés, una bandera de medias lunas sembrada; en otra se veía un luengo estandarte de tafetán negro, cuyas puntas besaban el agua. Finalmente, con estos tan contrarios estremos entró en el río de Londres con su navío, porque la nave no tuvo fondo en él que la sufriese; y así, se quedó en la mar a lo largo.

Estas tan contrarias muestras y señales tenían suspenso el infinito pueblo que desde la ribera les miraba. Bien conocieron por algunas insignias que aquel navío menor era la capitana del

---

[588] *atambores*: tambores.
[589] *pífaros*: pífanos; flauta travesera de sonido agudo.

barón de Lansac, mas no podían alcanzar cómo el otro navío se hubiese cambiado con aquella poderosa nave que en la mar se quedaba; pero sacólos desta duda haber saltado en el esquife,[590] armado de todas armas, ricas y resplandecientes, el valeroso Ricaredo, que a pie, sin esperar otro acompañamiento que aquel de un inumerable vulgo que le seguía, se fue a palacio, donde ya la reina, puesta a unos corredores, estaba esperando le trujesen la nueva de los navíos.

Estaba con la reina, con las otras damas, Isabela, vestida a la inglesa, y parecía tan bien como a la castellana. Antes que Ricaredo llegase, llegó otro que dio las nuevas a la reina de cómo Ricaredo venía. Alborozóse Isabela oyendo el nombre de Ricaredo, y en aquel instante temió y esperó malos y buenos sucesos de su venida.

Era Ricaredo alto de cuerpo, gentilhombre y bien proporcionado. Y, como venía armado de peto, espaldar, gola y brazaletes y escarcelas,[591] con unas armas milanesas[592] de once vistas, grabadas y doradas, parecía en estremo bien a cuantos le miraban; no le cubría la cabeza morrión[593] alguno, sino un sombrero de gran falda, de color leonado con mucha diversidad de plumas terciadas a la valona;[594] la espada, ancha; los tiros,[595] ricos; las calzas, a la esguízara.[596] Con este adorno y con el paso

---

[590] *esquife*: bote de remos que se usaba para ir a tierra desde el barco y viceversa.

[591] ... *escarcelas*: el *peto* era la pieza de la armadura que cubría la parte delantera del tronco; el espaldar, la espalda; la gola, cubría el cuello; los brazaletes, los brazos, y las escarcelas cubrían, a modo de faldón que colgaba desde la cintura, el bajo vientre y la parte superior de los muslos.

[592] *armas milanesas*: Milán era ciudad famosa por el arte de sus fraguas. La palabra *vistas* puede referirse a las hendiduras para ver a través del yelmo o a algún tipo de adorno labrado en la armadura.

[593] *morrión*: una especie de casco.

[594] *a la valona*: al estilo de Flandes; dispuestas de tal manera que le rodeaban la copa.

[595] *tiros*: enganches de la vaina de la espada.

[596] *a la esguízara*: al estilo suizo.

brioso que llevaba, algunos hubo que le compararon a Marte, dios de la batallas, y otros, llevados de la hermosura de su rostro, dicen que le compararon a Venus, que, para hacer alguna burla a Marte, de aquel modo se había disfrazado. En fin, él llegó ante la reina; puesto de rodillas, le dijo:

—Alta Majestad, en fuerza de vuestra ventura y en consecución de mi deseo, después de haber muerto de una apoplejía el general de Lansac, quedando yo en su lugar, merced a la liberalidad vuestra, me deparó la suerte dos galeras turquescas que llevaban remolcando aquella gran nave que allí se parece. Acometíla, pelearon vuestros soldados como siempre, echáronse a fondo los bajeles de los cosarios; en el uno de los nuestros, en vuestro real nombre, di libertad a los cristianos que del poder de los turcos escaparon; sólo truje conmigo a un hombre y a una mujer españoles, que por su gusto quisieron venir a ver la grandeza vuestra. Aquella nave es de las que vienen de la India de Portugal, la cual por tormenta vino a dar en poder de los turcos, que con poco trabajo, o, por mejor decir, sin ninguno, la rindieron; y, según dijeron algunos portugueses de los que en ella venían, pasa de un millón de oro el valor de la especería y otras mercancías de perlas y diamantes que en ella vienen. A ninguna cosa se ha tocado, ni los turcos habían llegado a ella, porque todo lo dedicó el cielo, y yo lo mandé guardar, para Vuestra Majestad, que con una joya sola que se me dé, quedaré en deuda de otras diez naves, la cual joya ya Vuestra Majestad me la tiene prometida, que es a mi buena Isabela. Con ella quedaré rico y premiado, no sólo deste servicio, cual él se sea, que a Vuestra Majestad he hecho, sino de otros muchos que pienso hacer por pagar alguna parte del todo casi infinito que en esta joya Vuestra Majestad me ofrece.

—Levantaos, Ricaredo –respondió la reina–, y creedme que si por precio os hubiera de dar a Isabela, según yo la estimo, no la pudiérades pagar ni con lo que trae esa nave ni con lo que queda en las Indias. Dóyosla porque os la prometí, y porque ella es digna de vos y vos lo sois della. Vuestro valor solo la merece.

Si vos habéis guardado las joyas de la nave para mí, yo os he guardado la joya vuestra para vos; y, aunque os parezca que no hago mucho en volveros lo que es vuestro, yo sé que os hago mucha merced en ello; que las prendas que se compran a deseos y tienen su estimación en el alma del comprador, aquello valen que vale una alma: que no hay precio en la tierra con que aprecialla. Isabela es vuestra, veisla allí; cuando quisiéredes podéis tomar su entera posesión, y creo será con su gusto, porque es discreta y sabrá ponderar la amistad que le hacéis, que no la quiero llamar merced, sino amistad, porque me quiero alzar con el nombre de que yo sola puedo hacerle mercedes. Idos a descansar y venidme a ver mañana, que quiero más particularmente oír vuestras hazañas; y traedme esos dos que decís que de su voluntad han querido venir a verme, que se lo quiero agradecer.

Besóle las manos Ricaredo por las muchas mercedes que le hacía. Entróse la reina en una sala, y las damas rodearon a Ricaredo; y una dellas, que había tomado grande amistad con Isabela, llamada la señora Tansi, tenida por la más discreta, desenvuelta y graciosa de todas, dijo a Ricaredo:

—¿Qué es esto, señor Ricaredo, qué armas son éstas? ¿Pensábades por ventura que veníades a pelear con vuestros enemigos? Pues en verdad que aquí todas somos vuestras amigas, si no es la señora Isabela, que, como española, está obligada a no teneros buena voluntad.

—Acuérdese ella, señora Tansi, de tenerme alguna, que como yo esté en su memoria –dijo Ricaredo–, yo sé que la voluntad será buena, pues no puede caber en su mucho valor y entendimiento y rara hermosura la fealdad de ser desagradecida

A lo cual respondió Isabela:

—Señor Ricaredo, pues he de ser vuestra, a vos está tomar de mí toda la satisfación que quisiéredes para recompensaros de las alabanzas que me habéis dado y de las mercedes que pensáis hacerme.

Estas y otras honestas razones pasó Ricaredo con Isabela y con las damas, entre las cuales había una doncella de pequeña edad, la cual no hizo sino mirar a Ricaredo mientras allí estuvo. Alzábale las escarcelas, por ver qué traía debajo dellas, tentábale la espada y con simplicidad de niña quería que las armas le sirviesen de espejo, llegándose a mirar de muy cerca en ellas; y, cuando se hubo ido, volviéndose a las damas, dijo:

—Ahora, señoras, yo imagino que debe de ser cosa hermosísima la guerra, pues aun entre mujeres parecen bien los hombres armados.

—¡Y cómo si parecen! –respondió la señora Tansi–; si no, mirad, a Ricaredo, que no parece sino que el sol se ha bajado a la tierra y en aquel hábito va caminando por la calle.

Rieron todas del dicho de la doncella y de la disparatada semejanza de Tansi, y no faltaron murmuradores que tuvieron por impertinencia el haber venido armado Ricaredo a palacio, puesto que halló disculpa en otros, que dijeron que, como soldado, lo pudo hacer para mostrar su gallarda bizarría. [597]

Fue Ricaredo de sus padres, amigos, parientes y conocidos con muestras de entrañable amor recebido. Aquella noche se hicieron generales alegrías en Londres por su buen suceso. Ya los padres de Isabela estaban en casa de Clotaldo, a quien Ricaredo había dicho quién eran, pero que no les diesen nueva ninguna de Isabela hasta que él mismo se la diese. Este aviso tuvo la señora Catalina, su madre, y todos los criados y criadas de su casa. Aquella misma noche, con muchos bajeles, lanchas y barcos, y con no menos ojos que lo miraban, se comenzó a descargar la gran nave, que en ocho días no acabó de dar la mucha pimienta y otras riquísimas mercaderías que en su vientre encerradas tenía.

El día que siguió a esta noche fue Ricaredo a palacio, llevando consigo al padre y madre de Isabela, vestidos de nuevo a la inglesa, diciéndoles que la reina quería verlos. Llegaron todos donde la reina estaba en medio de sus damas, esperando a Ricaredo, a quien quiso lisonjear y favorecer con tener junto a sí a

---

[597] *bizarría*: arrojo, valentía.

Isabela, vestida con aquel mismo vestido que llevó la vez primera, mostrándose no menos hermosa ahora que entonces. Los padres de Isabela quedaron admirados y suspensos de ver tanta grandeza y bizarría junta. Pusieron los ojos en Isabela, y no la conocieron, aunque el corazón, presagio del bien que tan cerca tenían, les comenzó a saltar en el pecho, no con sobresalto que les entristeciese, sino con un no sé qué de gusto, que ellos no acertaban a entendelle. No consintió la reina que Ricaredo estuviese de rodillas ante ella; antes, le hizo levantar y sentar en una silla rasa, [598] que para sólo esto allí puesta tenían: inusitada merced, para la altiva condición de la reina; y alguno dijo a otro:

—Ricaredo no se sienta hoy sobre la silla que le han dado, sino sobre la pimienta que él trujo.

Otro acudió y dijo:

—Ahora se verifica lo que comúnmente se dice, que dádivas quebrantan peñas, pues las que ha traído Ricaredo han ablandado el duro corazón de nuestra reina.

Otro acudió y dijo:

—Ahora que está tan bien ensillado, más de dos se atreverán a correrle.

En efeto, de aquella nueva honra que la reina hizo a Ricaredo tomó ocasión la envidia para nacer en muchos pechos de aquéllos que mirándole estaban; porque no hay merced que el príncipe haga a su privado que no sea una lanza que atraviesa el corazón del envidioso.

Quiso la reina saber de Ricaredo menudamente [599] cómo había pasado la batalla con los bajeles de los cosarios. Él la contó de nuevo, atribuyendo la vitoria a Dios y a los brazos valerosos de sus soldados, encareciéndolos a todos juntos y particularizando algunos hechos de algunos que más que los otros se habían señalado, con que obligó a la reina a hacer a todos merced, y en particular a los particulares; y, cuando llegó a decir

---

[598] *silla rasa*: taburete.
[599] *menudamente*: con todo detalle.

la libertad que en nombre de su Majestad había dado a los turcos y cristianos, dijo:

—Aquella mujer y aquel hombre que allí están, señalando a los padres de Isabela, son los que dije ayer a Vuestra Majestad que, con deseo de ver vuestra grandeza, encarecidamente me pidieron los trujese conmigo. Ellos son de Cádiz, y de lo que ellos me han contado, y de lo que en ellos he visto y notado, sé que son gente principal y de valor.

Mandóles la reina que se llegasen cerca. Alzó los ojos Isabela a mirar los que decían ser españoles, y más de Cádiz, con deseo de saber si por ventura conocían a sus padres. Ansí como Isabela alzó los ojos, los puso en ella su madre y detuvo el paso para mirarla más atentamente, y en la memoria de Isabela se comenzaron a despertar unas confusas noticias que le querían dar a entender que en otro tiempo ella había visto aquella mujer que delante tenía. Su padre estaba en la misma confusión, sin osar determinarse a dar crédito a la verdad que sus ojos le mostraban. Ricaredo estaba atentísimo a ver los afectos y movimientos que hacían las tres dudosas y perplejas almas, que tan confusas estaban entre el sí y el no de conocerse. Conoció la reina la suspensión de entrambos, y aun el desasosiego de Isabela, porque la vio trasudar y levantar la mano muchas veces a componerse el cabello.

En esto, deseaba Isabela que hablase la que pensaba ser su madre: quizá los oídos la sacarían de la duda en que sus ojos la habían puesto. La reina dijo a Isabela que en lengua española dijese a aquella mujer y a aquel hombre le dijesen qué causa les había movido a no querer gozar de la libertad que Ricaredo les había dado, siendo la libertad la cosa más amada, no sólo de la gente de razón, mas aun de los animales que carecen della.

Todo esto preguntó Isabela a su madre, la cual, sin responderle palabra, desatentadamente [600] y medio tropezando, se llegó a Isabela y, sin mirar a respecto, temores ni miramientos

---

[600] *desatentadamente*: sin prestar atención a ninguna otra cosa.

cortesanos, alzó la mano a la oreja derecha de Isabela, y descubrió un lunar negro que allí tenía, la cual señal acabó de certificar su sospecha. Y, viendo claramente ser Isabela su hija, abrazándose con ella, dio una gran voz, diciendo:

—¡Oh, hija de mi corazón! ¡Oh, prenda cara del alma mía!

Y, sin poder pasar adelante, se cayó desmayada en los brazos de Isabela.

Su padre, no menos tierno que prudente, dio muestras de su sentimiento no con otras palabras que con derramar lágrimas, que sesgamente[601] su venerable rostro y barbas le bañaron. Juntó Isabela su rostro con el de su madre, y, volviendo los ojos a su padre, de tal manera le miró, que le dio a entender el gusto y el descontento que de verlos allí su alma tenía. La reina, admirada de tal suceso, dijo a Ricaredo:

—Yo pienso, Ricaredo, que en vuestra discreción se han ordenado estas vistas, y no se os diga que han sido acertadas, pues sabemos que así suele matar una súbita alegría como mata una tristeza.

Y, diciendo esto, se volvió a Isabela y la apartó de su madre, la cual, habiéndole echado agua en el rostro, volvió en sí; y, estando un poco más en su acuerdo, puesta de rodillas delante de la reina, le dijo:

—Perdone Vuestra Majestad mi atrevimiento, que no es mucho perder los sentidos con la alegría del hallazgo desta amada prenda.

Respondióle la reina que tenía razón, sirviéndole de intérprete, para que lo entendiese, Isabela; la cual, de la manera que se ha contado, conoció a sus padres, y sus padres a ella, a los cuales mandó la reina quedar en palacio, para que de espacio pudiesen ver y hablar a su hija y regocijarse con ella; de lo cual Ricaredo se holgó mucho, y de nuevo pidió a la reina le cumpliese la palabra que le había dado de dársela, si es que acaso la merecía; y, de no merecerla, le suplicaba desde luego le manda-

---

[601] *sesgamente*: sosegadamente.

se ocupar en cosas que le hiciesen digno de alcanzar lo que deseaba. Bien entendió la reina que estaba Ricaredo satisfecho de sí mismo y de su mucho valor, que no había necesidad de nuevas pruebas para calificarle; y así, le dijo que de allí a cuatro días le entregaría a Isabela, haciendo a los dos la honra que a ella fuese posible. Con esto se despidió Ricaredo, contentísimo con la esperanza propincua [602] que llevaba de tener en su poder a Isabela sin sobresalto de perderla, que es el último deseo de los amantes.

Corrió el tiempo, y no con la ligereza que él quisiera: que los que viven con esperanzas de promesas venideras siempre imaginan que no vuela el tiempo, sino que anda sobre los pies de la pereza misma. Pero en fin llegó el día, no donde pensó Ricaredo poner fin a sus deseos, sino de hallar en Isabela gracias nuevas que le moviesen a quererla más, si más pudiese. Mas en aquel breve tiempo, donde él pensaba que la nave de su buena fortuna corría con próspero viento hacia el deseado puerto, la contraria suerte levantó en su mar tal tormenta, que mil veces temió anegarle.

Es, pues, el caso que la camarera mayor de la reina, a cuyo cargo estaba Isabela, tenía un hijo de edad de veinte y dos años, llamado el conde Arnesto. Hacíanle la grandeza de su estado, la alteza de su sangre, el mucho favor que su madre con la reina tenía...; hacíanle, digo, estas cosas más de lo justo arrogante, altivo y confiado. Este Arnesto, pues, se enamoró de Isabela tan encendidamente, que en la luz de los ojos de Isabela tenía abrasada el alma; y aunque, en el tiempo que Ricaredo había estado ausente, con algunas señales le había descubierto su deseo, nunca de Isabela fue admitido. Y, puesto que la repugnancia y los desdenes en los principios de los amores suelen hacer desistir de la empresa a los enamorados, en Arnesto obraron lo contrario los muchos y conocidos desdenes que le dio Isabela, porque con su celo ardía y con su honestidad se abrasaba. Y como

---

[602] *propincua*: cercana.

vio que Ricaredo, según el parecer de la reina, tenía merecida a Isabela, y que en tan poco tiempo se la había de entregar por mujer, quiso desesperarse;[603] pero, antes que llegase a tan infame y tan cobarde remedio, habló a su madre, diciéndole pidiese a la reina le diese a Isabela por esposa; donde no, que pensase que la muerte estaba llamando a las puertas de su vida. Quedó la camarera admirada de las razones de su hijo; y, como conocía la aspereza de su arrojada condición y la tenacidad con que se le pegaban los deseos en el alma, temió que sus amores habían de parar en algún infelice suceso. Con todo eso, como madre, a quien es natural desear y procurar el bien de sus hijos, prometió al suyo de hablar a la reina: no con esperanza de alcanzar della el imposible de romper su palabra, sino por no dejar de intentar, como en salir desahuciada, los últimos remedios.

Y, estando aquella mañana Isabela vestida, por orden de la reina, tan ricamente que no se atreve la pluma a contarlo, y habiéndole echado la misma reina al cuello una sarta de perlas de las mejores que traía la nave, que las apreciaron en veinte mil ducados, y puéstole un anillo de un diamante, que se apreció en seis mil escudos, y estando alborozadas las damas por la fiesta que esperaban del cercano desposorio, entró la camarera mayor a la reina, y de rodillas le suplicó suspendiese el desposorio de Isabela por otros dos días; que, con esta merced sola que su Majestad le hiciese, se tendría por satisfecha y pagada de todas las mercedes que por sus servicios merecía y esperaba.

Quiso saber la reina primero por qué le pedía con tanto ahínco aquella suspensión, que tan derechamente iba contra la palabra que tenía dada a Ricaredo; pero no se la quiso dar la camarera hasta que le hubo otorgado que haría lo que le pedía: tanto deseo tenía la reina de saber la causa de aquella demanda. Y así, después que la camarera alcanzó lo que por entonces deseaba, contó a la reina los amores de su hijo, y cómo temía que si no le daban por mujer a Isabela, o se había de desesperar, o

---

[603] *desesperarse*: quitarse la vida.

hacer algún hecho escandaloso; y que si había pedido aquellos dos días, era por dar lugar a su Majestad pensase qué medio sería a propósito y conveniente para dar a su hijo remedio.

La reina respondió que si su real palabra no estuviera de por medio, que ella hallara salida a tan cerrado laberinto, pero que no la quebrantaría, ni defraudaría las esperanzas de Ricaredo, por todo el interés del mundo. Esta respuesta dio la camarera a su hijo, el cual, sin detenerse un punto, ardiendo en amor y en celos, se armó de todas armas, y sobre un fuerte y hermoso caballo se presentó ante la casa de Clotaldo, y a grandes voces pidió que se asomase Ricaredo a la ventana, el cual a aquella sazón estaba vestido de galas de desposado y a punto para ir a palacio con el acompañamiento que tal acto requería; mas, habiendo oído las voces, y siéndole dicho quién las daba y del modo que venía, con algún sobresalto se asomó a una ventana; y como le vio Arnesto, dijo:

—Ricaredo, estáme atento a lo que decirte quiero: la reina mi señora te mandó fueses a servirla y a hacer hazañas que te hiciesen merecedor de la sin par Isabela. Tú fuiste, y volviste cargadas las naves de oro, con el cual piensas haber comprado y merecido a Isabela. Y, aunque la reina mi señora te la ha prometido, ha sido creyendo que no hay ninguno en su corte que mejor que tú la sirva, ni quien con mejor título⁶⁰⁴ merezca a Isabela, y en esto bien podrá ser se haya engañado; y así, llegándome a esta opinión, que yo tengo por verdad averiguada, digo que ni tú has hecho cosas tales que te hagan merecer a Isabela, ni ninguna podrás hacer que a tanto bien te levanten; y, en razón de que no la mereces, si quisieres contradecirme, te desafío a todo trance de muerte.

Calló el conde, y desta manera le respondió Ricaredo:

—En ninguna manera me toca salir a vuestro desafío, señor conde, porque yo confieso, no sólo que no merezco a Isabela, sino que no la merece ninguno de los que hoy viven en el

---

⁶⁰⁴ *título*: título nobiliario.

270

mundo. Así que, confesando yo lo que vos decís, otra vez digo que no me toca vuestro desafío; pero yo le acepto por el atrevimiento que habéis tenido en desafiarme.

Con esto se quitó de la ventana, y pidió apriesa sus armas. Alborotáronse sus parientes y todos aquellos que para ir a palacio habían venido a acompañarle. De la mucha gente que había visto al conde Arnesto armado, y le había oído las voces del desafío, no faltó quien lo fue a contar a la reina, la cual mandó al capitán de su guarda que fuese a prender al conde. El capitán se dio tanta priesa, que llegó a tiempo que ya Ricaredo salía de su casa, armado con las armas con que se había desembarcado, puesto sobre un hermoso caballo.

Cuando el conde vio al capitán, luego imaginó a lo que venía, y determinó de no dejar prenderse, y, alzando la voz contra Ricaredo, dijo:

—Ya ves, Ricaredo, el impedimento que nos viene. Si tuvieres gana de castigarme, tú me buscarás; y, por la que yo tengo de castigarte, también te buscaré; y, pues dos que se buscan fácilmente se hallan, dejemos para entonces la ejecución de nuestros deseos.

—Soy contento —respondió Ricaredo.

En esto, llegó el capitán con toda su guarda, y dijo al conde que fuese preso en nombre de su Majestad. Respondió el conde que sí daba; pero no para que le llevasen a otra parte que a la presencia de la reina. Contentóse con esto el capitán, y, cogiéndole en medio de la guarda, le llevó a palacio ante la reina, la cual ya de su camarera estaba informada del amor grande que su hijo tenía a Isabela, y con lágrimas había suplicado a la reina perdonase al conde, que, como mozo y enamorado, a mayores yerros estaba sujeto.

Llegó Arnesto ante la reina, la cual, sin entrar con él en razones, le mandó quitar la espada y llevasen preso a una torre.

Todas estas cosas atormentaban el corazón de Isabela y de sus padres, que tan presto veían turbado el mar de su sosiego. Aconsejó la camarera a la reina que para sosegar el mal que podía suceder entre su parentela y la de Ricaredo, que se quitase la causa de por medio, que era Isabela, enviándola a España, y así cesarían los efetos que debían de temerse; añadiendo a estas razones decir que Isabela era católica, y tan cristiana que ninguna de sus persuasiones, que habían sido muchas, la habían podido torcer en nada de su católico intento. A lo cual respondió la reina que por eso la estimaba en más, pues tan bien sabía guardar la ley que sus padres la habían enseñado; y que en lo de enviarla a España no tratase, porque su hermosa presencia y sus muchas gracias y virtudes le daban mucho gusto; y que, sin duda, si no aquel día, otro se la había de dar por esposa a Ricaredo, como se lo tenía prometido.

Con esta resolución de la reina, quedó la camarera tan desconsolada que no le replicó palabra; y, pareciéndole lo que ya le había parecido, que si no era quitando a Isabela de por medio, no había de haber medio alguno que la rigurosa condición de su hijo ablandase ni redujese a tener paz con Ricaredo, determinó de hacer una de las mayores crueldades que pudo caber jamás en pensamiento de mujer principal, y tanto como ella lo era. Y fue su determinación matar con tósigo [605] a Isabela; y, como por la mayor parte sea la condición de las mujeres ser prestas y determinadas, aquella misma tarde atosigó a Isabela en una conserva que le dio, forzándola que la tomase por ser buena contra las ansias de corazón que sentía.

Poco espacio pasó después de haberla tomado, cuando a Isabela se le comenzó a hinchar la lengua y la garganta, y a ponérsele denegridos los labios, y a enronquecérsele la voz, turbársele los ojos y apretársele el pecho: todas conocidas señales de haberle dado veneno. Acudieron las damas a la reina, contándole lo que pasaba y certificándole que la camarera había hecho aquel mal recaudo. No fue menester mucho para que la reina lo creyese, y así, fue a ver a Isabela, que ya casi estaba espi-

---

[605] *tósigo*: veneno elaborado a partir de la savia del tejo. Por extensión, cualquier veneno.

rando. Mandó llamar la reina con priesa a sus médicos, y, en tanto que tardaban, la hizo dar cantidad de polvos de unicornio, [606] con otros muchos antídotos que los grandes príncipes suelen tener prevenidos para semejantes necesidades. Vinieron los médicos, y esforzaron los remedios y pidieron a la reina hiciese decir a la camarera qué género de veneno le había dado, porque no se dudaba que otra persona alguna sino ella la hubiese avenenado. Ella lo descubrió, y con esta noticia los médicos aplicaron tantos remedios y tan eficaces, que con ellos y con el ayuda de Dios quedó Isabela con vida, o a lo menos con esperanza de tenerla.

Mandó la reina prender a su camarera y encerrarla en un aposento estrecho de palacio, con intención de castigarla como su delito merecía, puesto que ella se disculpaba diciendo que en matar a Isabela hacía sacrificio al cielo, quitando de la tierra a una católica, y con ella la ocasión de las pendencias de su hijo.

Estas tristes nuevas oídas de Ricaredo, le pusieron en términos de [607] perder el juicio: tales eran las cosas que hacía y las lastimeras razones con que se quejaba. Finalmente, Isabela no perdió la vida, que el quedar con ella la naturaleza lo comutó en dejarla sin cejas, pestañas y sin cabello; el rostro hinchado, la tez perdida, los cueros [608] levantados y los ojos lagrimosos. Finalmente, quedó tan fea que, como hasta allí había parecido un milagro de hermosura, entonces parecía un monstruo de fealdad. Por mayor desgracia tenían los que la conocían haber quedado de aquella manera que si la hubiera muerto el veneno. Con todo esto, Ricaredo se la pidió a la reina, y le suplicó se la dejase llevar a su casa, porque el amor que la tenía pasaba del cuerpo al alma; y que si Isabela había perdido su belleza, no podía haber perdido sus infinitas virtudes.

---

[606] *polvos de unicornio*: en las leyendas medievales, se atribuían propiedades milagrosas o, simplemente, depurativas al unicornio y, en concreto, a su cuerno.

[607] *en términos de*: a punto de.

[608] *los cueros*: la piel.

—Así es —dijo la reina—, lleváosla, Ricaredo, y haced cuenta que lleváis una riquísima joya encerrada en una caja de madera tosca; Dios sabe si quisiera dárosla como me la entregastes, pero, pues no es posible, perdonadme: quizá el castigo que diere a la cometedora de tal delito satisfará en algo el deseo de la venganza.

Muchas cosas dijo Ricaredo a la reina desculpando a la camarera y suplicándola la perdonase, pues las desculpas que daba eran bastantes para perdonar mayores insultos. Finalmente, le entregaron a Isabela y a sus padres, y Ricaredo los llevó a su casa; digo a la de sus padres. A las ricas perlas y al diamante, añadió otras joyas la reina, y otros vestidos tales, que descubrieron el mucho amor que a Isabela tenía, la cual duró dos meses en su fealdad, sin dar indicio alguno de poder reducirse[609] a su primera hermosura; pero, al cabo deste tiempo, comenzó a caérsele el cuero y a descubrírsele su hermosa tez.

En este tiempo, los padres de Ricaredo, pareciéndoles no ser posible que Isabela en sí volviese, determinaron enviar por la doncella de Escocia, con quien primero que con Isabela tenían concertado de casar a Ricaredo; y esto sin que él lo supiese, no dudando que la hermosura presente de la nueva esposa hiciese olvidar a su hijo la ya pasada de Isabela, a la cual pensaban enviar a España con sus padres, dándoles tanto haber[610] y riquezas, que recompensasen sus pasadas pérdidas. No pasó mes y medio cuando, sin sabiduría de Ricaredo, la nueva esposa se le entró por las puertas, acompañada como quien ella era, y tan hermosa que, después de la Isabela que solía ser, no había otra tan bella en toda Londres. Sobresaltóse Ricaredo con la improvisa vista de la doncella, y temió que el sobresalto de su venida había de acabar la vida a Isabela; y así, para templar este temor, se fue al lecho donde Isabela estaba, y hallóla en compañía de sus padres, delante de los cuales dijo:

---

[609] *reducirse*: volver.
[610] *haber*: hacienda, bienes.

—Isabela de mi alma: mis padres, con el grande amor que me tienen, aún no bien enterados del mucho que yo te tengo, han traído a casa una doncella escocesa, con quien ellos tenían concertado de casarme antes que yo conociese lo que vales. Y esto, a lo que creo, con intención que la mucha belleza desta doncella borre de mi alma la tuya, que en ella estampada tengo. Yo, Isabela, desde el punto que te quise fue con otro amor de aquel que tiene su fin y paradero en el cumplimiento del sensual apetito; que, puesto que tu corporal hermosura me cautivó los sentidos, tus infinitas virtudes me aprisionaron el alma, de manera que, si hermosa te quise, fea te adoro; y, para confirmar esta verdad, dame esa mano.

Y, dándole ella la derecha y asiéndola él con la suya, prosiguió diciendo:

—Por la fe católica que mis cristianos padres me enseñaron, la cual si no está en la entereza que se requiere, por aquélla juro que guarda el Pontífice romano, que es la que yo en mi corazón confieso, creo y tengo, y por el verdadero Dios que nos está oyendo, te prometo, ¡oh Isabela, mitad de mi alma!, de ser tu esposo, y lo soy desde luego si tú quieres levantarme a la alteza de ser tuyo.

Quedó suspensa Isabela con las razones de Ricaredo, y sus padres atónitos y pasmados. Ella no supo qué decir, ni hacer otra cosa que besar muchas veces la mano de Ricaredo y decirle, con voz mezclada con lágrimas, que ella le aceptaba por suyo y se entregaba por su esclava. Besóla Ricaredo en el rostro feo, no habiendo tenido jamás atrevimiento de llegarse a él cuando hermoso.

Los padres de Isabela solenizaron con tiernas y muchas lágrimas las fiestas del desposorio. Ricaredo les dijo que él dilataría el casamiento de la escocesa, que ya estaba en casa, del modo que después verían; y, cuando su padre los quisiese enviar a España a todos tres, no lo rehusasen, sino que se fuesen y le aguardasen en Cádiz o en Sevilla dos años, dentro de los cuales les daba su palabra de ser con ellos, si el cielo tanto tiempo le concedía de vida; y que si deste término pasase, tuviesen por cosa certísima que algún grande impedimento, o la muerte, que era lo más cierto, se había opuesto a su camino.

Isabela le respondió que no solos dos años le aguardaría, sino todos aquéllos de su vida, hasta estar enterada que él no la tenía, porque en el punto que esto supiese, sería el mismo de su muerte. Con estas tiernas palabras, se renovaron las lágrimas en todos, y Ricaredo salió a decir a sus padres cómo en ninguna manera se casaría ni daría la mano a su esposa la escocesa, sin haber primero ido a Roma a asegurar su conciencia. Tales razones supo decir a ellos y a los parientes que habían venido con Clisterna, que así se llamaba la escocesa, que, como todos eran católicos, fácilmente las creyeron, y Clisterna se contentó de quedar en casa de su suegro hasta que Ricaredo volviese, el cual pidió de término un año.

Esto ansí puesto y concertado, Clotaldo dijo a Ricaredo cómo determinaba enviar a España a Isabela y a sus padres, si la reina le daba licencia: quizá los aires de la patria apresurarían y facilitarían la salud que ya comenzaba a tener. Ricaredo, por no dar indicio de sus designios, respondió tibiamente a su padre que hiciese lo que mejor le pareciese; sólo le suplicó que no quitase a Isabela ninguna cosa de las riquezas que la reina le había dado. Prometióselo Clotaldo, y aquel mismo día fue a pedir licencia a la reina, así para casar a su hijo con Clisterna, como para enviar a Isabela y a sus padres a España. De todo se contentó la reina, y tuvo por acertada la determinación de Clotaldo. Y aquel mismo día, sin acuerdo de letrados y sin poner a su camarera en tela de juicio, la condenó en que no sirviese más su oficio y en diez mil escudos de oro para Isabela; y al conde Arnesto, por el desafío, le desterró por seis años de Inglaterra. No pasaron cuatro días, cuando ya Arnesto se puso a punto de salir a cumplir su destierro y los dineros estuvieron juntos. La reina llamó a un mercader rico, que habitaba en Londres y era francés, el cual tenía correspondencia en Francia, Italia y España, al cual entregó los diez mil escudos, y le pidió cédulas[611] para que se los entregasen al padre de Isabela en Sevilla o en otra playa de España. El mercader, descontados sus intereses y ganancias, dijo a la reina que las daría ciertas y seguras para Sevilla, sobre otro mercader francés, su correspondiente, en esta forma: que él escribiría a París para que allí se hiciesen las cédulas por otro correspondiente suyo, a causa que rezasen las fechas de Francia[612] y no de Inglaterra, por el contrabando de la comunicación de los dos reinos, y que bastaba llevar una letra de aviso[613] suya sin fecha, con sus contraseñas, para que luego diese el dinero el mercader de Sevilla, que ya estaría avisado del de París.

En resolución, la reina tomó tales seguridades del mercader, que no dudó de no ser cierta la partida; y, no contenta con esto, mandó llamar a un patrón de una nave flamenca, que estaba para partirse otro día a Francia, a sólo tomar en algún puerto della testimonio para poder entrar en España, a título de partir de Francia y no de Inglaterra; al cual pidió encarecidamente llevase en su nave a Isabela y a sus padres, y con toda seguridad y buen tratamiento los pusiese en un puerto de España, el primero a do llegase.

El patrón, que deseaba contentar a la reina, dijo que sí haría, y que los pondría en Lisboa, Cádiz o Sevilla. Tomados, pues, los recaudos del mercader, envió la reina a decir a Clotaldo no quitase a Isabela todo lo que ella la había dado, así de joyas como de vestidos. Otro día, vino Isabela y sus padres a despedirse de la reina, que los recibió con mucho amor. Dioles la reina la carta del mercader y otras muchas dádivas, así de dineros como de otras cosas de regalo para el viaje. Con tales

_____

[611] *cédulas*: en este caso, es un documento que certifica un depósito en efectivo; contra la presentación de este documento, el padre de Isabela podía cobrar el dinero.

[612] *que rezasen las fechas de Francia*: el comercio con Inglaterra había sido prohibido por Felipe II, de forma que el mercader se ve obligado a esta extraña maniobra para dar validez a las cédulas en España.

[613] *letra de aviso*: una carta.

razones se lo agradeció Isabela, que de nuevo dejó obligada a la reina para hacerle siempre mercedes. Despidióse de las damas, las cuales, como ya estaba fea, no quisieran que se partiera, viéndose libres de la envidia que a su hermosura tenían, y contentas de gozar de sus gracias y discreciones. Abrazó la reina a los tres, y, encomendándolos a la buena ventura y al patrón de la nave, y pidiendo a Isabela la avisase de su buena llegada a España, y siempre de su salud, por la vía del mercader francés, se despidió de Isabela y de sus padres, los cuales aquella misma tarde se embarcaron, no sin lágrimas de Clotaldo y de su mujer y de todos los de su casa, de quien era en todo estremo bien querida. No se halló a esta despedida presente Ricaredo, que por no dar muestras de tiernos sentimientos, aquel día hizo con unos amigos suyos le llevasen a caza. Los regalos que la señora Catalina dio a Isabela para el viaje fueron muchos, los abrazos infinitos, las lágrimas en abundancia, las encomiendas de que la escribiese sin número, y los agradecimientos de Isabela y de sus padres correspondieron a todo; de suerte que, aunque llorando, los dejaron satisfechos.

Aquella noche se hizo el bajel a la vela; y, habiendo con próspero viento tocado en Francia y tomado en ella los recados necesarios para poder entrar en España, de allí a treinta días entró por la barra [614] de Cádiz, donde se desembarcaron Isabela y sus padres; y, siendo conocidos de todos los de la ciudad, los recibieron con muestras de mucho contento. Recibieron mil parabienes del hallazgo de Isabela y de la libertad que habían alcanzado, ansí de los moros que los habían cautivado (habiendo sabido todo su suceso de los cautivos que dio libertad la liberalidad de Ricaredo), como de la que habían alcanzado de los ingleses.

Ya Isabela en este tiempo comenzaba a dar grandes esperanzas de volver a cobrar su primera hermosura. Poco más de un mes estuvieron en Cádiz, restaurando los trabajos de la navegación, y luego se fueron a Sevilla por ver si salía cierta la

---

[614] *barra*: banco de arena o arrecife.

paga de los diez mil ducados que, librados sobre el mercader francés, traían. Dos días después de llegar a Sevilla le buscaron, y le hallaron y le dieron la carta del mercader francés de la ciudad de Londres. Él la reconoció, y dijo que hasta que de París le viniesen las letras y carta de aviso no podía dar el dinero; pero que por momentos aguardaba el aviso.

Los padres de Isabela alquilaron una casa principal, frontero[615] de Santa Paula,[616] por ocasión que estaba monja en aquel santo monasterio una sobrina suya, única y estremada en la voz, y así por tenerla cerca como por haber dicho Isabela a Ricaredo que, si viniese a buscarla, la hallaría en Sevilla y le diría su casa su prima la monja de Santa Paula, y que para conocella no había menester más de preguntar por la monja que tenía la mejor voz en el monasterio, porque estas señas no se le podían olvidar. Otros cuarenta días tardaron de venir los avisos de París; y, a dos que llegaron, el mercader francés entregó los diez mil ducados a Isabela, y ella a sus padres; y con ellos y con algunos más que hicieron vendiendo algunas de las muchas joyas de Isabela, volvió su padre a ejercitar su oficio de mercader, no sin admiración de los que sabían sus grandes pérdidas.

En fin, en pocos meses fue restaurando su perdido crédito, y la belleza de Isabela volvió a su ser primero, de tal manera que, en hablando de hermosas, todos daban el lauro[617] a la española inglesa; que, tanto por este nombre como por su hermosura, era de toda la ciudad conocida. Por la orden del mercader francés de Sevilla, escribieron Isabela y sus padres a la reina de Inglaterra su llegada, con los agradecimientos y sumisiones que requerían las muchas mercedes della recebidas. Asimismo, escribieron a Clotaldo y a su señora Catalina, llamándolos Isabela padres, y sus padres, señores. De la reina no tuvieron respuesta, pero de Clo-

---

[615] *frontero*: que estaba enfrente.

[616] *Santa Paula*: monasterio de monjas jerónimas, que todavía existe hoy en Sevilla.

[617] *lauro*: el laurel, la palma de la victoria.

taldo y de su mujer sí, donde les daban el parabién de la llegada a salvo, y los avisaban cómo su hijo Ricaredo, otro día después que ellos se hicieron a la vela, se había partido a Francia, y de allí a otras partes, donde le convenía a ir para seguridad de su conciencia, añadiendo a éstas otras razones y cosas de mucho amor y de muchos ofrecimientos. A la cual carta respondieron con otra no menos cortés y amorosa que agradecida.

Luego imaginó Isabela que el haber dejado Ricaredo a Inglaterra sería para venirla a buscar a España; y, alentada con esta esperanza, vivía la más contenta del mundo, y procuraba vivir de manera que, cuando Ricaredo llegase a Sevilla, antes le diese en los oídos la fama de sus virtudes que el conocimiento de su casa. Pocas o ninguna vez salía de su casa, si no para el monasterio; no ganaba otros jubileos que aquellos que en el monasterio se ganaban. Desde su casa y desde su oratorio andaba con el pensamiento los viernes de Cuaresma la santísima estación de la cruz, y los siete venideros del Espíritu Santo. Jamás visitó el río, ni pasó a Triana, [618] ni vio el común regocijo en el campo de Tablada [619] y puerta de Jerez el día, si le hace claro, de San Sebastián, celebrado de tanta gente, que apenas se puede reducir a número. Finalmente, no vio regocijo público ni otra fiesta en Sevilla: todo lo libraba [620] en su recogimiento y en sus oraciones y buenos deseos esperando a Ricaredo. Este su grande retraimiento tenía abrasados y encendidos los deseos, no sólo de los pisaverdes [621] del barrio, sino de todos aquellos que una vez la hubiesen visto: de aquí nacieron músicas de noche en su calle y carreras de día. Deste no dejar verse y desearlo muchos crecieron las alhajas de las terceras, [622] que

---

[618] *Triana*: barrio de Sevilla.

[619] *campo de la Tablada*: en este lugar se hallaba la ermita de San Sebastián, cuya festividad se celebra en pleno invierno, el día 20 de enero.

[620] *libraba*: todo lo invertía, lo gastaba.

[621] *pisaverdes*: *pisaverde* es un término muy despectivo que se usa para referirse a galanes cursis y algo ridículos por demasiado elegantes y finos.

[622] *terceras*: celestinas. Mujeres que tercian, que median entre un hombre y la mujer a la que pretende conquistar.

prometieron mostrarse primas y únicas en solicitar a Isabela; y no faltó quien se quiso aprovechar de lo que llaman hechizos, que no son sino embustes y disparates. Pero a todo esto estaba Isabela como roca en mitad del mar, que la tocan, pero no la mueven las olas ni los vientos.

Año y medio era ya pasado cuando la esperanza propincua [623] de los dos años por Ricaredo prometidos comenzó con más ahínco que hasta allí a fatigar el corazón de Isabela. Y, cuando ya le parecía que su esposo llegaba y que le tenía ante los ojos, y le preguntaba qué impedimentos le habían detenido tanto; cuando ya llegaban a sus oídos las disculpas de su esposo, y cuando ya ella le perdonaba y le abrazaba, y como a mitad de su alma le recebía, llegó a sus manos una carta de la señora Catalina, fecha en Londres cincuenta días había; venía en lengua inglesa, pero, leyéndola en español, vio que así decía:

Hija de mi alma: bien conociste a Guillarte, el paje de Ricaredo. Éste se fue con él al viaje, que por otra te avisé, que Ricaredo a Francia y a otras partes había hecho el segundo día de tu partida. Pues este mismo Guillarte, a cabo de diez y seis meses que no habíamos sabido de mi hijo, entró ayer por nuestra puerta con nuevas que el conde Arnesto había muerto a traición en Francia a Ricaredo. Considera, hija, cuál quedaríamos su padre y yo y su esposa con tales nuevas; tales, digo, que aun no nos dejaron poner en duda nuestra desventura. Lo que Clotaldo y yo te rogamos otra vez, hija de mi alma, es que encomiendes muy de veras a Dios la de Ricaredo, que bien merece este beneficio el que tanto te quiso como tú sabes. También pedirás a Nuestro Señor nos dé a nosotros paciencia y buena muerte, a quien nosotros también pediremos y suplicaremos te dé a ti y a tus padres largos años de vida.

---

[623] *propincua*: próxima, cercana.

Por la letra y por la firma, no le quedó que dudar a Isabela para no creer la muerte de su esposo. Conocía muy bien al paje Guillarte, y sabía que era verdadero y que de suyo no habría querido ni tenía para qué fingir aquella muerte; ni menos su madre, la señora Catalina, la habría fingido, por no importarle nada enviarle nuevas de tanta tristeza. Finalmente, ningún discurso que hizo, ninguna cosa que imaginó, le pudo quitar del pensamiento no ser verdadera la nueva de su desventura.

Acabada de leer la carta, sin derramar lágrimas ni dar señales de doloroso sentimiento, con sesgo rostro y, al parecer, con sosegado pecho, se levantó de un estrado donde estaba sentada y se entró en un oratorio; y, hincándose de rodillas ante la imagen de un devoto crucifijo, hizo voto de ser monja, pues lo podía ser teniéndose por viuda. Sus padres disimularon y encubrieron con discreción la pena que les había dado la triste nueva, por poder consolar a Isabela en la amarga que sentía; la cual, casi como satisfecha de su dolor, templándole con la santa y cristiana resolución que había tomado, ella consolaba a sus padres, a los cuales descubrió su intento, y ellos le aconsejaron que no le pusiese en ejecución hasta que pasasen los dos años que Ricaredo había puesto por término a su venida; que con esto se confirmaría la verdad de la muerte de Ricaredo, y ella con más seguridad podía mudar de estado. Ansí lo hizo Isabela, y los seis meses y medio que quedaban para cumplirse los dos años, los pasó en ejercicios de religiosa y en concertar la entrada del monasterio, habiendo elegido el de Santa Paula, donde estaba su prima.

Pasóse el término de los dos años y llegóse el día de tomar el hábito, cuya nueva se estendió por la ciudad; y de los que conocían de vista a Isabela, y de aquéllos que por sola su fama, se llenó el monasterio y la poca distancia que dél a la casa de Isabela había. Y, convidando su padre a sus amigos y aquéllos a otros, hicieron a Isabela uno de los más honrados acompañamientos que en semejantes actos se había visto en Sevilla. Hallóse en él el asistente,[624] y el

---

[624] *asistente*: en Sevilla se llamaba así al Corregidor.

provisor [625] de la iglesia y vicario del arzobispo, con todas las señoras y señores de título [626] que había en la ciudad: tal era el deseo que en todos había de ver el sol de la hermosura de Isabela, que tantos meses se les había eclipsado. Y, como es costumbre de las doncellas que van a tomar el hábito ir lo posible galanas y bien compuestas, como quien en aquel punto echa el resto de la bizarría y se descarta della, quiso Isabela ponerse la más bizarra que le fue posible; y así, se vistió con aquel vestido mismo que llevó cuando fue a ver la reina de Inglaterra, que ya se ha dicho cuán rico y cuán vistoso era. Salieron a luz las perlas y el famoso diamante, con el collar y cintura, que asimismo era de mucho valor.

Con este adorno y con su gallardía, dando ocasión para que todos alabasen a Dios en ella, salió Isabela de su casa a pie, que el estar tan cerca del monasterio escusó los coches y carrozas. El concurso de la gente fue tanto, que les pesó de no haber entrado en los coches, que no les daban lugar de llegar al monasterio. Unos bendecían a sus padres, otros al cielo, que de tanta hermosura la había dotado; unos se empinaban por verla; otros, habiéndola visto una vez, corrían adelante por verla otra; y el que más solícito se mostró en esto, y tanto que muchos echaron de ver en ello, fue un hombre vestido en hábito de los que vienen rescatados de cautivos, con una insignia de la Trinidad [627] en el pecho, en señal que han sido rescatados por la limosna de sus redentores. Este cautivo, pues, al tiempo que ya Isabela tenía un pie dentro de la portería del convento, donde habían salido a recebirla, como es uso, la priora y las monjas con la cruz, a grandes voces dijo:

—¡Detente, Isabela, detente!; que mientras yo fuere vivo no puedes tú ser religiosa.

---

[625] *provisor*: juez eclesiástico.

[626] *título*: título nobiliario.

[627] *Trinidad*: de la orden de la Santísima Trinidad; los Padres Trinitarios tenían entre sus labores la de pedir limosna para la redención de cautivos.

A estas voces, Isabela y sus padres volvieron los ojos, y vieron que, hendiendo por toda la gente, hacia ellos venía aquel cautivo; que, habiéndosele caído un bonete azul redondo que en la cabeza traía, descubrió una confusa madeja de cabellos de oro ensortijados, y un rostro como el carmín y como la nieve, colorado y blanco: señales que luego le hicieron conocer y juzgar por estranjero de todos. En efeto, cayendo y levantando, llegó donde Isabela estaba; y, asiéndola de la mano, le dijo:

—¿Conócesme, Isabela? Mira que yo soy Ricaredo, tu esposo.

—Sí conozco –dijo Isabela–, si ya no eres fantasma que viene a turbar mi reposo.

Sus padres le asieron y atentamente le miraron, y en resolución conocieron ser Ricaredo el cautivo; el cual, con lágrimas en los ojos, hincando las rodillas delante de Isabela, le suplicó que no impidiese la estrañeza del traje en que estaba su buen conocimiento, ni estorbase su baja fortuna que ella no correspondiese a la palabra que entre los dos se habían dado. Isabela, a pesar de la impresión que en su memoria había hecho la carta de su madre de Ricaredo, dándole nuevas de su muerte, quiso dar más crédito a sus ojos y a la verdad que presente tenía; y así, abrazándose con el cautivo, le dijo:

—Vos, sin duda, señor mío, sois aquel que sólo podrá impedir mi cristiana determinación. Vos, señor, sois sin duda la mitad de mi alma, pues sois mi verdadero esposo; estampado os tengo en mi memoria y guardado en mi alma. Las nuevas que de vuestra muerte me escribió mi señora, y vuestra madre, ya que no me quitaron la vida, me hicieron escoger la de la religión, que en este punto quería entrar a vivir en ella. Mas, pues Dios con tan justo impedimento muestra querer otra cosa, ni podemos ni conviene que por mi parte se impida. Venid, señor, a la casa de mis padres, que es vuestra, y allí os entregaré mi posesión por los términos que pide nuestra santa fe católica.

Todas estas razones oyeron los circunstantes, y el asistente, y vicario, y provisor del arzobispo; y de oírlas se admiraron y suspendieron, y quisieron que luego se les dijese qué historia era aquélla, qué estranjero aquél y de qué casamiento trataban. A todo lo cual respondió el padre de Isabela, diciendo que aquella historia pedía otro lugar y algún término para decirse. Y así, suplicaba a todos aquellos que quisiesen saberla, diesen la vuelta a su casa, pues estaba tan cerca; que allí se la contarían de modo que con la verdad quedasen satisfechos, y con la grandeza y estrañeza de aquel suceso admirados. En esto, uno de los presentes alzó la voz, diciendo:

—Señores, este mancebo es un gran cosario inglés, que yo le conozco; y es aquel que habrá poco más de dos años tomó a los cosarios de Argel la nave de Portugal que venía de las Indias. No hay duda sino que es él, que yo le conozco, porque él me dio libertad y dineros para venirme a España, y no sólo a mí, sino a otros trecientos cautivos.

Con estas razones se alborotó la gente y se avivó el deseo que todos tenían de saber y ver la claridad de tan intricadas cosas. Finalmente, la gente más principal, con el asistente y aquellos dos señores eclesiásticos, volvieron a acompañar a Isabela a su casa, dejando a las monjas tristes, confusas y llorando por lo que perdían en no tener en su compañía a la hermosa Isabela; la cual, estando en su casa, en una gran sala della hizo que aquellos señores se sentasen. Y, aunque Ricaredo quiso tomar la mano en contar su historia, todavía le pareció que era mejor fiarlo de la lengua y discreción de Isabela, y no de la suya, que no muy expertamente hablaba la lengua castellana.

Callaron todos los presentes; y, teniendo las almas pendientes de las razones de Isabela, ella así comenzó su cuento; el cual le reduzgo yo a que dijo todo aquello que, desde el día que Clotaldo la robó de Cádiz, hasta que entró y volvió a él, le había sucedido, contando asimismo la batalla que Ricaredo había tenido con los turcos, la liberalidad que había usado con los cristianos, la palabra que entrambos a dos se habían dado de ser marido y mujer, la promesa de los dos años, las nuevas que había tenido de su muerte: tan ciertas a su parecer, que la pusieron en el término que habían visto de ser religiosa. Engrandeció la liberalidad de la reina, la cristiandad de Ricaredo y de sus padres, y acabó con decir que dijese Ricaredo lo que le había sucedido después que salió de Londres hasta el punto presente, donde le veían con hábito de cautivo y con una señal de haber sido rescatado por limosna.

—Así es –dijo Ricaredo–, y en breves razones sumaré los inmensos trabajos míos:

«Después que me partí de Londres, por escusar el casamiento que no podía hacer con Clisterna, aquella doncella escocesa católica con quien ha dicho Isabela que mis padres me querían casar, llevando en mi compañía a Guillarte, aquel paje que mi madre escribe que llevó a Londres las nuevas de mi muerte, atravesando por Francia, llegué a Roma, donde se alegró mi alma y se fortaleció mi fe. Besé los pies al Sumo Pontífice, confesé mis pecados con el mayor penitenciero;[628] absolvióme dellos, y diome los recaudos necesarios que diesen fe de mi confesión y penitencia y de la reducción que había hecho a nuestra universal madre la Iglesia. Hecho esto, visité los lugares tan santos como inumerables que hay en aquella ciudad santa; y de dos mil escudos que tenía en oro, di los mil y seiscientos a un cambio, que me los libró en esta ciudad sobre un tal Roqui, florentín.[629] Con los cuatrocientos que me quedaron, con intención de venir a España, me partí para Génova, donde había tenido nuevas que estaban dos galeras de aquella señoría de partida para España.

»Llegué con Guillarte, mi criado, a un lugar que se llama Aquapendente, que, viniendo de Roma a Florencia, es el último que tiene el Papa, y en una hostería o posada, donde me apeé, hallé al conde Arnesto, mi mortal enemigo, que con cuatro criados disfrazado y encubierto, más por ser curioso que por ser católico, entiendo que iba a Roma. Creí sin duda que no me había conocido. Encerréme en un aposento con mi criado, y

---

[628] *mayor penitenciero*: Cardenal que preside la Congregación de la Penitenciaría Apostólica.

[629] *Roqui, florentín*: algunos comentaristas lo han identificado con un banquero llamado Pirro Boqui.

estuve con cuidado y con determinación de mudarme a otra posada en cerrando la noche. No lo hice ansí, porque el descuido grande que noté que tenían el conde y sus criados, me aseguró que no me habían conocido. Cené en mi aposento, cerré la puerta, apercebí mi espada, encomendéme a Dios y no quise acostarme. Durmióse mi criado, y yo sobre una silla me quedé medio dormido; mas, poco después de la media noche, me despertaron, para hacerme dormir el eterno sueño, cuatro pistoletes, como después supe, dispararon contra mí el conde y sus criados; y, dejándome por muerto, teniendo ya a punto los caballos, se fueron, diciendo al huésped de la posada que me enterrase, porque era hombre principal; y, con esto, se fueron.

»Mi criado, según dijo después el huésped, despertó al ruido, y con el miedo se arrojó por una ventana que caía a un patio; y, diciendo "¡desventurado de mí, que han muerto a mi señor!", se salió del mesón; y debió de ser con tal miedo, que no debió de parar hasta Londres, pues él fue el que llevó las nuevas de mi muerte. Subieron los de la hostería y halláronme atravesado con cuatro balas y con muchos perdigones; pero todas por partes, que de ninguna fue mortal la herida. Pedí confesión y todos los sacramentos como católico cristiano; diéronmelos, curáronme, y no estuve para ponerme en camino en dos meses; al cabo de los cuales vine a Génova, donde no hallé otro pasaje, sino en dos falugas[630] que fletamos yo y otros dos principales españoles: la una para que fuese delante descubriendo, y la otra donde nosotros fuésemos.

»Con esta seguridad nos embarcamos, navegando tierra a tierra[631] con intención de no engolfarnos;[632] pero, llegando a un paraje que llaman las Tres Marías,[633] que es en la costa de Fran-

---

[630] *falugas*: pequeñas embarcaciones de remo o vela destinadas, de ordinario, al transporte de personas relevantes.

[631] *tierra a tierra*: costeando.

[632] *engolfarnos*: ir mar adentro.

[633] *las Tres Marías*: es un lugar cercano a Marsella, donde la crítica cervantina ha situado tradicionalmente el episodio de la captura de Cervantes.

cia, yendo nuestra primera faluga descubriendo, a deshora salieron de una cala dos galeotas turquescas; y, tomándonos la una la mar y la otra la tierra, cuando íbamos a embestir en ella, nos cortaron el camino y nos cautivaron. En entrando en la galeota, nos desnudaron hasta dejarnos en carnes. Despojaron las falugas de cuanto llevaban, y dejáronlas embestir en tierra sin echallas a fondo, diciendo que aquéllas les servirían otra vez de traer otra galima, que con este nombre llaman ellos a los despojos que de los cristianos toman. Bien se me podrá creer si digo que sentí en el alma mi cautiverio, y sobre todo la pérdida de los recaudos de Roma, donde en una caja de lata los traía, con la cédula de los mil y seiscientos ducados; mas la buena suerte quiso que viniese a manos de un cristiano cautivo español, que las guardó; que si vinieran a poder de los turcos, por lo menos había de dar por mi rescate lo que rezaba la cédula, que ellos averiguaran cúya era.

»Trujéronnos a Argel, donde hallé que estaban rescatando los padres de la Santísima Trinidad. Habléos, díjeles quién era, y, movidos de caridad, aunque yo era estranjero, me rescataron en esta forma: que dieron por mí trecientos ducados, los ciento luego y los docientos cuando volviese el bajel de la limosna a rescatar al padre de la redención, que se quedaba en Argel empeñado en cuatro mil ducados, que había gastado más de los que traía. Porque a toda esta misericordia y liberalidad se estiende la caridad destos padres, que dan su libertad por la ajena, y se quedan cautivos por rescatar los cautivos. Por añadidura del bien de mi libertad, hallé la caja perdida con los recaudos y la cédula. Mostrésela al bendito padre que me había rescatado, y ofrecíle quinientos ducados más de los de mi rescate para ayuda de su empeño.

»Casi un año se tardó en volver la nave de la limosna; y lo que en este año me pasó, a poderlo contar ahora, fuera otra nueva historia. Sólo diré que fui conocido de uno de los veinte turcos que di libertad con los demás cristianos ya referidos, y fue tan agradecido y tan hombre de bien, que no quiso descubrirme; porque, a conocerme los turcos por aquél que había echado a fondo sus dos bajeles, y quitádoles de las manos la gran nave de la India, o me presentaran al Gran Turco [634] o me quitaran la vida; y de presentarme al Gran Señor redundara no tener libertad en mi vida. Finalmente, el padre redentor vino a España conmigo y con otros cincuenta cristianos rescatados. En Valencia hicimos la procesión general, [635] y desde allí cada uno se partió donde más le plugo, con las insignias de su libertad, que son estos habiticos. Hoy llegué a esta ciudad, con tanto deseo de ver a Isabela, mi esposa, que, sin detenerme a otra cosa, pregunté por este monasterio, donde me habían de dar nuevas de mi esposa. Lo que en él me ha sucedido ya se ha visto. Lo que queda por ver son estos recaudos, para que se pueda tener por verdadera mi historia, que tiene tanto de milagrosa como de verdadera.

Y luego, en diciendo esto, sacó de una caja de lata los recaudos que decía, y se los puso en manos del provisor, que los vio junto con el señor asistente; y no halló en ellos cosa que le hiciese dudar de la verdad que Ricaredo había contado. Y para más confirmación della, ordenó el cielo que se hallase presente a todo esto el mercader florentín, sobre quien venía la cédula de los mil y seiscientos ducados, el cual pidió que le mostrasen la cédula, y mostrándosela, la reconoció y la aceptó para luego, porque él muchos meses había que tenía aviso desta partida. Todo esto fue añadir admiración a admiración y espanto a espanto. Ricaredo dijo que de nuevo ofrecía los quinientos ducados que había prometido. Abrazó el asistente a Ricaredo y a sus padres de Isabela y a ella, ofreciéndoseles a todos con corteses razones. Lo mismo hicieron los dos señores eclesiásticos, y

---

[634] *me presentaran al Gran Turco: presentar* es ofrecer como presente (en calidad de esclavo). El *Gran Turco* era el gran sultán de Constantinopla.

[635] *procesión general*: los liberados por los Padres Trinitarios hacían una procesión de acción de gracias; Recaredo desembarca, como lo hizo Cervantes después de su rescate, en las costas levantinas, y, también como Cervantes, hace la procesión hasta la catedral de Valencia.

rogaron a Isabela que pusiese toda aquella historia por escrito, para que la leyese su señor el arzobispo; y ella lo prometió.

El grande silencio que todos los circunstantes habían tenido escuchando el estraño caso, se rompió en dar alabanzas a Dios por sus grandes maravillas; y dando desde el mayor hasta el más pequeño el parabién a Isabela, a Ricaredo y a sus padres, los dejaron; y ellos suplicaron al asistente honrase sus bodas, que de allí a ocho días pensaban hacerlas. Holgó de hacerlo así el asistente, y de allí a ocho días, acompañado de los más principales de la ciudad, se halló en ellas.

Por estos rodeos y por estas circunstancias los padres de Isabela cobraron su hija y restauraron su hacienda; y ella, favorecida del cielo y ayudada de sus muchas virtudes, a despecho de tantos inconvenientes, halló marido tan principal como Ricaredo, en cuya compañía se piensa que aún hoy vive en las casas que alquilaron frontero de Santa Paula, que después las compraron de los herederos de un hidalgo burgalés que se llamaba Hernando de Cifuentes.

Esta novela nos podría enseñar cuánto puede la virtud y cuánto la hermosura, pues son bastantes juntas y cada una de por sí a enamorar aun hasta los mismos enemigos; y de cómo sabe el cielo sacar, de las mayores adversidades nuestras, nuestros mayores provechos.

Paseándose caballeros estudiantes por las riberas de Tormes, hallaron en ellas, debajo de un árbol durmiendo, a un muchacho de hasta edad de once años, vestido como labrador. Mandaron a un criado que le despertase; despertó y preguntáronle de adónde era y qué hacía durmiendo en aquella soledad. A lo cual el muchacho respondió que el nombre de su tierra se le había olvidado, y que iba a la ciudad de Salamanca a buscar un amo a quien servir, por sólo que le diese estudio. Preguntáronle si sabía leer; respondió que sí, y escribir también.

—Desa manera —dijo uno de los caballeros—, no es por falta de memoria habérsete olvidado el nombre de tu patria.

—Sea por lo que fuere —respondió el muchacho—; que ni el della ni del de mis padres sabrá ninguno hasta que yo pueda honrarlos a ellos y a ella.

—Pues, ¿de qué suerte los piensas honrar? —preguntó el otro caballero.

—Con mis estudios —respondió el muchacho—, siendo famoso por ellos; porque yo he oído decir que de los hombres se hacen los obispos.

Esta respuesta movió a los dos caballeros a que le recibiesen y llevasen consigo, como lo hicieron, dándole estudio de la manera que se usa dar en aquella universidad a los criados que sirven. Dijo el muchacho que se llamaba Tomás Rodaja, de donde infirieron sus amos, por el nombre y por el vestido, que debía de ser hijo de algún labrador pobre. A pocos días le vistieron de negro, [636] y a pocas semanas dio Tomás muestras de tener raro ingenio, sirviendo a sus amos con tanta fidelidad, puntualidad y diligencia que, con no faltar un punto a sus estudios, parecía que sólo se ocupaba en servirlos. Y, como el buen servir del siervo mueve la voluntad del señor a tratarle bien, ya Tomás Rodaja no era criado de sus amos, sino su compañero.

Finalmente, en ocho años que estuvo con ellos, se hizo tan famoso en la universidad, por su buen ingenio y notable habilidad, que de todo género de gentes era estimado y querido. Su principal estudio fue de leyes; pero en lo que más se mostraba era en letras humanas; y tenía tan felice memoria que era cosa de espanto, e ilustrábala tanto con su buen entendimiento, que no era menos famoso por él que por ella.

Sucedió que se llegó el tiempo que sus amos acabaron sus estudios y se fueron a su lugar, que era una de las mejores ciudades de la Andalucía. Lleváronse consigo a Tomás, y estuvo con ellos algunos días; pero, como le fatigasen los deseos de volver a sus estudios y a Salamanca, que enhechiza la voluntad de volver a ella a todos los que de la apacibilidad de su vivienda han gustado, pidió a sus amos licencia para volverse. Ellos, corteses y liberales, se la dieron, acomodándole de suerte que con lo que le dieron se pudiera sustentar tres años.

Despidióse dellos, mostrando en sus palabras su agradecimiento, y salió de Málaga, que ésta era la patria de sus señores. Y al bajar de la cuesta de la Zambra, [637] camino de Antequera, se topó con un gentilhombre a caballo, vestido bizarramente de camino, [638] con dos criados también a caballo. Juntóse con él y supo cómo llevaba su mismo viaje. Hicieron camarada, [639]

---

[636] *le vistieron de negro*: era usual que los criados de estudiantes que, a su vez, cursasen algún tipo de estudios, vistieran gorro, capa y sotana negros.

[637] *cuesta de la Zambra*: en el camino de Málaga a Toledo, llegando a Lucena, en la actual provincia de Córdoba.

[638] *de camino*: con indumentaria de viaje.

[639] *Hicieron camarada*: entablaron amistad.

departieron de diversas cosas, y a pocos lances dio Tomás muestras de su raro ingenio, y el caballero las dio de su bizarría y cortesano trato, y dijo que era capitán de infantería por Su Majestad, y que su alférez estaba haciendo la compañía[640] en tierra de Salamanca.

Alabó la vida de la soldadesca; pintóle muy al vivo la belleza de la ciudad de Nápoles, las holguras[641] de Palermo, la abundancia de Milán, los festines de Lombardía, las espléndidas comidas de las hosterías; dibujóle dulce y puntualmente el *aconcha, patrón; pasa acá, Manigoldo; venga la macarela, li polastri e li macarroni.*[642] Puso las alabanzas en el cielo de la vida libre del soldado y de la libertad de Italia; pero no le dijo nada del frío de las centinelas, del peligro de los asaltos, del espanto de las batallas, de la hambre de los cercos,[643] de la ruina de la minas, con otras cosas deste jaez, que algunos las toman y tienen por añadiduras del peso de la soldadesca, y son la carga principal della. En resolución, tantas cosas le dijo, y tan bien dichas, que la discreción de nuestro Tomás Rodaja comenzó a titubear y la voluntad a aficionarse a aquella vida, que tan cerca tiene la muerte.

El capitán, que don Diego de Valdivia se llamaba, contentísimo de la buena presencia, ingenio y desenvoltura de Tomás, le rogó que se fuese con él a Italia, si quería, por curiosidad de verla; que él le ofrecía su mesa y aun, si fuese necesario, su bandera, porque su alférez la había de dejar presto.

Poco fue menester para que Tomás tuviese el envite,[644] haciendo consigo en un instante un breve discurso de que sería bueno ver a Italia y Flandes y otras diversas tierras y países, pues

---

[640] *haciendo la compañía*: reclutando soldados para su compañía.

[641] *holguras*: fiestas, diversiones.

[642] *aconcha, patrón; pasa acá, Manigoldo; venga la macarela, li polastri e li macarroni*: graciosa deformación del italiano tal y como debían de chapurrearlo los soldados españoles de la época.

[643] *cercos*: los asedios.

[644] *tuviese el envite*: aceptase la apuesta.

las luengas peregrinaciones hacen a los hombres discretos; y que en esto, a lo más largo, podía gastar tres o cuatro años, que, añadidos a los pocos que él tenía, no serían tantos que impidiesen volver a sus estudios. Y como si todo hubiera de suceder a la medida de su gusto, dijo al capitán que era contento de irse con él a Italia; pero había de ser condición que no se había de sentar debajo de bandera, ni poner en lista de soldado, [645] por no obligarse a seguir su bandera; y, aunque el capitán le dijo que no importaba ponerse en lista, que ansí gozaría de los socorros y pagas que a la compañía se diesen, porque él le daría licencia todas las veces que se la pidiese.

—Eso sería –dijo Tomás– ir contra mi conciencia y contra la del señor capitán; y así, más quiero ir suelto que obligado.

—Conciencia tan escrupulosa –dijo don Diego–, más es de religioso que de soldado; pero, comoquiera que sea, ya somos camaradas.

Llegaron aquella noche a Antequera, y en pocos días y grandes jornadas se pusieron donde estaba la compañía, ya acabada de hacer, y que comenzaba a marchar la vuelta de [646] Cartagena, alojándose ella y otras cuatro por los lugares que le venían a mano. Allí notó Tomás la autoridad de los comisarios, la incomodidad de algunos capitanes, la solicitud de los aposentadores, [647] la industria y cuenta de los pagadores, las quejas de los pueblos, el rescatar de las boletas, [648] las insolencias de los bisoños, [649] las penden-

---

[645] *poner en lista de soldado*: alistarse como soldado de la compañía, con sus derechos y obligaciones.

[646] *la vuelta de*: en dirección a.

[647] *aposentadores*: los aposentadores y pagadores eran algunos de los oficiales encargados de organizar el alojamiento de las compañías en aquellas localidades donde tuvieran que pernoctar. El alojamiento se disponía en las casas de los lugareños, lo que fue motivo de constantes y enormes tensiones que refleja bien la literatura de la época.

[648] *rescatar de las boletas*: algunos soldados cambiaban las boletas de alojamiento por dinero.

[649] *bisoños*: soldados novatos.

cias de los huéspedes, el pedir bagajes más de los necesarios, y, finalmente, la necesidad casi precisa de hacer todo aquello que notaba y mal le parecía.

Habíase vestido Tomás de papagayo, [650] renunciando los hábitos de estudiante, y púsose a lo de Dios es Cristo, [651] como se suele decir. Los muchos libros que tenía los redujo a unas *Horas de Nuestra Señora* [652] y un *Garcilaso* sin comento, [653] que en las dos faldriqueras [654] llevaba. Llegaron más presto de lo que quisieran a Cartagena, porque la vida de los alojamientos es ancha y varia, y cada día se topan cosas nuevas y gustosas.

Allí se embarcaron en cuatro galeras de Nápoles, y allí notó también Tomás Rodaja la estraña vida de aquellas marítimas casas, adonde lo más del tiempo maltratan las chinches, roban los forzados, enfadan los marineros, destruyen los ratones y fatigan las maretas. [655] Pusiéronle temor las grandes borrascas y tormentas, especialmente en el golfo de León, [656] que tuvieron dos; que la una los echó en Córcega y la otra los volvió a Tolón, en Francia. En fin, trasnochados, mojados y con ojeras, llegaron a la hermosa y bellísima ciudad de Génova; y, desembarcándose en su recogido mandrache, [657] después de haber visitado una iglesia, dio el capitán con todas sus camaradas en una hostería, donde pusieron en olvido todas las borrascas pasadas con el presente *gaudeamus*. [658]

---

[650] *papagayo*: había cambiado el negro por ropas de vistosos colores.

[651] *a lo de Dios es Cristo*: con pinta de bravo o de rufián.

[652] *Horas de Nuestra Señora*: devocionario de la Virgen, libro de oraciones.

[653] *Garcilaso sin comento*: edición barata, de bolsillo, de un autor que, por lo demás, ya contaba en esta época con algunas ediciones con comentarios.

[654] *faldriqueras*: bolsitas pequeñas que se llevaban atadas debajo de la ropa.

[655] *maretas*: mareas.

[656] *golfo de León*: al sur de Francia, aproximadamente entre Perpiñán y Marsella, donde tuvo lugar, al parecer, el apresamiento de Cervantes.

[657] *mandrache*: una de las partes del puerto de Génova.

[658] *gaudeamus*: la alegría de estar en sitio seguro.

Allí conocieron la suavidad del Treviano, [659] el valor del Montefrascón, la fuerza del Asperino, la generosidad de los dos griegos Candia y Soma, la grandeza del de las Cinco Viñas, la dulzura y apacibilidad de la señora Guarnacha, la rusticidad de la Chéntola, sin que entre todos estos señores osase parecer la bajeza del Romanesco. Y, habiendo hecho el huésped la reseña de tantos y tan diferentes vinos, se ofreció de hacer parecer allí, sin usar de tropelía,[660] ni como pintados en mapa, sino real y verdaderamente, a Madrigal, Coca, Alaejos, y a la imperial más que Real Ciudad, recámara del dios de la risa; ofreció a Esquivias, a Alanís, a Cazalla, Guadalcanal y la Membrilla, sin que se le olvidase de Ribadavia y de Descargamaría. Finalmente, más vinos nombró el huésped, y más les dio, que pudo tener en sus bodegas el mismo Baco. [661]

Admiráronle también al buen Tomás los rubios cabellos de las ginovesas, y la gentileza y gallarda disposición de los hombres; la admirable belleza de la ciudad, que en aquellas peñas parece que tiene las casas engastadas como diamantes en oro. Otro día [662] se desembarcaron todas las compañías que habían de ir al Piamonte; pero no quiso Tomás hacer este viaje, sino irse desde allí por tierra a Roma y a Nápoles, como lo hizo, quedando de volver por la gran Venecia y por Loreto a Milán y al Piamonte, donde dijo don Diego de Valdivia que le hallaría si ya no los hubiesen llevado a Flandes, según se decía.

Despidióse Tomás del capitán de allí a dos días, y en cinco llegó a Florencia, habiendo visto primero a Luca, ciudad pequeña, pero muy bien hecha, y en la que, mejor que en otras partes de Italia, son bien vistos y agasajados los españoles. Con-

---

[659] *Treviano... Romanesco*: son vinos de Italia, alguno de ellos todavía hoy muy reputados.

[660] *tropelía*: magia.

[661] *Madrigal... Baco*: en esta ocasión son vinos españoles. Cervantes juega con el nombre de Ciudad Real, origen de uno de los vinos más apreciados por entonces. El dios de la risa es Baco, dios, también, del vino.

[662] *Otro día*: al día siguiente.

tentóle Florencia en estremo, así por su agradable asiento como por su limpieza, suntuosos edificios, fresco río y apacibles calles. Estuvo en ella cuatro días, y luego se partió a Roma, reina de las ciudades y señora del mundo. Visitó sus templos, adoró sus reliquias y admiró su grandeza; y, así como por las uñas del león se viene en conocimiento de su grandeza y ferocidad, así él sacó la de Roma por sus despedazados mármoles, medias y enteras estatuas, por sus rotos arcos y derribadas termas, por sus magníficos pórticos y anfiteatros grandes; por su famoso y santo río, que siempre llena sus márgenes de agua y las beatifica con las infinitas reliquias de cuerpos de mártires que en ellas tuvieron sepultura; por sus puentes, que parece que se están mirando unas a otras, que con sólo el nombre cobran autoridad sobre todas las de las otras ciudades del mundo: la vía Apia, la Flaminia, la Julia, con otras deste jaez. Pues no le admiraba menos la división de sus montes dentro de sí misma: el Celio, el Quirinal y el Vaticano, con los otros cuatro, cuyos nombres manifiestan la grandeza y majestad romana. Notó también la autoridad del Colegio de los Cardenales, la majestad del Sumo Pontífice, el concurso y variedad de gentes y naciones. Todo lo miró, y notó y puso en su punto. Y, habiendo andado la estación de las siete iglesias, [663] y confesádose con un penitenciario, y besado el pie a Su Santidad, lleno de *agnusdeis* [664] y cuentas, [665] determinó irse a Nápoles; y, por ser tiempo de mutación, [666] malo y dañoso para todos los que en él entran o salen de Roma, como hayan caminado por tierra, se fue por

---

[663] *estación de las siete iglesias*: los peregrinos adquirieron, por el tiempo en que se sitúa la novela, la costumbre de visitar siete significativas iglesias de la ciudad de Roma.

[664] *agnusdeis*: era un medallón de cera, con la imagen de un cordero, que consagraba el Papa.

[665] *cuentas*: las del Rosario.

[666] *mutación*: los alrededores de Roma, enclavada en terreno pantanoso, se volvían insalubres en ciertas épocas del año, que solían coincidir con cambios meteorológicos.

mar a Nápoles, donde a la admiración que traía de haber visto a Roma añadió la que le causó ver a Nápoles, ciudad, a su parecer y al de todos cuantos la han visto, la mejor de Europa y aun de todo el mundo.

Desde allí se fue a Sicilia, y vio a Palermo, y después a Micina; [667] de Palermo le pareció bien el asiento y belleza, y de Micina, el puerto, y de toda la isla, la abundancia, por quien propiamente y con verdad es llamada granero de Italia. Volvióse a Nápoles y a Roma, y de allí fue a Nuestra Señora de Loreto, en cuyo santo templo no vio paredes ni murallas, porque todas estaban cubiertas de muletas, de mortajas, de cadenas, de grillos, de esposas, de cabelleras, de medios bultos de cera [668] y de pinturas y retablos, que daban manifiesto indicio de las inumerables mercedes que muchos habían recebido de la mano de Dios, por intercesión de su divina Madre, que aquella sacrosanta imagen suya quiso engrandecer y autorizar con muchedumbre de milagros, en recompensa de la devoción que le tienen aquellos que con semejantes doseles tienen adornados los muros de su casa. Vio el mismo aposento y estancia donde se relató la más alta embajada y de más importancia que vieron y no entendieron todos los cielos, y todos los ángeles y todos los moradores de las moradas sempiternas.

Desde allí, embarcándose en Ancona, [669] fue a Venecia, ciudad que, a no haber nacido Colón en el mundo, no tuviera en él semejante: merced al cielo y al gran Hernando Cortés, que conquistó la gran Méjico, para que la gran Venecia tuviese en alguna manera quien se le opusiese. Estas dos famosas ciudades

---

[667] *Micina*: Messina, ciudad al norte de Sicilia, en el estrecho que lleva su nombre.

[668] *medios bultos de cera*: muchos críticos han optado por la lectura *bustos*; pero el narrador está enumerando exvotos, y los de cera no tienen por qué ser, desde luego, bustos, y sí bultos de formas diversas y, a veces, imprecisas.

[669] *Ancona*: ciudad a orillas del Adriático, situada en la parte central de la costa norte italiana.

se parecen en las calles, que son todas de agua: la de Europa, admiración del mundo antiguo; la de América, espanto del mundo nuevo. Parecióle que su riqueza era infinita, su gobierno prudente, su sitio inexpugnable, su abundancia mucha, sus contornos alegres, y, finalmente, toda ella en sí y en sus partes digna de la fama que de su valor por todas las partes del orbe se estiende, dando causa de acreditar más esta verdad la máquina de su famoso Arsenal, que es el lugar donde se fabrican las galeras, con otros bajeles que no tienen número.

Por poco fueran los de Calipso [670] los regalos y pasatiempos que halló nuestro curioso en Venecia, pues casi le hacían olvidar de su primer intento. Pero, habiendo estado un mes en ella, por Ferrara, Parma y Plasencia volvió a Milán, oficina de Vulcano, [671] ojeriza del reino de Francia; [672] ciudad, en fin, de quien se dice que puede decir y hacer, haciéndola magnífica la grandeza suya y de su templo y su maravillosa abundancia de todas las cosas a la vida humana necesarias. Desde allí se fue a Aste, y llegó a tiempo que otro día marchaba el tercio a Flandes.

Fue muy bien recebido de su amigo el capitán, y en su compañía y camarada pasó a Flandes, y llegó a Amberes, ciudad no menos para maravillar que las que había visto en Italia. Vio a Gante, y a Bruselas, y vio que todo el país se disponía a tomar las armas, para salir en campaña el verano siguiente.

Y habiendo cumplido con el deseo que le movió a ver lo que había visto, determinó volverse a España y a Salamanca a acabar sus estudios; y como lo pensó lo puso luego por obra, con pesar grandísimo de su camarada, que le rogó, al tiempo

---

[670] *Calipso*: en la *Odisea*, la ninfa Calipso cautiva con sus encantos a Ulises y lo retiene a su lado haciéndole perder, ebrio de placer, la noción del tiempo.

[671] *oficina de Vulcano*: Vulcano es el dios romano de la fragua, industria por la que era famosa la ciudad de Milán.

[672] *ojeriza del reino de Francia*: Lombardía, capital Milán, fue objeto de disputa continua entre españoles y franceses porque era un enclave estratégico de enorme importancia. A través del Milanesado discurría el llamado *camino español* que utilizaban las tropas para ir a Flandes.

del despedirse, le avisase de su salud, llegada y suceso. Prometióselo ansí como lo pedía, y, por Francia, volvió a España, sin haber visto a París, por estar puesta en armas. [673] En fin, llegó a Salamanca, donde fue bien recebido de sus amigos, y, con la comodidad que ellos le hicieron, prosiguió sus estudios hasta graduarse de licenciado en leyes.

Sucedió que en este tiempo llegó a aquella ciudad una dama de todo rumbo y manejo. Acudieron luego a la añagaza [674] y reclamo todos los pájaros del lugar, sin quedar *vademécum* [675] que no la visitase. Dijéronle a Tomás que aquella dama decía que había estado en Italia y en Flandes, y, por ver si la conocía, fue a visitarla, de cuya visita y vista quedó ella enamorada de Tomás. Y él, sin echar de ver en ello, si no era por fuerza y llevado de otros, no quería entrar en su casa. Finalmente, ella le descubrió su voluntad y le ofreció su hacienda. Pero, como él atendía más a sus libros que a otros pasatiempos, en ninguna manera respondía al gusto de la señora; la cual, viéndose desdeñada y, a su parecer, aborrecida y que por medios ordinarios y comunes no podía conquistar la roca de la voluntad de Tomás, acordó de buscar otros modos, a su parecer más eficaces y bastantes para salir con el cumplimiento de sus deseos.

Y así, aconsejada de una morisca, en un membrillo toledano dio a Tomás unos destos que llaman hechizos, creyendo que le daba cosa que le forzase la voluntad a quererla: como si hubiese en el mundo yerbas, encantos ni palabras suficientes a forzar el libre albedrío; y así, las que dan estas bebidas o comidas amatorias se llaman veneficios; [676] porque no es otra cosa lo que hacen sino dar veneno a quien las toma, como lo tiene mostrado la experiencia en muchas y diversas ocasiones.

---

[673] *por estar puesta en armas*: probable referencia a las revueltas de los hugonotes que terminaron en 1567 en la batalla de Saint-Denis.

[674] *añagaza*: trampa, engaño.

[675] *vademécum*: carpeta de estudiante; por extensión, estudiante.

[676] *veneficios*: del latín *veneficium* "envenenamiento".

Comió en tan mal punto Tomás el membrillo, que al momento comenzó a herir de pie y de mano como si tuviera alferecía, [677] y sin volver en sí estuvo muchas horas, al cabo de las cuales volvió como atontado, y dijo con lengua turbada y tartamuda que un membrillo que había comido le había muerto, y declaró quién se le había dado. La justicia, que tuvo noticia del caso, fue a buscar la malhechora; pero ya ella, viendo el mal suceso, se había puesto en cobro y no pareció jamás.

Seis meses estuvo en la cama Tomás, en los cuales se secó y se puso, como suele decirse, en los huesos, y mostraba tener turbados todos los sentidos. Y, aunque le hicieron los remedios posibles, sólo le sanaron la enfermedad del cuerpo, pero no de lo del entendimiento, porque quedó sano, y loco de la más estrafia locura que entre las locuras hasta entonces se había visto. Imaginóse el desdichado que era todo hecho de vidrio, y con esta imaginación, cuando alguno se llegaba a él, daba terribles voces pidiendo y suplicando con palabras y razones concertadas que no se le acercasen, porque le quebrarían; que real y verdaderamente él no era como los otros hombres: que todo era de vidrio de pies a cabeza.

Para sacarle desta estrafia imaginación, muchos, sin atender a sus voces y rogativas, arremetieron a él y le abrazaron, diciéndole que advirtiese y mirase cómo no se quebraba. Pero lo que se granjeaba en esto era que el pobre se echaba en el suelo dando mil gritos, y luego le tomaba un desmayo del cual no volvía en sí en cuatro horas; y cuando volvía, era renovando las plegarias y rogativas de que otra vez no le llegasen. Decía que le hablasen desde lejos y le preguntasen lo que quisiesen, porque a todo les respondería con más entendimiento, por ser hombre de vidrio y no de carne: que el vidrio, por ser de materia sutil y delicada, obraba por ella el alma con más prontitud y eficacia que no por la del cuerpo, pesada y terrestre.

----

[677] *alferecía*: epilepsia.

Quisieron algunos experimentar si era verdad lo que decía; y así, le preguntaron muchas y difíciles cosas, a las cuales respondió espontáneamente con grandísima agudeza de ingenio: cosa que causó admiración a los más letrados de la Universidad y a los profesores de la medicina y filosofía, viendo que en un sujeto donde se contenía tan extraordinaria locura como era el pensar que fuese de vidrio, se encerrase tan grande entendimiento que respondiese a toda pregunta con propiedad y agudeza.

Pidió Tomás le diesen alguna funda donde pusiese aquel vaso quebradizo de su cuerpo, porque al vestirse algún vestido estrecho no se quebrase; y así, le dieron una ropa parda y una camisa muy ancha, que él se vistió con mucho tiento y se ciñó con una cuerda de algodón. No quiso calzarse zapatos en ninguna manera, y el orden que tuvo para que le diesen de comer, sin que a él llegasen, fue poner en la punta de una vara una vasera de orinal,[678] en la cual le ponían alguna cosa de fruta de las que la sazón del tiempo ofrecía. Carne ni pescado, no lo quería; no bebía sino en fuente o en río, y esto con las manos; cuando andaba por las calles iba por la mitad dellas, mirando a los tejados, temeroso no le cayese alguna teja encima y le quebrase. Los veranos dormía en el campo al cielo abierto, y los inviernos se metía en algún mesón, y en el pajar se enterraba hasta la garganta, diciendo que aquélla era la más propia y más segura cama que podían tener los hombres de vidrio. Cuando tronaba, temblaba como un azogado,[679] y se salía al campo y no entraba en poblado hasta haber pasado la tempestad. Tuviéronle encerrado sus amigos mucho tiempo; pero, viendo que su desgracia pasaba adelante, determinaron de condecender con lo que él les pedía, que era le dejasen andar libre; y así, le dejaron, y él salió por la ciudad, causando admiración y lástima a todos

---

[678] *vasera de orinal*: la vasera era una especie de caja o cestillo para guardar los vasos.

[679] *azogado*: turbado, muy agitado.

los que le conocían. Cercáronle luego los muchachos; pero él con la vara los detenía, y les rogaba le hablasen apartados, porque no se quebrase; que, por ser hombre de vidrio, era muy tierno y quebradizo. Los muchachos, que son la más traviesa generación del mundo, a despecho de sus ruegos y voces, le comenzaron a tirar trapos, y aun piedras, por ver si era de vidrio, como él decía. Pero él daba tantas voces y hacía tales estremos, que movía a los hombres a que riñesen y castigasen a los muchachos porque no le tirasen.

Mas un día que le fatigaron mucho se volvió a ellos, diciendo:

—¿Qué me queréis, muchachos, porfiados como moscas, sucios como chinches, atrevidos como pulgas? ¿Soy yo, por ventura, el monte Testacho[680] de Roma, para que me tiréis tantos tiestos y tejas?

Por oírle reñir y responder a todos, le seguían siempre muchos, y los muchachos tomaron y tuvieron por mejor partido antes oílle que tiralle.

Pasando, pues, una vez por la ropería[681] de Salamanca, le dijo una ropera:

—En mi ánima, señor Licenciado, que me pesa de su desgracia; pero, ¿qué haré, que no puedo llorar?

Él se volvió a ella, y muy mesurado le dijo:

—*Filiae Hierusalem, plorate super vos et super filios vestros.*[682]

Entendió el marido de la ropera la malicia del dicho y díjole:

—Hermano licenciado Vidriera (que así decía él que se llamaba), más tenéis de bellaco que de loco.

---

[680] *monte Testacho*: era, en realidad, un vertedero donde los romanos arrojaban restos de vasijas y tejuelos de barro; con el tiempo alcanzó proporciones descomunales.

[681] *ropería*: el lugar donde se recogía ropa para distribuirla entre los pobres.

[682] *Filiae... vestros*: Lucas 23, 28 ("Hijas de Jerusalén, llorad por vosotras y por vuestros hijos."). Tomás está llamando judía a la ropera; el marido se siente ofendido porque entiende, como pretende Vidriera, que "vestros" insinúa que los hijos lo son sólo de la mujer; es decir, son ilegítimos.

—No se me da un ardite –respondió él–, como no tenga nada de necio.

Pasando un día por la casa llana [683] y venta común, vio que estaban a la puerta della muchas de sus moradoras, y dijo que eran bagajes del ejército de Satanás que estaban alojados en el mesón del infierno.

Preguntóle uno que qué consejo o consuelo daría a un amigo suyo que estaba muy triste porque su mujer se le había ido con otro.

A lo cual respondió:

—Dile que dé gracias a Dios por haber permitido le llevasen de casa a su enemigo.

—Luego, ¿no irá a buscarla? –dijo el otro.

—¡Ni por pienso! –replicó Vidriera–; porque sería el hallarla hallar un perpetuo y verdadero testigo de su deshonra.

—Ya que eso sea así –dijo el mismo–, ¿qué haré yo para tener paz con mi mujer?

Respondióle:

—Dale lo que hubiere menester; déjala que mande a todos los de su casa, pero no sufras que ella te mande a ti.

Díjole un muchacho:

—Señor licenciado Vidriera, yo me quiero desgarrar [684] de mi padre porque me azota muchas veces.

Y respondióle:

—Advierte, niño, que los azotes que los padres dan a los hijos honran, y los del verdugo afrentan.

Estando a la puerta de una iglesia, vio que entraba en ella un labrador de los que siempre blasonan de cristianos viejos, y detrás dél venía uno que no estaba en tan buena opinión como el primero; y el Licenciado dio grandes voces al labrador, diciendo:

—Esperad, Domingo, a que pase el Sábado.

---

[683] *casa llana*: burdel.
[684] *desgarrar*: marchar de casa de mi padre.

De los maestros de escuela decía que eran dichosos, pues trataban siempre con ángeles; y que fueran dichosísimos si los angelitos no fueran mocosos.

Otro le preguntó que qué le parecía de las alcahuetas. Respondió que no lo eran las apartadas, sino las vecinas.

Las nuevas de su locura y de sus respuestas y dichos se estendió por toda Castilla; y, llegando a noticia de un príncipe, o señor, que estaba en la Corte, quiso enviar por él, y encargóselo a un caballero amigo suyo, que estaba en Salamanca, que se lo enviase; y, topándole el caballero un día, le dijo:

—Sepa el señor licenciado Vidriera que un gran personaje de la Corte le quiere ver y envía por él.

A lo cual respondió:

—Vuesa merced me escuse con ese señor, que yo no soy bueno para palacio, porque tengo vergüenza y no sé lisonjear.

Con todo esto, el caballero le envió a la Corte, y para traerle usaron con él desta invención: pusiéronle en unas árguenas [685] de paja, como aquéllas donde llevan el vidrio, igualando los tercios [686] con piedras, y entre paja puestos algunos vidrios, porque se diese a entender que como vaso de vidrio le llevaban. Llegó a Valladolid; entró de noche y desembanastáronle en la casa del señor que había enviado por él, de quien fue muy bien recebido, diciéndole:

—Sea muy bien venido el señor licenciado Vidriera. ¿Cómo ha ido en el camino? ¿Cómo va de salud?

A lo cual respondió:

—Ningún camino hay malo, como se acabe, si no es el que va a la horca. De salud estoy neutral, porque están encontrados mis pulsos con mi celebro. [687]

---

[685] *árguenas*: cestas unidas entre sí mediante arcos que se usaban para cargar a las bestias.

[686] *tercios*: cada lado de la carga. Se usaban piedras para equilibrar.

[687] *celebro*: cerebro. La medicina clásica basaba la salud en el equilibrio de los elementos del cuerpo. Tomás se encuentra bien (neutral) porque tiene equilibrados corazón (pulsos) y cerebro.

Otro día, habiendo visto en muchas alcándaras [688] muchos neblíes y azores y otros pájaros de volatería, dijo que la caza de altanería era digna de príncipes y de grandes señores; pero que advirtiesen que con ella echaba el gusto censo sobre el provecho a más de dos mil por uno. La caza de liebres dijo que era muy gustosa, y más cuando se cazaba con galgos prestados.

El caballero gustó de su locura y dejóle salir por la ciudad, debajo del amparo y guarda de un hombre que tuviese cuenta que los muchachos no le hiciesen mal; de los cuales y de toda la Corte fue conocido en seis días, y a cada paso, en cada calle y en cualquiera esquina, respondía a todas las preguntas que le hacían; entre las cuales le preguntó un estudiante si era poeta, porque le parecía que tenía ingenio para todo.

A lo cual respondió:

—Hasta ahora no he sido tan necio ni tan venturoso.

—No entiendo eso de necio y venturoso –dijo el estudiante.

Y respondió Vidriera:

—No he sido tan necio que diese en poeta malo, ni tan venturoso que haya merecido serlo bueno.

Preguntóle otro estudiante que en qué estimación tenía a los poetas. Respondió que a la ciencia, en mucha; pero que a los poetas, en ninguna. Replicáronle que por qué decía aquello. Respondió que del infinito número de poetas que había, eran tan pocos los buenos, que casi no hacían número; y así, como si no hubiese poetas, no los estimaba; pero que admiraba y reverenciaba la ciencia de la poesía porque encerraba en sí todas las demás ciencias: porque de todas se sirve, de todas se adorna, y pule y saca a luz sus maravillosas obras, con que llena el mundo de provecho, de deleite y de maravilla.

Añadió más:

—Yo bien sé en lo que se debe estimar un buen poeta, por-que se me acuerda de aquellos versos de Ovidio que dicen:

---

[688] *alcándaras*: perchas, en este caso de aves rapaces.

Cum ducum fuerant olim Regnumque poeta:
premiaque antiqui magna tulere chori.
Sanctaque maiestas, et erat venerabile nomen
vatibus; et large sape dabantur opes. [689]

Y menos se me olvida la alta calidad de los poetas, pues los llama Platón intérpretes de los dioses, y dellos dice Ovidio:

Est Deus in nobis, agitante calescimus illo. [690]

Y también dice:

At sacri vates, et Divum cura vocamus. [691]

Esto se dice de los buenos poetas; que de los malos, de los churrulleros, [692] ¿qué se ha de decir, sino que son la idiotez y la arrogancia del mundo?

Y añadió más:

—¡Qué es ver a un poeta destos de la primera impresión cuando quiere decir un soneto a otros que le rodean, las salvas que les hace diciendo: "Vuesas mercedes escuchen un sonetillo que anoche a cierta ocasión hice, que, a mi parecer, aunque no vale nada, tiene un no sé qué de bonito!" Y en esto tuerce los labios, pone en arco las cejas y se rasca la faldriquera, y de entre otros mil papeles mugrientos y medio rotos, donde queda otro millar de sonetos, saca el que quiere relatar, y al fin le dice con tono melifluo y alfeñicado. [693] Y si acaso los que le escuchan, de socarrones o de ignorantes,

---

[689] *Cum ducum... opes:* "En otro tiempo los poetas eran amados por reyes y caudillos, los antiguos coros alcanzaban grandes premios. Santo respeto y nombre venerable tenían los vates; y con frecuencia recibían generosos dones", Ovidio, *Ars amandi,* III, 405-408.

[690] *Est Deus... illo:* "Hay un dios en nosotros; cuando actúa nos sentimos enardecidos", Ovidio, *Fastos,* VI, 5.

[691] *At sacri... vocamus:* "Sin embargo, a los poetas se nos llama sagrados y queridos por los dioses", Ovidio, *Amores,* III, elegía 9, 17.

[692] *churrulleros:* charlatán y pretencioso; que hace mal su oficio.

[693] *alfeñicado:* de alfeñique, empalagoso.

no se le alaban, dice: "O vuesas mercedes no han entendido el soneto, o yo no le he sabido decir; y así, será bien recitarle otra vez y que vuesas mercedes le presten más atención, porque en verdad en verdad que el soneto lo merece". Y vuelve como primero a recitarle con nuevos ademanes y nuevas pausas. Pues, ¿qué es verlos censurar los unos a los otros? ¿Qué diré del ladrar que hacen los cachorros y modernos a los mastinazos antiguos y graves? ¿Y qué de los que murmuran de algunos ilustres y excelentes sujetos, donde resplandece la verdadera luz de la poesía; que, tomándola por alivio y entretenimiento de sus muchas y graves ocupaciones, muestran la divinidad de sus ingenios y la alteza de sus conceptos, a despecho y pesar del circunspecto ignorante que juzga de lo que no sabe y aborrece lo que no entiende, y del que quiere que se estime y tenga en precio la necedad que se sienta debajo de doseles y la ignorancia que se arrima a los sitiales? [694]

Otra vez le preguntaron qué era la causa de que los poetas, por la mayor parte, eran pobres. Respondió que porque ellos querían, pues estaba en su mano ser ricos, si se sabían aprovechar de la ocasión que por momentos traían entre las manos, que eran las de sus damas, que todas eran riquísimas en estremo, pues tenían los cabellos de oro, la frente de plata bruñida, los ojos de verdes esmeraldas, los dientes de marfil, los labios de coral y la garganta de cristal transparente, y que lo que lloraban eran líquidas perlas; y más, que lo que sus plantas pisaban, por dura y estéril tierra que fuese, al momento producía jazmines y rosas; y que su aliento era de puro ámbar, almizcle y algalia; [695] y que todas estas cosas eran señales y muestras de su mucha riqueza. Estas y otras cosas decía de los malos poetas, que de los buenos siempre dijo bien y los levantó sobre el cuerno de la luna.

---

[694] *sitiales*: asientos destinados en los actos públicos a personajes relevantes.

[695] *algalia*: como ámbar y almizcle, se trata de un tipo de perfume.

Vio un día en la acera de San Francisco [696] unas figuras pintadas de mala mano, y dijo que los buenos pintores imitaban a naturaleza, pero que los malos la vomitaban.

Arrimóse un día con grandísimo tiento, porque no se quebrase, a la tienda de un librero, y díjole:

—Este oficio me contentara mucho si no fuera por una falta que tiene.

Preguntóle el librero se la dijese. Respondióle:

—Los melindres [697] que hacen cuando compran un privilegio [698] de un libro, y de la burla que hacen a su autor si acaso le imprime a su costa; pues, en lugar de mil y quinientos, imprimen tres mil libros, y, cuando el autor piensa que se venden los suyos, se despachan los ajenos.

Acaeció este mismo día que pasaron por la plaza seis azotados; y, diciendo el pregón: "Al primero, por ladrón", dio grandes voces a los que estaban delante dél, diciéndoles:

—¡Apartaos, hermanos, no comience aquella cuenta por alguno de vosotros!

Y cuando el pregonero llegó a decir: "Al trasero...", dijo:

—Aquel debe de ser el fiador [699] de los muchachos.

Un muchacho le dijo:

—Hermano Vidriera, mañana sacan a azotar a una alcagüeta. [700]

Respondióle:

—Si dijeras que sacaban a azotar a un alcagüete, entendiera que sacaban a azotar un coche. [701]

---

[696] *acera de San Francisco*: desde la plaza Mayor a la Fuente Dorada.

[697] *melindres*: alabanzas exageradas y un tanto fingidas.

[698] *privilegio*: equivale a lo que hoy entendemos por "derechos de autor".

[699] *fiador*: el *fiador* es el que asume el pago en caso de incumplimiento. El *trasero* es el que paga las faltas de los chavales. *Trasero* era, además de nalgas, el que ocupaba el último lugar en una cuerda de presos.

[700] *alcagüeta*: alcahueta, vieja intermediaria.

[701] *alcagüete... coche*: el chiste hace referencia a la costumbre de valerse de coches para ejercer la prostitución.

Hallóse allí uno destos que llevan sillas de manos, y díjole:

—De nosotros, Licenciado, ¿no tenéis qué decir?

—No —respondió Vidriera—, sino que sabe cada uno de vosotros más pecados que un confesor; más es con esta diferencia: que el confesor los sabe para tenerlos secretos, y vosotros para publicarlos por las tabernas.

Oyó esto un mozo de mulas, porque de todo género de gente le estaba escuchando contino, y díjole:

—De nosotros, señor Redoma, [702] poco o nada hay que decir, porque somos gente de bien y necesaria en la república.

A lo cual respondió Vidriera:

—La honra del amo descubre la del criado. Según esto, mira a quién sirves y verás cuán honrado eres: mozos sois vosotros de la más ruin canalla que sustenta la tierra. Una vez, cuando no era de vidrio, caminé una jornada en una mula de alquiler tal, que le conté ciento y veinte y una tachas, todas capitales y enemigas del género humano. Todos los mozos de mulas tienen su punta [703] de rufianes, su punta de cacos, [704] y su es no es de truhanes. Si sus amos, que así llaman ellos a los que llevan en sus mulas, son boquimuelles, [705] hacen más suertes en ellos que las que echaron en esta ciudad los años pasados: [706] si son estranjeros, los roban; si estudiantes, los maldicen; y si religiosos, los reniegan; y si soldados, los tiemblan. Estos, y los marineros y carreteros y arrieros, tienen un modo de vivir extraordinario y sólo para ellos: el carre-

[702] *Redoma*: la redoma era un tipo de vasija de vidrio, pero el adjetivo *redomado* se aplicaba a las personas astutas y maliciosas.

[703] *punta*: cierta cualidad.

[704] *cacos*: Caco era el famoso ladrón que robó a Hércules el ganado que éste había sustraído previamente a Geriones. El robo de Caco no fue por fuerza, sino por astucia. Tildar de cuatreros a quienes han de cuidar las mulas es un chiste muy del tono de los de Vidriera.

[705] *boquimuelles*: sin autoridad, blandos de palabra.

[706] *...años pasados*: en tiempos de Carlos V eran habituales timbas y tómbolas; bajo el reinado de su hijo estas diversiones se vieron drásticamente reducidas. *Hacer suertes* es hacer trampas.

tero pasa lo más de la vida en espacio de vara y media de lugar, que poco más debe de haber del yugo de las mulas a la boca del carro; canta la mitad del tiempo y la otra mitad reniega; y en decir: "Háganse a zaga" [707] se les pasa otra parte; y si acaso les queda por sacar alguna rueda de algún atolladero, más se ayudan de dos pésetes [708] que de tres mulas. Los marineros son gente gentil, inurbana, que no sabe otro lenguaje que el que se usa en los navíos; en la bonanza son diligentes y en la borrasca perezosos; en la tormenta mandan muchos y obedecen pocos; su Dios es su arca y su rancho, y su pasatiempo ver mareados a los pasajeros. Los arrieros son gente que ha hecho divorcio con las sábanas y se ha casado con las enjalmas; [709] son tan diligentes y presurosos que, a trueco de no perder la jornada, perderán el alma; su música es la del mortero; su salsa, la hambre; sus maitines, [710] levantarse a dar sus piensos; y sus misas, no oír ninguna.

Cuando esto decía, estaba a la puerta de un boticario, y, volviéndose al dueño, le dijo:

—Vuesa merced tiene un saludable oficio, si no fuese tan enemigo de sus candiles.

—¿En qué modo soy enemigo de mis candiles? –preguntó el boticario.

Y respondió Vidriera:

—Esto digo porque, en faltando cualquiera aceite, la suple la del candil que está más a mano; y aún tiene otra cosa este oficio bastante a quitar el crédito al más acertado médico del mundo.

Preguntándole por qué, respondió que había boticario que, por no decir que faltaba en su botica lo que recetaba el médico, por las cosas que le faltaban ponía otras que a su parecer tenían la misma virtud y calidad, no siendo así; y con esto, la

---

[707] *Háganse a zaga*: pongan las cosas atrás.

[708] *pésetes*: juramentos, maldiciones ("echar pestes").

[709] *enjalmas*: mantas con que se protegía a las bestias de los aparejos que se colocaban encima.

[710] *maitines*: primera de las horas canónicas.

medicina mal compuesta obraba al revés de lo que había de obrar la bien ordenada.

Preguntóle entonces uno que qué sentía de los médicos, y respondió esto:

—*Honora medicum propter necessitatem, etenim creavit eum Altissimus. A Deo enim est omnis medela, et a rege accipiet donationem. Disciplina medici exaltavit caput illius, et in conspectu magnatum collaudabitur. Altissimus de terra creavit medicinam, et vir prudens non aborrebit illam.*[711] Esto dice –dijo– el *Eclesiástico* de la medicina y de los buenos médicos, y de los malos se podría decir todo al revés, porque no hay gente más dañosa a la república que ellos. El juez nos puede torcer o dilatar la justicia; el letrado, sustentar por su interés nuestra injusta demanda; el mercader, chuparnos la hacienda; finalmente, todas las personas con quien de necesidad tratamos nos pueden hacer algún daño; pero quitarnos la vida, sin quedar sujetos al temor del castigo, ninguno. Sólo los médicos nos pueden matar y nos matan sin temor y a pie quedo,[712] sin desenvainar otra espada que la de un récipe.[713] Y no hay descubrirse sus delictos, porque al momento los meten debajo de la tierra. Acuérdaseme que cuando yo era hombre de carne, y no de vidrio como agora soy, que a un médico destos de segunda clase le despidió un enfermo por curarse con otro, y el primero, de allí a cuatro días, acertó a pasar por la botica donde receptaba el segundo, y preguntó al boticario que cómo le iba al enfermo que él había dejado, y que si le había receptado alguna purga el otro médico. El boticario le respondió que allí

---

[711] *Honora medicum aborrebit illam...*: "Honra al medico porque es necesario; pues, en verdad, a él lo ha creado el Altísimo. De Dios proviene toda curación, y del rey recibirá mercedes. La ciencia del médico le ha permitido llevar erguida su cabeza y será alabado en presencia de los poderosos. El Altísimo ha hecho brotar de la tierra los remedios y el hombre prudente no los rechazará", Eclesiástico 38, 1-4.

[712] *a pie quedo*: sin esfuerzo.

[713] *récipe*: receta.

tenía una recepta [714] de purga que el día siguiente había de tomar el enfermo. Dijo que se la mostrase, y vio que al fin della estaba escrito: *Sumat dilúculo*; [715] y dijo: "Todo lo que lleva esta purga me contenta, si no es este *dilúculo,* porque es húmido demasiadamente".

Por estas y otras cosas que decía de todos los oficios, se andaban tras él, sin hacerle mal y sin dejarle sosegar; pero, con todo esto, no se pudiera defender de los muchachos si su guardián no le defendiera. Preguntóle uno qué haría para no tener envidia a nadie. Respondióle:

—Duerme; que todo el tiempo que durmieres serás igual al que envidias.

Otro le preguntó qué remedio tendría para salir con una comisión que había dos años que la pretendía. Y díjole:

—Parte a caballo y a la mira de quien la lleva, y acompáñale hasta salir de la ciudad, y así saldrás con ella.

Pasó acaso una vez por delante donde él estaba un juez de comisión [716] que iba de camino a una causa criminal, y llevaba mucha gente consigo y dos alguaciles; preguntó quién era, y, como se lo dijeron, dijo:

—Yo apostaré que lleva aquel juez víboras en el seno, pistoletes [717] en la cinta y rayos en las manos, para destruir todo lo que alcanzare su comisión. Yo me acuerdo haber tenido un amigo que, en una comisión criminal que tuvo, dio una sentencia tan exorbitante, que excedía en muchos quilates a la culpa de los delincuentes. Preguntéle que por qué había dado aquella tan cruel sentencia y hecho tan manifiesta injusticia. Respondióme que

---

[714] *recepta*: receta.

[715] *Sumat dilúculo*: "tómese al amanecer". Chiste escatológico basado en el juego de palabras a partir del latín *diluo* "deshacer, diluir" y de la terminación "-culo".

[716] *juez de comisión*: juez comisionado para resolver causas fuera de la ciudad.

[717] *pistoletes*: pequeño arcabuz entre pistola y escopeta. En francés *pistole* era un tipo de moneda.

pensaba otorgar la apelación, y que con esto dejaba campo abierto a los señores del Consejo para mostrar su misericordia, moderando y poniendo aquella su rigurosa sentencia en su punto y debida proporción. Yo le respondí que mejor fuera haberla dado de manera que les quitara de aquel trabajo, pues con esto le tuvieran a él por juez recto y acertado.

En la rueda de la mucha gente que, como se ha dicho, siempre le estaba oyendo, estaba un conocido suyo en hábito de letrado, al cual otro le llamó Señor licenciado; y, sabiendo Vidriera que el tal a quien llamaron licenciado no tenía ni aun título de bachiller, le dijo:

—Guardaos, compadre, no encuentren con vuestro título los frailes de la redención de cautivos, que os le llevarán por mostrenco.[718]

A lo cual dijo el amigo:

—Tratémonos bien, señor Vidriera, pues ya sabéis vos que soy hombre de altas y de profundas letras.

Respondióle Vidriera:

—Ya yo sé que sois un Tántalo[719] en ellas, porque se os van por altas y no las alcanzáis de profundas.

Estando una vez arrimado a la tienda de un sastre, violе que estaba mano sobre mano, y díjole:

—Sin duda, señor maeso,[720] que estáis en camino de salvación.

—¿En qué lo veis? –preguntó el sastre.

—¿En qué lo veo? –respondió Vidriera–. Véolo en que, pues no tenéis qué hacer, no tendréis ocasión de mentir.

Y añadió:

---

[718] *mostrenco*: bienes sin dueño.

[719] *Tántalo*: según la versión más extendida, era hijo de Zeus y de Pluto. Por una falta sobre cuya naturaleza los mitógrafos no coinciden, hubo de sufrir uno de los más famosos castigos de la mitología: sumergido en una laguna hasta el cuello, padecía sed eterna, ya que el agua se retiraba en cuanto intentaba introducir en ella la boca. También era torturado por el hambre: una rama cargada de fruta pendía sobre él, pero cada vez que alargaba la mano, la rama se alzaba hasta quedar fuera de su alcance.

[720] *maeso*: maestro.

—Desdichado del sastre que no miente y cose las fiestas; cosa maravillosa es que casi en todos los deste oficio apenas se hallará uno que haga un vestido justo, habiendo tantos que los hagan pecadores.

De los zapateros decía que jamás hacían, conforme a su parecer, zapato malo; porque si al que se le calzaban venía estrecho y apretado, le decían que así había de ser, por ser de galanes calzar justo, y que en trayéndolos dos horas vendrían más anchos que alpargates; y si le venían anchos, decían que así habían de venir, por amor de la gota.

Un muchacho agudo que escribía en un oficio de provincia [721] le apretaba mucho con preguntas y demandas, y le traía nuevas de lo que en la ciudad pasaba, porque sobre todo discantaba [722] y a todo respondía. Éste le dijo una vez:

—Vidriera, esta noche se murió en la cárcel un banco que estaba condenado ahorcar.

A lo cual respondió:

—Él hizo bien a darse priesa a morir antes que el verdugo se sentara sobre él.

En la acera de San Francisco estaba un corro de ginoveses; y, pasando por allí, uno dellos le llamó, diciéndole:

—Lléguese acá el señor Vidriera y cuéntenos un cuento.

Él respondió:

—No quiero, porque no me le paséis a Génova.

Topó una vez a una tendera que llevaba delante de sí una hija suya muy fea, pero muy llena de dijes, de galas y de perlas; y díjole a la madre:

—Muy bien habéis hecho en empedralla, porque se pueda pasear.

De los pasteleros dijo que había muchos años que jugaban a la dobladilla, [723] sin que les llevasen a la pena, porque habían

---

[721] *oficio de provincia*: era funcionario de la Audiencia.

[722] *discantaba*: hablaba.

[723] *dobladilla*: juego de cartas donde la apuesta dobla su valor cada jugada.

hecho el pastel de a dos de a cuatro, el de a cuatro de a ocho, y el de a ocho de a medio real, por sólo su albedrío y beneplácito.

De los titereros decía mil males: decía que era gente vagamunda y que trataba con indecencia de las cosas divinas, porque con las figuras que mostraban en sus retratos volvían la devoción en risa, y que les acontecía envasar en un costal todas o las más figuras del Testamento Viejo y Nuevo y sentarse sobre él a comer y beber en los bodegones y tabernas. En resolución, decía que se maravillaba de cómo quien podía no les ponía perpetuo silencio en sus retablos, o los desterraba del reino.

Acertó a pasar una vez por donde él estaba un comediante vestido como un príncipe, y, en viéndole, dijo:

—Yo me acuerdo haber visto a éste salir al teatro enharinado el rostro y vestido un zamarro del revés; y, con todo esto, a cada paso fuera del tablado, jura a fe de hijodalgo.[724]

—Débelo de ser —respondió uno–, porque hay muchos comediantes que son muy bien nacidos y hijosdalgo.

—Así será verdad —replicó Vidriera–, pero lo que menos ha menester la farsa es personas bien nacidas; galanes sí, gentileshombres y de espeditas lenguas. También sé decir dellos que en el sudor de su cara ganan su pan con inllevable trabajo, tomando contino de memoria, hechos perpetuos gitanos, de lugar en lugar y de mesón en venta, desvelándose en contentar a otros, porque en el gusto ajeno consiste su bien propio. Tienen más, que con su oficio no engañan a nadie, pues por momentos sacan su mercaduría a pública plaza, al juicio y a la vista de todos. El trabajo de los autores[725] es increíble, y su cuidado, extraordinario, y han de ganar mucho para que al cabo del año no salgan tan empeñados, que les sea forzoso hacer pleito de acreedores. Y, con todo esto, son necesarios en la república, como lo son las florestas, las alamedas y las

---

[724] *hijodalgo*: hidalgo.
[725] *autores*: directores de las compañías de teatro.

vistas de recreación, y como lo son las cosas que honestamente recrean. [726]

Decía que había sido opinión de un amigo suyo que el que servía a una comedianta, en sola una servía a muchas damas juntas, como era a una reina, a una ninfa, a una diosa, a una fregona, a una pastora, y muchas veces caía la suerte en que serviese en ella a un paje y a un lacayo: que todas estas y más figuras suele hacer una farsanta.

Preguntóle uno que cuál había sido el más dichoso del mundo. Respondió que *Nemo*; porque *Nemo novit Patrem, Nemo sine crimine vivit, Nemo sua sorte contentus, Nemo ascendit in coelum.* [727]

De los diestros dijo una vez que eran maestros de una ciencia o arte que cuando la habían menester no la sabían, y que tocaban algo en presuntuosos, pues querían reducir a demostraciones matemáticas, que son infalibles, los movimientos y pensamientos coléricos de sus contrarios. Con los que se teñían las barbas tenía particular enemistad; y, riñendo una vez delante dél dos hombres, que el uno era portugués, éste dijo al castellano, asiéndose de las barbas, que tenía muy teñidas:

—¡*Por istas barbas que teño*[728] *no rostro...!*

A lo cual acudió Vidriera:

—¡*Ollay, home, nâo digáis teño, sino tiño!*

Otro traía las barbas jaspeadas y de muchas colores, culpa de la mala tinta; a quien dijo Vidriera que tenía las barbas de

---

[726] *florestas... recrean*: nótese la similitud entre esta comparación en boca de Vidriera con la que Cervantes introduce en el "Prólogo" de las *Novelas Ejemplares.*

[727] *Nemo*: nadie. El uso de este indefinido como nombre propio, en tono ingenioso o de chiste, es un tópico de la literatura y el folclore; Vidriera enlaza aquí citas bíblicas y aforismos clásicos graciosamente mutilados: "Nadie conoce al Padre, nadie vive sin culpa, nadie está satisfecho de su propia suerte, nadie asciende al cielo".

[728] *teño*: tengo. El Licenciado mezcla castellano (*tiño*) y portugués (*tenho*) para hacer este chiste.

muladar overo.[729] A otro, que traía las barbas por mitad blancas y negras, por haberse descuidado, y los cañones[730] crecidos, le dijo que procurase de no porfiar ni reñir con nadie, porque estaba aparejado a que le dijesen que mentía por la mitad de la barba.

Una vez contó que una doncella discreta y bien entendida, por acudir a la voluntad de sus padres, dio el sí de casarse con un viejo todo cano, el cual la noche antes del día del desposorio se fue, no al río Jordán, como dicen las viejas, sino a la redomilla del agua fuerte y plata, con que renovó de manera su barba, que la acostó de nieve y la levantó de pez. Llegóse la hora de darse las manos, y la doncella conoció por la pinta y por la tinta la figura, y dijo a sus padres que le diesen el mismo esposo que ellos le habían mostrado, que no quería otro. Ellos le dijeron que aquel que tenía delante era el mismo que le habían mostrado y dado por esposo. Ella replicó que no era, y trujo testigos cómo el que sus padres le dieron era un hombre grave y lleno de canas, y que, pues el presente no las tenía, no era él, y se llamaba a engaño. Atúvose a esto, corrióse[731] el teñido y deshízose el casamiento.

Con las dueñas tenía la misma ojeriza que con los escabechados:[732] decía maravillas de su *permafoy*,[733] de las mortajas de sus tocas, de sus muchos melindres, de sus escrúpulos y de su extraordinaria miseria. Amohinábanle sus flaquezas de estómago, su vaguidos de cabeza, su modo de hablar, con más repulgos que sus tocas; y, finalmente, su inutilidad y sus vainillas.[734]

Uno le dijo:

---

[729] *muladar overo*: los muladares eran vertederos o estercoleros que había a las afueras de las villas; *overo* es de color de huevo.

[730] *cañones*: lo más recio, inmediato a la raíz, del pelo de la barba.

[731] *corrióse*: se sintió avergonzado.

[732] *escabechados*: teñidos.

[733] *permafoy*: "par ma foi". Expresión que, al parecer, era muy del gusto de las dueñas ("por mi fe", "a fe mía").

[734] *vainillas*: labores; vainica.

—¿Qué es esto, señor licenciado, que os he oído decir mal de muchos oficios y jamás lo habéis dicho de los escribanos, habiendo tanto que decir?

A lo cual respondió:

—Aunque de vidrio, no soy tan frágil que me deje ir con la corriente del vulgo, las más veces engañado. Paréceme a mí que la gramática de los murmuradores y el *la, la, la* de los que cantan son los escribanos; porque, así como no se puede pasar a otras ciencias, si no es por la puerta de la gramática, y como el músico primero murmura qué canta, así, los maldicientes, por donde comienzan a mostrar la malignidad de sus lenguas es por decir mal de los escribanos y alguaciles y de los otros ministros de la justicia, siendo un oficio el del escribano sin el cual andaría la verdad por el mundo a sombra de tejados, corrida y maltratada; y así, dice el *Eclesiástico: In manu Dei potestas hominis est, et super faciem scribe imponet honorem.*[735] Es el escribano persona pública, y el oficio del juez no se puede ejercitar cómodamente sin el suyo. Los escribanos han de ser libres, y no esclavos, ni hijos de esclavos: legítimos, no bastardos ni de ninguna mala raza nacidos. Juran de secreto fidelidad y que no harán escritura usuraria; que ni amistad ni enemistad, provecho o daño les moverá a no hacer su oficio con buena y cristiana conciencia. Pues si este oficio tantas buenas partes requiere, ¿por qué se ha de pensar que de más de veinte mil escribanos que hay en España se lleve el diablo la cosecha, como si fuesen cepas de su majuelo?[736] No lo quiero creer, ni es bien que ninguno lo crea; porque, finalmente, digo que es la gente más necesaria que había en las repúblicas bien ordenadas, y que si llevaban demasiados derechos, también hacían demasiados tuertos, y que destos dos estremos podía resultar un medio que les hiciese mirar por el virote.[737]

---

[735] *In manu... honorem*: "El poder de un hombre está en las manos de Dios y Él impone dignidad en el rostro del escriba", Eclesiástico 10, 5.

[736] *majuelo*: viña. "La viña del diablo" por oposición a "la viña del Señor".

[737] *les hiciese mirar por el virote*: era una expresión proverbial que quiere decir "les hiciese desempeñar con honradez su oficio".

De los alguaciles dijo que no era mucho que tuviesen algunos enemigos, siendo su oficio, o prenderte, o sacarte la hacienda de casa, o tenerte en la suya en guarda y comer a tu costa. Tachaba la negligencia e ignorancia de los procuradores y solicitadores, comparándolos a los médicos, los cuales, que sane o no sane el enfermo, ellos llevan su propina, y los procuradores y solicitadores, lo mismo, salgan o no salgan con el pleito que ayudan.

Preguntóle uno cuál era la mejor tierra. Respondió que la temprana y agradecida. Replicó el otro:

—No pregunto eso, sino que cuál es mejor lugar: ¿Valladolid o Madrid?

Y respondió:

—De Madrid, los estremos; de Valladolid, los medios.

—No lo entiendo —repitió el que se lo preguntaba.

Y dijo:

—De Madrid, cielo y suelo; de Valladolid, los entresuelos.

Oyó Vidriera que dijo un hombre a otro que, así como había entrado en Valladolid, había caído su mujer muy enferma, porque la había probado la tierra.[738]

A lo cual dijo Vidriera:

—Mejor fuera que se la hubiera comido, si acaso es celosa.

De los músicos y de los correos de a pie decía que tenían las esperanzas y las suertes limitadas, porque los unos la acababan con llegar a serlo de a caballo, y los otros con alcanzar a ser músicos del rey. De las damas que llaman cortesanas decía que todas, o las más, tenían más de corteses que de sanas.

Estando un día en una iglesia vio que traían a enterrar a un viejo, a bautizar a un niño y a velar una mujer, todo a un mismo tiempo, y dijo que los templos eran campos de batalla, donde los viejos acaban, los niños vencen y las mujeres triunfan.

Picábale una vez una avispa en el cuello, y no se la osaba sacudir por no quebrarse; pero, con todo eso, se quejaba. Pre-

---

[738] *la había probado la tierra*: le había sentado mal el clima.

guntóle uno que cómo sentía aquella avispa, si era su cuerpo de vidrio. Y respondió que aquella avispa debía de ser murmuradora, y que las lenguas y picos de los murmuradores eran bastantes a desmoronar cuerpos de bronce, no que de vidrio.

Pasando acaso un religioso muy gordo por donde él estaba, dijo uno de sus oyentes:

—De ético[739] no se puede mover el padre.

Enojóse Vidriera, y dijo:

—Nadie se olvide de lo que dice el Espíritu Santo: *Nolite tangere christos meos.* [740]

Y, subiéndose más en cólera, dijo que mirasen en ello, y verían que de muchos santos que de pocos años a esta parte había canonizado la Iglesia y puesto en el número de los bienaventurados, ninguno se llamaba el capitán don Fulano, ni el secretario don Tal de don Tales, ni el Conde, Marqués o Duque de tal parte, sino fray Diego, fray Jacinto, fray Raimundo, todos frailes y religiosos; porque las religiones son los aranjueces del cielo,[741] cuyos frutos, de ordinario, se ponen en la mesa de Dios.

Decía que las lenguas de los murmuradores eran como las plumas del águila: que roen y menoscaban todas las de las otras aves que a ellas se juntan. De los gariteros[742] y tahúres[743] decía milagros: decía que los gariteros eran públicos prevaricadores, porque, en sacando el barato[744] del que iba haciendo suertes, deseaban que perdiese y pasase el naipe adelante, porque el contrario las hiciese y él cobrase sus derechos. Alababa mucho la

---

[739] *ético*: moral y justo; pero, también, *hético*: tísico, extremadamente flaco.

[740] *Nolite... meos*: "No toquéis a mis ungidos", Salmos 105, 15.

[741] *los aranjueces del cielo*: era una expresión utilizada como alabanza máxima de una cosa.

[742] *gariteros*: dueños de casas de juego.

[743] *tahúres*: jugadores profesionales.

[744] *barato*: propina que recibían del jugador los mirones que formaban corro en una partida.

paciencia de un tahúr, que estaba toda una noche jugando y perdiendo, y con ser de condición colérico y endemoniado, a trueco de que su contrario no se alzase, no descosía la boca, y sufría lo que un mártir de Barrabás. Alabada también las conciencias de algunos honrados gariteros que ni por imaginación consentían que en su casa se jugase otros juegos que polla y cientos;[745] y con esto, a fuego lento, sin temor y nota de malsines,[746] sacaban al cabo del mes más barato que los que consentían los juegos de estocada, del reparolo, siete y llevar, y pinta en la del punto.[747]

En resolución, él decía tales cosas que, si no fuera por los grandes gritos que daba cuando le tocaban o a él se arrimaban, por el hábito que traía, por la estrecheza de su comida, por el modo con que bebía, por el no querer dormir sino al cielo abierto en el verano y el invierno en los pajares, como queda dicho, con que daba tan claras señales de su locura, ninguno pudiera creer sino que era uno de los más cuerdos del mundo.

Dos años o poco más duró en esta enfermedad, porque un religioso de la Orden de San Jerónimo, que tenía gracia y ciencia particular en hacer que los mudos entendiesen y en cierta manera hablasen, y en curar locos, tomó a su cargo de curar a Vidriera, movido de caridad; y le curó y sanó, y volvió a su primer juicio, entendimiento y discurso. Y, así como le vio sano, le vistió como letrado y le hizo volver a la Corte, adonde, con dar tantas muestras de cuerdo como las había dado de loco, podía usar su oficio y hacerse famoso por él.

Hízolo así; y, llamándose el licenciado Rueda, y no Rodaja, volvió a la Corte, donde, apenas hubo entrado, cuando fue

---

[745] *polla y cientos*: la *polla* era la apuesta que se hacía en el juego de cartas. *Ciento* era un juego de naipes, normalmente de dos jugadores, que ganaba el que alcanzara primero los cien puntos.

[746] *malsines*: personas malintencionadas.

[747] *juegos de estocada...*: distintos juegos de naipes en los que alguno de los jugadores partía con ventaja y que acabaron por ser prohibidos a finales del siglo XVI.

conocido de los muchachos; mas, como le vieron en tan diferente hábito del que solía, no le osaron dar grita[748] ni hacer preguntas; pero seguíanle y decían unos a otros:

—¿Éste no es el loco Vidriera? ¡A fe que es él! Ya viene cuerdo. Pero tan bien puede ser loco bien vestido como mal vestido; preguntémosle algo, y salgamos desta confusión.

Todo esto oía el licenciado y callaba, y iba más confuso y más corrido que cuando estaba sin juicio.

Pasó el conocimiento de los muchachos a los hombres; y, antes que el licenciado llegase al patio de los Consejos,[749] llevaba tras de sí más de docientas personas de todas suertes. Con este acompañamiento, que era más que de un catedrático, llegó al patio, donde le acabaron de circundar cuantos en él estaban. Él, viéndose con tanta turba a la redonda, alzó la voz y dijo:

—Señores, yo soy el licenciado Vidriera, pero no el que solía. Soy ahora el licenciado Rueda; sucesos y desgracias que acontecen en el mundo por permisión del cielo, me quitaron el juicio, y las misericordias de Dios me le han vuelto. Por las cosas que dicen que dije cuando loco, podéis considerar las que diré y haré cuando cuerdo. Yo soy graduado en leyes por Salamanca, adonde estudié con pobreza y adonde llevé segundo en licencias,[750] de do se puede inferir que más la virtud que el favor me dio el grado que tengo. Aquí he venido a este gran mar de la Corte para abogar y ganar la vida; pero si no me dejáis, habré venido a bogar[751] y granjear la muerte. Por amor de Dios que no hagáis que el seguirme sea perseguirme, y que lo que alcancé por loco, que es el sustento, lo pierda por cuerdo. Lo que solíades preguntarme en las plazas, preguntádmelo ahora en mi casa, y veréis que el que os respondía bien, según dicen, de improviso, os responderá mejor de pensado.

---

[748] *dar grita*: burlarse de él.

[749] *patio de los Consejos*: en el Palacio Real, en Madrid.

[750] *segundo en licencias*: fue el segundo de su promoción.

[751] *bogar*: remar.

Escucháronle todos y dejáronle algunos. Volvióse a su posada con poco menos acompañamiento que había llevado.

Salió otro día y fue lo mismo; hizo otro sermón y no sirvió de nada. Perdía mucho y no ganaba cosa; y, viéndose morir de hambre, determinó de dejar la Corte y volverse a Flandes, donde pensaba valerse de las fuerzas de su brazo, pues no se podía valer de las de su ingenio. Y, poniéndolo en efeto, dijo al salir de la Corte:

—¡Oh Corte, que alargas las esperanzas de los atrevidos pretendientes, y acortas las de los virtuosos encogidos, sustentas abundantemente a los truhanes desvergonzados y matas de hambre a los discretos vergonzosos!

Esto dijo y se fue a Flandes, donde la vida que había comenzado a eternizar por las letras la acabó de eternizar por las armas, en compañía de su buen amigo el capitán Valdivia, dejando fama en su muerte de prudente y valentísimo soldado.

En Burgos, ciudad ilustre y famosa, no ha muchos años que en ella vivían dos caballeros principales y ricos. El uno se llamaba don Diego de Carriazo y el otro don Juan de Avendaño. El don Diego tuvo un hijo, a quien llamó de su mismo nombre, y el don Juan otro, a quien puso don Tomás de Avendaño. A estos dos caballeros mozos, como quien han de ser las principales personas deste cuento, por escusar y ahorrar letras, les llamaremos con solos los nombres de Carriazo y de Avendaño.

Trece años, o poco más, tendría Carriazo cuando, llevado de una inclinación picaresca, sin forzarle a ello algún mal tratamiento que sus padres le hiciesen, sólo por su gusto y antojo, se desgarró, [752] como dicen los muchachos, de casa de sus padres, y se fue por ese mundo adelante, tan contento de la vida libre que, en la mitad de las incomodidades y miserias que trae consigo, no echaba menos la abundancia de la casa de su padre, ni el andar a pie le cansaba, ni el frío le ofendía, ni el calor le enfadaba. Para él todos los tiempos del año le eran dulce y templada primavera; tan bien dormía en parvas [753] como en colchones; con tanto gusto se soterraba en un pajar de un mesón, como si se acostara entre dos sábanas de holanda. Finalmente, él salió tan bien con el asunto de pícaro, que pudiera leer cátedra en la facultad al famoso de Alfarache. [754]

---

[752] *desgarró*: se escapó.

[753] *parvas*: mieses.

[754] *Alfarache*: alusión a Guzmán de Alfarache, el pícaro protagonista de la novela de Mateo Alemán.

En tres años que tardó en parecer y volver a su casa, aprendió a jugar a la taba [755] en Madrid, y al rentoy [756] en las Ventillas de Toledo, y a presa y pinta en pie [757] en las barbacanas de Sevilla; pero, con serle anejo a este género de vida la miseria y estrecheza, mostraba Carriazo ser un príncipe en sus cosas. A tiro de escopeta, en mil señales, descubría ser bien nacido, porque era generoso y bien partido con sus camaradas. Visitaba pocas veces las ermitas de Baco, [758] y, aunque bebía vino, era tan poco que nunca pudo entrar en el número de los que llaman desgraciados, que, con alguna cosa que beban demasiada, luego se les pone el rostro como si se le hubiesen jalbegado con bermellón y almagre. [759] En fin, en Carriazo vio el mundo un pícaro virtuoso, limpio, bien criado y más que medianamente discreto. Pasó por todos los grados de pícaro hasta que se graduó de maestro en las almadrabas de Zahara, [760] donde es el *finibusterrae* [761] de la picaresca.

¡Oh pícaros de cocina, sucios, gordos y lucios; [762] pobres fingidos, tullidos falsos, cicateruelos [763] de Zocodover y de la plaza de Madrid, vistosos oracioneros, [764] esportilleros [765] de Sevilla, [766] mandilejos [767] de la hampa, con toda la caterva inu-

---

[755] *taba*: juego de suertes con huesos de carnero.

[756] *rentoy*: juego de cartas.

[757] *presa y pinta en pie*: nuevo juego de cartas.

[758] *ermitas de Baco*: bares, tabernas.

[759] *jalbegado con bermellón y almagre*: maquillado con azufre y mercurio en polvo (bermellón) y con arcilla rojiza (almagre).

[760] *Zahara*: hoy Zahara de los Atunes, en la provincia de Cádiz.

[761] *finibusterrae*: el no va más de la picaresca.

[762] *lucios*: lustrosos, relucientes.

[763] *cicateruelos*: ladrones que realizan su labor cortando bolsas.

[764] *oracioneros*: ciegos aparentes que rezan oraciones.

[765] *esportilleros*: mozos que llevan bolsas de esportilla, como hicieron Rinconete y Cortadillo al llegar a Sevilla.

[766] *...Sevilla*: todos los nombres geográficos mencionados hasta ahora (Ventillas y Zocodover de Toledo, almadrabas de Zahara, barbacanas de Sevilla, etc.) son lugares bien conocidos de la geografía picaresca de la época.

[767] *mandilejos*: criados de rufianes o prostitutas.

merable que se encierra debajo deste nombre *pícaro!*, bajad el toldo, amainad el brío, no os llaméis pícaros si no habéis cursado dos cursos en la academia de la pesca de los atunes. ¡Allí, allí, que está en su centro el trabajo junto con la poltronería![768] Allí está la suciedad limpia, la gordura rolliza, la hambre pronta, la hartura abundante, sin disfraz el vicio, el juego siempre, las pendencias por momentos, las muertes por puntos,[769] las pullas a cada paso, los bailes como en bodas, las seguidillas como en estampa, los romances con estribos,[770] la poesía sin acciones. Aquí se canta, allí se reniega, acullá se riñe, acá se juega, y por todo se hurta. Allí campea la libertad y luce el trabajo; allí van o envían muchos padres principales a buscar a sus hijos y los hallan; y tanto sienten sacarlos de aquella vida como si los llevaran a dar la muerte.

Pero toda esta dulzura que he pintado tiene un amargo acíbar[771] que la amarga, y es no poder dormir sueño seguro, sin el temor de que en un instante los trasladan de Zahara a Berbería. Por esto, las noches se recogen a unas torres de la marina, y tienen sus atajadores[772] y centinelas, en confianza de cuyos ojos cierran ellos los suyos, puesto que tal vez ha sucedido que centinelas y atajadores, pícaros, mayorales, barcos y redes, con toda la turbamulta que allí se ocupa, han anochecido en España y amanecido en Tetuán. Pero no fue parte[773] este temor para que nuestro Carriazo dejase de acudir allí tres veranos a darse buen tiempo. El último verano le dijo tan bien la suerte, que ganó a los naipes cerca de setecientos reales, con los cuales quiso vestirse y volverse a Burgos, y a los ojos de su madre, que habían derramado por él muchas lágrimas. Despidióse de sus amigos, que los tenía muchos y muy buenos; prometióles que el verano

---

[768] *poltronería*: holgazanería.

[769] *por puntos*: a cada momento.

[770] *estribos*: estribillos, glosas.

[771] *acíbar*: jugo amargo.

[772] *atajadores*: hombres a pie y a caballo encargados de vigilar la costa.

[773] *parte*: motivo.

siguiente sería con ellos, si enfermedad o muerte no lo estorbase. Dejó con ellos la mitad de su alma, y todos sus deseos entregó a aquellas secas arenas, que a él le parecían más frescas y verdes que los Campos Elíseos. Y, por estar ya acostumbrado de
caminar a pie, tomó el camino en la mano, y sobre dos alpargates, se llegó desde Zahara hasta Valladolid cantando *Tres ánades, madre*.[774]

Estúvose allí quince días para reformar la color del rostro,
sacándola de mulata a flamenca, y para trastejarse y sacarse del
borrador de pícaro y ponerse en limpio de caballero. Todo esto
hizo según y como le dieron comodidad quinientos reales con
que llegó a Valladolid; y aun dellos reservó ciento para alquilar
una mula y un mozo, con que se presentó a sus padres honrado y contento. Ellos le recibieron con mucha alegría, y todos
sus amigos y parientes vinieron a darles el parabién de la buena
venida del señor don Diego de Carriazo, su hijo. Es de advertir
que, en su peregrinación, don Diego mudó el nombre de
Carriazo en el de Urdiales, y con este nombre se hizo llamar de
los que el suyo no sabían.

Entre los que vinieron a ver el recién llegado, fueron don
Juan de Avendaño y su hijo don Tomás, con quien Carriazo,
por ser ambos de una misma edad y vecinos, trabó y confirmó
una amistad estrechísima.

Contó Carriazo a sus padres y a todos mil magníficas y
luengas mentiras de cosas que le habían sucedido en los tres
años de su ausencia; pero nunca tocó, ni por pienso, en las
almadrabas, puesto que en ellas tenía de contino puesta la imaginación: especialmente cuando vio que se llegaba el tiempo
donde había prometido a sus amigos la vuelta. Ni le entretenía
la caza, en que su padre le ocupaba, ni los muchos, honestos y
gustosos convites que en aquella ciudad se usan le daban gusto:
todo pasatiempo le cansaba, y a todos los mayores que se le
ofrecían anteponía el que había recebido en las almadrabas.

---

[774] *Tres ánades, madre*: canción tradicional de la época.

Avendaño, su amigo, viéndole muchas veces melancólico e imaginativo, fiado en su amistad, se atrevió a preguntarle la causa, y se obligó a remediarla, si pudiese y fuese menester, con su sangre misma. No quiso Carriazo tenérsela encubierta, por no hacer agravio a la grande amistad que profesaban; y así, le contó punto por punto la vida de la jábega,[775] y cómo todas sus tristezas y pensamientos nacían del deseo que tenía de volver a ella; pintósela de modo que Avendaño, cuando le acabó de oír, antes alabó que vituperó su gusto.

En fin, el de la plática fue disponer Carriazo la voluntad de Avendaño de manera que determinó de irse con él a gozar un verano de aquella felicísima vida que le había descrito, de lo cual quedó sobremodo contento Carriazo, por parecerle que había ganado un testigo de abono que calificase su baja determinación. Trazaron, ansimismo, de juntar todo el dinero que pudiesen; y el mejor modo que hallaron fue que de allí a dos meses había de ir Avendaño a Salamanca, donde por su gusto tres años había estado estudiando las lenguas griega y latina, y su padre quería que pasase adelante y estudiase la facultad que él quisiese, y que del dinero que le diese habría para lo que deseaban.

En este tiempo, propuso Carriazo a su padre que tenía voluntad de irse con Avendaño a estudiar a Salamanca. Vino su padre con tanto gusto en ello que, hablando al de Avendaño, ordenaron de ponerles juntos casa en Salamanca, con todos los requisitos que pedían ser hijos suyos.

Llegóse el tiempo de la partida; proveyéronles de dineros y enviaron con ellos un ayo que los gobernase, que tenía más de hombre de bien que de discreto. Los padres dieron documentos a sus hijos de lo que habían de hacer y de cómo se habían de gobernar para salir aprovechados en la virtud y en las ciencias, que es el fruto que todo estudiante debe pretender sacar de sus trabajos y vigilias, principalmente los bien nacidos. Mostrá-

---

[775] *jábega*: junta de pícaros.

ronse los hijos humildes y obedientes; lloraron las madres; recibieron la bendición de todos; pusiéronse en camino con mulas propias y con dos criados de casa, amén del ayo, que se había dejado crecer la barba porque diese autoridad a su cargo.

En llegando a la ciudad de Valladolid, dijeron al ayo que querían estarse en aquel lugar dos días para verle, porque nunca le habían visto ni estado en él. Reprehendiólos mucho el ayo, severa y ásperamente, la estada, diciéndoles que los que iban a estudiar con tanta priesa como ellos no se habían de detener una hora a mirar niñerías, cuanto más dos días, y que él formaría escrúpulo si los dejaba detener un solo punto, y que se partiesen luego, y si no, que sobre eso, morena. [776]

Hasta aquí se estendía la habilidad del señor ayo, o mayordomo, como más nos diere gusto llamarle. Los mancebitos, que tenían ya hecho su agosto y su vendimia, pues habían ya robado cuatrocientos escudos de oro que llevaba su mayor, dijeron que sólo los dejase aquel día, en el cual querían ir a ver la fuente de Argales, [777] que la comenzaban a conducir a la ciudad por grandes y espaciosos acueductos. En efeto, aunque con dolor de su ánima, les dio licencia, porque él quisiera escusar el gasto de aquella noche y hacerle en Valdeastillas, [778] y repartir las diez y ocho leguas que hay desde Valdeastillas a Salamanca en dos días, y no las veinte y dos que hay desde Valladolid; pero, como uno piensa el bayo y otro el que le ensilla, [779] todo le sucedió al revés de lo que él quisiera.

Los mancebos, con solo un criado y a caballo en dos muy buenas y caseras mulas, salieron a ver la fuente de Argales, famosa por su antigüedad y sus aguas, a despecho del Caño Dorado y de la reverenda Priora, con paz sea dicho de Leganitos y de la estremadísima fuente Castellana, en cuya competen-

---

[776] *sobre eso, morena*: frase hecha con el significado de "atenerse a las consecuencias".

[777] *fuente de Argales*: intento vallisoletano para abastecer de agua a la ciudad.

[778] *Valdeastillas*: lugar al sur de Valladolid.

[779] *uno piensa el bayo y otro el que le ensilla*: refrán para significar que uno piensa una cosa y sucede otra distinta.

cia pueden callar Corpa y la Pizarra de la Mancha. [780] Llegaron a Argales, y cuando creyó el criado que sacaba Avendaño de las bolsas del cojín alguna cosa con que beber, vio que sacó una carta cerrada, diciéndole que luego al punto volviese a la ciudad y se la diese a su ayo, y que en dándosela les esperase en la puerta del Campo.

Obedeció el criado, tomó la carta, volvió a la ciudad, y ellos volvieron las riendas y aquella noche durmieron en Mojados, [781] y de allí a dos días en Madrid; y en otros cuatro se vendieron las mulas en pública plaza, y hubo quien les fiase por seis escudos de prometido, y aun quien les diese el dinero en oro por sus cabales. Vistiéronse a lo payo, [782] con capotillos de dos haldas, zahones o zaragüelles [783] y medias de paño pardo. Ropero hubo que por la mañana les compró sus vestidos y a la noche los había mudado de manera que no los conociera la propia madre que los había parido. Puestos, pues, a la ligera y del modo que Avendaño quiso y supo, se pusieron en camino de Toledo *ad pedem literae* [784] y sin espadas; que también el ropero, aunque no atañía a su menester, se las había comprado.

Dejémoslos ir, por ahora, pues van contentos y alegres, y volvamos a contar lo que el ayo hizo cuando abrió la carta que el criado le llevó y halló que decía desta manera:

Vuesa merced será servido, señor Pedro Alonso, de tener paciencia y dar la vuelta a Burgos, donde dirá a nuestros padres que, habiendo nosotros sus hijos, con madura consideración, considerado cuán más propias son de los caballeros las armas que las letras, habemos determinado de trocar a Salamanca por Bruselas y a España por Flandes.

---

[780] *Pizarra de la Mancha*: como las anteriores, fuente de la época.

[781] *Mojados*: lugar al sur de Valladolid, no lejos de Valdeastillas.

[782] *payo*: villano, campesino.

[783] *capotillos de dos haldas, zahones o zaragüelles*: capas cortas de dos piezas y calzones.

[784] *ad pedem literae*: a pie.

Los cuatrocientos escudos llevamos; las mulas pensamos vender. Nuestra hidalga intención y el largo camino es bastante disculpa de nuestro yerro, aunque nadie le juzgará por tal si no es cobarde. Nuestra partida es ahora; la vuelta será cuando Dios fuere servido, el cual guarde a vuesa merced como puede y estos sus menores discípulos deseamos.

De la fuente de Argales, puesto ya el pie en el estribo para caminar a Flandes.

Carriazo y Avendaño.

Quedó Pedro Alonso suspenso en leyendo la epístola y acudió presto a su valija, y el hallarla vacía le acabó de confirmar la verdad de la carta; y luego al punto, en la mula que le había quedado, se partió a Burgos a dar las nuevas a sus amos con toda presteza, porque con ella pusiesen remedio y diesen traza de alcanzar a sus hijos. Pero destas cosas no dice nada el autor desta novela, porque, así como dejó puesto a caballo a Pedro Alonso, volvió a contar de lo que les sucedió a Avendaño y a Carriazo a la entrada de Illescas, diciendo que al entrar de la puerta de la villa encontraron dos mozos de mulas, al parecer andaluces, en calzones de lienzo anchos, jubones acuchillados de anjeo, [785] sus coletos [786] de ante, dagas de ganchos y espadas sin tiros; [787] al parecer, el uno venía de Sevilla y el otro iba a ella. El que iba estaba diciendo al otro:

—Si no fueran mis amos tan adelante, todavía me detuviera algo más a preguntarte mil cosas que deseo saber, porque me has maravillado mucho con lo que has contado de que el conde ha ahorcado a Alonso Genís y a Ribera, [788] sin querer otorgarles la apelación.

---

[785] *anjeo*: lino.

[786] *coletos*: chalecos.

[787] *tiros*: las correas de donde pendían las espadas.

[788] *Alonso Genís y a Ribera*: dos ladrones históricos, hechos prender por el conde de Priego, no por el conde de Puñonrostro como se dice en el texto.

—¡Oh pecador de mí! —replicó el sevillano—. Armóles el conde zancadilla y cogiólos debajo de su jurisdicción, que eran soldados, y por contrabando se aprovechó dellos, sin que la Audiencia se los pudiese quitar. Sábete, amigo, que tiene un Bercebú[789] en el cuerpo este conde de Puñonrostro, que nos mete los dedos de su puño en el alma. Barrida está Sevilla y diez leguas a la redonda de jácaros;[790] no para ladrón en sus contornos. Todos le temen como al fuego, aunque ya se suena que dejará presto el cargo de Asistente, porque no tiene condición para verse a cada paso en dimes ni diretes con los señores de la Audiencia.

—¡Vivan ellos mil años —dijo el que iba a Sevilla—, que son padres de los miserables y amparo de los desdichados! ¡Cuántos pobretes están mascando barro no más de por la cólera de un juez absoluto, de un corregidor, o mal informado o bien apasionado! Más ven muchos ojos que dos: no se apodera tan presto el veneno de la injusticia de muchos corazones como se apodera de uno solo.

—Predicador te has vuelto —dijo el de Sevilla—, y, según llevas la retahíla, no acabarás tan presto, y yo no te puedo aguardar; y esta noche no vayas a posar donde sueles, sino en la posada del Sevillano,[791] porque verás en ella la más hermosa fregona que se sabe. Marinilla, la de la venta Tejada,[792] es asco en su comparación; no te digo más sino que hay fama que el hijo del Corregidor bebe los vientos por ella. Uno desos mis amos que allá van jura que, al volver que vuelva al Andalucía, se ha de estar dos meses en Toledo y en la misma posada, sólo por hartarse de mirarla. Ya le dejo yo en señal un pellizco, y me llevo en contracambio un gran tornizcón. Es dura como un mármol,

---

[789] *Bercebú*: el demonio.

[790] *jácaros*: matones.

[791] *posada del Sevillano*: probablemente una posada destruida durante la guerra civil de 1936-1939 que se encontraba en la escalinata que iba del Zocodover a la cuesta del Carmen.

[792] *venta Tejada*: probablemente la venta Tajada, cerca de Almodóvar del Campo, en el camino que iba de Toledo a Sevilla.

y zahareña [793] como villana de Sayago, [794] y áspera como una ortiga; pero tiene una cara de pascua y un rostro de buen año: en una mejilla tiene el sol y en la otra la luna; la una es hecha de rosas y la otra de claveles, y en entrambas hay también azucenas y jazmines. No te digo más, sino que la veas, y verás que no te he dicho nada, según lo que te pudiera decir, acerca de su hermosura. En las dos mulas rucias que sabes que tengo mías, la dotara de buena gana, si me la quisieran dar por mujer; pero yo sé que no me la darán, que es joya para un arcipreste o para un conde. Y otra vez torno a decir que allá lo verás. Y adiós, que me mudo.

Con esto se despidieron los dos mozos de mulas, cuya plática y conversación dejó mudos a los dos amigos que escuchado la habían, especialmente Avendaño, en quien la simple relación que el mozo de mulas había hecho de la hermosura de la fregona despertó en él un intenso deseo de verla. También le despertó en Carriazo; pero no de manera que no desease más llegar a sus almadrabas que detenerse a ver las pirámides de Egipto, o otra de las siete maravillas, o todas juntas.

En repetir las palabras de los mozos, y en remedar y contrahacer el modo y los ademanes con que las decían, entretuvieron el camino hasta Toledo; y luego, siendo la guía Carriazo, que ya otra vez había estado en aquella ciudad, bajando por la Sangre de Cristo, [795] dieron con la posada del Sevillano; pero no se atrevieron a pedirla allí, porque su traje no lo pedía.

Era ya anochecido, y, aunque Carriazo importunaba a Avendaño que fuesen a otra parte a buscar posada, no le pudo quitar de la puerta de la del Sevillano, esperando si acaso parecía la tan celebrada fregona. Entrábase la noche y la fregona no salía; desesperábase Carriazo, y Avendaño se estaba quedo; el

---

[793] *zahareña*: arisca, intratable.

[794] *villana de Sayago*: personaje cómico del teatro español del Siglo de Oro caracterizado por su tosquedad.

[795] *Sangre de Cristo*: este es el nombre de la calle en que se encontraba la posada del Sevillano. Véase nota 791.

cual, por salir con su intención, con escusa de preguntar por unos caballeros de Burgos que iban a la ciudad de Sevilla, se entró hasta el patio de la posada; y, apenas hubo entrado, cuando de una sala que en el patio estaba vio salir una moza, al parecer de quince años, poco más o menos, vestida como labradora, con una vela encendida en un candelero.

No puso Avendaño los ojos en el vestido y traje de la moza, sino en su rostro, que le parecía ver en él los que suelen pintar de los ángeles. Quedó suspenso y atónito de su hermosura, y no acertó a preguntarle nada: tal era su suspensión y embelesamiento. La moza, viendo aquel hombre delante de sí, le dijo:

—¿Qué busca, hermano? ¿Es por ventura criado de alguno de los huéspedes de casa?

—No soy criado de ninguno, sino vuestro —respondió Avendaño, todo lleno de turbación y sobresalto.

La moza, que de aquel modo se vio responder, dijo:

—Vaya, hermano, norabuena, que las que servimos no hemos menester criados.

Y, llamando a su señor, le dijo:

—Mire, señor, lo que busca este mancebo.

Salió su amo y preguntóle qué buscaba. Él respondió que a unos caballeros de Burgos que iban a Sevilla, uno de los cuales era su señor, el cual le había enviado delante por Alcalá de Henares, donde había de hacer un negocio que les importaba; y que junto con esto le mandó que se viniese a Toledo y le esperase en la posada del Sevillano, donde vendría a apearse; y que pensaba que llegaría aquella noche o otro día a más tardar. Tan buen color dio Avendaño a su mentira, que a la cuenta del huésped pasó por verdad, pues le dijo:

—Quédese, amigo, en la posada, que aquí podrá esperar a su señor hasta que venga.

—Muchas mercedes, señor huésped —respondió Avendaño—; y mande vuesa merced que se me dé un aposento para mí y un compañero que viene conmigo, que está allí fuera, que dineros traemos para pagarlo tan bien como otro.

—En buen hora —respondió el huésped.

Y, volviéndose a la moza, dijo:

—Costancica, di a Argüello que lleve a estos galanes al aposento del rincón y que les eche sábanas limpias.

—Sí haré, señor —respondió Costanza, que así se llamaba la doncella.

Y, haciendo una reverencia a su amo, se les quitó delante, cuya ausencia fue para Avendaño lo que suele ser al caminante ponerse el sol y sobrevenir la noche lóbrega y escura. Con todo esto, salió a dar cuenta a Carriazo de lo que había visto y de lo que dejaba negociado; el cual por mil señales conoció cómo su amigo venía herido de la amorosa pestilencia; pero no le quiso decir nada por entonces, hasta ver si lo merecía la causa de quien nacían las extraordinarias alabanzas y grandes hipérboles con que la belleza de Costanza sobre los mismos cielos levantaba.

Entraron, en fin, en la posada, y la Argüello, que era una mujer de hasta cuarenta y cinco años, superintendente de las camas y aderezo de los aposentos, los llevó a uno que ni era de caballeros ni de criados, sino de gente que podía hacer medio entre los dos estremos. Pidieron de cenar; respondióles Argüello que en aquella posada no daban de comer a nadie, puesto que guisaban y aderezaban lo que los huéspedes traían de fuera comprado; pero que bodegones y casas de estado [796] había cerca, donde sin escrúpulo de conciencia podían ir a cenar lo que quisiesen.

Tomaron los dos el consejo de Argüello, y dieron con sus cuerpos en un bodego, donde Carriazo cenó lo que le dieron y Avendaño lo que con él llevaba: que fueron pensamientos e imaginaciones. Lo poco o nada que Avendaño comía admiraba mucho a Carriazo. Por enterarse del todo de los pensamientos de su amigo, al volverse a la posada, le dijo:

—Conviene que mañana madruguemos, porque antes que entre la calor estemos ya en Orgaz.

---

[796] *casas de estado*: bodegones.

—No estoy en eso —respondió Avendaño—, porque pienso antes que desta ciudad me parta ver lo que dicen que hay famoso en ella, como es el Sagrario, el artificio de Juanelo,[797] las Vistillas de San Agustín, la Huerta del Rey y la Vega.[798]

—Norabuena —respondió Carriazo—: eso en dos días se podrá ver.

—En verdad que lo he de tomar de espacio, que no vamos a Roma a alcanzar alguna vacante.

—¡Ta, ta! —replicó Carriazo—. A mí me maten, amigo, si no estáis vos con más deseo de quedaros en Toledo que de seguir nuestra comenzada romería.

—Así es la verdad —respondió Avendaño—; y tan imposible será apartarme de ver el rostro desta doncella, como no es posible ir al cielo sin buenas obras.

—¡Gallardo encarecimiento —dijo Carriazo— y determinación digna de un tan generoso pecho como el vuestro! ¡Bien cuadra un don Tomás de Avendaño, hijo de don Juan de Avendaño, caballero, lo que es bueno; rico, lo que basta; mozo, lo que alegra; discreto, lo que admira, con enamorado y perdido por una fregona que sirve en el mesón del Sevillano!

—Lo mismo me parece a mí que es —respondió Avendaño— considerar un don Diego de Carriazo, hijo del mismo, caballero del hábito de Alcántara el padre, y el hijo a pique de heredarle con su mayorazgo, no menos gentil en el cuerpo que en el ánimo, y con todos estos generosos atributos, verle enamorado, ¿de quién, si pensáis? ¿De la reina Ginebra?[799] No, por cierto, sino de la almadraba de Zahara, que es más fea, a lo que creo, que un miedo de santo Antón.[800]

---

[797] *artificio de Juanelo*: ingenio de Juanelo Turriano para subir el agua a la ciudad de Toledo desde el río Tajo.

[798] *Sagrario... Vega*: lugares todos de la ciudad de Toledo. El paseo de las Vistillas de San Agustín hoy ya no existe.

[799] *Ginebra*: la mujer del rey Arturo.

[800] *miedo de santo Antón*: alusión a las tentaciones de san Antonio.

—¡Pata es la traviesa,[801] amigo! —respondió Carriazo—; por los filos que te herí me has muerto; quédese aquí nuestra pendencia, y vámonos a dormir, y amanecerá Dios y medraremos.[802]

—Mira, Carriazo, hasta ahora no has visto a Costanza; en viéndola, te doy licencia para que me digas todas las injurias o reprehensiones que quisieres.

—Ya sé yo en qué ha de parar esto —dijo Carriazo.

—¿En qué? —replicó Avendaño.

—En que yo me iré con mi almadraba, y tú te quedarás con tu fregona —dijo Carriazo.

—No seré yo tan venturoso —dijo Avendaño.

—Ni yo tan necio —respondió Carriazo— que, por seguir tu mal gusto, deje de conseguir el bueno mío.

En estas pláticas llegaron a la posada, y aun se les pasó en otras semejantes la mitad de la noche. Y, habiendo dormido, a su parecer, poco más de una hora, los despertó el son de muchas chirimías[803] que en la calle sonaban. Sentáronse en la cama y estuvieron atentos, y dijo Carriazo:

—Apostaré que es ya de día y que debe de hacerse alguna fiesta en un monasterio de Nuestra Señora del Carmen que esta aquí cerca, y por eso tocan estas chirimías.

—No es eso —respondió Avendaño—, porque no ha tanto que dormimos que pueda ser ya de día.

Estando en esto, sintieron llamar a la puerta de su aposento, y, preguntando quién llamaba, respondieron de fuera diciendo:

—Mancebos, si queréis oír una brava música, levantaos y asomaos a una reja que sale a la calle, que está en aquella sala frontera, que no hay nadie en ella.

---

[801] *Pata es la traviesa*: expresión que se empleaba para indicar que alguien ha engañado a alguien y al revés.

[802] *amanecerá Dios y medraremos*: todo se arreglará.

[803] *chirimías*: instrumentos musicales de viento.

Levantáronse los dos, y cuando abrieron no hallaron persona ni supieron quién les había dado el aviso; mas, porque oyeron el son de una arpa, creyeron ser verdad la música; y así en camisa, como se hallaron, se fueron a la sala, donde ya estaban otros tres o cuatro huéspedes puestos a las rejas; hallaron lugar, y de allí a poco, al son de la arpa y de una vihuela, con maravillosa voz, oyeron cantar este soneto, que no se le pasó de la memoria a Avendaño:

Raro, humilde sujeto, que levantas
a tan excelsa cumbre la belleza,
que en ella se excedió naturaleza
a sí misma, y al cielo la adelantas;
    si hablas, o si ríes, o si cantas,
si muestras mansedumbre o aspereza,
efeto sólo de tu gentileza,
las potencias del alma nos encantas.
    Para que pueda ser más conocida
la sin par hermosura que contienes
y la alta honestidad de que blasonas,
    deja el servir, pues debes ser servida
de cuantos ven sus manos y sus sienes
resplandecer por cetros y coronas.

No fue menester que nadie les dijese a los dos que aquella música se daba por Costanza, pues bien claro lo había descubierto el soneto, que sonó de tal manera en los oídos de Avendaño, que diera por bien empleado, por no haberle oído, haber nacido sordo y estarlo todos los días de la vida que le quedaba, a causa que desde aquel punto la comenzó a tener tan mala como quien se halló traspasado el corazón de la rigurosa lanza de los celos. Y era lo peor que no sabía de quién debía o podía tenerlos. Pero presto le sacó deste cuidado uno de los que a la reja estaban, diciendo:

—¡Que tan simple sea este hijo del corregidor, que se ande dando músicas a una fregona...! Verdad es que ella es de las más hermosas muchachas que yo he visto, y he visto muchas; mas no por esto había de solicitarla con tanta publicidad.

A lo cual añadió otro de los de la reja:

—Pues en verdad que he oído yo decir por cosa muy cierta que así hace ella cuenta dél como si no fuese nadie: apostaré que se está ella agora durmiendo a sueño suelto detrás de la cama de su ama, donde dicen que duerme, sin acordársele de músicas ni canciones.

—Así es la verdad —replicó el otro—, porque es la más honesta doncella que se sabe; y es maravilla que, con estar en esta casa de tanto tráfago [804] y donde hay cada día gente nueva, y andar por todos los aposentos, no se sabe della el menor desmán del mundo.

Con esto que oyó, Avendaño tornó a revivir y a cobrar aliento para poder escuchar otras muchas cosas, que al son de diversos instrumentos los músicos cantaron, todas encaminadas a Costanza, la cual, como dijo el huésped, se estaba durmiendo sin ningún cuidado.

Por venir el día, se fueron los músicos, despidiéndose con las chirimías. Avendaño y Carriazo se volvieron a su aposento, donde durmió el que pudo hasta la mañana, la cual venida, se levantaron los dos, entrambos con deseo de ver a Costanza; pero el deseo del uno era deseo curioso, y el del otro deseo enamorado. Pero a entrambos se los cumplió Costanza, saliendo de la sala de su amo tan hermosa, que a los dos les pareció que todas cuantas alabanzas le había dado el mozo de mulas eran cortas y de ningún encarecimiento.

Su vestido era una saya y corpiños [805] de paño verde, con unos ribetes del mismo paño. Los corpiños eran bajos, pero la camisa alta, plegado el cuello, con un cabezón [806] labrado de seda

---

[804] *tráfago*: movimiento.

[805] *saya y corpiños*: ropa que visten las mujeres de la cintura a los pies; prenda femenina sin mangas.

[806] *cabezón*: cuello.

negra, puesta una gargantilla de estrellas de azabache sobre un pedazo de una coluna de alabastro, que no era menos blanca su garganta; ceñida con un cordón de San Francisco, y de una cinta pendiente, al lado derecho, un gran manojo de llaves. No traía chinelas, [807] sino zapatos de dos suelas, colorados, con unas calzas que no se le parecían sino cuanto por un perfil mostraban también ser coloradas. Traía tranzados los cabellos con unas cintas blancas de hiladillo; pero tan largo el tranzado, que por las espaldas le pasaba de la cintura; el color salía de castaño y tocaba en rubio; pero, al parecer, tan limpio, tan igual y tan peinado, que ninguno, aunque fuera de hebras de oro, se le pudiera comparar. Pendíanle de las orejas dos calabacillas de vidrio que parecían perlas; los mismos cabellos le servían de garbín [808] y de tocas.

Cuando salió de la sala se persignó y santiguó, y con mucha devoción y sosiego hizo una profunda reverencia a una imagen de Nuestra Señora que en una de las paredes del patio estaba colgada; y, alzando los ojos, vio a los dos, que mirándola estaban, y, apenas los hubo visto, cuando se retiró y volvió a entrar en la sala, desde la cual dio voces a Argüello que se levantase.

Resta ahora por decir qué es lo que le pareció a Carriazo de la hermosura de Costanza, que de lo que le pareció a Avendaño ya está dicho, cuando la vio la vez primera. No digo más, sino que a Carriazo le pareció tan bien como a su compañero, pero enamoróle mucho menos; y tan menos, que quisiera no anochecer en la posada, sino partirse luego para sus almadrabas.

En esto, a las voces de Costanza salió a los corredores la Argüello, con otras dos mocetonas, también criadas de casa, de quien se dice que eran gallegas; y el haber tantas lo requería la mucha gente que acude a la posada del Sevillano, que es una de las mejores y más frecuentadas que hay en Toledo. Acudieron también los mozos de los huéspedes a pedir cebada; salió el huésped de casa a dársela, maldiciendo a sus mozas, que por

---

[807] *chinelas*: zapatos sin talón, apropiados para andar por casa.
[808] *garbín*: cofia.

ellas se le había ido un mozo que la solía dar con muy buena cuenta y razón, sin que le hubiese hecho menos, a su parecer, un solo grano. Avendaño, que oyó esto, dijo:

—No se fatigue, señor huésped, déme el libro de la cuenta, que los días que hubiere de estar aquí yo la tendré tan buena en dar la cebada y paja que pidieren, que no eche menos al mozo que dice que se le ha ido.

—En verdad que os lo agradezca, mancebo —respondió el huésped—, porque yo no puedo atender a esto, que tengo otras muchas cosas a que acudir fuera de casa. Bajad; daros he el libro, y mirad que estos mozos de mulas son el mismo diablo y hacen trampantojos[809] un celemín[810] de cebada con menos conciencia que si fuese de paja.

Bajó al patio Avendaño y entregóse en el libro, y comenzó a despachar celemines como agua, y a asentarlos por tan buena orden que el huésped, que lo estaba mirando, quedó contento; y tanto, que dijo:

—Pluguiese a Dios que vuestro amo no viniese y que a vos os diese gana de quedaros en casa, que a fe que otro gallo os cantase, porque el mozo que se me fue vino a mi casa, habrá ocho meses, roto y flaco, y ahora lleva dos pares de vestidos muy buenos y va gordo como una nutria. Porque quiero que sepáis, hijo, que en esta casa hay muchos provechos, amén de los salarios.

—Si yo me quedase —replicó Avendaño— no repararía mucho en la ganancia; que con cualquiera cosa me contentaría a trueco de estar en esta ciudad, que me dicen que es la mejor de España.

—A lo menos —respondió el huésped— es de las mejores y más abundantes que hay en ella; mas otra cosa nos falta ahora, que es buscar quien vaya por agua al río; que también se me fue

---

[809] *hacen trampantojos*: roban.

[810] *celemín*: medida de granos y semillas equivalente a cuatro litros y medio, más o menos.

otro mozo que, con un asno que tengo famoso, me tenía rebosando las tinajas y hecha un lago de agua la casa. Y una de las causas por que los mozos de mulas se huelgan de traer sus amos a mi posada es por la abundancia de agua que hallan siempre en ella; porque no llevan su ganado al río, sino dentro de casa beben las cabalgaduras en grandes barreños.

Todo esto estaba oyendo Carriazo; el cual, viendo que ya Avendaño estaba acomodado y con oficio en casa, no quiso él quedarse a buenas noches; y más, que consideró el gran gusto que haría a Avendaño si le seguía el humor; y así, dijo al huésped:

—Venga el asno, señor huésped, que tan bien sabré yo cinchalle y cargalle, como sabe mi compañero asentar en el libro su mercancía.

—Sí –dijo Avendaño–, mi compañero Lope Asturiano servirá de traer agua como un príncipe, y yo le fío.

La Argüello, que estaba atenta desde el corredor a todas estas pláticas, oyendo decir a Avendaño que él fiaba a su compañero, dijo:

—Dígame, gentilhombre, ¿y quién le ha de fiar a él? Que en verdad que me parece que más necesidad tiene de ser fiado que de ser fiador.

—Calla, Argüello –dijo el huésped–, no te metas donde no te llaman; yo los fío a entrambos, y, por vida de vosotras, que no tengáis dares ni tomares [811] con los mozos de casa, que por vosotras se me van todos.

—Pues qué –dijo otra moza–, ¿ya se quedan en casa estos mancebos? Para mi santiguada, [812] que si yo fuera camino con ellos, que nunca les fiara la bota.

—Déjese de chocarrerías, señora Gallega –respondió el huésped–, y haga su hacienda, y no se entremeta con los mozos, que la moleré a palos.

---

[811] *dares ni tomares*: peleas, enfados.
[812] *Para mi santiguada*: juramento habitual en la época cuando alguien se compromete a algo "por mi cara santiguada", como "por mi vida".

—¡Por cierto, sí! —replicó la Gallega—. ¡Mirad qué joyas para codiciallas! Pues en verdad que no me ha hallado el señor mi amo tan juguetona con los mozos de la casa, ni de fuera, para tenerme en la mala piñón[813] que me tiene: ellos son bellacos y se van cuando se les antoja, sin que nosotras les demos ocasión alguna. ¡Bonica gente es ella, por cierto, para tener necesidad de apetites que les inciten a dar un madrugón a sus amos cuando menos se percatan!

—Mucho habláis, Gallega hermana —respondió su amo—; punto en boca, y atended a lo que tenéis a vuestro cargo.

Ya en esto tenía Carriazo enjaezado el asno; y, subiendo en él de un brinco, se encaminó al río, dejando a Avendaño muy alegre de haber visto su gallarda resolución.

He aquí: tenemos ya —en buena hora se cuente— a Avendaño hecho mozo del mesón, con nombre de Tomás Pedro, que así dijo que se llamaba, y a Carriazo, con el de Lope Asturiano, hecho aguador: transformaciones dignas de anteponerse a las del narigudo poeta.[814]

A malas penas acabó de entender la Argüello que los dos se quedaban en casa, cuando hizo designio sobre el Asturiano, y le marcó por suyo, determinándose a regalarle de suerte que, aunque él fuese de condición esquiva y retirada, le volviese más blando que un guante. El mismo discurso hizo la Gallega melindrosa sobre Avendaño; y, como las dos, por trato y conversación, y por dormir juntas, fuesen grandes amigas, al punto declaró la una a la otra su determinación amorosa, y desde aquella noche determinaron de dar principio a la conquista de sus dos desapasionados amantes. Pero lo primero que advirtieron fue en que les habían de pedir que no las habían de pedir celos por cosas que las viesen hacer de sus personas, porque mal pueden regalar las mozas a los de dentro si no hacen tributarios

---

813 *piñón*: opinión.

814 *narigudo poeta*: alusión a las *Metamorfosis* (transformaciones) de Ovidio (el narigudo poeta).

a los de fuera de casa. "Callad, hermanos —decían ellas, como si los tuvieran presentes y fueran ya sus verdaderos mancebos o amancebados—; callad y tapaos los ojos, y dejad tocar el pandero a quien sabe y que guíe la danza quien la entiende, y no habrá par de canónigos en esta ciudad más regalados que vosotros lo seréis destas tributarias vuestras".

Estas y otras razones desta sustancia y jaez dijeron la Gallega y la Argüello; y, en tanto, caminaba nuestro buen Lope Asturiano la vuelta del río, por la cuesta del Carmen, puestos los pensamientos en sus almadrabas y en la súbita mutación de su estado. O ya fuese por esto, o porque la suerte así lo ordenase, en un paso estrecho, al bajar de la cuesta, encontró con un asno de un aguador que subía cargado; y, como él descendía y su asno era gallardo, bien dispuesto y poco trabajado, tal encuentro dio al cansado y flaco que subía, que dio con él en el suelo; y, por haberse quebrado los cántaros, se derramó también el agua, por cuya desgracia el aguador antiguo, despechado y lleno de cólera, arremetió al aguador moderno, que aún se estaba caballero; y, antes que se desenvolviese y apease, le había pegado y asentado una docena de palos tales, que no le supieron bien al Asturiano.

Apeóse, en fin; pero con tan malas entrañas, que arremetió a su enemigo, y, asiéndole con ambas manos por la garganta, dio con él en el suelo; y tal golpe dio con la cabeza sobre una piedra, que se la abrió por dos partes, saliendo tanta sangre que pensó que le había muerto.

Otros muchos aguadores que allí venían, como vieron a su compañero tan malparado, arremetieron a Lope, y tuviéronle asido fuertemente, gritando:

—¡Justicia, justicia; que este aguador ha muerto a un hombre!

Y, a vuelta destas razones y gritos, le molían a mojicones y a palos. Otros acudieron al caído, y vieron que tenía hendida la cabeza y que casi estaba espirando. Subieron las voces de boca en boca por la cuesta arriba, y en la plaza del Carmen dieron en los oídos de un alguacil; el cual, con dos corchetes, con más ligereza que si volara, se puso en el lugar de la pendencia, a tiempo que ya el herido estaba atravesado sobre su asno, y el de Lope asido, y Lope rodeado de más de veinte aguadores, que no le dejaban rodear, antes le brumaban las costillas de manera que más se pudiera temer de su vida que de la del herido, según menudeaban sobre él los puños y las varas aquellos vengadores de la ajena injuria.

Llegó el alguacil, apartó la gente, entregó a sus corchetes al Asturiano, y antecogiendo [815] a su asno y al herido sobre el suyo, dio con ellos en la cárcel, acompañado de tanta gente y de tantos muchachos que le seguían, que apenas podía hender por las calles.

Al rumor de la gente, salió Tomás Pedro y su amo a la puerta de casa, a ver de qué procedía tanta grita, y descubrieron a Lope entre los dos corchetes, lleno de sangre el rostro y la boca; miró luego por su asno el huésped, y violé en poder de otro corchete que ya se les había juntado. Preguntó la causa de aquellas prisiones; fuele respondida la verdad del suceso; pesóle por su asno, temiendo que le había de perder, o a lo menos hacer más costas por cobrarle que él valía.

Tomás Pedro siguió a su compañero, sin que le dejasen llegar a hablarle una palabra: tanta era la gente que lo impedía, y el recato de los corchetes y del alguacil que le llevaba. Finalmente, no le dejó hasta verle poner en la cárcel, y en un calabozo, con dos pares de grillos, y al herido en la enfermería, donde se halló a verle curar, y vio que la herida era peligrosa, y mucho, y lo mismo dijo el cirujano.

El alguacil se llevó a su casa los dos asnos, y más cinco reales de a ocho que los corchetes habían quitado a Lope.

Volvióse a la posada lleno de confusión y de tristeza; halló al que ya tenía por amo con no menos pesadumbre que él traía, a quien dijo de la manera que quedaba su compañero, y

---

[815] *antecogiendo*: cogiendo por delante.

del peligro de muerte en que estaba el herido, y del suceso de su asno. Díjole más: que a su desgracia se le había añadido otra de no menor fastidio; y era que un grande amigo de su señor le había encontrado en el camino, y le había dicho que su señor, por ir muy de priesa y ahorrar dos leguas de camino, desde Madrid había pasado por la barca de Aceca, [816] y que aquella noche dormía en Orgaz; y que le había dado doce escudos que le diese, con orden de que se fuese a Sevilla, donde le esperaba.

—Pero no puede ser así —añadió Tomás—, pues no será razón que yo deje a mi amigo y camarada en la cárcel y en tanto peligro. Mi amo me podrá perdonar por ahora; cuanto más, que él es tan bueno y honrado, que dará por bien cualquier falta que le hiciere, a trueco que no la haga a mi camarada. Vuesa merced, señor amo, me la haga de tomar este dinero y acudir a este negocio; y, en tanto que esto se gasta, yo escribiré a mi señor lo que pasa, y sé que me enviará dineros que basten a sacarnos de cualquier peligro.

Abrió los ojos de un palmo el huésped, alegre de ver que, en parte, iba saneando la pérdida de su asno. Tomó el dinero y consoló a Tomás, diciéndole que él tenía personas en Toledo de tal calidad, que valían mucho con la justicia, especialmente una señora monja, parienta del Corregidor, que le mandaba con el pie; y que una lavandera del monasterio de la tal monja tenía una hija que era grandísima amiga de una hermana de un fraile muy familiar y conocido del confesor de la dicha monja, la cual lavandera lavaba la ropa en casa. "Y, como ésta pida a su hija, que sí pedirá, hable a la hermana del fraile que hable a su hermano que hable al confesor, y el confesor a la monja y la monja guste de dar un billete, que será cosa fácil para el corregidor, donde le pida encarecidamente mire por el negocio de Tomás, sin duda alguna se podrá esperar buen suceso. Y esto ha de ser con tal que el aguador no muera, y con que no falte

---

[816] *Aceca*: como Orgaz, lugares de la provincia de Toledo.

ungüento para untar a todos los ministros de la justicia, porque si no están untados, gruñen más que carretas de bueyes".

En gracia le cayó a Tomás los ofrecimientos del favor que su amo le había hecho, y los infinitos y revueltos arcaduces [817] por donde le había derivado; y, aunque conoció que antes lo había dicho de socarrón que de inocente, con todo eso, le agradeció su buen ánimo y le entregó el dinero, con promesa que no faltaría mucho más, según él tenía la confianza en su señor, como ya le había dicho.

La Argüello, que vio atraillado [818] a su nuevo cuyo, [819] acudió luego a la cárcel a llevarle de comer; mas no se le dejaron ver, de que ella volvió muy sentida y malcontenta; pero no por esto disistió de su buen propósito.

En resolución, dentro de quince días estuvo fuera de peligro el herido, y a los veinte declaró el cirujano que estaba del todo sano; y ya en este tiempo había dado traza Tomás cómo le viniesen cincuenta escudos de Sevilla, y, sacándolos él de su seno, se los entregó al huésped con cartas y cédula fingida de su amo; y, como al huésped le iba poco en averiguar la verdad de aquella correspondencia, cogía el dinero, que por ser en escudos de oro le alegraba mucho.

Por seis ducados se apartó de la querella el herido; en diez, y en el asno y las costas, sentenciaron al Asturiano. Salió de la cárcel, pero no quiso volver a estar con su compañero, dándole por disculpa que en los días que había estado preso le había visitado la Argüello y requerídole de amores: cosa para él de tanta molestia y enfado, que antes se dejara ahorcar que corresponder con el deseo de tan mala hembra; que lo que pensaba hacer

---

[817] *arcaduces*: originalmente, caños que conducen el agua, pero también se utilizaba en la época, como aquí, como metáfora para referirse a "cuando un negocio va encaminado secretamente por diversas personas y echando juicio y seso a montón, damos cuenta de ello a quien sabe la verdad. Suele el tal responder: no va el negocio por estos arcaduces".

[818] *atraillado*: atado.

[819] *cuyo*: amante.

era, ya que él estaba determinado de seguir y pasar adelante con su propósito, comprar un asno y usar el oficio de aguador en tanto que estuviesen en Toledo; que, con aquella cubierta, no sería juzgado ni preso por vagamundo, y que, con sola una carga de agua, se podía andar todo el día por la ciudad a sus anchuras, mirando bobas.

—Antes mirarás hermosas que bobas en esta ciudad, que tiene fama de tener las más discretas mujeres de España, y que andan a una su discreción con su hermosura; y si no, míralo por Costancica, de cuyas sobras de belleza puede enriquecer no sólo a las hermosas desta ciudad, sino a las de todo el mundo.

—Paso, señor Tomás —replicó Lope—: vámonos poquito a poquito en esto de las alabanzas de la señora fregona, si no quiere que, como le tengo por loco, le tenga por hereje.

—¿Fregona has llamado a Costanza, hermano Lope? —respondió Tomás—. Dios te lo perdone y te traiga a verdadero conocimiento de tu yerro.

—Pues ¿no es fregona? —replicó el Asturiano.

—Hasta ahora le tengo por ver fregar el primer plato.

—No importa —dijo Lope— no haberle visto fregar el primer plato, si le has visto fregar el segundo y aun el centésimo.

—Yo te digo, hermano —replicó Tomás—, que ella no friega ni entiende en otra cosa que en su labor, y en ser guarda de la plata labrada que hay en casa, que es mucha.

—Pues ¿cómo la llaman por toda la ciudad —dijo Lope— la fregona ilustre, si es que no friega? Mas sin duda debe de ser que, como friega plata, y no loza, la dan nombre de *ilustre*. Pero, dejando esto aparte, dime, Tomás: ¿en qué estado están tus esperanzas?

—En el de perdición —respondió Tomás—, porque, en todos estos días que has estado preso, nunca la he podido hablar una palabra, y, a muchas que los huéspedes le dicen, con ninguna otra cosa responde que con bajar los ojos y no desplegar los labios; tal es su honestidad y su recato, que no menos enamora con su recogimiento que con su hermosura. Lo que

me trae alcanzado de paciencia [820] es saber que el hijo del corregidor, que es mozo brioso y algo atrevido, muere por ella y la
solicita con músicas; que pocas noches se pasan sin dársela, y
tan al descubierto, que en lo que cantan la nombran, la alaban
y la solenizan. Pero ella no las oye, ni desde que anochece hasta
la mañana no sale del aposento de su ama, escudo que no deja
que me pase el corazón la dura saeta de los celos.

—Pues ¿qué piensas hacer con el imposible que se te ofrece en la conquista desta Porcia, desta Minerva y desta nueva
Penélope, [821] que en figura de doncella y de fregona te enamora, te acobarda y te desvanece?

—Haz la burla que de mí quisieres, amigo Lope, que yo
sé que estoy enamorado del más hermoso rostro que pudo
formar naturaleza, y de la más incomparable honestidad que
ahora se puede usar en el mundo. Costanza se llama, y no
Porcia, Minerva o Penélope; en un mesón sirve, que no lo
puedo negar, pero, ¿qué puedo yo hacer, si me parece que el
destino con oculta fuerza me inclina, y la elección con claro
discurso me mueve a que la ador? Mira, amigo: no sé cómo
te diga —prosiguió Tomás— de la manera con que amor el
bajo sujeto desta fregona, que tú llamas, me le encumbra y
levanta tan alto, que viéndole no le vea, y conociéndole le
desconozca. No es posible que, aunque lo procuro, pueda un
breve término contemplar, si así se puede decir, en la bajeza
de su estado, porque luego acuden a borrarme este pensamiento su belleza, su donaire, su sosiego, su honestidad y
recogimiento, y me dan a entender que, debajo de aquella
rústica corteza, debe de estar encerrada y escondida alguna
mina de gran valor y de merecimiento grande. Finalmente,
sea lo que se fuere, yo la quiero bien; y no con aquel amor
vulgar con que a otras he querido, sino con amor tan limpio,

[820] *me trae alcanzado de paciencia*: no lo puedo soportar.
[821] *Porcia..., Minerva... Penélope*: ejemplos habituales de castidad
(Minerva) y fidelidad (las otras dos).

que no se estiende a más que a servir y a procurar que ella me quiera, pagándome con honesta voluntad lo que a la mía, también honesta, se debe.

A este punto, dio una gran voz el Asturiano y, como exclamando, dijo:

—¡Oh amor platónico! ¡Oh fregona ilustre! ¡Oh felicísimos tiempos los nuestros, donde vemos que la belleza enamora sin malicia, la honestidad enciende sin que abrase, el donaire da gusto sin que incite, la bajeza del estado humilde obliga y fuerza a que le suban sobre la rueda de la que llaman Fortuna! ¡Oh pobres atunes míos, que os pasáis este año sin ser visitados deste tan enamorado y aficionado vuestro! Pero el que viene yo haré la enmienda, de manera que no se quejen de mí los mayorales de las mis deseadas almadrabas.

A esto dijo Tomás:

—Ya veo, Asturiano, cuán al descubierto te burlas de mí. Lo que podías hacer es irte norabuena a tu pesquería, que yo me quedaré en mi caza, y aquí me hallarás a la vuelta. Si quisieres llevarte contigo el dinero que te toca, luego te lo daré; y ve en paz, y cada uno siga la senda por donde su destino le guiare.

—Por más discreto te tenía —replicó Lope—; y ¿tú no ves que lo que digo es burlando? Pero, ya que sé que tú hablas de veras, de veras te serviré en todo aquello que fuere de tu gusto. Una cosa sola te pido, en recompensa de las muchas que pienso hacer en tu servicio: y es que no me pongas en ocasión de que la Argüello me requiebre ni solicite; porque antes romperé con tu amistad que ponerme a peligro de tener la suya. Vive Dios, amigo, que habla más que un relator[822] y que le huele el aliento a rasuras[823] desde una legua: todos los dientes de arriba son postizos, y tengo para mí que los cabellos son cabellera;[824] y, para adobar y suplir estas faltas, des-

---

[822] *relator*: miembro del tribunal que redacta y explica las sentencias.
[823] *a rasuras*: a vino.
[824] *cabellera*: postizos.

pués que me descubrió su mal pensamiento, ha dado en afeitarse [825] con albayalde, [826] y así se jalbega [827] el rostro, que no parece sino mascarón de yeso puro.

—Todo eso es verdad —replicó Tomás—, y no es tan mala la Gallega que a mí me martiriza. Lo que se podrá hacer es que esta noche sola estés en la posada, y mañana comprarás el asno que dices y buscarás dónde estar; y así huirás los encuentros de Argüello, y yo quedaré sujeto a los de la Gallega y a los irreparables de los rayos de la vista de mi Costanża.

En esto se convinieron los dos amigos y se fueron a la posada, adonde de la Argüello fue con muestras de mucho amor recebido el Asturiano. Aquella noche hubo un baile a la puerta de la posada, de muchos mozos de mulas que en ella y en las convecinas había. El que tocó la guitarra fue el Asturiano; las bailadoras, amén de las dos gallegas y de la Argüello, fueron otras tres mozas de otra posada. Juntáronse muchos embozados, con más deseo de ver a Costanza que el baile, pero ella no pareció ni salió a verle, con que dejó burlados muchos deseos.

De tal manera tocaba la guitarra Lope, que decían que la hacía hablar. Pidiéronle las mozas, y con más ahínco la Argüello, que cantase algún romance; él dijo que, como ellas le bailasen al modo como se canta y baila en las comedias, que le cantaría, y que, para que no lo errasen, que hiciesen todo aquello que él dijese cantando y no otra cosa.

Había entre los mozos de mulas bailarines, y entre las mozas ni más ni menos. Mondó [828] el pecho Lope, escupiendo dos veces, en el cual tiempo pensó lo que diría; y, como era de presto, fácil y lindo ingenio, con una felicísima corriente, de improviso comenzó a cantar desta manera:

---

[825] *afeitarse*: maquillarse.
[826] *albayalde*: especie de polvo blanco, a modo de cal.
[827] *jalbega*: véase nota 759.
[828] *Mondó*: limpió. (*Mondó el pecho*: carraspeó).

Salga la hermosa Argüello,
moza una vez, y no más,
y haciendo una reverencia
dé dos pasos hacia atrás.
De la mano la arrebate
el que llaman Barrabás,
andaluz, mozo de mulas,
canónigo del Compás. [829]
De las dos mozas gallegas
que en esta posada están,
salga la más carigorda
en cuerpo y sin devantal.
Engarráfela [830] Torote,
y todos cuatro a la par,
con mudanzas y meneos,
den principio a un contrapás. [831]

Todo lo que iba cantando el Asturiano hicieron al pie de la letra ellos y ellas; mas, cuando llegó a decir que diesen principio a un contrapás, respondió Barrabás, que así le llamaban por mal nombre al bailarín mozo de mulas:

—Hermano músico, mire lo que canta y no moteje a naide de mal vestido, porque aquí no hay naide con trapos, y cada uno se viste como Dios le ayuda.

El huésped, que oyó la ignorancia del mozo, le dijo:

—Hermano mozo, *contrapás* es un baile extranjero, y no motejo de mal vestidos.

—Si eso es –replicó el mozo–, no hay para qué nos metan en dibujos: [832] toquen sus zarabandas, chaconas y folías [833] al uso,

---

[829] *Compás*: lugar picaresco sevillano, pero también baile.

[830] *Engarráfela*: agárrela.

[831] *contrapás*: baile extranjero, como se indica más abajo.

[832] *dibujos*: complicaciones.

[833] *zarabandas, chaconas y folías*: bailes de época, alguno muy criticado por moralistas y censores.

y escudillen [834] como quisieren, que aquí hay presonas que les sabrán llenar las medidas hasta el gollete. [835]

El Asturiano, sin replicar palabra, prosiguió su canto diciendo:

> Entren, pues, todas las ninfas
> y los ninfos que han de entrar,
> que el baile de la chacona
> es más ancho que la mar.
> Requieran las castañetas
> y bájense a refregar
> las manos por esa arena,
> o tierra del muladar.
> Todos lo han hecho muy bien,
> no tengo qué les rectar,
> santígüense, y den al diablo
> dos higas de su higueral.
> Escupan al hideputa
> porque nos deje holgar,
> puesto que de la chacona
> nunca se suele apartar.
> Cambio el son, divina Argüello,
> más bella que un hospital,
> pues eres mi nueva musa,
> tu favor me quieras dar.
>> *El baile de la chacona*
>> *encierra la vida bona.*
>
> Hállase allí el ejercicio
> que la salud acomoda,
> sacudiendo de los miembros
> a la pereza poltrona.
> Bulle la risa en el pecho

---

[834] *escudillen*: aquí bailen, de su original *servir en la escudilla.*

[835] *gollete*: quedan saciados. El *gollete* es la parte superior y exterior de la garganta, por debajo de la barbilla.

de quien baila y de quien toca,
del que mira y del que escucha
baile y música sonora.
Vierten azogue [836] los pies,
derrítese la persona
y con gusto de sus dueños
las mulillas se descorchan. [837]
El brío y la ligereza
en los viejos se remoza,
y en los mancebos se ensalza
y sobremodo se entona,
   que el baile de la chacona
   encierra la vida bona.

   ¡Qué de veces ha intentado
aquesta noble señora,
con la alegre zarabanda,
el *Péseme* y *Perra mora,* [838]
entrarse por los resquicios
de las casas religiosas
a inquietar la honestidad
que en las santas celdas mora!
¡Cuántas fue vituperada
de los mismos que la adoran!
Porque imagina el lascivo
y al que es necio se le antoja,
   que el baile de chacona
   encierra la vida bona.

   Esta indiana amulatada,
de quien la fama pregona

---

[836] *Vierten azogue*: echan humo. El ritmo del baile es muy rápido.

[837] *las mulillas se descorchan*: los zapatos se rompen. Las mulillas era un tipo de calzado antiguo probablemente confeccionado con corcho.

[838] *Péseme* y *Perra mora*: bailes populares de la época, como la zaraban-da o chacona, ya mencionados, o el zambapalo, que lo será más adelante.

que ha hecho más sacrilegios
e insultos que hizo Aroba;
ésta, a quien es tributaria
la turba de las fregonas,
la caterva de los pajes
y de lacayos las tropas,
dice, jura y no revienta,
que, a pesar de la persona
del soberbio zambapalo,
ella es la flor de la olla,
  y que sola la chacona
  encierra la vida bona.

En tanto que Lope cantaba, se hacían rajas bailando la turbamulta de los mulantes y fregatrices[839] del baile, que llegaban
a doce; y, en tanto que Lope se acomodaba a pasar adelante
cantando otras cosas de más tomo,[840] sustancia y consideración
de las cantadas, uno de los muchos embozados que el baile
miraban dijo, sin quitarse el embozo:

—¡Calla, borracho! ¡Calla, cuero! ¡Calla, odrina,[841] poeta
de viejo, músico falso!

Tras esto, acudieron otros, diciéndole tantas injurias y
muecas, que Lope tuvo por bien de callar; pero los mozos de
mulas lo tuvieron tan mal, que si no fuera por el huésped, que
con buenas razones los sosegó, allí fuera la de Mazagatos;[842] y
aun con todo eso, no dejaran de menear las manos si a aquel
instante no llegara la justicia y los hiciera recoger a todos.

Apenas se habían retirado, cuando llegó a los oídos de
todos los que en el barrio despiertos estaban una voz de un
hombre que, sentado sobre una piedra, frontero de la posada

---

[839] *turbamulta de los mulantes y fregatrices*: confusión de mozos de mulas
y fregonas.

[840] *tomo*: de más entidad.

[841] *cuero... odrina*: borracho.

[842] *la de Mazagatos*: hubo mucho escándalo.

del Sevillano, cantaba con tan maravillosa y suave armonía, que los dejó suspensos y les obligó a que le escuchasen hasta el fin. Pero el que más atento estuvo fue Tomás Pedro, como aquel a quien más le tocaba, no sólo el oír la música, sino entender la letra, que para él no fue oír canciones, sino cartas de excomunión que le acongojaban el alma; porque lo que el músico cantó fue este romance:

> ¿Dónde estás, que no pareces,
> esfera de la hermosura,
> belleza a la vida humana
> de divina compostura?
> Cielo impíreo, [843] donde amor
> tiene su estancia segura;
> primer moble, [844] que arrebata
> tras sí todas las venturas;
> lugar cristalino, donde
> transparentes aguas puras
> enfrían de amor las llamas,
> las acrecientan y apuran;
> nuevo hermoso firmamento,
> donde dos estrellas juntas,
> sin tomar la luz prestada,
> al cielo y al suelo alumbran;

---

[843] *Cielo impíreo*: cielo ardiente, donde reside la divinidad.

[844] *primer moble*: castellanización de la expresión latina *Primum mobile* (primer motor). La concepción geocéntrica del universo consideraba que la tierra ocupaba el centro del universo y estaba rodeada de una serie de globos huecos y transparentes denominados esferas, cielos o elementos. En cada una de las primeras siete esferas hay un gran cuerpo luminoso fijo, en este orden empezando por la Tierra: la Luna, Mercurio, Venus, el Sol, Marte, Júpiter y Saturno; los siete planetas. Más allá de Saturno está el *Stellatum*, donde se encuentran las estrellas fijas. Más allá del *Stellatum* hay una esfera llamada primer motor, el *Primum mobile*. Esta concepción del universo fue utilizada constantemente en nuestro Siglo de Oro como figura poética.

alegría que se opone
a las tristezas confusas
del padre que da a sus hijos
en su vientre sepultura;
humildad que se resiste
de la alteza con que encumbran
el gran Jove, [845] a quien influye
su benignidad, que es mucha;
red invisible y sutil,
que pone en prisiones duras
al adúltero guerrero [846]
que de las batallas triunfa;
cuarto cielo y sol segundo, [847]
que el primero deja a escuras
cuando acaso deja verse:
que el verle es caso y ventura;
grave embajador, [848] que hablas
con tan estraña cordura,
que persuades callando,
aún más de lo que procuras;
del segundo cielo tienes
no más que la hermosura,
y del primero, no más
que el resplandor de la luna;
esta esfera sois, Costanza,
puesta, por corta fortuna,
en lugar que, por indigno,
vuestras venturas deslumbra.
Fabricad vos vuestra suerte,
consintiendo se reduzga

---

[845] *Jove*: Júpiter.
[846] *adúltero guerrero*: Marte.
[847] *...y sol segundo*: Venus.
[848] *grave embajador*: Mercurio.

la entereza a trato al uso,
la esquividad a blandura.
Con esto veréis, señora,
que envidian vuestra fortuna
las soberbias por linaje;
las grandes por hermosura.
Si queréis ahorrar camino,
la más rica y la más pura
voluntad en mí os ofrezco
que vio amor en alma alguna.

El acabar estos últimos versos y el llegar volando dos medios ladrillos fue todo uno; que, si como dieron junto a los pies del músico le dieran en mitad de la cabeza, con facilidad le sacaran de los cascos la música y la poesía. Asombróse el pobre, y dio a correr por aquella cuesta arriba con tanta priesa, que no le alcanzara un galgo. ¡Infelice estado de los músicos, murciégalos y lechuzos, siempre sujetos a semejantes lluvias y desmanes!

A todos los que escuchado habían la voz del apedreado, les pareció bien; pero a quien mejor, fue a Tomás Pedro, que admiró la voz y el romance; mas quisiera él que de otra que Costanza naciera la ocasión de tantas músicas, puesto que a sus oídos jamás llegó ninguna. Contrario deste parecer fue Barrabás, el mozo de mulas, que también estuvo atento a la música; porque, así como vio huir al músico, dijo:

—¡Allá irás, mentecato, trovador de Judas, que pulgas te coman los ojos! Y ¿quién diablos te enseñó a cantar a una fregona cosas de esferas y de cielos, llamándola lunes y martes, y de ruedas de Fortuna? Dijérasla, noramala para ti y para quien le hubiere parecido bien tu trova, que es tiesa como un espárrago, entonada como un plumaje, blanca como una leche, honesta como un fraile novicio, melindrosa y zahareña [849] como una

<hr>

[849] *zahareña*: arisca.

mula de alquiler, y más dura que un pedazo de argamasa; que, como esto le dijeras, ella lo entendiera y se holgara; pero llamarla embajador, y red, y moble, y alteza y bajeza, más es para decirlo a un niño de la dotrina [850] que a una fregona. Verdaderamente que hay poetas en el mundo que escriben trovas que no hay diablo que las entienda. Yo, a lo menos, aunque soy Barrabás, éstas que ha cantado este músico de ninguna manera las entrevo: [851] ¡miren qué hará Costancica! Pero ella lo hace mejor; que se está en su cama haciendo burla del mismo Preste Juan de las Indias. [852] Este músico, a lo menos, no es de los del hijo del Corregidor, que aquéllos son muchos, y una vez que otra se dejan entender; pero éste, ¡voto a tal que me deja mohíno! [853]

Todos los que escucharon a Barrabás recibieron gran gusto, y tuvieron su censura y parecer por muy acertado.

Con esto, se acostaron todos; y, apenas estaba sosegada la gente, cuando sintió Lope que llamaban a la puerta de su aposento muy paso. Y, preguntando quién llamaba, fuele respondido con voz baja:

—La Argüello y la Gallega somos: ábrannos que mos morimos de frío.

—Pues en verdad —respondió Lope— que estamos en la mitad de los caniculares. [854]

—Déjate de gracias, Lope —replicó la Gallega—: levántate y abre, que venimos hechas unas archiduquesas.

—¿Archiduquesas y a tal hora? —respondió Lope—. No creo en ellas; antes entiendo que sois brujas, o unas grandísimas bellacas: idos de ahí luego; si no, por vida de..., hago juramento que si me levanto, que con los hierros de mi pretina os tengo de poner las posaderas como unas amapolas.

---

[850] *niño de la dotrina*: huérfano.

[851] *entrevo*: entiendo.

[852] *Preste Juan de las Indias*: personaje fabuloso.

[853] *mohíno*: triste, disgustado.

[854] *caniculares*: verano.

Ellas, que se vieron responder tan acerbamente, y tan fuera de aquello que primero se imaginaron, temieron la furia del Asturiano; y, defraudadas sus esperanzas y borrados sus designios, se volvieron tristes y malaventuradas a sus lechos; aunque, antes de apartarse de la puerta, dijo la Argüello, poniendo los hocicos por el agujero de la llave:

—No es la miel para la boca del asno.

Y con esto, como si hubiera dicho una gran sentencia y tomado una justa venganza, se volvió, como se ha dicho, a su triste cama.

Lope, que sintió que se habían vuelto, dijo a Tomás Pedro, que estaba despierto:

—Mirad, Tomás: ponedme vos a pelear con dos gigantes, y en ocasión que me sea forzoso desquijarar por vuestro servicio media docena o una de leones, que yo lo haré con más facilidad que beber una taza de vino; pero que me pongáis en necesidad que me tome a brazo partido con la Argüello, no lo consentiré si me asaetean. ¡Mirad qué doncellas de Dinamarca[855] nos había ofrecido la suerte esta noche! Ahora bien, amanecerá Dios y medraremos.

—Ya te he dicho, amigo —respondió Tomás—, que puedes hacer tu gusto, o ya en irte a tu romería, o ya en comprar el asno y hacerte aguador, como tienes determinado.

—En lo de ser aguador me afirmo —respondió Lope—. Y durmamos lo poco que queda hasta venir el día, que tengo esta cabeza mayor que una cuba, y no estoy para ponerme ahora a departir contigo.

Durmiéronse; vino el día, levantáronse, y acudió Tomás a dar cebada y Lope se fue al mercado de las bestias, que es allí junto, a comprar un asno que fuese tal como bueno.

Sucedió, pues, que Tomás, llevado de sus pensamientos y de

---

[855] *doncellas de Dinamarca*: referencia irónica, pues doncella de Dinamarca era la confidente de Oriana, el personaje femenino principal del *Amadís*. Aquí, sin embargo, son mozas de mesón y fregonas.

la comodidad que le daba la soledad de las siestas, había compuesto en algunas unos versos amorosos y escrítolos en el mismo libro do tenía la cuenta de la cebada, con intención de sacarlos aparte en limpio y romper o borrar aquellas hojas. Pero, antes que esto hiciese, estando él fuera de casa y habiéndose dejado el libro sobre el cajón de la cebada, le tomó su amo, y, abriéndole para ver cómo estaba la cuenta, dio con los versos, que leídos le turbaron y sobresaltaron. Fuese con ellos a su mujer, y, antes que se los leyese, llamó a Costanza; y, con grandes encarecimientos, mezclados con amenazas, le dijo le dijese si Tomás Pedro, el mozo de la cebada, la había dicho algún requiebro, o alguna palabra descompuesta o que diese indicio de tenerla afición. Costanza juró que la primera palabra, en aquella o en otra materia alguna, estaba aún por hablarla, y que jamás, ni aun con los ojos, le había dado muestras de pensamiento malo alguno.

Creyéronla sus amos, por estar acostumbrados a oírla siempre decir verdad en todo cuanto le preguntaban. Dijéronla que se fuese de allí, y el huésped dijo a su mujer:

—No sé qué me diga desto. Habréis de saber, señora, que Tomás tiene escritas en este libro de la cebada unas coplas que me ponen mala espina que está enamorado de Costancica.

—Veamos las coplas —respondió la mujer—, que yo os diré lo que en eso debe de haber.

—Así será, sin duda alguna —replicó su marido—; que, como sois poeta, luego daréis en su sentido.

—No soy poeta —respondió la mujer—, pero ya sabéis vos que tengo buen entendimiento y que sé rezar en latín las cuatro oraciones.[856]

—Mejor haríades de rezallas en romance: que ya os dijo vuestro tío el clérigo que decíades mil gazafatones[857] cuando rezábades en latín y que no rezábades nada.

---

[856] *las cuatro oraciones*: el Padre Nuestro, el Avemaría, la Salve y el Credo.
[857] *gazafatones*: disparates.

—Esa flecha de la aljaba[858] de su sobrina ha salido, que está envidiosa de verme tomar las *Horas* [859] de latín en la mano y irme por ellas como por viña vendimiada.

—Sea como vos quisiéredes –respondió el huésped–. Estad atenta, que las coplas son éstas:

¿Quién de amor venturas halla?
   El que calla.
¿Quién triunfa de su aspereza?
   La firmeza.
¿Quién da alcance a su alegría?
   La porfía.
   Dese modo, bien podría
esperar dichosa palma
si en esta empresa mi alma
calla, está firme y porfía.

¿Con quién se sustenta amor?
   Con favor.
¿Y con qué mengua su furia?
   Con la injuria.
¿Antes con desdenes crece?
   Desfallece.
   Claro en esto se parece
que mi amor será inmortal,
pues la causa de mi mal
ni injuria ni favorece.

Quien desespera, ¿qué espera?
   Muerte entera.
Pues, ¿qué muerte el mal remedia?
   La que es media.
Luego, ¿bien será morir?

---

[858] *de la aljaba*: del ingenio de la sobrina.
[859] *Horas*: libro de horas.

Mejor sufrir.
Porque se suele decir,
y esta verdad se reciba,
que tras la tormenta esquiva
suele la calma venir.

¿Descubriré mi pasión?
En ocasión.
¿Y si jamás se me da?
Sí hará.
Llegará la muerte en tanto.
Llegue a tanto
tu limpia fe y esperanza,
que, en sabiéndolo Costanza,
convierta en risa tu llanto.

—¿Hay más? –dijo la huéspeda.

—No –respondió el marido–; pero, ¿qué os parece destos versos?

—Lo primero –dijo ella–, es menester averiguar si son de Tomás.

—En eso no hay que poner duda –replicó el marido–, porque la letra de la cuenta de la cebada y la de las coplas toda es una, sin que se pueda negar.

—Mirad, marido –dijo la huéspeda–: a lo que yo veo, puesto que las coplas nombran a Costancica, por donde se puede pensar que se hicieron para ella, no por eso lo habemos de afirmar nosotros por verdad, como si se los viéramos escribir; cuanto más, que otras Costanzas que la nuestra hay en el mundo; pero, ya que sea por ésta, ahí no le dice nada que la deshonre ni la pide cosa que le importe. Estemos a la mira y avisemos a la muchacha, que si él está enamorado della, a buen seguro que él haga más coplas y que procure dárselas.

—¿No sería mejor –dijo el marido– quitarnos desos cuidados y echarle de casa?

—Eso –respondió la huéspeda– en vuestra mano está; pero

en verdad que, según vos decís, el mozo sirve de manera que sería conciencia el despedille por tan liviana ocasión.

—Ahora bien —dijo el marido—, estaremos alerta, como vos decís, y el tiempo nos dirá lo que habemos de hacer.

Quedaron en esto, y tornó a poner el huésped el libro donde le había hallado. Volvió Tomás ansioso a buscar su libro, hallóle, y porque no le diese otro sobresalto, trasladó las coplas y rasgó aquellas hojas, y propuso de aventurarse a descubrir su deseo a Costanza en la primera ocasión que se le ofreciese. Pero, como ella andaba siempre sobre los estribos de su honestidad y recato, a ninguno daba lugar de miralla, cuanto más de ponerse a pláticas con ella; y, como había tanta gente y tantos ojos de ordinario en la posada, aumentaba más la dificultad de hablarla, de que se desesperaba el pobre enamorado.

Mas habiendo salido aquel día Costanza con una toca ceñida por las mejillas, y dicho a quien se lo preguntó que por qué se la había puesto, que tenía un gran dolor de muelas, Tomás, a quien sus deseos avivaban el entendimiento, en un instante discurrió lo que sería bueno que hiciese, y dijo:

—Señora Costanza, yo le daré una oración en escrito, que a dos veces que la rece se le quitará como con la mano su dolor.

—Norabuena —respondió Costanza—; que yo la rezaré, porque sé leer.

—Ha de ser con condición —dijo Tomás— que no la ha de mostrar a nadie, porque la estimo en mucho, y no será bien que por saberla muchos se menosprecie.

—Yo le prometo —dijo Costanza—, Tomás, que no la dé a nadie; y démela luego, porque me fatiga mucho el dolor.

—Yo la trasladaré de la memoria —respondió Tomás— y luego se la daré.

Estas fueron las primeras razones que Tomás dijo a Costanza, y Costanza a Tomás, en todo el tiempo que había que estaba en casa, que ya pasaban de veinte y cuatro días. Retiróse Tomás y escribió la oración, y tuvo lugar de dársela a Costanza sin que nadie lo viese; y ella, con mucho gusto y más devoción, se entró en un aposento a solas, y abriendo el papel vio que decía desta manera:

Señora de mi alma:

Yo soy un caballero natural de Burgos; si alcanzo de días a mi padre, heredo un mayorazgo de seis mil ducados de renta. A la fama de vuestra hermosura, que por muchas leguas se estiende, dejé mi patria, mudé vestido, y en el traje que me veis vine a servir a vuestro dueño; si vos lo quisiéredes ser mío, por los medios que más a vuestra honestidad convengan, mirad qué pruebas queréis que haga para enteraros desta verdad; y, enterada en ella, siendo gusto vuestro, seré vuestro esposo y me tendré por el más bien afortunado del mundo. Sólo, por ahora, os pido que no echéis tan enamorados y limpios pensamientos como los míos en la calle; que si vuestro dueño los sabe y no los cree, me condenará a destierro de vuestra presencia, que sería lo mismo que condenarme a muerte. Dejadme, señora, que os vea hasta que me creáis, considerando que no merece el riguroso castigo de no veros el que no ha cometido otra culpa que adoraros. Con los ojos podréis responderme, a hurto de los muchos que siempre os están mirando; que ellos son tales, que airados matan y piadosos resucitan.

En tanto que Tomás entendió que Costanza se había ido a leer su papel, le estuvo palpitanto el corazón, temiendo y esperando, o ya la sentencia de su muerte o la restauración de su vida. Salió en esto Costanza, tan hermosa, aunque rebozada, que si pudiera recebir aumento su hermosura con algún accidente, se pudiera juzgar que el sobresalto de haber visto en el papel de Tomás otra cosa tan lejos de la que pensaba había acrecentado su belleza. Salió con el papel entre las manos hecho menudas piezas, y dijo a Tomás, que apenas se podía tener en pie:

—Hermano Tomás, ésta tu oración más parece hechicería y embuste que oración santa; y así, yo no la quiero creer ni usar della, y por eso la he rasgado, porque no la vea nadie que sea más crédula que yo. Aprende otras oraciones más fáciles, porque ésta será imposible que te sea de provecho.

En diciendo esto, se entró con su ama, y Tomás quedó suspenso, pero algo consolado, viendo que en solo el pecho de Costanza quedaba el secreto de su deseo; pareciéndole que, pues no había dado cuenta dél a su amo, por lo menos no estaba en peligro de que le echasen de casa. Parecióle que en el primero paso que había dado en su pretensión había atropellado por mil montes de inconvenientes, y que, en las cosas grandes y dudosas, la mayor dificultad está en los principios.

En tanto que esto sucedió en la posada, andaba el Asturiano comprando el asno donde los vendían; y, aunque halló muchos, ninguno le satisfizo, puesto que un gitano anduvo muy solícito por encajalle uno que más caminaba por el azogue [860] que le había echado en los oídos que por ligereza suya; pero lo que contentaba con el paso desagradaba con el cuerpo, que era muy pequeño y no del grandor y talle que Lope quería, que le buscaba suficiente para llevarle a él por añadidura, ora fuesen vacíos o llenos los cántaros.

Llegóse a él en esto un mozo y díjole al oído:

—Galán, si busca bestia cómoda para el oficio de aguador, yo tengo un asno aquí cerca, en un prado, que no le hay mejor ni mayor en la ciudad; y aconséjole que no compre bestia de gitanos, porque, aunque parezcan sanas y buenas, todas son falsas y llenas de dolamas; [861] si quiere comprar la que le conviene, véngase conmigo y calle la boca.

Creyóle el Asturiano y díjole que guiase adonde estaba el asno que tanto encarecía. Fuéronse los dos mano a mano, como dicen, hasta que llegaron a la Huerta del Rey, donde a la sombra

---

[860] *azogue*: mercurio.
[861] *dolamas*: enfermedades.

de una azuda[862] hallaron muchos aguadores, cuyos asnos pacían en un prado que allí cerca estaba. Mostró el vendedor su asno, tal que le hinchó el ojo al Asturiano, y de todos los que allí estaban fue alabado el asno de fuerte, de caminador y comedor sobremanera. Hicieron su concierto, y, sin otra seguridad ni información, siendo corredores y medianeros los demás aguadores, dio diez y seis ducados por el asno, con todos los adherentes del oficio.

Hizo la paga real en escudos de oro. Diéronle el parabién de la compra y de la entrada en el oficio, y certificáronle que había comprado un asno dichosísimo, porque el dueño que le dejaba, sin que se le mancase ni matase, había ganado con él en menos tiempo de un año, después de haberse sustentado a él y al asno honradamente, dos pares de vestidos y más aquellos diez y seis ducados, con que pensaba volver a su tierra, donde le tenían concertado un casamiento con una media parienta suya.

Amén de los corredores del asno, estaban otros cuatro aguadores jugando a la primera,[863] tendidos en el suelo, sirviéndoles de bufete[864] la tierra y de sobremesa[865] sus capas. Púsose el Asturiano a mirarlos y vio que no jugaban como aguadores, sino como arcedianos,[866] porque tenía de resto[867] cada uno más de cien reales en cuartos y en plata. Llegó una mano de echar todos el resto, y si uno no diera partido a otro, él hiciera mesa gallega.[868] Finalmente, a los dos en aquel resto se les acabó el dinero y se levantaron; viendo lo cual el vendedor del asno, dijo que si hubiera cuarto, que él jugara, porque era enemigo de jugar en tercio. El Asturiano, que era de propiedad del azúcar, que jamás

---

[862] *azuda*: noria.

[863] *primera*: juego de cartas.

[864] *bufete*: mesa.

[865] *sobremesa*: tapete.

[866] *arcedianos*: dignidad eclesiástica de cierta importancia. Aquí vale como que los aguadores juegan mucho dinero.

[867] *resto*: apuesta.

[868] *hiciera mesa gallega*: lo hubiera ganado todo.

gastó menestra, [869] como dice el italiano, dijo que él haría cuarto. Sentáronse luego, anduvo la cosa de buena manera; y, queriendo jugar antes el dinero que el tiempo, en poco rato perdió Lope seis escudos que tenía; y, viéndose sin blanca, dijo que si le querían jugar el asno, que él le jugaría. Acetáronle el envite, y hizo de resto un cuarto del asno, diciendo que por cuartos quería jugarle. Díjole tan mal, que en cuatro restos consecutivamente perdió los cuatro cuartos del asno, y ganóselos el mismo que se le había vendido; y, levantándose para volverse a entregarse en él, dijo el Asturiano que advirtiesen que él solamente había jugado los cuatro cuartos del asno, pero la cola, que se la diesen y se le llevasen norabuena.

Causóles risa a todos la demanda de la cola, y hubo letrados que fueron de parecer que no tenía razón en lo que pedía, diciendo que cuando se vende un carnero o otra res alguna no se saca ni quita la cola, que con uno de los cuartos traseros ha de ir forzosamente. A lo cual replicó Lope que los carneros de Berbería [870] ordinariamente tienen cinco cuartos, y que el quinto es de la cola; y, cuando los tales carneros se cuartean, tanto vale la cola como cualquier cuarto; y que a lo de ir la cola junto con la res que se vende viva y no se cuartea, que lo concedía; pero que la suya no fue vendida, sino jugada, y que nunca su intención fue jugar la cola, y que al punto se la volviesen luego con todo lo a ella anejo y concerniente, que era desde la punta del celebro, contada la osamenta del espinazo, donde ella tomaba principio y decendía, hasta parar en los últimos pelos della.

—Dadme vos —dijo uno— que ello sea así como decís y que os la den como la pedís, y sentaos junto a lo que del asno queda.

—¡Pues así es! —replicó Lope—, Venga mi cola; si no, por Dios que no me lleven el asno si bien viniesen por él cuantos

---

[869] *jamás gastó menestra*: Lope nunca se echó atrás.

[870] *carneros de Berbería*: carneros con la cola muy ancha y redonda por lo que se decía que esta era el quinto cuarto.

aguadores hay en el mundo; y no piensen que por ser tantos los que aquí están me han de hacer superchería, porque soy yo un hombre que me sabré llegar a otro hombre y meterle dos palmos de daga por las tripas sin que sepa de quién, por dónde o cómo le vino; y más, que no quiero que me paguen la cola rata por cantidad, sino que quiero que me la den en ser y la corten del asno como tengo dicho.

Al gananciosa y a los demás les pareció no ser bien llevar aquel negocio por fuerza, porque juzgaron ser de tal brío el Asturiano, que no consentiría que se la hiciesen; el cual, como estaba hecho al trato de las almadrabas, donde se ejercita todo género de rumbo y jácara[871] y de extraordinarios juramentos y boatos,[872] voleó allí el capelo y empuñó un puñal que debajo del capotillo traía, y púsose en tal postura, que infundió temor y respecto en toda aquella aguadora compañía. Finalmente, uno dellos, que parecía de más razón y discurso, los concertó en que se echase la cola contra un cuarto del asno a una quínola o a dos y pasante.[873] Fueron contentos, ganó la quínola Lope; picóse el otro, echó el otro cuarto, y a otras tres manos quedó sin asno. Quiso jugar el dinero; no quería Lope, pero tanto le porfiaron todos, que lo hubo de hacer, con que hizo el viaje del desposado, dejándole sin un solo maravedí; y fue tanta la pesadumbre que desto recibió el perdidoso, que se arrojó en el suelo y comenzó a darse de calabazadas por la tierra. Lope, como bien nacido y como liberal y compasivo, le levantó y le volvió todo el dinero que le había ganado y los diez y seis ducados del asno, y aun de los que él tenía repartió con los circunstantes, cuya estraña liberalidad pasmó a todos; y si fueran los tiempos y las ocasiones del Tamorlán,[874] le alzaran por rey de los aguadores.

---

[871] *rumbo y jácara*: peligros y amenazas.
[872] *boatos*: ostentaciones, jactancias.
[873] *quínola... y pasante*: juegos de cartas.
[874] *...Tamorlán*: expresión para ponderar irónicamente la nobleza de alguno.

Con grande acompañamiento volvió Lope a la ciudad, donde contó a Tomás lo sucedido, y Tomás asimismo le dio cuenta de sus buenos sucesos. No quedó taberna, ni bodegón, ni junta de pícaros donde no se supiese el juego del asno, el esquite por la cola y el brío y la liberalidad del Asturiano. Pero, como la mala bestia del vulgo, por la mayor parte, es mala, maldita y maldiciente, no tomó de memoria la liberalidad, brío y buenas partes del gran Lope, sino solamente la cola. Y así, apenas hubo andado dos días por la ciudad echando agua, cuando se vio señalar de muchos con el dedo, que decían: "Este es el aguador de la cola". Estuvieron los muchachos atentos, supieron el caso; y, no había asomado Lope por la entrada de cualquiera calle, cuando por toda ella le gritaban, quién de aquí y quién de allí: "¡Asturiano, daca[875] la cola! ¡Daca la cola, Asturiano!" Lope, que se vio asaetear de tantas lenguas y con tantas voces, dio en callar, creyendo que en su mucho silencio se anegara tanta insolencia. Mas ni por ésas, pues mientras más callaba, más los muchachos gritaban; y así, probó a mudar su paciencia en cólera, y apeándose del asno dio a palos tras los muchachos, que fue afinar el polvorín y ponerle fuego, y fue otro cortar las cabezas de la serpiente, pues en lugar de una que quitaba, apaleando a algún muchacho, nacían en el mismo instante, no otras siete, sino setecientas, que con mayor ahínco y menudeo le pedían la cola. Finalmente, tuvo por bien de retirarse a una posada que había tomado fuera de la de su compañero, por huir de la Argüello, y de estarse en ella hasta que la influencia de aquel mal planeta pasase, y se borrase de la memoria de los muchachos aquella demanda mala de la cola que le pedían.

Seis días se pasaron sin que saliese de casa, si no era de noche, que iba a ver a Tomás y a preguntarle del estado en que se hallaba; el cual le contó que, después que había dado el papel a Costanza, nunca más había podido hablarla una sola palabra; y que le parecía que andaba más recatada que solía, puesto que

---

[875] *daca*: dame acá.

una vez tuvo lugar de llegar a hablarla, y, viéndolo ella, le había dicho antes que llegase: "Tomás, no me duele nada; y así, ni tengo necesidad de tus palabras ni de tus oraciones: conténtate que no te acuso a la Inquisición, y no te canses"; pero que estas razones las dijo sin mostrar ira en los ojos ni otro desabrimiento que pudiera dar indicio de reguridad [876] alguna. Lope le contó a él la priesa que le daban los muchachos, pidiéndole la cola porque él había pedido la de su asno, con que hizo el famoso esquite. Aconsejóle Tomás que no saliese de casa, a lo menos sobre el asno, y que si saliese, fuese por calles solas y apartadas; y que, cuando esto no bastase, bastaría dejar el oficio, último remedio de poner fin a tan poco honesta demanda. Preguntóle Lope si había acudido más la Gallega. Tomás dijo que no, pero que no dejaba de sobornarle la voluntad con regalos y presentes de lo que hurtaba en la cocina a los huéspedes. Retiróse con esto a su posada Lope, con determinación de no salir della en otros seis días, a lo menos con el asno.

Las once serían de la noche cuando, de improviso y sin pensarlo, vieron entrar en la posada muchas varas de justicia, y al cabo el Corregidor. Alborotóse el huésped y aun los huéspedes; porque, así como los cometas cuando se muestran siempre causan temores de desgracias e infortunios, ni más ni menos la justicia, cuando de repente y de tropel se entra en una casa, sobresalta y atemoriza hasta las conciencias no culpadas. Entróse el Corregidor en una sala y llamó al huésped de casa, el cual vino temblando a ver lo que el señor Corregidor quería. Y, así como le vio el Corregidor, le preguntó con mucha gravedad:

—¿Sois vos el huésped?

—Sí señor —respondió él—, para lo que vuesa merced me quisiere mandar.

Mandó el Corregidor que saliesen de la sala todos los que en ella estaban, y que le dejasen solo con el huésped. Hiciéronlo así; y, quedándose solos, dijo el Corregidor al huésped:

---

[876] *reguridad*: rigor.

—Huésped, ¿qué gente de servicio tenéis en esta vuestra posada?

—Señor —respondió él—, tengo dos mozas gallegas, y una ama y un mozo que tiene cuenta con dar la cebada y paja.

—¿No más? —replicó el Corregidor.

—No señor —respondió el huésped.

—Pues decidme, huésped —dijo el Corregidor—, ¿dónde está una muchacha que dicen que sirve en esta casa, tan hermosa que por toda la ciudad la llaman la ilustre fregona; y aun me han llegado a decir que mi hijo don Periquito es su enamorado, y que no hay noche que no le da músicas?

—Señor —respondió el huésped—, esa fregona ilustre que dicen es verdad que está en esta casa, pero ni es mi criada ni deja de serlo.

—No entiendo lo que decís, huésped, en eso de ser y no ser vuestra criada la fregona.

—Yo he dicho bien —añadió el huésped—; y si vuesa merced me da licencia, le diré lo que hay en esto, lo cual jamás he dicho a persona alguna.

—Primero quiero ver a la fregona que saber otra cosa; llamadla acá —dijo el Corregidor.

Asomóse el huésped a la puerta de la sala y dijo:

—¡Oíslo, señora: haced que entre aquí Costancica!

Cuando la huéspeda oyó que el Corregidor llamaba a Costanza, turbóse y comenzó a torcerse las manos, diciendo:

—¡Ay desdichada de mí! ¡El Corregidor a Costanza y a solas! Algún gran mal debe de haber sucedido, que la hermosura desta muchacha trae encantados los hombres.

Costanza, que lo oía, dijo:

—Señora, no se congoje, que yo iré a ver lo que el señor Corregidor quiere; y si algún mal hubiere sucedido, esté segura vuesa merced que no tendré yo la culpa.

Y, en esto, sin aguardar que otra vez la llamasen, tomó una vela encendida sobre un candelero de plata, y, con más vergüenza que temor, fue donde el Corregidor estaba.

Así como el Corregidor la vio, mandó al huésped que cerrase la puerta de la sala; lo cual hecho, el Corregidor se levantó, y, tomando el candelero que Costanza traía, llegándole la luz al rostro, la anduvo mirando toda de arriba abajo; y, como Costanza estaba con sobresalto, habíasele encendido la color del rostro, y estaba tan hermosa y tan honesta, que al Corregidor le pareció que estaba mirando la hermosura de un ángel en la tierra; y, después de haberla bien mirado, dijo:

—Huésped, ésta no es joya para estar en el bajo engaste de un mesón; desde aquí digo que mi hijo Periquito es discreto, pues tan bien ha sabido emplear sus pensamientos. Digo, doncella, que no solamente os pueden y deben llamar ilustre, sino ilustrísima; pero estos títulos no habían de caer sobre el nombre de fregona, sino sobre el de una duquesa.

—No es fregona, señor –dijo el huésped–, que no sirve de otra cosa en casa que de traer las llaves de la plata, que por la bondad de Dios tengo alguna, con que se sirven los huéspedes honrados que a esta posada vienen.

—Con todo eso –dijo el Corregidor–, digo, huésped, que ni es decente ni conviene que esta doncella esté en un mesón. ¿Es parienta vuestra, por ventura?

—Ni es mi parienta ni es mi criada; y si vuesa merced gustare de saber quién es, como ella no esté delante, oirá vuesa merced cosas que, juntamente con darle gusto, le admiren.

—Sí gustaré –dijo el Corregidor–; y sálgase Costancica allá fuera, y prométase de mí lo que de su mismo padre pudiera prometerse; que su mucha honestidad y hermosura obligan a que todos los que la vieren se ofrezcan a su servicio.

No respondió palabra Costanza, sino con mucha mesura hizo una profunda reverencia al Corregidor y salióse de la sala; y halló a su ama desalada [877] esperándola, para saber della qué era lo que el Corregidor la quería. Ella le contó lo que había pasado, y cómo su señor quedaba con él para contalle no sé qué

_____

[877] *desalada*: inquieta, ansiosa.

cosas que no quería que ella las oyese. No acabó de sosegarse la huéspeda, y siempre estuvo rezando hasta que se fue el Corregidor y vio salir libre a su marido; el cual, en tanto que estuvo con el Corregidor, le dijo:

—Hoy hacen, señor, según mi cuenta, quince años, un mes y cuatro días que llegó a esta posada una señora en hábito de peregrina, en una litera, acompañada de cuatro criados de a caballo y de dos dueñas y una doncella, que en un coche venían. Traía asimismo dos acémilas [878] cubiertas con dos ricos reposteros, [879] y cargadas con una rica cama y con aderezos de cocina. Finalmente, el aparato era principal y la peregrina representaba ser una gran señora; y, aunque en la edad mostraba ser de cuarenta o pocos más años, no por eso dejaba de parecer hermosa en todo estremo. Venía enferma y descolorida, y tan fatigada que mandó que luego luego le hiciesen la cama, y en esta misma sala se la hicieron sus criados. Preguntáronme cuál era el médico de más fama desta ciudad. Díjeles que el doctor de la Fuente. [880] Fueron luego por él, y él vino luego; comunicó a solas con él su enfermedad; y lo que de su plática resultó fue que mandó el médico que se le hiciese la cama en otra parte y en lugar donde no le diesen ningún ruido. Al momento la mudaron a otro aposento que está aquí arriba apartado, y con la comodidad que el doctor pedía. Ninguno de los criados entraban donde su señora, y solas las dos dueñas y la doncella la servían. Yo y mi mujer preguntamos a los criados quién era la tal señora y cómo se llamaba, de adónde venía y adónde iba; si era casada, viuda o doncella, y por qué causa se vestía aquel hábito de peregrina. A todas estas preguntas, que le hicimos una y muchas veces, no hubo alguno que nos respon-

---

[878] *acémilas*: mulas de carga.

[879] *reposteros*: paños puestos encima de las acémilas con las armas del señor.

[880] *doctor de la Fuente*: probablemente Rodrigo de la Fuente, médico y catedrático de la Universidad de Toledo.

diese otra cosa sino que aquella peregrina era una señora principal y rica de Castilla la Vieja, y que era viuda y que no tenía hijos que la heredasen; y que, porque había algunos meses que estaba enferma de hidropesía,[881] había ofrecido de ir a Nuestra Señora de Guadalupe en romería, por la cual promesa iba en aquel hábito. En cuanto a decir su nombre, traían orden de no llamarla sino la señora peregrina. Esto supimos por entonces; pero a cabo de tres días que, por enferma, la señora peregrina se estaba en casa, una de las dueñas nos llamó a mí y a mi mujer de su parte; fuimos a ver lo que quería, y, a puerta cerrada y delante de sus criadas, casi con lágrimas en los ojos, nos dijo, creo que estas mismas razones: "Señores míos, los cielos me son testigos que sin culpa mía me hallo en el riguroso trance que ahora os diré. Yo estoy preñada, y tan cerca del parto, que ya los dolores me van apretando. Ninguno de los criados que vienen conmigo saben mi necesidad ni desgracia; a estas mis mujeres ni he podido ni he querido encubrírselo. Por huir de los maliciosos ojos de mi tierra, y porque esta hora no me tomase en ella, hice voto de ir a Nuestra Señora de Guadalupe; ella debe de haber sido servida que en esta vuestra casa me tome el parto; a vosotros está ahora el remediarme y acudirme, con el secreto que merece la que su honra pone en vuestras manos. La paga de la merced que me hiciéredes, que así quiero llamarla, si no respondiere al gran beneficio que espero, responderá, a lo menos, a dar muestra de una voluntad muy agradecida; y quiero que comiencen a dar muestras de mi voluntad estos ducientos escudos de oro que van en este bolsillo".

Y sacando debajo de la almohada de la cama un bolsillo de aguja, de oro y verde, se le puso en las manos de mi mujer; la cual, como simple y sin mirar lo que hacía, porque estaba suspensa y colgada de la peregrina, tomó el bolsillo, sin responderle palabra de agradecimiento ni de comedimiento alguno.

---

[881] *hidropesía*: enfermedad causada por la excesiva abundancia de líquidos en el cuerpo.

Yo me acuerdo que le dije que no era menester nada de aquello: que no éramos personas que por interés, más que por caridad, nos movíamos a hacer bien cuando se ofrecía. Ella prosiguió, diciendo: "Es menester, amigos, que busquéis donde llevar lo que pariere luego luego, buscando también mentiras que decir a quien lo entregáredes; que por ahora será en la ciudad, y después quiero que se lleve a una aldea. De lo que después se hubiere de hacer, siendo Dios servido de alumbrarme y de llevarme a cumplir mi voto, cuando de Guadalupe vuelva lo sabréis, porque el tiempo me habrá dado lugar de que piense y escoja lo mejor que me convenga. Partera no la he menester, ni la quiero: que otros partos más honrados que he tenido me aseguran que, con sola la ayuda destas mis criadas, facilitaré sus dificultades y ahorraré de un testigo más de mis sucesos".

»Aquí dio fin a su razonamiento la lastimada peregrina y principio a un copioso llanto, que en parte fue consolado por las muchas y buenas razones que mi mujer, ya vuelta en más acuerdo, le dijo. Finalmente, yo salí luego a buscar donde llevar lo que pariese, a cualquier hora que fuese; y, entre las doce y la una de aquella misma noche, cuando toda la gente de casa estaba entregada al sueño, la buena señora parió una niña, la más hermosa que mis ojos hasta entonces habían visto, que es esta misma que vuesa merced acaba de ver ahora. Ni la madre se quejó en el parto ni la hija nació llorando: en todos había sosiego y silencio maravilloso, y tal cual convenía para el secreto de aquel estraño caso. Otros seis días estuvo en la cama, y en todos ellos venía el médico a visitarla, pero no porque ella le hubiese declarado de qué procedía su mal; y las medicinas que le ordenaba nunca las puso en ejecución, porque sólo pretendió engañar a sus criados con la visita del médico. Todo esto me dijo ella misma, después que se vio fuera de peligro, y a los ochos días se levantó con el mismo bulto, o con otro que se parecía a aquel con que se había echado.

»Fue a su romería y volvió de allí a veinte días, ya casi sana, porque poco a poco se iba quitando del artificio con que después de parida se mostraba hidrópica. Cuando volvió, estaba ya la niña dada a criar por mi orden, con nombre de mi sobrina, en una aldea dos leguas de aquí. En el bautismo se le puso por nombre Costanza, que así lo dejó ordenado su madre; la cual, contenta de lo que yo había hecho, al tiempo de despedirse me dio una cadena de oro, que hasta agora tengo, de la cual quitó seis trozos, los cuales dijo que trairía la persona que por la niña viniese. También cortó un blanco pergamino a vueltas y a ondas, a la traza y manera como cuando se enclavijan las manos y en los dedos se escribe alguna cosa, que estando enclavijados los dedos se puede leer; y después de apartadas las manos queda dividida la razón, porque se dividen las letras; que, en volviendo a enclavijar los dedos, se juntan y corresponden de manera que se pueden leer continuadamente: digo que el un pergamino sirve de alma del otro, y encajados se leerán, y divididos no es posible, si no es adivinando la mitad del pergamino; y casi toda la cadena quedó en mi poder, y todo lo tengo, esperando el contraseño hasta ahora, puesto que ella me dijo que dentro de dos años enviaría por su hija, encargándome que la criase no como quien ella era, sino del modo que se suele criar una labradora. Encargóme también que si por algún suceso no le fuese posible enviar tan presto por su hija, que, aunque creciese y llegase a tener entendimiento, no la dijese del modo que había nacido, y que la perdonase el no decirme su nombre ni quién era, que lo guardaba para otra ocasión más importante. En resolución, dándome otros cuatrocientos escudos de oro y abrazando a mi mujer con tiernas lágrimas, se partió, dejándonos admirados de su discreción, valor, hermosura y recato. Costanza se crió en el aldea dos años, y luego la truje conmigo, y siempre la he traído en hábito de labradora, como su madre me lo dejó mandado. Quince años, un mes y cuatro días ha que aguardo a quien ha de venir por ella, y la mucha tardanza me ha consumido la esperanza de ver esta venida; y si en este año en que estamos no vienen, tengo determinado de prohijalla y darle toda mi hacienda, que vale más de seis mil ducados, Dios sea bendito.

»Resta ahora, señor Corregidor, decir a vuesa merced, si es posible que yo sepa decirlas, las bondades y las virtudes de Costancica. Ella, lo primero y principal, es devotísima de Nuestra Señora: confiesa y comulga cada mes; sabe escribir y leer; no hay mayor randera[882] en Toledo; canta a la almohadilla[883] como unos ángeles; en ser honesta no hay quien la iguale. Pues en lo que toca a ser hermosa, ya vuesa merced lo ha visto. El señor don Pedro, hijo de vuesa merced, en su vida la ha hablado; bien es verdad que de cuando en cuando le da alguna música, que ella jamás escucha. Muchos señores, y de título, han posado en esta posada, y aposta, por hartarse de verla, han detenido su camino muchos días; pero yo sé bien que no habrá ninguno que con verdad se pueda alabar que ella le haya dado lugar de decirle una palabra sola ni acompañada. Esta es, señor, la verdadera historia de la ilustre fregona, que no friega, en la cual no he salido de la verdad un punto.

Calló el huésped y tardó un gran rato el Corregidor en hablarle: tan suspenso le tenía el suceso que el huésped le había contado. En fin, le dijo que le trujese allí la cadena y el pergamino, que quería verlo. Fue el huésped por ello, y, trayéndoselo, vio que era así como le había dicho; la cadena era de trozos, curiosamente labrada; en el pergamino estaban escritas, una debajo de otra, en el espacio que había de hinchir el vacío de la otra mitad, estas letras: E T E L S N V D D R; por las cuales letras vio ser forzoso que se juntasen con las de la mitad del otro pergamino para poder ser entendidas. Tuvo por discreta la señal del conocimiento, y juzgó por muy rica a la señora peregrina que tal cadena había dejado al huésped; y, teniendo en pensamiento de sacar de aquella posada la hermosa muchacha cuando hubiese concertado un monasterio donde llevarla, por entonces se contentó de llevar sólo el pergamino, encargando al huésped que si acaso viniesen por Costanza, le avisase

---

[882] *randera*: tejedora.
[883] *a la almohadilla*: privadamente.

y diese noticia de quién era el que por ella venía, antes que le mostrase la cadena, que dejaba en su poder. Con esto se fue tan admirado del cuento y suceso de la ilustre fregona como de su incomparable hermosura.

Todo el tiempo que gastó el huésped en estar con el Corregidor, y el que ocupó Costanza cuando la llamaron, estuvo Tomás fuera de sí, combatida el alma de mil varios pensamientos, sin acertar jamás con ninguno de su gusto; pero cuando vio que el Corregidor se iba y que Costanza se quedaba, respiró su espíritu y volviéronle los pulsos, que ya casi desamparado le tenían. No osó preguntar al huésped lo que el Corregidor quería, ni el huésped lo dijo a nadie sino a su mujer, con que ella también volvió en sí, dando gracias a Dios que de tan grande sobresalto la había librado.

El día siguiente, cerca de la una, entraron en la posada, con cuatro hombres de a caballo, dos caballeros ancianos de venerables presencias, habiendo primero preguntado uno de dos mozos que a pie con ellos venían si era aquélla la posada del Sevillano; y, habiéndole respondido que sí, se entraron todos en ella. Apeáronse los cuatro y fueron a apear a los dos ancianos: señal por do se conoció que aquellos dos eran señores de los seis. Salió Costanza con su acostumbrada gentileza a ver los nuevos huéspedes, y, apenas la hubo visto uno de los dos ancianos, cuando dijo al otro:

—Yo creo, señor don Juan, que hemos hallado todo aquello que venimos a buscar.

Tomás, que acudió a dar recado a las cabalgaduras, conoció luego a dos criados de su padre, y luego conoció a su padre y al padre de Carriazo, que eran los dos ancianos a quien los demás respectaban; y, aunque se admiró de su venida, consideró que debían de ir a buscar a él y a Carriazo a las almadrabas: que no habría faltado quien les hubiese dicho que en ellas, y no en Flandes, los hallarían. Pero no se atrevió a dejarse conocer en aquel traje; antes, aventurándolo todo, puesta la mano en el rostro, pasó por delante dellos, y fue a buscar a Costanza, y quiso la buena suerte que la hallase sola; y, apriesa y con lengua turbada, temeroso que ella no le daría lugar para decirle nada, le dijo:

—Costanza, uno destos dos caballeros ancianos que aquí han llegado ahora es mi padre, que es aquel que oyeres llamar don Juan de Avendaño; infórmate de sus criados si tiene un hijo que se llama don Tomás de Avendaño, que soy yo, y de aquí podrás ir coligiendo y averiguando que te he dicho verdad en cuanto a la calidad de mi persona, y que te la diré en cuanto de mi parte te tengo ofrecido; y quédate a Dios, que hasta que ellos se vayan no pienso volver a esta casa.

No le respondió nada Costanza, ni él aguardó a que le respondiese; sino, volviéndose a salir, cubierto como había entrado, se fue a dar cuenta a Carriazo de cómo sus padres estaban en la posada. Dio voces el huésped a Tomás que viniese a dar cebada; pero, como no pareció, diola él mismo. Uno de los dos ancianos llamó aparte a una de las dos mozas gallegas, y preguntóle cómo se llamaba aquella muchacha hermosa que habían visto, y que si era hija o parienta del huésped o huéspeda de casa. La Gallega le respondió:

—La moza se llama Costanza; ni es parienta del huésped ni de la huéspeda, ni sé lo que es; sólo digo que la doy a la mala landre,[884] que no sé qué tiene que no deja hacer baza a ninguna de las mozas que estamos en esta casa. ¡Pues en verdad que tenemos nuestras faciones como Dios nos las puso! No entra huésped que no pregunte luego quién es la hermosa, y que no diga: "Bonita es, bien parece, a fe que no es mala; mal año para las más pintadas; nunca peor me la depare la fortuna". Y a nosotras no hay quien nos diga: "¿Qué tenéis ahí, diablos, o mujeres, o lo que sois?"

—Luego esta niña, a esa cuenta –replicó el caballero–, debe de dejarse manosear y requebrar de los huéspedes.

—¡Sí! –respondió la Gallega–: ¡tenedle el pie al herrar! ¡Bonita es la niña para eso! Par Dios, señor, si ella se dejara

---

[884] *mala landre*: tipo de maldición. *Landre*: tumor.

mirar siquiera, manara en oro; es más áspera que un erizo; es una tragaavemarías; labrando está todo el día y rezando. Para el día que ha de hacer milagros quisiera yo tener un cuento de renta. Mi ama dice que trae un silencio pegado a las carnes; ¡tome qué, mi padre!

Contentísimo el caballero de lo que había oído a la Gallega, sin esperar a que le quitasen las espuelas, llamó al huésped; y, retirándose con él aparte en una sala, le dijo:

—Yo, señor huésped, vengo a quitaros una prenda mía que ha algunos años que tenéis en vuestro poder; para quitárosla os traigo mil escudos de oro, y estos trozos de cadena y este pergamino.

Y, diciendo esto, sacó los seis de la señal de la cadena que él tenía.

Asimismo conoció el pergamino, y, alegre sobremanera con el ofrecimiento de los mil escudos, respondió:

—Señor, la prenda que queréis quitar está en casa; pero no están en ella la cadena ni el pergamino con que se ha de hacer la prueba de la verdad que yo creo que vuesa merced trata; y así, le suplico tenga paciencia, que yo vuelvo luego.

Y al momento fue a avisar al Corregidor de lo que pasaba, y de cómo estaban dos caballeros en su posada que venían por Costanza.

Acababa de comer el Corregidor, y, con el deseo que tenía de ver el fin de aquella historia, subió luego a caballo y vino a la posada del Sevillano, llevando consigo el pergamino de la muestra. Y, apenas hubo visto a los dos caballeros cuando, abiertos los brazos, fue a abrazar al uno, diciendo:

—¡Válame Dios! ¿Qué buena venida es ésta, señor don Juan de Avendaño, primo y señor mío?

El caballero le abrazó asimismo, diciéndole:

—Sin duda, señor primo, habrá sido buena mi venida, pues os veo, y con la salud que siempre os deseo. Abrazad, primo, a este caballero, que es el señor don Diego de Carriazo, gran señor y amigo mío.

—Ya conozco al señor don Diego —respondió el Corregidor—, y le soy muy servidor.

Y, abrazándose los dos, después de haberse recebido con grande amor y grandes cortesías, se entraron en una sala, donde se quedaron solos con el huésped, el cual ya tenía consigo la cadena, y dijo:

—Ya el señor Corregidor sabe a lo que vuesa merced viene, señor don Diego de Carriazo; vuesa merced saque los trozos que faltan a esta cadena, y el señor Corregidor sacará el pergamino que está en su poder, y hagamos la prueba que ha tantos años que espero a que se haga.

—Desa manera —respondió don Diego—, no habrá necesidad de dar cuenta de nuevo al señor Corregidor de nuestra venida, pues bien se verá que ha sido a lo que vos, señor huésped, habréis dicho.

—Algo me ha dicho; pero mucho me quedó por saber. El pergamino, hele aquí.

Sacó don Diego el otro, y juntando las dos partes se hicieron una, y a las letras del que tenía el huésped, que, como se ha dicho, eran E T E L S N V D D R, respondían en el otro pergamino éstas: S A S A E AL ERA E A, que todas juntas decían: ESTA ES LA SEÑAL VERDADERA. Cotejáronse luego los trozos de la cadena y hallaron ser las señas verdaderas.

—¡Esto está hecho! —dijo el Corregidor—. Resta ahora saber, si es posible, quién son los padres desta hermosísima prenda.

—El padre —respondió don Diego— yo lo soy; la madre ya no vive: basta saber que fue tan principal que pudiera yo ser su criado. Y, porque como se encubre su nombre no se encubra su fama, ni se culpe lo que en ella parece manifiesto error y culpa conocida, se ha de saber que la madre desta prenda, siendo viuda de un gran caballero, se retiró a vivir a una aldea suya; y allí, con recato y con honestidad grandísima, pasaba con sus criados y vasallos una vida sosegada y quieta. Ordenó la suerte que un día, yendo yo a caza por el término de su lugar, quise visitarla, y era la hora de siesta cuando llegué a su alcázar: que así se puede llamar su gran casa; dejé el caballo a un criado mío; subí sin topar a nadie hasta el mismo aposento donde ella estaba durmiendo la siesta sobre un estrado negro. Era por estremo hermosa, y el silencio, la soledad, la ocasión, despertaron en mí un deseo más atrevido que honesto; y, sin ponerme a hacer discretos discursos, cerré tras mí la puerta, y, llegándome a ella, la desperté; y, teniéndola asida fuertemente, le dije: "Vuesa merced, señora mía, no grite, que las voces que diere serán pregoneras de su deshonra: nadie me ha visto entrar en este aposento; que mi suerte, para que la tenga bonísima en gozaros, ha llovido sueño en todos vuestros criados, y cuando ellos acudan a vuestras voces no podrán más que quitarme la vida, y esto ha de ser en vuestro mismos brazos, y no por mi muerte dejará de quedar en opinión vuestra fama". Finalmente, yo la gocé contra su voluntad y a pura fuerza mía: ella, cansada, rendida y turbada, o no pudo o no quiso hablarme palabra, y yo, dejándola como atontada y suspensa, me volví a salir por los mismos pasos donde había entrado, y me vine a la aldea de otro amigo mío, que estaba dos leguas de la suya. Esta señora se mudó de aquel lugar a otro, y, sin que yo jamás la viese, ni lo procurase, se pasaron dos años, al cabo de los cuales supe que era muerta; y podrá haber veinte días que, con grandes encarecimientos, escribiéndome que era cosa que me importaba en ella el contento y la honra, me envió a llamar un mayordomo desta señora. Fui a ver lo que me quería, bien lejos de pensar en lo que me dijo; halléle a punto de muerte, y, por abreviar razones, en muy breves me dijo cómo al tiempo que murió su señora le dijo todo lo que conmigo le había sucedido, y cómo había quedado preñada de aquella fuerza; y que, por encubrir el bulto, había venido en romería a Nuestra Señora de Guadalupe, y cómo había parido en esta casa una niña, que se había de llamar Costanza. Diome las señas con que la hallaría, que fueron las que habéis visto de la cadena y pergamino. Y diome ansimismo treinta mil escudos de oro, que su señora dejó para casar a su hija. Díjome ansimismo que el no habérmelos dado luego,

como su señora había muerto, ni declarádome lo que ella encomendó a su confianza y secreto, había sido por pura codicia y
por poderse aprovechar de aquel dinero; pero que ya que estaba a punto de ir a dar cuenta a Dios, por descargo de su conciencia me daba el dinero y me avisaba adónde y cómo había
de hallar mi hija. Recebí el dinero y las señales, y, dando cuenta desto al señor don Juan de Avendaño, nos pusimos en camino desta ciudad.

A estas razones llegaba don Diego, cuando oyeron que en
la puerta de la calle decían a grandes voces:

—Díganle a Tomás Pedro, el mozo de la cebada, cómo llevan a su amigo el Asturiano preso; que acuda a la cárcel, que allí
le espera.

A la voz de cárcel y de preso, dijo el Corregidor que entrase el preso y el alguacil que le llevaba. Dijeron al alguacil que el
Corregidor, que estaba allí, le mandaba entrar con el preso; y
así lo hubo de hacer.

Venía el Asturiano todos los dientes bañados en sangre, y
muy malparado y muy bien asido del alguacil; y, así como entró
en la sala, conoció a su padre y al de Avendaño. Turbóse, y, por
no ser conocido, con un paño, como que se limpiaba la sangre,
se cubrió el rostro. Preguntó el Corregidor que qué había hecho
aquel mozo, que tan malparado le llevaban. Respondió el
alguacil que aquel mozo era un aguador que le llamaban el
Asturiano, a quien los muchachos por las calles decían: "¡Daca
la cola, Asturiano: daca la cola!"; y luego, en breves palabras,
contó la causa porque le pedían la tal cola, de que no riyeron
poco todos. Dijo más: que, saliendo por la puente de Alcántara, dándole los muchachos priesa con la demanda de la cola, se
había apeado del asno, y, dando tras todos, alcanzó a uno, a
quien dejaba medio muerto a palos; y que, queriéndole prender, se había resistido, y que por eso iba tan malparado.

Mandó el Corregidor que se descubriese el rostro; y, por-
fiando a no querer descubrirse, llegó el alguacil y quitóle el
pañuelo, y al punto le conoció su padre, y dijo todo alterado:

—Hijo don Diego, ¿cómo estás desta manera? ¿Qué traje es éste? ¿Aún no se te han olvidado tus picardías?

Hincó las rodillas Carriazo y fuese a poner a los pies de su padre, que, con lágrimas en los ojos, le tuvo abrazado un buen espacio. Don Juan de Avendaño, como sabía que don Diego había venido con don Tomás, su hijo, preguntóle por él, a lo cual respondió que don Tomás de Avendaño era el mozo que daba cebada y paja en aquella posada. Con esto que el Asturiano dijo se acabó de apoderar la admiración en todos los presentes, y mandó el Corregidor al huésped que trujese allí al mozo de la cebada.

—Yo creo que no está en casa –respondió el huésped–, pero yo le buscaré.

Y así, fue a buscalle.

Preguntó don Diego a Carriazo que qué transformaciones eran aquéllas, y qué les había movido a ser él aguador y don Tomás mozo de mesón. A lo cual respondió Carriazo que no podía satisfacer a aquellas preguntas tan en público; que él respondería a solas.

Estaba Tomás Pedro escondido en su aposento, para ver desde allí, sin ser visto, lo que hacían su padre y el de Carriazo. Teníale suspenso la venida del Corregidor y el alboroto que en toda la casa andaba. No faltó quien le dijese al huésped como estaba allí escondido; subió por él, y más por fuerza que por grado le hizo bajar; y aun no bajara si el mismo Corregidor no saliera al patio y le llamara por su nombre, diciendo:

—Baje vuesa merced, señor pariente, que aquí no le aguardan osos ni leones.

Bajó Tomás, y, con los ojos bajos y sumisión grande, se hincó de rodillas ante su padre, el cual le abrazó con grandísimo contento, a fuer [885] del que tuvo el padre del Hijo Pródigo cuando le cobró de perdido.

Ya en esto había venido un coche del Corregidor, para volver en él, pues la gran fiesta no permitía volver a caballo. Hizo

---

[885] *a fuer*: a causa de.

llamar a Costanza, y, tomándola de la mano, se la presentó a su padre, diciendo:

—Recebid, señor don Diego, esta prenda y estimalda por la más rica que acertárades a desear. Y vos, hermosa doncella, besad la mano a vuestro padre y dad gracias a Dios, que con tan honrado suceso ha enmedado, subido y mejorado la bajeza de vuestro estado.

Costanza, que no sabía ni imaginaba lo que le había acontecido, toda turbada y temblando, no supo hacer otra cosa que hincarse de rodillas ante su padre; y, tomándole las manos, se las comenzó a besar tiernamente, bañándoselas con infinitas lágrimas que por sus hermosísimos ojos derramaba.

En tanto que esto pasaba, había persuadido el Corregidor a su primo don Juan que se viniesen todos con él a su casa; y, aunque don Juan lo rehusaba, fueron tantas las persuasiones del Corregidor, que lo hubo de conceder; y así, entraron en el coche todos. Pero, cuando dijo el Corregidor a Costanza que entrase también en el coche, se le anubló el corazón, y ella y la huéspeda se asieron una a otra y comenzaron a hacer tan amargo llanto, que quebraba los corazones de cuantos le escuchaban. Decía la huéspeda:

—¿Cómo es esto, hija de mi corazón, que te vas y me dejas? ¿Cómo tienes ánimo de dejar a esta madre, que con tanto amor te ha criado?

Costanza lloraba y la respondía con no menos tiernas palabras. Pero el Corregidor, enternecido, mandó que asimismo la huéspeda entrase en el coche, y que no se apartase de su hija, pues por tal la tenía, hasta que saliese de Toledo. Así, la huéspeda y todos entraron en el coche, y fueron a casa del Corregidor, donde fueron bien recebidos de su mujer, que era una principal señora. Comieron regalada y suntuosamente, y después de comer contó Carriazo a su padre cómo por amores de Costanza don Tomás se había puesto a servir en el mesón, y que estaba enamorado de tal manera della, que, sin que le hubiera descubierto ser tan principal, como era siendo su hija, la tomara por mujer en el estado de fregona. Vistió luego la mujer del Corregidor a Costanza con unos vestidos de una hija que tenía de la misma edad y cuerpo de Costanza; y si parecía hermosa con los de labradora, con los cortesanos parecía cosa del cielo: tan bien la cuadraban, que daba a entender que desde que nació había sido señora y usado los mejores trajes que el uso trae consigo.

Pero, entre tantos alegres, no pudo faltar un triste, que fue don Pedro, el hijo del Corregidor, que luego se imaginó que Costanza no había de ser suya; y así fue la verdad, porque, entre el Corregidor y don Diego de Carriazo y don Juan de Avendaño, se concertaron en que don Tomás se casase con Costanza, dándole su padre los treinta mil escudos que su madre le había dejado, y el aguador don Diego de Carriazo casase con la hija del Corregidor, y don Pedro, el hijo del Corregidor, con una hija de don Juan de Avendaño; que su padre se ofrecía a traer dispensación del parentesco. [886]

Desta manera quedaron todos contentos, alegres y satisfechos, y la nueva de los casamientos y de la ventura de la fregona ilustre se estendió por la ciudad; y acudía infinita gente a ver a Costanza en el nuevo hábito, en el cual tan señora se mostraba como se ha dicho. Vieron al mozo de la cebada, Tomás Pedro, vuelto en don Tomás de Avendaño y vestido como señor; notaron que Lope Asturiano era muy gentilhombre después que había mudado vestido y dejado el asno y las aguaderas; pero, con todo eso, no faltaba quien, en el medio de su pompa, cuando iba por la calle, no le pidiese la cola.

Un mes se estuvieron en Toledo, al cabo del cual se volvieron a Burgos don Diego de Carriazo y su mujer, su padre, y Costanza con su marido don Tomás, y el hijo del Corregidor, que quiso ir a ver su parienta y esposa. Quedó el Sevillano rico con los mil escudos y con muchas joyas que Costanza

---

[886] *dispensación del parentesco*: al ser primos se hacía necesario una dispensa de la Iglesia.

dio a su señora; que siempre con este nombre llamaba a la que la había criado.

Dio ocasión la historia de la fregona ilustre a que los poetas del dorado Tajo ejercitasen sus plumas en solenizar y en alabar la sin par hermosura de Costanza, la cual aún vive en compañía de su buen mozo de mesón; y Carriazo, ni más ni menos, con tres hijos, que, sin tomar el estilo del padre ni acordarse si hay almadrabas en el mundo, hoy están todos estudiando en Salamanca; y su padre, apenas ve algún asno de aguador, cuando se le representa y viene a la memoria el que tuvo en Toledo; y teme que, cuando menos se cate, ha de remanecer[887] en alguna sátira el "¡Daca la cola, Asturiano! ¡Asturiano, daca la cola!"

---

[887] *remanecer*: aparecer, surgir, súbita e inesperadamente.

Novela del casamiento engañoso

Salía del hospital de la Resurrección, que está en Valladolid, fuera de la Puerta del Campo, [888] un soldado que, por servirle su espada de báculo [889] y por la flaqueza de sus piernas y amarillez de su rostro, mostraba bien claro que, aunque no era el tiempo muy caluroso, debía de haber sudado en veinte días todo el humor [890] que quizá granjeó en una hora. Iba haciendo pinitos y dando traspiés, como convaleciente, y, al entrar por la puerta de la ciudad, vio que hacia él venía un su amigo, a quien no había visto en más de seis meses, el cual, santiguándose como si viera alguna mala visión, llegándose a él, le dijo:

—¿Qué es esto, señor alférez Campuzano? ¿Es posible que está vuesa merced en esta tierra? ¡Como quien soy que le hacía en Flandes, antes terciando allá la pica [891] que arrastrando aquí la espada! ¿Qué color, qué flaqueza es ésa?

A lo cual respondió Campuzano:

—A lo si estoy en esta tierra o no, señor licenciado Peralta, el verme en ella le responde; a las demás preguntas no tengo qué decir, sino que salgo de aquel hospital de sudar catorce car-

---

[888] *Puerta del Campo*: tanto la puerta del Campo como el hospital de la Resurrección se encontraban muy cerca de la casa en que vivió Cervantes sus años vallisoletanos.

[889] *báculo*: apoyo, bastón.

[890] *humor*: líquido, pero aquí enfermedad.

[891] *terciando allá la pica*: moviendo la lanza en Flandes, esto es, luchando en las campañas de Flandes.

gas de bubas[892] que me echó a cuestas una mujer que escogí por
mía, que non debiera.

—¿Luego casóse vuesa merced? —replicó Peralta.

—Sí, señor —respondió Campuzano.

—Sería por amores —dijo Peralta—, y tales casamientos
traen consigo aparejada la ejecución del arrepentimiento.

—No sabré decir si fue por amores —respondió el alférez—, aunque sabré afirmar que fue por dolores, pues de mi
casamiento, o cansamiento, saqué tantos en el cuerpo y en el
alma, que los del cuerpo, para entretenerlos, me cuestan cuarenta sudores, y los del alma no hallo remedio para aliviarlos
siquiera. Pero, porque no estoy para tener largas pláticas en la
calle, vuesa merced me perdone; que otro día con más comodidad le daré cuenta de mis sucesos, que son los más nuevos
y peregrinos[893] que vuesa merced habrá oído en todos los días
de su vida.

—No ha de ser así —dijo el licenciado—, sino que quiero
que venga conmigo a mi posada, y allí haremos penitencia juntos; que la olla es muy de enfermo, y, aunque está tasada para
dos, un pastel suplirá con mi criado; y si la convalecencia lo
sufre, unas lonjas de jamón de Rute[894] nos harán la salva,[895] y,
sobre todo, la buena voluntad con que lo ofrezco, no sólo esta
vez, sino todas las que vuesa merced quisiere.

Agradecióselo Campuzano y aceptó el convite y los ofrecimientos. Fueron a San Llorente, oyeron misa, llevóle Peralta a
su casa, diole lo prometido y ofrecióselo de nuevo, y pidióle, en
acabando de comer, le contase los sucesos que tanto le había
encarecido. No se hizo de rogar Campuzano; antes, comenzó a
decir desta manera:

---

[892] *bubas*: granos delatores de la sífilis, enfermedad de la que se está
reponiendo ("el humor que quizá granjeó en una hora").

[893] *peregrinos*: extraños.

[894] *lonjas de jamón de Rute*: lonchas de jamón de Rute, lugar de la provincia de Córdoba famoso por la calidad de sus jamones.

[895] *salva*: el jamón servirá de inicio a la comida.

—Bien se acordará vuesa merced, señor licenciado Peralta, como yo hacía en esta ciudad camarada con el capitán Pedro de Herrera, que ahora está en Flandes.

—Bien me acuerdo —respondió Peralta.

—Pues un día —prosiguió Campuzano— que acabábamos de comer en aquella posada de la Solana, [896] donde vivíamos, entraron dos mujeres de gentil parecer con dos criadas: la una se puso a hablar con el capitán en pie, arrimados a una ventana; y la otra se sentó en una silla junto a mí, derribado el manto hasta la barba, sin dejar ver el rostro más de aquello que concedía la raridad del manto; y, aunque le supliqué que por cortesía me hiciese merced de descubrirse, no fue posible acabarlo con ella, cosa que me encendió más el deseo de verla. Y, para acrecentarle más, o ya fuese de industria o acaso, sacó la señora una muy blanca mano con muy buenas sortijas. Estaba yo entonces bizarrísimo, con aquella gran cadena que vuesa merced debió de conocerme, el sombrero con plumas y cintillo, el vestido de colores, a fuer de soldado, y tan gallardo, a los ojos de mi locura, que me daba a entender que las podía matar en el aire. Con todo esto, le rogué que se descubriese, a lo que ella me respondió: "No seáis importuno: casa tengo, haced a un paje que me siga; que, aunque yo soy más honrada de lo que promete esta respuesta, todavía, a trueco de ver si responde vuestra discreción a vuestra gallardía, holgaré de que me veáis".

"Beséle las manos por la grande merced que me hacía, en pago de la cual le prometí montes de oro. Acabó el capitán su plática; ellas se fueron, siguiólas un criado mío. Díjome el capitán que lo que la dama le quería era que le llevase unas cartas a Flandes a otro capitán, que decía ser su primo, aunque él sabía que no era sino su galán.

»Yo quedé abrasado con las manos de nieve que había visto, y muerto por el rostro que deseaba ver; y así, otro día, guiándome mi criado, dióseme libre entrada. Hallé una casa

---

[896] *posada de la Solana*: lugar histórico, en la calle del mismo nombre.

muy bien aderezada y una mujer de hasta treinta años, a quien conocí por las manos. No era hermosa en estremo, pero éralo de suerte que podía enamorar comunicada, porque tenía un tono de habla tan suave que se entraba por los oídos en el alma. Pasé con ella luengos y amorosos coloquios, blasoné, [897] hendí, rajé, ofrecí, prometí y hice todas las demonstraciones que me pareció ser necesarias para hacerme bienquisto con ella. Pero, como ella estaba hecha a oír semejantes o mayores ofrecimientos y razones, parecía que les daba atento oído antes que crédito alguno. Finalmente, nuestra plática se pasó en flores [898] cuatro días que continué en visitalla, sin que llegase a coger el fruto que deseaba.

»En el tiempo que la visité, siempre hallé la casa desembarazada, sin que viese visiones en ella de parientes fingidos ni de amigos verdaderos; servíala una moza más taimada que simple. Finalmente, tratando mis amores como soldado que está en víspera de mudar, apuré a mi señora doña Estefanía de Caicedo, que éste es el nombre de la que así me tiene, y respondíome: "Señor alférez Campuzano, simplicidad sería si yo quisiese venderme a vuesa merced por santa: pecadora he sido, y aún ahora lo soy, pero no de manera que los vecinos me murmuren ni los apartados me noten. Ni de mis padres ni de otro pariente heredé hacienda alguna, y con todo esto vale el menaje de mi casa, bien validos, dos mil y quinientos escudos; y éstos en cosas que, puestas en almoneda, lo que se tardare en ponellas se tardará en convertirse en dineros. Con esta hacienda busco marido a quien entregarme y a quien tener obediencia; a quien, juntamente con la enmienda de mi vida, le entregaré una increíble solicitud de regalarle y servirle; porque no tiene príncipe cocinero más goloso ni que mejor sepa dar el punto a los guisados que le sé dar yo, cuando, mostrando ser casera, me quiero poner a ello. Sé ser mayordomo en casa,

---

[897] *blasoné*: presumí.
[898] *flores*: galanteos.

moza en la cocina y señora en la sala; en efeto, sé mandar y sé hacer que me obedezcan. No desperdicio nada y allego mucho; mi real no vale menos, sino mucho más cuando se gasta por mi orden. La ropa blanca que tengo, que es mucha y muy buena, no se sacó de tiendas ni lenceros; estos pulgares y los de mis criadas la hilaron; y si pudiera tejerse en casa, se tejiera. Digo estas alabanzas mías porque no acarrean vituperio cuando es forzosa la necesidad de decirlas. Finalmente, quiero decir que yo busco marido que me ampare, me mande y me honre, y no galán que me sirva y me vitupere. Si vuesa merced gustare de aceptar la prenda que se le ofrece, aquí estoy moliente y corriente, sujeta a todo aquello que vuesa merced ordenare, sin andar en venta, que es lo mismo andar en lenguas de casamenteros, y no hay ninguno tan bueno para concertar el todo como las mismas partes".

»Yo, que tenía entonces el juicio, no en la cabeza, sino en los carcañares, haciéndoseme el deleite en aquel punto mayor de lo que en la imaginación le pintaba, y ofreciéndoseme tan a la vista la cantidad de hacienda, que ya la contemplaba en dineros convertida, sin hacer otros discursos de aquellos a que daba lugar el gusto, que me tenía echados grillos al entendimiento, le dije que yo era el venturoso y bien afortunado en haberme dado el cielo, casi por milagro, tal compañera, para hacerla señora de mi voluntad y de mi hacienda, que no era tan poca que no valiese, con aquella cadena que traía al cuello y con otras joyuelas que tenía en casa, y con deshacerme de algunas galas de soldado, más de dos mil ducados, que juntos con los dos mil y quinientos suyos, era suficiente cantidad para retirarnos a vivir a una aldea de donde yo era natural y adonde tenía algunas raíces; [899] hacienda tal que, sobrellevada con el dinero, vendiendo los frutos a su tiempo, nos podía dar una vida alegre y descansada. En resolución, aquella vez se concertó nuestro desposorio, y se dio traza cómo los dos hiciésemos

---

[899] raíces: bienes raíces, esto es, propiedades, casas...

información de solteros,[900] y en los tres días de fiesta que vinieron luego juntos en una Pascua se hicieron las amonestaciones, y al cuarto día nos desposamos, hallándose presentes al desposorio dos amigos míos y un mancebo que ella dijo ser primo suyo, a quien yo me ofrecí por pariente con palabras de mucho comedimiento, como lo habían sido todas las que hasta entonces a mi nueva esposa había dado, con intención tan torcida y traidora que la quiero callar; porque, aunque estoy diciendo verdades, no son verdades de confesión, que no pueden dejar de decirse.

»Mudó mi criado el baúl de la posada a casa de mi mujer; encerré en él, delante della, mi magnífica cadena; mostréle otras tres o cuatro, si no tan grandes, de mejor hechura, con otros tres o cuatro cintillos de diversas suertes; hícele patentes mis galas y mis plumas, y entreguéle para el gasto de casa hasta cuatrocientos reales que tenía. Seis días gocé del pan de la boda, espaciándome en casa como el yerno ruin en la del suegro rico. Pisé ricas alhombras, ahajé[901] sábanas de holanda, alumbréme con candeleros de plata; almorzaba en la cama, levantábame a las once, comía a las doce y a las dos sesteaba en el estrado, bailábanme doña Estefanía y la moza el agua delante. Mi mozo, que hasta allí le había conocido perezoso y lerdo, se había vuelto un corzo. El rato que doña Estefanía faltaba de mi lado, la habían de hallar en la cocina, toda solícita en ordenar guisados que me despertasen el gusto y me avivasen el apetito. Mis camisas, cuellos y pañuelos eran un nuevo Aranjuez de flores,[902]

---

[900] *información de solteros*: el demostrar que los futuros contrayentes estaban en efecto solteros, así como que se publicasen las correspondientes amonestaciones ("publicar en la misa mayor los nombres de los que se van a casar para que si alguien conoce algún impedimento para su matrimonio lo haga saber") son requisitos fundamentales desde el concilio de Trento para los matrimonios canónicos.

[901] *ahajé*: arrugué.

[902] *Aranjuez de flores*: alusión a los famosos jardines del Real Sitio de Aranjuez.

según olían, bañados en la agua de ángeles[903] y de azahar que sobre ellos se derramaba. Pasáronse estos días volando, como se pasan los años, que están debajo de la jurisdición del tiempo; en los cuales días, por verme tan regalado y tan bien servido, iba mudando en buena la mala intención con que aquel negocio había comenzado. Al cabo de los cuales, una mañana, que aún estaba con doña Estefanía en la cama, llamaron con grandes golpes a la puerta de la calle. Asomóse la moza a la ventana y, quitándose al momento, dijo: "¡Oh, que sea ella la bien venida! ¿Han visto, y cómo ha venido más presto de lo que escribió el otro día?" "¿Quién es la que ha venido, moza?", le pregunté, "¿Quién?", respondió ella." Es mi señora doña Clementa Bueso, y viene con ella el señor don Lope Meléndez de Almendárez, con otros dos criados, y Hortigosa, la dueña que llevó consigo". "¡Corre, moza, bien haya yo, y ábrelos!", dijo a este punto doña Estefanía; "y vos, señor, por mi amor que no os alborotéis ni respondáis por mí a ninguna cosa que contra mí oyéredes". "Pues ¿quién ha de deciros cosa que os ofenda, y más estando yo delante? Decidme: ¿qué gente es ésta?, que me parece que os ha alborotado su venida". "No tengo lugar[904] de responderos", dijo doña Estefanía: "sólo sabed que todo lo que aquí pasare es fingido y que tira a cierto designio y efeto que después sabréis".

»Y aunque quisiera replicarle a esto, no me dio lugar la señora doña Clementa Bueso, que se entró en la sala, vestida de raso verde prensado, con muchos pasamanos[905] de oro, capotillo[906] de lo mismo y con la misma guarnición, sombrero con plumas verdes, blancas y encarnadas, y con rico cintillo de oro, y con un delgado velo cubierta la mitad del rostro. Entró con ella el señor don Lope Meléndez de Almendárez, no menos

---

[903] *agua de ángeles*: agua perfumada.
[904] *lugar*: ocasión, posibilidad.
[905] *pasamanos*: galones o trencillas para adornar los trajes.
[906] *capotillo*: capa pequeña.

bizarro que ricamente vestido de camino. La dueña Hortigosa fue la primera que habló, diciendo: "¡Jesús! ¿Qué es esto? ¿Ocupado el lecho de mi señora doña Clementa, y más con ocupación de hombre? ¡Milagros veo hoy en esta casa! ¡A fe que se ha ido bien del pie a la mano la señora doña Estefanía, fiada en la amistad de mi señora!" "Yo te lo prometo, Hortigosa", replicó doña Clementa; "pero yo me tengo la culpa. ¡Que jamás escarmiente yo en tomar amigas que no lo saben ser si no es cuando les viene a cuento!" A todo lo cual respondió doña Estefanía: "No reciba vuesa merced pesadumbre, mi señora doña Clementa Bueso, y entienda que no sin misterio ve lo que ve en esta su casa: que, cuando lo sepa, yo sé que quedaré desculpada y vuesa merced sin ninguna queja".

»En esto ya me había puesto yo en calzas y en jubón;[907] y, tomándome doña Estefanía por la mano, me llevó a otro aposento, y allí me dijo que aquella su amiga quería hacer una burla a aquel don Lope que venía con ella, con quien pretendía casarse; y que la burla era darle a entender que aquella casa y cuanto estaba en ella era todo suyo, de lo cual pensaba hacerle carta de dote; y que hecho el casamiento se le daba poco que se descubriese el engaño, fiada en el grande amor que el don Lope la tenía.

—Y luego se me volverá lo que es mío, y no se le tendrá a mal a ella, ni a otra mujer alguna, de que procure buscar marido honrado, aunque sea por medio de cualquier enbuste.

»Yo le respondí que era grande estremo de amistad el que quería hacer, y que primero se mirase bien en ello, porque después podría ser tener necesidad de valerse de la justicia para cobrar su hacienda. Pero ella me respondió con tantas razones, representando tantas obligaciones que la obligaban a servir a doña Clementa, aun en cosas de más importancia, que, mal de mi grado y con remordimiento de mi juicio, hube de condecender con el gusto de doña Estefanía, asegurándome ella que

---

[907] *calzas y en jubón*: calzones y vestido ajustado de medio cuerpo para arriba.

solos ocho días podía durar el embuste, los cuales estaríamos en casa de otra amiga suya. »Acabámonos de vestir ella y yo, y luego, entrándose a despedir de la señora doña Clementa Bueso y del señor don Lope Meléndez de Almendárez, hizo a mi criado que se cargase el baúl y que la siguiese, a quien yo también seguí, sin despedirme de nadie. Paró doña Estefanía en casa de una amiga suya, y, antes que entrásemos dentro, estuvo un buen espacio hablando con ella, al cabo del cual salió una moza y dijo que entrásemos yo y mi criado. Llevónos a un aposento estrecho, en el cual había dos camas tan juntas que parecían una, a causa que no había espacio que las dividiese, y las sábanas de entrambas se besaban.

»En efeto, allí estuvimos seis días, y en todos ellos no se pasó hora que no tuviésemos pendencia, diciéndole la necedad que había hecho en haber dejado su casa y su hacienda, aunque fuera a su misma madre. En esto iba yo y venía por momentos. Tanto, que la huéspeda de casa, un día que doña Estefanía dijo que iba a ver en qué término estaba su negocio, quiso saber de mí qué era la causa que me movía a reñir tanto con ella, y qué cosa había hecho que tanto se la afeaba, diciéndole que había sido necedad notoria más que amistad perfeta. Contéle todo el cuento, y cuando llegué a decir que me había casado con doña Estefanía, y la dote que trujo y la simplicidad que había hecho en dejar su casa y hacienda a doña Clementa, aunque fuese con tan sana intención como era alcanzar tan principal marido como don Lope, se comenzó a santiguar y a hacerse cruces con tanta priesa, y con tanto "¡Jesús, Jesús, de la mala hembra!", que me puso en gran turbación; y al fin me dijo: "Señor alférez, no sé si voy contra mi conciencia en descubriros lo que me parece que también la cargaría si lo callase; pero, a Dios y a ventura, sea lo que fuere, ¡viva la verdad y muera la mentira! La verdad es que doña Clementa Bueso es la verdadera señora de la casa y de la hacienda de que os hicieron la dote; la mentira es todo cuanto os ha dicho doña Estefanía: que ni ella tiene casa, ni hacienda, ni otro vestido del que trae puesto. Y el haber tenido lugar y espacio para hacer este embuste fue que doña Clementa fue a visitar unos parientes suyos a la ciudad de Plasencia, y de allí fue a tener novenas[908] en Nuestra Señora de Guadalupe,[909] y en este entretanto dejó en su casa a doña Estefanía, que mirase por ella, porque, en efeto, son grandes amigas; aunque, bien mirado, no hay que culpar a la pobre señora, pues ha sabido granjear a una tal persona como la del señor alférez por marido".

»Aquí dio fin a su plática y yo di principio a desesperarme, y sin duda lo hiciera si tantico se descuidara el ángel de mi guarda en socorrerme, acudiendo a decirme en el corazón que mirase que era cristiano y que el mayor pecado de los hombres era el de la desesperación,[910] por ser pecado de demonios. Esta consideración o buena inspiración me conhortó[911] algo; pero no tanto que dejase de tomar mi capa y espada y salir a buscar a doña Estefanía, con prosupuesto de hacer en ella un ejemplar castigo; pero la suerte, que no sabré decir si mis cosas empeoraba o mejoraba, ordenó que en ninguna parte donde pensé hallar a doña Estefanía la hallase. Fuime a San Llorente, encomendéme a Nuestra Señora, sentéme sobre un escaño,[912] y con la pesadumbre me tomó un sueño tan pesado, que no despertara tan presto si no me despertaran.

»Fui lleno de pensamientos y congojas a casa de doña Clementa, y halléla con tanto reposo como señora de su casa; no le osé decir nada, porque estaba el señor don Lope delante. Volví en casa de mi huéspeda, que me dijo haber contado a doña Estefanía como yo sabía toda su maraña[913] y embuste; y que ella le preguntó qué semblante había yo mostrado con tal nueva, y que le

---

[908] *novenas*: rezos dedicados a Dios o a la Virgen durante nueve días.

[909] *Nuestra Señora de Guadalupe*: el mismo monasterio que Cervantes mencionará en el capítulo quinto del libro tercero de *Los trabajos de Persiles y Sigismunda*.

[910] *desesperación*: suicidio.

[911] *conhortó*: confortó, consoló.

[912] *escaño*: banco.

[913] *maraña*: enredo.

había respondido que muy malo, y que, a su parecer, había salido yo con mala intención y con peor determinación a buscarla. Díjome, finalmente, que doña Estefanía se había llevado cuanto en el baúl tenía, sin dejarme en él sino un solo vestido de camino. ¡Aquí fue ello! ¡Aquí me tuvo de nuevo Dios de su mano! Fui a ver mi baúl, y halléle abierto y como sepultura que esperaba cuerpo difunto, y a buena razón había de ser el mío, si yo tuviera entendimiento para saber sentir y ponderar tamaña desgracia.»

—Bien grande fue —dijo a esta sazón el licenciado Peralta— haberse llevado doña Estefanía tanta cadena y tanto cintillo; que, como suele decirse, todos los duelos, etc. [914]

—Ninguna pena me dio esa falta —respondió el alférez—, pues también podré decir: "Pensóse don Simueque que me engañaba con su hija la tuerta, y por el Dío, contrecho soy de un lado". [915]

—No sé a qué propósito puede vuesa merced decir eso —respondió Peralta.

—El propósito es —respondió el alférez— de que toda aquella balumba [916] y aparato de cadenas, cintillos y brincos podía valer hasta diez o doce escudos.

—Eso no es posible —replicó el licenciado—; porque la que el señor alférez traía al cuello mostraba pesar más de docientos ducados.

—Así fuera —respondió el alférez— si la verdad respondiera al parecer; pero como no es todo oro lo que reluce, las cadenas, cintillos, joyas y brincos, con sólo ser de alquimia se contentaron; pero estaban tan bien hechas, que sólo el toque [917] o el fuego podía descubrir su malicia.

---

[914] *todos los duelos, etc.*: con pan son buenos. Refrán muy conocido.

[915] *Pensóse don Simueque que me engañaba con su hija la tuerta, y por el Dío, contrecho soy de un lado*: refrán registrado en los catálogos paremiológicos que hace referencia al tema del engañador engañado, eje central de la historia que cuenta el licenciado.

[916] *balumba*: conjunto de cosas.

[917] *toque*: el examen que hacen los plateros para conocer la bondad de una pieza de oro.

—Desa manera –dijo el licenciado–, entre vuesa merced y la señora doña Estefanía, pata es la traviesa. [918]

–Y tan pata –respondió el alférez–, que podemos volver a barajar; pero el daño está, señor licenciado, en que ella se podrá deshacer de mis cadenas y yo no de la falsía de su término; y en efeto, mal que me pese, es prenda mía.

—Dad gracias a Dios, señor Campuzano –dijo Peralta–, que fue prenda con pies, y que se os ha ido, y que no estáis obligado a buscarla.

—Así es –respondió el alférez–; pero, con todo eso, sin que la busque, la hallo siempre en la imaginación, y, adondequiera que estoy, tengo mi afrenta presente.

—No sé qué responderos –dijo Peralta–, si no es traeros a la memoria dos versos de Petrarca, que dicen:

Ché qui prende dicletto di far fiode,
Non si de lamentar si altri l'ingana.

Que responden en nuestro castellano: "Que el que tiene costumbre y gusto de engañar a otro no se debe quejar cuando es engañado". [919]

—Yo no me quejo –respondió el alférez–, sino lastímome: que el culpado no por conocer su culpa deja de sentir la pena del castigo. Bien veo que quise engañar y fui engañado, porque me hirieron por mis propios filos; pero no puedo tener tan a raya el sentimiento que no me queje de mí mismo. «Finalmente, por venir a lo que hace más al caso a mi historia (que este nombre se le puede dar al cuento de mis sucesos), digo que supe que se había llevado a doña Estefanía el primo que dije que se halló a nuestros desposorios, el cual de luengos tiempos atrás era su amigo a todo ruedo. [920] No quise buscarla, por no hallar el mal que me faltaba. Mudé posada y

---

[918] *pata es la traviesa*: los dos son tal para cual.
[919] Son los vv. 119-120 del *Triunfo de amor*.
[920] *a todo ruedo*: en toda ocasión.

mudé el pelo dentro de pocos días, porque comenzaron a pelárseme las cejas y las pestañas, y poco a poco me dejaron los cabellos, y antes de edad me hice calvo, dándome una enfermedad que llaman *lupicia*, y por otro nombre más claro, la *pelarela*.[921] Halléme verdaderamente hecho pelón, porque ni tenía barbas que peinar ni dineros que gastar. Fue la enfermedad caminando al paso de mi necesidad, y, como la pobreza atropella a la honra, y a unos lleva a la horca y a otros al hospital, y a otros les hace entrar por las puertas de sus enemigos con ruegos y sumisiones (que es una de las mayores miserias que puede suceder a un desdichado), por no gastar en curarme los vestidos que me habían de cubrir y honrar en salud, llegado el tiempo en que se dan los sudores en el Hospital de la Resurrección, me entré en él, donde he tomado cuarenta sudores. Dicen que quedaré sano si me guardo:[922] espada tengo, lo demás Dios lo remedie.»

Ofreciósele de nuevo el licenciado, admirándose de las cosas que le había contado.

—Pues de poco se maravilla vuesa merced, señor Peralta —dijo el alférez—; que otros sucesos me quedan por decir que exceden a toda imaginación, pues van fuera de todos los términos de naturaleza: no quiera vuesa merced saber más, sino que son de suerte que doy por bien empleadas todas mis desgracias, por haber sido parte de haberme puesto en el hospital, donde vi lo que ahora diré, que es lo que ahora ni nunca vuesa merced podrá creer, ni habrá persona en el mundo que lo crea.

Todos estos preámbulos y encarecimientos que el alférez hacía, antes de contar lo que había visto, encendían el deseo de Peralta de manera que, con no menores encarecimientos, le pidió que luego luego[923] le dijese las maravillas que le quedaban por decir.

---

[921] *pelarela*: nombre vulgar de la alopecia (*lupicia*), signo inequívoco de la sífilis del alférez.

[922] *guardo*: cuido.

[923] *luego luego*: de inmediato.

—Ya vuesa merced habrá visto –dijo el alférez– dos perros que con dos lanternas[924] andan de noche con los hermanos de la Capacha,[925] alumbrándoles cuando piden limosna.

—Sí he visto –respondió Peralta.

—También habrá visto o oído vuesa merced –dijo el alférez– lo que dellos se cuenta: que si acaso echan limosna de las ventanas y se cae en el suelo, ellos acuden luego a alumbrar y a buscar lo que se cae, y se paran delante de las ventanas donde saben que tienen costumbre de darles limosna; y, con ir allí con tanta mansedumbre que más parecen corderos que perros, en el hospital son unos leones, guardando la casa con grande cuidado y vigilancia.

—Yo he oído decir –dijo Peralta– que todo es así, pero eso no me puede ni debe causar maravilla.

—Pues lo que ahora diré dellos es razón que la cause, y que, sin hacerse cruces, ni alegar imposibles ni dificultades, vuesa merced se acomode a creerlo; y es que yo oí y casi vi con mis ojos a estos dos perros, que el uno se llama Cipión y el otro Berganza, estar una noche, que fue la penúltima que acabé de sudar, echados detrás de mi cama en unas esteras viejas; y, a la mitad de aquella noche, estando a escuras y desvelado, pensando en mis pasados sucesos y presentes desgracias, oí hablar allí junto, y estuve con atento oído escuchando, por ver si podía venir en conocimiento de los que hablaban y de lo que hablaban; y a poco rato vine a conocer, por lo que hablaban, los que hablaban, y eran los dos perros, Cipión y Berganza.

Apenas acabó de decir esto Campuzano, cuando, levantándose el licenciado, dijo:

—Vuesa merced quede mucho en buen hora, señor Campuzano, que hasta aquí estaba en duda si creería o no lo que de su casamiento me había contado; y esto que ahora me cuenta de que oyó hablar los perros me ha hecho declarar por la parte de no creelle ninguna cosa. Por amor de Dios, señor alférez, que no cuen-

---

[924] *lanternas*: linternas.
[925] *Capacha*: los hermanos de san Juan de Dios.

te estos disparates a persona alguna, si ya no fuere a quien sea tan su amigo como yo.

—No me tenga vuesa merced por tan ignorante —replicó Campuzano— que no entienda que, si no es por milagro, no pueden hablar los animales; que bien sé que si los tordos, picazas y papagayos hablan, no son sino las palabras que aprenden y toman de memoria, y por tener la lengua estos animales cómoda para poder pronunciarlas; mas no por esto pueden hablar y responder con discurso concertado, como estos perros hablaron; y así, muchas veces, después que los oí, yo mismo no he querido dar crédito a mí mismo, y he querido tener por cosa soñada lo que realmente estando despierto, con todos mis cinco sentidos, tales cuales nuestro Señor fue servido dármelos, oí, escuché, noté y, finalmente, escribí, sin faltar palabra, por su concierto; de donde se puede tomar indicio bastante que mueva y persuada a creer esta verdad que digo. Las cosas de que trataron fueron grandes y diferentes, y más para ser tratadas por varones sabios que para ser dichas por bocas de perros. Así que, pues yo no las pude inventar de mío, a mi pesar y contra mi opinión, vengo a creer que no soñaba y que los perros hablaban.

—¡Cuerpo de mí! —replicó el licenciado—. ¡Si se nos ha vuelto el tiempo de Maricastaña, [926] cuando hablaban las calabazas, o el de Isopo, cuando departía el gallo con la zorra y unos animales con otros!

—Uno dellos sería yo, y el mayor —replicó el alférez—, si creyese que ese tiempo ha vuelto; y aun también lo sería si dejase de creer lo que oí y lo que vi, y lo que me atreveré a jurar con juramento que obligue y aun fuerce, a que lo crea la misma incredulidad. Pero, puesto caso que me haya engañado, y que mi verdad sea sueño, y el porfiarla disparate, ¿no se holgará vuesa merced, señor Peralta, de ver escritas en un coloquio las cosas que estos perros, o sean quien fueren, hablaron?

---

[926] *tiempo de Maricastaña*: expresión común para referirse a un tiempo muy lejano.

—Como vuesa merced —replicó el licenciado— no se canse más en persuadirme que oyó hablar a los perros, de muy buena gana oiré ese coloquio, que por ser escrito y notado del buen ingenio del señor alférez, ya le juzgo por bueno.

—Pues hay en esto otra cosa —dijo el alférez—: que, como yo estaba tan atento y tenía delicado el juicio, delicada, sotil y desocupada la memoria, merced a las muchas pasas y almendras que había comido todo lo tomé de coro; y, casi por las mismas palabras que había oído, lo escribí otro día, sin buscar colores retóricas[927] para adornarlo, ni qué añadir ni quitar para hacerle gustoso. No fue una noche sola la plática, que fueron dos consecutivamente, aunque yo no tengo escrita más de una, que es la vida de Berganza; y la del compañero Cipión pienso escribir, que fue la que se contó la noche segunda, cuando viere, o que ésta se crea, o, a lo menos, no se desprecie. El coloquio traigo en el seno; púselo en forma de coloquio por ahorrar de *dijo Cipión, respondió Berganza*, que suele alargar la escritura.

Y, en diciendo esto, sacó del pecho un cartapacio y le puso en las manos del licenciado, el cual le tomó riyéndose, y como haciendo burla de todo lo que había oído y de lo que pensaba leer.

—Yo me recuesto —dijo el alférez— en esta silla en tanto que vuesa merced lee, si quiere, esos sueños o disparates, que no tienen otra cosa de bueno si no es el poderlos dejar cuando enfaden.

—Haga vuesa merced su gusto —dijo Peralta—, que yo con brevedad me despediré desta letura.

Recostóse el alférez, abrió el licenciado el cartapacio, y en el principio vio que estaba puesto este título:

---

[927] *colores retóricas*: figuras retóricas.

[El coloquio de los perros]

Novela y coloquio que pasó entre Cipión y Berganza, perros del Hospital de la Resurrección, que está en la ciudad de Valladolid, fuera de la Puerta del Campo, a quien comúnmente llaman los perros de Mahúdes [928]

CIPIÓN: Berganza amigo, dejemos esta noche el hospital en guarda de la confianza y retirémonos a esta soledad y entre estas esteras, donde podremos gozar sin ser sentidos desta no vista merced que el cielo en un mismo punto a los dos nos ha hecho.

BERGANZA: Cipión hermano, óyote hablar y sé que te hablo, y no puedo creerlo, por parecerme que el hablar nosotros pasa de los términos de naturaleza.

CIPIÓN: Así es la verdad, Berganza; y viene a ser mayor este milagro en que no solamente hablamos, sino en que hablamos con discurso, [929] como si fuéramos capaces de razón, estando tan sin ella que la diferencia que hay del animal bruto al hombre es ser el hombre animal racional, y el bruto, irracional.

BERGANZA: Todo lo que dices, Cipión, entiendo, y el decirlo tú y entenderlo yo me causa nueva admiración y nueva maravilla. Bien es verdad que, en el discurso [930] de mi vida, diversas y muchas veces he oído decir grandes prerrogativas nuestras: tanto, que parece que algunos han querido sentir que tenemos

---

[928] Tanto Mahúdes como los perros que le acompañaban parecen ser personajes históricos.

[929] *con discurso*: con inteligencia.

[930] *discurso*: transcurso.

un natural distinto, tan vivo y tan agudo en muchas cosas, que da indicios y señales de faltar poco para mostrar que tenemos un no sé qué de entendimiento capaz de discurso.

CIPIÓN: Lo que yo he oído alabar y encarecer es nuestra mucha memoria, el agradecimiento y gran fidelidad nuestra; tanto, que nos suelen pintar por símbolo de la amistad; y así, habrás visto, si has mirado en ello, que en las sepulturas de alabastro, donde suelen estar las figuras de los que allí están enterrados, cuando son marido y mujer, ponen entre los dos, a los pies, una figura de perro, en señal que se guardaron en la vida amistad y fidelidad inviolable.

BERGANZA: Bien sé que ha habido perros tan agradecidos que se han arrojado con los cuerpos difuntos de sus amos en la misma sepultura. Otros han estado sobre las sepulturas donde estaban enterrados sus señores sin apartarse dellas, sin comer, hasta que se les acababa la vida. Sé también que, después del elefante, el perro tiene el primer lugar de parecer que tiene entendimiento; luego, el caballo, y el último, la jimia.[931]

CIPIÓN: Ansí es, pero bien confesarás que ni has visto ni oído decir jamás que haya hablado ningún elefante, perro, caballo o mona; por donde me doy a entender que este nuestro hablar tan de improviso cae debajo del número de aquellas cosas que llaman portentos, las cuales, cuando se muestran y parecen, tiene averiguado la experiencia que alguna calamidad grande amenaza a las gentes.

BERGANZA: Desa manera no haré yo mucho en tener por señal portentosa lo que oí decir los días pasados a un estudiante, pasando por Alcalá de Henares.

CIPIÓN: ¿Qué le oíste decir?

BERGANZA: Que de cinco mil estudiantes que cursaban aquel año en la universidad, los dos mil oían medicina.

CIPIÓN: Pues, ¿qué vienes a inferir deso?

BERGANZA: Infiero, o que estos dos mil médicos han de tener

---

[931] *jimia*: simia, mona.

enfermos que curar, que sería harta plaga y mala ventura, o ellos se han de morir de hambre.

CIPIÓN: Pero, sea lo que fuere, nosotros hablamos, sea portento o no; que lo que el cielo tiene ordenado que suceda, no hay diligencia ni sabiduría humana que lo pueda prevenir; y así, no hay para qué ponernos a disputar nosotros cómo o por qué hablamos; mejor será que este buen día, o buena noche, la metamos en nuestra casa; y, pues la tenemos tan buena en estas esteras y no sabemos cuánto durará esta nuestra ventura, sepamos aprovecharnos della y hablemos toda esta noche, sin dar lugar al sueño que nos impida este gusto, de mí por largos tiempos deseado.

BERGANZA: Y aun de mí, que desde que tuve fuerzas para roer un hueso tuve deseo de hablar, para decir cosas que depositaba en la memoria; y allí, de antiguas y muchas, o se enmohecían o se me olvidaban. Empero, ahora, que tan sin pensarlo me veo enriquecido deste divino don de la habla, pienso gozarle y aprovecharme dél lo más que pudiere, dándome priesa a decir todo aquello que se me acordare, aunque sea atropellada y confusamente, porque no sé cuándo me volverán a pedir este bien, que por prestado tengo.

CIPIÓN: Sea ésta la manera, Berganza amigo: que esta noche me cuentes tu vida y los trances por donde has venido al punto en que ahora te hallas, y si mañana en la noche estuviéremos con habla, yo te contaré la mía; porque mejor será gastar el tiempo en contar las propias que en procurar saber las ajenas vidas.

BERGANZA: Siempre, Cipión, te he tenido por discreto y por amigo; y ahora más que nunca, pues como amigo quieres decirme tus sucesos y saber los míos, y como discreto has repartido el tiempo donde podamos manifestallos. Pero advierte primero si nos oye alguno.

CIPIÓN:.   Ninguno, a lo que creo, puesto que aquí cerca está un soldado tomando sudores; pero en esta sazón más estará para dormir que para ponerse a escuchar a nadie.

BERGANZA: Pues si puedo hablar con ese seguro, escucha; y si te cansare lo que te fuere diciendo, o me reprehende o manda que.calle.

CIPIÓN: Habla hasta que amanezca, o hasta que seamos sentidos; que yo te escucharé de muy buena gana, sin impedirte sino cuando viere ser necesario.

BERGANZA: Paréceme que la primera vez que vi el sol fue en Sevilla y en su Matadero, que está fuera de la puerta de la Carne;[932] por donde imaginara, si no fuera por lo que después te diré, que mis padres debieron de ser alanos[933] de aquellos que crían los ministros[934] de aquella confusión, a quien llaman jiferos.[935] El primero que conocí por amo fue uno llamado Nicolás el Romo, mozo robusto, doblado[936] y colérico, como lo son todos aquellos .que ejercitan la jifería. Este tal Nicolás me enseñaba a mí y a otros cachorros a que, en compañía de alanos viejos, arremetiésemos a los toros y les hiciésemos presa de las orejas. Con mucha facilidad salí un águila en esto.

CIPIÓN: No me maravillo, Berganza; que, como el hacer mal viene de natural cosecha, fácilmente se aprende el hacerle.

BERGANZA: ¿Qué te diría, Cipión hermano, de lo que vi en aquel Matadero y de las cosas exorbitantes que en él pasan? Primero, has de presuponer que todos cuantos en él trabajan, desde el menor hasta el mayor, es gente ancha de conciencia, desalmada, sin temer al rey ni a su justicia; los más, amancebados; son aves de rapiña carniceras: mantiénense ellos y sus amigas de lo que hurtan. Todas las mañanas que son días de carne, antes que amanezca, están en el Matadero gran cantidad de mujercillas y muchachos, todos con talegas, que, viniendo vacías, vuelven llenas de pedazos de carne, y las criadas con criadi-

---

[932] *puerta de la Carne*: puerta de Sevilla por la que entraba todo el abastecimiento de carne de la ciudad.

[933] *alanos*: tipo de perro, entre lebrel y dogo.

[934] *ministros*: responsables.

[935] *jiferos*: matarifes.

[936] *doblado*: bajo y robusto.

llas y lomos medio enteros. No hay res alguna que se mate de quien no lleve esta gente diezmos y primicias [937] de lo más sabroso y bien parado. Y, como en Sevilla no hay obligado de la carne, [938] cada uno puede traer la que quisiere; y la que primero se mata, o es la mejor, o la de más baja postura, y con este concierto hay siempre mucha abundancia. Los dueños se encomiendan a esta buena gente que he dicho, no para que no les hurten, que esto es imposible, sino para que se moderen en las tajadas y socaliñas [939] que hacen en las reses muertas, que las escamondan [940] y podan como si fuesen sauces o parras. Pero ninguna cosa me admiraba más ni me parecía peor que el ver que estos jiferos con la misma facilidad matan a un hombre que a una vaca; por quítame allá esa paja, a dos por tres meten un cuchillo de cachas amarillas por la barriga de una persona, como si acocotasen [941] un toro. Por maravilla se pasa día sin pendencias y sin heridas, y a veces sin muertes; todos se pican de valientes, y aun tienen sus puntas de rufianes; no hay ninguno que no tenga su ángel de guarda en la plaza de San Francisco, [942] granjeado con lomos y lenguas de vaca. Finalmente, oí decir a un hombre discreto que tres cosas tenía el Rey por ganar en Sevilla: la calle de la Caza, la Costanilla y el Matadero. [943]

CIPIÓN: Si en contar las condiciones de los amos que has tenido y las faltas de sus oficios te has de estar, amigo Berganza, tanto como esta vez, menester será pedir al cielo nos conce-

---

[937] *diezmos y primicias*: impuestos eclesiásticos; esto es, no hay res que se mate en el Matadero de la cual esa gente no se quede con alguna parte.

[938] *...obligado de la carne*: no hay monopolio para abastecer de carne a la ciudad.

[939] *socaliñas*: robos pretextando necesidad.

[940] *escamondan*: aligeran (limpian los árboles de ramas secas o inútiles).

[941] *acocotasen*: matasen.

[942] *ángel de la guarda en la plaza de San Francisco*: protector en la plaza de San Francisco, donde estaban el Cabildo y la Audiencia de Sevilla. Expresión que alude a funcionarios corruptos.

[943] *La Caza, la Costanilla y el Matadero*: tres lugares bien conocidos de la ciudad de Sevilla en la época.

da la habla siquiera por un año, y aun temo que, al paso que llevas, no llegarás a la mitad de tu historia. Y quiérote advertir de una cosa, de la cual verás la experiencia cuando te cuente los sucesos de mi vida; y es que los cuentos unos encierran y tienen la gracia en ellos mismos, otros en el modo de contarlos, quiero decir que algunos hay que, aunque se cuenten sin preámbulos y ornamentos de palabras, dan contento, otros hay que es menester vestirlos de palabras, y con demostraciones del rostro y de las manos, y con mudar la voz, se hacen algo de nonada, y de flojos y desmayados se vuelven agudos y gustosos; y no se te olvide este advertimiento, para aprovecharte dél en lo que te queda por decir.

BERGANZA: Yo lo haré así, si pudiere y si me da lugar la grande tentación que tengo de hablar; aunque me parece que con grandísima dificultad me podré ir a la mano.

CIPIÓN: Vete a la lengua, que en ella consisten los mayores daños de la humana vida.

BERGANZA: Digo, pues, que mi amo me enseñó a llevar una espuerta [944] en la boca y a defenderla de quien quitármela quisiese. Enseñóme también la casa de su amiga, y con esto se escusó la venida de su criada al Matadero, porque yo le llevaba las madrugadas lo que él había hurtado las noches. Y un día que, entre dos luces, [945] iba yo diligente a llevarle la porción, oí que me llamaban por mi nombre desde una ventana; alcé los ojos y vi una moza hermosa en estremo; detúveme un poco, y ella bajó a la puerta de la calle, y me tornó a llamar. Lleguéme a ella, como si fuera a ver lo que me quería, que no fue otra cosa que quitarme lo que llevaba en la cesta y ponerme en su lugar un chapín [946] viejo. Entonces dije entre mí: "La carne se ha ido a la carne". Díjome la moza, en habiéndome quitado la carne: "Andad Gavilán, o como os llamáis, y decid a Nicolás el Romo,

---

[944] *espuerta*: capazo de mimbre.

[945] *entre dos luces*: al amanecer.

[946] *chapín*: calzado con suela gruesa de corcho utilizado por las mujeres.

vuestro amo, que no se fíe de animales, y que del lobo un pelo, y ése de la espuerta". Bien pudiera yo volver a quitar lo que me quitó, pero no quise, por no poner mi boca jifera y sucia en aquellas manos limpias y blancas.

CIPIÓN: Hiciste muy bien, por ser prerrogativa de la hermosura que siempre se le tenga respecto.

BERGANZA: Así lo hice yo; y así, me volví a mi amo sin la porción y con el chapín. Parecióle que volví presto, vio el chapín, imaginó la burla, sacó uno de cachas [947] y tiróme una puñalada que, a no desviarme, nunca tú oyeras ahora este cuento, ni aun otros muchos que pienso contarte. Puse pies en polvorosa, y, tomando el camino en las manos y en los pies, por detrás de San Bernardo, [948] me fui por aquellos campos de Dios adonde la fortuna quisiese llevarme. Aquella noche dormí al cielo abierto, y otro día me deparó la suerte un hato o rebaño de ovejas y carneros. Así como le vi, creí que había hallado en él el centro de mi reposo, pareciéndome ser propio y natural oficio de los perros guardar ganado, que es obra donde se encierra una virtud grande, como es amparar y defender de los poderosos y soberbios los humildes y los que poco pueden. Apenas me hubo visto uno de tres pastores que el ganado guardaban, cuando diciendo "¡To, to!" me llamó; y yo, que otra cosa no deseaba, me llegué a él bajando la cabeza y meneando la cola. Trújome la mano por el lomo, abrióme la boca, escupióme en ella, miróme las presas, [949] conoció mi edad, y dijo a otros pastores que yo tenía todas las señales de ser perro de casta. Llegó a este instante el señor del ganado sobre una yegua rucia a la jineta, [950] con lanza y adarga: [951] que más pare-

---

[947] *cachas*: las piezas que cubren por los dos lados el mango de cuchillos o navajas.

[948] *San Bernardo*: barrio sevillano al lado del matadero.

[949] *presas*: colmillos.

[950] *yegua rucia a la jineta*: montando una yegua de color pardo claro con estribos cortos y las piernas dobladas para cabalgar con rapidez.

[951] *adarga*: escudo de cuero.

cía atajador de la costa⁹⁵² que señor de ganado. Preguntó el pastor: "¿Qué perro es éste, que tiene señales de ser bueno?" "Bien lo puede vuesa merced creer —respondió el pastor—, que yo le he cotejado bien y no hay señal en él que no muestre y prometa que ha de ser un gran perro. Agora se llegó aquí y no sé cúyo sea, aunque sé que no es de los rebaños de la redonda". "Pues así es —respondió el señor—, ponle luego el collar de Leoncillo, el perro que se murió, y denle la ración que a los demás, y acaríciale, porque tome cariño al hato y se quede en él". En diciendo esto, se fue; y el pastor me puso luego al cuello unas carlancas⁹⁵³ llenas de puntas de acero, habiéndome dado primero en un dornajo⁹⁵⁴ gran cantidad de sopas en leche. Y asimismo, me puso nombre, y me llamó Barcino. Vime harto y contento con el segundo amo y con el nuevo oficio; mostréme solícito y diligente en la guarda del rebaño, sin apartarme dél sino las siestas, que me iba a pasarlas o ya a la sombra de algún árbol, o de algún ribazo o peña, o a la de alguna mata, a la margen de algún arroyo de los muchos que por allí corrían. Y estas horas de mi sosiego no las pasaba ociosas, porque en ellas ocupaba la memoria en acordarme de muchas cosas, especialmente en la vida que había tenido en el Matadero, y en la que tenía mi amo y todos los como él, que están sujetos a cumplir los gustos impertinentes de sus amigas. ¡Oh, qué de cosas te pudiera decir ahora de las que aprendí en la escuela de aquella jifera dama de mi amo! Pero habrélas de callar, porque no me tengas por largo y por murmurador.

CIPIÓN: Por haber oído decir que dijo un gran poeta de los antiguos que era difícil cosa el no escribir sátiras, consentiré que murmures un poco de luz y no de sangre; quiero decir que

---

⁹⁵² *atajador de la costa*: soldado que vigila las costas con el fin de avisar de posibles incursiones de corsarios o piratas.

⁹⁵³ *carlancas*: collares fuertes y armados de puntas que se ponían a los perros para poderse defender de los lobos.

⁹⁵⁴ *dornajo*: recipiente para dar de comer al ganado.

señales y no hieras ni des mate a ninguno en cosa señalada: que no es buena la murmuración, aunque haga reír a muchos, si mata a uno; y si puedes agradar sin ella, te tendré por muy discreto.

BERGANZA: Yo tomaré tu consejo, y esperaré con gran deseo que llegue el tiempo en que me cuentes tus sucesos; que de quien tan bien sabe conocer y enmendar los defetos que tengo en contar los míos, bien se puede esperar que contará los suyos de manera que enseñen y deleiten a un mismo punto. Pero, anudando el roto hilo de mi cuento, digo que en aquel silencio y soledad de mis siestas, entre otras cosas, consideraba que no debía de ser verdad lo que había oído contar de la vida de los pastores; a lo menos, de aquellos que la dama de mi amo leía en unos libros [955] cuando yo iba a su casa, que todos trataban de pastores y pastoras, diciendo que se les pasaba toda la vida cantando y tañendo con gaitas, zampoñas, rabeles y chirumbelas, y con otros instrumentos extraordinarios. Deteníame a oírla leer, y leía cómo el pastor de Anfriso cantaba estremada y divinamente, alabando a la sin par Belisarda, sin haber en todos los montes de Arcadia árbol en cuyo tronco no se hubiese sentado a cantar, desde que salía el sol en los brazos de la Aurora hasta que se ponía en los de Tetis; y aun después de haber tendido la negra noche por la faz de la tierra sus negras y escuras alas, él no cesaba de sus bien cantadas y mejor lloradas quejas. No se le quedaba entre renglones el pastor Elicio, más enamorado que atrevido, de quien decía que, sin atender a sus amores ni a su ganado, se entraba en los cuidados ajenos. Decía también que el gran pastor de Fílida, único pintor de un retrato, había sido más confiado que dichoso. De los desmayos de Sireno y arrepentimiento de Diana decía que daba gracias a Dios y a la sabia Felicia, que con su agua encantada deshizo aquella máquina de enredos y aclaró aquel laberinto de dificultades. Acordábame de

---

[955] *libros*: se refiere a las novelas pastoriles, de donde Berganza extrae los nombres, circunstancias y pasajes que relata en este párrafo.

otros muchos libros que deste jaez la había oído leer, pero no eran dignos de traerlos a la memoria.

CIPIÓN: Aprovechándote vas, Berganza, de mi aviso: murmura, pica y pasa,[956] y sea tu intención limpia, aunque la lengua no lo parezca.

BERGANZA: En estas materias nunca tropieza la lengua si no cae primero la intención; pero si acaso por descuido o por malicia murmurare, responderé a quien me reprehendiere lo que respondió Mauleón, poeta tonto y académico de burla de la Academia de los Imitadores, a uno que le preguntó que qué quería decir *Deum de Deo*;[957] y respondió que "dé donde diere".

CIPIÓN: Esa fue respuesta de un simple; pero tú, si eres discreto o lo quieres ser, nunca has de decir cosa de que debas dar disculpa. Di adelante.

BERGANZA: Digo que todos los pensamientos que he dicho, y muchos más, me causaron ver los diferentes tratos y ejercicios que mis pastores, y todos los demás de aquella marina, tenían de aquellos que había oído leer que tenían los pastores de los libros; porque si los míos cantaban, no eran canciones acordadas y bien compuestas, sino un "Cata el lobo do va Juanica"[958] y otras cosas semejantes; y esto no al son de chirumbelas, rabeles o gaitas,[959] sino al que hacía el dar un cayado con otro o al de algunas tejuelas[960] puestas entre los dedos; y no con voces delicadas, sonoras y admirables, sino con voces roncas, que, solas o juntas, parecía, no que cantaban, sino que gritaban o gruñían.

---

[956] *pica y pasa*: pasa adelante con rapidez.

[957] *Deum de Deo*...: frente a la traducción "Dios de Dios", palabras extraídas del Credo, Mauleón, personaje popular con fama de tonto (acaso con un trasfondo real), acude a un refrán que se aplica al que se arriesga a un resultado bueno o malo.

[958] ...*Juanica*: frente a los pastores de la tradición bucólica que Berganza ha descrito antes, ahora describe la realidad cotidiana del oficio de pastor: sus nombres, entretenimientos, modo de vida, etc.

[959] *chirumbelas... gaitas*: instrumentos musicales característicos de las novelas pastoriles.

[960] *tejuelas*: trozos de tejas o de cualquier objeto de barro cocido.

Lo más del día se les pasaba espulgándose o remendando sus abarcas;[961] ni entre ellos se nombraban Amarilis, Fílidas, Galateas y Dianas, ni había Lisardos, Lausos, Jacintos ni Riselos; todos eran Antones, Domingos, Pablos o Llorentes; por donde vine a entender lo que pienso que deben de creer todos: que todos aquellos libros son cosas soñadas y bien escritas para entretenimiento de los ociosos, y no verdad alguna; que, a serlo, entre mis pastores hubiera alguna reliquia de aquella felicísima vida, y de aquellos amenos prados, espaciosas selvas, sagrados montes, hermosos jardines, arroyos claros y cristalinas fuentes, y de aquellos tan honestos cuanto bien declarados requiebros, y de aquel desmayarse aquí el pastor, allí la pastora, acullá resonar la zampoña del uno, acá el caramillo[962] del otro.

CIPIÓN: Basta, Berganza; vuelve a tu senda y camina.

BERGANZA: Agradézcotelo, Cipión amigo; porque si no me avisaras, de manera se me iba calentando la boca, que no parara hasta pintarte un libro entero destos que me tenían engañado; pero tiempo vendrá en que lo diga todo con mejores razones y con mejor discurso que ahora.

CIPIÓN: Mírate a los pies y desharás la rueda, Berganza. Quiero decir que mires que eres un animal que carece de razón, y si ahora muestras tener alguna, ya hemos averiguado entre los dos ser cosa sobrenatural y jamás vista.

BERGANZA: Eso fuera ansí si yo estuviera en mi primera ignorancia; mas ahora que me ha venido a la memoria lo que te había de haber dicho al principio de nuestra plática, no sólo no me maravillo de lo que hablo, pero espántome de lo que dejo de hablar.

CIPIÓN: Pues ¿ahora no puedes decir lo que ahora se te acuerda?

BERGANZA: Es una cierta historia que me pasó con una grande hechicera, discípula de la Camacha de Montilla.

---

[961] *abarcas*: calzado tosco.

[962] *zampoña... caramillo*: instrumentos de viento utilizados con frecuencia por los personajes de la novela pastoril.

CIPIÓN: Digo que me la cuentes antes que pases más adelante en el cuento de tu vida.

BERGANZA: Eso no haré yo, por cierto, hasta su tiempo. Ten paciencia y escucha por su orden mis sucesos, que así te darán más gusto, si ya no te fatiga querer saber los medios antes de los principios.

CIPIÓN: Sé breve, y cuenta lo que quisieres y como quisieres.

BERGANZA: Digo, pues, que yo me hallaba bien con el oficio de guardar ganado, por parecerme que comía el pan de mi sudor y trabajo, y que la ociosidad, raíz y madre de todos los vicios, no tenía que ver conmigo, a causa que si los días holgaba, las noches no dormía, dándonos asaltos a menudo y tocándonos a arma [963] los lobos; y, apenas me habían dicho los pastores "¡al lobo, Barcino!", cuando acudía, primero que los otros perros, a la parte que me señalaban que estaba el lobo: corría los valles, escudriñaba los montes, desentrañaba las selvas, saltaba barrancos, cruzaba caminos, y a la mañana volvía al hato, sin haber hallado lobo ni rastro dél, anhelando, cansado, hecho pedazos y los pies abiertos de los garranchos; [964] y hallaba en el hato, o ya una oveja muerta, o un carnero degollado y medio comido del lobo. Desesperábame de ver de cuán poco servía mi mucho cuidado y diligencia. Venía el señor del ganado; salían los pastores a recebirle con las pieles de la res muerta; culpaba a los pastores por negligentes, y mandaba castigar a los perros por perezosos: llovían sobre nosotros palos, y sobre ellos reprehensiones; y así, viéndome un día castigado sin culpa, y que mi cuidado, ligereza y braveza no eran de provecho para coger el lobo, determiné de mudar estilo, no desviándome a buscarle, como tenía de costumbre, lejos del rebaño, sino estarme junto a él; que, pues el lobo allí venía, allí sería más cierta la presa. Cada semana nos tocaban a rebato, y en una escurísima noche tuve

---

[963] *tocándonos a arma*: previniéndonos, poniéndonos en alarma.
[964] *garranchos*: ramas de árbol.

yo vista para ver los lobos, de quien era imposible que el ganado se guardase. Agachéme detrás de una mata, pasaron los perros, mis compañeros, adelante, y desde allí oteé, y vi que dos pastores asieron de un carnero de los mejores del aprisco, y le mataron de manera que verdaderamente pareció a la mañana que había sido su verdugo el lobo. Pasméme, quedé suspenso cuando vi que los pastores eran los lobos y que despedazaban el ganado los mismos que le habían de guardar. Al punto, hacían saber a su amo la presa del lobo, dábanle el pellejo y parte de la carne, y comíanse ellos lo más y lo mejor. Volvía a reñirles el señor, y volvía también el castigo de los perros. No había lobos, menguaba el rebaño; quisiera yo descubrillo, hallábame mudo. Todo lo cual me traía lleno de admiración y de congoja. "¡Válame Dios! –decía entre mí–, ¿quién podrá remediar esta maldad? ¿Quién será poderoso a dar a entender que la defensa ofende, que las centinelas duermen, que la confianza roba y el que os guarda os mata?"

CIPIÓN: Y decías muy bien, Berganza, porque no hay mayor ni más sotil ladrón que el doméstico, y así, mueren muchos más de los confiados que de los recatados; pero el daño está en que es imposible que puedan pasar bien las gentes en el mundo si no se fía y se confía. Mas quédese aquí esto, que no quiero que parezcamos predicadores. Pasa adelante.

BERGANZA: Paso adelante, y digo que determiné dejar aquel oficio, aunque parecía tan bueno, y escoger otro donde por hacerle bien, ya que no fuese remunerado, no fuese castigado. Volvíme a Sevilla, y entré a servir a un mercader muy rico.

CIPIÓN: ¿Qué modo tenías para entrar con amo? Porque, según lo que se usa, con gran dificultad el día de hoy halla un hombre de bien señor a quien servir. Muy diferentes son los señores de la tierra del Señor del cielo: aquéllos, para recebir un criado, primero le espulgan el linaje, examinan la habilidad, le marcan la apostura, y aun quieren saber los vestidos que tiene; pero, para entrar a servir a Dios, el más pobre es más rico; el más humilde, de mejor linaje; y, con sólo que se disponga con limpieza de corazón a querer servirle, luego le manda poner en el libro de sus gajes, [965] señalándoselos tan aventajados que, de muchos y de grandes, apenas pueden caber en su deseo.

BERGANZA: Todo eso es predicar, Cipión amigo.

CIPIÓN: Así me lo parece a mí, y así callo.

BERGANZA: A lo que me preguntaste del orden que tenía para entrar con amo, digo que ya tú sabes que la humildad es la basa y fundamento de todas virtudes, y que sin ella no hay alguna que lo sea. Ella allana inconvenientes, vence dificultades, y es un medio que siempre a gloriosos fines nos conduce; de los enemigos hace amigos, templa la cólera de los airados y menoscaba la arrogancia de los soberbios; es madre de la modestia y hermana de la templanza; en fin, con ella no pueden atravesar triunfo que les sea de provecho los vicios, porque en su blandura y mansedumbre se embotan y despuntan las flechas de los pecados. Désta, pues, me aprovechaba yo cuando quería entrar a servir en alguna casa, habiendo primero considerado y mirado muy bien ser casa que pudiese mantener y donde pudiese entrar un perro grande. Luego arrimábame a la puerta, y cuando, a mi parecer, entraba algún forastero, le ladraba, y cuando venía el señor bajaba la cabeza y, moviendo la cola, me iba a él, y con la lengua le limpiaba los zapatos. Si me echaban a palos, sufríalos, y con la misma mansedumbre volvía a hacer halagos al que me apaleaba, que ninguno segundaba, viendo mi porfía y mi noble término. Desta manera, a dos porfías me quedaba en casa: servía bien, queríanme luego bien, y nadie me despidió, si no era que yo me despidiese, o, por mejor decir, me fuese; y tal vez hallé amo que éste fuera el día que yo estuviera en su casa, si la contraria suerte no me hubiera perseguido.

CIPIÓN: De la misma manera que has contado entraba yo con los amos que tuve, y parece que nos leímos los pensamientos.

---

[965] *gajes*: lo que se adquiere por algún empleo además del salario estipulado.

BERGANZA: Como en esas cosas nos hemos encontrado, si no me engaño, y yo te las diré a su tiempo, como tengo prometido; y ahora escucha lo que me sucedió después que dejé el ganado en poder de aquellos perdidos.

»Volvíme a Sevilla, como dije, que es amparo de pobres y refugio de desechados, que en su grandeza no sólo caben los pequeños, pero no se echan de ver los grandes. Arriméme a la puerta de una gran casa de un mercader, hice mis acostumbradas diligencias, y a pocos lances me quedé en ella. Recibiéronme para tenerme atado detrás de la puerta de día y suelto de noche; servía con gran cuidado y diligencia; ladraba a los forasteros y gruñía a los que no eran muy conocidos; no dormía de noche, visitando los corrales, subiendo a los terrados, hecho universal centinela de la mía y de las casas ajenas. Agradóse tanto mi amo de mi buen servicio, que mandó que me tratasen bien y me diesen ración de pan y los huesos que se levantasen o arrojasen de su mesa, con las sobras de la cocina, a lo que yo me mostraba agradecido, dando infinitos saltos cuando veía a mi amo, especialmente cuando venía de fuera; que eran tantas las muestras de regocijo que daba y tantos los saltos, que mi amo ordenó que me desatasen y me dejasen andar suelto de día y de noche. Como me vi suelto, corrí a él, rodeéle todo, sin osar llegarle con las manos, acordándome de la fábula de Isopo, [966] cuando aquel asno, tan asno que quiso hacer a su señor las mismas caricias que le hacía una perrilla regalada suya, que le granjearon ser molido a palos. Parecióme que en esta fábula se nos dio a entender que las gracias y donaires de algunos no están bien en otros. Apode el truhán, juegue de manos y voltee el histrión, rebuzne el pícaro, imite el canto de los pájaros y los diversos gestos y acciones de los animales y los hombres el hombre bajo que se hubiere dado a ello, y no lo quiera hacer el hombre principal, a quien ninguna habilidad déstas le puede dar crédito ni nombre honroso.

---

[966] *Isopo*: Esopo.

CIPIÓN: Basta. Adelante, Berganza, que ya estás entendido.

BERGANZA: ¡Ojalá que como tú me entiendes me entendiesen aquellos por quien lo digo; que no sé qué tengo de buen natural, que me pesa infinito cuando veo que un caballero se hace chocarrero y se precia que sabe jugar los cubiletes y las agallas,[967] y que no hay quien como él sepa bailar la chacona![968] Un caballero conozco yo que se alababa que, a ruegos de un sacristán, había cortado de papel treinta y dos florones para poner en un monumento sobre paños negros, y destas cortaduras hizo tanto caudal, que así llevaba a sus amigos a verlas como si los llevara a ver las banderas y despojos de enemigos que sobre la sepultura de sus padres y abuelos estaban puestas. Este mercader, pues, tenía dos hijos, el uno de doce y el otro de hasta catorce años, los cuales estudiaban gramática en el estudio de la Compañía de Jesús; iban con autoridad,[969] con ayo y con pajes, que les llevaban los libros y aquel que llaman *vademécum*.[970] El verlos ir con tanto aparato, en sillas si hacía sol, en coche si llovía, me hizo considerar y reparar en la mucha llaneza con que su padre iba a la Lonja a negociar sus negocios, porque no llevaba otro criado que un negro, y algunas veces se desmandaba a ir en un machuelo[971] aun no bien aderezado.

CIPIÓN: Has de saber, Berganza, que es costumbre y condición de los mercaderes de Sevilla, y aun de las otras ciudades, mostrar su autoridad y riqueza, no en sus personas, sino en las

---

[967] *agallas*: las piñas menudas del ciprés o, también, pequeños bultos que produce el roble. El texto alude al juego conocido en la época como el *masecoral, pasapasa* o *masegicomar*, consistente en unos cubiletes en los que se meten las agallas y se hacían pasar de unos a otros para luego adivinar en cuál de los cubiletes estaban.

[968] *chacona*: baile importado de América criticado por moralistas y puritanos.

[969] *autoridad*: solemnidad.

[970] *vademécum*: libro de notas que los estudiantes de la época llevaban a clase.

[971] *machuelo*: diminutivo de macho, cruce de asno y yegua o de caballo y burra.

de sus hijos; porque los mercaderes son mayores en su sombra que en sí mismos. Y, como ellos por maravilla atienden a otra cosa que a sus tratos y contratos, trátanse modestamente; y, como la ambición y la riqueza muere por manifestarse, revienta por sus hijos, y así los tratan y autorizan como si fuesen hijos de algún príncipe; y algunos hay que les procuran títulos, y ponerles en el pecho la marca [972] que tanto distingue la gente principal de la plebeya.

BERGANZA: Ambición es, pero ambición generosa, la de aquel que pretende mejorar su estado sin perjuicio de tercero.

CIPIÓN: Pocas o ninguna vez se cumple con la ambición que no sea con daño de tercero.

BERGANZA: Ya hemos dicho que no hemos de murmurar.

CIPIÓN: Sí, que yo no murmuro de nadie.

BERGANZA:

Ahora acabo de confirmar por verdad lo que muchas veces he oído decir. Acaba un maldiciente murmurador de echar a perder diez linajes y de caluniar veinte buenos, y si alguno le reprehende por lo que ha dicho, responde que él no ha dicho nada, y que si ha dicho algo, no lo ha dicho por tanto, y que si pensara que alguno se había de agraviar, no lo dijera. A la fe, Cipión, mucho ha de saber, y muy sobre los estribos ha de andar el que quisiere sustentar dos horas de conversación sin tocar los límites de la murmuración; porque yo veo en mí que, con ser un animal, como soy, a cuatro razones que digo, me acuden palabras a la lengua como mosquitos al vino, y todas maliciosas y murmurantes; por lo cual vuelvo a decir lo que otra vez he dicho: que el hacer y decir mal lo heredamos de nuestros primeros padres y lo mamamos en la leche. Vese claro en que, apenas ha sacado el niño el brazo de las fajas, cuando levanta la mano con muestras de querer vengarse de quien, a su parecer, le ofende; y casi la primera palabra articulada que habla es llamar puta a su ama o a su madre.

---

[972] *marca*: la cruz de alguna orden militar (Santiago, Calatrava, etc.).

CIPIÓN: Así es verdad, y yo confieso mi yerro y quiero que me le perdones, pues te he perdonado tantos. Echemos pelillos a la mar, como dicen los muchachos, y no murmuremos de aquí adelante; y sigue tu cuento, que le dejaste en la autoridad con que los hijos del mercader tu amo iban al estudio de la Compañía de Jesús.

BERGANZA: A Él me encomiendo en todo acontecimiento; y, aunque el dejar de murmurar lo tengo por dificultoso, pienso usar de un remedio que oí decir que usaba un gran jurador, el cual, arrepentido de su mala costumbre, cada vez que después de su arrepentimiento juraba, se daba un pellizco en el brazo, o besaba la tierra, en pena de su culpa; pero, con todo esto, juraba. Así yo, cada vez que fuere contra el precepto que me has dado de que no murmure y contra la intención que tengo de no murmurar, me morderé el pico de la lengua de modo que me duela y me acuerde de mi culpa para no volver a ella.

CIPIÓN: Tal es ese remedio, que si usas dél espero que te has de morder tantas veces que has de quedar sin lengua, y así, quedarás imposibilitado de murmurar.

BERGANZA: A lo menos, yo haré de mi parte mis diligencias, y supla las faltas el cielo. Y así, digo que los hijos de mi amo se dejaron un día un cartapacio en el patio, donde yo a la sazón estaba; y, como estaba enseñado a llevar la esportilla del jifero mi amo, así del *vademécum* y fuime tras ellos, con intención de no soltalle hasta el estudio. Sucedióme todo como lo deseaba: que mis amos, que me vieron venir con el *vademécum* en la boca, asido sotilmente de las cintas, mandaron a un paje me le quitase; mas yo no lo consentí ni le solté hasta que entré en el aula con él, cosa que causó risa a todos los estudiantes. Lleguéme al mayor de mis amos, y, a mi parecer, con mucha crianza se le puse en las manos, y quedéme sentado en cuclillas a la puerta del aula, mirando de hito en hito[973] al maestro que en la cátedra leía. No sé qué tiene la virtud que, con alcanzárseme a mí tan poco

---

[973] *hito en hito*: mirando fijamente.

o nada della, luego recibí gusto de ver el amor, el término, la solicitud y la industria con que aquellos benditos padres y maestros enseñaban a aquellos niños, enderezando las tiernas varas de su juventud, porque no torciesen ni tomasen mal siniestro en el camino de la virtud, que juntamente con las letras les mostraban. Consideraba cómo los reñían con suavidad, los castigaban con misericordia, los animaban con ejemplos, los incitaban con premios y los sobrellevaban con cordura; y, finalmente, cómo les pintaban la fealdad y horror de los vicios y les dibujaban la hermosura de las virtudes, para que, aborrecidos ellos y amadas ellas, consiguiesen el fin para que fueron criados.

CIPIÓN: Muy bien dices, Berganza, porque yo he oído decir desa bendita gente que para repúblicos del mundo no los hay tan prudentes en todo él, y para guiadores y adalides del camino del cielo, pocos les llegan. Son espejos donde se mira la honestidad, la católica dotrina, la singular prudencia, y, finalmente, la humildad profunda, basa sobre quien se levanta todo el edificio de la bienaventuranza.

BERGANZA: Todo es así como lo dices. Y, siguiendo mi historia, digo que mis amos gustaron de que les llevase siempre el *vademécum*, lo que hice de muy buena voluntad; con lo cual tenía una vida de rey, y aun mejor, porque era descansada, a causa que los estudiantes dieron en burlarse conmigo, y domestiquéme con ellos de tal manera, que me metían la mano en la boca y los más chiquillos subían sobre mí. Arrojaban los bonetes o sombreros, y yo se los volvía a la mano limpiamente y con muestras de grande regocijo. Dieron en darme de comer cuanto ellos podían, y gustaban de ver que, cuando me daban nueces o avellanas, las partía como mona, dejando las cáscaras y comiendo lo tierno. Tal hubo que, por hacer prueba de mi habilidad, me trujo en un pañuelo gran cantidad de ensalada, la cual comí como si fuera persona. Era tiempo de invierno, cuando campean en Sevilla los molletes y mantequillas, [974] de

---

[974] *molletes y mantequillas*: panecillos tiernos con mantequilla.

quien era tan bien servido, que más de dos *Antonios*[975] se empeñaron o vendieron para que yo almorzase. Finalmente, yo pasaba una vida de estudiante sin hambre y sin sarna, que es lo más que se puede encarecer para decir que era buena; porque si la sarna y la hambre no fuesen tan unas con los estudiantes, en las vidas no habría otra de más gusto y pasatiempo, porque corren parejas en ella la virtud y el gusto, y se pasa la mocedad aprendiendo y holgándose. Desta gloria y desta quietud me vino a quitar una señora que, a mi parecer, llaman por ahí *razón de estado*;[976] que, cuando con ella se cumple, se ha de descumplir con otras razones muchas. Es el caso que a aquellos señores maestros les pareció que la media hora que hay de lición a lición la ocupaban los estudiantes, no en repasar las liciones, sino en holgarse conmigo; y así, ordenaron a mis amos que no me llevasen más al estudio. Obedecieron, volviéronme a casa y a la antigua guarda de la puerta, y, sin acordarse señor el viejo de la merced que me había hecho de que de día y de noche anduviese suelto, volví a entregar el cuello a la cadena y el cuerpo a una esterilla que detrás de la puerta me pusieron. ¡Ay, amigo Cipión, si supieses cuán dura cosa es de sufrir el pasar de un estado felice a un desdichado! Mira: cuando las miserias y desdichas tienen larga la corriente y son continuas, o se acaban presto, con la muerte, o la continuación dellas hace un hábito y costumbre en padecellas, que suele en su mayor rigor servir de alivio; mas, cuando de la suerte desdichada y calamitosa, sin pensarlo y de improviso, se sale a gozar de otra suerte próspera, venturosa y alegre, y de allí a poco se vuelve a padecer la suerte primera y a los primeros trabajos y desdichas, es un dolor tan

---

[975] *Antonios*: dos gramáticas latinas de Elio Antonio de Nebrija. Se trata de la obra *Introductiones latinae* (Salamanca, 1481), numerosas veces reeditada pues se convirtió en libro de texto habitual para la enseñanza del latín hasta bien entrado el siglo XIX.

[976] *razón de estado*: aquí obligación, causa de orden mayor. La expresión se popularizó a fines del siglo XVI con el significado de la política y reglas con que se dirige y gobierna el estado.

riguroso que si no acaba la vida, es por atormentarla más viviendo. Digo, en fin, que volví a mi ración perruna y a los huesos que una negra de casa me arrojaba, y aun éstos me dezmaban dos gatos romanos, [977] que, como sueltos y ligeros, érales fácil quitarme lo que no caía debajo del distrito que alcanzaba mi cadena. Cipión hermano, así el cielo te conceda el bien que deseas, que, sin que te enfades, me dejes ahora filosofar un poco; porque si dejase de decir las cosas que en este instante me han venido a la memoria de aquellas que entonces me ocurrieron, me parece que no sería mi historia cabal ni de fruto alguno.

CIPIÓN: Advierte, Berganza, no sea tentación del demonio esa gana de filosofar que dices te ha venido, porque no tiene la murmuración mejor velo para paliar y encubrir su maldad disoluta que darse a entender el murmurador que todo cuanto dice son sentencias de filósofos, y que el decir mal es reprehensión y el descubrir los defetos ajenos buen celo. Y no hay vida de ningún murmurante que, si la consideras y escudriñas, no la halles llena de vicios y de insolencias. Y debajo de saber esto, filosofea ahora cuanto quisieres.

BERGANZA: Seguro puedes estar, Cipión, de que más murmure, porque así lo tengo prosupuesto. Es, pues, el caso, que como me estaba todo el día ocioso y la ociosidad sea madre de los pensamientos, di en repasar por la memoria algunos latines que me quedaron en ella de muchos que oí cuando fui con mis amos al estudio, con que, a mi parecer, me hallé algo más mejorado de entendimiento, y determiné, como si hablar supiera, aprovecharme dellos en las ocasiones que se me ofreciesen; pero en manera diferente de la que se suelen aprovechar algunos ignorantes. Hay algunos romancistas [978] que en las conversaciones disparan de cuando en cuando con algún latín breve y compendioso, dando a entender a los que no lo entienden que son grandes latinos, y apenas saben declinar un nombre ni conjugar un verbo.

---

[977] *gatos romanos*: gatos de color pardo y negro.
[978] *romancistas*: los que no saben latín.

CIPIÓN: Por menor daño tengo ése que el que hacen los que verdaderamente saben latín, de los cuales hay algunos tan imprudentes que, hablando con un zapatero o con un sastre, arrojan latines como agua.

BERGANZA: Deso podremos inferir que tanto peca el que dice latines delante de quien los ignora, como el que los dice ignorándolos.

CIPIÓN: Pues otra cosa puedes advertir, y es que hay algunos que no les escusa el ser latinos de ser asnos.

BERGANZA: Pues ¿quién lo duda? La razón está clara, pues cuando en tiempo de los romanos hablaban todos latín, como lengua materna suya, algún majadero habría entre ellos, a quien no escusaría el hablar latín dejar de ser necio.

CIPIÓN: Para saber callar en romance y hablar en latín, discreción es menester, hermano Berganza.

BERGANZA: Así es, porque también se puede decir una necedad en latín como en romance, y yo he visto letrados tontos, y gramáticos pesados, y romancistas vareteados [979] con sus listas de latín, que con mucha facilidad pueden enfadar al mundo, no una sino muchas veces.

CIPIÓN: Dejemos esto, y comienza a decir tus filosofías.

BERGANZA: Ya las he dicho: éstas son que acabo de decir.

CIPIÓN: ¿Cuáles?

BERGANZA: Estas de los latines y romances, que yo comencé y tú acabaste.

CIPIÓN: ¿Al murmurar llamas filosofar? ¡Así va ello! Canoniza, canoniza, Berganza, a la maldita plaga de la murmuración, y dale el nombre que quisieres, que ella dará a nosotros el de cínicos, [980] que quiere decir perros murmuradores; y por tu vida que calles ya y sigas tu historia.

BERGANZA: ¿Cómo la tengo de seguir si callo?

---

[979] *vareteados*: aquí ignorantes. Es metáfora a partir de *vareteado* (lo que está tejido a listas de diversos colores).

[980] *cínicos*: en efecto, etimológicamente *cínico* es perruno.

CIPIÓN: Quiero decir que la sigas de golpe, sin que la hagas que parezca pulpo, según la vas añadiendo colas.

BERGANZA: Habla con propiedad, que no se llaman colas las del pulpo.

CIPIÓN: Ése es el error que tuvo el que dijo que no era torpedad ni vicio nombrar las cosas por sus propios nombres, como si no fuese mejor, ya que sea forzoso nombrarlas, decirlas por circunloquios y rodeos que templen la asquerosidad que causa el oírlas por sus mismos nombres. Las honestas palabras dan indicio de la honestidad del que las pronuncia o las escribe.

BERGANZA: Quiero creerte; y digo que, no contenta mi fortuna de haberme quitado de mis estudios y de la vida que en ellos pasaba, tan regocijada y compuesta, y haberme puesto atraillado [981] tras de una puerta, y de haber trocado la liberalidad de los estudiantes en la mezquindad de la negra, ordenó de sobresaltarme en lo que ya por quietud y descanso tenía. Mira, Cipión, ten por cierto y averiguado, como yo lo tengo, que al desdichado las desdichas le buscan y le hallan, aunque se esconda en los últimos rincones de la tierra. Dígolo porque la negra de casa estaba enamorada de un negro, asimismo esclavo de casa, el cual negro dormía en el zaguán, que es entre la puerta de la calle y la de en medio, detrás de la cual yo estaba; y no se podían juntar sino de noche, y para esto habían hurtado o contrahecho las llaves; y así, las más de las noches bajaba la negra, y, tapándome la boca con algún pedazo de carne o queso, abría al negro, con quien se daba buen tiempo, facilitándolo mi silencio, y a costa de muchas cosas que la negra hurtaba. Algunos días me estragaron la conciencia [982] las dádivas de la negra, pareciéndome que sin ellas se me apretarían las ijadas y daría de mastín en galgo. Pero, en efeto, llevado de mi buen natural, quise responder a lo que a mi amo debía, pues tiraba sus gajes y comía su pan, como lo deben hacer no sólo los perros honra-

---

[981] *atraillado*: atado.
[982] *estragaron la conciencia*: me convencieron.

dos, a quien se les da renombre de agradecidos, sino todos aquellos que sirven.

CIPIÓN: Esto sí, Berganza, quiero que pase por filosofía, porque son razones que consisten en buena verdad y en buen entendimiento; y adelante y no hagas soga, por no decir cola, de tu historia.

BERGANZA: Primero te quiero rogar me digas, si es que lo sabes, qué quiere decir *filosofía;* que, aunque yo la nombro, no sé lo que es. Sólo me doy a entender que es cosa buena.

CIPIÓN: Con brevedad te la diré. Este nombre se compone de dos nombres griegos, que son *filos* y *sofía; filos* quiere decir amor, y *sofía,* la ciencia; así que *filosofía* significa 'amor de la ciencia', y *filósofo,* 'amador de la ciencia'.

BERGANZA: Mucho sabes, Cipión. ¿Quién diablos te enseñó a ti nombres griegos?

CIPIÓN: Verdaderamente, Berganza, que eres simple, pues desto haces caso; porque éstas son cosas que las saben los niños de la escuela, y también hay quien presuma saber la lengua griega sin saberla, como la latina ignorándola.

BERGANZA: Eso es lo que yo digo, y quisiera que a estos tales los pusieran en una prensa, y a fuerza de vueltas les sacaran el jugo de lo que saben, porque no anduviesen engañando el mundo con el oropel de sus greguescos rotos [983] y sus latines falsos, como hacen los portugueses con los negros de Guinea.

CIPIÓN: Ahora sí, Berganza, que te puedes morder la lengua, y tarazármela [984] yo, porque todo cuanto decimos es murmurar.

BERGANZA: Sí, que no estoy obligado a hacer lo que he oído decir que hizo uno llamado Corondas, tirio, [985] el cual puso ley

---

[983] *oropel de sus greguescos rotos*: vanidad de sus palabras griegas falsas (*oropel*: hoja de latón fina que imita al oro; *greguescos*: despectivamente, palabras griegas, pero también, calzones anchos con el juego irónico y polisémico que implica).

[984] *tarazármela*: cortármela.

[985] *tirio*: de Tiro, ciudad de Fenicia. Pero Corondas, personaje histórico, era turio, de Thurios, ciudad de la Magna Grecia. Era error bastante común.

que ninguno entrase en el ayuntamiento de su ciudad con armas, so pena de la vida. Descuidóse desto, y otro día entró en el cabildo ceñida la espada; advirtiéronselo y, acordándose de la pena por él puesta, al momento desenvainó su espada y se pasó con ella el pecho, y fue el primero que puso y quebrantó la ley y pagó la pena. Lo que yo dije no fue poner ley, sino prometer que me mordería la lengua cuando murmurase; pero ahora no van las cosas por el tenor y rigor de las antiguas: hoy se hace una ley y mañana se rompe, y quizá conviene que así sea. Ahora promete uno de enmendarse de sus vicios, y de allí a un momento cae en otros mayores. Una cosa es alabar la disciplina y otra el darse con ella, y, en efeto, del dicho al hecho hay gran trecho. Muérdase el diablo, que yo no quiero morderme ni hacer finezas detrás de una estera, donde de nadie soy visto que pueda alabar mi honrosa determinación.

CIPIÓN: Según eso, Berganza, si tú fueras persona, fueras hipócrita, y todas las obras que hicieras fueran aparentes, fingidas y falsas, cubiertas con la capa de la virtud, sólo porque te alabaran, como todos los hipócritas hacen.

BERGANZA: No sé lo que entonces hiciera; esto sé que quiero hacer ahora: que es no morderme, quedándome tantas cosas por decir que no sé cómo ni cuándo podré acabarlas; y más, estando temeroso que al salir del sol nos hemos de quedar a escuras, faltándonos la habla.

CIPIÓN: Mejor lo hará el cielo. Sigue tu historia y no te desvíes del camino carretero con impertinentes digresiones; y así, por larga que sea, la acabarás presto.

BERGANZA: Digo, pues, que, habiendo visto la insolencia, ladronicio y deshonestidad de los negros, determiné, como buen criado, estorbarlo, por los mejores medios que pudiese; y pude tan bien, que salí con mi intento. Bajaba la negra, como has oído, a refocilarse con el negro, fiada en que me enmudecían los pedazos de carne, pan o queso que me arrojaba. ¡Mucho pueden las dádivas, Cipión!

CIPIÓN: Mucho. No te diviertas,[986] pasa adelante.

BERGANZA: Acuérdome que cuando estudiaba oí decir al precetor un refrán latino, que ellos llaman adagio, que decía: *Habet bovem in lingua.*

CIPIÓN: ¡Oh, que en hora mala hayáis encajado vuestro latín! ¿Tan presto se te ha olvidado lo que poco ha dijimos contra los que entremeten latines en las conversaciones de romance?

BERGANZA: Este latín viene aquí de molde; que has de saber que los atenienses usaban, entre otras, de una moneda sellada con la figura de un buey, y cuando algún juez dejaba de decir o hacer lo que era razón y justicia, por estar cohechado, decían: "Este tiene el buey en la lengua".

CIPIÓN: La aplicación falta.

BERGANZA: ¿No está bien clara, si las dádivas de la negra me tuvieron muchos días mudo, que ni quería ni osaba ladrarla cuando bajaba a verse con su negro enamorado? Por lo que vuelvo a decir que pueden mucho las dádivas.

CIPIÓN: Ya te he respondido que pueden mucho, y si no fuera por no hacer ahora una larga digresión, con mil ejemplos probara lo mucho que las dádivas pueden; mas quizá lo diré, si el cielo me concede tiempo, lugar y habla para contarte mi vida.

BERGANZA: Dios te dé lo que deseas, y escucha. Finalmente, mi buena intención rompió por las malas dádivas de la negra; a la cual, bajando una noche muy escura a su acostumbrado pasatiempo, arremetí sin ladrar, porque no se alborotasen los de casa, y en un instante le hice pedazos toda la camisa y le arranqué un pedazo de muslo: burla que fue bastante a tenerla de veras más de ocho días en la cama, fingiendo para con sus amos no sé qué enfermedad. Sanó, volvió otra noche, y yo volví a la pelea con mi perra, y, sin morderla, la arañé todo el cuerpo como si la hubiera cardado como manta. Nuestras batallas eran a la sorda, de las cuales salía siempre vencedor, y la negra, mal-

----

[986] *diviertas:* desvíes.

parada y peor contenta. Pero sus enojos se parecían bien en mi pelo y en mi salud: alzóseme con la ración y los huesos, y los míos poco a poco iban señalando los nudos del espinazo. Con todo esto, aunque me quitaron el comer, no me pudieron quitar el ladrar. Pero la negra, por acabarme de una vez, me trujo una esponja frita con manteca; conocí la maldad; vi que era peor que comer zarazas, [987] porque a quien la come se le hincha el estómago y no sale dél sin llevarse tras sí la vida. Y, pareciéndome ser imposible guardarme de las asechanzas de tan indignados enemigos, acordé de poner tierra en medio, quitándomeles delante de los ojos. Halléme un día suelto, y sin decir adiós a ninguno de casa, me puse en la calle, y a menos de cien pasos me deparó la suerte al alguacil que dije al principio de mi historia, que era grande amigo de mi amo Nicolás el Romo; el cual, apenas me hubo visto, cuando me conoció y me llamó por mi nombre; también le conocí yo y, al llamarme, me llegué a él con mis acostumbradas ceremonias y caricias. Asióme del cuello y dijo a dos corchetes suyos: "Éste es famoso perro de ayuda, que fue de un grande amigo mío; llevémosle a casa". Holgáronse los corchetes, y dijeron que si era de ayuda a todos sería de provecho. Quisieron asirme para llevarme, y mi amo dijo que no era menester asirme, que yo me iría, porque le conocía. Háseme olvidado decirte que las carlancas con puntas de acero que saqué cuando me desgarré y ausenté del ganado me las quitó un gitano en una venta, y ya en Sevilla andaba sin ellas; pero el alguacil me puso un collar tachonado todo de latón morisco. Considera, Cipión, ahora esta rueda variable de la fortuna mía: ayer me vi estudiante y hoy me ves corchete.

CIPIÓN: Así va el mundo, y no hay para qué te pongas ahora a esagerar los vaivenes de fortuna, como si hubiera mucha diferencia de ser mozo de un jifero a serlo de un corchete. No puedo sufrir ni llevar en paciencia oír las quejas que dan de la

---

[987] *zarazas*: masa elaborada en la que se mezcla vidrio, veneno, etc. para matar ratones, gatos u otros animales.

fortuna algunos hombres que la mayor que tuvieron fue tener premisas y esperanzas de llegar a ser escuderos. ¡Con qué maldiciones la maldicen! ¡Con cuántos improperios la deshonran! Y no por más de que porque piense el que los oye que de alta, próspera y buena ventura han venido a la desdichada y baja en que los miran.

BERGANZA: Tienes razón. Y has de saber que este alguacil tenía amistad con un escribano, con quien se acompañaba; estaban los dos amancebados con dos mujercillas, no de poco más a menos, sino de menos en todo; verdad es que tenían algo de buenas caras, pero mucho de desenfado y de taimería putesca. Éstas les servían de red y de anzuelo para pescar en seco, en esta forma: vestíanse de suerte que por la pinta descubrían la figura, y a tiro de arcabuz mostraban ser damas de la vida libre; andaban siempre a caza de estranjeros, y, cuando llegaba la vendeja[988] a Cádiz y a Sevilla, llegaba la huella de su ganancia, no quedando bretón[989] con quien no embistiesen; y, en cayendo el grasiento con alguna destas limpias,[990] avisaban al alguacil y al escribano adónde y a qué posada iban, y, en estando juntos, les daban asalto y los prendían por amancebados; pero nunca los llevaban a la cárcel, a causa que los estranjeros siempre redimían la vejación con dineros.

»Sucedió, pues, que la Colindres, que así se llamaba la amiga del alguacil, pescó un bretón unto y bisunto;[991] concertó con él cena y noche en su posada; dio el cañuto[992] a su amigo; y, apenas se habían desnudado, cuando el alguacil, el escribano, dos corchetes y yo dimos con ellos. Alborotáronse los amantes; esageró el alguacil el delito; mandólos vestir a toda priesa para llevarlos a la cárcel; afligióse el bretón; terció, movido de caridad, el escribano, y a puros ruegos redujo la pena a

---

[988] *vendeja*: feria otoñal andaluza.

[989] *bretón*: francés y, por extensión, extranjero.

[990] *limpias*: prostitutas.

[991] *unto y bisunto*: grasiento y dos veces grasiento.

[992] *cañuto*: soplo.

solos cien reales. Pidió el bretón unos follados de camuza[993] que había puesto en una silla a los pies de la cama, donde tenía dineros para pagar su libertad, y no parecieron los follados, ni podían parecer; porque, así como yo entré en el aposento, llegó a mis narices un olor de tocino que me consoló todo; descubríle con el olfato, y halléle en una faldriquera[994] de los follados. Digo que hallé en ella un pedazo de jamón famoso, y, por gozarle y poderle sacar sin rumor, saqué los follados a la calle, y allí me entregué en el jamón a toda mi voluntad, y cuando volví al aposento hallé que el bretón daba voces diciendo en lenguaje adúltero y bastardo, aunque se entendía, que le volviesen sus calzas, que en ellas tenía cincuenta *escuti d'oro in oro*. Imaginó el escribano o que la Colindres o los corchetes se los habían robado; el alguacil pensó lo mismo; llamólos aparte, no confesó ninguno, y diéronse al diablo todos. Viendo yo lo que pasaba, volví a la calle donde había dejado los follados, para volverlos, pues a mí no me aprovechaba nada el dinero; no los hallé, porque ya algún venturoso que pasó se los había llevado. Como el alguacil vio que el bretón no tenía dinero para el cohecho, se desesperaba, y pensó sacar de la huéspeda de casa lo que el bretón no tenía; llamóla, y vino medio desnuda, y como oyó las voces y quejas del bretón, y a la Colindres desnuda y llorando, al alguacil en cólera y al escribano enojado y a los corchetes despabilando[995] lo que hallaban en el aposento, no le plugo mucho. Mandó el alguacil que se cubriese y se viniese con él a la cárcel, porque consentía en su casa hombres y mujeres de mal vivir. ¡Aquí fue ello![996] Aquí sí que fue cuando se aumentaron las voces y creció la confusión; porque dijo la huéspeda: "Señor alguacil y señor escribano, no conmigo tretas, que entrevo toda

---

[993] *follados de camuza*: calzones huecos y arrugados de piel de cabra salvaje.

[994] *faldriquera*: bolsa pegada a los calzones.

[995] *despabilando*: robando.

[996] *¡Aquí fue ello!*: se armó una buena.

costura; [997] no conmigo dijes ni poleos: [998] callen la boca y váyanse con Dios; si no, por mi santiguada [999] que arroje el bodegón por la ventana [1000] y que saque a plaza toda la chirinola [1001] desta historia; que bien conozco a la señora Colindres y sé que ha muchos meses que es su cobertor el señor alguacil; y no hagan que me aclare más, sino vuélvase el dinero a este señor, y quedemos todos por buenos; porque yo soy mujer honrada y tengo un marido con su carta de ejecutoria, [1002] y con *a perpenan rei de memoria*, [1003] con sus colgaderos de plomo, [1004] Dios sea loado, y hago este oficio muy limpiamente y sin daño de barras. [1005] El arancel [1006] tengo clavado donde todo el mundo le vea; y no conmigo cuentos, que, por Dios, que sé despolvorearme. [1007] ¡Bonita soy yo para que por mi orden entren mujeres con los huéspedes! Ellos tienen las llaves de sus aposentos, y yo no soy quince, [1008] que tengo de ver tras siete paredes".

»Pasmados quedaron mis amos de haber oído la arenga de la huéspeda y de ver cómo les leía la historia de sus vidas; pero, como vieron que no tenían de quién sacar dinero si della no, porfiaban en llevarla a la cárcel. Quejábase ella al cielo de la sinrazón y justicia que la hacían, estando su marido ausente y

---

[997] *entrevo toda costura*: entiendo toda la trampa.

[998] *poleos*: jactancias.

[999] *por mi santiguada*: juramento habitual en la época cuando alguien se compromete a algo (*por mi cara santiguada*, como "por mi vida").

[1000] *arroje el bodegón por la ventana*: arme un alboroto.

[1001] *chirinola*: el conjunto de ladrones; pero también, la verdad de lo que sucede.

[1002] *carta de ejecutoria*: certificado de nobleza.

[1003] *a perpenan rei de memoria*: prevaricación lingüística de la expresión latina *ad perpetuam rei memoriam* ("para memoria perpetua del hecho") que se incluía en las cartas de ejecutoria.

[1004] *colgaderos de plomo*: sellos de plomo colgantes de la carta ejecutoria.

[1005] *sin daño de barras*: sin perjudicar a nadie.

[1006] *arancel*: tabla en la que se colocaban los precios oficiales de lo que se vendía al público.

[1007] *despolvorearme*: manejarme, defenderme.

[1008] *quince*: lince (barbarismo).

siendo tan principal hidalgo. El bretón bramaba por sus cincuenta *escuti*. Los corchetes porfiaban que ellos no habían visto los follados, ni Dios permitiese lo tal. El escribano, por lo callado, insistía al alguacil que mirase los vestidos de la Colindres, que le daba sospecha que ella debía de tener los cincuenta *escuti*, por tener de costumbre visitar los escondrijos y faldriqueras de aquellos que con ella se envolvían. Ella decía que el bretón estaba borracho y que debía de mentir en lo del dinero. En efecto, todo era confusión, gritos y juramentos, sin llevar modo de apaciguarse, ni se apaciguaran si al instante no entrara en el aposento el teniente de asistente, [1009] que, viniendo a visitar aquella posada, las voces le llevaron adonde era la grita. Preguntó la causa de aquellas voces; la huéspeda se la dio muy por menudo: dijo quién era la ninfa Colindres, que ya estaba vestida; publicó la pública amistad suya y del alguacil; echó en la calle sus tretas y modo de robar; disculpóse a sí misma de que con su consentimiento jamás había entrado en su casa mujer de mala sospecha; canonizóse por santa y a su marido por un bendito, y dio voces a una moza que fuese corriendo y trujese de un cofre la carta ejecutoria de su marido, para que la viese el señor tiniente, diciéndole que por ella echaría de ver que mujer de tan honrado marido no podía hacer cosa mala; y que si tenía aquel oficio de casa de camas, era a no poder más: que Dios sabía lo que le pesaba, y si quisiera ella tener alguna renta y pan cuotidiano para pasar la vida, que tener aquel ejercicio. El teniente, enfadado de su mucho hablar y presumir de ejecutoria, le dijo: "Hermana camera, yo quiero creer que vuestro marido tiene carta de hidalguía con que vos me conféséis que es hidalgo mesonero". "Y con mucha honra —respondió la huéspeda—. Y ¿qué linaje hay en el mundo, por bueno que sea, que no tenga algún dime y direte?" "Lo que yo os digo, hermana, es que os cubráis, que habéis de venir a la cárcel". La cual nueva dio con ella en el suelo; arañóse el rostro; alzó el grito; pero, con

---

[1009] *teniente de asistente*: en Sevilla, el auxiliar del corregidor.

todo eso, el teniente, demasiadamente severo, los llevó a todos a la cárcel; conviene a saber: al bretón, a la Colindres y a la huéspeda. Después supe que el bretón perdió sus cincuenta *escuti*, y más diez, en que le condenaron en las costas; [1010] la huéspeda pagó otro tanto, y la Colindres salió libre por la puerta afuera. Y el mismo día que la soltaron pescó a un mariñero, que pagó por el bretón, con el mismo embuste del soplo; porque veas, Cipión, cuántos y cuán grandes inconvenientes nacieron de mi golosina.

CIPIÓN: Mejor dijeras de la bellaquería de tu amo.

BERGANZA: Pues escucha, que aún más adelante tiraban la barra, puesto que me pesa de decir mal de alguaciles y de escribanos.

CIPIÓN: Sí, que decir mal de uno no es decirlo de todos; sí, que muchos y muy muchos escribanos hay buenos, fieles y legales, y amigos de hacer placer sin daño de tercero; sí, que no todos entretienen los pleitos, ni avisan a las partes, ni todos llevan más de sus derechos, ni todos van buscando e inquiriendo las vidas ajenas para ponerlas en tela de juicio, ni todos se aúnan con el juez para "háceme la barba y hacerte he el copete", ni todos los alguaciles se conciertan con los vagamundos y fulleros, [1011] ni tienen todos las amigas de tu amo para sus embustes. Muchos y muy muchos hay hidalgos por naturaleza y de hidalgas condiciones; muchos no son arrojados, insolentes, ni mal criados, ni rateros, como los que andan por los mesones midiendo las espadas a los estranjeros, y, hallándolas un pelo más de la marca, [1012] destruyen a sus dueños. Sí, que no todos como prenden sueltan, y son jueces y abogados cuando quieren.

BERGANZA: Más alto picaba mi amo; otro camino era el suyo; presumía de valiente y de hacer prisiones famosas; sustentaba la

---

[1010] *costas*: gastos judiciales.

[1011] *fulleros*: tramposos.

[1012] *un pelo más de la marca*: un poco más larga de lo permitido.

438

valentía sin peligro de su persona, pero a costa de su bolsa. Un día acometió en la puerta de Jerez [1013] él solo a seis famosos rufianes, sin que yo le pudiese ayudar en nada, porque llevaba con un freno de cordel [1014] impedida la boca, que así me traía de día, y de noche me le quitaba. Quedé maravillado de ver su atrevimiento, su brío y su denuedo; así se entraba y salía por las seis espadas de los rufos como si fueran varas de mimbre; era cosa maravillosa ver la ligereza con que acometía, las estocadas que tiraba, los reparos, la cuenta, el ojo alerta porque no le tomasen las espaldas. Finalmente, él quedó en mi opinión y en la de todos cuantos la pendencia miraron y supieron por un nuevo Rodamonte, [1015] habiendo llevado a sus enemigos desde la puerta de Jerez hasta los mármoles del colegio de Mase Rodrigo, [1016] que hay más de cien pasos. Dejólos encerrados, y volvió a coger los trofeos de la batalla, que fueron tres vainas, y luego se las fue a mostrar al asistente, que, si mal no me acuerdo, lo era entonces el licenciado Sarmiento de Valladares, famoso por la destruición de la Sauceda. [1017] Miraban a mi amo por las calles do pasaba, señalándole con el dedo, como si dijeran: "Aquél es el valiente que se atrevió a reñir solo con la flor de los bravos de la Andalucía". En dar vueltas a la ciudad, para dejarse ver, se pasó lo que quedaba del día, y la noche nos halló en Triana, en una calle junto al molino de la pólvora; y, habiendo

---

[1013] *puerta de Jerez*: junto a la torre del Oro, en la salida de Sevilla hacia Jerez.

[1014] *freno de cordel*: freno de hierro en la boca.

[1015] *Rodamonte*: personaje orgulloso y de gran fuerza en el *Orlando enamorado* de Mateo Boiardo y en el *Orlando furioso* de Ariosto.

[1016] *colegio de Mase Rodrigo*: nombre con el que se conocía en la época de Cervantes a la Universidad de Sevilla, por haber sido fundada por maese Rodrigo Fernández de Santaella (1444-1509).

[1017] *licenciado Sarmiento de Valladares... Sauceda*: Juan Sarmiento de Valladares fue Oidor de la Real Chancillería de Granada y, después, Asistente de Sevilla entre 1589 y 1590. La Sauceda es una zona de la serranía de Ronda (hoy en Cortes de la Frontera) que durante la segunda mitad del siglo XVI se convirtió en refugio de delincuentes. La *destruición* de la Sauceda es una ironía, pues se refiere al perdón real de los malhechores que allí se refugiaban.

mi amo avizorado [1018] (como en la jácara se dice) si alguien le veía, se entró en una casa, y yo tras él, y hallamos en un patio a todos los jayanes [1019] de la pendencia, sin capas ni espadas, y todos desabrochados; y uno, que debía de ser el huésped, tenía un gran jarro de vino en la una mano y en la otra una copa grande de taberna, la cual, colmándola de vino generoso y espumante, brindaba a toda la compañía. Apenas hubieron visto a mi amo, cuando todos se fueron a él con los brazos abiertos, y todos le brindaron, y él hizo la razón a todos, y aun la hiciera a otros tantos si le fuera algo en ello, por ser de condición afable y amigo de no enfadar a nadie por pocas cosas. Quererte yo contar ahora lo que allí se trató, la cena que cenaron, las peleas que se contaron, los hurtos que se refirieron, las damas que de su trato se calificaron y las que se reprobaron, las alabanzas que los unos a los otros se dieron, los bravos ausentes que se nombraron, la destreza que allí se puso en su punto, levantándose en mitad de la cena a poner en prática las tretas que se les ofrecían, esgrimiendo con las manos, los vocablos tan exquisitos de que usaban; y, finalmente, el talle de la persona del huésped, a quien todos respetaban como a señor y padre, sería meterme en un laberinto donde no me fuese posible salir cuando quisiese. Finalmente, vine a entender con toda certeza que el dueño de la casa, a quien llamaban Monipodio, era encubridor de ladrones y pala [1020] de rufianes, y que la gran pendencia de mi amo había sido primero concertada con ellos, con las circunstancias del retirarse y de dejar las vainas, las cuales pagó mi amo allí, luego, de contado, con todo cuanto Monipodio dijo que había costado la cena, que se concluyó casi al amanecer, con mucho gusto de todos. Y fue su postre dar soplo a mi amo de un rufián forastero que, nuevo y flamante, había llegado a la ciudad; debía de ser más valiente que ellos, y de

---

[1018] *avizorado*: en lenguaje de germanía *jácara*, observado con atención.
[1019] *jayanes*: rufianes.
[1020] *pala*: jefe.

envidia le soplaron. Prendióle mi amo la siguiente noche, desnudo en la cama: que si vestido estuviera, yo vi en su talle que no se dejara prender tan a mansalva. Con esta prisión que sobrevino sobre la pendencia, creció la fama de mi cobarde, que lo era mi amo más que una liebre, y a fuerza de meriendas y tragos sustentaba la fama de ser valiente, y todo cuanto con su oficio y con sus inteligencias granjeaba se le iba y desaguaba por la canal de la valentía. Pero ten paciencia, y escucha ahora un cuento que le sucedió, sin añadir ni quitar de la verdad una tilde.

»Dos ladrones hurtaron en Antequera un caballo muy bueno; trujéronle a Sevilla, y para venderle sin peligro usaron de un ardid que, a mi parecer, tiene del agudo y del discreto. Fuéronse a posar a posadas diferentes, y el uno se fue a la justicia y pidió por una petición que Pedro de Losada le debía cuatrocientos reales prestados, como parecía por una cédula firmada de su nombre, de la cual hacía presentación. Mandó el tiniente que el tal Losada reconociese la cédula, y que si la reconociese, le sacasen prendas de la cantidad [1021] o le pusiesen en la cárcel; tocó hacer esta diligencia a mi amo y al escribano su amigo; llevóles el ladrón a la posada del otro, y al punto reconoció su firma y confesó la deuda, y señaló por prenda de la ejecución el caballo, el cual visto por mi amo, le creció el ojo; y le marcó por suyo si acaso se vendiese. Dio el ladrón por pasados los términos de la ley, y el caballo se puso en venta y se remató en quinientos reales en un tercero que mi amo echó de manga para que se le comprase. Valía el caballo tanto y medio más de lo que dieron por él. Pero, como el bien del vendedor estaba en la brevedad de la venta, a la primer postura [1022] remató su mercaduría. Cobró el un ladrón la deuda que no le debían, y el otro la carta de pago que no había menester, y mi amo se quedó con

---

[1021] *le sacasen prendas de la cantidad*: le hiciesen pagar con prendas lo que debía.

[1022] *postura*: oferta.

el caballo, que para él fue peor que el Seyano[1023] lo fue para sus dueños. Mondaron luego la haza[1024] los ladrones, y, de allí a dos días, después de haber trastejado[1025] mi amo las guarniciones y otras faltas del caballo, pareció sobre él en la plaza de San Francisco, más hueco y pomposo que aldeano vestido de fiesta. Diéronle mil parabienes de la buena compra, afirmándole que valía ciento y cincuenta ducados como un huevo un maravedí; y él, volteando y revolviendo el caballo, representaba su tragedia en el teatro de la referida plaza. Y estando en sus caracoles y rodeos, llegaron dos hombres de buen talle y de mejor ropaje, y el uno dijo: "¡Vive Dios, que éste es Piedehierro, mi caballo, que ha pocos días que me le hurtaron en Antequera!". Todos los que venían con él, que eran cuatro criados, dijeron que así era la verdad: que aquél era Piedehierro, el caballo que le habían hurtado. Pasmóse mi amo, querellóse el dueño, hubo pruebas, y fueron las que hizo el dueño tan buenas, que salió la sentencia en su favor y mi amo fue desposeído del caballo. Súpose la burla y la industria de los ladrones, que por manos e intervención de la misma justicia vendieron lo que habían hurtado, y casi todos se holgaban de que la codicia de mi amo le hubiese rompido el saco.

»Y no paró en esto su desgracia; que aquella noche, saliendo a rondar el mismo asistente, por haberle dado noticia que hacia los barrios de San Julián[1026] andaban ladrones, al pasar de una encrucijada vieron pasar un hombre corriendo, y dijo a este punto el asistente, asiéndome por el collar y zuzándome: "¡Al ladrón, Gavilán! ¡Ea, Gavilán, hijo, al ladrón, al ladrón!" Yo, a quien ya tenían cansado las maldades de mi amo, por cumplir

---

[1023] *Seyano*: caballo de Cneo Seyo que traía mala suerte a todos sus propietarios.

[1024] *Mondaron luego la haza*: huyeron. La *haza* es el terreno en el que se ha segado el trigo.

[1025] *trastejado*: revisado

[1026] *barrios de San Julián*: por el nombre de la parroquia, no lejos de la Macarena.

lo que el señor asistente me mandaba sin discrepar en nada, arremetí con mi propio amo, y sin que pudiese valerse, di con él en el suelo; y si no me le quitaran, yo hiciera a más de a cuatro vengados; quitáronme con mucha pesadumbre de entrambos. Quisieran los corchetes castigarme, y aun matarme a palos, y lo hicieran si el asistente no les dijera: "No le toque nadie, que el perro hizo lo que yo le mandé". Entendióse la malicia, y yo, sin despedirme de nadie, por un agujero de la muralla salí al campo, y antes que amaneciese me puse en Mairena, [1027] que es un lugar que está cuatro leguas de Sevilla. Quiso mi buena suerte que hallé allí una compañía de soldados que, según oí decir, se iban a embarcar a Cartagena. Estaban en ella cuatro rufianes de los amigos de mi amo, y el atambor [1028] era uno que había sido corchete y gran chocarrero, [1029] como lo suelen ser los más atambores. Conociéronme todos y todos me hablaron; y así, me preguntaban por mi amo como si les hubiera de responder; pero el que más afición me mostró fue el atambor, y así, determiné de acomodarme con él, si él quisiese, y seguir aquella jornada, aunque me llevase a Italia o a Flandes; porque me parece a mí, y aun a ti te debe parecer lo mismo, que, puesto que dice el refrán "quien necio es en su villa, necio es en Castilla", el andar tierras y comunicar con diversas gentes hace a los hombres discretos.

CIPIÓN: Es eso tan verdad, que me acuerdo haber oído decir a un amo que tuve de bonísimo ingenio que al famoso griego llamado Ulises le dieron renombre de prudente por sólo haber andado muchas tierras y comunicado con diversas gentes y varias naciones; y así, alabo la intención que tuviste de irte donde te llevasen.

BERGANZA: Es, pues, el caso que el atambor, por tener con qué mostrar más sus chacorrerías, comenzó a enseñarme a bailar al

---

[1027] *Mairena*: Mairena del Alcor, al este de Sevilla.

[1028] *atambor*: el que lleva el tambor en una agrupación militar.

[1029] *chocarrero*: gracioso, pero también tramposo, fullero.

son del atambor y a hacer otras monerías, tan ajenas de poder aprenderlas otro perro que no fuera yo como las oirás cuando te las diga. Por acabarse el distrito de la comisión, se marchaba poco a poco. No había comisario que nos limitase; el capitán era mozo, pero muy buen caballero y gran cristiano; el alférez no hacía muchos meses que había dejado la corte y el tinelo; [1030] el sargento era matrero [1031] y sagaz y grande arriero de compañías, [1032] desde donde se levantan [1033] hasta el embarcadero. Iba la compañía llena de rufianes churrulleros, [1034] los cuales hacían algunas insolencias por los lugares do pasábamos, que redundaban en maldecir a quien no lo merecía. Infelicidad es del buen príncipe ser culpado de sus súbditos por la culpa de sus súbditos, a causa que los unos son verdugos de los otros, sin culpa del señor; pues, aunque quiera y lo procure no puede remediar estos daños, porque todas o las más cosas de la guerra traen consigo aspereza, riguridad y desconveniencia. En fin, en menos de quince días, con mi buen ingenio y con la diligencia que puso el que había escogido por patrón, supe saltar por el Rey de Francia y a no saltar por la mala tabernera. Enseñóme a hacer corvetas [1035] como caballo napolitano y a andar a la redonda como mula de atahona, [1036] con otras cosas que, si yo no tuviera cuenta en no adelantarme a mostrarlas, pusiera en duda si era algún demonio en figura de perro el que las hacía. Púsome nombre del *perro sabio*, y no habíamos llegado al alojamiento cuando, tocando su atambor, andaba por todo el lugar pregonando que todas las personas que quisiesen venir a ver las

---

[1030] *tinelo*: servidumbre.

[1031] *matrero*: experimentado.

[1032] *grande arriero de compañías*: gran conductor de compañías.

[1033] *se levantan*: se reclutan.

[1034] *churrulleros*: soldados de vida pícara, acaso también desertores.

[1035] *hacer corvetas*: andar sobre las patas traseras al tiempo que se levantas las delanteras.

[1036] *andar a la redonda como mula de atahona*: andar haciendo circunferencias como mula de molino de pan.

maravillosas gracias y habilidades del perro sabio en tal casa o en tal hospital las mostraban, a ocho o a cuatro maravedís, según era el pueblo grande o chico. Con estos encarecimientos no quedaba persona en todo el lugar que no me fuese a ver, y ninguno había que no saliese admirado y contento de haberme visto. Triunfaba mi amo con la mucha ganancia, y sustentaba seis camaradas como unos reyes. La codicia y la envidia despertó en los rufianes voluntad de hurtarme, y andaban buscando ocasión para ello: que esto del ganar de comer holgando tiene muchos aficionados y golosos; por esto hay tantos titereros en España, tantos que muestran retablos, [1037] tantos que venden alfileres y coplas, que todo su caudal, aunque le vendiesen todo, no llega a poderse sustentar un día; y con esto los unos y los otros no salen de los bodegones y tabernas en todo el año; por do me doy a entender que de otra parte que de la de sus oficios sale la corriente de sus borracheras. Toda esta gente es vagamunda, inútil y sin provecho; esponjas del vino y gorgojos [1038] del pan.

CIPIÓN: No más, Berganza; no volvamos a lo pasado: sigue, que se va la noche, y no querría que al salir del sol quedásemos a la sombra del silencio.

BERGANZA: Tenle y escucha. Como sea cosa fácil añadir a lo ya inventado, viendo mi amo cuán bien sabía imitar el corcel napolitano, hízome unas cubiertas de guadamací[1039] y una silla pequeña, que me acomodó en las espaldas, y sobre ella puso una figura liviana de un hombre con una lancilla de correr sortija, y enseñóme a correr derechamente a una sortija [1040] que entre dos palos ponía; y el día que había de correrla pregonaba que aquel día corría sortija el perro sabio y hacía otras nue-

---

[1037] *retablos*: teatrillos.

[1038] *gorgojos*: insectos coleópteros que se alojan en las semillas de los cereales y legumbres.

[1039] *guadamací*: cuero adornado con dibujos.

[1040] *correr... sortija*: juego consistente en introducir la lanza por una argolla que pendía de una cinta.

vas y nunca vistas galanterías, las cuales de mi santiscario, [1041] como dicen, las hacía por no sacar mentiroso a mi amo. Llegamos, pues, por nuestras jornadas contadas a Montilla, villa del famoso y gran cristiano marqués de Priego, [1042] señor de la casa de Aguilar y de Montilla. Alojaron a mi amo, porque él lo procuró, en un hospital; echó luego el ordinario bando, y, como ya la fama se había adelantado a llevar las nuevas de las habilidades y gracias del perro sabio, en menos de una hora se llenó el patio de gente. Alegróse mi amo viendo que la cosecha iba de guilla, [1043] y mostróse aquel día chacorrero en demasía. Lo primero en que comenzaba la fiesta era en los saltos que yo daba por un aro de cedazo, que parecía de cuba: conjurábame por las ordinarias preguntas, y cuando él bajaba una varilla de membrillo que en la mano tenía, era señal del salto; y cuando la tenía alta, de que me estuviese quedo. El primer conjuro deste día, memorable entre todos los de mi vida, fue decirme: "Ea, Gavilán amigo, salta por aquel viejo verde que tú conoces que se escabecha las barbas; y si no quieres, salta por la pompa y el aparato de doña Pimpinela de Plafagonia, que fue compañera de la moza gallega que servía en Valdeastillas. [1044] ¿No te cuadra el conjuro, hijo Gavilán? Pues salta por el bachiller Pasillas, que se firma licenciado sin tener grado alguno. ¡Oh, perezoso estás! ¿Por qué no saltas? Pero ya entiendo y alcanzo tus marrullerías: ahora salta por el licor de Esquivias, famoso al par del de Ciudad Real, San Martín y Ribadavia". Bajó la varilla y salté yo, y noté sus malicias y malas entrañas. Volvióse luego al pueblo y en voz alta dijo: "No piense vuesa merced, senado valeroso, que es cosa de burla lo que este perro sabe: veinte y cuatro piezas le tengo enseñadas que por la menor

---

[1041] *santiscario*: capricho, intención.

[1042] *marqués de Priego*: probablemente don Pedro Fernández de Córdoba y Figueroa (1563-1606), cuarto marqués de Priego.

[1043] *iba de guilla*: iba muy bien, en el sentido de que iba a ser muy productiva.

[1044] *Valdeastillas*: población de Valladolid, en el camino hacia Madrid.

dellas volaría un gavilán;[1045] quiero decir que por ver la menor se pueden caminar treinta leguas. Sabe bailar la zarabanda y chacona [1046] mejor que su inventora misma; bébese una azumbre [1047] de vino sin dejar gota; entona un sol fa mi re tan bien como un sacristán; todas estas cosas, y otras muchas que me quedan por decir, las irán viendo vuesas mercedes en los días que estuviere aquí la compañía; y por ahora dé otro salto nuestro sabio, y luego entraremos en lo grueso". Con esto suspendió el auditorio, que había llamado senado, y les encendió el deseo de no dejar de ver todo lo que yo sabía. Volvióse a mí mi amo y dijo: "Volved, hijo Gavilán, y con gentil agilidad y destreza deshaced los saltos que habéis hecho; pero ha de ser a devoción de la famosa hechicera que dicen que hubo en este lugar". Apenas hubo dicho esto, cuando alzó la voz la hospitalera, que era una vieja, al parecer, de más de sesenta años, diciendo: "¡Bellaco, charlatán, embaidor [1048] y hijo de puta, aquí no hay hechicera alguna! Si lo decís por la Camacha, ya ella pagó su pecado, y está donde Dios se sabe; si lo decís por mí, chacorrero, ni yo soy ni he sido hechicera en mi vida; y si he tenido fama de haberlo sido, era merced a los testigos falsos, y a la ley del encaje, [1049] y al juez arrojadizo [1050] y mal informado; ya sabe todo el mundo la vida que hago en penitencia, no de los hechizos que no hice, sino de otros muchos pecados: otros que como pecadora he cometido. Así que, socarrón tamborilero, salid del hospital: si no, por vida de mi santiguada que os haga salir más que de paso". Y con esto, comenzó a dar tantos gritos y a decir tantas y tan atropelladas injurias a mi amo, que le puso en confusión y sobresalto; finalmente, no dejó que pasase adelante la fiesta en ningún modo. No le pesó

[1045] *gavilán*: ave rapaz.

[1046] *zarabanda y chacona*: bailes típicos de la época.

[1047] *azumbre*: medida de capacidad empleada para los líquidos.

[1068] *embaidor*: mentiroso.

[1049] *ley del encaje*: resolución injusta y arbitraria.

[1050] *arrojadizo*: desconsiderado.

a mi amo del alboroto, porque se quedó con los dineros y aplazó para otro día y en otro hospital lo que en aquél había faltado. Fuese la gente maldiciendo a la vieja, añadiendo al nombre de hechicera el de bruja, y el de barbuda sobre vieja. Con todo esto, nos quedamos en el hospital aquella noche; y, encontrándome la vieja en el corral solo, me dijo: "¿Eres tú, hijo Montiel? ¿Eres tú, por ventura, hijo?". Alcé la cabeza y miréla muy de espacio; lo cual visto por ella, con lágrimas en los ojos se vino a mí y me echó los brazos al cuello, y si la dejara me besara en la boca; pero tuve asco y no lo consentí.

CIPIÓN: Bien hiciste, porque no es regalo, sino tormento, el besar ni dejar besarse de una vieja.

BERGANZA: Esto que ahora te quiero contar te lo había de haber dicho al principio de mi cuento, y así escusáramos la admiración que nos causó el vernos con habla. Porque has de saber que la vieja me dijo: "Hijo Montiel, vente tras mí y sabrás mi aposento, y procura que esta noche nos veamos a solas en él, que yo dejaré abierta la puerta; y sabe que tengo muchas cosas que decirte de tu vida y para tu provecho". Bajé yo la cabeza en señal de obedecerla, por lo cual ella se acabó de enterar en que yo era el perro Montiel que buscaba, según después me lo dijo. Quedé atónito y confuso, esperando la noche, por ver en lo que paraba aquel misterio, o prodigio, de haberme hablado la vieja; y, como había oído llamarla de hechicera, esperaba de su vista y habla grandes cosas. Llegóse, en fin, el punto de verme con ella en su aposento, que era escuro, estrecho y bajo, y solamente claro con la débil luz de un candil de barro que en él estaba; atizóle la vieja, y sentóse sobre una arquilla, [1051] y llegóme junto a sí, y, sin hablar palabra, me volvió a abrazar, y yo volví a tener cuenta con que no me besase. Lo primero que me dijo fue: "Bien esperaba yo en el cielo que, antes que estos mis ojos se cerrasen con el último sueño, te había de ver, hijo mío; y, ya que te he visto, venga la muerte y lléveme desta cansada vida.

[1051] *arquilla*: arca pequeña.

Has de saber, hijo, que en esta villa vivió la más famosa hechicera que hubo en el mundo, a quien llamaron la Camacha de Montilla;[1052] fue tan única en su oficio, que las Eritos, las Circes, las Medeas,[1053] de quien he oído decir que están las historias llenas, no la igualaron. Ella congelaba las nubes cuando quería, cubriendo con ellas la faz del sol, y cuando se le antojaba volvía sereno el más turbado cielo; traía los hombres en un instante de lejas tierras, remediaba maravillosamente las doncellas que habían tenido algún descuido en guardar su entereza, cubría a las viudas de modo que con honestidad fuesen deshonestas, descasaba las casadas y casaba las que ella quería. Por diciembre tenía rosas frescas en su jardín y por enero segaba trigo. Esto de hacer nacer berros en una artesa[1054] era lo menos que ella hacía, ni el hacer ver en un espejo, o en la uña de una criatura, los vivos o los muertos que le pedían que mostrase. Tuvo fama que convertía los hombres en animales, y que se había servido de un sacristán seis años, en forma de asno, real y verdaderamente, lo que yo nunca he podido alcanzar cómo se haga, porque lo que se dice de aquellas antiguas magas, que convertían los hombres en bestias, dicen los que más saben que no era otra cosa sino que ellas, con su mucha hermosura y con sus halagos, atraían los hombres de manera a que las quisiesen bien, y los sujetaban de suerte, sirviéndose dellos en todo cuanto querían, que parecían bestias. Pero en ti, hijo mío, la experiencia me muestra lo contrario: que sé que eres persona racional y te veo en semejanza de perro, si ya no es que esto se hace con aquella ciencia que llaman tropelía,[1055] que hace parecer una cosa por otra. Sea lo que fuere, lo que me pesa es que yo ni

---

[1052] *Camacha de Montilla*: probablemente se trata de un personaje histórico; fue ajusticiada por brujería en 1572.

[1053] *Eritos, las Circes, las Medeas*: nombres de brujas de la antigüedad grecolatina. Erito aparece en la *Farsalia* de Lucano; las otras dos se encontrarán en la *Eneida*.

[1054] *artesa*: cajón en el que se amasaba el pan.

[1055] *tropelía*: brujería.

tu madre, que fuimos discípulas de la buena Camacha, nunca llegamos a saber tanto como ella; y no por falta de ingenio, ni de habilidad, ni de ánimo, que antes nos sobraba que faltaba, sino por sobra de su malicia, que nunca quiso enseñarnos las cosas mayores, porque las reservaba para ella.

"Tu madre, hijo, se llamó la Montiela, que después de la Camacha fue famosa; yo me llamo la Cañizares, si ya no tan sabia como las dos, a lo menos de tan buenos deseos como cualquiera dellas. Verdad es que el ánimo que tu madre tenía de hacer y entrar en un cerco y encerrarse en él con una legión de demonios, no le hacía ventaja la misma Camacha. Yo fui siempre algo medrosilla; con conjurar media región me contentaba, pero, con paz sea dicho de entrambas, en esto de conficionar las unturas con que las brujas nos untamos, a ninguna de las dos diera ventaja, ni la daré a cuantas hoy siguen y guardan nuestras reglas. Que has de saber, hijo, que como yo he visto y veo que la vida, que corre sobre las ligeras alas del tiempo, se acaba, he querido dejar todos los vicios de la hechicería, en que estaba engolfada muchos años había, y sólo me he quedado con la curiosidad de ser bruja, que es un vicio dificultosísimo de dejar. Tu madre hizo lo mismo: de muchos vicios se apartó, muchas buenas obras hizo en esta vida, pero al fin murió bruja; y no murió de enfermedad alguna, sino de dolor de que supo que la Camacha, su maestra, de envidia que la tuvo porque se le iba subiendo a las barbas en saber tanto como ella, o por otra pendenzuela de celos, que nunca pude averiguar, estando tu madre preñada y llegándose la hora del parto, fue su comadre[1056] la Camacha, la cual recibió en sus manos lo que tu madre parió, y mostróle que había parido dos perritos; y, así como los vio, dijo: "¡Aquí hay maldad, aquí hay bellaquería!". "Pero, hermana Montiela, tu amiga soy; yo encubriré este parto, y atiende tú a estar sana, y haz cuenta que esta tu desgracia queda sepultada en el mismo silencio; no te dé pena alguna este suceso, que ya

---

[1056] *comadre*: comadrona.

sabes tú que puedo yo saber que si no es con Rodríguez, el ganapán [1057] tu amigo, días ha que no tratas con otro; así que, este perruno parto de otra parte viene y algún misterio contiene". Admiradas quedamos tu madre y yo, que me hallé presente a todo, del estraño suceso. La Camacha se fue y se llevó los cachorros; yo me quedé con tu madre para asistir a su regalo, la cual no podía creer lo que le había sucedido. Llegóse el fin de la Camacha, y, estando en la última hora de su vida, llamó a tu madre y le dijo como ella había convertido a sus hijos en perros por cierto enojo que con ella tuvo; pero que no tuviese pena, que ellos volverían a su ser cuando menos lo pensasen; mas que no podía ser primero que ellos por sus mismos ojos viesen lo siguiente:

Volverán en su forma verdadera
cuando vieren con presta diligencia
derribar los soberbios levantados,
y alzar a los humildes abatidos
con poderosa mano para hacello.

"Esto dijo la Camacha a tu madre al tiempo de su muerte, como ya te he dicho. Tomólo tu madre por escrito y de memoria, y yo lo fijé en la mía para si sucediese tiempo de poderlo decir a alguno de vosotros; y, para poder conoceros, a todos los perros que veo de tu color los llamo con el nombre de tu madre, no por pensar que los perros han de saber el nombre, sino por ver si respondían a ser llamados tan diferentemente como se llaman los otros perros. Y esta tarde, como te vi hacer tantas cosas y que te llaman el *perro sabio*, y también como alzaste la cabeza a mirarme cuando te llamé en el corral, he creído que tú eres hijo de la Montiela, a quien con grandísimo gusto doy noticia de tus sucesos y del modo con que has de cobrar tu forma primera; el cual modo quisiera yo que fuera tan fácil como el que se dice de Apuleyo en *El asno de oro*, que con-

---

[1057] *ganapán*: porteador, recadero.

sistía en sólo comer una rosa. [1058] Pero este tuyo va fundado en acciones ajenas y no en tu diligencia. Lo que has de hacer, hijo, es encomendarte a Dios allá en tu corazón, y espera que éstas, que no quiero llamarlas profecías, sino adivinanzas, han de suceder presto y prósperamente; que, pues la buena de la Camacha las dijo, sucederán sin duda alguna, y tú y tu hermano, si es vivo, os veréis como deseáis.

»De lo que a mí me pesa es que estoy tan cerca de mi acabamiento que no tendré lugar de verlo. Muchas veces he querido preguntar a mi cabrón [1059] qué fin tendrá vuestro suceso, pero no me he atrevido, porque nunca a lo que le preguntamos responde a derechas, sino con razones torcidas y de muchos sentidos. Así que, a este nuestro amo y señor no hay que preguntarle nada, porque con una verdad mezcla mil mentiras; y, a lo que yo he colegido de sus respuestas, él no sabe nada de lo por venir ciertamente, sino por conjeturas. Con todo esto, nos trae tan engañadas a las que somos brujas, que, con hacernos mil burlas, no le podemos dejar. Vamos a verle muy lejos de aquí, a un gran campo, donde nos juntamos infinidad de gente, brujos y brujas, y allí nos da de comer desabridamente, [1060] y pasan otras cosas que en verdad y en Dios y en mi ánima que no me atrevo a contarlas, según son sucias y asquerosas, y no quiero ofender tus castas orejas. Hay opinión que no vamos a estos convites sino con la fantasía, en la cual nos representa el demonio las imágenes de todas aquellas cosas que después contamos que nos han sucedido. Otros dicen que no, sino que verdaderamente vamos en cuerpo y en ánima; y entrambas opiniones tengo para mí que son verdaderas, puesto que nosotras no sabemos cuándo vamos de una o de otra manera, porque todo lo que nos pasa en la fantasía es tan intensamente que no

---

[1058] *rosa*: alusión a *El asno de oro*, de Apuleyo de Madaura, y a una de las aventuras del asno Lucio.

[1059] *cabrón*: el diablo.

[1060] *desabridamente*: desagradablemente, con un sabor que no satisface al paladar.

hay diferenciarlo de cuando vamos real y verdaderamente. Algunas experiencias desto han hecho los señores inquisidores con algunas de nosotras que han tenido presas, y pienso que han hallado ser verdad lo que digo.

»Quisiera yo, hijo, apartarme deste pecado, y para ello he hecho mis diligencias: heme acogido a ser hospitalera; curo a los pobres, y algunos se mueren que me dan a mí la vida con lo que me mandan o con lo que se les queda entre los remiendos, por el cuidado que yo tengo de espulgarlos los vestidos. Rezo poco y en público, murmuro mucho y en secreto. Vame mejor con ser hipócrita que con ser pecadora declarada: las apariencias de mis buenas obras presentes van borrando en la memoria de los que me conocen las malas obras pasadas. En efeto, la santidad fingida no hace daño a ningún tercero, sino al que la usa. Mira, hijo Montiel, este consejo te doy: que seas bueno en todo cuanto pudieres; y si has de ser malo, procura no parecerlo en todo cuanto pudieres. Bruja soy, no te lo niego; bruja y hechicera fue tu madre, que tampoco te lo puedo negar; pero las buenas apariencias de las dos podían acreditarnos en todo el mundo. Tres días antes que muriese habíamos estado las dos en un valle de los Montes Perineos en una gran jira, [1061] y, con todo eso, cuando murió fue con tal sosiego y reposo, que si no fueron algunos visajes [1062] que hizo un cuarto de hora antes que rindiese el alma, no parecía sino que estaba en aquélla cama como en un tálamo [1063] de flores. Llevaba atravesados en el corazón sus dos hijos, y nunca quiso, aun en el artículo de la muerte, perdonar a la Camacha: tal era ella de entera y firme en sus cosas. Yo le cerré los ojos y fui con ella hasta la sepultura; allí la dejé para no verla más, aunque no tengo perdida la esperanza de verla antes que me muera, porque se ha dicho por el lugar que la han visto algunas personas andar por los cimenterios y encru-

---

[1061] *jira* : banquete.
[1062] *visajes*: muecas, gestos.
[1063] *tálamo*: lecho.

cijadas en diferentes figuras, y quizá alguna vez la toparé yo, y le preguntaré si manda que haga alguna cosa en descargo de su conciencia.

»Cada cosa destas que la vieja me decía en alabanza de la que decía ser mi madre era una lanzada que me atravesaba el corazón, y quisiera arremeter a ella y hacerla pedazos entre los dientes; y si lo dejé de hacer fue porque no le tomase la muerte en tan mal estado. Finalmente, me dijo que aquella noche pensaba untarse para ir a uno de sus usados convites, y que cuando allá estuviese pensaba preguntar a su dueño [1064] algo de lo que estaba por sucederme. Quisiérale yo preguntar qué unturas eran aquellas que decía, y parece que me leyó el deseo, pues respondió a mi intención como si se lo hubiera preguntado, pues dijo:

»Este ungüento con que las brujas nos untamos es compuesto de jugos de yerbas en todo estremo fríos, y no es, como dice el vulgo, hecho con la sangre de los niños que ahogamos. Aquí pudieras también preguntarme qué gusto o provecho saca el demonio de hacernos matar las criaturas tiernas, pues sabe que, estando bautizadas, como inocentes y sin pecado, se van al cielo, y él recibe pena particular con cada alma cristiana que se le escapa; a lo que no te sabré responder otra cosa sino lo que dice el refrán: "que tal hay que se quiebra dos ojos porque su enemigo se quiebre uno"; y por la pesadumbre que da a sus padres matándoles los hijos, que es la mayor que se puede imaginar. Y lo que más le importa es hacer que nosotras cometamos a cada paso tan cruel y perverso pecado; y todo esto lo permite Dios por nuestros pecados, que sin su permisión yo he visto por experiencia que no puede ofender el diablo a una hormiga; y es tan verdad esto que, rogándole yo una vez que destruyese una viña de un mi enemigo, me respondió que ni aun tocar a una hoja della no podía, porque Dios no quería; por lo cual podrás venir a entender, cuando seas hombre, que todas las

---

[1064] *dueño*: el diablo.

desgracias que vienen a las gentes, a los reinos, a las ciudades y a los pueblos: las muertes repentinas, los naufragios, las caídas, en fin, todos los males que llaman de daño, [1065] vienen de la mano del Altísimo y de su voluntad permitente; y los daños y males que llaman de culpa vienen y se causan por nosotros mismos. Dios es impecable, de do se infiere que nosotros somos autores del pecado, formándole en la intención, en la palabra y en la obra; todo permitiéndolo Dios, por nuestros pecados, como ya he dicho.

»Dirás tú ahora, hijo, si es que acaso me entiendes, que quién me hizo a mí teóloga, y aun quizá dirás entre ti: "¡Cuerpo de tal con la puta vieja! ¿Por qué no deja de ser bruja, pues sabe tanto, y se vuelve a Dios, pues sabe que está más pronto a perdonar pecados que a permitirlos?" A esto te respondo, como si me lo preguntaras, que la costumbre del vicio se vuelve en naturaleza; y éste de ser brujas se convierte en sangre y carne, y en medio de su ardor, que es mucho, trae un frío que pone en el alma tal, que la resfría y entorpece aun en la fe, de donde nace un olvido de sí misma, y ni se acuerda de los temores con que Dios la amenaza ni de la gloria con que la convida; y, en efeto, como es pecado de carne y de deleites, es fuerza que amortigüe todos los sentidos, y los embelese y absorte, sin dejarlos usar sus oficios como deben; y así, quedando el alma inútil, floja y desmazalada, [1066] no puede levantar la consideración siquiera a tener algún buen pensamiento; y así, dejándose estar sumida en la profunda sima de su miseria, no quiere alzar la mano a la de Dios, que se la está dando, por sola su misericordia, para que se levante. Yo tengo una destas almas que te he pintado: todo lo veo y todo lo entiendo, y como el deleite me tiene echados grillos [1067] a la voluntad, siempre he sido y seré mala.

[1065] *daño*: los males de daño son los que se sufren, mientras que los de culpa son los que se causan.

[1066] *desmazalada*: descuidada.

[1067] *grillos*: cadenas (*echar grillos*: atenazar).

»Pero dejemos esto y volvamos a lo de las unturas; y digo que son tan frías, que nos privan de todos los sentidos en untándonos con ellas, y quedamos tendidas y desnudas en el suelo, y entonces dicen que en la fantasía pasamos todo aquello que nos parece pasar verdaderamente. Otras veces, acabadas de untar, a nuestro parecer, mudamos forma, y convertidas en gallos, lechuzas o cuervos, vamos al lugar donde nuestro dueño nos espera, y allí cobramos nuestra primera forma y gozamos de los deleites que te dejo de decir, por ser tales, que la memoria se escandaliza en acordarse dellos, y así, la lengua huye de contarlos; y, con todo esto, soy bruja, y cubro con la capa de la hipocresía todas mis muchas faltas. Verdad es que si algunos me estiman y honran por buena, no faltan muchos que me dicen, no dos dedos del oído, el nombre de las fiestas, [1068] que es el que les imprimió la furia de un juez colérico que en los tiempos pasados tuvo que ver conmigo y con tu madre, depositando su ira en las manos de un verdugo que, por no estar sobornado, usó de toda su plena potestad y rigor con nuestras espaldas. Pero esto ya pasó, y todas las cosas se pasan; las memorias se acaban, las vidas no vuelven, las lenguas se cansan, los sucesos nuevos hacen olvidar los pasados. Hospitalera soy, buenas muestras doy de mi proceder, buenos ratos me dan mis unturas, no soy tan vieja que no pueda vivir un año, puesto que tengo setenta y cinco; y, ya que no puedo ayunar, por la edad, ni rezar, por los váguidos, ni andar romerías, por la flaqueza de mis piernas, ni dar limosna, porque soy pobre, ni pensar en bien, porque soy amiga de murmurar, y para haberlo de hacer es forzoso pensarlo primero, así que siempre mis pensamientos han de ser malos, con todo esto, sé que Dios es bueno y misericordioso y que Él sabe lo que ha de ser de mí, y basta; y quédese aquí esta plática, que verdaderamente me entristece. Ven, hijo, y verásme untar, que todos los duelos con pan son buenos, el buen día, meterle en casa, pues mientras se ríe no se llora;

[1068] *me dicen... el nombre de las fiestas*: me lo echan en cara.

quiero decir que, aunque los gustos que nos da el demonio son aparentes y falsos, todavía nos parecen gustos, y el deleite mucho mayor es imaginado que gozado, aunque en los verdaderos gustos debe de ser al contrario".

»Levantóse en diciendo esta larga arenga, y, tomando el candil, se entró en otro aposentillo más estrecho; seguíla, combatido de mil varios pensamientos y admirado de lo que había oído y de lo que esperaba ver. Colgó la Cañizares el candil de la pared y con mucha priesa se desnudó hasta la camisa y, sacando de un rincón una olla vidriada, [1069] metió en ella la mano, y, murmurando entre dientes, se untó desde los pies a la cabeza, que tenía sin toca. Antes que se acabase de untar me dijo que, ora se quedase su cuerpo en aquel aposento sin sentido, ora desapareciese dél, que no me espantase, ni dejase de aguardar allí hasta la mañana, porque sabría las nuevas de lo que me quedaba por pasar hasta ser hombre. Díjele bajando la cabeza que sí haría, y con esto acabó su untura y se tendió en el suelo como muerta. Llegué mi boca a la suya y vi que no respiraba poco ni mucho.

»Una verdad te quiero confesar, Cipión amigo: que me dio gran temor verme encerrado en aquel estrecho aposento con aquella figura delante, la cual te la pintaré como mejor supiere. Ella era larga de más de siete pies; toda era notomía [1070] de huesos, cubiertos con una piel negra, vellosa y curtida; con la barriga, que era de badana, [1071] se cubría las partes deshonestas, y aun le colgaba hasta la mitad de los muslos; las tetas semejaban dos vejigas de vaca secas y arrugadas; denegridos los labios, traspillados [1072] los dientes, la nariz corva y entablada, desencasados [1073] los ojos, la cabeza desgreñada, la mejillas chupadas, angosta la garganta y los pechos sumidos; finalmente, toda era flaca y

---

[1069] *vidriada*: olla hecha con barro y vidrio.
[1070] *notomía*: esqueleto.
[1071] *badana*: cuero blando.
[1072] *traspillados*: debilitados, carcomidos.
[1073] *desencasados*: desencajados.

endemoniada. Púseme de espacio a mirarla y apriesa comenzó a apoderarse de mí el miedo, considerando la mala visión de su cuerpo y la peor ocupación de su alma. Quise morderla, por ver si volvía en sí, y no hallé parte en toda ella que el asco no me lo estorbase; pero, con todo esto, la así de un carcaño [1074] y la saqué arrastrando al patio; mas ni por esto dio muestras de tener sentido. Allí, con mirar el cielo y verme en parte ancha, se me quitó el temor; a lo menos, se templó de manera que tuve ánimo de esperar a ver en lo que paraba la ida y vuelta de aquella mala hembra, y lo que me contaba de mis sucesos. En esto me preguntaba yo a mí mismo: "¿quién hizo a esta mala vieja tan discreta y tan mala? ¿De dónde sabe ella cuáles son males de daño y cuáles de culpa? ¿Cómo entiende y habla tanto de Dios, y obra tanto del diablo? ¿Cómo peca tan de malicia, no escusándose con ignorancia?"

»En estas consideraciones se pasó la noche y se vino el día, que nos halló a los dos en mitad del patio: ella no vuelta en sí y a mí junto a ella, en cuclillas, atento, mirando su espantosa y fea catadura. Acudió la gente del hospital, y, viendo aquel retablo, [1075] unos decían: "Ya la bendita Cañizares es muerta; mirad cuán disfigurada y flaca la tenía la penitencia"; otros, más considerados, la tomaron el pulso, y vieron que le tenía, y que no era muerta, por do se dieron a entender que estaba en éxtasis y arrobada, [1076] de puro buena. Otros hubo que dijeron: "Esta puta vieja sin duda debe de ser bruja, y debe de estar untada; que nunca los santos hacen tan deshonestos arrobos, y hasta ahora, entre los que la conocemos, más fama tiene de bruja que de santa". Curiosos hubo que se llegaron a hincarle alfileres por las carnes, desde la punta hasta la cabeza: ni por eso recordaba [1077]

[1074] *carcaño*: talón.

[1075] *aquel retablo*: aquella escena.

[1076] *arrobada*: embelesada, como si los presentes creyeran que había entrado en éxtasis místico.

[1077] *recordaba*: despertaba.

la dormilona, ni volvió en sí hasta las siete del día; y, como se sintió acribada de los alfileres, y mordida de los carcañares, y magullada del arrastramiento fuera de su aposento, y a vista de tantos ojos que la estaban mirando, creyó, y creyó la verdad, que yo había sido el autor de su deshonra; y así, arremetió a mí, y, echándome ambas manos a la garganta, procuraba ahogarme diciendo: "¡Oh bellaco, desagradecido, ignorante y malicioso! ¿Y es éste el pago que merecen las buenas obras que a tu madre hice y de las que te pensaba hacer a ti?" Yo, que me vi en peligro de perder la vida entre las uñas de aquella fiera arpía, sacudíme, y, asiéndole de las luengas faldas de su vientre, la zamarreé[1078] y arrastré por todo el patio; ella daba voces que la librasen de los dientes de aquel maligno espíritu.

»Con estas razones de la mala vieja, creyeron los más que yo debía de ser algún demonio de los que tienen ojeriza continua con los buenos cristianos, y unos acudieron a echarme agua bendita, otros no osaban llegar a quitarme, otros daban voces que me conjurasen; la vieja gruñía, yo apretaba los dientes, crecía la confusión, y mi amo, que ya había llegado al ruido, se desesperaba oyendo decir que yo era demonio. Otros, que no sabían de exorcismos, acudieron a tres o cuatro garrotes, con los cuales comenzaron a santiguarme los lomos; escocióme la burla, solté la vieja, y en tres saltos me puse en la calle, y en pocos más salí de la villa, perseguido de una infinidad de muchachos, que iban a grandes voces diciendo: "¡Apártense que rabia el perro sabio!". Otros decían: "¡No rabia, sino que es demonio en figura de perro!" Con este molimiento, a campana herida salí del pueblo, siguiéndome muchos que indubitablemente creyeron que era demonio, así por las cosas que me habían visto hacer como por las palabras que la vieja dijo cuando despertó de su maldito sueño. Dime tanta priesa a huir y a quitarme delante de sus ojos, que cre-

---

[1078] *zamarreé*: la sacudí. *Zamarrear*: sacudir el perro o una fiera la presa que tiene cogida con los dientes, a un lado y a otro, para acabar de matarla.

yeron que me había desparecido como demonio: en seis horas anduve doce leguas, y llegué a un rancho de gitanos[1079] que estaba en un campo junto a Granada. Allí me reparé un poco, porque algunos de los gitanos me conocieron por el perro sabio, y con no pequeño gozo me acogieron y escondieron en una cueva, porque no me hallasen si fuese buscado; con intención, a lo que después entendí, de ganar conmigo como lo hacía el atambor mi amo. Veinte días estuve con ellos, en los cuales supe y noté su vida y costumbres, que por ser notables es forzoso que te las cuente.

CIPIÓN: Antes, Berganza, que pases adelante, es bien que reparemos en lo que te dijo la bruja, y averigüemos si puede ser verdad la grande mentira a quien das crédito. Mira, Berganza, grandísimo disparate sería creer que la Camacha mudase los hombres en bestias y que el sacristán en forma de jumento la serviese los años que dicen que la sirvió. Todas estas cosas y las semejantes son embelecos, mentiras o apariencias del demonio; y si a nosotros nos parece ahora que tenemos algún entendimiento y razón, pues hablamos siendo verdaderamente perros, o estando en su figura, ya hemos dicho que éste es caso portentoso y jamás visto, y que, aunque le tocamos con las manos, no le habemos de dar crédito hasta tanto que el suceso dél nos muestre lo que conviene que creamos. ¿Quiéreslo ver más claro? Considera en cuán vanas cosas y en cuán tontos puntos dijo la Camacha que consistía nuestra restauración; y aquellas que a ti te deben parecer profecías no son sino palabras de consejas o cuentos de viejas, como aquellos del caballo sin cabeza y de la varilla de virtudes, con que se entretienen al fuego las dilatadas noches del invierno; porque, a ser otra cosa, ya estaban cumplidas, si no es que sus palabras se han de tomar en un sentido que he oído decir se llama alegórico, el cual sentido no quiere decir lo que la letra suena, sino otra cosa que, aunque diferente, le haga semejanza; y así, decir:

[1079] *rancho de gitanos*: campamento de gitanos.

Volverán a su forma verdadera
cuando vieren con presta diligencia
derribar los soberbios levantados,
y alzar a los humildes abatidos
por mano poderosa para hacello.

Tomándolo en el sentido que he dicho, paréceme que quiere decir que cobraremos nuestra forma cuando viéremos que los que ayer estaban en la cumbre de la rueda de la fortuna, hoy están hollados y abatidos a los pies de la desgracia, y tenidos en poco de aquellos que más los estimaban. Y asimismo, cuando viéremos que otros que no ha dos horas que no tenían deste mundo otra parte que servir en él de número que acrecentase el de las gentes, y ahora están tan encumbrados sobre la buena dicha que los perdemos de vista; y si primero no parecían por pequeños y encogidos, ahora no los podemos alcanzar por grandes y levantados. Y si en esto consistiera volver nosotros a la forma que dices, ya lo hemos visto y lo vemos a cada paso; por do me doy a entender que no en el sentido alegórico, sino en el literal, se han de tomar los versos de la Camacha; ni tampoco en éste consiste nuestro remedio, pues muchas veces hemos visto lo que dicen y nos estamos tan perros como ves; así que, la Camacha fue burladora falsa, y la Cañizares embustera, y la Montiela tonta, maliciosa y bellaca, con perdón sea dicho, si acaso es nuestra madre de entrambos, o tuya, que yo no la quiero tener por madre. Digo, pues, que el verdadero sentido es un juego de bolos, donde con presta diligencia derriban los que están en pie y vuelven a alzar los caídos, y esto por la mano de quien lo puede hacer. Mira, pues, si en el discurso de nuestra vida habremos visto jugar a los bolos, y si hemos visto por esto haber vuelto a ser hombres, si es que lo somos.

BERGANZA: Digo que tienes razón, Cipión hermano, y que eres más discreto de lo que pensaba; y de lo que has dicho vengo a pensar y creer que todo lo que hasta aquí hemos pasado y lo que estamos pasando es sueño, y que somos perros; pero no por esto dejemos de gozar deste bien de la habla que tenemos y de la excelencia tan grande de tener discurso humano todo el tiempo que pudiéremos; y así, no te canse el oírme contar lo que me pasó con los gitanos que me escondieron en la cueva.

CIPIÓN: De buena gana te escucho, por obligarte a que me escuches cuando te cuente, si el cielo fuere servido, los sucesos de mi vida.

BERGANZA: La que tuve con los gitanos fue considerar en aquel tiempo sus muchas malicias, sus embaimientos [1080] y embustes, los hurtos en que se ejercitan, así gitanas como gitanos, desde el punto casi que salen de las mantillas y saben andar. ¿Ves la multitud que hay dellos esparcida por España? Pues todos se conocen y tienen noticia los unos de los otros, y trasiegan y trasponen [1081] los hurtos déstos en aquéllos y los de aquéllos en éstos. Dan la obediencia, mejor que a su rey, a uno que llaman conde, al cual, y a todos los que dél suceden, tienen el sobrenombre de Maldonado; y no porque vengan del apellido deste noble linaje, sino porque un paje de un caballero deste nombre se enamoró de una gitana, la cual no le quiso conceder su amor si no se hacía gitano y la tomaba por mujer. Hízolo así el paje, y agradó tanto a los demás gitanos, que le alzaron por señor y le dieron la obediencia; y, como en señal de vasallaje, le acuden con parte de los hurtos que hacen, como sean de importancia. Ocúpanse, por dar color a su ociosidad, en labrar cosas de hierro, haciendo instrumentos con que facilitan sus hurtos; y así, los verás siempre traer a vender por las calles tenazas, barrenas, martillos; y ellas, trébedes [1082] y badiles. [1083] Todas ellas son parteras, y en esto llevan ventaja a las nuestras, porque sin costa ni adherentes sacan sus partos a luz, y lavan las criaturas con agua fría en naciendo; y, desde que nacen hasta que mueren, se curten y muestran a sufrir las inclemencias y rigores del cielo; y así,

---

[1080] *embaimientos*: engaños.
[1081] *trasiegan y trasponen*: intercambian.
[1082] *trébedes*: especie de trípodes para poner sobre ellas calderas, ollas, etc.
[1083] *badiles*: paletas de metal para avivar el fuego.

verás que todos son alentados, volteadores, corredores y bailadores. Cásanse siempre entre ellos, porque no salgan sus malas costumbres a ser conocidas de otros; ellas guardan el decoro a sus maridos, y pocas hay que les ofendan con otros que no sean de su generación. Cuando piden limosna, más la sacan con invenciones y chocarrerías que con devociones; y, a título que no hay quien se fíe dellas, no sirven y dan en ser holgazanas. Y pocas o ninguna vez he visto, si mal no me acuerdo, ninguna gitana a pie de altar comulgando, puesto que muchas veces he entrado en las iglesias. Son sus pensamientos imaginar cómo han de engañar y dónde han de hurtar; confieren [1084] sus hurtos y el modo que tuvieron en hacellos; y así, un día contó un gitano delante de mí a otros un engaño y hurto que un día había hecho a un labrador, y fue que el gitano tenía un asno rabón, [1085] y en el pedazo de la cola que tenía sin cerdas le injirió [1086] otra peluda, que parecía ser suya natural. Sacóle al mercado, comprósele un labrador por diez ducados, y, en habiéndosele vendido y cobrado el dinero, le dijo que si quería comprarle otro asno hermano del mismo, y tan bueno como el que llevaba, que se le vendería por más buen precio. Respondióle el labrador que fuese por él y le trujese, que él se le compraría, y que en tanto que volviese llevaría el comprado a su posada. Fuese el labrador, siguióle el gitano, y sea como sea, el gitano tuvo maña de hurtar al labrador el asno que le había vendido, y al mismo instante le quitó la cola postiza y quedó con la suya pelada. Mudóle la albarda y jáquima, [1087] y atrevióse a ir a buscar al labrador para que se le comprase, y hallóle antes que hubiese echado menos el asno primero, y a pocos lances [1088] compró el segundo. Fuése-

---

[1084] *confieren*: se comunican entre sí.

[1085] *asno rabón*: asno sin rabo.

[1086] *injirió*: añadió.

[1087] *albarda y jáquima*: el utensilio que se pone encima de las caballerías para acomodar la carga y el cabezal del asno.

[1088] *pocos lances*: en poco tiempo.

le a pagar a la posada, donde halló menos la bestia a la bestia; y, aunque lo era mucho, sospechó que el gitano se le había hurtado, y no quería pagarle. Acudió el gitano por testigos, y trujo a los que habían cobrado la alcabala del primer jumento, y juraron que el gitano había vendido al labrador un asno con una cola muy larga y muy diferente del asno segundo que vendía. A todo esto se halló presente un alguacil, que hizo las partes del gitano con tantas veras que el labrador hubo de pagar el asno dos veces. Otros muchos hurtos contaron, y todos, o los más, de bestias, en quien son ellos graduados y en lo que más se ejercitan. Finalmente, ella es mala gente, y, aunque muchos y muy prudentes jueces han salido contra ellos, no por eso se enmiendan.

»A cabo de veinte días, me quisieron llevar a Murcia; pasé por Granada, donde ya estaba el capitán, cuyo atambor era mi amo. Como los gitanos lo supieron, me encerraron en un aposento del mesón donde vivían; oíles decir la causa, no me pareció bien el viaje que llevaban, y así, determiné soltarme, como lo hice; y, saliéndome de Granada, di en una huerta de un morisco, que me acogió de buena voluntad, y yo quedé con mejor, pareciéndome que no me querría para más de para guardarle la huerta: oficio, a mi cuenta, de menos trabajo que el de guardar ganado. Y, como no había allí altercar sobre tanto más cuanto al salario, fue cosa fácil hallar el morisco criado a quien mandar y yo amo a quien servir. Estuve con él más de un mes, no por el gusto de la vida que tenía, sino por el que me daba saber la de mi amo, y por ella la de todos cuantos moriscos viven en España. ¡Oh cuántas y cuáles cosas te pudiera decir, Cipión amigo, desta morisca canalla, si no temiera no poderlas dar fin en dos semanas! Y si las hubiera de particularizar, no acabara en dos meses; mas, en efeto, habré de decir algo; y así, oye en general lo que yo vi y noté en particular desta buena gente.

»Por maravilla se hallará entre tantos uno que crea derechamente en la sagrada ley cristiana; todo su intento es acuñar y guardar dinero acuñado, y para conseguirle trabajan y no comen; en entrando el real en su poder, como no sea sencillo, le condenan a cárcel perpetua y a escuridad eterna; de modo que, ganando siempre y gastando nunca, llegan y amontonan la mayor cantidad de dinero que hay en España. Ellos son su hucha, su polilla, sus picazas[1089] y sus comadrejas; todo lo llegan, todo lo esconden y todo lo tragan. Considérese que ellos son muchos y que cada día ganan y esconden, poco o mucho, y que una calentura lenta acaba la vida como la de un tabardillo;[1090] y, como van creciendo, se van aumentando los escondedores, que crecen y han de crecer en infinito, como la experiencia lo muestra. Entre ellos no hay castidad, ni entran en religión ellos ni ellas: todos se casan, todos multiplican, porque el vivir sobriamente aumenta las causas de la generación. No los consume la guerra, ni ejercicio que demasiadamente los trabaje; róbannos a pie quedo, y con los frutos de nuestras heredades, que nos revenden, se hacen ricos. No tienen criados, porque todos lo son de sí mismos; no gastan con sus hijos en los estudios, porque su ciencia no es otra que la del robarnos. De los doce hijos de Jacob que he oído decir que entraron en Egipto, cuando los sacó Moisén[1091] de aquel cautiverio, salieron seiscientos mil varones, sin niños y mujeres. De aquí se podrá inferir lo que multiplicarán las déstos, que, sin comparación, son en mayor número.

CIPIÓN: Buscado se ha remedio para todos los daños que has apuntado y bosquejado en sombra; que bien sé que son más y mayores los que callas que los que cuentas, y hasta ahora no se ha dado con el que conviene; pero celadores prudentísimos tiene nuestra república que, considerando que España cría y tiene en su seno tantas víboras como moriscos, ayudados de Dios, hallarán a tanto daño cierta, presta y segura salida. Di adelante.

[1089] *picazas*: urracas.
[1090] *tabardillo*: tifus.
[1091] *Moisén*: forma antigua de Moisés.

BERGANZA: Como mi amo era mezquino, como lo son todos los de su casta, sustentábame con pan de mijo [1092] y con algunas sobras de zahínas, [1093] común sustento suyo; pero esta miseria me ayudó a llevar el cielo por un modo tan estraño como el que ahora oirás. Cada mañana, juntamente con el alba, amanecía sentado al pie de un granado, de muchos que en la huerta había, un mancebo, al parecer estudiante, vestido de bayeta, [1094] no tan negra ni tan peluda que no pareciese parda y tundida. Ocupábase en escribir en un cartapacio y de cuando en cuando se daba palmadas en la frente y se mordía las uñas, estando mirando al cielo; y otras veces se ponía tan imaginativo, que no movía pie ni mano, ni aun las pestañas: tal era su embelesamiento. Una vez me llegué junto a él, sin que me echase de ver; oíle murmurar entre dientes, y al cabo de un buen espacio dio una gran voz, diciendo: "¡Vive el Señor, que es la mejor octava que he hecho en todos los días de mi vida!" Y, escribiendo apriesa en su cartapacio, daba muestras de gran contento; todo lo cual me dio a entender que el desdichado era poeta. Hícele mis acostumbradas caricias, por asegurarle de mi mansedumbre; echéme a sus pies, y él, con esta seguridad, prosiguió en sus pensamientos y tornó a rascarse la cabeza y a sus arrobos, y a volver a escribir lo que había pensado. Estando en esto, entró en la huerta otro mancebo, galán y bien aderezado, con unos papeles en la mano, en los cuales de cuando en cuando leía. Llegó donde estaba el primero y díjole: "¿Habéis acabado la primera jornada?" "Ahora le di fin —respondió el poeta—, la más gallardamente que imaginarse puede". "¿De qué manera?", preguntó el segundo. "Désta —respondió el primero—: Sale Su Santidad del Papa vestido de pontifical, con doce cardenales, todos vestidos de morado, porque cuando sucedió el caso que cuenta la historia de mi comedia era tiem-

---

[1092] *pan de mijo*: pan de maíz.

[1093] *zahínas*: sopas.

[1094] *bayeta*: tela basta y de poco valor.

po de *mutatio caparum*,[1095] en el cual los cardenales no se visten de rojo, sino de morado; y así, en todas maneras conviene, para guardar la propiedad, que estos mis cardenales salgan de morado; y éste es un punto que hace mucho al caso para la comedia; y a buen seguro dieran en él, y así hacen a cada paso mil impertinencias y disparates. Yo no he podido errar en esto, porque he leído todo el ceremonial romano, por sólo acertar en estos vestidos". "Pues ¿de dónde queréis vos —replicó el otro— que tenga mi autor[1096] vestidos morados para doce cardenales?" "Pues si me quita uno tan sólo —respondió el poeta—, así le daré yo mi comedia como volar. ¡Cuerpo de tal! ¿Esta apariencia tan grandiosa se ha de perder? Imaginad vos desde aquí lo que parecerá en un teatro un Sumo Pontífice con doce graves cardenales y con otros ministros de acompañamiento que forzosamente han de traer consigo. ¡Vive el cielo, que sea uno de los mayores y más altos espectáculos que se haya visto en comedia, aunque sea la del *Ramillete de Daraja!*"[1097]

»Aquí acabé de entender que el uno era poeta y el otro comediante. El comediante aconsejó al poeta que cercenase algo de los cardenales, si no quería imposibilitar al autor el hacer la comedia. A lo que dijo el poeta que le agradeciesen que no había puesto todo el cónclave que se halló junto al acto memorable que pretendía traer a la memoria de las gentes en su felicísima comedia. Rióse el recitante y dejóle en su ocupación por irse a la suya, que era estudiar un papel de una comedia nueva. El poeta, después de haber escrito algunas coplas de su magnífica comedia, con mucho sosiego y espacio sacó de la faldriquera algunos mendrugos de pan y obra de veinte pasas, que, a mi parecer, entiendo que se las conté, y aun estoy en duda si eran tantas, porque juntamente con ellas hacían bulto

---

[1095] *mutatio caparum*: cambio de capas. El texto alude a la ceremonia que celebraban los cardenales el día de la Pascua de Resurrección en el que cambian sus capas rojas por otras moradas.

[1096] *autor*: director de compañía teatral.

[1097] *Ramillete de Daraja*: comedia de la época, hoy perdida.

ciertas migajas de pan que las acompañaban. Sopló y apartó las migajas, y una a una se comió las pasas y los palillos, porque no le vi arrojar ninguno, ayudándolas con los mendrugos, que morados con la borra[1098] de la faldriquera, parecían mohosos, y eran tan duros de condición que, aunque él procuró enternecerlos, paseándolos por la boca una y muchas veces, no fue posible moverlos de su terquedad; todo lo cual redundó en mi provecho, porque me los arrojó, diciendo: "¡To, to! Toma, que buen provecho te hagan". "¡Mirad –dije entre mí– qué néctar o ambrosía[1099] me da este poeta, de los que ellos dicen que se mantienen los dioses y su Apolo[1100] allá en el cielo!" En fin, por la mayor parte, grande es la miseria de los poetas, pero mayor era mi necesidad, pues me obligó a comer lo que él desechaba. En tanto que duró la composición de su comedia, no dejó de venir a la huerta ni a mí me faltaron mendrugos, porque los repartía conmigo con mucha liberalidad, y luego nos íbamos a la noria, donde, yo de bruces y él con un cangilón,[1101] satisfacíamos la sed como unos monarcas. Pero faltó el poeta y sobró en mí la hambre tanto, que determiné dejar al morisco y entrarme en la ciudad a buscar ventura, que la halla el que se muda. Al entrar de la ciudad vi que salía del famoso monasterio de San Jerónimo mi poeta, que como me vio se vino a mí con los brazos abiertos, y yo me fui a él con nuevas muestras de regocijo por haberle hallado. Luego, al instante comenzó a desembaular[1102] pedazos de pan, más tiernos de los que solía llevar a la huerta, y a entregarlos a mis dientes sin repasarlos por los suyos: merced que con nuevo gusto satisfizo mi hambre. Los tiernos mendrugos, y el haber visto salir a mi poeta del monasterio dicho, me pusieron en sospecha de que tenía las musas vergonzantes,[1103]

[1098] *borra*: el pelo de la faldriquera.

[1099] *néctar y ambrosía*: bebida y comida de los dioses.

[1100] *Apolo*: dios de la poesía.

[1101] *cangilón*: recipiente que sirve para sacar agua de una noria.

[1102] *desembaular*: sacar.

[1103] *tenía las musas vergonzantes*: no tenía dinero, vivía de pedir limosna.

como otros muchos las tienen. Encaminóse a la ciudad, y yo le seguí con determinación de tenerle por amo si él quisiese, imaginando que de las sobras de su castillo se podía mantener mi real;[1104] porque no hay mayor ni mejor bolsa que la de la caridad, cuyas liberales manos jamás están pobres; y así, no estoy bien con aquel refrán que dice: "Más da el duro que el desnudo", como si el duro y avaro diese algo, como lo da el liberal desnudo, que, en efeto, da el buen deseo cuando más no tiene. De lance en lance, paramos en la casa de un autor de comedias que, a lo que me acuerdo, se llamaba Angulo el Malo,[1105] de otro Angulo, no autor, sino representante, el más gracioso que entonces tuvieron y ahora tienen las comedias. Juntóse toda la compañía a oír la comedia de mi amo, que ya por tal le tenía; y, a la mitad de la jornada primera, uno a uno y dos a dos, se fueron saliendo todos, excepto el autor y yo, que servíamos de oyentes. La comedia era tal, que, con ser yo un asno en esto de la poesía, me pareció que la había compuesto el mismo Satanás, para total ruina y perdición del mismo poeta, que ya iba tragando saliva, viendo la soledad en que el auditorio le había dejado; y no era mucho, si el alma, présaga,[1106] le decía allá dentro la desgracia que le estaba amenazando, que fue volver todos los recitantes, que pasaban de doce, y, sin hablar palabra, asieron de mi poeta, y si no fuera porque la autoridad del autor, llena de ruegos y voces, se puso de por medio, sin duda le mantearan. Quedé yo del caso pasmado; el autor, desabrido; los farsantes, alegres, y el poeta, mohíno;[1107] el cual, con mucha paciencia, aunque algo torcido el rostro, tomó su comedia, y, encerrándosela en el seno, medio murmurando, dijo: "No es bien echar las margaritas a los puercos". Y con esto se fue con

---

[1104] *mi real*: metafóricamente, mi cuerpo.

[1105] *Angulo el Malo*: personaje real que Cervantes también cita en la segunda parte del *Quijote*. La frase queda incompleta: acaso haya que suponer "[distinto] de otro".

[1106] *présaga*: adivina.

[1107] *mohíno*: enfadado.

mucho sosiego. Yo, de corrido,[1108] ni pude ni quise seguirle; y acertélo, a causa que el autor me hizo tantas caricias que me obligaron a que con él me quedase, y en menos de un mes salí grande entremesista y gran farsante de figuras mudas. Pusiéronme un freno de orillos[1109] y enseñáronme a que arremetiese en el teatro a quien ellos querían; de modo que, como los entremeses solían acabar por la mayor parte en palos, en la compañía de mi amo acababan en zuzarme, y yo derribaba y atropellaba a todos, con que daba que reír a los ignorantes y mucha ganancia a mi dueño. ¡Oh, Cipión, quién te pudiera contar lo que vi en ésta y en otras dos compañías de comediantes en que anduve! Mas, por no ser posible reducirlo a narración sucinta y breve, lo habré de dejar para otro día, si es que ha de haber otro día en que nos comuniquemos ¿Ves cuán larga ha sido mi plática? ¿Ves mis muchos y diversos sucesos? ¿Consideras mis caminos y mis amos tantos? Pues todo lo que has oído es nada, comparado a lo que te pudiera contar de lo que noté, averigüé y vi desta gente: su proceder, su vida, sus costumbres, sus ejercicios, su trabajo, su ociosidad, su ignorancia y su agudeza, con otras infinitas cosas, unas para decirse al oído y otras para aclamallas en público, y todas para hacer memoria dellas y para desengaño de muchos que idolatran en figuras fingidas y en bellezas de artificio y de transformación.

CIPIÓN: Bien se me trasluce, Berganza, el largo campo que se te descubría para dilatar tu plática, y soy de parecer que la dejes para cuento particular y para sosiego no sobresaltado.

BERGANZA: Sea así, y escucha. Con una compañía llegué a esta ciudad de Valladolid, donde en un entremés me dieron una herida que me llegó casi al fin de la vida; no pude vengarme, por estar enfrenado entonces, y después, a sangre fría, no quise: que la venganza pensada arguye crueldad y mal ánimo. Cansóme aquel ejercicio, no por ser trabajo, sino porque veía en él

---

[1108] *corrido*: avergonzado.
[1109] *freno de orillos*: freno de paño.

cosas que juntamente pedían enmienda y castigo; y, como a mí estaba más el sentillo que el remediallo, acordé de no verlo, y así, me acogí a sagrado,[1110] como hacen aquellos que dejan los vicios cuando no pueden ejercitallos, aunque más vale tarde que nunca. Digo, pues, que viéndote una noche llevar la linterna con el buen cristiano Mahúdes, te consideré contento y justa y santamente ocupado; y lleno de buena envidia quise seguir tus pasos, y con esta loable intención me puse delante de Mahúdes, que luego me eligió para tu compañero y me trujo a este hospital. Lo que en él me ha sucedido no es tan poco que no haya menester espacio para contallo, especialmente lo que oí a cuatro enfermos que la suerte y la necesidad trujo a este hospital, y a estar todos cuatro juntos en cuatro camas apareadas. Perdóname, porque el cuento es breve, y no sufre dilación, y viene aquí de molde.

CIPIÓN: Sí perdono. Concluye, que, a lo que creo, no debe de estar lejos el día.

BERGANZA: Digo que en las cuatro camas que están al cabo desta enfermería, en la una estaba un alquimista, en la otra un poeta, en la otra un matemático y en la otra uno de los que llaman arbitristas. [1111]

CIPIÓN: Ya me acuerdo haber visto a esa buena gente.

BERGANZA: Digo, pues, que una siesta de las del verano pasado, estando cerradas las ventanas y yo cogiendo el aire debajo de la cama del uno dellos, el poeta se comenzó a quejar lastimosamente de su fortuna, y, preguntándole el matemático de qué se quejaba, respondió que de su corta suerte. "¿Cómo, y no será razón que me queje –prosiguió–, que, habiendo yo guardado lo que Horacio manda en su *Poética*, que no salga a luz la

---

[1110] *me acogí a sagrado*: entré en una orden religiosa. Literalmente: entré en un lugar sagrado, donde con frecuencia se resguardaban los delincuentes pues la justicia no podía actuar dentro de recintos sagrados.

[1111] *arbitristas*: economistas que ofrecían soluciones *arbitrios* para resolver los problemas económicos de la España del momento. La literatura de la época satirizó con frecuencia a este tipo de gente.

obra que, después de compuesta, no hayan pasado diez años por ella, y que tenga yo una de veinte años de ocupación y doce de pasante, [1112] grande en el sujeto, [1113] admirable y nueva en la invención, grave en el verso, entretenida en los episodios, maravillosa en la división, porque el principio responde al medio y al fin, de manera que constituyen el poema alto, sonoro, heroico, deleitable y sustancioso; y que, con todo esto, no hallo un príncipe a quien dirigirle? Príncipe, digo, que sea inteligente, liberal y magnánimo. ¡Mísera edad y depravado siglo nuestro!" "¿De qué trata el libro?", preguntó el alquimista. Respondió el poeta: "Trata de lo que dejó de escribir el Arzobispo Turpín [1114] del Rey Artús de Inglaterra, con otro suplemento de la *Historia de la demanda del Santo Brial* [1115], y todo en verso heroico, [1116] parte en octavas y parte en verso suelto; pero todo esdrújulamente, digo en esdrújulos de nombres sustantivos, sin admitir verbo alguno". "A mí —respondió el alquimista— poco se me entiende de poesía; y así, no sabré poner en su punto la desgracia de que vuesa merced se queja, puesto que, aunque fuera mayor, no se igualaba a la mía, que es que, por faltarme instrumento, o un príncipe que me apoye y me dé a la mano los requisitos que la ciencia de la alquimia [1117] pide, no estoy ahora manando en oro y con más riquezas que los Midas, que los Crasos y Cresos". [1118]

[1112] *pasante*: ayudante.

[1113] *sujeto*: asunto.

[1114] *Arzobispo Turpín*: autor apócrifo del cuarto libro del *Liber Sancti Jacobi* con el título de *Historia Karoli Magni et Rotholandi*. En la época, las alusiones al arzobispo Turpín solían tener cierto tono burlesco, pues Turpín llegó a ser considerado como prototipo de historiador mentiroso.

[1115] *Historia de la demanda del Santo Brial*: alusión burlesca *brial* , "falda" por *grial*, "cáliz" a la *Demanda del Santo Grial, con los maravillosos fechos de Lanzarote y de Galaz, su hijo* (Toledo, 1515) y al *Baladro del sabio Merlín* (Burgos, 1498).

[1116] *heroico*: endecasílabo con acento en segunda sílaba.

[1117] *alquimia*: química mágica que pretendía encontrar la piedra filosofal.

[1118] *Midas, que los Crasos y Cresos*: nombres de personajes históricos o legendarios que se convirtieron en símbolo de riqueza.

"¿Ha hecho vuesa merced —dijo a esta sazón el matemático—, señor alquimista, la experiencia de sacar plata de otros metales?" "Yo —respondió el alquimista— no la he sacado hasta agora, pero realmente sé que se saca, y a mí no me faltan dos meses para acabar la piedra filosofal,[1119] con que se puede hacer plata y oro de las mismas piedras". "Bien han exagerado vuesas mercedes sus desgracias —dijo a esta sazón el matemático—; pero, al fin, el uno tiene libro que dirigir y el otro está en potencia propincua[1120] de sacar la piedra filosofal; más, ¿qué diré yo de la mía, que es tan sola que no tiene dónde arrimarse? Veinte y dos años ha que ando tras hallar el punto fijo,[1121] y aquí lo dejo y allí lo tomo; y, pareciéndome que ya lo he hallado y que no se me puede escapar en ninguna manera, cuando no me cato,[1122] me hallo tan lejos dél, que me admiro. Lo mismo me acaece con la cuadratura del círculo: que he llegado tan al remate de hallarla, que no sé ni puedo pensar cómo no la tengo ya en la faldriquera; y así, es mi pena semejable a las de Tántalo, que está cerca del fruto y muere de hambre, y propincuo al agua y perece de sed. Por momentos pienso dar en la coyuntura de la verdad, y por minutos me hallo tan lejos della, que vuelvo a subir el monte que acabé de bajar, con el canto de mi trabajo a cuestas, como otro nuevo Sísifo". [1123]

»Había hasta este punto guardado silencio el arbitrista, y aquí le rompió diciendo: "Cuatro quejosos tales que lo pueden ser del Gran Turco ha juntado en este hospital la pobreza, y reniego yo de oficios y ejercicios que ni entretienen ni dan de comer a sus dueños. Yo, señores, soy arbitrista, y he dado a Su Majestad en diferentes tiempos muchos y diferentes arbitrios,

---

[1119] *piedra filosofal*: materia que buscan los alquimistas para fabricar oro.

[1120] *potencia propincua*: muy cerca de.

[1121] *punto fijo*: el punto que servía para calcular la posición de un barco en el mar.

[1122] *cuando no me cato*: de improviso.

[1123] *Sísifo*: como antes Tántalo, personajes mitológicos caracterizados por un sufrimiento sin fin.

todos en provecho suyo y sin daño del reino; y ahora tengo hecho un memorial [1124] donde le suplico me señale persona con quien comunique un nuevo arbitrio que tengo: tal, que ha de ser la total restauración de sus empeños; pero, por lo que me ha sucedido con otros memoriales, entiendo que éste también ha de parar en el carnero. [1125] Mas, porque vuesas mercedes no me tengan por mentecapto, aunque mi arbitrio quede desde este punto público, le quiero decir, que es éste: Hase de pedir en cortes que todos los vasallos de Su Majestad, desde edad de catorce a sesenta años, sean obligados a ayunar una vez en el mes a pan y agua, y esto ha de ser el día que se escogiere y señalare, y que todo el gasto que en otros condumios [1126] de fruta, carne y pescado, vino, huevos y legumbres que han de gastar aquel día, se reduzga a dinero, y se dé a Su Majestad, sin defraudalle un ardite, so cargo de juramento; y con esto, en veinte años queda libre de socaliñas [1127] y desempeñado. Porque si se hace la cuenta, como yo la tengo hecha, bien hay en España más de tres millones de personas de la dicha edad, fuera de los enfermos, más viejos o más muchachos, y ninguno déstos dejará de gastar, y esto contado al menorete, [1128] cada día real y medio; y yo quiero que sea no más de un real, que no puede ser menos, aunque coma alholvas. [1129] Pues ¿paréceles a vuesas mercedes que sería barro tener cada mes tres millones de reales como ahechados? [1130] Y esto antes sería provecho que daño a los ayunantes, porque con el ayuno agradarían al cielo y servirían

---

[1124] *memorial*: escrito en el que se exponen motivos para una petición, propuesta o defensa de alguna idea.

[1125] *carnero*: basura. (Literalmente, la fosa común donde se echan los difuntos que no tienen sepultura propia).

[1126] *condumios*: comidas.

[1127] *socaliñas*: deudas.

[1128] *menorete*: como mínimo.

[1129] *alholvas*: un tipo de planta muy usada en botica, de olor y gusto desagradables.

[1130] *ahechados*: limpios de polvo y paja.

a su rey; y tal podría ayunar que le fuese conveniente para su salud. Este es arbitrio limpio de polvo y de paja, y podríase coger por parroquias, sin costa de comisarios, que destruyen la república". Riyéronse todos del arbitrio y del arbitrante, y él también se riyó de sus disparates; y yo quedé admirado de haberlos oído y de ver que, por la mayor parte, los de semejantes humo ahechados res venían a morir en los hospitales.

CIPIÓN: Tienes razón, Berganza. Mira si te queda más que decir.

BERGANZA: Dos cosas no más, con que daré fin a mi plática, que ya me parece que viene el día. Yendo una noche mi mayor [113] a pedir limosna en casa del corregidor desta ciudad, que es un gran caballero y muy gran cristiano, hallámosle solo; y parecióme a mí tomar ocasión de aquella soledad para decirle ciertos advertimientos que había oído decir a un viejo enfermo deste hospital, acerca de cómo se podía remediar la perdición tan notoria de las mozas vagamundas, que por no servir dan en malas, y tan malas, que pueblan los veranos todos los hospitales de los perdidos que las siguen: plaga intolerable y que pedía presto y eficaz remedio. Digo que, queriendo decírselo, alcé la voz, pensando que tenía habla, y en lugar de pronunciar razones concertadas ladré con tanta priesa y con tan levantado tono que, enfadado el corregidor, dio voces a sus criados que me echasen de la sala a palos; y un lacayo que acudió a la voz de su señor, que fuera mejor que por entonces estuviera sordo, asió de una cantimplora de cobre que le vino a la mano, y diómela tal en mis costillas, que hasta ahora guardo las reliquias de aquellos golpes.»

CIPIÓN: Y ¿quéjaste deso, Berganza?

BERGANZA: Pues ¿no me tengo de quejar, si hasta ahora me duele como he dicho, y si me parece que no merecía tal castigo mi buena intención?

CIPIÓN: Mira, Berganza, nadie se ha de meter donde no le llaman, ni ha de querer usar del oficio que por ningún caso le toca.

---

[113] *mayor*: amo.

Y has de considerar que nunca el consejo del pobre, por bueno que sea, fue admitido, ni el pobre humilde ha de tener presunción de aconsejar a los grandes y a los que piensan que se lo saben todo. La sabiduría en el pobre está asombrada; que la necesidad y miseria son las sombras y nubes que la escurecen, y si acaso se descubre, la juzgan por tontedad y la tratan con menosprecio.

BERGANZA: Tienes razón, y, escarmentando en mi cabeza, de aquí adelante seguiré tus consejos. Entré asimismo otra noche en casa de una señora principal, la cual tenía en los brazos una perrilla destas que llaman de falda, tan pequeña que la pudiera esconder en el seno; la cual, cuando me vio, saltó de los brazos de su señora y arremetió a mí ladrando, y con tan gran denuedo, que no paró hasta morderme de una pierna. Volvíla a mirar con respecto y con enojo, y dije entre mí: "Si yo os cogiera, animalejo ruin, en la calle, o no hiciera caso de vos o os hiciera pedazos entre los dientes". Consideré en ella que hasta los cobardes y de poco ánimo son atrevidos e insolentes cuando son favorecidos, y se adelantan a ofender a los que valen más que ellos.

CIPIÓN: Una muestra y señal desa verdad que dices nos dan algunos hombrecillos que a la sombra de sus amos se atreven a ser insolentes; y si acaso la muerte o otro accidente de fortuna derriba el árbol donde se arriman, luego se descubre y manifiesta su poco valor; porque, en efeto, no son de más quilates sus prendas que los que les dan sus dueños y valedores. La virtud y el buen entendimiento siempre es una y siempre es uno: desnudo o vestido, solo o acompañado. Bien es verdad que puede padecer acerca de la estimación de las gentes, mas no en la realidad verdadera de lo que merece y vale. Y, con esto, pongamos fin a esta plática, que la luz que entra por estos resquicios muestra que es muy entrado el día, y esta noche que viene, si no nos ha dejado este grande beneficio de la habla, será la mía, para contarte mi vida.

BERGANZA: Sea ansí, y mira que acudas a este mismo puesto.

El acabar el coloquio el licenciado y el despertar el alférez fue todo a un tiempo. Y el licenciado dijo:

—Aunque este coloquio sea fingido y nunca haya pasado, paréceme que está tan bien compuesto que puede el señor alférez pasar adelante con el segundo.

—Con ese parecer —respondió el alférez— me animaré y disporné[1132] a escribirle, sin ponerme más en disputas con vuesa merced si hablaron los perros o no.

A lo que dijo el licenciado:

—Señor alférez, no volvamos más a esa disputa. Yo alcanzo el artificio del coloquio y la invención, y basta. Vámonos al Espolón[1133] a recrear los ojos del cuerpo, pues ya he recreado los del entendimiento.

—Vamos —dijo el alférez.

Y, con esto, se fueron.

Fin

[1132] *disporné*: dispondré.
[1133] *Espolón*: paseo y plaza de Valladolid.

III. Actividades en torno a
Ocho novelas ejemplares
(Apoyos para la lectura)

1. Estudio y análisis

1.1 Género-relaciones-influencias

El género al que pertenecen las *Novelas ejemplares* procede de Italia. Su modelo básico es el *Decamerón* de Boccaccio y, tras él, numerosas obras de este tipo que se tradujeron abundantemente en España durante los siglos XV y XVI (véase Introducción). Uno de los elementos que ya incorpora el texto de Boccaccio y que reiterarán los novelistas posteriores, de manera que se acabará constituyendo en pieza clave del género, es la inserción de las novelas dentro de un marco narrativo creado conscientemente por el autor, a modo de cajas chinas.

En efecto, la voz narradora del *Decamerón* introduce al lector en un lugar y espacio concretos (Florencia, la peste que asoló esta ciudad en 1348) y describe las circunstancias que rodean a los habitantes de aquel lugar en esa coyuntura; de seguido introduce a las protagonistas ("siete jóvenes señoras") y cede la palabra a una de ellas, Pampinea, que sugiere a las demás irse a "nuestras posesiones en el campo" con el fin de evitar la peste. Deciden que les acompañen tres hombres a quienes conocen en la iglesia. De la conversación con ellos surge el acuerdo de salir todos juntos fuera de la ciudad y la manera en cómo lo deben hacer. Para entretener esa estancia "hay [...] tableros y piezas de ajedrez", pero también se puede hacer "contando cuentos, pues mientras uno narra puede ofrecer deleite a toda la compañía que escucha". Dentro de ese marco narrativo se insertan los cuentos, el primero de los cuales es contado por Pánfilo sobre *Micer Cepparello con una falsa confesión engaña a un santo fraile y se muere; y habiendo sido un pésimo hombre en vida, de muerto es reputado por santo y llamado San Ciappelleto.*

Buena parte de los novelistas del siglo XVII seguirá este modelo de inserción de las novelas: Tirso de Molina, Alonso del Castillo Solórzano, María de Zayas, etc. Cervantes es consciente de que el marco es un elemento básico de este género, como lo demuestra el uso de este procedimiento para insertar las novelas cortas en el *Quijote.* Incluso en las *Novelas ejemplares* lo utiliza en una ocasión al insertar el *Coloquio de los perros* dentro de *El casamiento engañoso,* como una suerte de muñecas rusas: la narración de la bruja Cañizares se introduce dentro de la narración de Berganza, que se inserta dentro de la conversación de los perros, cuyo relato se incluye dentro de la conversación entre el alférez Campuzano y el licenciado Peralta. Sin embargo, Cervantes no articula un marco general para insertar las doce novelas, lo cual ha causado extrañeza. Se trata de un elemento novedoso con respecto a la tradición anterior, que ha motivado que la crítica haya buscado posibles explicaciones, como la de Antonio Rey Hazas (véase el apartado *Opiniones sobre la obra* [...]), que defiende la existencia de un moderno marco implícito construido a través de toda una serie de relaciones intertextuales que consigue crear un mundo novelesco en el que el lector encontrará multitud de elementos de ligazón entre unas novelas y otras.

1.2. EL AUTOR EN EL TEXTO

Con frecuencia se han utilizado textos literarios cervantinos para explicar algunos episodios de la vida del autor. Al mismo tiempo, de manera inversa, se ha pretendido interpretar las obras de Cervantes en función de algunas circunstancias particulares de su vida. Es evidente que la experiencia biográfica constituye un factor de importancia para la creación artística y así sucede también en el caso cervantino, pero casi siempre de una manera muy difuminada, como un recurso más de la creación literaria, no como un fin en sí mismo. Las *Novelas ejemplares* ofrecen pasajes interesantes en uno y otro sentido.

Por un lado se encuentra la rotunda afirmación del prólogo sobre la autoconciencia cervantina con respecto a su papel como creador de un género nuevo en España ("Yo soy el primero que ha novelado..."), que ayuda a entender mejor los últimos años de Cervantes, inmerso en una actividad creativa de primer orden, de la que resultaría el nacimiento de la novela moderna.

De otra parte, la experiencia vital cervantina está detrás de algunos pasajes de las *Novelas*. Los engaños y manera de vivir gitanesca (*La Gitanilla*, *La ilustre fregona*), y la vida picaresca que se retrata en *El coloquio de los perros* y *Rinconete y Cortadillo* son fruto, sin duda, de las idas y venidas de Cervantes por los caminos de Andalucía, llevando a cabo su labor de comisario de abastos y recaudador de impuestos. La larga y fructífera estancia de nuestro escritor en Italia se refleja en diversos pasajes de *El licenciado Vidriera*, como también su experiencia militar, desempeñada al menos durante cinco años. El cautiverio argelino, de tan profunda huella en la literatura cervantina, se refleja de manera inequívoca en la lamentación de Ricardo al inicio de *El amante liberal*, y sus servicios en la armada explican el detalle con que se describe los viajes marítimos en la misma obra y en *La española inglesa*. El hospital de la Resurrección en el que se desarrollan las dos últimas novelas de la colección estaba situado muy cerca de la casa de Cervantes en Valladolid, de manera que la historia de Mahúdes y sus dos perros bien la pudo conocer Cervantes de manera muy directa. Los episodios estudiantiles de *El licenciado Vidriera* y *El coloquio de los perros* reflejan, en fin, la experiencia de una persona nacida en Alcalá de Henares, sede de la Universidad Complutense, como también de sus posibles estudios con los jesuitas en Sevilla y, acaso, su paso por la ciudad de Salamanca.

1.3. Personajes-Argumento-Estructura-Temas-Ideas

Son muchos los personajes que Cervantes hace desfilar por las *Novelas ejemplares*. En su variedad y diversidad hay algo que llama poderosamente la atención: casi todos ellos, salvo alguna excepción, se presentan emparejados, aspecto este, por cierto, que es posible encontrar en otras obras cervantinas: personajes que aparecen juntos ya desde un principio, o bien que el desarrollo de los acontecimientos los acaba convirtiendo en pareja inseparable, difícil de disociar al uno del otro. He aquí algunos de esos personajes: Don Quijote y Sancho, el cura y el barbero, ama y sobrina, Marcela y Grisóstomo, los dos frailes de San Benito que aparecen en el capítulo octavo de la primera parte de *Don Quijote*; Persiles y Sigismunda, etcétera. En las *Novelas ejemplares* la nómina es extensísima, anticipada en ocasiones a través de los títulos de algunas (*Rinconete y Cortadillo, Las dos doncellas, Novela y coloquio que pasó entre Cipión y Berganza*) y, lo más destacado, presentes en casi todas ellas: Ricardo y Mahamut, Carriazo y Avendaño, don Juan de Gamboa y don Antonio de Isunza... Tal forma de presentación de los personajes llega incluso a algunos muy secundarios, de los cuales no se dice siquiera el nombre, y cuyo papel en las novelas es, a veces, insignificante. Veamos una de esas parejas.

En *El amante liberal* se refiere la relación amorosa entre Ricardo y Leonisa, obstaculizada por la presencia de un tercero (Cornelio), y, también, por los muchos accidentes de la fortuna que les suceden, dentro de las coordenadas habituales en una novela bizantina. Aún más interesante me parece la relación entre Ricardo y Mahamut. La novela presenta en su comienzo a dos personajes: un cautivo, quejándose amargamente, y un turco. Se han criado juntos. El cautivo se llama Ricardo y el nombre del turco sólo lo sabremos un poco más adelante, así como su verdadero origen, que no se conocerá hasta muy avanzada la novela ("natural de Palermo, que por varios accidentes estoy en este traje vestido"). Son de la misma edad y condición. Cervantes selecciona hábil y morosamente la información que proporciona al lector, mediante un procedimiento que no es difícil encontrar en otras novelas, de manera que los datos referentes a ellos se ofrecen poco a poco, a cuentagotas, si se quiere: primero se oyen las quejas de Ricardo, pero sólo después se sabe la verdadera naturaleza de tales quejas; del otro, primero se informa sobre su origen (turco), después se dice el nombre (Mahamut) y que reniega de su fe y de la manera en que viste, todos ellos, en verdad, elementos que llevan a sospechar que debajo de la apariencia de turco se esconde alguien que realmente no lo es. De inmediato este personaje queda en un segundo plano, mientras Ricardo cuenta largamente su historia. Su función ahora —y a lo largo de toda la novela— consiste en corroborar las afirmaciones de Ricardo, guiar y supervisar la narración para que el que la cuenta no se despiste y relate cosas que no tienen importancia, con lo que se consigue agilizar el relato. Amigo estrecho y casi hermano de Ricardo, se convierte en su confidente y consejero, hasta el extremo que Ricardo no hace nada sin consultarle primero. La primera y, me parece, única vez que Ricardo actúa por propia iniciativa es una vez obtenida la libertad casi al final de la novela. Es su informador e, incluso, intermediario, y favorecedor de los amores entre Ricardo y Leonisa, al crear, en buena medida, un estado de opinión en Leonisa favorable a Ricardo y desfavorecedor de Cornelio. Cervantes recurre a esta técnica, la de crear estados de opinión, para inclinar en un sentido o en otro las decisiones de sus personajes en otras novelas, como *La ilustre fregona*. En buena medida, esta pareja se compone de un personaje que relata, protagoniza la acción y otro que, desde una perspectiva, digamos, superior vigila y orienta la narración, a la vez que aconseja al primero de quien se convierte en su confidente y amigo más próximo. Y también, en algún momento, ese primer personaje (Ricardo) abandona tal papel para comportarse como Mahamut, muestra palpable del proceso de intercambio de los rasgos caracterizadores de los personajes protagonistas, que se volverá a encontrar en otras ocasiones (*El coloquio de los perros*).

Las *Novelas ejemplares* ofrecen argumentos muy diversos, implicando a personajes de carácter y condición muy variados. *La Gitanilla* presenta el enamoramiento de un joven noble que abandona sus privilegios y condición para conseguir el amor de una bella gitana; *El amante liberal* traslada al lector a un mundo de cautivos en el que dos amigos refieren sus "trabajos" y adversidades desde que salieron de su lugar de origen; *Rinconete y Cortadillo* ofrece un magistral fresco de la picaresca sevillana con elementos que reaparecerán en *El coloquio de los perros*, inteligente reflexión cervantina sobre cómo hacer una novela; *La ilustre fregona* presenta numerosas conexiones con el primero de los relatos: ahora se trata de un joven de buena familia enamorado de una moza de mesón; *La española inglesa* muestra las adversidades que Isabela y Ricaredo han de superar para poderse unir en matrimonio, y *El licenciado Vidriera* refiere la biografía de Tomás Rueda, complejo personaje en el que se ha visto un trasunto de Don Quijote.

Muy compleja es la cuestión de la estructura de la obra por cuanto que, como ya se señaló, frente a la habitual organización de este tipo de libros según una estructura de enmarque, Cervantes prescinde de ella y, al tiempo, desorienta al lector con estas palabras del prólogo: "[…] en ningún modo podrás hacer pepitoria, porque no tienen pies, ni cabeza, ni entrañas, ni cosa que les parezca". Sobre este aspecto debe consultarse el apartado *Género, relaciones e influencias*. Por su parte, cada una de las novelas presenta una particular organización estructural. Así, por ejemplo, *La Gitanilla* permite una división en tres partes, a modo de planteamiento, nudo y desenlace, como si de una obra teatral se tratase; los relatos de las aventuras de Rinconete y Cortadillo, Tomás Rueda y Berganza se desarrollan de acuerdo con el esquema básico de la picaresca (el servicio del mozo a varios amos), pero con variantes, pues, por ejemplo, la vida de Rincón y Cortado sirve de enmarque al "entremés de Monipodio", esto es, los acontecimientos que tienen lugar en la casa del rufián sevillano, mientras que el relato de las andanzas de Berganza (las de Cipión nunca se contarán) se enmarca dentro de la conversación de los dos perros, la cual, a su vez, se inserta en la conversación entre el alférez Campuzano y el licenciado Peralta, etc.

Finalmente, las *Novelas ejemplares* ofrecen un amplio y variado elenco de temas e ideas, tratados en ocasiones desde perspectivas distintas, incluso contrarias: la libertad, la murmuración, la crítica social, la metaliteratura, el mar, los viajes, el amor y todo lo que le rodea (celos, amistad, enfrentamientos, duelos); etc.

1.4. FORMA-ESTILO

"La salsa de los cuentos es la propiedad del lenguaje en cualquiera cosa que se diga" hace decir Cervantes a un personaje de *Los trabajos de Persiles y Sigismunda*. Siguiendo ese criterio, las *Novelas ejemplares* muestran una amplísima variedad de registros lingüísticos y estilos, que proporcionan a la obra una variedad y diversidad dignas de encomio.

Los personajes hablan en función del tipo humano que representan: los gitanos cecean y utilizan abundantes términos de germanía; el lenguaje del hampa es empleado por los cofrades de Monipodio; el lenguaje de la picaresca se pone en boca de Rinconete, Cortadillo, Diego Carriazo y Juan de Avendaño, entre otros personajes apicarados; el lenguaje militar encuentra su mejor expresión en algunos pasajes de *El amante liberal*, *La española inglesa* y *El licenciado Vidriera*, etc.

Muy interesante es el uso en algunas novelas de recursos propios del estilo de los diálogos humanísticos, donde

Cervantes encontró una manera de evitar la repetición incómoda de los verbos *dicendi* ("El coloquio traigo en el seno; púselo en forma de coloquio por ahorrar de *dijo Cipión, respondió Berganza,* que suele alargar la escritura"), razón, por cierto, no exclusivamente cervantina, sino perteneciente a una larga tradición; un modo de hacer más ameno y atractivo el relato de los acontecimientos, en especial cuando estos son singularmente complejos o áridos; y una forma de conseguir suspense y entretenimiento. Asimismo, Cervantes encontró en el diálogo un recurso a través del cual los personajes se fueran construyendo a sí mismos, matizándose, perfilándose poco a poco, modificando y superando a los modelos previos, en especial cuando los rasgos caracterizadores de las parejas protagonistas se entremezclan y traspasan, con el consecuente equilibrio entre los personajes. Y vale la pena notar que esto no sólo se produce en las novelas claramente influidas por el diálogo humanístico —de ahí, por ejemplo, el número elevado de personajes emparejados en *El casamiento engañoso* y *El coloquio de los perros*—, sino que afecta a otras difícilmente adscribibles a ese género: *El amante liberal, La ilustre fregona,* acaso también *Rinconete y Cortadillo.*

1.5. COMUNICACIÓN-SOCIEDAD

Son muchos los mundos que aparecen en la obra: caballeros, gitanos, pícaros, pajes, cautivos, soldados, religiosos, alguaciles corruptos, trabajadores del matadero de Sevilla, mercaderes, estudiantes, poetas, moriscos, hechiceras, religiosos, mozos de la esportilla... En verdad, las *Novelas ejemplares* se pueden considerar como un fresco de la sociedad española del momento, con todas sus contradiciones.

A este respecto, es muy interesante *El coloquio de los perros*, donde el esquema habitual de la picaresca (el servicio del mozo a varios amos) permite a Cervantes introducir mundos muy diferentes de la sociedad española de la época. Berganza se pone al servicio en primer lugar de Nicolás el Romo, "mozo robusto doblado y colérico", matarife del matadero de Sevilla; esto permite al lector conocer el mundo que rodea a este lugar sevillano. Después, trabaja para un pastor, cuya actividad se describe con detalle, como también los engaños y trampas que emplean los de esta profesión; esta descripción del mundo pastoril sirve además para enfrentar literatura y ficción, a través del contraste entre la vida los pastores reales con los de la literatura pastoril. El servicio a un mercader (tercer amo), muestra, por un lado, la vida de las clases acomodadas de Sevilla, y, también, por otro, la vida estudiantil, al acompañar Berganza a los hijos del mercader a la escuela. Su estancia junto a un alguacil (cuarto amo) permite mostrar la corrupción en algunas esferas de la administración del Estado. Con los siguientes amos conoceremos la vida de los soldados, la de los gitanos, la de los moriscos, la de los poetas y la de los comediantes, hasta que el perro llega a Valladolid y empieza a trabajar en el hospital de la Resurrección al servicio de Mahúdes.

2. Trabajos para exposición oral y escrita

2.1. Cuestiones fundamentales sobre la obra

Una de la cuestiones más debatidas de esta obra cervantina tiene que ver, precisamente, con el adjetivo que califica a las novelas desde el título: *ejemplares*. Cervantes insiste en diversos lugares sobre su ejemplaridad: "[...] los requiebros amorosos que en algunas hallarás son tan honestos y tan medidos con la razón y discurso cristiano [...] "[...] antes me cortaré la mano [...]", etc.; incluso alguna novela finaliza con una clara consideración de carácter moral: "Esta novela nos podría enseñar cuánto puede la virtud, y cuánto la hermosura, pues son bastantes juntas, y cada una de por sí, a enamorar aun hasta los mismos enemigos; y de cómo sabe el cielo sacar, de las mayores adversidades nuestras, nuestros mayores provechos" (*La española inglesa*). No obstante, los casos y hechos que presentan buena parte de las novelas no son muy ejemplares desde el punto de vista moral.

–Localícense los fragmentos de la obra en los que se hace consideraciones de tipo moral de manera explícita.

–Indíquense pasajes en los que se relatan conductas poco ejemplares.

–En esa misma línea, estúdiense los comportamientos de algunos personajes concretos: Nicolás el "Romo", Monipodio, el conde Arnesto, Andrés Caballero, Diego Carriazo, etc.

–Analícense todas y cada una de las novelas desde esta perspectiva y extráiganse conclusiones sobre cada una de ellas.

–Desde el punto de vista de la moralidad, ¿es realmente ejemplar esta colección de novelas? ¿Qué moral puede extraerse de ellas?

–Sugiéranse otras posibles maneras de entender la ejemplaridad.

–Como se ha indicado más arriba, las *Novelas ejemplares* carecen de marco narrativo al estilo del de otros textos similares. Estúdiese con pormenor.

—¿Hay algún caso en el que se acuda a este procedimiento?

—Analícese desde esta perspectiva *El coloquio de los perros* en relación con *El casamiento engañoso*.

—Igualmente, analícense los procedimientos de inserción de relatos en *El amante liberal, La española inglesa* y *Rinconete y Cortadillo*.

—Póngase en relación con los relatos insertados en la primera parte del *Quijote*. Un estudioso de las *Novelas ejemplares* ha propuesto la existencia de un marco implícito construido por Cervantes mediante una serie relaciones intertextuales (véase más arriba y en la Introducción).

—Localícense esas posibles interrelaciones y elabórese una clasificación de las mismas.

—Ordene las novelas desde una perspectiva genérica.

—Establezca grupos de novelas en función de ello.

—Estudie con particular detenimiento la novedad o fidelidad cervantinas con respecto a los modelos genéricos: puede tenerse en cuenta *La Diana*, de Jorge de Montemayor, para la novela pastoril; *Teágenes y Cariclea*, de Heliodoro, para la novela bizantina; *El Lazarillo* y el *Guzmán de Alfarache*, para la novela picaresca, etc.

—Por otra parte, se ha reiterado la existencia de esquemas, recursos y técnicas teatrales en las *Novelas ejemplares*: estúdiense desde esta perspectiva *La Gitanilla, Rinconete y Cortadillo, La ilustre fregona* y *La española inglesa*, entre otras.

–Algunas de las novelas incluyen pasajes cómicos; estúdiense los recursos de comicidad empleados por Cervantes en *Rinconete y Cortadillo*, *La ilustre fregona* y *El coloquio de los perros*.

–Los registros lingüísticos que Cervantes emplea para caracterizar a sus personajes son muy diversos. Enumérense esos registros (lenguaje del hampa, de germanía, marítimo, bélico, etc.) y caracterícense: léxico, gramática, sintaxis, recursos retóricos, etc.

–Aspecto básico de las *Novelas* es el de la verosimilitud ("[...] mostrar con propiedad un desatino"). Estúdiese esta cuestión en todas ellas, y especialmente en *La ilustre fregona*, *La española inglesa*, *El licenciado Vidriera* y *El coloquio de los perros*.

–¿Qué recursos emplea Cervantes para tal propósito? Analícense con detalle. En este sentido, explíquese la presencia de personajes históricos en muchas de las novelas.

2.2. TEMAS PARA EXPOSICIÓN Y DEBATE *

–¿Qué clases marginadas aparecen en las novelas?

–¿Cuál es la óptica cervantina sobre ellas?

–¿Hay contradicciones?

–Son muchos los individuos pertenecientes a las clases privilegidas que intervienen en la obra. ¿Cuál es la imagen que Cervantes ofrece de la nobleza? ¿Y de la religión?

–¿Qué tipo de sociedad reflejan las *Novelas*?

---

* En éste y en los siguientes apartados remitimos al 2.1 para diversos aspectos que pueden ser incluidos aquí.

–Biografía y literatura: ¿se puede rastrear una imagen de Cervantes a través de las *Novelas ejemplares*?

–¿Qué ideas expresa el texto sobre la religión?

–¿Son creíbles algunas de las novelas? Piénsese en el *Coloquio de los perros* o en *La española inglesa*.

–La imagen de España a través de la obra.

–La imagen de los españoles en la época.

–La presencia y función de la mujer en la obra.

2.3. MOTIVOS PARA REDACCIONES ESCRITAS

–La imagen de Madrid.

–La imagen de las otras ciudades españolas de la época.

–Los lugares de la picaresca.

–Italia vista y sentida por Cervantes.

–Ocio y entretenimiento en la época a través de las *Novelas ejemplares*.

–El arte de la guerra.

–La vida de los estudiantes en el Siglo de Oro.

–¿Cómo se viajaba en la época?

–¿Cómo se comía en la época?

–Indumentaria española de la época.

–Lugares en que se vivía: casas, palacios, etc.

—Dramatícese el pasaje de *Rinconete y Cortadillo* dentro de la casa de Monipodio.

—Sobre un mapa, trácense los diversos viajes que efectúan los personajes de las *Novelas*. Compruébese la adecuación tiempo-espacio recorrido.

—Estúdiese la correspondencia de los títulos de las novelas con el contenido de las mismas.

—Analícese el contenido, forma y significación de las poesías intercaladas en las novelas.

—Compárense temas, personajes y situaciones de las *Novelas ejemplares* con otros similares en el *Quijote* (celos, tratamiento de la mujer; moriscos, caballeros; viajes, enfrentamientos, etc.).

2.5. Trabajos interdisciplinares

—Búsquense ilustraciones gráficas para las *Novelas ejemplares* o episodios de ellas. Se puede acudir a postales y fotos modernas que reproduzcan lugares mencionados en la obra (Zahara de los Atunes, Salamanca, Sevilla, Toledo, etc.).

—Igualmente, búsquense cuadros y dibujos de época que sirvan para complementar gráficamente personajes, lugares o episodios de las novelas: cuadros que aclaren las referencias mitológicas, planos de ciudades, retratos de personajes mencionados, etc.

—Se ha sugerido la filiación teatral de buena parte de las *Novelas ejemplares*: *La Gitanilla, La ilustre fregona, Rinconete y Cortadillo*, etc. Inténtese explicar las posibilidades de representación de esas (u otras) novelas.

—Son numerosas las adaptaciones cinematográficas de esta obra. Localícense algunas y estúdiense las modificaciones efectuadas sobre el texto original.

—Elabórense guiones de posibles adaptaciones teatrales o cinematográficas de las *Novelas ejemplares*.

—Ensáyese la representación de alguna de las novelas.

—Igualmente, son abundantes las recreaciones musicales de algunas de estas obras, como *Rinconete y Cortadillo*, que inspiró la zarzuela de José Montero y Francisco Moya con música del maestro Villa titulada *El patio de Monipodio*; o como *La ilustre fregona*, que inspira *El huésped del Sevillano*, zarzuela del maestro Guerrero con libreto de Luca de Tena y Raoyo... Localícense algunas otras y estúdiense en relación con el texto original.

2.6. Labores de equipo sobre consultas bibliográficas, Internet, medios electrónicos

—Búsquese páginas web sobre Cervantes y extráigase de ellas cuanta información sea posible sobre las *Novelas ejemplares*. Para ello puede acudirse a cualquiera de los buscadores internáuticos de uso habitual (Google, etc.) y, también, a la siguiente página cervantina: http://www.csdl.tamu.edu/cervantes/.

—Dos son las revistas especializadas en la vida y la obra de Cervantes: *Anales Cervantinos,* que publica el Consejo Superior de Investigaciones Científicas desde 1951, y *Cer-*

vantes, revista que edita semestralmente desde 1981 la Cervantes Society of America. Localícense en alguna biblioteca y fíchense todos los trabajos publicados sobre las *Novelas ejemplares.* Seguidamente, establézcanse unos criterios para ordenar ese material: cronológicamente, por temas, por novelas, por autores...

—Para este propósito también pueden ser útiles los siguientes manuales y guías bibliográficas:

—*Anuario Bibliográfico Cervantino*, completísimo repertorio bibliográfico del que han aparecido hasta el momento cuatro volúmenes: I, 1996, publicado por la Cervantes Society of America; II, 1997 y III, 1998-1999, por el Centro de Estudios Cervantinos; y IV (2001), por la Asociación de Cervantistas y la Universidad de las Islas Baleares.

—DRAKE, Dana B., *Cervantes. A Critical Bibliography, I. Novelas ejemplares*, Londres, Garland, 1981.

—SIMÓN DÍAZ, José, *Bibliografía de la Literatura Hispánica*, vol. VIII, Madrid, C.S.I.C., 1970. Esta bibliografía debe ser actualizada con la que periódicamente ha venido publicándose en *Anales Cervantinos* y en la *Revista de Literatura,* ambas publicaciones del Instituto de Filología del C.S.I.C.

3. COMENTARIO DE TEXTOS

Pero, anudando el roto hilo de mi cuento, digo que en aquel silencio y soledad de mis siestas, entre otras cosas, consideraba que no debía de ser verdad lo que había oído contar de la vida de los pastores; a lo menos, de aquellos que la dama de mi amo leía en unos libros cuando yo iba a su casa, que todos trataban de pastores y pastoras, diciendo que se les

pasaba toda la vida cantando y tañendo con gaitas, zampoñas, rabeles y chirumbelas, y con otros instrumentos extraordinarios. Deteníame a oírla leer, y leía cómo el pastor de
Anfriso cantaba estremada y divinamente, alabando a la sin
par Belisarda, sin haber en todos los montes de Arcadia
árbol en cuyo tronco no se hubiese sentado a cantar, desde
que salía el sol en los brazos de la Aurora hasta que se ponía
en los de Tetis; y aun después de haber tendido la negra
noche por la faz de la tierra sus negras y escuras alas, él no
cesaba de sus bien cantadas y mejor lloradas quejas. No se le
quedaba entre renglones el pastor Elicio, más enamorado
que atrevido, de quien decía que, sin atender a sus amores ni
a su ganado, se entraba en los cuidados ajenos. Decía también que el gran pastor de Fílida, único pintor de un retrato, había sido más confiado que dichoso. De los desmayos
de Sireno y arrepentimiento de Diana decía que daba gracias
a Dios y a la sabia Felicia, que con su agua encantada deshizo aquella máquina de enredos y aclaró aquel laberinto de
dificultades. Acordábame de otros muchos libros que deste
jaez la había oído leer, pero no eran dignos de traerlos a la
memoria.

CIPIÓN: Aprovechándote vas, Berganza, de mi aviso: murmura, pica y pasa, y sea tu intención limpia, aunque la lengua no lo parezca.

BERGANZA: En estas materias nunca tropieza la lengua si
no cae primero la intención; pero si acaso por descuido o
por malicia murmurare, responderé a quien me reprehendiere lo que respondió Mauleón, poeta tonto y académico
de burla de la Academia de los Imitadores, a uno que le
preguntó que qué quería decir *Deum de Deo;* y respondió
que "dé donde diere".

CIPIÓN: Esa fue respuesta de un simple; pero tú, si eres discreto o lo quieres ser, nunca has de decir cosa de que debas dar disculpa. Di adelante.

BERGANZA: Digo que todos los pensamientos que he dicho, y muchos más, me causaron ver los diferentes tratos y ejercicios que mis pastores, y todos los demás de aquella marina, tenían de aquellos que había oído leer que tenían los pastores de los libros; porque si los míos cantaban, no eran canciones acordadas y bien compuestas, sino un "Cata el lobo do va Juanica" y otras cosas semejantes; y esto no al son de chirumbelas, rabeles o gaitas, sino al que hacía el dar un cayado con otro o al de algunas tejuelas puestas entre los dedos; y no con voces delicadas, sonoras y admirables, sino con voces roncas, que, solas o juntas, parecía, no que cantaban, sino que gritaban o gruñían. Lo más del día se les pasaba espulgándose o remendando sus abarcas; ni entre ellos se nombraban Amarilis, Fílidas, Galateas y Dianas, ni había Lisardos, Lausos, Jacintos ni Riselos; todos eran Antones, Domingos, Pablos o Llorentes; por donde vine a entender lo que pienso que deben de creer todos: que todos aquellos libros son cosas soñadas y bien escritas para entretenimiento de los ociosos, y no verdad alguna; que, a serlo, entre mis pastores hubiera alguna reliquia de aquella felicísima vida, y de aquellos amenos prados, espaciosas selvas, sagrados montes, hermosos jardines, arroyos claros y cristalinas fuentes, y de aquellos tan honestos cuanto bien declarados requiebros, y de aquel desmayarse aquí el pastor, allí la pastora, acullá resonar la zampoña del uno, acá el caramillo del otro.

CIPIÓN: Basta, Berganza; vuelve a tu senda y camina.

BERGANZA: Agradézcotelo, Cipión amigo; porque si no me avisaras, de manera se me iba calentando la boca, que no parara hasta pintarte un libro entero destos que me tenían engañado; pero tiempo vendrá en que lo diga todo con mejores razones y con mejor discurso que ahora.

El texto seleccionado pertenece a la última de las *Novelas ejemplares*. Cipión y Berganza, perros del hospital de la Resurrección en Valladolid, han decidido aprovechar el silencio y soledad de la noche para referir con detalle sus vidas, al estilo de una autobiografía picaresca. Es Berganza el que comienza el relato de sus andanzas mientras que Cipión lo interrumpe con frecuencia para incluir comentarios y evitar las digresiones de su compañero.

En el seno de este esquema dialogado se cuenta la vida de Berganza, desde su nacimiento ("Paréceme que la primera vez que vi el sol fue en Sevilla"), pasando por los diversos amos a los que sirvió (Nicolás el "Romo", los pastores, el mercader de Sevilla, el alguacil, etc.), hasta el momento presente de su conversación en Valladolid. Asimismo, la acción alterna entre ciudad y campo abierto en función de los amos a quien sirve.

En síntesis, en el pasaje seleccionado Berganza relata parte de su vida al servicio de unos pastores de ganado, sus segundos amos, tras Nicolás el "Romo", jifero en el matadero de Sevilla.

El texto presenta dos partes claramente diferenciadas. Por un lado la conversación entre los perros, que actúa a modo de marco, y, por otra, la narración de Berganza en la que expresa su visión de la vida pastoril.

En la primera parte, el diálogo, hábilmente conducido por Cipión, gira en torno a la murmuración y los buenos propósitos a la hora de hablar de alguien, al menos en la intención ("sea tu intención limpia, aunque la lengua no le parezca"). El tono conversacional se refleja en varios elementos introducidos sagazmente por el autor: intervenciones rápidas, vivas –apenas dos líneas– de los interlocutores (Cipión, sobre todo; pero también Berganza, en las intervenciones en que no narra su vida, sino que responde a las preguntas directas de Cipión); uso de imperativos ("Di", "Basta", "vuelve") para agilizar la conversación; verbos propios de un coloquio (responder, decir, etc.).

Siguiendo el estilo de una autobiografía picaresca, la narración de la vida de Berganza se hace en primera persona y se extiende a lo largo de dos amplios párrafos, que coinciden con dos de las cuatro intervenciones de Berganza:

a) "pero, anudando [...]" hasta "[...] pero no eran dignos de traerlos a la memoria",

b) "Digo que todos [...]" hasta "[...] acá el caramillo del otro".

Ahora es posible encontrar elementos característicos de las descripciones: pretérito imperfecto, adjetivación abundante, precisión en los detalles, etc.

La descripción de la vida pastoril se hace a través de la confrontación entre el mundo de pastores que él conocía, con el que va a conocer ahora de manera directa; el que conocía no era otro que el que había oído leer a su ama en unos libros que había en su casa: se trata de las novelas pastoriles, que obtuvieron un gran éxito popular en la España de la segunda mitad del siglo XVI a raíz del éxito inicial de *La Diana*, de Jorge de Montemayor (1559). El relato de Berganza admite una división fácil en dos partes, en consonancia con sus dos intervenciones largas.

La primera parte describe básicamente ese mundo tal y como aparece reflejado en la literatura pastoril de la época (libros de pastores, églogas, etc.). Se introducen así personajes y situaciones provenientes de estos textos: Anfriso y Belisarda son personajes de *La Arcadia* (1598) de Lope de Vega, y Elicio lo es de *La Galatea*, la novela pastoril cervantina (1585); el pastor de Fílida alude al libro de Luis Gálvez de Montalvo de igual título (Madrid, 1582) y los "[...] desmayos de Sireno y arrepentimiento de Diana [...]" remiten a la novela creadora del género en España: *Los siete libros de la Diana*, de Jorge de Montemayor. Asimismo, los instrumentos musicales enumerados son propios de esa narrativa: zampoñas, rabeles, chirumbelas, etc. La descripción presenta además rasgos de estilo no infrecuentes en este tipo de libros y, por otra parte, muy del gusto cervantino: numerosas estructuras duales (a veces redundantes): "silencio y soledad", "pastores y pastoras", "cantando y tañendo", "rabeles y chirumbelas", "negras y escuras", "bien cantadas y mejor lloradas quejas", "tratos y ejercicios", "acordadas y bien compuestas", "solas o juntas"; estructuras trimembres, el gusto por la ordenación y estructuración de los párrafos ("[...] y de aquellos amenos prados, espaciosas selvas, sagrados montes, hermosos jardines, arroyos claros y cristalinas fuentes, y de aquellos tan honestos cuanto bien declarados requiebros, y de aquel desmayarse aquí el pastor, allí la pastora, acullá resonar la zampoña del uno, acá el caramillo del otro"), muy al estilo del manierismo y que Cervantes usó ampliamente en *La Galatea*, etc. En definitiva se presenta un mundo profundamente idealizado, muy lejos de la realidad cotidiana que Berganza encuentra en campo abierto.

El mundo real con que se encuentra Berganza se describe por oposición con el anterior a través de los mismos elementos: nombres, que ahora son "Antones, Domingos, Pablos o Llorentes"; intrumentos musicales ("voces roncas", "el dar un cayado con otro o al de lagunas tejuelas puestas entre los dedos"); canciones "Cata el lobo do va Juanica"; y situaciones ("[…] lo más del día se les pasaba espulgándose o remendando sus abarcas"). Todo ello remite a la realidad cotidiana, la que también ha reflejado en algunas ocasiones la literatura, por ejemplo Juan del Encina en algunas de sus piezas teatrales (*Égloga de Mingo, Gil y Pascuala*). La estructura comparativa del pasaje se muestra también en los recursos estilísticos empleados, básicamente símiles y comparaciones: "[…] porque si los míos […] no eran […] sino", "[…] y esto no al son de […] sino […]", etc. Todo ello lleva a la conclusión del razonamiento de Berganza: el mundo de los libros de pastores que conocía no existe, "son cosas soñadas", de lo que se deriva un concepto de la literatura muy claro, como algo destinado al ocio y entretenimiento de las personas: "cosas […] bien escritas para entretenimiento de los ociosos".

He aquí, pues, un pasaje de singular interés, porque en él se reúnen algunas de las cuestiones que más preocuparon a su autor y que reiteró en varias de sus obras, no sólo en las *Novelas ejemplares*: las relaciones entre vida y literatura, ficción y realidad; la murmuración (con un poso biográfico evidente); las cuestiones de orden técnico (aquí el problema de la inserción de relatos y la selección narrativa ["Acordábame de otros muchos […] pero no eran dignos de traerlos a la memoria", "[…] tiempo vendrá en que lo diga todo con mejores razones y con mejor discurso que ahora"]); así como la finalidad de la literatura, que no es otra que la del entretenimiento, en términos cercanos al prólogo de la colección: "Horas hay de recreación, donde el afligido espíritu descanse".

DON QUIJOTE DE LA MANCHA
de Miguel Cervantes

Un éxito desde el mismo momento de su publicación en 1604, *Don Quijote* es una obra maestra no ya de la literatura española, sino de la literatura universal. Cuenta la historia de este hidalgo quien, enloquecido por la lectura de libros de caballerías, recorre España espada en mano en busca de aventura, justicia y gloria. Las múltiples interpretaciones de esta historia son, simplemente, el reflejo de su riqueza de significados y contenidos: una crítica de las novelas de caballerías, la contraposición entre el realismo y el idealismo, la primera novela moderna, o una sátira de las ilusiones caballerescas. Infinitas lecturas caben en las divertidas e increíbles andanzas del ingenioso hidalgo, que reflejan la complejidad de lo humano y muestran el arte literario en su más depurada expresión.

Ficción

LAZARILLO DE TORMES
Anómino

El *Lazarillo* es, sin duda, la mejor de las novelas del género que ella inaugura, el picaresco. Relata las desventuras que Lazarillo, un joven de origen humilde, sufre estando al servicio de distintos amos, entre los que se encuentran un ciego, un clérigo y un hidalgo pobre. Los avatares por los que pasa Lázaro, divertidos y llenos de ingenio, son un magnífico pretexto para la ácida crítica de la sociedad de la época que se despliega en esta novela. Y el tratamiento de la anécdota, presidido por un lenguaje sobrio y extraordinariamente eficaz y por una nueva concepción del personaje protagonista, implica una inflexión definitiva de los usos literarios del momento.

Ficción

DRACULA
de Bram Stoker

Jonathan Harker viaja a Transilvania para cerrar un negocio inmobiliario con un misterioso conde que acaba de comprar varias propiedades en Londres. Después de un viaje preñado de ominosas señales, Harker es recogido por un siniestro carruaje que le lleva, acunado por el canto de los lobos, a un castillo en ruinas. Tal es el inquietante principio de una novela magistral que alumbró uno de los mitos más populares y poderosos de todos los tiempos: *Drácula*. La fuerza del personaje—del que el cine se adueñó hasta la saciedad—ha eclipsado a lo largo de los años la calidad, la originalidad, y la rareza de la obra de Bram Stoker, sin duda una de las últimas y más estremecedoras aportaciones a la literatura gótica. Drácula, el muerto viviente, reina en la noche y busca a sus víctimas para beber su sangre. Espía los sueños, aparece en cualquier lugar y ejerce una diabólica fascinación—el conde Drácula es, sin duda, un fenómeno inmortal.

Ficción

FRANKENSTEIN
de Mary Shelley

En el verano de 1816, el poeta Percy Bysshe Shelley y su esposa Mary se reunieron con Lord Byron y su médico Polidori en una villa a orillas del lago Leman. A instancias de Lord Byron y para animar una velada tormentosa, decidieron que cada uno inventaría una historia de fantasmas. La más callada y reservada, Mary Shelley, dio vida así a quien sería su personaje más famoso: el doctor Frankenstein. Al cabo de un año completaría la novela, hoy día un clásico imperecedero de la literatura. La historia es de todos conocida: un científico decide crear una criatura con vida propia a la que luego rechaza. Metáfora sobre la vida, la libertad, y el amor, *Frankenstein* es una maravillosa fábula con todos los ingredientes de los grandes mitos.

Ficción

ALICIA EN EL PAÍS DE MARAVILLOS
de Lewis Carroll

En *Alicia en el país de las maravillas*, la joven Alicia es transportada a través de una conejera a un mundo de maravillas y extravagancias. Ahí encontrará seres absolutamente estrambóticos: el gato de Cheshire, un gato sonriente que aparece y desaparece constantemente; un gusano de seda que fuma y razona; el completamente desequilibrado Sombrerero Loco; una baraja de naipes que juegan al croquet, entre los cuales se encuentra la cruel déspota Reina de Corazones. La continuación de este relato, A través del espejo—en el que Alicia entra a un mundo mágico donde la vida funciona a partir de las reglas del ajedrez—y el hilarante poema La caza del Snark completan esta edición que cuenta también con las míticas ilustraciones originales de John Tenniel. Triunfos de la imaginación y del ingenio, estas narraciones recrean un mundo de escenarios y criaturas insólitos, y ponen en entredicho todos y cada uno de los postulados lógicos en los que se basa nuestro mundo convencional.

CUENTOS DE LA NAVIDAD
de Charles Dickens

Se podría decir que Dickens inventó la Navidad, pues ningún otro escritor ha evocado con tanta maestría el espíritu, jubiloso y elegíaco a un tiempo, de ese periodo final del año. Además del célebre "Canción de Navidad," se reúnen en este volumen—inspirado en la edición inglesa de 1852—otros cuatro relatos de ambientación navideña donde se entreveran los motivos principales del mundo dickensiano: la caridad, la infancia, los mitos populares, las desigualdades sociales, los sueños y la magia, bellamente iluminados por Javier Olivares.

Ficción

VINTAGE ESPAÑOL
Disponibles en su librería favorita
www.vintageespanol.com